boa garota nunca mais

boa garota nunca mais

HOLLY JACKSON

Tradução de Karoline Melo

intrínseca

Copyright do texto © 2021 by Holly Jackson
Imagem de capa © 2021 by Christine Blackburne
Ilustração da página 126 © Priscilla Coleman
Copyright da tradução © 2023 by Editora Intrínseca Ltda.
Traduzido mediante acordo com HarperCollins Publishers Ltd.
Publicado originalmente em inglês por Farshore, um selo de HarperCollins Publishers Ltd, The News Building, 1 London Bridge St, Londres, SE1 9GF.
Os direitos morais da autora foram assegurados.

TÍTULO ORIGINAL
As Good as Dead

PREPARAÇÃO
Ilana Goldfeld

DIAGRAMAÇÃO
Ilustrarte Design e Produção Editorial

DESIGN DE CAPA
Casey Moses

ADAPTAÇÃO DE CAPA
Antonio Rhoden

CIP-BRASIL. CATALOGAÇÃO NA PUBLICAÇÃO
SINDICATO NACIONAL DOS EDITORES DE LIVROS, RJ

J15b

    Jackson, Holly, 1992-
        Boa garota nunca mais / Holly Jackson ; tradução Karoline Melo. - 1. ed. - Rio de Janeiro : Intrínseca, 2023.
        496 p.   (Manual de assassinato para boas garotas ; 3)

        Tradução de: As good as dead
        ISBN 978-65-5560-441-2

        1. Ficção inglesa. I. Melo, Karoline. II. Título. III. Série.

22-81044   CDD: 823
                            CDU: 82-3(410.1)

Gabriela Faray Ferreira Lopes - Bibliotecária - CRB-7/6643

[2023]
Todos os direitos desta edição reservados à
EDITORA INTRÍNSECA LTDA.
Avenida das Américas, 500 - Bloco 12 – Sala 303
22640-100 – Barra da Tijuca
Rio de Janeiro – RJ
Tel./Fax: (21) 3206-7400
www.intrinseca.com.br

Este livro é para todos vocês.
Obrigada por terem ficado comigo até o fim.

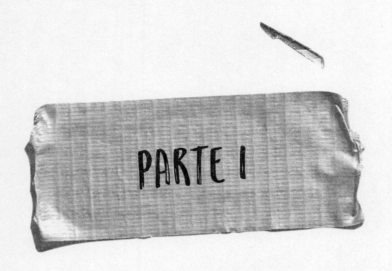

PARTE 1

Olhos cadavéricos, foi isso o que disseram, não foi? Sem vida, vidrados, vazios. Olhos cadavéricos se tornaram companheiros constantes, seguindo-a, sempre por perto, bastava piscar. Eles se escondiam nos recônditos da sua mente e a escoltavam em seus sonhos. Os olhos cadavéricos *dele*, no exato momento em que perderam a vida. Ela os via em rápidos vislumbres, nas sombras mais profundas e às vezes no espelho também, em seu próprio rosto.

E Pip os via agora mesmo, atravessando-a. Olhos cadavéricos de um pombo morto estatelado na entrada de casa. Vidrados e sem vida, a não ser pelo movimento do reflexo da garota estampado neles, ao dobrar os joelhos e estender a mão. Não para tocá-lo, apenas para se aproximar o bastante.

— Está pronta para ir, picles? — perguntou o pai de Pip.

Ela se encolheu quando o homem fechou a porta da frente com uma batida forte, o barulho de um tiro escondido nos ecos. A outra companhia de Pip.

— Es-estou — disse ela, ajeitando a postura e o tom de voz.

Respire, apenas respire.

— Olha. — Ela apontou para o pássaro, sem necessidade. — Um pombo morto.

O pai se abaixou para dar uma olhada, sua pele negra se enrugando em torno dos olhos que se estreitaram, e o terno completo impecável se amarrotou na altura dos joelhos. E então sua expressão mudou para uma que Pip conhecia muito bem. Ele estava prestes a dizer algo espertinho e ridículo, como...

— Churrasquinho de pombo para o jantar?

É, como era de se esperar. Nos últimos tempos, quase todas as frases que saíam de sua boca eram piadas, como se estivesse se esforçando muito mais para fazê-la sorrir. Pip cedeu, entrando na brincadeira.

— Só se vier acompanhado de purê de barata — replicou ela, finalmente deixando de lado o olhar vazio do pombo e apoiando a mochila cor de bronze num dos ombros.

— Rá! — Ele deu um tapinha nas costas dela, radiante. — Minha filha mórbida.

Houve outra mudança na expressão dele quando percebeu o que disse e todos os outros significados que rodeavam essas três simples palavras. Pip não conseguia escapar da morte, mesmo naquela manhã ensolarada no final de agosto, em um momento de descuido com o pai. Parecia que agora toda a sua vida se resumia a isso.

Seu pai se livrou do constrangimento, que era sempre algo passageiro para ele, e indicou o carro com a cabeça.

— Vamos, você não pode se atrasar para essa reunião.

— Certo — concordou ela, abrindo a porta do carona e se sentando, sem saber o que mais dizer, sua mente sendo deixada para trás, com o pombo, conforme o carro se afastava da casa.

Ela voltou para si quando eles entraram no estacionamento da estação de trem de Little Kilton. O lugar estava cheio, o sol refletindo nas fileiras de carros.

O pai de Pip suspirou.

— Ah, aquele arrombado do Porsche pegou minha vaga de novo.

Arrombado: mais uma expressão que Pip imediatamente se arrependeu de ter ensinado para ele.

As únicas vagas livres estavam na extremidade oposta, perto da cerca de arame e fora do alcance das câmeras. O antigo reduto de Howie Bowers. Dinheiro em um bolso, saquinhos de papel no outro. E, antes que Pip pudesse se conter, o barulho do cinto de segurança se soltando se transformou nos sapatos de Stanley Forbes batendo no chão de concreto atrás dela. De repente era noite, e Howie não estava na prisão, mas bem ali, sob a luz alaranjada, as sombras recaindo sobre seus olhos. Stanley o encontra, trocando um punhado de dinheiro por sua vida, por seu segredo. E, quando ele se vira para Pip, os olhos estão cadavéricos e seis buracos se abrem no corpo dele, derramando sangue em sua camisa e no concreto, e, de alguma forma, nas mãos dela também. As mãos dela estão cobertas de sangue, e...

— Vamos, picles? — chamou seu pai, segurando a porta aberta para ela sair.

— Vamos — respondeu Pip, enxugando as mãos em sua calça mais elegante.

O trem para a estação Marylebone, em Londres, estava ainda mais lotado, passageiros de pé ombro a ombro, oferecendo sorrisos amarelos que substituíam os pedidos de desculpa quando esbarravam um no outro. Havia mãos demais na barra de metal, então Pip se apoiou no braço dobrado de seu pai para se estabilizar. Quem dera tivesse funcionado.

Ela viu Charlie Green duas vezes no trem. A primeira foi ao reparar na parte de trás da cabeça de um homem, antes de ele mudar de posição para ler o jornal de forma mais confortável. Na segunda, Charlie era um homem que esperava na plataforma, segurando uma arma. Mas, quando ele entrou no vagão, seu rosto ficou diferente, perdeu toda a semelhança com Charlie Green, e a arma era apenas um guarda-chuva.

Quatro meses haviam passado, e a polícia ainda não o encontrara. Sua esposa, Flora, se entregara na delegacia de Hastings oito semanas atrás. No meio da fuga, eles acabaram se perdendo um do outro. Ela não sabia o paradeiro do marido, mas os boatos que circulavam na internet diziam que o homem tinha dado um jeito de chegar à França. Ainda assim, Pip procurava por ele, não porque queria que ele fosse pego, mas porque precisava que o encontrassem. E essa diferença era crítica, a razão pela qual as coisas nunca poderiam voltar ao normal.

O pai de Pip chamou sua atenção.

— Está nervosa com a reunião? — perguntou ele acima dos guinchos das rodas do trem, a velocidade diminuindo ao se aproximarem de Marylebone. — Vai dar tudo certo. Só escute o Roger, está bem? Ele é um ótimo advogado, sabe do que está falando.

Roger Turner trabalhava no escritório de seu pai e era *o melhor* em casos de difamação, pelo visto. Eles o encontraram alguns minutos depois, esperando do lado de fora do antigo centro de conferências de tijolinhos vermelhos, onde a sala de reunião foi reservada.

— Olá de novo, Pip — cumprimentou Roger, estendendo a mão para ela.

Pip se apressou em verificar se havia sangue na própria mão antes de apertar a dele.

— Teve um bom fim de semana, Victor?

— Tive, Roger, obrigado. E trouxe as sobras para o almoço de hoje, então vai ser uma ótima segunda-feira também.

— Acho que é melhor irmos andando, então, se você estiver pronta — disse Roger para Pip, checando as horas em seu relógio, a outra mão segurando uma pasta reluzente.

Pip assentiu. Sentia as mãos úmidas de novo, mas era de suor. Apenas suor.

— Você vai ficar bem, querida — garantiu o pai para ela, endireitando o colarinho de Pip.

— É verdade, eu já fiz milhares de mediações. — Roger abriu um sorriso largo, afastando o cabelo grisalho do rosto. — Não precisa se preocupar.

— Me liga quando terminar. — O pai de Pip se inclinou para beijar o topo da cabeça dela. — Nos vemos em casa mais tarde. Roger, até daqui a pouco no trabalho.

— Isso, até mais, Victor. Pode entrar, Pip.

Eles usariam a sala de reuniões 4E, no último andar. Pip pediu para subirem de escada, porque, se seu coração estivesse batendo mais rápido por esse motivo, não seria por nenhum outro. Era assim que ela encontrava justificativas para si mesma, e era por isso que ela tinha começado a correr sempre que sentia o peito apertar. Corria até que houvesse um tipo diferente de dor.

Eles alcançaram o último andar, o velho Roger ofegante a vários passos atrás dela. Um homem vestido de forma sofisticada se encontrava no corredor do lado de fora da 4E e sorriu ao vê-los.

— Ah, você deve ser Pippa Fitz-Amobi — disse ele.

Outra mão estendida, outra olhada na própria mão para ver se havia sangue.

— E você, o advogado dela, Roger Turner. Meu nome é Hassan Bashir, e hoje serei seu mediador independente.

Ele sorriu, empurrando os óculos mais para cima do nariz fino. Parecia gentil, tão ansioso que estava quase dando pulinhos. Pip odiou a ideia de estragar o dia dele, o que ela sem dúvida faria.

— Prazer — cumprimentou ela, pigarreando.

— Igualmente. — Ele bateu as mãos, assustando Pip. — Então, os outros já estão na sala de reuniões, todos prontos. A menos que você tenha alguma dúvida de antemão — ele olhou para Roger —, acho que podemos começar.

— Certo. Tudo ótimo — respondeu o advogado.

Roger deu um passo para o lado, colocando-se na frente de Pip, para assumir o comando enquanto Hassan recuava para segurar a porta da 4E aberta. Estava silencioso lá dentro. Roger entrou, acenando com a cabeça em agradecimento a Hassan. E então foi a vez de Pip. Ela respirou fundo, arqueando os ombros, e soltou o ar pelos dentes cerrados.

Estava pronta.

Entrou na sala, e o rosto dele foi a primeira coisa que viu. Sentado do lado oposto da mesa comprida, com as maçãs do rosto angulosas, o cabelo loiro bagunçado e penteado para trás. Ele se virou, e seu olhar tinha algo de sombrio e arrogante quando encontrou o de Pip.

Max Hastings.

Os pés de Pip congelaram, mas não foi ela que os obrigou a parar. Foi algo instintivo, um conhecimento tácito: mais um passo que fosse a colocaria perto demais *dele*.

— Aqui, Pip — ofereceu Roger, puxando a cadeira bem em frente a Max, indicando a ela que se sentasse.

Ao lado de Max e em frente a Roger, encontrava-se Christopher Epps, o mesmo advogado que havia representado Max em seu julgamento. Pip havia ficado cara a cara com esse homem no banco de testemunhas, e ela estava usando exatamente o mesmo terninho de quando ele a torturou com aquela voz cortante. Ela o odiava também, mas o sentimento estava subordinado ao ódio que ela tinha da pessoa sentada à sua frente. Apenas uma mesa entre eles.

— Certo. Olá, pessoal — disse Hassan, animado, sentando-se em sua respectiva cadeira na ponta da mesa, entre os dois grupos. — Vamos agilizar as introduções. Meu papel como mediador significa que estou aqui para fazer vocês chegarem a um acordo que seja aceitável para ambas as partes. Meu único propósito é deixar todos felizes, está bem?

Era evidente que Hassan não havia notado o clima pesado na sala.

— O propósito da mediação é, em essência, evitar litígios. Um processo judicial é muito complicado e custa caro para todos os envolvidos, então é sempre melhor ver se conseguimos chegar a um acordo antes mesmo de uma ação judicial ser aberta.

Ele abriu um grande sorriso, primeiro para o lado de Pip, depois para o de Max. Um sorriso compartilhado e igualitário.

— Se não conseguirmos chegar a um acordo, o sr. Hastings e seu advogado pretendem abrir um processo de difamação contra a srta. Fitz-Amobi por um tweet e uma postagem em seu blog no dia 3 de maio deste ano, que eles alegam conter uma declaração difamatória e um arquivo de áudio. — Hassan consultou suas anotações. — O sr. Epps, em nome do requerente, sr. Hastings, diz que a declaração difamatória teve um efeito muito grave em seu cliente, tanto na questão da saúde mental quanto nos danos irreparáveis à sua reputação. Isso, por sua vez, levou a dificuldades financeiras, pelas quais ele está pedindo indenização.

As mãos de Pip se fecharam em seu colo, os nós dos dedos se projetando como uma espinha dorsal pré-histórica. Ela não sabia se conseguiria permanecer sentada ouvindo tudo aquilo, não sabia mesmo. Mas respirou e tentou por seu pai, por Roger e pelo pobre Hassan ali.

Na mesa, diante de Max, estava a detestável garrafa de água dele, é claro. Feita de um plástico azul-escuro, com um bico de borracha no topo. Não era a primeira vez que Pip o via com ela. Acontece que, em uma cidade pequena como Little Kilton, as rotas de corrida tendiam a convergir e se cruzar. Pip havia começado a ficar à espera da visão de Max correndo enquanto ela fazia o mesmo, quase como se ele estivesse insistindo naquilo de propósito. E sempre com a droga da garrafa azul.

Max a viu encarando a garrafa. Ele estendeu a mão para pegá-la, apertou o botão para liberar o bico com um estalo e tomou um longo e barulhento gole, bochechando antes de engolir. Os olhos dele permaneceram em Pip o tempo todo.

Hassan afrouxou um pouco a gravata.

— Então, sr. Epps, se quiser, pode fazer sua declaração inicial.

— Certamente — disse Epps, mexendo nos papéis, a voz tão ríspida quanto Pip se lembrava. — Meu cliente enfrentou intenso sofrimento desde que a srta. Fitz-Amobi soltou uma declaração caluniosa na noite do dia 3 de maio, em especial porque a srta. Fitz-Amobi tem uma presença on-line significativa, totalizando mais de trezentos mil seguidores naquele momento. Meu cliente tem uma educação de alto nível de uma universidade respeitável, o que significa que ele deveria ser um candidato muito cobiçado em processos seletivos de emprego para diplomados.

Max bebeu de sua garrafa outra vez, como se para enfatizar o que estava sendo dito.

— Todavia, nos últimos meses, o sr. Hastings tem tido dificuldade em encontrar um emprego no nível que merece. Isso se deve de maneira direta ao prejuízo à sua reputação que a declaração caluniosa da srta. Fitz-Amobi causou. Por consequência, meu cliente ainda precisa morar na casa dos pais, porque não consegue encontrar um trabalho apropriado e, portanto, não possui condições de pagar um aluguel para morar em Londres.

Ah, coitadinho do estuprador em série, pensou Pip, transmitindo a mensagem com os olhos.

— Mas os danos não recaem apenas sobre o meu cliente — continuou Epps. — Seus pais, o sr. e a sra. Hastings, também sofreram com o estresse e até tiveram que sair do país recentemente para ficar na segunda residência deles, em Florença, por alguns meses. A casa deles foi vandalizada na mesma noite em que a srta. Fitz-Amobi publicou a declaração difamatória. Alguém pichou, na frente da propriedade deles, as palavras *Estuprador, vou acabar com você...*

— Sr. Epps — interrompeu-o Roger. — Espero que não esteja sugerindo que minha cliente teve qualquer conexão com o ato de vandalismo. A polícia nunca sequer a contatou para averiguar o ocorrido.

— Claro que não, sr. Turner — retrucou Epps. — Estou mencionando isso porque podemos supor uma ligação de causalidade entre a declaração caluniosa da srta. Fitz-Amobi e o ato de vandalismo, visto que ele ocorreu poucas horas depois da declaração. Por conseguinte, a família Hastings não se sentiu segura na própria casa e teve que instalar câmeras de segurança voltadas para a rua. Espero que isso explique, em parte, não apenas as dificuldades financeiras que o sr. Hastings tem sofrido, mas também a extrema dor e sofrimento dele e de sua família após a declaração maliciosa e difamatória da srta. Fitz-Amobi.

— Maliciosa? — questionou Pip, o calor subindo por suas bochechas. — Eu chamei ele de estuprador, e ele *é* um estuprador, então...

— Sr. Turner — vociferou Epps, a voz aumentando. — Sugiro que aconselhe sua cliente a ficar quieta e a se lembrar de que qualquer declaração difamatória que ela fizer agora pode ser classificada como calúnia.

Hassan ergueu as mãos.

— Claro, claro, vamos todos parar por um momento. Srta. Fitz-Amobi, seu lado terá a oportunidade de falar mais tarde.

Ele afrouxou a gravata de novo.

— Está tudo bem, Pip, deixa que eu cuido disso — disse Roger para ela, baixinho.

— Vale lembrar à srta. Fitz-Amobi — retomou Epps, nem mesmo olhando para ela, sua visão focada em Roger — que quatro meses atrás meu cliente foi julgado no Tribunal da Coroa e declarado *inocente* de todas as acusações. Essa é toda a prova de que você precisa de que a declaração feita em 3 de maio foi, de fato, difamatória.

— Dito isso — interveio Roger, folheando os próprios papéis —, uma declaração só pode ser considerada caluniosa se for apresentada como um fato. O tweet da minha cliente foi o seguinte: "Última atualização do julgamento de Max Hastings. Não me importa a decisão do júri: ele é culpado." — Roger pigarreou. — Então, a expressão *não me importa* claramente coloca a declaração como subjetiva, uma opinião, não um fato...

— Ah, não me venha com essa — interrompeu Epps. — Você está tentando relacionar a afirmação dela ao direito de liberdade de opinião? Jura? Convenhamos. É evidente que a declaração foi dita como um fato, e o arquivo de áudio foi apresentado como se fosse mesmo real.

— É real — disse Pip. — Quer ouvir?

— Pip, por favor...

— Sr. Turner...

— É perceptível que foi manipulado — falou Max pela primeira vez, com uma calma enlouquecedora, cruzando as mãos, os olhos focados apenas no mediador. — Eu nem falo daquele jeito.

— De que jeito? Como um estuprador? — vociferou Pip.

— SR. TURNER...

— Pip...

— Está bem, pessoal! — Hassan se levantou. — Vamos acalmar os ânimos. Todos teremos oportunidade de falar. Lembrem-se: estamos aqui para garantir que todos fiquem felizes com o acordo. Sr. Epps, o senhor poderia nos explicar como o seu cliente gostaria que os danos fossem reparados?

Epps fez uma pequena mesura com a cabeça, tirando uma folha do fundo da pilha.

— Por danos especiais, considerando que meu cliente deveria estar empregado nos últimos quatro meses, com um salário mensal do nível que esperaríamos para sua formação. Isso daria pelo menos três mil libras esterlinas. A perda financeira, portanto, seria de doze mil libras.

Max bebeu da garrafa de água de novo, o líquido descendo por sua garganta. Pip teria adorado esmagar a droga da garrafa na cara dele. Se houvesse sangue em suas mãos, deveria ser o dele.

— É claro que nenhum valor monetário pode ser atribuído à dor e à angústia mental sofrida pelo meu cliente e por sua família. Mas achamos que uma soma de oito mil libras poderia ser adequada, totalizando vinte mil libras esterlinas.

— Ridículo — disse Roger, balançando a cabeça. — Minha cliente só tem dezoito anos.

— Sr. Turner, o senhor deveria me deixar terminar — escarneceu Epps, lambendo o dedo para virar a página. — Contudo, discutindo com meu cliente, na opinião dele, o sofrimento contínuo foi causado pelo fato de que a declaração caluniosa não foi retratada e nenhum pedido de desculpas foi emitido, o que seria realmente de maior valor para ele que qualquer reparação de danos da ordem monetária.

— A srta. Fitz-Amobi deletou a postagem semanas atrás, quando sua carta inicial de solicitação foi enviada — argumentou Roger.

— Sr. Turner, por favor — replicou Epps.

Se Pip tivesse que escutá-lo dizer *por favor* mais uma vez, era bem possível que esmagasse o rosto dele também.

— Deletar o tweet depois de tudo não mitiga o dano causado à reputação dele. Então, nossa proposta é a seguinte: a srta. Fitz-Amobi divulga uma declaração na mesma conta pública, na qual retrata sua declaração difamatória original admitindo o delito e se desculpa por qualquer mal que suas palavras tenham causado ao meu cliente. Além disso, e trata-se de um ponto crítico, então prestem muita atenção: no comunicado, ela deve admitir que adulterou o áudio em questão e que meu cliente nunca disse aquelas palavras.

— Vai se foder.

— Pip...

— Srta. Fitz-Amobi — implorou Hassan, lutando contra a gravata como se ela estivesse se apertando em volta de seu pescoço, correndo atrás do próprio rabo.

— Vou ignorar a explosão da sua cliente, sr. Turner — disse Epps. — Se essas exigências forem atendidas, aplicaremos um desconto, vamos dizer assim, à questão monetária, reduzindo-a pela metade: dez mil libras.

— Está bem, é um bom ponto de partida. — Hassan assentiu, tentando retomar o controle. — Sr. Turner, o senhor gostaria de responder à proposta?

— Obrigado, sr. Bashir — disse Roger, tomando a palavra. — A proposta ainda está muito alta. O senhor faz grandiosas suposições sobre o potencial que seu cliente teria de ser contratado. Não o vejo como um candidato particularmente espetacular, ainda mais no mercado de trabalho atual. Minha cliente só tem dezoito anos. A única renda dela vem da receita de anúncios de seu podcast de *true crime*, e ela começa a universidade em algumas semanas, o que acarretará uma grande dívida estudantil. Tendo isso em mente, o pedido não é razoável.

— Certo, sete mil — propôs Epps, estreitando os olhos.

— Cinco mil — rebateu Roger.

Epps lançou um olhar rápido para Max, que lhe deu um leve aceno de cabeça, curvando-se de lado na cadeira.

— Podemos concordar com isso — disse Epps —, em conjunto com a retratação e o pedido de desculpas.

— Bom, parece que estamos chegando a algum lugar. — Um sorriso cauteloso voltou ao rosto de Hassan. — Sr. Turner, srta. Fitz--Amobi, podemos ouvir suas opiniões a respeito desses termos?

— Bem — Roger começou a dizer —, acredito que...

— Nada feito — interveio Pip, afastando a cadeira da mesa com um empurrão, as pernas do móvel guinchando ao serem arrastadas pelo chão polido.

— Pip. — Roger virou-se para ela antes que a garota pudesse se levantar. — Por que não discutimos isso em outro lugar e...?

— Não vou retratar minha declaração e não vou mentir e dizer que o arquivo de áudio foi adulterado. Eu o chamei de estuprador porque ele é um estuprador. Eu prefiro morrer a pedir desculpas para você.

Ela mostrou os dentes para Max, a raiva envolvendo seu corpo, cobrindo sua pele.

— SR. TURNER! Controle sua cliente, por favor! — Epps bateu na mesa.

Hassan se agitou, sem saber o que fazer.

Pip se pôs de pé.

— Tem um problema em você me processar, Max. — Ela cuspiu o nome dele, incapaz de suportá-lo na língua. — Eu tenho a melhor defesa: a verdade. Então, vai em frente, pode entrar com o processo. Vejo você no tribunal. E você sabe como funciona, não é? Vai ter que provar se a minha declaração é verdadeira ou falsa, o que significa que poderemos revisar o seu julgamento de estupro. Todas as mesmas testemunhas, os depoimentos das vítimas, as evidências. Não haverá acusações criminais, mas pelo menos todos saberão o que você é, para sempre. Estuprador.

— Srta. Fitz-Amobi!

— Pip...

Ela apoiou as mãos na mesa e se inclinou para a frente, os olhos ardentes, perfurando os de Max. Quem dera seu olhar pudesse lançar chamas nos dele, queimar o rosto dele enquanto ela assistia à cena.

— Você realmente acha que pode se safar uma segunda vez? Convencer mais um júri de doze pessoas de que você não é um monstro?

O olhar dele atravessou o dela.

— Você enlouqueceu — zombou Max.

— Talvez. Se for o caso, você deveria estar apavorado.

— Certo! — Hassan se levantou e bateu palma. — Talvez nós devêssemos fazer uma pausa para tomar um chá e comer uns biscoitos.

— Por mim, já deu — anunciou Pip, com a mochila nas costas, e abriu a porta com tanta força que o estrondo ricocheteou na parede.

— Srta. Fitz-Amobi, por favor, volte. — A voz desesperada de Hassan a seguiu pelo corredor.

Passos também. Pip se virou. Era só Roger, guardando, desajeitado, os papéis na pasta.

— Pip — disse ele, sem fôlego. — Eu realmente acho que nós deveríamos...

— Não vou negociar com ele.

— Espera aí! — O grito de Epps encheu o corredor, como se ele estivesse correndo para se juntar aos dois. — Me dê só um minuto, por favor — disse ele, ajeitando o cabelo grisalho. — Vamos esperar um mês ou coisa assim antes de entrar com a ação, está bem? Evitar um processo judicial realmente seria melhor para todos. Então, pense bem sobre isso por algumas semanas, quando os sentimentos não estiverem tão à flor da pele.

Epps a encarou.

— Não preciso pensar sobre nada — respondeu Pip.

— Por favor, só... — insistiu ele.

Epps levou uma das mãos ao bolso do terno, tirando dois cartões de visita cor de marfim.

— Meu cartão — disse ele, oferecendo um para ela e outro para Roger. — Meu número de celular está aí também. Pense um pouco e, se mudar de ideia, pode me ligar a qualquer hora.

— Eu não vou — declarou ela, pegando o cartão com relutância, enfiando-o no bolso vazio do terninho.

Christopher Epps a estudou por um instante, as sobrancelhas contraídas com o que parecia preocupação. Pip sustentou o olhar dele. Olhar em outra direção seria o mesmo que deixá-lo vencer.

— E talvez só um conselho — acrescentou Epps. — Aceite-o se quiser, mas é que já vi pessoas se perdendo em uma espiral autodestrutiva. Caramba, eu já representei várias delas. No final, você só vai acabar machucando todos ao seu redor e a si mesma. Você não vai conseguir evitar isso. Sugiro que desista antes de perder tudo.

— Obrigada pelo conselho imparcial, sr. Epps — retrucou Pip. — Mas parece que o senhor me subestima. Eu estaria disposta a perder tudo, a me destruir, se isso também significasse destruir o seu cliente. Parece uma troca justa. Tenha um bom dia, sr. Epps.

Ela lançou um sorriso doce e ácido enquanto lhe dava as costas. Pip acelerou o passo, seus sapatos batendo quase no mesmo ritmo de seu coração turbulento. E ali, logo abaixo de seu batimento cardíaco, sob camadas de músculos e tendões, estava o som de uma arma disparando seis vezes.

TRÊS

Ele percebeu que Pip o observava: o cabelo caindo na testa, a curva da covinha no queixo, onde o dedo mindinho dela se encaixava perfeitamente, os olhos escuros e a chama dançando neles por causa da nova vela com aroma de Especiarias do Outono da mãe dela. De alguma forma, os olhos dele estavam sempre brilhantes, resplandecentes, como se fossem iluminados de dentro para fora. Ravi Singh era o oposto de alguém com olhos cadavéricos. O antídoto. Pip precisava se lembrar disso de vez em quando. Então ela aproveitava para olhar para ele e absorver cada detalhe, não deixava nenhum passar.

— Ei, tarada. — Ravi sorriu do outro lado do sofá. — O que você está encarando?

— Nada.

Pip deu de ombros, sem desviar o olhar.

— O que é *tarado*? — A voz de Josh veio do tapete, onde ele estava montando Lego num formato que não dava para identificar. — Alguém me chamou disso no *Fortnite*. Isso é pior do que, você sabe, aquele palavrão com F?

Pip bufou, vendo o rosto de Ravi ganhar uma expressão de pânico, a boca franzida, as sobrancelhas desaparecendo sob o cabelo. Ele olhou para trás, em direção à porta da cozinha, onde os pais de Pip estavam fazendo barulho, lavando a louça do jantar que ela e Ravi tinham cozinhado.

— Hm, não, não é tão ruim assim — disse Ravi, esforçando-se para soar casual. — Mas seria melhor não falar essa palavra, está bem? Ainda mais na frente da sua mãe.

— Mas o que tarados fazem?

Josh encarou Ravi, e por um breve momento Pip se perguntou se o irmão sabia direitinho o que estava fazendo, se estava gostando de ver Ravi desconfortável e sem saída.

— Eles, hm... — Ravi fez uma pausa. — Eles observam as pessoas de um jeito esquisito.

— Ah. — Josh assentiu, pelo visto aceitando a explicação. — Tipo o cara que fica olhando pra nossa casa?

— Isso. Calma... Não — disse Ravi. — Não tem nenhum tarado observando a sua casa.

Ravi olhou para Pip em busca de ajuda.

— Não posso ajudar — sussurrou Pip com um sorrisinho. — Você cavou a própria cova.

— Valeu, Pippus Maximus.

— É... Será que a gente pode aposentar esse novo apelido? — sugeriu ela, lançando uma almofada nele. — Não gosto dele. A gente pode voltar para sargento? Eu gosto de sargento.

— Eu chamo ela de ParalelePip — comentou Josh. — Ela também odeia esse.

— Mas combina tanto com você — argumentou Ravi, cutucando-a nas costelas com os dedos dos pés. — Você tem a maior quantidade de Pipeza que qualquer Pip poderia ter. A Ultra-Pip. Vou apresentar você para minha família neste fim de semana como Pippus Maximus.

Ela revirou os olhos e o acertou com o dedo do pé em um lugar que o fez gritar.

— A Pip já viu sua família várias vezes.

Josh olhou para Ravi, confuso. Ele parecia estar passando por uma nova fase pré-onze anos, em que tinha que se inserir em todas as conversas em andamento dentro da casa. Ele até opinara sobre absorventes no dia anterior.

— Ah, são os *outros* parentes, Josh. Muito mais assustadores. Primos e, ouso até dizer, *as tias* — contou Ravi, dramático, mexendo os dedos como se a palavra representasse algo assustador.

— Tudo bem — comentou Pip. — Estou preparada. Só preciso revisar minha planilha mais algumas vezes e vai dar tudo certo.

— E também tem... Espera. — Ravi parou de falar, franzindo as sobrancelhas. — O que você disse? Eu ouvi *planilha*?

— A-Aham.

Ela se remexeu, as bochechas esquentando. Não pretendia contar isso para o namorado. O hobby preferido de Ravi no mundo inteiro era implicar com ela, Pip não precisava lhe dar mais material.

— Não é nada.

— É, sim. Que planilha?

Ravi se endireitou. Se seu sorriso ficasse mais largo, dividiria seu rosto ao meio.

— Nada.

Pip cruzou os braços.

Ele disparou para a frente antes que a garota pudesse se defender e avançou no lugar onde ela mais sentia cócegas: o espaço entre o pescoço e o ombro.

— Ai, para. — Pip riu, sem conseguir evitar. — Ravi, para. Estou com dor de cabeça.

— Então me conta dessa planilha — exigiu ele, recusando-se a ceder.

— Está bem. — Ela engasgou, sem fôlego, e Ravi finalmente parou. — É que... fiz uma planilha para anotar o que você me contou sobre a sua família. Só os detalhes, para eu conseguir lembrar. Assim, quando eu conhecer seus parentes, talvez eles, sei lá, gostem de mim.

Pip se recusava a olhar para Ravi, sabendo qual expressão encontraria em seu rosto.

— Que tipo de detalhes? — perguntou ele, a voz cheia de uma diversão que mal conseguia conter.

— Tipo, hm... Ah, sua tia Priya, que é a irmã mais nova da sua mãe... Ela também gosta muito de documentários de *true crime*, então seria bom conversar com ela sobre isso. E sua prima Deeva gosta muito de correr e de coisas fitness, se não me engano. — Pip deu de ombros. — Ah, e por mais que eu me esforce, sua tia Zara não vai gostar de mim, então não é para eu ficar muito decepcionada.

— É verdade. — Ravi riu. — Ela odeia todo mundo.

— Eu sei, você disse.

Ele a observou demoradamente, a risada brincando em silêncio em seu rosto.

— Não acredito que você estava anotando tudo em segredo.

Em um movimento rápido, Ravi ficou de pé, colocou os braços sob Pip e a levantou, balançando-a enquanto ela protestava.

— Por trás desse exterior grande e duro, temos aqui uma pessoa esquisita e fofinha — declarou ele.

— A Pip não é fofinha. — Josh precisou dizer.

Ravi a soltou, devolvendo-a ao sofá.

— Certo — disse, alongando-se. — É melhor eu ir embora. Nem todo mundo precisa madrugar amanhã para aprender coisas jurídicas, mas minha namorada provavelmente vai precisar de um bom advogado um dia, então...

Ravi piscou para Pip. Ele dissera a mesma coisa quando ela lhe contara como tinha sido a reunião de mediação.

Ainda era a primeira semana dele na faculdade de Direito, e Pip já conseguia ver como ele amava aquilo, embora odiasse a parte de acordar cedo. No primeiro dia de aula, ela lhe dera uma camiseta que dizia: *Advogado – Carregando...*

— Enfim. Tchau, Joshua — disse ele, cutucando o menino com o pé. — Meu ser humano preferido.

— Sério? — Josh sorriu para ele. — E a Pip?

— Ah, ela está em segundo lugar, por pouco — respondeu Ravi, virando-se para ela.

Ravi beijou a testa de Pip, sua respiração no cabelo dela, e, quando Josh não estava olhando, se abaixou para um beijo na boca.

— Eu ouvi isso — disse Josh mesmo assim.

— Só vou dar tchau para a sua mãe e para o seu pai — comentou Ravi. Mas então ele fez uma pausa e se virou, voltando para cochichar na orelha de Pip: — E vou contar para sua mãe que, infelizmente, é por sua causa que o seu irmão de dez anos acha que um tarado está observando esta casa e que não tenho nada a ver com isso.

Pip deu um aperto de leve no cotovelo de Ravi, um de seus *eu te amo* secretos, rindo sozinha enquanto ele se afastava.

O sorriso ficou por um tempinho a mais dessa vez, depois de Ravi ter ido embora. É verdade. Mas quando Pip subiu as escadas e se viu sozinha em seu quarto, percebeu que o sorriso tinha ido embora de fininho. E ela nunca sabia como trazê-lo de volta.

A dor de cabeça estava começando a dar pontadas em suas têmporas e seus olhos se concentravam na janela, na escuridão que crescia lá fora. As nuvens se acumulavam num formato escuro, à espreita. Era noite. Pip conferiu o relógio do celular, tinha acabado de dar nove horas. Não demoraria muito para todos irem para a cama, embalados pelo sono. Todos, menos ela. O par de olhos solitários em uma cidade adormecida, implorando para a noite passar.

Ela havia prometido a si mesma que pararia. A última vez tinha sido a última vez. Ela havia repetido isso como um mantra. Porém, mesmo quando tentava convencer a si mesma, mesmo quando apertava as mãos fechadas contra as têmporas para causar uma fonte ainda maior de dor, ela sabia que era inútil, que perderia. Pip sempre perdia. E estava cansada, tão cansada de lutar contra isso.

Pip foi até a porta do quarto e a fechou com delicadeza, caso alguém passasse por ali. Sua família nunca poderia saber. Nem Ravi. Principalmente Ravi.

Ela apoiou o iPhone na escrivaninha, entre o notebook e o volumoso fone de ouvido preto. Abriu a gaveta, a segunda da direita, e começou a tirar o que tinha lá dentro: a caixinha de alfinetes, o barbante vermelho, uma cola em bastão.

Ela tirou o bloco tamanho A4 e alcançou o fundo da gaveta. O fundo falso que ela havia feito com papelão branco. Pip enfiou as pontas dos dedos em um lado e o levantou.

Lá embaixo, escondidos sob o fundo falso, estavam os celulares descartáveis. Todos os seis, enfileirados. Seis celulares pré-pagos que ela havia comprado com dinheiro, cada um em uma loja diferente, com um boné cobrindo o rosto enquanto pagava.

Os celulares a encaravam.

Só mais uma vez, e então ela pararia. Ela prometeu.

Pip pegou o da esquerda, um Nokia antigo e cinza. Ela apertou o botão de ligar, os dedos tremendo com a força que fazia. Havia um som familiar que estava escondido nas batidas de seu coração. O celular se iluminou com uma luz de fundo esverdeada, dando-lhe boas-vindas. No menu simples, Pip selecionou as mensagens e então o único contato salvo naquele celular. O único contato salvo em qualquer um deles.

Os polegares lutavam contra os botões, e ela apertou uma vez o número 7 para digitar a letra P.

Posso ir agora?, escreveu. Pip apertou "enviar" com uma última promessa para si mesma: seria de fato a última vez.

Ela esperou, observando o espaço vazio abaixo de sua mensagem. Desejou que a resposta aparecesse, concentrava-se apenas nisso, não no barulho que aumentava em seu peito. Mas agora que ela havia pensado no som, não conseguia parar de pensar, não conseguia parar de ouvir. Segurou a respiração e desejou ainda mais.

Funcionou.

Pode, respondeu ele.

QUATRO

Era uma disputa entre as batidas de seu coração e o barulho dos tênis na calçada. O som a mantinha viva, do peito até os pés, e era abafado apenas por seus fones de ouvido. Mas Pip não conseguia mentir para si mesma. Não era o exercício que fazia seus batimentos acelerarem, afinal, ela só tinha corrido por quatro minutos e já estava ali, virando a Beacon Close. Seu coração tinha ultrapassado seus pés.

Ela dissera aos pais que estava saindo para dar uma corridinha, como sempre fazia, de legging azul-escura e um top esportivo, então pelo menos o fato de ela estar correndo lhe conferia um pouquinho de honestidade. Pequenas doses de sinceridade era tudo o que ela podia esperar. Às vezes, só correr já era o bastante, mas não naquela noite. Não, havia apenas uma coisa que podia ajudá-la.

Pip diminuiu a velocidade ao se aproximar do número treze, baixando o fone até o pescoço. Ela fincou os pés no chão e ficou parada por um instante, verificando se precisava mesmo fazer isso. Se desse mais um passo, não teria mais volta.

Ela andou até a casa geminada, passando pela reluzente BMW branca estacionada torta. Os dedos de Pip ignoraram a campainha da porta vermelha-escura, fechando-se em punho para bater na madeira. A campainha não era permitida, fazia muito barulho e os vizinhos podiam perceber.

Pip bateu de novo até conseguir ver a silhueta dele no vidro fosco, ficando cada vez mais alta. O barulho da tranca deslizando, e então a porta se abrindo e o rosto de Luke Eaton aparecendo na fresta. No escuro, as tatuagens que subiam por seu pescoço e pela lateral de seu rosto faziam parecer que sua pele havia se partido, tiras de carne se reconstruindo para formar uma teia.

Ele abriu a porta apenas o bastante para ela passar.

— Entra, rápido — ordenou, ríspido, virando-se para avançar pelo corredor. — Estou esperando uma pessoa que vai chegar daqui a pouco.

Pip fechou a porta e seguiu Luke até a cozinha pequena e quadrada. Ele estava com o mesmo short de basquete escuro que usara quando Pip o conhecera, quando ela tinha ido até lá conversar com Nat da Silva sobre o desaparecimento de Jamie Reynolds. Felizmente, Nat havia se afastado de Luke. A casa estava vazia, só os dois ali.

Luke se abaixou para abrir um dos armários da cozinha.

— Achei que você tinha dito da última vez que já era. Que não iria voltar.

— Eu disse, né? — respondeu Pip, sem rodeios, cutucando as unhas. — Preciso dormir. Só isso.

Luke remexeu no armário e voltou a se levantar, agora com um saco de papel na mão. Ele o abriu e mostrou o interior para Pip.

— São comprimidos de dois miligramas dessa vez — explicou, chacoalhando o saco. — Por isso não tem tantos.

— Ah, está bem — disse ela, olhando para Luke.

Desejou não ter olhado.

Pip sempre se pegava estudando o relevo do rosto dele, procurando por semelhanças com Stanley Forbes. Os dois foram os últimos suspeitos de Charlie Green em relação à identidade da Criança Brunswick, dentre todos os homens de Little Kilton. Mas Luke tinha sido a alternativa errada, o cara errado, e tinha sorte de ainda estar vivo. Pip nunca vira o sangue dele, nunca ficara coberta pelo sangue dele, como acontecera com o de Stanley. Estava nas mãos dela agora, a sensação das costelas se quebrando debaixo das pontas de seus dedos. Pingando no chão de linóleo.

Não, era apenas suor, apenas um tremor.

Pip decidiu fazer alguma coisa para ocupar as mãos. Então tirou o dinheiro do cós da legging, folheando as notas na frente de Luke até ele assentir. Entregou-lhe o dinheiro e, em seguida, pegou o saco de papel, amassando-o ao segurá-lo.

Luke parou, uma nova expressão em seus olhos. Uma que se aproximava perigosamente da pena.

— Sabe... — começou ele, virando-se para o armário e voltando com um saquinho pequeno e transparente. — Se você estiver com dificuldades, tenho uma coisa mais forte que alprazolam. Você vai apagar rapidão.

Ele segurou o saquinho e o sacudiu. Estava cheio de tabletes ovais de um tom verde-musgo claro.

Pip os encarou, mordendo o lábio.

— Mais forte?

— Com certeza.

— O-o que é? — perguntou ela, os olhos fascinados.

— Isso — Luke balançou o saquinho outra vez — é flunitrazepam. Vai fazer você capotar.

A barriga de Pip se contraiu.

— Não, valeu. — Ela olhou para baixo. — Já experimentei.

Com isso, ela quis dizer que teve que receber uma lavagem estomacal quando Becca Bell colocou a droga em sua bebida dez meses atrás. A mesma droga que a irmã dela, Andie, estava vendendo para Max Hastings antes de morrer.

— Você que sabe — disse Luke, guardando o saquinho no bolso. — A oferta está de pé quando quiser. Só é mais caro, óbvio.

— Óbvio — repetiu ela, sua mente em outro lugar.

Pip se virou para ir embora. Luke Eaton não oferecia despedidas, nem cumprimentos, nada do tipo. Mas talvez ela devesse dar meia-volta, talvez ela devesse falar para ele que *aquela* era de fato a última vez e que ele nunca mais a veria. De que outra forma ela pararia com isso? Mas então um novo pensamento se infiltrou em sua mente, e Pip voltou à cozinha.

— Luke — chamou, em um tom mais grosseiro do que pretendia. — Esses comprimidos... o flunitrazepam. Você está vendendo para alguém da cidade? Alguém daqui compra de você?

Ele a encarou.

— É o Max Hastings? — continuou Pip. — Ele compra de você? Alto, cabelo loiro meio comprido, eloquente. É ele? É ele quem está comprando esses comprimidos?

Luke não respondeu.

— É o Max? — insistiu Pip, a urgência fazendo sua voz falhar.

A expressão de Luke endureceu. A pena que ele parecia sentir momentos antes era coisa do passado.

— Você já sabe das regras. Eu não respondo perguntas. Não faço perguntas, não dou respostas. — Havia um sorrisinho quase imperceptível em seu rosto. — As regras valem para você também. Sei que você acha que é especial, mas não é. Até a próxima.

Pip esmagou o pacote ao sair. Pensou em bater a porta com força, um lampejo de raiva percorrendo sua pele, mas desistiu. Seu coração estava ainda mais acelerado, batendo contra o peito, enchendo sua memória com o barulho de costelas se quebrando. E aqueles olhos cadavéricos estavam escondidos bem ali nas sombras dos postes. Se Pip piscasse, estariam esperando por ela na escuridão também.

Seria Max quem comprava aqueles comprimidos de Luke? Antes ele comprava de Andie Bell, que os recebia de Howie Bowers. Mas Luke sempre fora o fornecedor de Howie, e só sobrara ele: as duas pessoas menos importantes do esquema não estavam mais em ação. Se Max ainda estivesse comprando, teria que ser de Luke, era o que fazia mais sentido. Será que ele e Pip quase se cruzaram na porta da frente de Luke assim como acontecia nas suas corridas? Max ainda colocava comprimidos nas bebidas de mulheres? Ainda destruía vidas, como fez com Nat da Silva e Becca Bell? O pensamento fez o estômago de Pip revirar, e, ah, meu Deus, ela ia vomitar, bem ali no meio da rua.

Pip se curvou e tentou respirar, o pacote chacoalhando nas mãos trêmulas. Não dava mais para esperar. Ela cambaleou até o outro lado da rua, escondida sob a copa das árvores. Tirou do saco de papel um dos saquinhos transparentes, lutando para abri-lo, porque seus dedos estavam cobertos de sangue.

Suor. Apenas suor.

Ela pegou um dos longos comprimidos brancos, diferente dos que tinha tomado antes. Um lado estava marcado com três linhas e a palavra *Xanax*, o nome comercial do alprazolam, e o outro tinha o número dois. Pelo menos não era falso nem estava misturado com outra substância qualquer. Um cachorro latiu ali perto. Depressa, Pip partiu o comprimido ao meio e colocou metade na boca, já cheia de saliva. Ela o engoliu a seco.

Enfiou o pacote debaixo do braço bem quando uma pessoa e um pequeno terrier branco apareceram na esquina. Era Gail Yardley, que morava mais para a frente na sua rua.

— Ah, Pip — disse ela, os ombros relaxando. — Que susto.

A mulher a olhou de cima a baixo.

— Eu podia jurar que tinha visto você voltar para casa de uma das suas corridas um segundo atrás. Minha mente deve estar imaginando coisas.

— Acontece com os melhores — disse Pip, mudando de expressão.

— Pois é. — Gail soltou uma risada sem jeito. — Não vou ficar tomando o seu tempo.

Ela se afastou, o cachorro parando para cheirar o tênis de Pip antes que a coleira começasse a apertar e ele tivesse que sair cambaleando atrás de Gail.

Pip dobrou a mesma esquina de onde Gail viera, sua garganta doendo onde o comprimido havia arranhado ao descer. E então outro sentimento a assolou: culpa. Ela não conseguia acreditar que tinha feito isso de novo. *Última vez*, disse Pip para si mesma ao andar para casa. *Foi a última vez e chega disso.*

Pelo menos ela dormiria um pouco aquela noite. O sono deveria vir em breve, a calma artificial, um escudo acalentador cobrindo sua pele fina, o alívio quando os músculos de seu maxilar finalmente relaxassem. É, ela dormiria aquela noite; precisava dormir.

O médico receitara um tratamento com Diazepam logo após todos os acontecimentos. Após a primeira vez em que Pip viu a morte e a segurou em suas mãos. Mas não demorou muito para que ele a tirasse do tratamento, mesmo com Pip implorando para que continuasse. Ainda se lembrava da resposta que recebera, palavra por palavra:

"Você precisa criar suas próprias estratégias para lidar com o trauma e o estresse. Esse remédio só vai fazer com que sua recuperação do TEPT seja mais difícil a longo prazo. Você não precisa dele, Pippa, você consegue lidar com isso."

Como o médico estivera errado... Ela precisava do calmante, tanto quanto precisava dormir. Aquela *era* a estratégia que Pip criara. E, ao mesmo tempo, ela sabia. Sabia que o médico tinha razão, e ela estava piorando tudo.

"O tratamento mais eficaz é a psicoterapia, então vamos continuar com sessões semanais."

Pip tinha tentado, de verdade. E, depois de oito sessões, ela disse para todo mundo que estava se sentindo muito melhor, de verdade. Ela estava bem. Uma mentira tão bem ensaiada que todos acreditaram nela, inclusive Ravi. Se tivesse que ir a mais uma sessão, ela desabaria de vez. Como poderia *falar* sobre aquilo? Era algo impossível, que escapava à linguagem ou à razão.

Por um lado, ela poderia dizer, do fundo de seu coração, que não acreditava que Stanley Forbes merecia morrer. Que ele merecia viver e que ela havia feito tudo o que podia para trazê-lo de volta. Aquilo não era imperdoável, o que ele fez quando criança, o que mandaram ele fazer. Stanley estava aprendendo, tentando ser um homem melhor a cada dia. Pip acreditava nisso com todas as suas forças. Nisso e na culpa terrível que sentia por ter sido ela quem levara o assassino até ele.

Contudo, ao mesmo tempo, ela acreditava no extremo oposto. E essa crença vinha de um lugar ainda mais profundo. De sua alma, talvez, se ela acreditasse nesse tipo de coisa. Embora Stanley fosse criança na época, fora por causa dele que a irmã de Charlie Green havia morrido. Pip se perguntou: se alguém pegasse Josh e o entregasse a um assassino para ter a morte mais horrível que se possa imaginar, ela passaria duas décadas em busca de justiça, caçando o responsável para matá-lo? A resposta era sim. Pip sabia que faria o mesmo, sem hesitar. Mataria a pessoa que levou seu irmão embora, não importa quanto tempo demorasse. Charlie estava certo, eles eram iguais. Havia um entendimento entre eles, uma... uma semelhança.

Era por isso que ela não podia conversar sobre o assunto, nem com um profissional nem com ninguém. Porque era impossível, incompatível. O ocorrido a havia rasgado em duas, e não havia como costurar as metades de volta. Era insustentável. Não fazia sentido. Ninguém conseguiria entender, com exceção... talvez, *dele*. Ela hesitou na entrada de casa, olhando para o imóvel vizinho.

Charlie Green. Era por isso que ela precisava que ele fosse encontrado, não pego. Ele tinha ajudado Pip uma vez, aberto os olhos dela para o que era certo e o que era errado e quem decidia o que essas palavras significavam. Talvez... talvez se ela pudesse falar com ele, ele entenderia. Era o único que poderia entender. Ele devia ter encontrado uma forma de conviver com seus atos e talvez pudesse mostrar a Pip como conviver com os dela também. Mostrar a ela uma forma de consertar tudo, de se recompor. Mas Pip também estava em dúvida quanto a isso. Fazia sentido e não fazia sentido nenhum.

Houve um farfalhar nas árvores do outro lado da rua.

A respiração de Pip ficou presa na garganta quando ela se virou e encarou a escuridão, tentando transformá-la em uma pessoa, o vento em uma voz. Havia alguém lá, escondido entre as árvores, observando-a? Seguindo-a? Troncos de árvores ou pernas? Charlie? Seria ele?

Ela forçou a vista, tentando remover folhas e galhos esqueléticos.

Não, não deve ter ninguém, não seja boba. Era apenas mais uma daquelas coisas que viviam em sua cabeça. Ela tinha medo de tudo. Raiva de tudo. Não era real, e ela precisava aprender a diferença outra vez. Era suor em suas mãos, não sangue. Pip caminhou até sua casa, olhando para trás apenas uma vez. *O comprimido vai acabar com isso logo*, disse ela para si mesma. Junto a todo o resto.

| ≡ PAPO-DE-LEGISTA.COM 🔍 |

INÍCIO | CRIME REAL | INVESTIGAÇÃO DA CENA DO CRIME | ESTIMATIVA DA HORA DA MORTE

Como patologistas determinam a hora da morte em um caso de homicídio?

O mais importante é saber que a hora da morte só pode ser a estimativa de um intervalo de tempo, ou seja, um patologista não pode dar uma hora específica da morte, como às vezes vemos em filmes e séries de TV. Há três principais alterações cadavéricas usadas para estimar a hora da morte, e alguns desses exames são realizados na própria cena do crime, o mais rápido possível após a vítima ser encontrada. Como regra geral, quanto mais cedo a vítima for encontrada *post mortem*, mais precisa será a estimativa da hora da morte.[1]

1. *Rigor mortis*

Imediatamente após a morte, todos os músculos do corpo relaxam. Então, por volta de duas horas *post mortem*, o corpo começa a enrijecer devido ao acúmulo de ácido nos tecidos musculares.[2] Trata-se de *rigor mortis*. Começa nos músculos da mandíbula e do pescoço, descendo pelo corpo até as extremidades. Em geral, o *rigor mortis* se completa dentro de seis a doze horas e começa a desaparecer cerca de quinze a trinta e seis horas após a morte.[3] Como esse processo de enrijecimento tem um tempo de ocorrência mais ou menos conhecido, pode ser muito útil para estimar a hora da morte. Todavia, existem alguns fatores que podem afetar o início e o avanço do rigor, como a temperatura. Temperaturas elevadas aceleram o processo, enquanto temperaturas baixas o retardam.[4]

2. *Livor mortis*

Também conhecido como mancha de hipóstase, o *livor mortis* é o depósito do sangue no corpo devido à gravidade e à perda de pressão arterial.[5] A pele fica descolorida com um tom vermelho/púrpura onde o sangue se acumulou internamente.[6] O *livor mortis* começa a se desenvolver de duas a quatro horas após a morte, fica não fixo de oito a doze horas a partir da morte e fixo após oito a doze horas a partir da morte.[7] Não fixo se refere à possibilidade de a pele ser branqueável: isso significa que, quando o *livor mortis* está presente, se a pele for pressionada, a cor desaparecerá, parecido com o que aconteceria caso você pressionasse sua própria pele agora.[8] Mas esse processo pode ser afetado por fatores como temperatura e mudança da posição do corpo.

3. *Algor mortis*

Algor mortis se refere à temperatura do corpo. Após a morte, ele começa a esfriar até atingir o equilíbrio com a temperatura ambiente (onde quer que o corpo seja encontrado).[9] Em geral, o corpo perde cerca de 0,8 grau por hora até atingir a temperatura ambiente.[10] Na cena do crime, além de fazer observações sobre a taxa de *rigor mortis* e *livor mortis*, um médico-legista provavelmente também medirá a temperatura interna do corpo e a do ambiente, a fim de calcular a hora aproximada em que a vítima foi morta.[11]

Embora esses processos não possam nos informar o minuto exato em que a pessoa morreu, eles são os principais elementos que um patologista usa para estimar o intervalo em que a morte ocorreu.

CINCO

A morte a encarava. A morte real, não a versão pura e idealizada. A pele arroxeada e cheia de cicatrizes de um cadáver e a marca sinistra e eternamente branca de um cinto muito apertado que a pessoa devia estar usando quando morreu. De certa forma, era meio engraçado, pensou Pip enquanto avançava pelo site. Engraçado de uma maneira que, se ela pensasse demais sobre o assunto, acabaria enlouquecendo. Todos nós acabaremos assim mais cedo ou mais tarde, como essas imagens *post mortem* em uma página da internet mal formatada sobre decomposição do corpo humano e horário da morte.

O braço de Pip estava descansando em seu caderno, preenchendo-o cada vez mais com rabiscos. Sublinhados aqui e partes realçadas com marca-texto fluorescente ali. E então ela acrescentou mais uma frase, olhando para a tela ao escrever: *Se o corpo estiver quente e rígido, a morte ocorreu de três a oito horas antes.*

— Isso são cadáveres?

A voz aguda atravessou o fone de ouvido com cancelamento de ruído, por isso ela não ouvira ninguém entrar. Pip se encolheu, o coração subindo pela garganta. Ela baixou o fone até o pescoço, e os sons voltaram aos seus ouvidos, inclusive um suspiro familiar atrás dela. O fone bloqueava quase todos os ruídos, por isso Josh o vivia pegando para jogar FIFA, para poder "cancelar os barulhos da mamãe". Pip correu para mudar de aba no navegador. Mas, na verdade, nenhuma outra era melhor.

— Pip? — A voz de sua mãe ficou mais severa.

Pip girou a cadeira da escrivaninha, arregalando demais os olhos para esconder a culpa.

Sua mãe estava parada atrás dela, com uma das mãos na cintura. O cabelo loiro estava uma loucura, mechas dobradas em papel-alumínio como uma Medusa de metal. Era dia de fazer luzes. Isso acontecia com mais frequência desde que suas raízes começaram a ficar grisalhas. Ela ainda usava as luvas de látex transparentes, manchas de tinta de cabelo nos dedos.

— E aí? — insistiu a mãe.

— É, são cadáveres — disse Pip.

— E por que, minha querida filha, você está olhando para gente morta às oito da manhã de uma sexta-feira?

Eram mesmo oito da manhã? Pip estava acordada desde as cinco.

— Você me falou para arranjar um hobby. — Ela deu de ombros.

— Pip — disse a mãe com firmeza, embora a curva de sua boca denunciasse que achava um pouco de graça daquilo.

— É para o meu novo caso — admitiu Pip, voltando-se para a tela. — Sabe aquele caso da jovem não identificada que contei para você? A que foi encontrada perto de Cambridge há nove anos. Vou investigar para o podcast quando estiver na faculdade. Tentar descobrir quem era ela e quem a matou. Já tenho entrevistas agendadas para os próximos meses. É uma pesquisa relevante, eu juro — disse Pip, as mãos para cima em sinal de rendição.

— Mais uma temporada do podcast? — A mãe de Pip arqueou uma sobrancelha, preocupada.

Como uma sobrancelha podia dizer tanta coisa? De alguma forma, aquela linha fina de fios conseguiu transmitir cerca de quatro meses de preocupação e inquietude.

— Bom, tenho que dar um jeito de bancar o estilo de vida ao qual me acostumei. Você sabe, futuros julgamentos de difamação caríssimos, honorários advocatícios…

E benzodiazepínicos ilegais e sem prescrição, pensou ela em segredo. Mas aqueles não eram os motivos reais, não mesmo.

— Muito engraçado. — A sobrancelha de sua mãe relaxou. — Só... se cuida. Faça uma pausa se precisar, e estou sempre aqui para conversar se...

Ela estendeu a mão para encostar no ombro de Pip, esquecendo-se das luvas cheias de tinta de cabelo. No último segundo, ela parou, deixando a mão um centímetro acima do ombro da filha, e talvez Pip tenha imaginado, mas conseguia sentir o calor daquela mão flutuante. Era uma sensação boa, como um pequeno escudo a protegendo.

— Pode deixar. — Foi tudo o que Pip conseguiu pensar em dizer.

— E vamos diminuir ao máximo a quantidade de imagens de cadáveres, está bem? — Ela indicou a tela com um aceno de cabeça. — Temos uma criança de dez anos em casa.

— Ah, desculpe. Esqueci que agora o Josh consegue enxergar através das paredes, foi mal.

— Sendo sincera, ele está em tudo que é canto esses dias — comentou a mãe, baixando a voz para um sussurro, checando se Josh não estava atrás dela. — Não sei como ele faz isso. Ele me ouviu dizer *porra* ontem, mas eu jurava que ele estava do outro lado da casa. Por que está roxo?

— Hã? — disse Pip, surpresa, até que seguiu o olhar da mãe até a tela do notebook. — Ah, isso se chama *livor mortis*. É o que acontece com o sangue quando alguém morre. Ele se acumula no... Você quer mesmo saber?

— Na verdade, não, querida, eu estava fingindo interesse.

— Foi o que eu pensei.

Sua mãe se virou, o papel-alumínio enrugando em seu cabelo. Ela parou na soleira da porta.

— Josh vai passear hoje, Sam e a mãe dele vão chegar a qualquer momento para pegá-lo. Que tal se, depois que ele sair, eu fizer um bom café da manhã para nós duas? — Ela deu um sorriso esperançoso. — Panquecas, talvez?

A boca de Pip estava seca, sua língua parecia ser algo bizarro que cresceu demais e grudou no céu da boca. Ela amava as panquecas da mãe, eram grossas e vinham com tanto xarope que deixavam os lábios quase grudados um no outro. Naquele momento, Pip se sentiu um pouco enjoada só de pensar nelas, mas forçou um sorriso parecido com o da mãe.

— Seria legal. Obrigada, mãe.

— Perfeito.

Os olhos de sua mãe se enrugaram, brilhando conforme seu sorriso crescia. Um sorriso largo demais.

Pip sentiu a barriga se contorcer de culpa. Era tudo culpa dela. Sua família se comportando de maneira afetada, esforçando-se em dobro ao lidar com ela porque ela mal conseguia se esforçar.

— Vai levar cerca de uma hora, então. — A mãe de Pip apontou para o próprio cabelo. — E não espere ver sua mãe acabada no café da manhã. Em vez disso, você vai se deparar com um mulherão de cabelo loiro.

— Mal posso esperar — disse Pip, esforçando-se. — Espero que o café do mulherão seja um pouco menos fraco que o da minha mãe acabada.

A mãe revirou os olhos e saiu do quarto, murmurando sobre Pip e o marido e o café forte deles que tinha gosto de merd...

— Eu ouvi isso! — A voz de Josh ecoou pela casa.

Pip fungou, correndo os dedos pelas almofadas acolchoadas do fone de ouvido enroscado no pescoço. Passou o dedo pelo plástico liso do arco até a parte em que a textura mudava: o adesivo áspero e irregular que cobria a lateral. Era um adesivo do *Manual de assassinato para boas garotas*, com o logo do podcast. Ravi tinha encomendado e lhe dera de presente quando ela lançou o último episódio da segunda temporada, o mais difícil de todos de gravar. A história do que aconteceu na casa de fazenda abandonada, agora destruída pelo fogo, um rastro de sangue na grama que tiveram que lavar.

Tão triste, alguns ouvintes disseram nos comentários.

Não sei por que ela parece chateada, disseram outros. *Ela pediu por isso*.

Pip tinha contado a história, mas nunca contou o cerne da questão: que aquilo tinha acabado com ela.

Ela colocou o fone de ouvido de novo e bloqueou o mundo. Nenhum som, apenas o chiado dentro da própria cabeça. Fechou os olhos também e fingiu que não havia passado nem futuro. Havia apenas ausência. Era um conforto, flutuar ali livre e sem restrições, embora sua mente nunca se aquietasse por muito tempo.

E nem o fone. Um barulho agudo soou em seus ouvidos. Pip virou o celular para ver a notificação. Um e-mail tinha chegado através do formulário em seu site. A mesma mensagem, mais uma vez: *Quem vai investigar quando você desaparecer?* De anonimo987654321@gmail.com. Usando, de novo, um e-mail diferente, mas a mesma mensagem, palavra por palavra. Pip andava recebendo essas mensagens havia meses, além de comentários pitorescos de *trolls*. Pelo menos eram mais poéticos e reflexivos que as ameaças diretas de estupro.

Quem vai investigar quando você desaparecer?

Pip parou, os olhos se demorando na pergunta. Nunca antes cogitara responder.

Quem iria investigar? Ela gostaria de pensar que Ravi. Seus pais. Cara Ward e Naomi. Connor e Jamie Reynolds. Nat da Silva. O detetive Hawkins? Era o trabalho dele, afinal. Talvez eles investigassem, mas talvez ninguém devesse.

Para com isso, disse Pip a si mesma, bloqueando os pensamentos que levariam àquele lugar escuro e perigoso. Talvez mais um comprimido ajudasse? Ela olhou para a segunda gaveta, onde os comprimidos ficavam, ao lado dos celulares descartáveis, debaixo do fundo falso. Mas não, ela já estava se sentindo um pouco cansada, instável. E era remédio de dormir, só para dormir.

Além disso, ela tinha um plano. Pip Fitz-Amobi sempre tinha um plano, fosse pensado às pressas ou elaborado devagar e de maneira agonizante. Esse era o mais recente.

Essa pessoa, essa versão dela, era temporária. Porque Pip tinha um plano para se consertar. Para voltar à sua vida normal. E ela estava se dedicando a ele naquele momento.

A primeira tarefa dolorosa tinha sido olhar para dentro de si, rastrear as falhas e encontrar a causa, o motivo. E quando ela descobriu, percebeu que tinha estado óbvio o tempo todo. Era tudo o que ela tinha feito naquele último ano. Tudo. Os dois casos entrelaçados que se tornaram sua vida, seu propósito. E ambos estavam fora do padrão. Errados. Distorcidos. Não eram bem delimitados, não eram nítidos. Havia muitas áreas cinzentas, muitas ambiguidades, e o sentido das coisas ficou confuso e perdido.

Elliot Ward passaria o restante da vida na cadeia, mas será que ele era um homem mau? Um monstro? Pip achava que não. Ele não era *a* ameaça. Ele fez uma coisa horrível, muitas coisas horríveis, mas Pip acreditou quando ele dissera que algumas delas foram feitas por amor às filhas. Não estava totalmente errado e, com certeza, não estava totalmente certo, a situação dele apenas... *existia*. À deriva, ao léu, no meio de um lugar desconhecido.

E Max Hastings? Pip não via nada cinza ali: Max Hastings era preto no branco, bem definido. Ele *era* a ameaça, uma ameaça que havia crescido para além das sombras e agora se acomodava por trás de um sorriso caro e desarmante. Pip se agarrava a essa crença como se fosse a lei que regesse seu mundo. Max Hastings era seu alicerce, o espelho invertido segundo o qual ela definia tudo, inclusive a si mesma. Mas seu caso não tinha sentido, era distorcido, porque Max havia ganhado, ele nunca veria o interior de uma cela. O preto e o branco se misturavam, voltando para o cinza.

Becca Bell ainda tinha catorze meses da pena para cumprir. Pip escrevera uma carta para ela após o julgamento de Max, e a resposta rabiscada de Becca perguntava se ela queria visitá-la. Pip foi. Já tinha ido três vezes, e elas conversavam por telefone todas as quintas às quatro da tarde. No dia anterior, passaram vinte minutos inteiros falando sobre queijo. Becca parecia estar bem lá, talvez até quase feliz, mas ela merecia estar presa? Ela precisava estar trancafiada, isolada do restante do mundo? Não. Becca Bell era uma pessoa boa, uma pessoa boa que foi atirada ao fogo e teve que lidar com as piores circunstâncias. Qualquer um poderia ter agido igual a ela se fosse pressionado em determinado ponto, naquele ponto de ruptura secreto que todo mundo tem. E, se a própria Pip conseguia reconhecer isso depois do ocorrido entre ela e Becca, por que ninguém mais conseguia?

E então, é óbvio, vinha o maior aperto em seu peito: Stanley Forbes e Charlie Green. Pip não conseguia pensar neles por muito tempo, senão desmoronava, entrava em crise. Como os dois lados podiam estar errados e certos ao mesmo tempo? Uma contradição impossível que ela nunca resolveria. Era sua ruína, sua falha fatal, o beco sem saída onde ela havia se metido.

Se essa era a causa — todas as ambiguidades, as contradições, as áreas cinzentas que se espalhavam e engoliam o sentido das coisas —, como Pip poderia corrigir isso? Como ela poderia se curar dos efeitos que surgiam depois?

Só havia uma maneira, e era ridiculamente simples: ela precisava de um novo caso. E não um caso qualquer, um que fosse apenas preto no branco. Sem área cinzenta, sem distorção. Linhas retas e intransponíveis entre o bem e o mal, o certo e o errado. Dois lados e um percurso nítido entre eles onde Pip poderia andar. Isso funcionaria. Isso a consertaria, faria tudo ficar bem. Salvaria sua alma, se ela acreditasse nesse tipo de coisa. Tudo voltaria ao normal. *Ela* voltaria ao normal.

Só tinha que ser o caso certo.

E ali estava: uma mulher não identificada, com idade entre vinte e vinte e cinco anos, encontrada nua e mutilada nos arredores de Cambridge. Ninguém tinha procurado por ela quando desapareceu. Nunca reclamaram seu corpo, então nunca sentiram sua falta. Não poderia ser mais evidente: essa mulher merecia justiça pelas coisas que fizeram com ela. E o homem que tinha feito isso nunca seria nada além de um monstro. Sem área cinzenta, sem contradições nem confusões. Pip poderia resolver esse caso e salvar a mulher, mas o mais importante era que aquela mulher a salvaria.

Mais um caso resolveria tudo, colocaria tudo em ordem.

Só mais um.

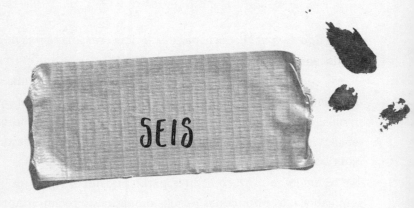

SEIS

Pip não as viu até estar bem em cima delas. Talvez nunca reparasse nelas se não tivesse parado para amarrar os cadarços dos tênis. A garota levantou o pé e olhou para baixo. Mas o quê...?

Havia linhas fracas, desenhadas com giz branco, bem na entrada da garagem dos Amobi, perto da calçada. Estavam tão apagadas que talvez nem fosse giz, talvez fossem marcas de sal deixadas pela chuva.

Pip esfregou os olhos, que estavam ásperos e secos de olhar para o teto a madrugada inteira. Embora tudo tivesse corrido bem na noite anterior com a família de Ravi e seu rosto estivesse dolorido de tanto sorrir, ela não tinha merecido o sono. Havia apenas uma forma de encontrá-lo, naquela segunda gaveta proibida.

Ela afastou os punhos cerrados dos olhos e piscou, sua visão tão arenosa quanto antes. Ainda sem ter certeza do que via, Pip se inclinou para passar um dedo pela linha mais próxima e o ergueu na luz do sol para verificar. Parecia mesmo giz, e a textura era mesmo de giz. E não tinha como as linhas serem naturais. Eram retas demais, feitas de propósito.

Pip inclinou a cabeça para observá-las de outro ângulo. Parecia haver cinco desenhos distintos, um padrão repetitivo de linhas que se cruzavam e entrecortavam. Poderiam ser... poderiam ser pássaros, talvez? Como os que crianças desenhavam, letras M deformadas em céus de algodão-doce? Não, não era isso, havia linhas demais. Seria algum tipo de cruz? É, era capaz de ser uma cruz, mas a reta maior se dividia em duas perto do final.

Ah, calma... Ela passou por cima das linhas para estudá-las do outro lado. Também podiam ser bonecos de palito. Aquelas eram as pernas, o tronco do corpo, linhas super-retas atravessando-o para formar os braços. A pequena linha acima era o pescoço. Mas, depois, nada... Não havia cabeça.

Ou era uma cruz com duas pernas ou um boneco de palito sem cabeça. Nenhuma das opções era lá muito reconfortante. Pip achava que Josh não tinha giz em casa, e, além disso, ele não era o tipo de criança que gostava de desenhar. Devia ter sido um dos filhos dos vizinhos, alguém com uma imaginação um tanto mórbida. Mas quem era ela para fazer esse tipo de comentário?

Pip conferiu enquanto subia a Martinsend Way: não havia linhas de giz na entrada da garagem de mais ninguém, nem na calçada nem na rua. Nada fora do normal para uma manhã de domingo em Little Kilton, além de um quadrado inocente de silver tape que havia sido colado na placa preta e branca com o nome da rua, em que se lia agora *Martinsend Wav*.

Pip deixou os desenhos de lado quando virou na rua principal, concluindo que eram obra das crianças dos Yardley, seis casas depois da sua. E, de qualquer forma, ela avistou Ravi mais adiante, aproximando-se da cafeteria, vindo do outro lado.

Ele parecia cansado (o tipo normal de cansaço), o cabelo despenteado e o sol refletindo em seus novos óculos. Durante o verão, ele tinha descoberto que era um pouco míope e feito um drama só, embora vez ou outra ele se esquecesse de usá-los.

Ele ainda não vira Pip, estava em seu próprio mundo.

— Ei! — gritou ela a três metros de distância, fazendo-o dar um pulo.

Ele fez um biquinho, simulando uma tristeza exagerada.

— Vai com calma — disse. — Estou sensível esta manhã.

É óbvio que as ressacas de Ravi eram as piores ressacas que o mundo já vira. Quase fatais todas as vezes.

Eles se alcançaram na entrada da cafeteria, a mão de Pip encontrando seu lar na dobra do cotovelo de Ravi.

— E que "ei" foi esse, hein? — perguntou ele, os lábios ainda pressionados na testa dela. — Eu tenho uma série de apelidos lindos e lisonjeiros para você, e o melhor que você consegue inventar é "ei"?

— Ah, bom. Alguém muito velho e sábio me disse uma vez que eu não tenho extravagância, então...

— Na verdade, acho que você quis dizer alguém muito sábio e muito lindo.

— Será?

— Então. — Ele fez uma pausa para coçar o nariz com a manga da camiseta. — Acho que ontem à noite as coisas correram muito bem.

— De verdade? — perguntou Pip, hesitante.

Ela tinha achado o mesmo, mas já não confiava inteiramente em si mesma.

Ravi deu uma risadinha ao ver a expressão preocupada da namorada.

— Você se saiu bem. Todo mundo amou você. De verdade. Rahul até me mandou uma mensagem hoje de manhã para dizer o quanto ele gostou de você. E... — Ravi baixou a voz num sussurro conspiratório. — Acho que até a tia Zara não resistiu ao seu charme.

— Mentira!

— Verdade. — Ele abriu um sorrisinho. — Ela foi cerca de vinte por cento menos careta do que o normal, o que eu considero um sucesso estrondoso.

— Não acredito! — exclamou Pip, empurrando a porta da cafeteria, o sininho tocando acima de sua cabeça. — Oi, Jackie — cumprimentou, como de hábito.

A dona da loja reabastecia as prateleiras de sanduíches.

— Ah. Olá, querida — disse Jackie com uma olhadinha rápida para trás, quase deixando cair no chão um enroladinho de queijo brie e bacon. — Oi, Ravi.

— Bom dia — respondeu Ravi, a rouquidão em sua voz logo afastada por um pigarro.

Jackie se libertou dos sanduíches embalados e se virou para eles.

— Acho que ela está nos fundos, brigando com a sanduicheira temperamental. Esperem aí. — Ela se inclinou para trás do balcão e gritou: — Cara!

Pip viu primeiro o coque bagunçado, quicando na cabeça da amiga quando ela saiu da cozinha pela entrada dos funcionários, enxugando as mãos no avental verde.

— Que nada, ainda está quebrada — disse Cara para Jackie, os olhos focados em uma mancha ressecada em seu avental. — O melhor que podemos oferecer são paninis levemente aquecidos, por enquanto...

Cara finalmente ergueu o olhar e viu Pip, um sorriso aparecendo logo em seguida.

— Srta. Fofinha F-A. Quanto tempo...

— Você me viu ontem — comentou Pip, percebendo tarde demais as sobrancelhas de Cara se mexendo.

Bem, a amiga deveria ter arqueado as sobrancelhas antes de falar. Elas haviam estabelecido regras para isso há muito tempo.

Jackie sorriu como se entendesse a comunicação apressada das duas.

— Bom, garotas, se já se passou um dia inteiro, vocês têm muita coisa para conversar, né? — Ela se virou para Cara. — Pode começar seu intervalo mais cedo.

— Ah, Jackie — disse Cara, com uma reverência exagerada. — Você é boa demais para mim.

— Eu sei, eu sei. — Jackie acenou para ela. — Sou uma santa. Pip, Ravi, o que vão querer?

Pip pediu um café forte. Ela já tinha tomado dois antes de sair de casa, e seus dedos estavam inquietos e frenéticos, mas de que outra forma ela aguentaria o restante do dia?

Ravi franziu os lábios, olhando para o teto como se fosse a decisão mais difícil que já teve que tomar.

— Sabe — começou ele —, aqueles paninis levemente aquecidos me deixaram tentado.

Pip revirou os olhos. Ravi devia ter esquecido que estava morrendo por conta da ressaca. Ele não tinha forças para manter a farsa quando estava diante de sanduíches.

Pip se acomodou na mesa mais afastada e Cara se sentou ao lado dela, o ombro de uma encostando no da outra. Cara nunca entendera o conceito de espaço pessoal, mas, sentada ali, Pip era grata por isso. A amiga nem deveria mais estar em Little Kilton. Seus avós tinham planejado colocar a casa da família à venda quando ela se formasse na escola. Mas as pessoas mudam de ideia e de planos: Naomi arranjara um emprego por perto, em Slough, e Cara decidira tirar um ano sabático para viajar, trabalhando na cafeteria para guardar dinheiro. De repente, tirar as irmãs Ward de Little Kilton ficou mais complicado do que deixá-las ali, então os avós voltaram para Great Abington, e Cara e Naomi ficaram na cidade. Pelo menos até o ano seguinte. Agora seria Cara quem ficaria para trás quando Pip fosse para Cambridge dali a algumas semanas.

Pip não conseguia acreditar que aquilo ia de fato acontecer, que Little Kilton a deixaria escapar.

Ela empurrou Cara de leve com o ombro e perguntou:

— Então, como a Steph está?

Steph era a nova namorada. Se bem que já haviam se passado alguns meses, então talvez Pip não devesse mais pensar nela como a nova namorada. O mundo seguia em frente, mesmo que ela não conseguisse fazer o mesmo. E Pip gostava de Steph, ela era boa para Cara, a fazia feliz.

— Ah, ela está bem. Treinando para um triatlo ou algo do tipo, porque ela é mesmo doida. Ah, espera aí, você ficaria do lado dela agora, não é mesmo, srta. Corre-demais?

— Aham. Com certeza apoio a Steph. Ela seria um grande trunfo em um apocalipse zumbi.

— Eu também — disse Cara.

Pip fez uma careta para a amiga e disparou:

— Convenhamos, você morreria na primeira meia hora de qualquer cenário apocalíptico.

Ravi se aproximou, apoiando na mesa uma bandeja com os cafés e seu sanduíche. Ele já tinha dado uma mordida enorme antes de trazê-lo.

— Ah, então — Cara baixou a voz —, um dramalhão aqui hoje de manhã.

— O que houve? — perguntou Ravi entre uma mordida e outra.

— Tivemos um momento de pico de repente, então tinha uma fila e eu estava no caixa anotando os pedidos. E aí... — sua voz era apenas um sussurro — ... Max Hastings entrou.

Os ombros de Pip se empertigaram e seu maxilar ficou tensionado. Por que ele estava em tudo que era lugar? Por que ela nunca conseguia se livrar dele?

— Eu sei — disse Cara, decifrando a expressão de Pip. — E eu obviamente não ia chegar perto dele, então falei para Jackie que eu ia limpar o batedor de leite enquanto ela atendia os clientes. Ela anotou o pedido do Max, e depois outra pessoa entrou.

Ela fez uma pausa dramática.

— Jason Bell — continuou.

— Ah, jura? — perguntou Ravi.

— Juro, ele estava na fila atrás do Max. E mesmo que eu estivesse tentando me esconder deles, dava para ver o Jason meio que fuzilando a cabeça do Max com o olhar.

— Compreensível — comentou Pip.

Jason Bell tinha tantos motivos para odiar Max Hastings quanto ela. Independentemente do resultado do julgamento, Max havia drogado e estuprado a filha mais nova dele, Becca. E, por mais horrível e indescritível que isso fosse, ficava ainda pior. As ações de Max foram o catalisador para a morte de Andie Bell. Podia-se até dizer que foram a causa direta. Quando se parava para pensar, tudo apontava para Max Hastings: Becca, traumatizada, deixando Andie morrer na sua frente e encobrindo tudo. A morte de Sal Singh, que as pessoas acreditavam ser o assassino de Andie. Aquela pobre mulher no sótão de Elliot Ward. O cachorro de Pip, Barney, enterrado no jardim dos fundos. Howie Bowers na cadeia, sussurrando sobre a Criança Brunswick. A chegada de Charlie Green à cidade. Layla Mead. O desaparecimento de Jamie Reynolds. A morte de Stanley Forbes e o sangue nas mãos de Pip. Ela podia unir tudo isso até chegar a Max Hastings. O ponto de origem. O alicerce. E talvez Jason Bell fizesse o mesmo.

— É, com certeza — concordou Cara —, mas eu não estava esperando pela parte seguinte. Então, a Jackie entregou a bebida do Max, e quando ele estava dando meia-volta para ir embora, o Jason esbarrou no Max com o cotovelo. Derramou café na camisa dele.

— Não! — Ravi encarou Cara.

— Eu sei. — Os sussurros dela se transformaram em um sibilo animado. — E aí Max ficou, tipo: "Presta atenção por onde você anda", e o empurrou de volta. E Jason agarrou o colarinho de Max e disse: "Fica longe do meu caminho" ou algo do gênero. Mas, enfim, nessa hora Jackie interveio, e depois outro cliente fez com que Max fosse embora, e parece que ele estava falando: "Meu advogado vai entrar em contato" ou algo assim.

— Bem a cara do Max — disse Pip, forçando as palavras por entre os dentes cerrados.

Ela estremeceu. O ar da cafeteria parecia diferente agora que sabia que ele estivera ali também. Ficou abafado. Frio. Maculado. Little Kilton não era grande o bastante para os dois.

— Naomi está se perguntando o que fazer com Max — retomou Cara, tão baixo que não dava nem para chamar de sussurro. — Se ela deveria ir à polícia, contar para eles sobre o ano-novo de 2012... você sabe, sobre o atropelamento e sobre eles terem abandonado o homem lá. Mesmo que ela acabe tendo problemas, Naomi está dizendo que pelo menos vai encrenar o Max também, já que ele estava dirigindo. Talvez seja uma forma de colocá-lo atrás das grades, pelo menos por um tempinho, para ele não machucar mais ninguém. E colocaria um ponto-final nesse processo ridículo qu...

— Não — cortou Pip. — Naomi não pode contar para a polícia. Não vai dar certo. Ela só vai acabar se prejudicando, e nada vai acontecer com *ele*. Max vai ganhar de novo.

— Mas pelo menos a verdade seria revelada, e Naomi...

— A verdade não importa — disse Pip, cravando as unhas nas coxas.

A Pip do ano passado não reconheceria aquela versão de si mesma. Aquela garota de olhos vivos, empenhada no projeto escolar, agarrando-se de maneira ingênua à verdade, envolvendo-se com ela como se fosse um cobertor. Mas a Pip sentada ali era uma pessoa diferente e mais sábia. A verdade havia acabado com ela vezes demais, não tinha como confiar.

— Diz para ela não fazer isso, Cara. Naomi não atropelou aquele homem e não queria deixá-lo lá, ela foi coagida. Avisa para ela que eu prometo que Max vai ser punido. Não sei como, mas vou fazer isso acontecer. Ele vai ter exatamente o que merece.

Ravi passou um braço pelo ombro de Pip, dando um aperto suave.

— Ou, você sabe, em vez de fazer planos de vingança, poderíamos focar nossa energia em ir para a faculdade em algumas semanas — disse ele, empolgado. — Você nem comprou roupa de cama nova. Ouvi dizer que é um marco muito importante.

Pip sabia que Ravi e Cara tinham acabado de trocar um olhar apreensivo.

— Eu estou bem — declarou ela.

Cara parecia prestes a dizer alguma coisa, mas sua atenção foi desviada para o sino que soou acima da porta da loja. Pip se virou para seguir o olhar da amiga. Se fosse Max Hastings, ela não sabia o que seria capaz de fazer.

— Ah, olá, gente — disse uma voz que Pip conhecia muito bem.

Connor Reynolds. Ela sorriu e acenou para ele. O amigo não estava sozinho. Jamie vinha logo atrás, fechando a porta da cafeteria com outro soar do sino. Ele viu Pip um instante depois, e um sorriso se abriu em seu rosto, enrugando o nariz sardento. Com ainda mais sardas depois do verão. Ela notou a diferença, afinal passara aquela semana inteira, quando ele estava desaparecido, analisando fotos de seu rosto, procurando pela resposta nos olhos dele.

— Que surpresa ver vocês aqui — disse Jamie, ultrapassando Connor em direção à mesa. Ele cumprimentou Pip com um breve toque no ombro dela. — Ei, como você está? Querem que eu pegue uma bebida para vocês ou alguma outra coisa?

Às vezes, Pip também via aquele mesmo olhar em Jamie, o assombro pela morte de Stanley e pelo papel que eles tiveram no ocorrido. Um fardo que eles sempre compartilhariam. Mas Jamie não estava no local quando aquilo aconteceu, ele não tinha sangue nas mãos... não da mesma forma que ela.

— Por que sempre que eu estou de plantão, toda a galera aparece? — questionou Cara. — Vocês acham que me sinto sozinha, é?

— Não, pô. — Connor deu um peteleco no coque dela. — Achamos que você precisa praticar.

— Connor Reynolds, eu juro por Deus que se você pedir um daqueles macchiatos gelados de abóbora hoje, eu mato você.

— Cara — chamou Jackie, de bom humor, de trás do balcão. — Lembre-se da regra número um: não ameaçamos nossos clientes.

— Mesmo que eles estejam pedindo para eu fazer a coisa mais complicada que existe só para implicar comigo?

Cara se levantou com um olhar de soslaio exagerado para Connor.

— Mesmo assim — confirmou Jackie.

Cara rosnou, resmungando sobre Connor baixinho enquanto caminhava até o balcão.

— Um macchiato gelado de abóbora saindo — disse a garota, com falso entusiasmo.

— Feito com amor, espero. — Connor riu.

— Está mais para ranço — rebateu Cara, o cenho franzido.

— Bom, contanto que não seja ranho.

— Então — disse Jamie, ocupando o lugar vazio de Cara —, Nat me contou sobre a reunião com o mediador.

— Foi... agitada — concluiu Pip.

— Não acredito que ele está processando você. — A mão de Jamie se fechou. — Não é justo. Você já passou por tanta coisa.

Pip deu de ombros e disse:

— Vai dar tudo certo, vou dar um jeito.

Tudo sempre voltava para Max Hastings. Ele vinha de todos os lados e de todos os ângulos, pressionando-a. Esmagando-a. Enchendo sua cabeça com o barulho das costelas de Stanley se quebrando. Ela limpou o sangue das mãos e mudou de assunto.

— Como vai o treinamento de paramédico?

— Ah, está indo bem. — Ele abriu um sorriso. — Na verdade, estou gostando bastante. Quem diria que eu ia gostar do trabalho pesado?

— Acho que a ética de trabalho nojenta da Pip é contagiosa — brincou Ravi. — Você deveria ficar longe dela, para a sua própria segurança.

O sino soou mais uma vez, e, pelo brilho repentino nos olhos de Jamie, Pip sabia direitinho quem havia acabado de entrar. Nat da Silva estava parada na porta, o cabelo platinado preso em um rabo de cavalo, embora a maior parte dos fios tivesse se soltado do elástico.

O rosto de Nat se iluminou enquanto ela examinava a cafeteria, arregaçando as mangas da camisa xadrez.

— Pip!

Nat se aproximou. Ela se abaixou e passou o longo braço ao redor dos ombros da menina, abraçando-a por trás. Ela tinha cheiro de verão.

— Não sabia que você estaria aqui — continuou ela. — Como vai?

— Bem — respondeu Pip, as bochechas coladas às de Nat, geladas e refrescantes devido à brisa lá fora. — E você?

— É, estamos bem, né?

Nat se endireitou e foi até Jamie. Ele se levantou para oferecer a ela sua cadeira, puxando outra para si. Eles pararam quando um bateu no outro, a mão de Nat pressionada contra o peito dele.

— Oi para você — disse ela, beijando-o rapidamente.

— Oi para você também — replicou Jamie, as bochechas ficando ainda mais vermelhas.

Pip não pôde deixar de sorrir ao observar os dois juntos. Era... qual era a palavra?... legal, supôs. Algo puro, algo bom que ninguém podia tirar dela. Ter conhecido cada um deles quando estavam no fundo do poço e perceber como tinham melhorado. Enquanto indivíduos e então como casal. Pip era parte da vida deles e eles eram parte da vida dela.

Às vezes, coisas boas de fato aconteciam naquela cidade, Pip lembrou a si mesma, seu olhar fixo em Ravi, encontrando a mão dele debaixo da mesa. Os olhos brilhantes de Jamie e o sorriso destemido de Nat. Connor e Cara brigando a respeito da bebida com sabor de abóbora. Era isso o que ela queria, não era? Só isso. Uma vida normal. Pessoas que podia contar nos dedos que se importavam com você tanto quanto você se importava com elas. Pessoas que procurariam por você caso desaparecesse.

Será que ela podia guardar esse sentimento, viver dele por um tempo? Encher-se com algo bom e ignorar a mancha de sangue nas mãos, não pensar na arma ao ouvir o barulho de uma caneca batendo na mesa ou nos olhos cadavéricos esperando por ela na escuridão de cada piscar de olhos?

Ah, tarde demais.

SETE

Pip não conseguia enxergar, o suor ardendo no canto dos olhos. Talvez ela tivesse exagerado dessa vez. Ido rápido demais. Como se estivesse fugindo, não somente correndo.

Pelo menos ela não tinha visto Max. Tinha procurado por ele, sempre checando mais à frente e olhando para trás, mas ele não apareceu. As ruas eram dela.

Pip baixou o fone de ouvido e andou de volta para casa, recuperando o fôlego ao passar pela casa vazia ao lado da sua. Ela virou na entrada da garagem e parou, esfregando os olhos.

Os desenhos de giz ainda estavam ali. Cinco bonecos de palito sem cabeça. A não ser que... não, não podia ser. Chovera forte no dia anterior, e os desenhos com certeza não estavam lá quando Pip saiu para correr. Ela podia jurar. E tinha mais uma coisa também.

Ela se inclinou para olhar mais de perto. Os desenhos haviam mudado de lugar. Na manhã de domingo, estavam na junção da entrada da garagem com a calçada. Agora, haviam se arrastado vários centímetros, avançado pela alvenaria, chegando mais perto da casa.

Pip tinha certeza: aquelas marcas eram novas. Desenhadas durante a hora que ela passara correndo. A garota fechou os olhos para se concentrar, escutando o ruído das árvores dançando ao vento, o assobio agudo de um pássaro no alto e o rugido de um cortador de grama em algum lugar próximo. Mas não conseguia ouvir os gritos das crianças da vizinhança. Nem um pio.

Olhos abertos, e ela não os tinha imaginado. Cinco bonequinhos. Pip deveria perguntar à mãe o que achava que eles eram. Talvez não fossem pessoas sem cabeça, e sim algo totalmente inocente que sua mente avariada estava transformando em algo sinistro.

Ela se endireitou, os músculos das panturrilhas doendo e o tornozelo esquerdo reclamando. Alongou as pernas e seguiu em direção à casa.

Mas só deu dois passos.

Seu coração acelerou.

Havia um montinho cinzento mais adiante na entrada da garagem. Perto da porta da frente. Um montinho cinzento com penas. Ela sabia o que era antes mesmo de alcançá-lo. Mais um pombo morto. Pip se aproximou devagar, com passos cautelosos e silenciosos, como se não quisesse acordá-lo, trazê-lo de volta à vida de súbito. A adrenalina fazia seus dedos formigarem, e ela se inclinou na direção do pombo, esperando ver de novo seu reflexo naqueles olhos cadavéricos e vidrados. Mas seu reflexo não estava lá. Porque não havia olhos cadavéricos.

Porque não havia cabeça.

Só um cotoco limpo e com tufos onde a cabeça deveria estar, quase sem sangue.

Pip o encarou. Depois, olhou para a casa e de volta para o pombo sem cabeça. Ela se concentrou na última segunda-feira de manhã, esquadrinhou a semana, vasculhando suas lembranças. Lá estava ela, correndo porta afora em seu terninho elegante, parando ao ver o pássaro morto, concentrada nos olhos dele, pensando em Stanley.

Tinha sido ali. Bem ali. Dois pombos mortos exatamente no mesmo local. E aqueles desenhos estranhos de giz mudando de lugar, com braços e pernas e sem cabeça. Não tinha como ser coincidência, tinha? Pip não acreditava nesse tipo de coisa.

— Mãe! — chamou ela, abrindo a porta da frente. — Mãe! — Sua voz reverberou pelo corredor de casa, o eco zombando dela.

— Oi, docinho — respondeu a mãe, inclinando-se para fora da porta da cozinha com uma faca na mão. — Não estou chorando, prometo, é só essa porcaria de cebola.

— Mãe, tem um pombo morto na entrada da garagem — informou Pip, mantendo a voz calma.

— Mais um? — O semblante da mãe mudou, ficou abatido. — Pelo amor de Deus. E, claro, seu pai saiu *de novo*, então sou eu quem vai ter que limpar. — Ela soltou um suspiro. — Está bem, só vou terminar essa sopa e já vou resolver isso.

— N-não — gaguejou Pip. — Mãe, você não está entendendo. Tem um pombo exatamente no mesmo lugar daquele da semana passada. Como se alguém tivesse colocado lá de propósito.

Ela percebeu como soava ridículo conforme as palavras saíam de sua boca.

— Ah, não seja boba. — Sua mãe gesticulou, descartando aquela possibilidade. — É só um dos gatos dos vizinhos.

— Um gato? — Pip balançou a cabeça. — Mas está exatamente no mesmo lu...

— É, esse deve ser o novo lugar preferido do gato para sair matando. Os Williams têm um gato malhado grande, eu o vejo no nosso jardim de vez em quando. Ele faz cocô bem na divisa dos nossos terrenos.

A mãe fingiu esfaqueá-lo.

— Mas esse está sem cabeça — acrescentou Pip.

— Hã?

— O pombo.

A boca de sua mãe se curvou para baixo.

— Bom, fazer o quê? Gatos são nojentos. Você não se lembra do gato que a gente tinha antes de pegarmos o Barney? Quando você era pequenininha?

— Você está falando do Socks? — perguntou Pip.

— É, o Socks era um assassininho cruel. Trazia coisas mortas para dentro de casa quase todo dia. Ratos, pássaros. Às vezes até aqueles coelhos enormes. Arrancava a cabeça deles e largava em algum lugar para eu achar. Deixava trilhas de entranhas. Era como voltar para casa e se deparar com um show de horrores.

— Do que vocês estão falando? — berrou Josh do andar de cima.

— Nada! — gritou a mãe de Pip. — Cuida da sua vida!

— Mas isso... — Pip suspirou. — Você pode vir dar uma olhada?

— Estou fazendo o jantar, Pip.

— Vai levar dois segundos. — Ela inclinou a cabeça. — Por favor?

— Aff, está bem. — A mãe deixou a faca na bancada. — Mas em silêncio, não quero o sr. Intrometido vindo aqui e se metendo.

— Quem é o sr. Intrometido? — A vozinha de Josh as seguiu pela porta da frente.

— Vou comprar uns tampões de ouvido para aquele garoto, juro por Deus — sussurrou a mãe enquanto elas se dirigiam até a entrada. — É verdade, estou vendo. Um pombo sem cabeça, bem como eu imaginei. Obrigada pela prévia.

— Não é só isso.

Pip segurou o braço da mãe e a conduziu mais para fora. Apontou.

— Olha, aqueles desenhos de giz. Estavam aqui há alguns dias também, perto da calçada. A chuva os apagou, mas eles voltaram em outro lugar. Não estavam aqui quando eu saí para correr.

A mãe de Pip se apoiou nos joelhos. Forçou a vista.

— Você está vendo, né? — perguntou Pip, a dúvida agitando seu estômago, fria e pesada.

— Ééé, estou, acho — concordou ela, estreitando mais os olhos. — Tem umas linhas brancas meio apagadas.

— Isso mesmo — disse Pip, aliviada. — E o que você acha que são?

A mãe se aproximou, inclinando a cabeça para olhar as linhas de outro ângulo.

— Não sei, talvez uma marca de pneu do meu carro ou algo assim. Eu dirigi até um canteiro de obras hoje, então talvez tivesse poeira ou giz por lá.

— Não, olha com mais atenção — insistiu Pip, sua voz transparecendo sua irritação.

Ela forçou a vista. Não podiam ser marcas de pneus, podiam?

— Não sei, Pip, talvez seja poeira de juntas de argamassa.

— De... quê?

— As linhas que ficam entre os tijolos.

A mãe assoprou, e uma das pequenas marcas desapareceu quase por completo. Ela se aprumou, passando as mãos pela saia para suavizar os amassados.

Pip apontou outra vez.

— Você não está vendo bonecos de palito? Cinco. Bom, agora são quatro, obrigada. Como se alguém tivesse desenhado?

A mãe de Pip balançou a cabeça.

— Não me parece um boneco de palito. Eles estão sem ca...

— Cabeça? — interveio Pip. — Exato.

— Ah, Pip. — A mãe lançou-lhe um olhar preocupado, aquela sobrancelha arqueando mais uma vez. — As duas coisas não estão relacionadas. Tenho certeza de que é só alguma marca dos meus pneus, ou talvez do carro do carteiro. — Ela conferiu os sinais de novo. — E, se alguém fez esses desenhos, devem ter sido as crianças dos Yardley. Aquela do meio parece um pouco, bom, você sabe.

A mãe fez uma careta.

O que sua mãe estava dizendo fazia sentido. Era só um gato, é claro. Apenas marcas de pneu ou rabiscos inocentes de crianças. Por que sua mente dera um pulo tão grande, achando que havia uma conexão? Pip sentiu um arrepio de vergonha por ter sequer cogitado que alguém deixara as duas coisas ali de propósito. Ainda mais vergonha por ter achado que as deixaram especialmente para ela. Por que Pip pensaria isso? Porque agora ela tinha medo de tudo, respondeu o outro lado de seu cérebro. Seu coração reagia no modo de lutar ou fugir. Ela sentia o perigo pressioná-la quando não havia nada, ouvia tiros em qualquer barulho, sentia medo da noite mas não do escuro, medo até de olhar para as próprias mãos. Estava quebrada.

— Você está bem, querida? — A mãe havia abandonado os desenhos de giz, analisando o rosto de Pip. — Você dormiu o suficiente à noite?

Quase nada.

— Dormi. Bastante — respondeu.

— É que você está pálida.

A mãe arqueou ainda mais a sobrancelha.

— Eu sou pálida.

— Perdeu um pouco de peso também.

— Mãe...

— Só estou dizendo, docinho. Aqui. — Ela passou o braço pelo de Pip, levando-a de volta para casa. — Vou voltar a preparar o jantar e até fazer tiramisù para a sobremesa, sua preferida.

— Mas hoje não é terça?

— E daí? — A mãe sorriu. — Minha menininha vai para faculdade daqui a algumas semanas, me deixe mimá-la enquanto ainda posso.

Pip deu um aperto carinhoso no braço da mãe.

— Obrigada.

— Vou dar um jeito naquele pombo daqui a pouco, não precisa se preocupar com isso — disse ela, fechando a porta da cozinha.

— Não estou preocupada com o pombo — disparou Pip, apesar de sua mãe já ter se afastado.

Pip a ouviu fazendo barulho no outro cômodo, resmungando a respeito das *cebolas duras para caramba.*

— Não estou preocupada com o pombo — repetiu Pip baixinho, apenas para si mesma.

Ela estava preocupada com quem poderia tê-lo deixado ali. E então ficou preocupada por ter sequer pensado nisso.

Pip se encaminhou para a escada e, na subida, deparou-se com Josh sentado no degrau mais alto, o queixo apoiado nas mãos.

— Que pombo? — perguntou enquanto Pip descansava a mão na cabeça dele, desviando do irmão.

— Sério — murmurou a garota —, talvez você devesse pegar isso emprestado com mais frequência.

Ela indicou o fone de ouvido no próprio pescoço.

— Colar isso na sua cabeça — continuou.

Pip entrou em seu quarto, encostando-se na porta para fechá-la. Soltou o suporte de velcro para celular do braço e o deixou cair no chão. Tirou a blusa, o tecido colado em sua pele grudenta de suor, enroscando-se no fone de ouvido. Saiu tudo junto, amontoado no tapete. É, ela deveria tomar banho antes do jantar. E... Pip encarou a segunda gaveta da escrivaninha. Talvez só mais um, para se acalmar e aliviar seu coração disparado, tirar o sangue de suas mãos e as coisas decapitadas de sua mente. Sua mãe estava começando a suspeitar que havia algo errado, então Pip precisava estar bem durante o jantar. De volta à sua versão anterior.

Um gato e marcas de pneu. Fazia sentido, perfeito sentido. O que havia de errado com ela? Por que precisava que fosse algo ruim, como se estivesse procurando problemas? Pip prendeu a respiração. Só mais um caso. Salvar a vítima e se salvar. Era só disso que ela precisava para não ficar mais assim: perdida dentro da própria cabeça. Ela tinha um plano. Bastava segui-lo.

Pip deu uma olhada rápida no celular. Uma mensagem de Ravi: *Seria estranho colocar nuggets EM CIMA da pizza?*

E um e-mail de Roger Turner: *Oi, Pip. Podemos conversar ainda esta semana, agora que você teve a oportunidade de pensar na oferta da mediação? Atenciosamente, Roger Turner.*

Pip suspirou. Ela se sentia mal por Roger, mas sua resposta continuava a mesma. Só por cima do seu cadáver. Qual era a maneira mais profissional de dizer isso?

Ela estava prestes a abrir o e-mail quando uma nova notificação apareceu. Mais uma mensagem chegou através do formulário do site, para *podcastMABG@gmail.com*. A notificação mostrava: *Quem vai investigar...* e Pip sabia direitinho o restante da frase. Mais uma vez.

Ela abriu o e-mail anônimo para deletá-lo. Talvez pudesse configurar algum tipo de bloqueio que encaminhasse essas mensagens direto para o spam? O e-mail abriu, e o polegar de Pip pairou sobre o ícone da lixeira.

Seus olhos a fizeram parar bem a tempo, captando uma palavra.

Ela piscou.

Leu a mensagem inteira.

Quem vai investigar quando você desaparecer?

P.S.: Lembre-se de sempre matar dois pássaros com uma cajadada só.

O celular escorregou de suas mãos.

OITO

O baque suave do celular caindo no tapete era o tiro de uma arma bem em seu peito. Ecoando cinco vezes até seu coração capturar o som e reproduzi-lo.

Pip ficou parada por um instante, indiferente a tudo, exceto à violência que irrompia sob sua pele. Grandes trovões de tiros e ossos quebrando, o barulho do sangue se espalhando entre seus dedos e um grito: o dela. As extremidades das palavras se esmigalhando ao serem atiradas de um lado para o outro em sua cabeça: *Charlie, por favor, não faça isso. Estou implorando.*

As paredes creme de seu quarto descascaram, revelando madeiras queimadas e escurecidas, desmoronando umas sobre as outras. A casa de fazenda abandonada ressuscitou em seu quarto, enchendo os pulmões dela de fumaça. Pip fechou os olhos e disse a si mesma que estava em casa, não estava lá. Mas ela não conseguia enfrentar aquilo sozinha.

Precisava de ajuda.

Pip cambaleou através do fogo, o braço levantado para proteger os olhos, em direção à escrivaninha. Os dedos tatearam, encontrando a segunda gaveta à direita. Ela a puxou por completo e a derrubou no chão em chamas. O barbante vermelho se desenrolou, papéis esvoaçaram, alfinetes se espalharam, embolando-se em fios brancos de fones de ouvido. O fundo de papelão que escondia seus segredos se soltou e, de lá, caíram seis celulares descartáveis, saindo da ordem cuidadosamente montada por Pip. A última coisa a cair da gaveta foi o pequeno saquinho transparente.

Ela o rasgou com os dedos trêmulos. Como restavam tão poucos? Pip pegou um comprimido e o engoliu a seco, os olhos lacrimejando conforme ele arranhava sua garganta.

Ela estava ali. Não lá. Ali.

Não era sangue, era só suor. Está vendo? Limpe nas leggings para ver.

Não lá.

Ali.

Mas será que ali era melhor? Pip encarou o celular, abandonado no chão. *Matar dois pássaros com uma cajadada só*. Dois pombos mortos na entrada da garagem, um com olhos cadavéricos que viam tudo, outro sem nenhum. Não era uma coincidência, era? Talvez não fosse um gato, talvez alguém de fato os tivesse colocado ali, junto àqueles desenhos de giz cada vez mais próximos da casa. A mesma pessoa que estava desesperada para Pip responder à pergunta: *quem vai investigar quando você desaparecer?* Alguém que sabia onde ela morava. Um stalker?

Ela havia procurado por problemas, então eles a encontraram.

Não, não, pare. Ela estava fazendo aquilo de novo, levando as coisas longe demais, procurando perigo onde talvez não tivesse nenhum. *Matar dois pássaros com uma cajadada só*. Às vezes as pessoas misturam ditados sem querer. E Pip já vinha recebendo a mensagem do e-mail anônimo há algum tempo, e nada havia acontecido com ela, não é? Ela estava ali, ela não tinha desaparecido.

Pip se arrastou pelo chão e virou o celular, o aparelho reconhecendo seu rosto e desbloqueando a tela. Pip clicou nos e-mails, indo até a barra de pesquisa. Digitou: *quem vai investigar quando você desaparecer? + anônimo*.

Onze e-mails, doze incluindo o que ela acabara de receber, todos de contas diferentes, fazendo-lhe a mesma pergunta. Pip deslizou o dedo pela tela. Ela tinha recebido o primeiro no dia 11 de maio. As mensagens começaram mais espaçadas, depois cada vez mais próximas, com apenas quatro dias de diferença entre as duas últimas. Dia 11 de maio? Pip balançou a cabeça, não podia ser. Ela se lembrava de ter recebido a primeira antes disso, na época em que Jamie Reynolds havia desaparecido e ela estava investigando o caso. Por isso a pergunta ficara em sua cabeça.

Ah, espere. Podia ter sido no Twitter. Ela pressionou o ícone azul para abrir o aplicativo, clicando nas opções avançadas de busca. Digitou a pergunta outra vez, no campo *esta frase exata*, e o arroba de seu podcast na opção *para estas contas*.

Clicou em *buscar*, os olhos girando ao mesmo tempo que o círculo de carregamento da pesquisa.

A página se encheu de resultados: quinze tweets foram enviados para ela, fazendo exatamente a mesma pergunta. O mais recente era de apenas sete minutos atrás, com o mesmo *P.S.* do e-mail. E, no fim da página, estava a primeiríssima vez: *Quem vai investigar quando você desaparecer?* Enviado no domingo, dia 29 de abril, em resposta ao tweet de Pip anunciando a segunda temporada do podcast, *Manual de assassinato para boas garotas: O desaparecimento de Jamie Reynolds*. Era isso. Aquele era o começo. Mais de quatro meses atrás.

Parecia ter sido há tanto tempo. Jamie estava desaparecido havia somente um dia. Stanley Forbes andava por aí, vivo, sem seis buracos no corpo. Pip havia conversado com ele naquele mesmo dia. Charlie Green era só o vizinho novo. Não havia sangue nas mãos dela, e dormir nem sempre era fácil, mas ela conseguia mesmo assim. Max estava sendo julgado, e Pip acreditava, de verdade, do fundo do coração, que ele pagaria pelo que fez diante da justiça. Tantas coisas começaram naquela manhã ensolarada, coisas que a levaram até ali. Os primeiros passos de um caminho que havia se voltado contra ela, contorcendo-se numa espiral que ia somente para baixo. Mas será que mais alguma coisa havia começado naquele dia? Algo que vinha crescendo havia quatro meses e só agora estava dando as caras?

Quem vai investigar quando você desaparecer?

Pip ficou em pé, de volta ao quarto e ao presente, a casa de fazenda abandonada trancada nos recônditos de sua mente. Sentou-se na cama. A pergunta, os desenhos de giz, os dois pássaros mortos. Poderiam estar relacionados? Poderiam ter algo a ver com ela? Era uma teoria fraca, na melhor das hipóteses, mas haveria outros elementos? Alguma coisa que ela tenha achado estranha na época, mas que sua mente deixara de lado? Ah... teve aquela carta várias semanas atrás. Bom, nem foi uma carta. Foi só um envelope, com *Pippa Fitz-Amobi* rabiscado na frente com tinta preta áspera. Ela se lembrava de ter notado que não havia endereço, nem mesmo um selo, então alguém devia ter enfiado debaixo da porta. Mas quando ela abriu o envelope — o pai ao seu lado perguntando se não eram "nudes do Ravi à moda antiga" —, não havia nada lá dentro. Estava vazio. Ela jogou na lixeira e nunca mais pensou no assunto. A carta misteriosa foi esquecida assim que outra chegou endereçada a ela: a enviada por Max Hastings e seu advogado. Seria possível que o envelope estivesse conectado a tudo isso?

E, pensando bem, outra coisa também podia ter ocorrido antes disso. No dia do enterro de Stanley Forbes. Quando a cerimônia acabou e Pip voltou para o carro, ela encontrou um pequeno buquê de rosas enfiado no retrovisor. Mas todas as flores haviam sido arrancadas pelo receptáculo, as pétalas vermelhas espalhadas no chão de cascalho. Um buquê de espinhos e caules. Na época, Pip achou que tivesse sido um dos manifestantes do funeral, que saíram de lá apenas quando a polícia foi chamada. Porém, talvez não tivesse sido um dos manifestantes, nem o pai de Ant, nem Mary Scythe, nem Leslie da lojinha. Podia ter sido um presente da mesma pessoa que queria saber quem investigaria quando Pip desaparecesse.

Se fosse isso mesmo — se esses incidentes estivessem conectados —, então estava acontecendo há semanas. Meses, até. E ela não tinha percebido. Mas talvez houvesse um motivo. Talvez ela estivesse extrapolando as coisas, tudo por causa daquele segundo pássaro morto. Pip não confiava em si mesma, tampouco em seu medo.

Apenas uma coisa estava evidente: *se* tudo tivesse vindo da mesma pessoa (desde as flores até os pombos mortos), a situação estava piorando. Tanto na gravidade quanto no tipo de ocorrência. Pip precisava encontrar algum jeito de investigar aquilo, coletar todos os dados e ver se havia alguma conexão, se ela tinha de fato um stalker ou se estava, enfim, perdendo a sanidade. Uma planilha, pensou, imaginando o sorrisinho de Ravi se ouvisse aquela palavra. Mas visualizar tudo bem-organizado ajudaria mesmo: Pip conseguiria descobrir se era verdade ou se só era verdade no recôndito obscuro da cabeça dela. E, *se* fosse verdade, entenderia onde tudo isso poderia levar, qual era o objetivo do stalker.

Pip atravessou o quarto até a escrivaninha, passando por cima da bagunça da gaveta. Ela a arrumaria mais tarde. Ligou o notebook, deu dois cliques no Google Chrome e abriu uma nova aba. Digitou "stalker" na barra de pesquisa e apertou Enter, descendo pela lista de resultados. *Denuncie um stalker* em um site do governo, uma página da Wikipédia, um site sobre os tipos de stalkers e *Na mente de um stalker*, sites de psicologia e estatísticas criminais. Pip clicou no primeiro resultado e começou a ler, indo para uma página em branco em seu caderno.

Escreveu *quem vai investigar quando você desaparecer?* e sublinhou três vezes. Pip não podia deixar de sentir a raiva silenciosa embutida naquela pergunta sinistra. Ela já pensara em desaparecer algumas vezes, fugir e deixar Pip para trás. Ou desaparecer dentro da própria cabeça, naqueles raros momentos em que sua mente estava quieta, uma ausência na qual podia flutuar, livre. Mas o que desaparecer significava, naquele contexto? Defina desaparecer.

Às vezes, pessoas voltavam depois de desaparecer. Jamie Reynolds era um exemplo, e Isla Jordan também, a jovem que Elliot

Ward mantivera presa por cinco anos por acreditar que ela era outra pessoa. Ambos tinham des-desaparecido. Mas então a mente de Pip voltou para o começo, para Andie Bell, Sal Singh, as vítimas de Scott Brunswick, "o Monstro de Margate", a jovem não identificada, todos os podcasts e documentários de *true crime* nos quais ela já se perdera. E, na maioria dos casos, desaparecer significava estar morto.

— Pip, o jantar!
— Já vou!

Nome do arquivo:

 Possíveis incidentes do stalker.xlsx

Data	Dias desde o último incidente	Tipo	Incidente	Escala de gravidade (1–10)
29/04/2018	Não se aplica	On-line	Tweet: Quem vai investigar quando você desaparecer?	1
11/05/2018	12	On-line	E-mail e tweet: (mesma pergunta)	2
20/05/2018	9	Off-line	Flores mortas deixadas no carro	4
04/06/2018	15	On-line	E-mail e tweet: (mesma pergunta)	2
15/06/2018	11	On-line	E-mail e tweet: (mesma pergunta)	2
25/06/2018	10	On-line	Tweet: (mesma pergunta)	1
06/07/2018	11	On-line	E-mail e tweet: (mesma pergunta)	2
15/07/2018	9	On-line	Tweet: (mesma pergunta)	1
22/07/2018	7	On-line	Tweet: (mesma pergunta)	1
29/07/2018	7	On-line	E-mail e tweet: (mesma pergunta)	2
02/08/2018	4	Off-line	Envelope vazio por baixo da porta. Endereçado a mim.	4
07/08/2018	5	On-line	E-mail e tweet: (mesma pergunta)	2
12/08/2018	5	On-line	E-mail e tweet: (mesma pergunta)	2
17/08/2018	5	On-line	E-mail: (mesma pergunta)	1
22/08/2018	5	On-line	E-mail e tweet: (mesma pergunta)	2
27/08/2018	5	Off-line	Pombo morto na entrada da garagem (com cabeça)	7
27/08/2018	0	On-line	E-mail e tweet: (mesma pergunta)	3
31/08/2018	4	On-line	E-mail e tweet: (mesma pergunta)	2
02/09/2018	2	Off-line	Cinco desenhos de giz na entrada de casa, perto da calçada (pessoas de palito sem cabeças?)	5
04/09/2018	2	Off-line	Cinco desenhos de giz na entrada de casa, mais perto da porta da frente	6
04/09/2018	0	Off-line	Pombo morto na entrada da garagem (sem cabeça)	8
04/09/2018	0	On-line	E-mail e tweet: (mesma pergunta) com a adição de um "P.S.: Lembre-se de sempre matar dois pássaros com uma cajadada só."	5

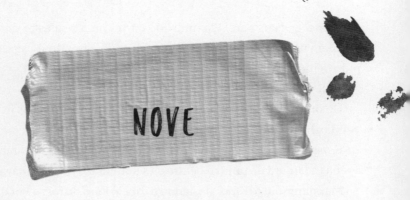

NOVE

Havia algo preso em seu sapato. Batendo no chão a cada passo, o grude a desequilibrando.

Pip diminuiu a velocidade para uma corridinha, então para uma caminhada até parar de vez, enxugando a testa na manga. Levantou a perna para inspecionar a sola do tênis. Havia um pedaço amassado de silver tape no meio de seu calcanhar. O acabamento prateado da fita adesiva havia se tornado um cinza sujo. Pip devia ter pisado nele pelo caminho, sem perceber.

Ela puxou a fita imunda com os dedos, mas a parte adesiva teimava em grudar na sola escura do sapato. O pedaço enfim saiu, deixando para trás pequenas manchas brancas de cola, que Pip ainda conseguia sentir quando acelerou o passo e voltou a correr.

— Que ótimo — sussurrou para si mesma, tentando regular sua respiração de novo.

Inspira, passo, dois, três, expira, passo, dois, três.

Ela estava indo pelo caminho mais longo naquela noite, ao redor do bosque Lodge. E indo rápido. Se ficasse exausta, talvez não precisasse tomar nada para dormir. Esse plano nunca funcionara e provavelmente nunca funcionaria, e ela acreditava em suas próprias mentiras cada vez menos. Havia muito tempo que não tinha noites tão ruins quanto as duas últimas. Aquela dúvida a mantinha acordada, aquela ideia irritante de que alguém talvez a estivesse perseguindo. Alguém que talvez estivesse contando os dias para ela desaparecer. Não, pare. Ela tinha ido correr para se afastar daqueles pensamentos. Pip acelerou, fora de controle, virando a esquina rápido demais.

E ali estava *ele*.

Do outro lado da rua. A garrafa de água azul em uma das mãos.

Max Hastings.

E, assim que ela o viu, Max a viu. Os olhos dos dois se encontraram, apenas a largura de uma rua entre eles enquanto se aproximavam.

Max diminuiu o ritmo, afastando o cabelo loiro do rosto. Por que ele estava desacelerando? Ele não queria acabar com aquilo de uma vez também, o momento em que tinham que passar um pelo outro? Pip forçou suas pernas ainda mais, sentindo dor no tornozelo, e os passos descompassados deles se tornaram um tipo de música, uma percussão caótica que enchia a rua, acompanhando o uivo agudo do vento nas árvores. Ou será que aquele som vinha de dentro da cabeça dela?

Seu peito se apertou, seu coração ficou maior que a prisão que o continha, enchendo-a de um vermelho raivoso que dominou a visão dela quando Max se aproximou. Algo assumiu o controle e puxou Pip pela mão até o outro lado da rua, guiando seus pés. E ela não sente mais medo, ela é somente fúria. Somente vermelho. E está certo, isso precisa acontecer, ela tem certeza.

Ela atravessa a rua em seis passos largos. Max para a poucos metros de distância, encarando-a.

— O que você está...? — Ele começa a perguntar.

Pip não o deixa terminar.

Ela acaba com o espaço entre eles e bate com o cotovelo no rosto de Max. Ela ouve um estalo, mas não são as costelas de Stanley dessa vez, é o nariz de Max. O barulho é o mesmo, e é tudo o que ela escuta. Max se dobra e berra ao passo que o nariz fica torto. Mas ela não terminou. Pip afasta as mãos dele do rosto e o acerta outra vez, socando as maçãs do rosto marcadas. O sangue dele desliza pelos dedos dela, descendo até as palmas. É o lugar ao qual pertence.

E ela ainda não acabou. Tem um caminhão vindo. Nunca há caminhões nessa ruazinha rural, eles não cabem aqui. Mas esse está se aproximando, e é a oportunidade de Pip. Ela agarra Max, torcendo as mãos na camiseta dele, manchada de suor. E, naquele momento, os olhos de Max se arregalam de medo, e os dois sabem que ela ganhou. A buzina do caminhão grita, mas Max não tem tempo de fazer o mesmo. Pip o joga na rua, na frente do caminhão grande demais, e ele explode, sangue vermelho chovendo nela enquanto ela sorri.

Um carro passou, na vida real, e o som a trouxe de volta. O vermelho deixou os olhos de Pip, e ela voltou para si. Para o aqui e o agora. Correndo pelo caminho longo. Max continuava no lado dele da rua, e ela, no dela. Pip olhou para baixo e piscou, tentando se livrar da violência dentro da própria cabeça. Se ela tinha medo de alguma coisa, era disso.

A garota olhou de novo para Max, mantendo a atenção nele enquanto ele recuperava a velocidade, a garrafa de água chacoalhando ao seu lado. O momento estava chegando, quando eles passariam um pelo outro, cruzariam caminhos. Eles estavam correndo na direção um do outro e então aconteceu, a passagem, a fração de segundo da convergência, até eles estarem correndo em direções opostas, as costas de um viradas para o outro.

No fim da estrada, Pip olhou para trás. Max tinha sumido, e ela podia respirar com um pouco mais de facilidade, sem os passos dele assombrando os dela.

Ela estava piorando, tinha plena consciência disso. Os ataques de pânico, os comprimidos, a raiva tão intensa que talvez queimasse o mundo inteiro. Pip estava se afastando cada vez mais da vida normal para a qual desejava voltar desesperadamente. Para Ravi, sua família, seus amigos. Mas ficaria tudo bem, porque ela tinha um plano para resolver tudo. Salvar a vítima, se salvar.

Mas talvez houvesse um novo obstáculo, ela percebeu ao percorrer a extremidade da Martinsend Way, passando pelo poste com a lâmpada quebrada, sua marca habitual para desacelerar e começar a andar de volta para casa. Se Pip de fato tivesse um stalker, quem quer que fosse, o que quer que ele quisesse fazer com ela (fosse só assustá-la ou realmente fazê-la desaparecer), ele estava obstruindo o caminho dela também. Ou talvez só fosse Pip obstruindo o próprio caminho. Como Epps chamara isso? Espiral autodestrutiva. Talvez não houvesse stalker algum, talvez fosse apenas ela e o excesso de violência do lugar sombrio nos recônditos da sua mente. Encontrando perigo apenas porque estava procurando por ele.

Foi aí que ela passou por cima daquilo, na calçada entre a casa dos Yardley e a dos Williams, a sua própria ainda distante. Pip viu um borrão no canto do olho, linhas brancas se cruzando e uma grande mancha de giz, mas precisou dar um passo para trás antes de perceber o que realmente era. Ali, ocupando a largura da calçada, borradas pelos tênis dela, haviam três palavras grandes escritas com giz:

GAROTA MORTA CAMINHANDO

A cabeça de Pip se virou. Ela se encontrava sozinha na rua, e a vizinhança estava envolta na calmaria da hora do jantar. Ela voltou a estudar as palavras sob seus pés. *Garota morta caminhando.* Foi Pip quem andou por cima delas. Aquilo era para ela? Não estava na entrada de sua casa, mas estava em sua rota. Um pressentimento, um instinto. Era uma mensagem para ela, Pip sabia disso.

Ela era a garota morta caminhando.

Não, não seja boba. Aquelas palavras nem estavam na entrada da casa dela, e sim em uma rua pública. Podiam ser para qualquer pessoa, escritas por qualquer um. E, de toda forma, por que ela estava ouvindo seus instintos? Eles colocavam sangue em suas mãos, uma arma em seu coração e perigo nas sombras mesmo quando não havia nada. Mas parte de Pip sentia que ela não deveria fazer pouco caso daquilo. Ela estava dividida ao meio, entre Stanley e Charlie, entre ter um stalker e ter inventado um por conta própria. Pip lutou contra a faixa no braço, pegando o celular. Endireitou-se para tirar foto das palavras, uma parte de seus tênis no canto inferior do enquadramento. Evidência, caso precisasse. Não tinha uma foto dos bonecos de palito; eles tinham sumido no tempo que ela levou para tomar um banho, apagados pelas rodas do carro do pai. Mas agora Pip tinha uma foto, mais um dado para inserir na planilha. Caso precisasse. Dados eram diretos e imparciais. E, se fosse mesmo para ela, essa mensagem receberia um grau mais alto, oito ou talvez nove. Poderia até ser considerada uma ameaça direta.

E, assim, Pip se sentiu mais próxima da pessoa desconhecida que podia ou não existir, sentiu que a entendia um pouco melhor. Pip e o stalker concordavam: desaparecer significava estar morto. Pelo menos tinham elucidado isso.

Mais à frente, ela viu um carro virando na entrada de sua casa. Ravi. Seu outro alicerce. Pip passou por cima das palavras de giz e se apressou pela calçada. Pé ante pé em direção à casa, e ela não deixava de ser o que as palavras queriam que fosse, uma garota morta caminhando. Mas, se ela apressasse o passo, estaria correndo.

— Ah, oi!

A voz de Ravi a encontrou quando ela parou em frente à casa, baixando o fone de ouvido. Ele saiu do carro.

— Olha só quem é: minha namorada atleta! — continuou Ravi, sorrindo.

Ele flexionou os braços, cantarolando *esportes, esportes, esportes* até Pip alcançá-lo.

— Você está bem? — perguntou ele, passando a mão em volta da cintura dela. — Boa corrida?

— Hã, bom, eu vi o Max Hastings outra vez. Então... não.

Ravi cerrou os dentes.

— De novo? Espero que ele ainda esteja vivo — brincou, tentando aliviar o clima.

— Por pouco.

Pip deu de ombros, com medo de que Ravi pudesse ver todas as coisas violentas que rodavam dentro de sua mente. Mas ele devia conseguir enxergar lá dentro, porque era a pessoa que a conhecia melhor. E, se ele a amava, então ela não podia ser de todo ruim. Não é?

— Ei, o que foi? — perguntou ele.

Ah, não, Ravi com certeza sabia que havia algo errado. Mas isso era bom, Pip lembrou a si mesma, ela não devia guardar segredos dele. Ele era a pessoa dela. Com exceção dos segredos de que mais tinha vergonha, é claro, os que moravam na segunda gaveta da escrivaninha.

— Hã, isso estava no meu trajeto, mais para baixo aqui da rua. — Ela abriu a foto no celular e o mostrou para Ravi. — Alguém escreveu isso na calçada com giz.

— *Garota morta caminhando...* — murmurou ele, e ouvir isso na voz de outra pessoa de alguma forma fez com que o significado mudasse.

Fez com que Pip visse a frase de uma forma diferente. Uma prova de que aquilo existia fora da própria cabeça.

— Você acha que foi para você? Que tem alguma conexão com os pombos?

— Estava na minha rota de corrida, logo depois do ponto em que eu começo a andar para desacelerar antes de chegar em casa. Se alguém estivesse me observando, saberia disso.

Mas por que alguém a estaria observando? Soou bobo quando Pip disse em voz alta.

Ravi balançou a cabeça.

— É, não gosto nem um pouco disso.

— Está tudo bem. Desculpe, não deve ter nada a ver comigo. Estou sendo idiota.

— Não está, não — disse ele, a voz mais séria. — Ok, bem, não sabemos ao certo se você tem um stalker, mas, para mim, isso é uma pista. Estou falando sério, e sei o que você vai responder, mas acho que deveria ir à polícia.

— O qu...? E o que vão fazer a respeito, Ravi? Nada, como sempre.

Ela sentiu a raiva aumentando de novo. Não, não com ele, se controle. Pip respirou fundo e enfiou a raiva goela abaixo.

— Ainda mais quando nem eu mesma tenho certeza disso.

— Se essa pessoa é a mesma que está enviando e-mails para você, a mesma que deixou os desenhos de giz e os pombos, então ela está fazendo uma ameaça — argumentou ele, arregalando os olhos, deixando claro que estava falando sério. — Pode ser perigoso.

Ravi fez uma pausa.

— Pode ser o Max. — Outra pausa. — Ou Charlie Green.

Não era o Charlie, nunca poderia ser o Charlie. Mas Pip havia pensado em Max, o rosto dele surgira em sua mente quando leu as primeiras palavras. Quem mais saberia sua rota de corrida tão bem? E, se Max a odiava tanto quanto ela o odiava, bem, então...

— Eu sei — concordou Pip. — Mas talvez não tenha uma conexão e, se tiver, pode ser só alguém zoando com a minha cara.

Todos os seus instintos lhe diziam que aquilo não era verdade. Ela só queria tirar a preocupação dos olhos de Ravi, trazer de volta o sorriso do namorado. E Pip não queria voltar para a delegacia. Tudo, menos aquilo.

— Acho que depende — apontou Ravi.

— Do quê?

— Se a pessoa encontrou os pombos mortos ou... matou eles. Tem um universo de diferença entre essas duas opções.

— Eu sei.

Pip expirou, torcendo para que ele mantivesse a voz baixa, caso Josh conseguisse ouvir. Havia um novo pressentimento agora que Ravi e os instintos dela estavam alinhados. Pip não queria que aquilo fosse verdade. Preferia a outra explicação: que estava vendo padrões onde não havia nenhum, seu cérebro afiado em excesso para reconhecer o perigo. Porque daí o problema logo seria resolvido, junto a todo o restante. Salvar a vítima, se salvar.

— Não deveríamos arriscar. — Ravi correu o polegar pela clavícula dela. — Você vai para a faculdade daqui a algumas semanas, então acho que vai ficar tudo bem e isso provavelmente vai acabar. Mas, se for a outra opção, se a pessoa for perigosa, então você não pode lidar com isso sozinha. Você precisa denunciar tudo. Amanhã.

— Mas eu não consigo...

— Você é a Pippa Fitz-Amobi. — Ravi sorriu, afastando os fios rebeldes dos olhos da namorada. — Não há nada que você *não consiga* fazer. Mesmo que seja morder sua língua e pedir ajuda para o detetive Hawkins.

Pip rosnou e balançou a cabeça.

— É isso aí — disse Ravi, dando tapinhas nas costas dela. — Muito bem. Agora, pode me mostrar onde escreveram com giz? Quero ver.

— Está bem.

Pip o conduziu na direção contrária à sua casa, a mão dele pegando a sua, os dedos deslizando nos espaços entre os dela. Segurando firme. De mãos dadas: o garoto com uma covinha no queixo e a garota morta caminhando.

Nome do arquivo:

 Foto garota morta caminhando.jpg

DEZ

Pip odiava aquele lugar. Quando caminhou em direção à entrada, avistando a sala de espera de paredes azuis, sentiu a repulsa fazendo sua pele se encolher e se soltar da carne, pedindo para Pip mudar de direção. Voltar atrás. A voz em sua cabeça pedia também. Aquele era um lugar muito, muito ruim. Ela não devia estar ali.

Mas tinha prometido a Ravi, e suas promessas ainda tinham valor. Em especial as feitas para ele.

Portanto, ali estava ela, na delegacia de Amersham. O brasão da Polícia do Vale do Tâmisa a encarava, coberto por uma fina camada de sujeira trazida pelo vento. As portas automáticas se abriram e a engoliram.

Pip passou pelas fileiras de cadeiras frias de metal que ficavam em frente ao balcão da recepção. Um homem e uma mulher estavam sentados na parede dos fundos, balançando de leve, como se a delegacia estivesse em alto mar. Bêbados, claro, às onze da manhã. Mas Pip tinha precisado tomar um alprazolam para reunir coragem para ir até lá, então quem era ela para julgá-los?

A garota se aproximou do balcão, ouvindo o bêbado sussurrar um "Vai se foder" quase afetuoso, repetido de imediato pela voz arrastada da mulher. Um para o outro, não para Pip, embora também pudesse ser: tudo dentro daquele lugar era hostil, uma lembrança ruim, um *vai se foder*. Desde as lâmpadas berrantes e tremeluzentes até o guincho do piso polido sob seus sapatos. Tinha feito o mesmo barulho quando ela estivera ali, meses atrás, pedindo para Hawkins procurar Jamie

Reynolds para que ela não precisasse investigar. Implorando para ele. Como as coisas seriam diferentes se ele tivesse dito sim.

Assim que ela chegou à recepção, Eliza, a agente de detenção, saiu do escritório anexo com um agudo:

— Está bem, vocês dois!

Ela se assustou ao ver Pip. A menina não a culpava, devia estar com uma aparência horrível. O rosto de Eliza se abrandou, abrindo um sorriso compassivo enquanto mexia nos cabelos grisalhos.

— Pip, querida, não vi você aí.

— Desculpe — disse Pip, baixinho.

Mas Eliza *tinha* visto ela, e agora Pip estava vendo Eliza também. Não ali, na recepção com o casal bêbado às suas costas, mas *naquela noite*, de volta ao interior da delegacia. Aquela mesma expressão de pena no rosto de Eliza enquanto ela ajudava Pip a tirar suas roupas ensanguentadas. Mãos enluvadas embalando-as em sacos de provas transparentes. A blusa de Pip. Seu sutiã. As manchas rosadas de um Stanley morto por todo o corpo de Pip enquanto ela tremia, despida, na frente daquela mulher. Um momento que as uniu para sempre, assombrando os cantos do sorriso de Eliza como um fantasma.

— Pip? — Os olhos da agente se estreitaram. — Perguntei como posso ajudar.

— Ah. — Pip pigarreou. — Estou aqui para falar com *ele* de novo. Ele está?

Eliza só expirou ou foi um suspiro?

— Sim, está. Vou avisar que você está aqui. Por favor, sente-se.

Ela indicou a primeira fila de cadeiras de metal antes de desaparecer pelo escritório dos fundos.

Pip não ia se sentar, isso seria uma rendição. Aquele era um lugar muito, muito ruim, e ela não o deixaria consumi-la.

O barulho veio antes do que ela esperava, o apito e rangido conforme a porta da parte de trás da delegacia se abria. O detetive Hawkins apareceu, vestindo calça jeans e uma camisa clara.

— Pip — chamou ele, embora não precisasse.

Ela já o seguia, entrando na pior parte da delegacia.

A porta se fechou e se trancou às suas costas.

Hawkins olhou para trás com um movimento de cabeça que podia ter sido um cumprimento. Passaram pelo corredor, pela Sala de Interrogatório 1, o mesmo caminho que ela havia percorrido naquela época, com as novas roupas sem sangue. Pip nunca descobriu de quem eram. Naquele dia, ela também havia seguido Hawkins até uma pequena sala à direita, com um homem que nunca se apresentou, ou então ele havia se apresentado e Pip não ouvira. Mas ela se lembrava do aperto de Hawkins em seu punho, ajudando-a a pressionar um dedo de cada vez na almofada de tinta e depois no quadrado correto do papel quadriculado, os padrões de suas impressões digitais parecendo labirintos sem fim, feitos para prendê-la.

"É só para excluir você, descartar você."

Isso fora tudo que Hawkins dissera na época.

E tudo que Pip se lembrava de ter dito foi:

"Estou bem."

Não tinha como ninguém acreditar nisso.

— Pip?

A voz de Hawkins a trouxe de volta ao presente, de volta àquele corpo ainda mais pesado. Ele havia parado de andar e segurava a porta aberta da Sala de Interrogatório 3.

— Obrigada — disse Pip sem rodeios, abaixando-se sob o arco do braço estendido para entrar na sala.

Ela não se sentaria ali também, só por precaução, mas deslizou as alças da mochila pelos ombros e depositou-a na mesa.

Hawkins cruzou os braços e se recostou na parede.

— Sabe que vou ligar para você quando acontecer, não sabe? — disse ele.

— O quê?

Pip estreitou os olhos.

— Charlie Green — explicou Hawkins. — Não tenho mais informações sobre o paradeiro dele. Mas, quando o pegarmos, vou ligar para você. Não precisa vir até aqui para perguntar.

— Não é... não é por isso que estou aqui.

— Ah, não? — disse ele num tom mais agudo, transformando a palavra em uma pergunta.

— É outra coisa, na verdade, que eu achei que deveria falar para você... denunciar para você.

Pip se mexeu, sem jeito, puxando as mangas para cobrir seus punhos desnudos. Não queria deixar nada nu nem exposto naquele lugar.

— Denunciar alguma coisa? O que é? O que aconteceu?

A expressão de Hawkins mudou, todas as linhas ficaram mais pronunciadas, das sobrancelhas arqueadas aos lábios contraídos.

— É... Bem, é possível que eu tenha um stalker — disse Pip, a sílaba final estalando em sua garganta.

Era apenas coisa da sua cabeça, mas dava para ouvir aquele clique saltando pela sala, ricocheteando nas paredes lisas e na mesa de metal opaca.

— Um stalker? — questionou Hawkins, e o clique de alguma forma entrou na garganta dele também.

A expressão do detetive mudou de novo. Novas linhas e uma nova curva em sua boca.

— Um stalker — repetiu Pip, recuperando o clique. — Eu acho.

— Certo. — Hawkins parecia inseguro também, coçando o cabelo meio grisalho para ganhar tempo. — Bom, para podermos investigar, é preciso ter...

— Um padrão de dois ou mais comportamentos — interrompeu Pip. — É, eu sei. Fiz minha pesquisa. E tiveram. Mais que isso, para falar a verdade. Tanto na internet quanto... na vida real.

Hawkins tossiu na mão. Ele se afastou da parede e andou pela sala, os sapatos deslizando pelo chão, assobiando como se tivessem uma mensagem secreta só para Pip. Ele se debruçou na mesa de metal e cruzou as pernas.

— Está bem. E quais foram os incidentes?

— Aqui — disse Pip, pegando a mochila.

Hawkins a observou abrir o zíper e procurar lá dentro. Ela tirou o fone de ouvido volumoso do caminho e pegou as folhas de papel dobradas.

— Fiz uma planilha de todos os possíveis incidentes. E um gráfico. E-e tem uma foto — explicou, abrindo as folhas e entregando-as para Hawkins.

Agora era sua vez de encará-lo, analisando os olhos do policial percorrendo a planilha, de cima para baixo e então para cima outra vez.

— Tem muita coisa aqui — disse ele, mais para si mesmo que para ela.

— Pois é.

— *Quem vai investigar quando você desaparecer?* — Hawkins leu a bendita pergunta, e os cabelos da nuca de Pip se arrepiaram, ouvindo-a na voz dele. — Então, começou on-line, foi isso?

— Foi — disse ela, apontando para o topo da página, bem no meio. — Começou só com essa pergunta no Twitter e sem muita frequência. E depois, como dá para ver, os incidentes se tornaram mais recorrentes, e aí coisas começaram a acontecer off-line. E, se estiverem conectadas, então está piorando: primeiro as flores no meu carro, e progrediu para...

— Os pombos mortos. — Hawkins terminou a frase por ela, correndo os dedos pelo gráfico.

— É. Dois pombos.

— O que é esse grau de gravidade aqui? — Ele fitou a coluna.

— É a classificação da gravidade de cada possível incidente.

— É, eu entendi essa parte. De onde você tirou isso?

— Eu inventei — disse Pip, os pés pesados dentro do sapato, afundando no chão. — Pesquisei e não havia muitas informações oficiais sobre casos de stalkers, talvez por não serem uma prioridade para a polícia, apesar de muitas vezes ser uma porta de entrada para crimes mais violentos. Eu queria um método de catalogar os possíveis incidentes para ver se havia uma progressão de ameaça e violência implícita. Então, criei uma. Posso explicar para você como fiz isso: há uma diferença de três pontos entre comportamentos on-line e off-line, e...

Hawkins acenou com a mão para interrompê-la, as folhas esvoaçando com o movimento.

— Mas como você sabe que está tudo conectado? A pessoa fazendo aquela pergunta na internet e esses... outros incidentes?

— Bem, é claro que eu não tenho certeza. Mas o que me fez considerar isso foi a mensagem sobre *matar dois pássaros com uma cajadada só*, no dia em que o segundo pombo foi deixado na entrada da minha casa. Sem cabeça — contou ela.

A garganta de Hawkins fez um clique novo e diferente.

— As pessoas vivem confundindo ditados populares — comentou ele.

— Mas e os dois pombos mortos? — perguntou Pip, endireitando-se.

Ela sabia. Já sabia onde aquilo ia dar, o destino aonde esse caminho sempre levava. A expressão de Hawkins duelando contra a dela. O policial não tinha certeza, nem ela, mas Pip conseguia sentir algo se transformando dentro de si, o calor deslizando sob sua pele, começando no pescoço e reivindicando uma vértebra de cada vez.

Hawkins suspirou, tentando sorrir.

— Sabe, eu tenho um gato, e às vezes chego em casa e me deparo com dois bichos mortos em um único dia. Em geral, sem cabeça. Ele deixou um na minha cama na semana passada.

Pip ficou na defensiva, apertando um punho às costas.

— Nós não temos um gato. — Ela afiou a voz, preparando-se para cortá-lo.

— Não, mas um dos seus vizinhos deve ter. Não posso abrir uma investigação por causa de dois pombos mortos.

Ele estava errado? Era exatamente isso que ela tinha dito para si mesma.

— Mas e os bonecos de giz? Já apareceram duas vezes e estão se aproximando da porta da minha casa.

Hawkins folheou as páginas.

— Você tem uma foto deles?

Ele olhou para Pip.

— Não.

— Não?

— Eles sumiram antes que eu conseguisse tirar uma foto.

— Sumiram? — Os olhos dele se estreitaram.

E o pior era que ela sabia muito bem como tudo aquilo soava. Como ela devia parecer desequilibrada. Mas era isso que ela queria também. Preferia pensar em si mesma como uma pessoa quebrada, vendo perigo onde não havia. Ainda assim, uma chama estava ganhando força em sua cabeça, queimando atrás de seus olhos.

— A água apagou os desenhos antes que eu conseguisse tirar uma foto. Mas eu *tenho* uma foto de algo que pode ser uma ameaça direta. — Pip controlou sua voz. — Escreveram na calçada no percurso que faço durante minha de corrida. *Garota morta caminhando.*

— Bem, entendo sua preocupação. — Hawkins folheou as páginas. — Mas essa mensagem não foi deixada na sua casa, estava em uma rua pública. Você não tem como afirmar que foi feita intencionalmente para você.

Pip também dissera aquilo a si mesma. Mas não foi isso que respondeu agora.

— Mas eu sei. Sei que foi para mim.

Ela não sabia antes, mas estar ali, de frente para Hawkins, ouvindo-o dizer as mesmas coisas que ela repetira para si, fez com que Pip pensasse de outra forma, desse meia-volta e passasse para o mesmo lado de seu instinto. Ela sabia, com absoluta certeza, que tudo estava conectado. Que ela tinha um stalker e, mais que isso, que alguém queria machucá-la. Era algo pessoal. Era alguém que a odiava, alguém próximo.

— E, é claro, essas mensagens on-line de *trolls* são muito desagradáveis — concordou Hawkins. — Mas é o tipo de coisa que acontece quando alguém decide se tornar uma figura pública.

— Quando decidi me tornar uma figura pública?

Pip deu um passo para trás a fim de manter a chama longe do policial.

— Eu não decidi me tornar uma figura pública, Hawkins. Isso só aconteceu porque eu precisei fazer o seu trabalho. Você teria deixado Sal Singh carregar para sempre a culpa pela morte de Andie Bell. Foi por isso que as coisas aconteceram dessa forma. E é evidente que essa pessoa não é só um ouvinte do podcast, um *troll* on-line. É alguém próximo. Que sabe onde eu moro. Isso é muito mais grave.

E era. E era.

— Entendo que você acredite nisso — disse Hawkins, erguendo as mãos, tentando acalmá-la. — E deve ser muito assustador ser famosa na internet, com estranhos achando que é direito deles ter acesso a você. Enviando mensagens ofensivas. Mas você já devia esperar isso, em um certo nível, não? E eu sei que você não é a única a receber mensagens ofensivas por causa do seu podcast. Sei que Jason Bell recebeu também, depois que você colocou a primeira temporada no ar. Ele me disse de forma não oficial, nós jogamos tênis de vez em quando. Mas, de qualquer modo, me desculpe, não estou vendo uma conexão direta entre essas mensagens on-line e os outros *incidentes*.

Hawkins dissera a última palavra de uma maneira diferente, enfatizou-a com um pouco de força demais, forçando-a a sair pelos cantos da boca.

Ele não acreditava em Pip. Mesmo depois de tudo, Hawkins não acreditava nela. Pip sabia que isso aconteceria, tinha avisado Ravi, mas encarar o fato naquele momento... Ela não conseguia aceitar a descrença de Hawkins, agora que acreditava em si mesma. E o calor sob sua pele se tornou o puxão frio, pesado e descendente da traição.

Hawkins apoiou os papéis na mesa.

— Pip — disse ele, a voz mais suave e gentil, como se falasse com uma criança perdida. — Acho que, depois de tudo pelo que você passou... Desculpe de verdade pelo meu papel nisso, por você ter precisado assumir tanta coisa sozinha. Mas acho que talvez você esteja vendo um padrão que não existe, e dá para entender completamente, depois do que aconteceu, que você veja perigo em todos os cantos, mas...

Há pouco tempo, ela tinha a mesma opinião, e ainda assim as palavras dele soaram como um soco no estômago. Por que ela tinha se permitido um pingo de esperança de que isso se encaminharia de outra forma? Idiota, *idiota*.

— Você acha que eu estou inventando — declarou ela. Não era uma pergunta.

— Não, não é isso — retrucou Hawkins. — Acho que você está lidando com muita coisa, e ainda está processando o trauma que sofreu, e talvez isso tenha afetado o modo como você enxerga a situação. Sabe...

Ele fez uma pausa, beliscando os nós dos dedos.

— Quando eu vi alguém morrer na minha frente pela primeira vez, fiquei mal por um bom tempo. Foi uma vítima de facada, uma jovem. Esse tipo de coisa marca a gente. — Os olhos dele brilharam quando finalmente ergueu o rosto e sustentou o olhar de Pip. — Você está recebendo ajuda? Está conversando com alguém?

— Estou conversando com você agora — retrucou Pip, elevando o tom de voz. — Estou pedindo ajuda para *você*. Erro meu, eu já deveria saber. Não faz muito tempo que nós dois estávamos em uma sala igual a esta e eu pedi ajuda para você, para encontrar o Jamie Reynolds. Você disse não naquele dia, e olha só o que aconteceu.

— Não estou dizendo *não* — argumentou Hawkins, dando uma tossidinha no punho fechado. — E *estou* tentando ajudar, Pip, sério mesmo. Mas dois pombos mortos e uma mensagem escrita na calçada... Não há muito o que eu possa fazer com isso, você precisa entender. É óbvio que se você achar que sabe quem é o responsável, podemos tentar emitir um alerta...

— Não sei quem é, por isso estou aqui.

— Está bem, está bem — disse ele, as palavras começando altas e terminando baixinhas, como se ele quisesse fazer com que Pip falasse mais baixo também. — Bom, talvez você possa ir para casa e pensar um pouco em quem você conhece que pode estar por trás de algo assim. Quem pode guardar rancor de você ou...

— Tipo uma lista de inimigos? — Pip bufou, achando graça.

— Não, não inimigos. Vou repetir: até agora não vi nada que indique que esses acontecimentos estejam necessariamente conectados, nem que alguém esteja focando especificamente em você ou queira o seu mal. Mas se você tiver alguma ideia de quem poderia fazer algo do tipo, talvez para rir da sua cara, posso conversar com essa pessoa.

— Fantástico! — bradou Pip com uma risada vazia. — Ainda bem que você vai *conversar* em vez de investigar.

Ela bateu palmas uma vez, fazendo Hawkins se encolher.

— Sabe, é exatamente por isso que mais de cinquenta por cento dos crimes que envolvem stalkers não são denunciados, graças a essa conversa que tivemos aqui. Parabéns por mais um episódio do excelente trabalho policial.

Pip se apressou para pegar os papéis da mesa, as folhas rasgando o ar entre os dois, separando a sala entre o lado dele e o dela.

Pip tinha um stalker, era um fato. E, depois de pensar melhor, ela concluiu que aquilo talvez fosse exatamente do que ela precisava. Não a vítima não identificada, mas isso. Um novo caso, o caso certo, e a oportunidade havia sido entregue a ela. Era possível que o universo tivesse alinhado tudo a seu favor, para variar. Esse stalker podia ser o caso sem uma área cinzenta sufocante, com um direito moral nítido e uma ofensa moral nítida. Alguém a odiava, queria machucá-la, e isso tornava essa pessoa ruim. Do outro lado, estava Pip, e talvez ela não fosse totalmente boa, mas não podia ser de todo ruim. Dois lados opostos, tão distintos quanto possível. E, dessa vez, *ela* era a vítima. Se errasse de novo, não haveria um efeito colateral, não haveria sangue de mais ninguém em suas mãos. Porém, se acertasse, talvez o caso a consertasse.

Não faria mal tentar.

Pip sentiu o aperto no peito afrouxar um pouco, uma sensação de determinação fria como aço em seu estômago. Ela a recebeu como se fosse uma velha amiga.

— Vamos lá, Pip, não aja assim... — interveio Hawkins, as palavras cuidadosas demais, suaves demais.

— Vou agir como eu quiser — cuspiu ela, enfiando os papéis de volta na mochila e fechando o zíper, produzindo o som de uma vespa furiosa. — E você... — Pip fez uma pausa para esfregar o nariz na manga, a respiração pesada. — Preciso agradecer a você por isso também.

Ela colocou a mochila no ombro, parando na porta da Sala de Interrogatório 3.

— Sabe — continuou Pip, a mão na maçaneta —, Charlie Green me ensinou uma das lições mais importantes que já aprendi. Ele me disse que, às vezes, a justiça deve ser encontrada fora da lei. E ele estava certo.

Pip encarou Hawkins, que, de braços cruzados, se protegia do olhar da garota.

— Mas, na verdade, acho que ele não foi longe o bastante. Talvez a justiça só possa ser encontrada fora da lei, fora de delegacias como esta, cheias de pessoas como você, que dizem que entendem os outros, mas não entendem coisa nenhuma.

Hawkins baixou os braços e abriu a boca para responder, mas Pip não deixou.

— Ele estava certo — prosseguiu a garota. — E espero que vocês nunca o encontrem.

— Pip. — Havia algo na voz de Hawkins, um tom duro que ela provocara. — Isso não ajud...

— Ah, e... — interrompeu ela, os dedos segurando a maçaneta com força, como se pudesse amassar o metal, deixar suas impressões digitais ali para sempre — ... me faça um favor. Se eu desaparecer, não investigue o meu caso. Nem se incomode.

— Pi...

A porta batendo atrás dela cortou o final de seu nome, enchendo o corredor com o barulho conhecido de tiros. Seis deles, cravando buracos em sua pele e em suas costelas, ricocheteando em seu peito, onde pertenciam.

Um novo barulho apareceu entre os ecos da arma. Passos. Alguém em um uniforme escuro, andando pelo corredor em direção a ela, o cabelo castanho longo penteado para trás. Seus olhos se arregalaram ao vê-la.

— Você está bem? — perguntou Dan da Silva quando Pip passou por ele, enfurecida, as correntes de ar criadas pelos movimentos dos dois se colidindo.

Pip mal captou o olhar preocupado no rosto do policial antes de seguir pelo corredor. Não havia tempo para responder, para parar, para assentir ou dizer que estava bem quando era óbvio que não estava.

Pip só precisava sair dali. Sair do interior daquela delegacia de onde a arma a seguira até em casa pela primeira vez. Daquele corredor onde ela caminhara coberta pelo sangue de um homem morto que não havia conseguido salvar. Ninguém a ajudaria ali, estava sozinha outra vez. Mas tinha a si mesma, e tinha Ravi. Só precisava sair daquele lugar muito, muito ruim e nunca mais voltar.

Nome do arquivo:

 Lista de possíveis inimigos.docx

- **Max Hastings –** É quem tem mais motivos para me odiar, suspeito número um. Ele é perigoso, sabemos disso. Eu não sabia que era possível odiar alguém tanto quanto o odeio. Mas, se Max estiver planejando acabar comigo, EU VOU ACABAR COM ELE ANTES.
- **Os pais do Max –** ?
- **Ant Lowe –** Com certeza me odeia. Só tentei falar com ele uma vez depois que fui suspensa por tê-lo empurrado nos armários. Ele sempre foi o brincalhão do grupo e às vezes passava dos limites. Será que é Ant? Uma vingança por eu ter partido para cima dele? Mas a primeira mensagem de *Quem vai investigar* foi enviada antes de a gente se desentender.
- **Lauren Gibson –** Mesmo motivo do Ant. Com certeza é mesquinha o bastante para fazer algo do tipo, ainda mais se tiver sido ideia do Ant. Mas pombos mortos não fazem o estilo dela. Connor, Cara e Zach não falam mais com Ant nem com Lauren, e Lauren me culpa por isso. Bastava o namorado idiota dela não ter me chamado de mentirosa. Mentirosa mentirosa mentirosa mentirosa metnora ment asome ntiros me tnroa.
- **Tom Nowak –** Ex-namorado de Lauren. Me passou informações falsas sobre Jamie Reynolds só para participar do podcast. Ele me usou, e eu caí na conversa. Dei o troco o humilhando na frente da escola inteira e na internet. É uma boa razão para ele me odiar. Ainda está na cidade, Cara o tem visto na cafeteria.
- **Daniel da Silva –** Apesar de Nat e eu estarmos próximas agora, o irmão dela já foi meu suspeito duas vezes antes,

tanto no caso de Andie quanto no de Jamie. Admiti isso publicamente no podcast, então com certeza ele sabe. Talvez eu tenha causado problemas entre ele e a esposa por ter revelado que ele estava conversando com Layla.
- **Leslie, do mercadinho –** Nem sei o sobrenome dela. Mas Leslie me odeia depois do incidente com Ravi. E foi uma das manifestantes no enterro do Stanley. Gritei com ela. Por que eles estavam lá? Por que não podiam ter deixado Stanley em paz?
- **Mary Scythe –** Outra manifestante. E era uma das amigas de Stanley, além de voluntária no *Kilton Mail*. Disse que essa era "a nossa cidade" e que ele não deveria ser enterrado aqui. Talvez me queira fora da *cidade dela* também.
- **Jason Bell –** Descobri o que realmente aconteceu com Andie Bell, e só causou mais dor para a família Bell saber que a filha mais nova, Becca, esteve envolvida no assassinato. E mais, isso fez com que houvesse uma cobertura enorme na imprensa e na mídia sobre a vida deles, mesmo cinco anos depois da morte de Andie. Parece que Jason e o detetive Hawkins jogam tênis juntos, e Jason reclamou com Hawkins sobre o assédio que sofreu por causa do podcast, por minha causa. O segundo casamento de Jason acabou, será que também foi por causa do meu podcast? Agora ele está morando de novo com a mãe de Andie, Dawn, na casa onde Andie morreu.
- **Dawn Bell –** Mesmo motivo que o acima. Talvez ela não quisesse que Jason voltasse para casa. Minha investigação revelou que Jason não era um homem bom: era controlador e emocionalmente abusivo com a esposa e as filhas. Becca não fala muito sobre ele. Será que Dawn me culpa por tê-lo de volta em sua vida? Eu fiz isso com ela? Não era o que eu queria.

- **Charlie Green –** Não é ele. Sei que não é. Ele nunca teve a intenção de me machucar. Começou o incêndio porque queria que eu abandonasse o Stanley, para ter certeza de que ele morreria. Sei que foi por isso. Charlie não ia querer me machucar: ele cuidou de mim, me ajudou, mesmo que tivesse seus motivos. Mas a parte objetiva do meu cérebro sabe que ele deveria estar nesta lista porque sou a única testemunha do homicídio qualificado cometido por ele, e Charlie ainda é um fugitivo. Sem o meu testemunho, será que um júri o consideraria culpado? A lógica diz que ele deveria estar na lista. Mas não é ele, sei disso.
- **Detetive Richard Hawkins –** Que ele vá para o inferno.

É normal uma pessoa ter essa quantidade de inimigos? O problema sou eu, né?
Como ficou tão tarde?
Entendo por que todos me odeiam.
Talvez eu me odeie também.

ONZE

Pó de giz em seus dedos, áspero e seco. Exceto que não havia nada, porque ela estava despertando, seus olhos se abrindo e arrastando-a para fora do sonho. Seus olhos pareciam ásperos e secos, mas os dedos estavam limpos. Pip se sentou.

Ainda estava escuro no quarto.

Ela tinha dormido?

Ela devia ter dormido, senão como ela sonhou?

Tudo continuava zumbindo dentro da sua cabeça, como se ela tivesse vivido aquilo poucos instantes antes. Mas não viveu, apenas imaginou, certo?

Tinha parecido tão real. O peso dele em suas mãos formando uma concha. O corpo ainda quente, afastando o frio da noite escura. As penas eram tão macias, tão lisas contra a gaiola que eram os seus dedos. Pip havia trocado um olhar com ele, ou teria trocado, se ele tivesse uma cabeça. A garota não tinha achado isso estranho na hora, teve a impressão de que era assim que tinha que ser, enquanto carregava o pombinho morto. Tão macio que ela não queria soltá-lo. Mas precisava, apoiando o pássaro morto na calçada de tijolos e ajeitando-o para que o espaço onde a cabeça deveria estar apontasse para a janela do quarto de Pip. Olhasse pelas frestas das cortinas, observasse a garota dormir em sua cama. Tanto ali quanto aqui.

Mas não parou por aí. Havia mais a se fazer antes que ela pudesse descansar. Outra tarefa. O giz já estava em sua mão, não tão agradável de segurar quanto o pombo morto. De onde o giz veio? Pip não sabia, mas sabia o que deveria fazer com o bastão. Refez seus passos, lembrando-se do lugar dos últimos desenhos. Então, avançou um pouco, em direção à casa, para encontrar o novo lar deles.

Joelhos na calçada fria, o giz em sua mão gasto até o toco, seus dedos vermelhos e em carne viva conforme ela o arrastava pelos tijolos. Pernas para baixo. Tronco para cima. Braços para os lados. Sem cabeça. Ela continuou até que houvesse cinco bonecos dançando juntos, caminhando devagarinho até Pip, que dormia em sua cama, para pedir que a garota se juntasse a eles.

Ela faria isso? Pip não sabia, mas havia terminado o desenho, e o giz caiu de sua mão com um pequeno ruído. Pó de giz em seus dedos, áspero e seco.

E depois Pip havia se retirado do sonho, analisando os dedos para saber o que era real e o que não era. Seu coração estava acelerado, como as asas de um pássaro batendo rapidamente, agitando o restante do corpo. Ela não conseguiria mais adormecer.

Pip checou as horas. Eram 4h32 da manhã. Deveria mesmo tentar dormir, só sairia da cama em duas horas. O tempo era cruel nas madrugadas. Mas ela não conseguiria dormir, não sem ajuda.

Pip olhou pela escuridão em direção à gaveta da escrivaninha. Não fazia sentido lutar contra aquilo. Saiu debaixo do edredom, o ar frio cheio de mandíbulas invisíveis, mordendo sua pele exposta. Vasculhou a gaveta, ergueu o fundo falso, seus dedos tateando em busca de um pequeno saco plástico. Não lhe restavam muitos comprimidos. Ela teria que mandar mensagem para Luke Eaton em breve, mais uma vez, pedindo mais, aqueles celulares descartáveis enfileirados e prontos.

O que acontecera com a última vez, hein?

Pip engoliu o comprimido e mordeu o lábio. Os últimos meses tinham sido repletos de *pela última vez* e *só mais uma*. Não eram mentiras, aquele era realmente o intuito dela na época. Mas Pip sempre perdia, no final.

Não importava, em breve não importaria. Porque ela tinha o plano, o novo plano, e depois disso nunca mais perderia. Tudo voltaria ao normal. E a vida lhe entregara exatamente o que ela precisava. Os bonecos de giz, os pombos mortos e a pessoa que os havia deixado para ela. Era um presente, e Pip tinha que se lembrar disso, provar que Hawkins estava errado. Um último caso, e caíra bem em sua porta. Era ela contra o stalker dessa vez. Sem Andie Bell, sem Sal Singh, sem Elliot Ward, sem Becca Bell, sem Jamie Reynolds, sem Charlie Green, sem Stanley Forbes, sem vítima anônima. O jogo havia mudado.

Ela contra o stalker.

Salvar a si mesma para se salvar.

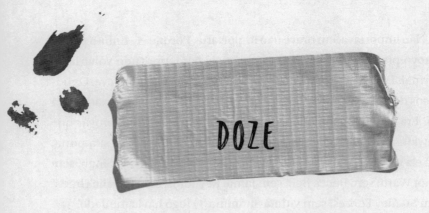

DOZE

Havia algo de emocionante em observar alguém que não sabia que você estava lá. Invisível. Desaparecida.

Ravi andava até a casa dela, e Pip estava na janela de seu quarto, havia horas, observando. As mãos do namorado estavam nos bolsos da jaqueta, o cabelo bagunçado como em todas as manhãs e a boca se mexendo de maneira estranha, dando a impressão de que ele estava mascando ar. Ou cantando sozinho. Pip nunca tinha visto Ravi fazendo isso, nunca fizera perto dela. Aquele era um Ravi diferente, que acreditava estar sozinho, sem ser observado. A garota o analisou, catalogando todas as diferenças sutis entre aquele Ravi e o Ravi de quando estavam juntos. Sorriu para si mesma, perguntando-se o que o garoto estaria cantando. Talvez Pip pudesse amar aquele Ravi tanto quanto amava o seu, mas sentiria falta do brilho nos olhos de quando ele a observava.

E então o momento acabou. Pip ouviu a batida familiar, forte-fraca-forte, mas não podia se mexer, precisava ficar ali para observar a entrada. O pai estava no andar de baixo, abriria a porta para Ravi. Ele gostava desses encontros curtos. Victor faria alguma piada inapropriada, depois começaria uma conversa sobre futebol ou sobre o que Ravi estava achando da faculdade de Direito, terminando com um carinhoso tapinha nas costas. Tudo enquanto Ravi tirava os sapatos e os alinhava de maneira metódica perto da porta, enfiando os cadarços para dentro e dando aquela risada especial que reservava ao pai dela. E era isso que ela queria: viver aqueles momentos curtos e normais de novo. O desenrolar da cena mudaria, de alguma forma, se ela estivesse lá para atrapalhar.

Pip piscou, os olhos lacrimejando de tanto fitar aquele ponto na entrada de casa, o sol brilhando pela janela. Ela não conseguia desviar sua atenção, senão podia acabar perdendo a ocorrência.

Ouviu os passos suaves de Ravi subindo a escada, os joelhos estalando, e seu batimento cardíaco acelerou. Do jeito bom, não do jeito de quem está com o dedo no gatilho. Não, nem pense nisso. Por que ela tinha que estragar todos os momentos bons?

— Olá, sargento — disse ele, a porta rangendo ao se abrir por completo. — Agente Ravi por aqui, se apresentando para os deveres de namorado.

— Olá, agente Ravi — respondeu Pip, sua respiração embaçando o vidro à frente.

O sorriso estava de volta, lutando até que ela cedesse.

— Entendi. Nem mesmo um olhar carinhoso para trás, nem um daqueles seus olhares de desdém. Nem um abraço, nem um beijo. Nem um *Ah, Ravi, meu querido, você está diabolicamente lindo hoje e seu perfume tem o cheiro de um sonho de primavera*. Ah, Pip, minha querida, é muita gentileza da sua parte ter notado. É o novo desodorante que estou usando. — Uma pausa. — Não, mas falando sério, o que você está fazendo? Está me ouvindo? Eu sou um fantasma? Pip?

— Desculpe — disse ela, mantendo os olhos focados. — Eu só... estou observando a entrada da garagem.

— Você está o quê?

— Observando a entrada da garagem — repetiu ela, o próprio reflexo atrapalhando a tarefa.

Sentiu um peso ao seu lado na cama, a gravidade puxando-a em direção a Ravi enquanto ele se ajoelhava no colchão, os cotovelos no parapeito e os olhos concentrados na janela, assim como Pip.

— Observando o quê?

Pip ousou se virar para ele num vislumbre, o sol iluminando os olhos do namorado.

— Os... os pássaros. Os pombos — admitiu. — Coloquei pedacinhos de pão no mesmo lugar em que encontrei os pombos mortos. E coloquei pedacinhos de presunto na grama dos dois lados da garagem.

— Ceeerto — disse Ravi, prolongando a palavra, confuso. — E por que estamos fazendo isso?

Pip deu um cutucão nele com o cotovelo. Não era óbvio?

— *Porque...* — começou, enfatizando a palavra — ... estou tentando provar que Hawkins está errado. Não tem como ser o gato do vizinho. E eu coloquei a isca perfeita para testar isso. Gatos gostam de presunto, né? Ele está errado, eu não estou louca.

A luz forte através da fresta das cortinas a acordara mais cedo que o planejado, puxando-a do nevoeiro pós-comprimido. O experimento parecera uma boa ideia após meras três horas de sono, embora agora, ao se deparar com os olhos incertos de Ravi, ela não tivesse certeza. Estava perdendo o equilíbrio de novo.

Pip sentiu o olhar cálido do namorado em sua bochecha. Não, o que ele estava fazendo? Ravi devia estar atento aos pássaros, ajudando-a.

— Ei — disse ele baixinho, sua voz pouco acima de um sussurro.

Mas Pip não ouviu o que Ravi disse em seguida, porque havia uma forma escura no céu, uma sombra alada descendo até a garagem. O pássaro pousou em suas pernas de graveto e pulou em direção ao pão espalhado.

— Não.

Ela soltou um suspiro.

Não era um pombo.

— Passarinho idiota — resmungou, observando-o pegar um quadradinho de pão com o bico, depois outro.

— Que tristeza — comentou Ravi.

— Já temos tristeza demais em Little Kilton — disse Pip enquanto o pássaro se servia de um terceiro pedaço de pão. — Ei! — gritou ela de repente, surpreendendo a si mesma, batendo na janela com o punho. — Ei, vai embora! Você está estragando tudo! — Ela batia com tanta força que não sabia o que quebraria primeiro: o vidro ou sua mão. — Vai embora!

O pássaro levantou voo e partiu.

— Ei, ei, ei — disse Ravi rapidamente, afastando as mãos de Pip da janela, segurando-as com força. — Ei, oi.

Ele balançou a cabeça. Sua voz soava firme, mas o polegar acariciava com gentileza o punho da namorada.

— Ravi, não consigo ver a janela, os pássaros — reclamou ela, esticando o pescoço para tentar olhar para fora.

— Não, você não tem que olhar lá fora. — Ele tocou no queixo de Pip, virando seu rosto. — Olha para mim, por favor. Pip.

Ravi soltou um suspiro.

— Isso não está fazendo bem para você. Não mesmo.

— Só estou tentando...

— Sei o que você está tentando fazer, eu entendo.

— Ele não acredita em mim — disse ela, baixinho. — Hawkins não acredita em mim. Ninguém acredita.

Nem ela mesma acreditava de vez em quando, uma nova onda de dúvidas a assolando depois do sonho na noite anterior. Ficou se perguntando mais uma vez se era possível que estivesse mentindo para si mesma.

— Ei, não é verdade. — Ravi apertou as mãos dela com um pouco mais de força. — Eu acredito em você. Sempre vou acreditar em você, seja o que for. É o meu trabalho, está bem?

Ele não deixou de encará-la nem por um segundo, e isso foi bom, porque os olhos dela de repente começaram a ficar marejados e pesados demais para Pip sustentar sozinha.

— Somos você e eu, garota-problema. Time Ravi e Pip. Alguém deixou aqueles pássaros mortos para você, e os desenhos estranhos de giz. Você não tem que tentar provar o contrário, não mesmo. Confie no seu taco.

Ela deu de ombros.

— E Hawkins é um idiota, sério — continuou Ravi, com um sorrisinho. — Se ainda não aprendeu que você *sempre* está certa, então ele nunca vai aprender.

— Nunca — repetiu Pip.

— Vai ficar tudo bem. — Ele traçava linhas nos vales entre os nós dos dedos dela. — Prometo.

Ravi fez uma pausa, estudando a pele sob os olhos dela por um tempinho.

— Você dormiu bastante à noite?

— Dormi — mentiu ela.

— Está bem. — Ele bateu palmas. — Acho que precisamos tirar você de casa. Vamos. Levanta, levanta. Bota as meias.

— Por quê? — perguntou Pip, afundando na cama quando Ravi se levantou.

— Vamos dar uma andada. *Ah, que ideia fantástica, Ravi, você é tão inteligente e lindo.* Ah, Pip, eu sei que sou, mas tenta não falar muito alto, seu pai está lá embaixo.

Ela atirou um travesseiro nele.

— Vamos.

Ele a arrastou para fora da cama pelos tornozelos, rindo enquanto ela e o edredom deslizavam para o chão.

— Vamos lá, Flash, você pode colocar os tênis e me deixar comendo poeira se quiser.

— Já faço isso normalmente — brincou Pip, lutando para colocar um par de meias.

— Aaahhhh, muito espertinha, sargento. — Ele deu um tapinha na bunda de Pip quando ela se levantou. — Hora de ir.

Funcionou. O que quer que Ravi estivesse fazendo tinha funcionado. Pip não pensou em desaparecimento, pássaros mortos, marcas de giz ou no detetive Hawkins enquanto descia as escadas, quando seu pai os parou para perguntar onde estava o presunto, nem mesmo quando passaram pela garagem, os dedos de Ravi enganchados na calça jeans dela, a caminho do bosque. Sem pombos, sem giz, sem seis tiros disfarçados entre os batimentos de seu coração. Eram só os dois. Time Ravi e Pip. Nenhum pensamento além das primeiras coisas fúteis que lhe vinham à cabeça. Nada mais profundo, nada mais sombrio. Ravi era a cerca em sua mente que mantinha todo o resto afastado.

Uma árvore com cara feia que ela insistiu que parecia com Ravi assim que ele acordava.

Planos de quando ele iria visitá-la em Cambridge. Talvez no fim de semana depois da Semana dos Calouros? Ela estava nervosa para ir? Quais livros ainda precisava comprar?

Eles seguiram o caminho sinuoso do bosque, Ravi recriando a primeira caminhada deles juntos por aquelas mesmas árvores, uma imitação esganiçada de Pip compartilhando suas teorias iniciais do caso Andie Bell. Pip deu risada. Ele se lembrava de quase tudo, palavra por palavra. Barney estava com eles naquela primeira caminhada, um clarão dourado por entre as árvores. Unindo-os. O rabo abanando enquanto Ravi o provocava com um graveto. Ao se lembrar disso, Pip pensou que talvez tivesse sido naquele momento que ela descobriu. Talvez por causa do aperto na barriga, ou da sensação de embriaguez, ou até do brilho na própria pele? Pip não tinha percebido na época, não sabia o que era, mas talvez alguma parte dela já tivesse decidido que o amaria. Lá atrás. Em uma conversa sobre o irmão morto dele e uma garota assassinada. Tudo acabava em morte. Ah, pronto, Pip estragou tudo. A cerca caiu.

A atenção de Pip foi atraída para longe quando um cachorro avançou pela vegetação rasteira em direção a eles, latindo e apoiando as patas nas pernas dela. Um beagle. Ela o reconheceu, assim como ele a reconhecera.

— Ah, não — murmurou ela, dando um empurrãozinho para afastá-lo.

Enquanto isso, outro barulho os alcançava: passos de duas pessoas nas folhas que começaram a cair pouco antes do outono.

Duas vozes que ela reconhecia.

Pip ficou parada enquanto eles contornavam um conjunto de árvores até enfim aparecerem.

Ant-e-Lauren, de braços dados. Os olhos dos dois se arregalaram ao mesmo tempo quando perceberam de quem se tratava.

Pip não imaginou aquilo. Lauren se engasgou de verdade, tossindo para esconder a reação. Ela e o namorado pararam também. Ant e Lauren de um lado, Pip e Ravi do outro.

— Rufus! — gritou Lauren, sua voz furiosa ecoando por entre as árvores. — Rufus, vem cá! Sai de perto dela!

O cachorro se virou e inclinou a cabeça.

— Não vou machucar seu cachorro, Lauren — disse Pip num tom de voz sereno.

— Com você, nunca se sabe — rebateu Ant com um ar sombrio, enfiando as mãos nos bolsos.

— Ah, qual é — retrucou Pip.

Parte dela se coçava para empurrá-lo de novo, só para irritar Lauren de verdade. *Vai lá, empurra.*

Foi como se Lauren tivesse lido sua mente e o brilho em seus olhos. Ela chamou o cachorro aos gritos de novo até ele saltar de volta para a dona, suas perninhas cambaleando.

— Não! — Lauren falava com Rufus, dando-lhe um tapinha no nariz com um dedo só. — Não pode ir até estranhos!

— Que ridícula — disse Pip, com uma risada falsa, trocando um olhar com Ravi.

— O que você disse?! — bradou Ant, aprumando-se.

Não que fizesse diferença, já que Pip ainda era mais alta do que o garoto. Podia acabar com ele. Já tinha feito isso uma vez, e estava ainda mais forte agora.

— Eu disse que sua namorada foi ridícula. Quer que eu repita uma terceira vez?

Ela sentiu o braço de Ravi se tensionar contra o seu. O namorado odiava confrontos, e, mesmo assim, Pip sabia que ele travaria uma guerra ao seu lado. Mas isso não seria necessário, ela estava preparada. Era quase como se tivesse esperado por aquele encontro, sentia-se mais viva com o embate.

— Bom, não fala da Lauren desse jeito. — Ant tirou as mãos dos bolsos, flexionando os braços ao lado do corpo. — Por que você ainda não foi para a faculdade? Achei que Cambridge começasse mais cedo.

— Começa mais tarde, na verdade — respondeu Pip. — Por quê? Está torcendo para eu... *desaparecer*?

Pip analisou o rosto deles com atenção redobrada. O vento balançava o cabelo ruivo de Lauren, mechas passando por seus olhos, que no momento a encaravam com raiva. Ela piscou. Ant deu um sorriso de escárnio.

— Do que você está falando? — perguntou ele.

— Eu sei que você deve estar se sentindo muito envergonhado. Você acusou a mim, Connor e Jamie de orquestrar o desaparecimento dele por dinheiro poucas horas depois de descobrirmos que um estuprador em série não foi condenado. Foram vocês que falaram com aquele repórter? Acho que não interessa mais. E agora Jamie está vivo, mas outro homem está morto, e você deve se sentir muito idiota com tudo isso, de verdade.

— Mas ele merecia morrer, né? Então acho que deu tudo certo no final.

Ant deu uma piscadinha.

Ele deu uma maldita piscadinha para ela.

A arma estava de volta no coração de Pip, apontada para o peito de Ant. Ela se empertigou e respirou fundo.

— Nunca mais diga isso. — Ela forçou as palavras por entre os dentes, sombrias e perigosas. — Nunca mais diga isso na minha frente.

Ravi segurou sua mão de novo, mas ela não sentiu. Não estava mais em seu corpo, estava do outro lado do bosque, apertando o pescoço de Ant. Apertando, apertando, descontando tudo nos dedos de Ravi.

Ant pareceu perceber isso e deu um passo para trás, quase tropeçando no cachorro. Lauren enganchou o braço no do namorado, como um escudo. Mas isso não impediria Pip.

— A gente era amigo. Você me odeia tanto assim para querer que eu morra? — perguntou ela, o vento carregando sua voz para longe.

— Sério, do que você está falando? — vociferou Lauren, sentindo-se mais segura com o apoio de Ant. — Você é uma psicopata.

— Ei. — A voz de Ravi veio de algum lugar ao lado de Pip. — Qual é, isso não é legal.

Mas Pip tinha sua própria resposta.

— Talvez eu seja. Então tranquem bem as portas e janelas da casa de vocês à noite.

— Está bem — interveio Ravi, assumindo o controle. — Nós vamos por ali.

Ele apontou para além de Ant e Lauren.

— Vocês vão para lá. Até mais.

Ravi a levou para fora do caminho na floresta, seus dedos apertados nos dela, ancorando-a. Os pés de Pip estavam se mexendo, mas os olhos permaneciam em Ant e Lauren, piscando quando passaram, atirando com a arma em seu peito. Ela observou enquanto os dois andavam pelas árvores, em direção à sua casa.

— Meu pai disse que ela estava fodida da cabeça — disse Ant para Lauren, alto o bastante para os outros dois escutarem, virando-se até seu olhar encontrar o de Pip.

Ela ficou tensa e girou o corpo, pisando com força nas folhas secas. Mas Ravi passou os braços pela cintura dela, segurando-a junto a si, a boca dele roçando em seu cabelo.

— Não — sussurrou Ravi. — Você está bem. Eles não valem a pena. Sério. Só respira.

Então ela respirou, concentrada só no ar entrando e saindo. Um passo, dois passos, inspira, expira. Cada passo levando-a mais para longe deles, a arma recuando para seu esconderijo.

— Devemos voltar para casa? — sugeriu Pip quando a arma tinha sumido, entre respirações, entre passos.

— Não. — Ravi balançou a cabeça, olhando para a frente. — Esquece eles. Você precisa de ar fresco.

Pip traçou círculos na palma quente dele com seu dedo de apertar o gatilho, em uma direção e depois na outra. Ela não queria dizer aquilo em voz alta, mas talvez não tivesse ar fresco em Little Kilton. Estava contaminado, cada partícula.

Eles olharam para os dois lados e atravessaram a rua até a casa dela, o sol os encontrando de novo, esquentando suas costas.

— Qualquer coisa? — Pip sorriu para Ravi.

— Isso, o que você quiser. Este é um dia inteiro dedicado a animar a Pip. Mas nada de documentários de *true crime*. Estão banidos.

— E se eu disser que o que quero de verdade é um torneio de Scrabble? — perguntou ela, passando o dedo pelo suéter de Ravi até chegar em suas costelas, os passos deles se entrelaçando desajeitadamente em frente à garagem.

— Eu diria: *Pode se preparar, bebê*. Você subestima o meu pod... — Ravi parou de repente, e Pip colidiu com ele. — Ah, merda — disse ele baixinho, um pouco mais alto que um suspiro.

— O quê? — Ela riu, virando-se para encará-lo. — Vou pegar leve com você.

— Não, Pip. — Ele apontou para trás da namorada.

111

Ela se virou.

Ali, na entrada da garagem, para além da pilha de migalhas de pão, havia três bonequinhos de giz.

O coração de Pip ficou gelado e despencou.

— O stalker esteve aqui — disse Pip, soltando a mão de Ravi e correndo até os desenhos. — Ele esteve bem aqui — repetiu, de pé sobre as pequenas pessoas de giz.

Elas quase alcançavam a casa, desenhadas em frente aos arbustos em vasos que ladeavam o lado esquerdo da fachada.

— A gente não devia ter saído, Ravi! Eu estava observando. Eu teria visto quem era.

Teria visto quem era, apanhado a pessoa, salvado a si mesma.

— A pessoa só veio porque sabia que você não estava em casa. — Ravi se juntou a ela, a respiração acelerada. — E isso com certeza não são marcas de pneu.

Era a primeira vez que ele as via. O tempo e a chuva haviam apagado os últimos desenhos antes que Pip tivesse a oportunidade de lhe mostrar. Mas agora Ravi podia ver. Ele os via, e isso os tornava reais. Ela não tinha inventado, Hawkins.

— Obrigada — disse Pip, grata por ele estar ali ao seu lado.

— Parecem ter saído de *A Bruxa de Blair* — disse Ravi, abaixando-se para inspecionar melhor, desenhando os corpos dos bonecos com o dedo, pairando alguns centímetros acima do chão.

— Não. — Pip analisou os desenhos. — Tem alguma coisa errada. Tinha que haver cinco bonecos. Tinham cinco nas duas últimas vezes. Por que agora tem três? Não faz sentido.

— Acho que nada disso faz sentido, Pip.

Pip prendeu a respiração, procurando dois bonecos perdidos pela entrada da garagem. Estavam ali, em algum lugar. Tinham que estar. Eram as regras do jogo entre ela e o stalker.

— Calma aí! — exclamou ela, reparando em algo com o canto do olho.

Não, não podia ser, podia? Ela deu passos para a frente, até um dos vasos de sua mãe — *os vasos foram importados do Vietnã, acredita?* —, e afastou as folhas.

Atrás dele, na parede da casa. Duas silhuetas pequenas sem cabeça. Tão fracas que mal dava para ver, quase inteiramente escondidas no intervalo entre a argamassa e os tijolos.

— Encontrei — disse Pip, com um suspiro.

Sua pele estava elétrica enquanto ela colocava o rosto bem perto do giz, um pouco do pó branco se espalhando por causa de sua respiração. Estava satisfeita ou com medo? Naquele momento, não dava para saber a diferença.

— Na parede? — perguntou Ravi atrás dela. — Por quê?

Pip soube a resposta de imediato. Entendia o jogo, agora que estava participando dele. Deu alguns passos para trás, afastando-se dos desenhos sem cabeça, os líderes do bando, e olhou para cima, seguindo o caminho que faziam. Subiriam a parede, escalando, passando pelo escritório e subindo até a janela de seu quarto.

Os ossos em seu pescoço estalaram quando ela se virou para Ravi.

— Estão vindo atrás de mim.

Nome do arquivo:

 Os desenhos de giz (terceira ocorrência).jpg

TREZE

A escuridão a consumiu, a última fresta de luz do sol brilhando em seu rosto antes de Ravi fechar as cortinas por completo.

— Deixe fechadas, está bem? — pediu ele, apenas uma sombra no quarto escuro até atravessar o cômodo para acender a luz.

Artificialmente amarela, uma imitação fajuta do sol.

— Até durante o dia. Caso alguém esteja observando você. Não gosto da ideia.

Ravi parou perto dela e levou o polegar ao queixo de Pip.

— Ei, você está bem?

Ele se referia a Ant e Lauren ou aos desenhos de giz subindo até seu quarto?

— Aham. — Pip pigarreou.

Uma palavra irrelevante.

Estava sentada à escrivaninha, os dedos descansando no teclado do notebook. Tinha acabado de salvar uma cópia das fotos que tirara dos desenhos de giz. Finalmente havia feito um registro antes que a chuva ou pneus ou passos pudessem apagá-los. Evidência. Ela mesma podia ser o caso dessa vez, mas ainda precisava de evidências. E, mais que isso, era uma prova. Prova de que ela não estava se assombrando, de que não era a pessoa que estava desenhando os bonecos e matando os pombos durante as noites insones, certo?

— Você podia ficar na minha casa por uns dias — disse Ravi, girando a cadeira dela até que ficassem frente a frente. — Minha mãe não se importaria. Eu tenho que sair de manhã cedo na segunda-feira, mas não tem problema.

Pip balançou a cabeça.

— Relaxa. Estou bem.

Ela não estava bem, mas aquela era justamente a questão. Não havia como fugir, ela tinha pedido o caso. Precisava dele. Era assim que ficaria bem de novo. E, quanto mais assustador ficasse, melhor seria. Longe da área cinzenta, algo que ela pudesse compreender, algo com que pudesse viver. Preto e branco. Bom e mau. *Obrigada*.

— Você não está bem — afirmou Ravi, passando os dedos pelo cabelo escuro, comprido o bastante para cachos terem começado a se formar nas pontas. — Isso não está nada bem. Sei que é fácil esquecer esse parâmetro, depois de todas as coisas bizarras pelas quais a gente já passou, mas isso não é normal. — Ele a encarou. — Você sabe que isso não é normal, né?

— É. Eu sei disso. Fui até a polícia ontem, como você pediu, tentei fazer a coisa normal. Mas acho que depende de mim mais uma vez resolver o caso. — Ela puxou uma cutícula, e uma bolha de sangue a saudou das profundezas. — Vou dar um jeito nisso.

— E como você vai fazer isso? — perguntou Ravi, um tom mais severo em sua voz.

Aquilo era dúvida? Não, ele não podia perder a fé nela também. Era o único que havia restado.

— Seu pai sabe disso? — indagou ele.

Ela assentiu.

— Ele sabe sobre os pássaros mortos, encontramos o primeiro juntos. Mas minha mãe disse para ele que foi o gato dos Williams, é a explicação lógica. Contei das marcas de giz, mas ele nunca viu nenhuma. Tinham sumido quando ele chegou em casa, talvez porque ele passou bem em cima com o carro.

— Vamos mostrar para ele agora — instou Ravi, a voz um pouco mais apressada, mais urgente. — Vamos logo.

— Ravi. — Pip suspirou. — O que ele vai fazer?

— Ele é o seu pai — disse o namorado, com um dar de ombros exagerado, como se fosse a coisa mais óbvia do mundo. — E tem quase dois metros. Eu com certeza o quero do meu lado em qualquer briga.

— Ele é advogado corporativo — rebateu ela, virando-se e vendo o reflexo do próprio olhar distante na tela adormecida do notebook. — Se fosse um problema de fusões e aquisições, é, ele seria o cara. Mas não é o caso. — Pip respirou fundo, observando sua imagem escura fazer o mesmo. — Eu dou conta. É nisso que sou boa. Consigo resolver.

— Não é um teste — argumentou Ravi, coçando a comichão fantasma na nuca.

Ele estava errado, era um teste, sim. Um julgamento. Um julgamento final.

— Não é um projeto de escola nem uma temporada do podcast. Não é algo que você pode ganhar ou perder.

— Não quero brigar — sussurrou ela.

— Não, ei, não. — Ele se agachou até seu rosto estar no mesmo nível do dela. — Não estamos brigando. Só estou preocupado, está bem? Só quero manter você a salvo. Eu te amo, sempre vou amar. Não importa quantas vezes você quase me faça infartar ou ter uma crise nervosa. É só... — Ele se afastou, sua voz perdendo o ímpeto. — É assustador saber que pode ter alguém querendo machucar você, ou assustar você. Você é a *minha* pessoa. Minha pequena. Minha sargento. E eu deveria proteger você.

— Você me protege — disse Pip, sustentando o olhar dele. — Mesmo quando não está aqui.

Ele era sua tábua de salvação, sua certeza do que *bom* significava de fato. Ravi não sabia disso?

— Está bem, e isso é ótimo — disse o garoto, apontando para ela. — Mas não é como se eu fosse um homem musculoso com bíceps do tamanho de troncos de árvore que arremessa facas nas horas vagas, sem ninguém saber.

Um sorriso cresceu no rosto de Pip, sem a sua permissão.

— Ah, Ravi. — Pip colocou o dedo sob o queixo do namorado, do mesmo jeito que o garoto sempre fazia com ela. Deu um beijo em sua bochecha, roçando o canto de sua boca. — Você sabe que cérebros sempre vencem músculos, sem falta.

Ele se aprumou.

— Bom, de qualquer forma, eu fiquei agachado por um tempão, então eu devo ter glúteos de aço agora.

— Isso vai ensinar ao stalker uma boa lição.

Pip riu, mas a risada se tornou falsa e rouca conforme sua mente se afastava.

— O que foi?

— É... inteligente, não? — Ela riu de novo, balançando a cabeça. — Tão inteligente.

— O quê?

— Tudo isso. Os desenhos de giz fracos, quase imperceptíveis e que desaparecem logo que chove ou com o primeiro carro que passe. Nas duas primeiras vezes, eu não tirei foto antes de eles serem apagados, então quando contei para Hawkins sobre os desenhos, ele achou que eu estava louca ou procurando chifre em cabeça de cavalo. Não me levou a sério logo de cara. Eu até me perguntei se estava vendo coisas. E os pássaros mortos.

Ela bateu as mãos nas coxas.

— É tão inteligente. Se tivesse sido um gato morto, ou um cachorro — as palavras falharam, lampejos do Barney em sua mente —, seria outra história. As pessoas prestariam mais atenção. Mas não, são pombos. Ninguém se importa com pombos. É quase mais comum vê-los mortos do que vivos. E, é claro, a polícia não faria nada por causa de um ou dois pombos, porque é normal. Ninguém mais consegue enxergar isso além de nós dois. O stalker sabe de tudo isso, planejou para que fosse desse jeito. Coisas que parecem normais e explicáveis para os outros. Um envelope vazio é só um acidente. E o *Garota morta caminhando* mais para baixo na rua, não na frente da minha casa. Sei que era para mim, mas não consegui convencer mais ninguém, porque se fosse *mesmo* para mim, teriam escrito perto da minha casa. Tão sutil. Tão inteligente. A polícia acha que eu sou louca, e minha mãe acha que não é nada: só um gato e pneus sujos. O stalker está me isolando, me afastando de todos que poderiam me ajudar. Ainda mais porque todo mundo já acha que estou *fodida da cabeça*. Muito inteligente.

— Parece até que você admira o stalker — disse Ravi, inquieto, sentando-se na cama de Pip, o braço estendido para se equilibrar.

— Não, só estou dizendo que ele é inteligente. Que pensou a fundo. Como se soubesse direitinho o que está fazendo.

A linha de raciocínio que veio a seguir era apenas natural, apenas lógica, e Pip viu nos olhos de Ravi que ele tinha chegado à mesma conclusão. Ele a mastigou, os músculos tensos nas bochechas.

— Quase como se já tivesse feito isso antes — disse ela, completando o pensamento.

Ravi deu um leve aceno de concordância.

— Você acha que o stalker já fez isso antes? — Ele se sentou.

— É possível. Provável, até. As estatísticas indicam que stalkers em série são algo frequente, ainda mais se o stalker é um estranho ou conhecido distante, em vez de um cônjuge atual ou um ex.

Ela havia lido páginas e mais páginas de informações sobre stalkers na noite anterior, hora após hora em vez de dormir, percorrendo números e porcentagens e incontáveis casos.

— Um estranho? — repetiu Ravi.

— É improvável que seja um estranho. Cerca de três em cada quatro vítimas conhecem o stalker de alguma maneira. É alguém que me conhece, alguém que eu conheço, consigo sentir isso.

Ela também sabia mais estatísticas, podia recitá-las de cor. Estavam marcadas a ferro em seus olhos pela luz da tela do notebook.

Mas havia coisas que ela não podia contar a Ravi, em especial que um site informava que mais da metade das mulheres vítimas de homicídio reportara à polícia que tinha um stalker antes de serem mortas por ele. Pip não queria que Ravi soubesse daquilo.

— Então é alguém que você conhece e que muito provavelmente já fez isso com outra pessoa antes? — indagou Ravi.

— De acordo com as estatísticas, sim.

Por que ela não pensara nisso por conta própria? Estava perdida, absorta demais na própria cabeça, tão fixada na ideia de que era *ela* contra o stalker que não tinha considerado que mais pessoas poderiam estar envolvidas. *Nem tudo tem a ver com você*, disse a voz que morava em sua cabeça, ao lado da arma. *Nem sempre tem a ver com você.*

— E você sempre prefere uma abordagem baseada na ciência, sargento.

Ravi tirou um chapéu imaginário para ela.

— É, prefiro.

Pip mordeu o lábio, pensando. Sua mente guiou as mãos pelo notebook, avisando-a disso só depois que ela já tinha aberto o Google.

— E a primeira coisa a se fazer em uma abordagem baseada na ciência é... pesquisa.

— A parte mais glamorosa de resolver crimes — comentou Ravi, levantando-se da cama para ficar atrás dela, as mãos repousando em seus ombros. — E essa também é a minha deixa para pegar um lanchinho. Então... como você vai fazer essa pesquisa?

— Ainda não sei, para falar a verdade. — Ela hesitou, os dedos pairando sobre as teclas enquanto o cursor piscava. — Talvez só...

Ela digitou *linhas de giz desenhos de giz pombo morto stalker Little Kilton Buckinghamshire*.

— É um tiro no escuro — disse ela, apertando a tecla Enter, e a página se encheu de resultados.

— Ah, excelente — comentou Ravi, apontando para o primeiro link. — Podemos praticar tiro ao alvo em pombos de argila na

Fazenda Giz em Chalfont St. Giles por apenas oitenta e cinco libras por pessoa. Que barganha.

— Shhhh.

Os olhos de Pip examinaram os links abaixo: uma reportagem do ano passado, sobre os resultados do vestibular de uma escola próxima, onde dois professores por acaso se chamavam srta. Giz e sr. Stalker.

A garota sentiu a respiração de Ravi em sua nuca quando ele se inclinou, a cabeça colada na dela ao perguntar:

— O que é isso?

As vibrações graves da voz do namorado pareciam vir de dentro dela. Pip sabia que Ravi estava se referindo ao quinto resultado.

ASSASSINO DA SILVER TAPE CONTINUA FORAGIDO
APÓS MATAR QUARTA VÍTIMA

Correspondia a quatro palavras que ela havia usado na pesquisa: *Buckinghamshire, pombo, stalker, linhas de giz*. Pequenos trechos da matéria do *Newsday* apareciam na tela, frases truncadas e separadas por reticências.

— Assassino da Silver Tape — leu Ravi, a voz saindo engasgada. — Que merda é essa?

— Não é nada, é uma notícia antiga. Olha.

Pip apontou para a data: a matéria era de 5 de fevereiro de 2012. Mais de seis anos atrás. Não era uma notícia recente. Pip ouvira falar do caso e sabia como tinha terminado. Ela podia citar pelo menos dois podcasts de *true crime* que o abordaram nos últimos anos.

— Você não conhece? — questionou Pip, lendo a resposta nos olhos arregalados dele. — Relaxa.

Ela riu, cutucando o namorado com o cotovelo.

— Ele não está mais *foragido*. Matou outra mulher depois disso, a quinta vítima, e depois foi pego. Ele confessou. Billy alguma coisa. Está preso desde então.

— Como você sabe? — perguntou Ravi, o aperto dele se afrouxando um pouco.

— Como você não sabe? — Pip o encarou. — Foi uma notícia e tanto naquela época. Até eu me lembro, e eu tinha, tipo, onze, doze anos. Ah, eu... — Ela gaguejou, acariciando a mão dele. — Foi perto de quando Andie e Sal... — Pip não precisou terminar.

— Entendi — comentou ele, baixinho. — Eu estava meio distraído na época.

— Foi tudo muito próximo daqui. As cidades das vítimas, os lugares onde os corpos foram encontrados. Na verdade, quase todas as cidades da região foram afetadas. *Exceto* Little Kilton.

— Tivemos nossos próprios assassinatos naquela época — retrucou ele categoricamente. — E o que Assassino da Silver Tape significa?

— Ah, é o nome que a imprensa deu para ele. Sabe como é, um assassino em série com um nome bizarro vende mais jornais. E tem também a abreviação AST. — Pip fez uma pausa. — Os jornais locais se referiam a ele como o Estrangulador de Slough, para usar algo mais familiar, sabe? Mas o nome nunca pegou na imprensa nacional. Não era tão cativante.

Ela abriu um sorrisinho.

— Além disso, não é um apelido adequado, do ponto de vista técnico, porque só duas vítimas foram encontradas perto de Slough, acho.

E só de dizer aquelas palavras, *Estrangulador de Slough*, ela foi levada de volta à última vez em que as proferira. Sentada naquela mesma cadeira, num telefonema com Stanley Forbes, entrevistando-o a respeito do inquérito do legista sobre Andie Bell. Ela trouxe à tona o artigo que ele escrevera havia pouco tempo sobre o Estrangulador de Slough, marcando cinco anos desde a prisão do criminoso. Stanley estava do outro lado da linha, vivo, mas não por muito tempo, porque o sangue começou a pingar para fora do celular dela, cobrindo suas mãos, e...

— Pip?

Ela se encolheu, enxugando o sangue na calça jeans. Limpas, suas mãos *estavam limpas*.

— Desculpe, o que você falou?

Pip se curvou para a frente, o peito apertado e o coração palpitante.

— Eu disse para clicar. Na notícia.

— Mas... não tem nada a ver com...

— Aparecem quatro dos termos que você pesquisou — reiterou Ravi, o aperto dele mais forte de novo. — Muita coincidência para um *tiro no escuro*. Só clica e vê o que diz.

NEWSDAY

Reino Unido > Inglaterra > Notícias > Crime

Assassino da Silver Tape continua foragido após matar quarta vítima

LINDSEY LEVISON 5 DE FEVEREIRO DE 2012

Na última semana, a polícia encontrou o corpo de Julia Hunter, de vinte e dois anos, agora oficialmente confirmada como a quarta vítima do Assassino da Silver Tape. Julia — que morava com os pais e a irmã em Amersham, Buckinghamshire — foi morta na noite do dia 28 de janeiro, e o corpo foi encontrado na manhã seguinte em um campo de golfe ao norte de Slough.

O Assassino da Silver Tape começou sua onda de crimes há dois anos, matando sua primeira vítima, Phillipa Brockfield, de vinte e um anos, em 8 de fevereiro de 2010. Dez meses depois, o corpo de Melissa Denny, de vinte e quatro anos, foi encontrado depois de uma semana de buscas policiais extensas. Ela desapareceu em 11 de dezembro, e especialistas forenses acreditam que ela tenha sido morta naquela mesma noite. Em 17 de agosto de 2011, Bethany Ingham, de vinte e seis anos, se tornou a terceira vítima do AST. Agora, cinco meses depois, após muitas especulações da imprensa, a polícia confirmou que o assassino em série atacou mais uma vez.

O AST — abreviação de Assassino da Silver Tape — é chamado assim por causa de seu *modus operandi* distinto: ele não apenas prende os punhos e os tornozelos das vítimas para imobilizá-las, mas passa a fita no rosto delas também. Todas as mulheres foram encontradas com a cabeça totalmente coberta pela silver tape comum, cinza, encobrindo os olhos e a boca. "Quase como uma múmia", comentou um dos policiais, que preferiu permanecer anônimo. Porém, a silver tape não é a arma do crime nesses assassinatos horríveis. Na verdade, parece que o Assassino da Silver Tape deixa as narinas de suas vítimas livres de propósito, para que elas não sufoquem. A causa da morte em todos os casos foi estrangulamento por garrote. A polícia trabalha com a teoria de que o assassino deixa as vítimas amarradas com a fita adesiva por determinado intervalo de tempo antes de matá-las e depois descarta seus corpos em outro lugar.

Ninguém foi detido durante a investigação do caso, e com o AST ainda foragido, a polícia está se esforçando para identificá-lo antes que ele cometa mais um assassinato.

"Esse homem é incrivelmente perigoso", disse o detetive inspetor-chefe David Nolan em frente à Delegacia de High Wycombe. "Quatro moças infelizmente perderam suas vidas, e é evidente que esse indivíduo representa um risco significativo para a população em geral. Estamos dobrando nossos esforços para identificar este criminoso conhecido como Assassino da Silver Tape, e divulgamos hoje um retrato falado de uma possível testemunha que esteve no local onde o corpo de Julia foi encontrado.

Pedimos ao público que entre em contato com a polícia na linha direta caso reconheça o homem do esboço."

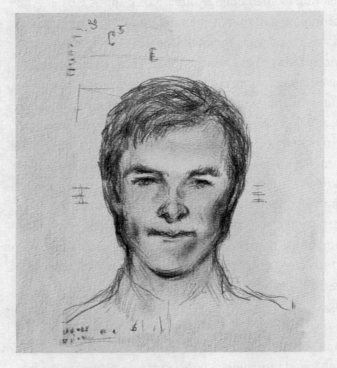

Polícia divulga retrato falado do Assassino da Silver Tape

Além do retrato falado, a polícia também divulgou hoje uma lista de itens que estavam faltando de cada vítima, objetos que, segundo as famílias, estavam com elas no momento do sequestro. A polícia acredita que o assassino tenha levado os itens como um troféu de cada assassinato e que provavelmente eles ainda estejam em sua posse. "A coleção de troféus é algo comum entre assassinos em série", comentou o inspetor-chefe Nolan. "Os troféus permitem que o assassino reviva a emoção do crime e alimente seus desejos sombrios, prolongando o intervalo de tempo antes que ele se sinta compelido a matar de novo." De Phillipa Brockfield, o assassino pegou um colar que a polícia descreve como "uma corrente de ouro com um pingente antigo em forma de moeda". De Melissa Denny, uma "escova de cabelo quadrada lilás ou lavanda" que ela sempre carregava em sua bolsa. Um "relógio Casio de aço inoxidável dourado" de Bethany Ingham, e agora, de Julia Hunter, um "par de brincos de ouro rosé com pedras verde-claras". A polícia solicita que a população fique atenta a esses itens.

O *Newsday* conversou com Adrienne Castro, especialista em perfil criminal que trabalhava no FBI e hoje é consultora de um programa popular de *true crime* chamado *Hora forense*. A srta. Castro nos deu sua opinião enquanto especialista a respeito do Assassino da Silver Tape, baseada em todas as informações que a polícia divulgou até o momento: "Como sempre, elaborar um perfil criminal não é uma ciência exata, mas acho que podemos tirar algumas conclusões provisórias acerca do comportamento desse criminoso e de sua escolha de vítimas. Trata-se de um homem branco que poderia ter qualquer idade entre vinte e quarenta e poucos anos. Suas ações não são compulsivas, estamos diante de assassinatos planejados e metódicos, e o assassino deve ter um QI de médio a alto. Esse homem pareceria perfeitamente normal, pouco notável, até encantador. Ele pode manter uma aparência de membro respeitável da sociedade, com um bom emprego no qual esteja acostumado a ter certo nível de controle, talvez em um cargo de gestão. É muito provável que ele tenha um parceiro ou uma esposa, e potencialmente até uma família, que não faz ideia de sua vida secreta.

"Há uma observação interessante a se fazer a respeito do comportamento geográfico dele também. Em casos envolvendo assassinos em série, descobrimos que um criminoso tem uma aversão natural a cometer crimes muito perto de casa, da sua zona de segurança. Por outro lado, eles também têm uma zona de conforto: uma área próxima que conhecem muito bem, que não é tão perto de casa e onde eles se sentem seguros cometendo esses crimes. Nos referimos a isso como Teoria do Decaimento da Distância. É interessante notar que todas as vítimas eram de diferentes cidades e vilarejos dessa região do país e que os corpos também estavam espalhados em lugares variados dentro da área da zona de conforto. Isso me leva a acreditar que o assassino mora em um local próximo que ainda não apareceu na investigação, sua zona de segurança intocada.

"Quanto ao motivo, acho que o que temos aqui é algo que sustenta muitos assassinatos em série: misoginia, na sua essência. Esse homem tem sentimentos intensos por mulheres: ele as odeia. As vítimas eram todas jovens atraentes, inteligentes e com certo grau de instrução, e tem alguma coisa nelas que o assassino acha intolerável. Ele vê esses assassinatos como sua missão pessoal. Acho interessante, em particular, o ato de envolver as cabeças das vítimas com fita adesiva, como se ele estivesse negando até os próprios rostos delas, acabando com a capacidade delas de falar ou enxergar antes de matá-las. Esses assassinatos se resumem ao poder e à humilhação, e ao prazer sádico que o criminoso tem nisso. É provável que os sinais estivessem lá desde a juventude e que ele tenha começado machucando animais de estimação quando garoto. Não ficaria surpresa se ele mantivesse, em sua posse, um manifesto com todos esses pensamentos a respeito de mulheres e de como deveria ser a aparência ou o comportamento delas para ser aceitável.

"A polícia não divulgou nenhuma informação que comprovasse que as vítimas possuíam ou não um stalker antes de serem assassinadas, mas eu diria que, diante da seleção meticulosa das vítimas, tudo indica que há um grau de vigilância antes de ele sequestrá-las. Acredito ser uma parte emocionante para ele. O assassino pode até ter feito contato direto com elas, e é possível que tenha tido relacionamentos íntimos com essas vítimas."

Do lado de fora da casa da família de Julia Hunter nesta noite, sua irmã de dezoito anos, Harriet, parou por um momento para falar com os repórteres. Quando questionada sobre a possibilidade de Julia ter tido um stalker antes de morrer, Harriet, chorosa, disse: "Não tenho certeza. Ela nunca me contou que estava assustada nem nada do tipo, senão eu teria ajudado. Mas ela mencionou coisas estranhas semanas antes. Falou sobre ver algumas linhas, linhas de giz, eu acho, que pareciam bonecos de palito, perto de casa. Nunca vi nada, e devia ser coisa das crianças da vizinhança. Além disso, uns dois pássaros mortos, pombos, acabaram dentro de casa através da porta do gato. Mas Julia achou estranho porque nosso gato é muito velho e quase não sai de casa. Ela também disse que recebeu alguns trotes na semana antes do desaparecimento, mas isso não pareceu assustar minha irmã. No máximo, ela achava irritante. Mas [...] olhando em retrospecto, *tudo* parece suspeito agora que ela se foi".

O funeral de Julia Hunter será realizado em 21 de fevereiro, na igreja local.

CATORZE

Ravi já devia ter terminado de ler a matéria, porque Pip sentiu uma forte inspiração perto do ouvido, como um vendaval. Pip levantou um dedo para fazê-lo esperar até que ela chegasse à última palavra.

E então:

— Ah.

Ravi se afastou de Pip.

— Ah? — repetiu, a voz mais aguda e rouca do que o normal. — Isso é tudo que você tem a dizer? *Ah*?

— Por que você está...?

Ela girou a cadeira para observá-lo.

As mãos dele se mexiam de forma nervosa debaixo do queixo.

— Por que você está surtando?

— Por que você *não* está surtando?! — Ele tentou não gritar, sem sucesso. — Um assassino em série, Pip.

— Ravi. — O nome se desfez em sua boca, transformando-se em uma risadinha.

Os olhos dele mostraram um lampejo de raiva.

— Isso é de seis anos e meio atrás — explicou Pip. — O Assassino da Silver Tape confessou. Tenho quase certeza de que ele também se declarou culpado no tribunal. Está na cadeia desde aquela época, e não houve mais assassinatos desde que ele foi preso. O AST já era.

— Tudo bem, mas e os pombos mortos? — rebateu Ravi, os braços esticados em linhas retas e trêmulas, apontando para a tela. — E as linhas de giz, Pip? Exatamente essas duas coisas semanas antes de ele matar a Julia.

Ravi se ajoelhou na frente de Pip, com uma das mãos perto do rosto dela, o polegar e o mindinho dobrados.

— Três — sussurrou ele, trazendo os dedos levantados ainda mais para perto. — Três bonecos de giz. A Julia foi a *quarta* vítima, Pip. Três antes dela. E agora cinco mulheres foram mortas, e tem cinco bonequinhos de palito na sua garagem neste exato segundo.

— Olha, fica calmo — disse Pip, pegando a mão erguida do namorado e enfiando-a entre os joelhos para mantê-la sob controle. — Nunca ouvi falar dessas coisas que a irmã da Julia Hunter mencionou em nenhum dos artigos ou podcasts. Talvez a polícia tenha decidido que não eram relevantes, afinal.

— Mas *são* relevantes para você.

— Eu sei, eu sei, não estou negando isso. — O olhar dela se prendeu ao dele. — É claro que tem uma conexão entre o que Harriet Hunter disse e o que está acontecendo comigo. Bom, eu não recebi nenhuma ligação misteriosa...

— *Ainda* — interrompeu Ravi, sua mão tentando escapar.

— Mas o Assassino da Silver Tape está preso. Olha.

Ela soltou a mão do namorado e voltou para o notebook, digitando *Assassino da Silver Tape* em uma nova página de busca e apertando Enter.

— Ah, Billy Karras, é, esse é o nome dele — comentou ela, rolando a página de resultados. — Olha. Tinha trinta anos quando foi preso. Ele confessou em um interrogatório da polícia e, dá uma olhada, ele também se declarou culpado por todos os cinco assassinatos. Não precisou de um julgamento. Ele está na prisão e vai ficar lá pelo resto da vida.

— Não se parece muito com o retrato falado da polícia.

Ravi fungou, a mão encontrando o caminho de volta para a parte interna dos joelhos de Pip.

— Bem, mais ou menos.

Ela analisou a foto de fichamento de Billy Karras. Cabelo castanho-escuro e seboso penteado para trás, olhos verdes que quase saltavam para fora, assustados com a câmera.

— Ninguém nunca se parece com esses retratos, de qualquer forma.

Isso pareceu acalmar Ravi um pouquinho, juntar o rosto ao nome. As provas se desenrolaram diante de seus olhos enquanto Pip clicava na segunda página de resultados.

Ela parou e rolou de volta para cima. Algo chamou sua atenção. Um número. Um mês.

— O que foi? — perguntou Ravi, o tremor em sua mão atravessando Pip.

— Ah, não é nada — respondeu ela, balançando a cabeça para reforçar o que estava dizendo. — Nada mesmo. É só que... eu nunca tinha percebido antes. A última vítima do AST, Tara Yates, foi morta em 20 de abril de 2012.

Ravi a encarou, o brilho de reconhecimento nos olhos dele refletindo o nos dela. Pip observou a versão distorcida de si mesma presa nos olhos escuros do namorado. Bom, um deles tinha que dizer aquilo em voz alta.

— Na mesma noite em que Andie Bell morreu — concluiu.

— Que estranho — disse ele, baixando o olhar, e a Pip que morava ali escapou. — Isso tudo é estranho. Certo, ele está preso, mas então por que alguém está fazendo com você exatamente a mesma coisa que fizeram com Julia Hunter antes de ela morrer? E provavelmente com todas as vítimas. Não venha me dizer que é uma coincidência, isso seria mentira: você não acredita em coincidências.

Xeque-mate.

— Não, eu sei. Eu não sei. — Ela parou para rir de si mesma, sem saber por que tinha feito isso. O riso não cabia ali. — É claro que não pode ser uma coincidência. Talvez alguém queira que eu ache que o AST virou meu stalker.

— Por que alguém ia querer isso?

— Ravi, não faço ideia.

Ela ficou na defensiva de repente, o rosto queimando e a cerca subindo de novo, mas dessa vez para mantê-lo do lado de fora.

— Talvez alguém esteja querendo me enlouquecer. Fazer com que eu passe do limite.

Não seria preciso um esforço muito grande. Ela já tinha se levado até o limite, estava com as pontas dos dedos dos pés na beira do precipício. Uma respiração forte em sua nuca provavelmente a faria cair. Só havia uma pergunta entre ela e a longa queda: *quem vai investigar quando você desaparecer?*

— E ninguém mais morreu depois que esse tal de Billy foi preso? — indagou Ravi.

— Não. E é um *modus operandi* bem reconhecível, a silver tape no rosto das vítimas.

— Dá licença um segundo — disse Ravi, afastando a cadeira dela da mesa, as mãos de Pip saindo do notebook.

— Ei.

— Só estou checando uma coisinha — explicou ele, ajoelhando-se na frente da tela.

Ele voltou para o topo da página, apagou os itens de busca e digitou *Billy Karras Inocente?*.

Pip soltou um suspiro, observando-o percorrer os resultados.

— Ravi. Ele confessou e se declarou culpado. O Assassino da Silver Tape está atrás das grades, não do lado de fora da minha casa.

Um barulho irrompeu da garganta do garoto, algo entre um suspiro e uma tosse.

— Tem uma página do Facebook — disse ele.

— Para quê?

Pip cravou os calcanhares no chão para arrastar a cadeira de volta à escrivaninha.

— Uma página chamada *Billy Karras é inocente*.

Ravi clicou no link, e uma fotografia de Billy Karras preencheu a tela. Por algum motivo, seu rosto parecia mais suave na segunda vez. Mais jovem.

— Bem, claro que existe — argumentou Pip, parando ao lado de Ravi. — Aposto que tem uma página do Facebook falando que todo assassino em série é inocente. Deve ter uma até para o Ted Bundy.

Ravi colocou a seta acima da guia *Sobre* e pressionou o polegar no touchpad para abri-la.

— Ah, merda — reclamou ele, examinando a página. — É administrada pela mãe dele. Olha. Maria Karras.

— Coitada — disse Pip, baixinho.

— *Em 18 de maio de 2012, depois de ficar sentado em uma sala de interrogatório policial por nove horas sem descanso, meu filho deu uma confissão falsa de crimes que não cometeu, uma confissão coagida por táticas interrogatórias intensas e ilegais* — leu Ravi. — *Ele imediatamente se retratou na manhã seguinte, depois de dormir um pouco, mas já era tarde demais. A polícia tinha o que precisava.*

— Uma confissão falsa? — repetiu Pip, olhando para Billy Karras como se a pergunta fosse direcionada a ele.

Não, não podia ser. Aquele era o Assassino da Silver Tape encarando ela... Tinha que ser. Porque, se não fosse...

— *Graves falhas em nosso sistema de justiça...* — Ravi começou a pular para o próximo parágrafo. — *Precisa de três mil assinaturas na petição para o parlamentar local...* Ah, cara, ela só tem vinte e nove assinaturas até agora... *para tentar fazer com que o Innocence Project assuma o caso do Billy, assim poderemos entrar com recursos contra a condenação...* — Ele fez uma pausa. — Ei, olha, ela até colocou o número de telefone nas informações de contato. *Por favor, entre em contato caso você tenha qualquer experiência jurídica ou contatos na imprensa e acredite que possa me ajudar com o caso do Billy, ou se gostaria de ajudar a conseguir assinaturas. Atenção: trotes serão denunciados para a polícia.*

Ravi desviou a atenção da tela, seu olhar encontrando o de Pip.

— O quê? — perguntou ela, lendo a resposta na curva que a boca dele fez para baixo. — Bom, é claro que ela acha que Billy é inocente. É mãe dele. Isso não é prova.

— Mas é um ponto de interrogação — disse Ravi com firmeza, trazendo Pip e a cadeira para perto de si. — Você deveria ligar para ela. Conversar com ela. Ver quais são seus motivos.

Pip balançou a cabeça.

— Não quero incomodá-la. Nem oferecer falsas esperanças sem ter um bom motivo para isso. É óbvio que essa mulher já passou por muita coisa.

— Verdade.

Ravi passou a mão na perna dela.

— Pela mesma coisa que minha mãe passou, que eu passei, quando todo mundo achava que Sal tinha matado Andie Bell. E como foi que essa história acabou mesmo? — perguntou ele, batendo um dedo no próprio queixo, fingindo tentar se lembrar da resposta. — Ah, é, com uma batida não solicitada à minha porta, vinda de uma Pippus Maximus que era persistente além da conta.

— São situações bem diferentes — defendeu-se ela, afastando-se de Ravi, porque sabia que se continuasse a olhar para o rosto do namorado, ele a convenceria a ligar para a mãe do Billy.

E Pip não podia fazer isso. Não podia. Porque, se ligasse para aquela pobre mulher, estaria admitindo que havia uma chance, uma possibilidade, de o homem errado estar na cadeia. E o homem certo? Estaria do lado de fora de sua casa, desenhando bonecos de palito das mulheres que já matou indo atrás dela, chamando-a para se juntar às outras. A número seis. E aquele era um jogo para o qual ela não estava pronta. Um stalker era uma coisa, mas isso...

— Está bem, deixa para lá. — Ravi deu de ombros. — E se a gente continuar aqui, sem fazer nada, e só esperar para ver como essa história de stalker vai se desenrolar? Seguir a abordagem passiva. Nunca achei que eu veria você optar por algo passivo, mas vamos ficar quietos, relaxar. Nada de mais.

— Eu não disse isso. — Pip revirou os olhos.

— O que você disse foi que dava conta, que podia fazer isso sozinha. Que era nisso que você era boa, em investigar.

Ravi tinha razão, ela acabara de dizer aquilo. Era seu teste. Seu julgamento. Salvar a si mesma para se salvar. Tudo aquilo ainda era verdade. Ainda mais se houvesse a chance, a possibilidade, de haver um homem certo e um homem errado.

— Eu sei — disse ela baixinho, cedendo com um longo suspiro.

Pip soube o que tinha que fazer assim que terminara de ler a notícia, só precisou que Ravi desenhasse para ela.

— Então... — O garoto deu o sorrisinho que sempre a abalava e botou o celular de Pip na mão dela. — *Investigue.*

QUINZE

Pip encarou os números por tanto tempo que pareciam estar marcados a ferro na sua retina. *01632 725 288*. Uma melodia cadenciada que ela podia repetir de cor, sem consultar nada. Um loop eterno girando em sua cabeça a noite toda enquanto ela implorava para dormir. Restavam somente quatro comprimidos.

O polegar dela pairou de novo sobre o botão verde para iniciar a ligação. Ela e Ravi tinham tentado cinco vezes no dia anterior, mas ninguém atendeu e não havia caixa postal. Era um telefone fixo, e Maria Karras devia estar fora de casa. Talvez até visitando o filho, especularam. Pip dissera que tentaria de novo de manhã, mas agora estava protelando, com medo. Porque, quando ela pressionasse o botão e Maria atendesse, não teria como voltar atrás. Não teria como deixar de saber o que quer que descobrisse, nem deixar de ouvir ou de pensar naquilo. Mas a ideia já havia se entocado na mente de Pip, se estabelecido muito perto dos olhos cadavéricos de Stanley e da arma cinza de Charlie. E, mesmo enquanto fazia cliques com uma caneta esferográfica, ela ouvia algo quando apertava e soltava. Três cliques, três letras. *AST. AST. AST.* E, ainda assim, ela continuou clicando.

Sua mão estava apoiada no caderno, em uma página nova, depois das anotações sobre decomposição de corpos e *livor mortis*. O número de Maria Karras estava rabiscado ali. Ela não podia fugir disso.

Pip finalmente apertou o botão de discar e colocou o celular no viva-voz. Começou a chamar, o som estridente subindo e descendo por suas costas, assim como tinha acontecido no dia anterior. Mas aí...
Clique.

— Olá? Residência dos Karras? — disse uma voz abafada, as palavras suavizadas por um sotaque grego.

— Ah, hã, oi — cumprimentou Pip, recuperando-se e pigarreando.

— Estou procurando por Maria Karras...

— Sim, sou eu — respondeu a voz, e Pip imaginou a mulher ao telefone com olhos pesados e um sorriso triste. — Como posso ajudar?

— Oi, Maria — disse ela, nervosa, mexendo na caneta outra vez. *AST. AST. AST.* — Desculpe incomodar você num domingo. Meu nome é Pip Fitz-Amobi, e eu...

— Ai, meu Deus — interrompeu-a Maria. — Você finalmente recebeu minha mensagem?

Pip gaguejou e sentiu as sobrancelhas franzirem. Que mensagem?

— Ah, eu... hã, sua mensagem?

— É, o e-mail que mandei pelo seu site em... ah, deve ter sido lá para abril. Também tentei enviar uma mensagem no seu Tuíta, mas nunca consigo fazer essas coisas sozinha. Mas você finalmente recebeu? — perguntou, a voz se tornando mais aguda.

Pip nunca vira o tal e-mail. Ela pensou por um momento, decidindo levar aquilo adiante.

— É-é, seu e-mail. Muito obrigada por entrar em contato comigo, Maria, e desculpe por ter demorado tanto para responder.

— Ah, querida, por favor — disse Maria, um farfalhar do outro lado da linha quando ela mudou a posição do telefone. — Sei que você deve estar muito ocupada, e fico feliz por você ter pelo menos recebido. Não sabia se você continuaria com o podcast, mas queria entrar em contato de qualquer forma, caso você estivesse procurando mais uma investigação local. Você é mesmo impressionante, seus pais devem estar muito orgulhosos. E eu sei que é exatamente disso que precisamos para o Billy, para chamar atenção da mídia, o que você e seu podcast conseguem fazer. É muito popular, minha cabeleireira escuta também. Como falei no meu e-mail, estamos tentando conseguir a ajuda do Innocence Project.

Maria fez uma pausa para respirar, e Pip falou antes que perdesse a oportunidade:

— É. E, Maria, tenho que ser sincera, essa ligação não significa que eu necessariamente vou cobrir o caso do seu filho no podcast. Eu precisaria fazer uma pesquisa extensa antes de tomar qualquer decisão do tipo.

— Ah, querida, sim, eu entendo, é claro — concordou Maria, e era quase como se Pip pudesse sentir o calor de sua voz pelo celular. — E talvez você ainda esteja pensando que meu filho é culpado. Que ele é o Assassino da Silver Tape, o Estrangulador de Slough, qualquer nome desses. Quase todo mundo acha isso, eu não culparia você.

Pip pigarreou mais uma vez, para ganhar tempo. Ela com certeza torcia para que Billy Karras *fosse* culpado, pelo próprio bem, mas não podia dizer isso.

— Bom, ainda não analisei todos os detalhes do caso. Sei que seu filho confessou todos os cinco assassinatos e depois se declarou culpado no tribunal, o que não é o melhor dos cenários.

— Foi uma confissão falsa — explicou Maria, fungando. — Ele foi coagido pelos policiais que o interrogaram.

— Então por que Billy não se declarou inocente e levou o caso para julgamento? Você poderia me explicar os detalhes, as evidências e os motivos que tem para achar que Billy não é culpado?

— É claro, querida, sem problemas. E posso ainda contar um segredo. Eu achava que o Billy era culpado também, durante os primeiros dois anos. Achava que com o passar do tempo ele me contaria a verdade, mas ele continuava me dizendo *Mãe, mãe, eu não fiz isso, eu juro*. Por dois anos. Então comecei a pesquisar, e foi aí que percebi que ele estava falando a verdade, que era inocente.

E você pensaria o mesmo se visse o interrogatório da polícia. Ah, espera, eu posso mandar para você! — Mais farfalhares na linha. — Consegui cópias de todos esses documentos policiais há anos. Com aquilo lá, como se chama mesmo?... Ah, Lei de Liberdade de Informação. Tenho o interrogatório inteiro, a *confissão* dele. A transcrição tem mais de cem páginas. Você sabia que eles prenderam o Billy naquela sala por nove horas? Ele estava exausto, aterrorizado. Mas podemos fazer o seguinte: eu dou uma olhada e marco as partes mais importantes e escaneio para você, pode ser? Pode levar um tempo para eu dar uma olhada em tudo, mas posso enviar no máximo até amanhã.

— Sim, por favor — disse Pip, fazendo uma anotação rabiscada no papel. — Se pudesse fazer isso, seria muito útil, obrigada. Mas não tenha pressa, de verdade.

Exceto que havia pressa, de verdade. Cinco bonequinhas de palito, sem cabeça porque estavam todas embrulhadas em fita adesiva, subindo até o quarto de Pip para buscar a número seis. O fim se aproximava. A menos que isso fosse exatamente o que alguém queria que ela pensasse, é claro.

— Tudo bem, pode deixar. Aí você vai ver do que estou falando. Todas as respostas que eles acabaram dando a ele. Billy não sabe de nada. Dizem para ele que têm provas que o incriminam, até insinuam que alguém o viu durante um assassinato, o que não era verdade. Billy ficou tão confuso, coitadinho. Sei que é meu filho, mas ele nunca foi dos mais espertos. Ele também tinha um probleminha com álcool, naquela época, e às vezes apagava à noite. Daí os policiais o convencem de que ele estava cometendo assassinatos quando apagava, e por isso não se lembra. Acho que o Billy até começou a acreditar nisso. Depois de ele finalmente conseguir dormir um pouco na cela, ele acordou e, na mesma hora, retratou a confissão. Você sabe, confissões falsas são bem mais comuns do que parecem. Das trezentas e sessenta e cinco pessoas que o Innocence

Project ajudou a exonerar nas últimas décadas, mais de um quarto tinha confessado o suposto crime.

Maria devia saber essa estatística de cor, e foi então que Pip percebeu: aquela era a vida inteira de Maria. Cada respiração e cada pensamento dedicados ao filho, a Billy. Mas agora ele tinha novos nomes: Assassino da Silver Tape, Estrangulador de Slough, monstro. Pip se solidarizava com a dor daquela mulher, mas não o bastante para querer que ela estivesse certa. Tudo menos isso.

— Eu não conhecia essa estatística — comentou Pip. — E estou muito interessada em ver o interrogatório do Billy. Mas, Maria, se ele se retratou na manhã seguinte, por que se declarou culpado?

— O advogado dele — respondeu Maria, uma pitada de reprovação se espalhando pela voz suave. — Era defensor público, eu não tinha dinheiro para contratar um advogado. Quem dera eu tivesse, é um dos meus maiores arrependimentos. Eu devia ter tentado mais.

Maria fez uma pausa, sua respiração estalando no viva-voz.

— Esse advogado basicamente falou para o Billy que pelo fato de ele já ter confessado os cinco assassinatos e de a polícia ter as confissões dele gravadas, não fazia sentido ir a julgamento. Ele iria perder. A polícia tinha outras evidências também, mas a confissão era o principal. O júri acabaria acreditando na gravação mais que em Billy, de qualquer forma. Bom, o advogado não estava errado, dizem que a confissão é a prova que pode ser mais prejudicial.

— Entendi — disse Pip, porque ela não conseguia pensar em mais nada para dizer.

— Mas devíamos ter tentado. Quem sabe o que poderia ter aparecido num julgamento e talvez salvado o Billy? Quais eram as provas? Sabe, havia uma impressão digital não identificada na segunda vítima, Melissa Denny. A digital não bate com a do Billy, e não sabem de quem é. E... — A voz dela falhou. Uma pausa. — Na noite em que Bethany Ingham foi morta, a terceira vítima, acho que o Billy estava aqui, comigo. Não posso afirmar com certeza, mas acho que, naquela noite, o Billy veio para a minha casa. Ele tinha bebido muito. Não conseguia elaborar uma frase coerente. Então, botei ele para dormir em seu quarto antigo e confisquei as chaves do carro para que não tentasse dirigir de novo. Não tenho qualquer prova disso e procurei muito. Registros telefônicos, câmeras de segurança das ruas, tudo. Não tenho provas, mas em um tribunal meu testemunho seria uma evidência. Como o Billy poderia ter matado Bethany se estava em casa comigo? — Ela soltou o fôlego. — Mas o advogado falou para o Billy que, se ele se declarasse culpado, o juiz poderia deixá-lo em uma cadeia mais próxima para eu conseguir visitá-lo com mais facilidade. O que não aconteceu, é claro. O Billy perdeu toda a esperança, por isso falou que era culpado. Ele achou que já tinha perdido antes mesmo de tentar.

Pip estivera anotando no caderno enquanto Maria falava, as palavras tortas, letras se atropelando na pressa de escrever tudo. Ela percebeu que Maria tinha parado de falar, esperando uma resposta sua.

— Desculpe — disse Pip. — Então, além da confissão, quais provas os policiais tinham que os fizeram pensar que o Billy era o assassino?

— Bom, tinha algumas coisas — respondeu Maria, e Pip ouviu um barulho, como se Maria estivesse folheando alguns papéis. — A principal era que foi o Billy quem encontrou Tara Yates, a última vítima.

— Ele encontrou o corpo dela? — questionou Pip.

Ela tinha uma vaga lembrança de essa informação ter sido mencionada num dos podcasts que ouviu, de que enquadraram o acontecimento como a grande reviravolta da história.

— É. Ele a encontrou daquele jeito. Com fita nos tornozelos e nos punhos, e em volta do rosto também. Eu não consigo nem imaginar ver outro ser humano daquela forma. Ele a encontrou no trabalho. O Billy trabalhava para uma empresa de manutenção de terrenos: cortando grama, aparando cercas vivas, recolhendo lixo, esse tipo de coisa. Era bem de manhãzinha, e o Billy estava no terreno de uma mansão, um dos clientes da empresa dele, cortando a grama. Ele avistou Tara entre as árvores ao redor do local. — Ela pigarreou. — E o Billy... Bom, a primeira coisa que ele fez foi correr até ela. Achou que talvez ainda estivesse viva, não dava para ver a cara dela, entende? Ele não devia ter ido até lá, devia ter deixado a garota e chamado a polícia na mesma hora. Mas não foi isso o que meu filho fez.

Maria ficou em silêncio.

— O que ele fez? — instigou Pip.

— Tentou ajudar ela. — Maria suspirou. — Ele achou que a fita no rosto dela a estava impedindo de respirar, então começou a desenrolar. Tocou nela e na fita com as mãos sem luvas. E depois, quando percebeu que ela não estava respirando, tentou fazer a reanimação cardiorrespiratória, mas não sabia se estava funcionando, nunca tinha aprendido isso. — Uma tossezinha. — Ele sabia que precisava de ajuda, então correu de volta para a mansão e disse para um dos funcionários ligar para a polícia, para vir ajudá-lo. Ele estava com o celular, só que esqueceu na hora. Acho que por causa do choque? Não sei como alguém fica depois de ver outra pessoa naquele estado.

Pip sabia exatamente como alguém ficava, embora fosse impossível de explicar.

— Então, o resultado disso foi o DNA, o suor e a saliva do Billy no corpo inteiro da coitadinha da Tara. E as digitais. Garoto bobo — disse Maria, baixinho.

— Mas a polícia saberia que isso só aconteceu porque ele encontrou o corpo e tentou salvar Tara, sem perceber que era tarde demais e que estava apenas contaminando a cena.

— É, quer dizer, talvez eles tenham acreditado nisso a princípio. Mas você sabe como é, fiz muitas pesquisas sobre assassinos em série nos últimos anos. Eu até diria que sou uma especialista no assunto agora. E, com esse tipo de criminoso, como o Assassino da Silver Tape, é muito comum que o assassino tente se inserir na investigação policial de alguma forma. Dando ideias ou dicas, se oferecendo para ajudar em grupos de busca, coisas desse tipo. Até tenta conseguir informações para ver se está a salvo de suspeitas. Com o passar do tempo, foi isso que a polícia achou que estava acontecendo. Que o Billy tinha se colocado na investigação, *descobrindo* o corpo da Tara, para parecer prestativo, inocente. Ou talvez para tentar se safar caso tivesse deixado algum DNA nela quando cometeu o assassinato. — Maria soltou outro suspiro. — Agora você consegue ver como tudo foi distorcido para se encaixar na narrativa que criaram?

Com um nó no estômago, Pip percebeu que tinha acabado de concordar com um aceno da cabeça. Não, o que ela estava fazendo? Ela não queria que fosse assim, porque se tivesse alguma chance de Billy ser inocente, então... Merda, merda, merda.

Por sorte, Maria voltou a falar, e Pip não precisou mais ouvir a voz em sua cabeça.

— Se fosse só isso, talvez tivesse ficado tudo bem — continuou ela —, mas havia outros detalhes que amarravam o Billy nessa confusão. Ele conhecia uma das vítimas. Bethany Ingham, a número três, era sua supervisora no trabalho. Ele ficou muito triste quando soube o que aconteceu, disse que ela sempre tinha sido muito legal. E o corpo da primeira vítima, Phillipa Brockfield, foi encontrado em um campo de golfe em Beaconsfield. Era outro local que tinha contrato com a empresa na qual Billy trabalhava, e ele estava na equipe responsável por lá. Sua van de trabalho foi vista dirigindo no campo de golfe na mesma manhã em que o corpo de Phillipa foi deixado lá, mas, é óbvio, ele estava só indo para o trabalho. E a silver tape... bom, era do mesmo tipo que Billy usava no trabalho, então...

Pip conseguia sentir aquela parte sua despertar, a faísca em seu cérebro, as perguntas se atropelando, ganhando velocidade. O mundo desacelerou enquanto a mente dela dobrava a velocidade. Ela não devia fazer isso, sabia o que seguir por esse caminho significava para si mesma, mas não conseguia parar, e uma das perguntas se soltou.

— Então, todos esses detalhes que ligam Billy aos assassinatos têm relação com o trabalho dele — concluiu Pip. — Qual é o nome da empresa em que ele trabalhava?

Tarde demais. Só perguntar já significava que era tarde demais para ela. Que, em algum nível, ela já achava possível que não estivesse falando com a mãe do AST.

— Isso, é daí que as conexões parecem vir — concordou Maria, a voz ainda mais rápida agora, mais animada. — A empresa se chama Cena Verdejante Ltda. Cena igual a de um filme, não a peça de dominó.

— Entendi, obrigada — disse Pip, escrevendo o nome da empresa no fim da página.

Ela inclinou a cabeça, analisando as palavras de outro ângulo. Achou que reconhecia o nome. De onde? Bom, se a empresa operava nas proximidades, Pip talvez tenha visto a logo nas vans que passavam por Little Kilton.

— E quanto tempo o Billy trabalhou lá? — questionou Pip, arrastando o dedo pelo touchpad do notebook.

A tela voltou à vida. Ela digitou *Cena Verdejante Ltda. Buckinghamshire* e apertou o Enter.

— Desde 2007.

O primeiro resultado era o site da empresa, e, sim, Pip reconhecia a árvore em formato de cone do logotipo. A imagem já existia em algum lugar de seu cérebro. Mas por quê? A página inicial falava sobre os *serviços especializados e premiados de manutenção de terrenos* da Cena Verdejante, com imagens passando num carrossel. Mais abaixo na página tinha o link de outro site, Cena Limpa Ltda., a empresa associada que oferecia serviços de limpeza para *escritórios, condomínios residenciais e mais*.

— Alô? — chamou Maria, hesitante, quebrando o silêncio.

Pip quase tinha se esquecido de que a mulher ainda estava na linha.

— Desculpe, Maria — disse Pip, coçando a sobrancelha. — Por algum motivo, reconheci o nome da empresa. E não consigo entender o porquê.

Pip clicou no item do menu chamado "Nossa equipe".

— Ah, eu sei por que você vai reconhecer, querida. É porque a...

Mas a página havia carregado, e a resposta estava na frente dela, antes de Maria conseguir terminar a frase. Uma foto sorridente de um homem de terno na parte de cima, apresentando o diretor administrativo e proprietário da Cena Verdejante e da Cena Limpa Ltda.

Era Jason Bell.

— É a empresa de Jason Bell — constatou Pip com um suspiro, as peças se encaixando em sua cabeça.

Era isso. Foi por isso que ela reconheceu a logo.

— Isso, querida — confirmou Maria, suave. — O pai da Andie Bell, e é claro que você sabe o que aconteceu com ela. Todos nós sabemos por causa do seu podcast. Coitado do sr. Bell, estava passando por uma tragédia pessoal inimaginável naquela mesma época.

Exatamente naquela época, pensou Pip. Andie morreu na mesma noite em que Tara Yates foi assassinada. E, assim, Andie Bell tinha ressurgido outra vez, de volta dos mortos. Billy Karras trabalhava para a empresa de Jason Bell, e a conexão de Billy com as vítimas do Assassino da Silver Tape era através de seu emprego.

Se Pip tivesse que admitir para si mesma, bem ali, que havia até a mais remota possibilidade de Billy Karras ser inocente (de haver um homem errado e um homem certo), a Cena Verdejante Ltda. era onde ela deveria investigar primeiro. Se fosse um caso sem outras complicações, sem vínculos com ela, sem pombos mortos nem bonecos de palito em sua porta, aquele seria o primeiro passo. Mas o primeiro passo parecia muito mais difícil dessa vez, muito mais pesado.

— Maria — começou Pip, a voz rouca e grave. — Só mais uma coisa. Depois que o Billy foi preso, as mortes pararam. Você teria uma explicação para isso?

— Como eu disse, aprendi muito sobre assassinos em série nos últimos anos — respondeu Maria. — E uma coisa que a maioria das pessoas não percebe é que às vezes os assassinos só param. Às vezes eles envelhecem ou coisas acontecem em suas vidas que fazem com que eles não tenham mais vontade ou tempo. Digamos, um novo relacionamento, ou talvez o nascimento de um filho. Então, pode ter sido isso o que aconteceu aqui. Ou pode ser que o assassino tenha aproveitado para sair impune depois que Billy foi preso.

Pip parou de escrever, a mente acelerada demais.

— Maria, muitíssimo obrigada por tirar um tempo para falar comigo hoje. Isso tudo foi muito... — *não diga útil, não diga aterrorizante* — ... interessante — disse, por fim.

— Ah, querida, por favor, obrigada a *você* por tirar um tempo. — Maria fungou. — Não tem ninguém com quem eu possa falar sobre isso, ninguém que escute, então obrigada. Mesmo se você não continuar, eu entendo, querida. Sabe como é difícil apelar depois que uma condenação é feita? É quase impossível, sabemos disso. Mas o Billy vai ficar tão emocionado quando souber que você ligou. E vou escanear a transcrição do interrogatório do Billy para você ver com os próprios olhos.

Pip não tinha certeza de que queria ver com os próprios olhos. Havia uma parte dela que queria fechá-los e desejar que tudo aquilo acabasse. Que ela sumisse. Desaparecesse.

— Amanhã — declarou Maria com firmeza. — Prometo. Posso enviar para o e-mail do podcast?

— Po-pode, seria perfeito, obrigada. E entrarei em contato em breve.

— Tchau, querida — disse Maria, e Pip achou ter ouvido na voz dela um parco sinal de esperança.

Ela apertou o botão vermelho para encerrar a chamada, e o silêncio irritou seus ouvidos.

Era um talvez.

Uma possibilidade.

Uma possibilidade que começava com a Cena Verdejante Ltda.

E terminava — segundo a voz ininterrupta em sua cabeça — com ela morta.

A sexta vítima do Assassino da Silver Tape.

Pip tentou falar por cima daquela voz interior, distraí-la. *Não pense no fim por enquanto, só no próximo passo. Um dia de cada vez.* Mas quantos dias ela ainda tinha?

Cale a boca, me deixe em paz. Primeiro passo: Cena Verdejante. O eco dessas palavras soou em sua cabeça, transformando-se no clique da caneta. *AST. AST. AST.*

E foi então que Pip percebeu: Jason Bell não era a única pessoa que ela conhecia que estava ligada à Cena Verdejante Ltda. Havia mais alguém: Daniel da Silva. Antes de se tornar policial, ele trabalhara na empresa de Jason Bell por alguns anos. Talvez até tivesse trabalhado *diretamente* com Billy Karras.

Aquele caso, que no dia anterior parecera tão distante dela, tão remoto, estava se aproximando cada vez mais de sua casa, como os desenhos de giz subindo pela parede. Cada vez mais perto, levando-a de volta a Andie Bell e ao início de tudo.

Houve um som repentino. Um zumbido áspero.

Pip se encolheu.

Era só seu celular, vibrando na mesa com uma nova chamada.

Pip olhou para a tela ao pegar o aparelho. *Número privado.*

— Alô? — disse ela.

Não houve resposta. Nenhuma voz, nenhum barulho além do mais leve indício de estática.

— Alô? — repetiu Pip, prolongando a última vogal.

Ela esperou, escutou. Conseguia ouvir alguém respirando ou era só a própria respiração?

— Maria? — chamou. — É você?

Sem resposta.

Uma ligação de telemarketing, talvez, com o sinal ruim.

Pip prendeu a respiração e escutou. Os olhos fechados para se concentrar na audição. Era fraco, mas havia um som. Alguém estava lá, respirando no telefone. Não conseguia ouvi-la falando?

— Cara? Cara, eu juro, se você estiver bancando a engraçadinha, eu vou...

E a ligação terminou.

Pip baixou o celular e encarou a tela por tempo demais, como se ela pudesse lhe explicar o que tinha acontecido. E dessa vez não foi sua própria voz que falou em sua cabeça, foi Harriet Hunter, com a voz imaginada que Pip inventou para a garota, contando sobre o assassinato da irmã na matéria sobre o AST. *Ela também disse que recebeu alguns trotes na semana antes do desaparecimento.*

O coração de Pip reagiu, e a arma disparou em seu peito. Billy Karras poderia ser o Assassino da Silver Tape. Mas poderia não ser. E *se*... uma palavra que cercava Pip como um buraco negro... *se* Billy não fosse o AST, então o jogo tinha mudado de novo. Chegado à rodada final. E o *timer* iniciava a contagem regressiva.

Na semana antes do desaparecimento.

Quem vai investigar quando você desaparecer?

Nome do arquivo:

 Download: Interrogatório policial de Billy Karras.pdf

Página 41

Detetive inspetor-chefe Nolan: Qual é, Billy, vamos parar com isso. Vai ficar tudo bem. Olha pra mim. Chega de brincadeira, tá? Você vai se sentir muito melhor quando disser em voz alta. Confia em mim. Vai ser melhor pra você se me contar o que houve. Você provavelmente não queria que nada disso acontecesse, certo? E você não quis machucar nenhuma daquelas meninas, entendi isso. Talvez elas tenham feito mal pra você de alguma forma, foi isso? Elas foram malvadas com você, Billy?

BK: Não, senhor, não conheço nenhuma delas. Não fui eu.

Detetive inspetor-chefe Nolan: Entendi, agora você está mentindo pra mim, não está, Billy? Porque a gente sabe que você conhecia a Bethany Ingham. Ela era sua supervisora no trabalho, não era?

BK: Era. Desculpa, eu quis dizer que não conhecia nenhuma das outras mulheres. Mas eu conhecia a Bethany. Não tive a intenção de mentir, senhor, só estou cansado. A gente pode fazer um intervalo daqui a pouco?

Detetive inspetor-chefe Nolan: Você odiava a Bethany, Billy? Achava ela atraente? Queria ficar com ela, e ela rejeitou você? Foi por isso que você matou ela?

BK: Não, eu... Por favor, o senhor pode parar de fazer tantas perguntas tão rápido? E-eu estou tentando não ficar confuso, pra não mentir sem querer de novo. Eu não odiava a Bethany, de jeito nenhum. Eu gostava dela, mas não da forma que o senhor está dizendo. Ela era legal comigo. Levou um bolo pro escritório no meu aniversário ano passado, fez todo mundo cantar parabéns pra mim. As pessoas não costumam ser legais desse jeito comigo, só a minha mãe.

Detetive inspetor-chefe Nolan: Então você é muito solitário, é isso, Billy? É isso o que você está dizendo? Você não tem namorada, tem? As mulheres fazem você se sentir desconfortável por ser solitário? Você fica bravo por elas não quererem ficar com você?

BK: Não, eu... Senhor, eu... não estou conseguindo acompanhar o raciocínio. Por favor, estou tentando. Não sou solitário, só não tenho muitos amigos no momento, talvez alguns colegas. Como ▓▓▓ proibido Seção 40(2) ▓▓▓, que trabalhava comigo na equipe da Bethany e é policial agora. E a única coisa que sinto pelas mulheres em geral é respeito. Minha mãe me criou, ela é mãe solteira, e sempre me ensinou isso.

Detetive inspetor-chefe Nolan: Você não se lembra?

BK: Só estou dizendo que às vezes, quando bebo muito, eu apago. Não me lembro direito do que fiz. Acho que tenho um problema com álcool, vou procurar ajuda, prometo.

Detetive inspetor-chefe Nolan: Então você está dizendo que não se lembra de nenhuma das noites em que essas mulheres morreram? Não consegue lembrar onde estava em nenhum desses dias?

BK: Não, eu devia estar em casa, só não me lembro com precisão. Eu acabei de explicar pro senhor o motivo de eu não me lembrar.

Detetive inspetor-chefe Nolan: Mas, Billy, se você não se lembra, não é possível que você estivesse fora de casa? Que você tenha matado essas mulheres nesses momentos dos quais não se lembra?

BK: E-e-eu não tenho certeza, senhor. Eu não... Acho que é possível...

Detetive inspetor-chefe Nolan: É possível que você tenha matado essas mulheres? Admita logo, Billy.

BK: Não, eu nã... Olha, se não me lembro de nada, não posso dizer o que eu estava fazendo ou deixando de fazer, só isso. Posso beber uma água ou alguma outra coisa? Estou com dor de cabeça.

Detetive inspetor-chefe Nolan: Só fala logo, Billy. Quando o interrogatório acabar, aí, sim, você vai poder beber uma água, dormir um pouco. Qual é, nós dois estamos cansados. Você vai se sentir muito melhor, muito mais leve. A culpa deve estar acabando com você. Só fala que foi você. Pode confiar em mim, Billy, você sabe disso. Você já mudou de *Não fui eu* pra *Eu não me lembro*. Qual é, vamos em frente, me conta a verdade.

BK: Essa é a verdade. Não fui eu, mas eu não me lembro dessas noites.

Detetive inspetor-chefe Nolan: Para de mentir pra mim, Billy. Sua van foi vista dirigindo no local onde o corpo da Phillipa Brockfield foi jogado, na mesma manhã. Seu DNA está no corpo inteiro da Tara Yates. Olha, eu tenho um arquivo da largura do meu braço cheio de evidências contra você. Já era. Só me diz o que você fez e tudo isso vai acabar.

BK: Eu não devia ter encostado nela. Na Tara. Desculpa. Achei que ela estava viva. Estava tentando ajudar. Por isso meu DNA está no corpo dela.

Detetive inspetor-chefe Nolan: Alguém viu você, Billy.

BK: M-me viu? Fazendo o quê?

Detetive inspetor-chefe Nolan: Você sabe o quê, Billy. Sabe exatamente o quê. Chega de fingir. Você foi pego. Só me conta pra gente poder dar um pouco de paz pras famílias daquelas pobres garotas.

BK: Al-alguém me viu? Com a Tara... antes? À noite? Mas eu não me lembro, eu não... Como eu poderia não me lembrar se...? Isso nem faz sentido.

Detetive inspetor-chefe Nolan: O que não faz sentido, Billy?

BK: Bom, com tudo o que o senhor está me dizendo... com todas as evidências que o senhor tem, parece até que... talvez eu tenha feito isso. Mas não entendo como.

Detetive inspetor-chefe Nolan: Talvez você tenha bloqueado a memória, Billy. Talvez você não quisesse se lembrar, porque se sente culpado pelo que fez.

BK: Talvez, mas eu não me lembro. Eu não me lembro de nada. Mas alguém me viu?

Detetive inspetor-chefe Nolan: Vou precisar que você diga em voz alta, Billy. Me conta o que você fez.

BK: Eu acho que talvez... tenha sido eu. Não sei como, mas foi isso, não foi? Fui eu que machuquei aquelas mulheres. Me desculpa. Eu não... eu não faria nada desse tipo. Mas deve ter sido eu.

Detetive inspetor-chefe Nolan: Muito bem, Billy. Isso é muito bom. Não precisa chorar. Sei que você deve estar se sentindo muito mal. Qual é, pega um lenço. Isso aí. Certo, vou lá pegar uma água pra você, mas, quando eu voltar, precisamos continuar essa conversa, tá? Quero ouvir tudo, todos os detalhes. Você foi muito bem, Billy. Já deve estar se sentindo melhor.

BK: Na verdade, não. Você vai...? Minha mãe vai ficar sabendo?

Página 91

Detetive inspetor-chefe Nolan: Como você matou elas, Billy?

BK: É a fita ao redor da cabeça. Elas não conseguiam respirar, foi assim.

Detetive inspetor-chefe Nolan: Não, Billy. Não foi assim que elas morreram. Vamos lá, você sabe a resposta. Como você matou elas? Não foi a silver tape.

BK: Eu... eu não sei, senhor. Desculpe. Eu... eu estrangulei elas? Ééé, estrangulei elas.

Detetive inspetor-chefe Nolan: Muito bem, Billy.

BK: Com as mãos.

Detetive inspetor-chefe Nolan: Não, não foi com as mãos, não é mesmo, Billy? Você usava uma coisa, o que era?

BK: Hã... eu não... talvez uma corda?

Detetive inspetor-chefe Nolan: Isso, era isso. Uma corda azul. Encontramos fibras que correspondem exatamente ao tipo de corda na sua van.

BK: É o tipo que a gente usa no trabalho. Principalmente nas equipes de poda. Eu devo ter pegado do trabalho, né?

Detetive inspetor-chefe Nolan: Assim como a silver tape.

BK: Acho que sim.

Detetive inspetor-chefe Nolan: Onde você matou elas, Billy? Depois que sequestrou as mulheres, aonde você as levou para matá-las?

BK: Hm, eu não... na minha van do trabalho, talvez? E depois eu talvez tenha dirigido direto pro local onde elas foram achadas.

Detetive inspetor-chefe Nolan: Mas você deixou elas lá por um tempo, não foi? Depois de ter amarrado elas com silver tape, antes de voltar pra estrangular elas. Algumas das mulheres conseguiram soltar um pouco a fita em volta dos punhos, rasgar em alguns lugares, o que sugere que você deixou elas sem supervisão por um tempinho. Onde você deixou elas nesse meio-tempo?

BK: Eu... acho que talvez tenha apenas dirigido por aí.

Detetive inspetor-chefe Nolan: Bom, está certo, Billy. E o que você pegou da Melissa Denny? Como troféu.

BK: Acho que foi outra joia.

Detetive inspetor-chefe Nolan: Não, dessa vez não foi isso. Foi outra coisa. Uma coisa que mulheres às vezes carregam na bolsa.

BK: Ah, talvez a carteira? A-a carteira de motorista dela?

Detetive inspetor-chefe Nolan: Não, Billy. Você sabe o que foi. Uma coisa que ela provavelmente usava todo dia.

BK: Ah. Um batom?

Detetive inspetor-chefe Nolan: Talvez você tenha pegado um batom também, Billy. Mas tinha outra coisa faltando na bolsa dela. Uma coisa maior que um batom, que a família dela disse pra gente que ela levava pra tudo que era canto.

BK: O quê...? Ah... alguma coisa de ca-cabelo, escova de cabelo? Foi isso o que você quis dizer?

Detetive inspetor-chefe Nolan: É, foi uma escova de cabelo, não foi, Billy? Uma daquelas quadradas. Ela tinha muito cabelo, a Melissa, cabelo longo e loiro. Foi por isso que você quis ficar com a escova?

BK: Acho que sim. Faz sentido.

Detetive inspetor-chefe Nolan: E de que cor era a escova?

BK: R-rosa?

Detetive inspetor-chefe Nolan: Hm, eu descreveria mais como roxo. Um roxo mais claro. Meio lavanda.

BK: Ti-tipo lilás?

Detetive inspetor-chefe Nolan: É, exatamente. Então, onde você guarda os troféus, Billy? O colar da Phillipa, a escova de cabelo da Melissa, o relógio da Bethany, os brincos da Julia e os chaveiros da Tara. A gente procurou na sua casa e na sua van, mas não encontrou.

BK: Acho que devo ter jogado tudo fora, então. Não me lembro.

Detetive inspetor-chefe Nolan: Jogou no lixo?

BK: Aham. Embrulhei e joguei no lixo.

Detetive inspetor-chefe Nolan: Por que você não quis ficar com eles?

BK: Posso dormir agora, por favor? Estou tão cansado.

DEZESSEIS

A cidade estava dormindo, mas Pip, não.

E havia mais alguém acordado.

Uma notificação em seu celular. Uma nova mensagem vinda do formulário no site. Uma notificação no Twitter.

Quem vai investigar quando você desaparecer?

DEZESSETE

Havia algo de errado no sangue dela. Estava indo rápido demais, espumando de maneira desconfortável enquanto entrava e saía do seu coração. Talvez aqueles dois cafés seguidos tivessem sido um erro. Mas Cara tinha oferecido, dito que a amiga parecia cansada àquela ímpia hora da manhã. Agora as mãos de Pip estavam tremendo, e o sangue dela fervia enquanto caminhava da cafeteria em direção à Church Street.

Sua reserva de energia estava zerada porque não pregara os olhos na noite anterior, nadinha. Apesar de ter tomado um comprimido inteiro, uma dose dupla, na verdade. Foi um desperdício, depois de ter lido a transcrição do interrogatório de Bill Karras até perder as contas, as vozes soando em sua cabeça como em uma peça de teatro, as pausas preenchidas com a estática do gravador. E a voz que ela imaginava como sendo a de Billy... não parecia nada com a de um assassino. Ele soava assustado, confuso. Soava como ela.

Cada sombra em seu quarto assumira a forma de um homem, observando-a. Cada luzinha eletrônica que piscava era um par de olhos no escuro: os LEDs da impressora e a caixa de som Bluetooth na escrivaninha. Ficara ainda pior depois que a nova mensagem chegou às duas e meia da manhã, o mundo encolhendo até restar apenas ela e aquelas sombras à espreita.

Pip tinha ficado lá, os olhos cada vez mais ásperos e secos enquanto encarava o teto preto. Se ela fosse sincera consigo mesma, sincera de verdade, mal poderia chamar aquilo de confissão. Sim, as palavras foram proferidas por Billy. Sim, ele disse: *Fui eu que machuquei aquelas mulheres*, mas o contexto mudava tudo. O que foi dito antes e depois tirava o significado daquelas palavras.

Maria não estava exagerando, não havia distorcido a verdade ao ler a transcrição com um olhar de mãe. Tinha razão: a confissão parecia forçada. O detetive tinha encurralado Billy, dando voltas com as perguntas, envolvendo-o em mentiras que ele nunca tivera a intenção de contar. Ninguém tinha visto Billy com Tara Yates na noite anterior, aquilo era mentira. E ainda assim Billy tinha acreditado na afirmação, dado mais crédito ao relato inventado que à própria memória. O detetive inspetor-chefe Nolan tinha fornecido tudo para ele, todos os detalhes dos assassinatos. Billy nem sabia como teria matado as próprias vítimas antes de contarem para ele.

Havia uma chance de ser tudo encenação. Uma estratégia inteligente elaborada por um assassino manipulador. Pip tinha tentado confortar a si mesma com aquela hipótese, que, no entanto, havia sido ofuscada quando confrontada com a outra possibilidade: a de que Billy Karras era um homem inocente. Agora que Pip tinha lido sua *confissão*, não era somente possível, não era um mero e fraco *talvez*. Em seu âmago, ela sentia a balança pendendo. Abandonou o *talvez* para encontrar outras palavras. *Provável. Plausível.*

E devia haver algo de errado com ela, porque uma parte sua se sentiu aliviada. Não, aquela não era a palavra certa, estava mais para... animada. Sua pele formigava, o mundo mudando de velocidade ao redor dela. Aquela era a sua outra droga. Um nó torcido e retorcido para ela desatar. Mas Pip não podia acreditar nisso sem aceitar a contrapartida que vinha de mãos dadas.

Duas metades da mesma verdade: se Billy Karras era inocente, então o Assassino da Silver Tape ainda estava à solta. Ali fora. Ele estava de volta. E Pip tinha uma semana antes que ele a fizesse desaparecer.

Ou seja, ela teria que encontrá-lo primeiro. Encontrar quem quer que estivesse fazendo isso com ela, fosse o AST ou alguém fingindo ser ele.

O ponto de partida era a Cena Verdejante Ltda., então ela começaria por aí. Já tinha começado, na verdade. Na noite anterior, quando o relógio do notebook passou das quatro da manhã e seguiu adiante, Pip vasculhou seus documentos antigos. Procurou arquivos e pastas até encontrar o documento de que precisava. O que tinha aparecido de repente em sua mente, uma lembrança súbita de sua existência, de sua importância, enquanto ela tentava pensar em tudo o que sabia sobre a empresa de Jason Bell.

Voltou para *Meus documentos* e para a pasta nomeada *Trabalhos da escola*. Clicou em *Último ano*, e a pasta estava no meio do caminho entre as matérias de nível avançado dela.

QPE.

Pip clicou, revelando a longa lista de documentos do Word e arquivos de áudio que fizera um ano atrás. Jpgs e fotos: as páginas da agenda escolar de Andie Bell abertas em sua mesa e um mapa anotado de Little Kilton que a própria Pip tinha desenhado, com anotações dos últimos paradeiros e deslocamentos da garota. Ela avançou pela lista de arquivos do Diário de Produção até achar o que queria. A lembrança súbita. *Diário de produção — 20ª entrada (Entrevista com Jess Walker)*.

É, era isso. Pip tinha relido o texto, o coração pulando ao perceber a relevância do que acabara de notar. Como era estranho um detalhe tão irrisório naquela época ser tão importante agora. Quase como se fosse inevitável desde o comecinho. Um caminho que Pip não sabia que estava trilhando durante todo esse tempo.

Em seguida, ela pesquisou onde eram as sedes da Cena Verdejante e da Cena Limpa Ltda.: um complexo de escritórios com jardim em Knotty Green, a vinte minutos de carro de Little Kilton. Ela até percorreu a área usando o recurso de Street View do Google Maps, sentada em sua cama, dirigindo virtualmente para cima e para baixo na estrada. O complexo ficava em uma pequena estrada rural, cercada por árvores altas, capturadas em algum dia nublado. Ela não conseguia ver muita coisa além de dois prédios industriais e carros e vans estacionados dentro do terreno, que contava com uma cerca de metal alta, pintada de um tom de verde-escuro. Havia uma placa no portão da frente com os logotipos coloridos das duas empresas. Pip subiu e desceu a estrada, assombrando o lugar pixelado como um fantasma fora de época. Podia encarar a tela o quanto quisesse, mas isso não lhe daria as respostas de que precisava. Havia somente um lugar onde ela as conseguiria. Não em Knotty Green, mas em Little Kilton.

Bem ali, na verdade, quando ela olhou ao redor na rua e percebeu que estava quase chegando ao seu destino. E então reparou em outra coisa. Tinha uma mulher andando em sua direção, um rosto que ela reconhecia. Dawn Bell, a mãe de Andie e Becca. Ela devia ter acabado de sair de casa, uma sacola de compras vazia balançando no braço. O cabelo loiro-escuro estava penteado para trás, as mãos perdidas nos braços do suéter largo. Ela parecia cansada também. Talvez fosse exatamente aquilo o que Little Kilton fazia com as pessoas.

Elas estavam prestes a passar uma pela outra. Pip sorriu e baixou a cabeça, sem saber se deveria cumprimentá-la ou dizer que estava prestes a bater na porta dela para falar com seu marido. A boca de Dawn tremeu, assim como seus olhos, mas ela não parou, concentrando-se em encarar o céu enquanto deslizava os dedos pelo colar de ouro, mexendo o pingente que refletia a luz da manhã para lá e para cá. Elas passaram uma pela outra e seguiram em frente. Pip se virou para trás, Dawn fez o mesmo, os olhares das duas se cruzando por um momento constrangedor.

O encontro foi deixado de lado assim que Pip chegou ao destino, observando a casa dos Bell, da linha torta do telhado até cada uma das três chaminés. Havia tijolos velhos e pontilhados cobertos por heras e um sino dos ventos cromado, preso ao lado da porta da frente.

A casa dos Bell.

Pip prendeu a respiração ao atravessar a rua, dando uma olhada no SUV verde estacionado na garagem, perto de um carro menor vermelho. Bom, Jason ainda não devia ter saído para o trabalho, então. Uma sensação estranha percorreu o corpo de Pip, inquietante e transcendental, como se ela não estivesse no presente, mas no corpo da sua versão de um ano atrás. Deslocada, em outra época, enquanto tudo dava voltas. De novo na casa dos Bell, porque apenas uma pessoa tinha as respostas de que ela precisava.

Pip bateu à porta.

Uma silhueta surgiu no vidro fosco, a cabeça borrada conforme deslizava a corrente pelo trinco e abria a porta. Jason Bell ficou parado na soleira, abotoando a camisa e alisando os vincos.

— Oi, Jason — disse Pip de maneira animada, o sorriso parecendo tenso e duro. — Desculpe incomodar logo de manhã. Co-como você está?

Jason arregalou os olhos, perplexo, registrando quem estava em sua porta.

— O quê...? Merda. O que você quer? — perguntou ele, desviando a atenção e fechando os botões dos punhos.

O homem se escorou no batente.

— Sei que você já está saindo para o trabalho... — prosseguiu Pip, com a voz trêmula.

A garota juntou as mãos, mas foi uma má ideia, porque elas estavam suadas, e agora tinha que olhar para baixo e garantir que não era sangue.

— Eu, hã, bom, só queria fazer umas perguntas. Sobre a sua empresa, a Cena Verdejante.

Jason passou a língua pelos dentes. Pip notou o movimento por trás do lábio superior dele.

— O que que tem? — retrucou Jason, estreitando os olhos.

— Tem a ver com alguns dos seus ex-funcionários. — Ela engoliu em seco. — Um deles é o Billy Karras.

Jason pareceu surpreso, o pescoço recuando dentro do colarinho. Sua boca começou a articular palavras antes que ele conseguisse pronunciá-las.

— Você quer dizer o Assassino da Silver Tape? Esse é seu próximo *lance*, então? O próximo caso que você vai usar para tentar chamar atenção?

— Algo do tipo — disse ela, com um sorriso falso.

— É óbvio que eu não tenho nada a dizer sobre Billy Karras — declarou Jason, os cantos de sua boca inquietos. — Fiz tudo que pude para distanciar a empresa das coisas que ele fez.

— Mas elas estão intrinsecamente conectadas. A explicação oficial é que Billy pegou a silver tape e a corda azul do trabalho.

— Me escuta aqui... — começou Jason, levantando a mão, mas Pip se apressou em continuar, antes que ele pudesse mudar de assunto.

Ela precisava de respostas, gostasse ele ou não.

— No ano passado, falei com uma das amigas da Becca do ensino médio, Jess Walker, e ela me disse que em 20 de abril de 2012, a noite em que Andie desapareceu, você e Dawn estavam num jantar. Mas você teve que sair em determinado momento porque o alarme de segurança tinha disparado na Cena Verdejante. Imagino que você tenha recebido um alerta no celular.

Jason a encarou sem esboçar qualquer reação.

— Foi na mesma noite em que o Assassino da Silver Tape matou a quinta e última vítima, Tara Yates. — Pip não parou nem para respirar. — Então, eu estava me perguntando se o que aconteceu foi o seguinte: o AST invadiu o seu escritório para pegar os suprimentos e, sem querer, acionou o alarme antifurto. Você descobriu quem era o culpado? Viu alguém por lá quando chegou para desligar o alarme? A empresa tem câmeras de segurança?

— Eu não vi... — Jason parou.

Ele olhou para o céu por um instante. Quando voltou a se concentrar em Pip, sua expressão havia mudado: linhas de raiva se formaram ao redor dos olhos. Jason balançou a cabeça.

— Escuta aqui! — vociferou ele. — Já chega. Chega. Não sei quem você acha que é, mas isso é inaceitável. Você precisa aprender... Você não acha que já interferiu o bastante na vida das pessoas, nas nossas vidas? — questionou ele, batendo a mão no peito, amarrotando a camisa. — Minhas duas filhas se foram. Os repórteres voltaram a espreitar minha casa, tentando conseguir declarações para as matérias deles. Minha segunda esposa me largou. Estou de volta a esta cidade, a esta casa. Você já fez o suficiente. Mais que o suficiente, pode acreditar.

— Mas, Jason, eu...

— Nunca tente falar comigo de novo! — bradou, segurando a beirada da porta com tanta força que os nós dos dedos ficaram brancos. — Nem com qualquer pessoa da minha família. Já chega.

— Mas...

Jason fechou a porta. Não foi uma batida; ele a fechou devagar, sustentando o olhar de Pip até que a porta os separasse, desvinculasse os dois. O clique da fechadura. Mas ele ainda estava parado ali. Pip via sua silhueta pelo vidro fosco. Ela teve a impressão de sentir o calor dos olhos de Jason, embora não conseguisse mais vê-los. E ainda assim a silhueta dele não tinha se mexido.

Pip percebeu que o homem queria que ela fosse embora primeiro, queria vê-la partir. Então foi isso que fez, levantando as alças da mochila cor de bronze e arrastando os tênis pelo chão da entrada da casa.

Ela devia estar se iludindo quando optou por trazer microfones, notebook e fone de ouvido. Devia ter esperado aquela reação, levando em conta o que Hawkins lhe contara. Pip entendia Jason, ela não seria bem-vinda em muitas casas daquela cidade. Mas precisava mesmo de respostas. Quem tinha acionado o alarme da Cena Verdejante Ltda? Foi Billy ou outra pessoa? O coração dela estava batendo rápido demais, muito além de rápido demais, e a batida soava como um *timer*, na contagem regressiva até o próprio fim.

No meio da rua, Pip olhou para trás, de volta para a casa dos Bell. A sombra de Jason ainda estava lá. Ele precisava mesmo ficar olhando até que ela saísse de vista? Pip tinha entendido o recado, nunca voltaria lá. Tinha sido um erro.

Quando a garota virou a esquina para a rua principal, seu celular começou a vibrar no bolso da frente. Seria Ravi? Ele devia estar no trem uma hora daquelas. Pip esfregou a mão na calça e pegou o celular.

Número privado.

Ela parou. Mais uma ligação. A segunda. Poderia ser o banco, mas não era, Pip sabia disso. Mas o que deveria fazer? Bem, havia apenas duas opções: botão vermelho ou verde.

Ela apertou o verde.

A linha estava silenciosa.

— Alô? — disse ela, a voz saindo alta demais, estalando. — Quem é?

Nada.

— AST? — perguntou, olhando para algumas crianças discutindo do outro lado da rua, com o mesmo uniforme azul-marinho que Josh usava. — Você é o Assassino da Silver Tape?

Um barulho. Podia ter sido um carro passando, ou talvez uma respiração em seu ouvido.

— Você vai me dizer quem é? — insistiu ela, com medo de deixar o celular cair, porque de repente suas mãos estavam escorregadias com o sangue de Stanley. — O que você quer de mim?

Pip pisou na faixa de pedestres, prendendo a respiração para que pudesse ouvir a dele.

— Você me conhece? Eu conheço você?

A linha estalou e depois a chamada foi interrompida. Três bipes altos em seu ouvido, o coração disparando em cada um. Ele tinha ido embora.

Pip baixou o celular, a dois passos do meio-fio. O mundo exterior ficou borrado e desapareceu enquanto ela encarava a tela de bloqueio vazia, como estivera segundos atrás, antes da ligação. Não havia mais dúvidas sobre quem estava ligando.

Ela contra ele.

Salvar a si mesma para se salvar.

Pip só ouviu o estalo do motor quando era tarde demais.

As rodas gritando atrás dela.

Ela não precisava ver para saber o que estava acontecendo. Mas, naquele meio segundo, o instinto se apoderou dela e a lançou para a frente, em direção à calçada.

Um barulho estridente encheu seus ouvidos e invadiu seus ossos e dentes quando o carro passou por ela. Seu pé aterrissou e derrapou no chão.

Ela caiu de joelhos, apoiando-se no cotovelo. O celular escorregou da mão para o concreto.

O guincho se transformou em um rosnado e desapareceu quando o carro virou à direita, sumindo em alta velocidade antes que ela tivesse a chance de olhar para cima.

— Ai, meu Deus, Pip! — gritou uma voz aguda e sem corpo em algum lugar na frente dela.

Pip piscou.

Sangue em suas mãos.

Sangue de verdade, de um arranhão na palma.

Ela se esforçou para esticar os braços, uma perna ainda na rua, enquanto os passos de alguém se apressavam ao seu encontro.

— Ai, meu Deus.

Uma mão estendida surgiu do nada.

Pip olhou para cima.

Layla Mead. Não, não era Layla, Layla não era real. Era Stella Chapman de pé sobre ela, Stella da escola, seus olhos voltados para baixo com preocupação.

— Caramba, você está bem? — perguntou ela quando Pip aceitou sua ajuda para se levantar.

— Estou bem, estou bem — garantiu Pip, limpando o sangue na calça jeans.

Dessa vez, deixou uma marca.

— Aquele idiota nem estava olhando por onde anda! — exclamou Stella, a voz ainda alta e em pânico quando se abaixou para pegar o celular de Pip. — Você estava na faixa de pedestres!

Ela colocou o celular na mão de Pip, que, surpreendentemente, estava intacto.

— Ele devia estar a uns cem quilômetros por hora, no mínimo. — Stella falava rápido demais para Pip acompanhar. — Na rua principal. Esses carros esportivos acham que são donos da rua. — Ela correu a mão pelo longo cabelo castanho, nervosa. — Quase atropelou você!

Pip ainda conseguia ouvir o guincho das rodas, um zumbido em seus ouvidos. Ela tinha batido a cabeça?

— ... indo tão rápido que não consegui nem *tentar* ler a placa. Mas era um carro branco, deu para ver isso. Pip? Você está bem? Se machucou? Quer que eu ligue para alguém? Para o Ravi?

Pip balançou a cabeça, e o zumbido nos ouvidos desapareceu. Acabou que era só coisa da imaginação dela.

— Não, está tudo bem. Estou bem. Sério mesmo. Obrigada, Stella.

Mas, quando ela olhou para a garota, para seus olhos gentis, sua pele bronzeada e suas maçãs do rosto, a menina se tornou outra pessoa de novo. Outra pessoa, mas a mesma pessoa. Layla Mead, que era igual a Stella em tudo, exceto pelo cabelo loiro acinzentado, em vez de castanho. E, quando ela falou em seguida, Pip ouviu a voz de Charlie Green.

— Enfim, como você está? Não nos vemos há meses.

Pip queria gritar com Charlie e contar para ele sobre a arma que tinha deixado no coração dela. Mostrar para ele o sangue em suas mãos. Mas Pip não queria gritar, na verdade. Queria chorar e pedir ajuda, ajuda para entender tudo, entender a si mesma. Implorar para que ele voltasse e lhe mostrasse como aceitar quem ela era de novo. Que lhe dissesse, em sua voz calma e reconfortante, que talvez ela estivesse perdendo aquela batalha porque tinha se perdido.

A pessoa à sua frente estava perguntando quando ela iria para a faculdade. Pip fez a mesma pergunta para a garota, e as duas ficaram paradas na rua, conversando despreocupadas sobre um futuro que Pip não tinha mais certeza de que existiria. Não era Charlie ali, falando sobre sair de casa. E não era Layla Mead. Era Stella. Só Stella. Mas, mesmo assim, era difícil encará-la.

DEZOITO

— De novo?

Ravi ficou imóvel, a expressão congelada no rosto, como se ele estivesse suspenso no tempo, naquele pedaço do tapete.

Como se, caso se mexesse para a frente ou para trás, fosse confirmar o que não queria ouvir. Se ele não se mexesse, não tinha como ser real.

Ravi tinha acabado de entrar no quarto dela, e a primeira coisa que Pip lhe dissera foi: *Não surta, mas recebi mais uma ligação de um número privado hoje*. Ela não quis mandar mensagem mais cedo e distraí-lo no trabalho, mas a espera tinha sido difícil, o segredo se revirando sob sua pele, procurando uma saída.

— É, hoje de manhã — respondeu ela, observando o rosto dele enfim mudar, as sobrancelhas se arqueando e se afastando dos óculos que ele tinha se lembrado de colocar. — Não disseram nada. Só ouvi respirações.

— Por que você não me contou? — Ravi deu um passo para a frente, diminuindo a distância entre os dois. — E o que houve com a sua mão?

— Estou contando agora — retrucou Pip, correndo um dedo pelo punho. — E nada de mais, sério. Um carro quase me atropelou quando eu estava atravessando a rua. Está tudo bem, é só um arranhão. Mas, olha, essa ligação foi uma coisa boa, porque...

— Ah, foi uma coisa *boa*, é? Receber ligações de um possível assassino em série é uma coisa *boa*. Ufa, que alívio! — exclamou Ravi, fingindo enxugar a testa de forma teatral.

— Será que você pode me ouvir? — perguntou ela, revirando os olhos.

Seu namorado sabia ser muito dramático quando estava a fim.

— Foi uma coisa *boa* porque eu passei a tarde toda pesquisando sobre o assunto. E olha só, está vendo? Baixei esse aplicativo chamado CallTrapper. — Ela levantou o celular para mostrar a tela inicial. — Funciona assim: depois que você o ativa, o que eu já fiz, e paga a maldita taxa de assinatura de quatro libras e cinquenta, quando um número privado ligar, o aplicativo identifica o número que está ligando.

Pip sorriu, enganchando o dedo no passante da calça de Ravi, como o garoto sempre fazia com ela.

— Eu devia ter instalado o aplicativo depois da primeira ligação, para ser sincera, mas no início não sabia que era importante. Achei que pudesse ter sido um engano aleatório. Deixa pra lá, agora já baixei. E, quando ele me ligar de novo, vou pegar o número.

Pip percebeu que estava falando com uma animação exagerada, uma tentativa de compensar o namorado pelo susto.

Ravi assentiu, e as sobrancelhas dele se acalmaram um pouco.

— Tem um aplicativo para tudo hoje em dia — comentou ele. — Que ótimo, agora estou parecendo meu pai.

— Olha, vou mostrar como funciona. Liga para mim colocando 141 na frente para bloquear seu número.

— Está bem.

Ela observou Ravi pegar o próprio celular e digitar. Foi repentina e inesperada a sensação que se agitou em seu peito ao observá-lo. O sentimento se demorou, sem pressa. Uma chama que ardia lentamente. Foi agradável perceber que ele sabia o número de cor. Que algumas partes dela moravam dentro dele também. Time Ravi e Pip.

Ravi investigaria se ela desaparecesse, não investigaria? Talvez ele até a encontrasse.

O sentimento foi interrompido pelo celular de Pip vibrando em suas mãos. *Número privado.* Ela mostrou o aparelho para Ravi.

— Então, o que eu faço é apertar esse botão duas vezes para recusar a chamada — explicou ela, demonstrando.

O celular voltou para a tela de bloqueio apenas por meio segundo, então tocou novamente. E, dessa vez, o número de Ravi apareceu na parte superior.

— Viu? A ligação é desviada para o CallTrapper, que identifica o número, e aí o aplicativo redireciona a chamada para a minha linha. E quem ligou nem faz ideia disso — prosseguiu ela, apertando o botão vermelho.

— Não acredito que você desligou na minha cara.

Ela deixou o celular de lado.

— Está vendo? Agora eu tenho a tecnologia a meu favor.

A primeira vitória dela no jogo, mas não dava para comemorar muito. Pip estava muito atrás.

— Bem, eu não chegaria a dizer que isso é uma coisa *boa*. Não vou me referir a nada como uma coisa *boa* depois de ler o interrogatório policial do Billy e descobrir que um assassino em série que o mundo todo acha que está preso há seis anos talvez esteja andando por aí, à solta, ameaçando matar brutalmente minha namorada, mas é alguma coisa. — Ravi vagou até a cama dela, sentando-se com zero elegância no edredom. — O que eu não entendo, de verdade, é como essa pessoa tem o *seu* número.

— Todo mundo tem o meu número.

— Espero que isso não seja verdade — comentou ele, horrorizado.

— Não, tipo, por causa dos cartazes. — Ela não conseguiu segurar a risada diante da careta dele. — A gente colocou os pôsteres do desaparecimento do Jamie pela cidade inteira, e tinha meu celular neles. Qualquer um em Little Kilton pode ter meu número. Qualquer um.

— Ah, certo — disse ele, mordendo o lábio. — A gente não estava preocupado com futuros-stalkers-barra-assassinos-em-série naquela época, né?

— Nem tínhamos cogitado essa possibilidade.

Ravi suspirou, deixando o rosto cair nas mãos em concha.

— O que foi? — perguntou Pip, girando na cadeira.

— É só que... Você não acha que deveria ver o Hawkins de novo? Mostrar para ele aquele artigo do AST com os pombos e o interrogatório do Billy? Isso é coisa demais para a gente.

Foi a vez de Pip suspirar.

— Ravi, não vou voltar lá. Eu te amo, e você é perfeito por ser tão diferente de mim de tantas maneiras, e eu faria qualquer coisa para deixar você feliz, mas não posso voltar lá. — Ela enfiou uma mão na outra, os nós dos dedos se cruzando. — Hawkins basicamente me chamou de louca na minha cara da última vez, falou que eu estava imaginando tudo. O que ele vai fazer se eu voltar lá e disser para ele que, na verdade, meu stalker, que ele não acha que existe, para começo de conversa, é um assassino em série infame que está na cadeia há seis anos, que confessou e ainda por cima se declarou culpado, exceto que talvez ele não tenha de fato cometido os assassinatos? Ele provavelmente me colocaria em uma camisa de força. — Ela fez uma pausa. — Eles não vão acreditar em mim. Nunca acreditam em mim.

Ravi afastou os dedos do rosto para olhar para Pip.

— Sabe, sempre achei que você fosse a pessoa mais corajosa que eu já conheci. Destemida. Às vezes, nem sei como você consegue. E, sempre que eu fico nervoso com qualquer coisa, penso: o que a Pip faria numa situação dessas? Mas... — Ele expirou. — Não sei se essa é a hora de ser corajosa, de fazer o que a Pip faria. O risco é alto demais. Acho... Acho que, talvez, você esteja sendo imprudente e... — Ele parou de falar e franziu a testa.

— Está bem, olha só — disse ela, abrindo as mãos. — No momento, a única evidência que nós temos é um mau pressentimento. Quando eu conseguir um nome, alguma evidência *concreta*, nem que seja um número de telefone — ela apontou para o celular —, aí volto no Hawkins, prometo. E, se ele não acreditar em mim, vou divulgar a informação para todo mundo. Não me importo mais com processos.

Vou colocar em todas as redes sociais, no podcast, e *aí* vão me ouvir. O stalker não vai tentar me machucar se souber que eu contei para centenas de milhares de pessoas quem ele é e o que está planejando. Essa é a nossa defesa.

Havia outro motivo para ela querer fazer aquilo sozinha, é claro. Mas Pip não podia contar a Ravi. Ele não entenderia porque não fazia sentido, transcendia o conceito de fazer sentido. Não daria para ela colocar em palavras, mesmo se tentasse. Pip tinha pedido por isso, desejado isso, implorado por isso. Um último caso, o certo, para consertar todas as rachaduras dentro de si. E, se Billy Karras fosse *mesmo* inocente, e se o homem que queria que ela desaparecesse fosse *mesmo* o AST, então seu desejo tinha se realizado de forma perfeita. Não havia uma área cinzenta ali, nem de longe, nem um pingo sequer. O Assassino da Silver Tape era a coisa mais próxima da maldade completa que o mundo poderia oferecer para ela. Não havia nada de bom nele: nenhum equívoco, nenhuma boa intenção distorcida, nenhuma redenção, nada disso. E, se Pip fosse a pessoa que finalmente o pegasse, aquela seria uma coisa objetivamente *boa*. Sem ambiguidade. Sem culpa. Bom e mau se estabeleceriam dentro dela de novo. Sem uma arma em seu coração nem sangue em suas mãos. Isso tudo seria resolvido. O Time Ravi e Pip viveria sua vida normal. Salvar a si mesma para se salvar. Por isso ela tinha que fazer do jeito dela.

— Pode... pode ser? — perguntou Pip.

— Tá. — Ele abriu um sorriso fraco. — Pode ser. Então, *evidência concreta*. — Ele bateu palmas uma vez. — Jason Bell não deve ter dito nada de útil, né?

— Ah, sobre isso... — disse ela, voltando a clicar a caneta, e tudo que ouvia era *AST AST AST*. — Não, ele não me disse nada e falou para eu nunca mais aparecer na porta deles.

— Imaginei que isso pudesse acontecer. A família Bell sempre fez questão de ter privacidade. Andie nunca nem convidou Sal para ir à casa dela quando os dois namoravam. E você é a mestre em aparecer na porta das pessoas, sargento.

— Mas... acho mesmo que o alarme de segurança da Cena Verdejante naquela noite é o ponto chave; que foi o AST quem invadiu a empresa para pegar a silver tape e a corda que usou em Tara. E ele deve ter ido embora antes de Jason Bell chegar lá. Quer tenha sido Billy ou... outra pessoa.

— Outra pessoa... — repetiu Ravi, distraído, digerindo a frase. — Então aquele artigo do FBI, antes de o Billy ser pego, dizia que o Assassino da Silver Tape era um homem branco que podia ter qualquer idade entre vinte e quarenta e poucos anos.

Pip assentiu.

— Acho que isso exclui Max Hastings. — Ravi fungou.

— É — concordou ela, a contragosto. — Ele tinha só dezessete anos na época do primeiro assassinato. E, na noite em que Tara morreu, e Andie Bell também, Max estava em casa com Sal, Naomi Ward e companhia. Ele podia ter saído enquanto os outros estavam dormindo, mas não acho que seja o caso. E ele também não tinha qualquer conexão com a Cena Verdejante. Então, é, não é Max Hastings, por mais que eu queira que ele fique preso pelo resto da vida.

— Mas Daniel da Silva trabalhava na Cena Verdejante, né?

— Isso, trabalhava — disse ela, os dentes cerrados. — Acabei de montar a linha do tempo hoje à tarde.

Ela folheou os rabiscos em seu caderno. Pip sabia a idade exata de Daniel da Silva porque ele era um dos homens na cidade que se encaixavam na faixa etária que Charlie Green estabelecera para a Criança Brunswick.

— Precisei voltar *muito* no Facebook dele. Ele trabalhou como zelador no Colégio Kilton de 2008 a 2009, quando tinha uns vinte anos. Depois, foi trabalhar na Cena Verdejante no fim de 2009 e ficou lá até mais ou menos outubro de 2011, acho, quando começou o treinamento policial. Ou seja, ele tinha vinte e um anos quando começou na Cena Verdejante e vinte e três quando saiu.

— E ele ainda estava trabalhando lá quando os dois primeiros assassinatos do AST aconteceram? — perguntou Ravi, contraindo os lábios em uma linha fina.

— Os três primeiros, na verdade. Bethany Ingham foi morta em agosto de 2011. Acho que ela era supervisora do Dan, assim como era do Billy. O nome ocultado na transcrição da polícia... Acho que Billy estava falando do Daniel. Então Jason Bell botou Dan para ficar no escritório em vez de fazer trabalho braçal, por assim dizer, no começo de 2011, se não me engano. Ah, e ele se casou com a esposa, Kim, em setembro de 2011. Eles estavam juntos há anos.

— Interessante — comentou Ravi, passando as mãos pelas cortinas do quarto, checando se estavam completamente fechadas.

Pip grunhiu em concordância, um som sombrio que veio do fundo da garganta, enquanto ela voltava para a lista de tarefas no caderno. A maioria dos quadradinhos desenhados de qualquer jeito havia sido executada.

— Então, como Jason se recusou a falar comigo, tenho que ver se tem mais algum ex-funcionário da Cena Verdejante ou da Cena Limpa que trabalhava no escritório e que talvez saiba alguma coisa sobre a história do alarme de segurança do dia 20 de abril de 2012. Encontrei algumas pessoas no LinkedIn e mandei mensagem para elas.

— Boa ideia.

— E acho que eu deveria ver se consigo falar com o detetive inspetor-chefe Nolan, ele está aposentado. Ah, também entrei em contato com alguns familiares das vítimas — acrescentou ela, a caneta pairando sobre os itens da lista. — Achei que tivesse encontrado o e-mail do pai da Bethany Ingham, mas meu e-mail voltou. Encontrei o perfil do Instagram da irmã da Julia Hunter, a Harriet... Você sabe, a que mencionou os pombos. Parece que ela não posta nada há meses

— explicou Pip, abrindo o Instagram no celular para mostrar para ele. — Talvez nem entre mais. Mas mandei uma DM, vai que...

Os olhos de Pip ficaram congelados, presos na notificação vermelha que tinha acabado de aparecer no ícone de mensagens.

— Ah, merda — sussurrou Pip, clicando —, ela acabou de responder. Harriet Hunter acabou de responder!

Ravi já estava de pé, suas mãos a caminho dos ombros dela.

— O que ela disse?

A respiração de Ravi fez cócegas no pescoço dela.

Apressada, Pip examinou a mensagem, com os olhos tão cansados, tão secos, que talvez rangessem quando ela piscasse.

— Ela... ela disse que pode conversar comigo. Amanhã.

Pip sentiu que um sorriso surgia em seu rosto antes que pudesse contê-lo. Por sorte, Ravi estava atrás dela e não viu nada. Ele faria uma careta, diria que não havia o que comemorar. Mas, de certa forma, havia, sim. Era mais uma vitória para ela. Salvar a si mesma para se salvar.

Quero ver só, Assassino da Silver Tape.

DEZENOVE

Devia ser ela passando pela porta da cafeteria, com o olhar incerto, à procura de alguém.

Pip acenou.

Harriet abriu um sorriso aliviado quando viu a mão levantada e foi até ela. Pip ficou observando enquanto ela contornava educadamente as mesas e pessoas que se espremiam no pequeno Starbucks, na esquina da estação de Amersham. Era impossível não notar sua semelhança com a irmã, Julia, antes de o Assassino da Silver Tape roubar o rosto dela e envolvê-lo em fita adesiva. O mesmo cabelo loiro-escuro volumoso e as mesmas sobrancelhas arqueadas. Por que irmãs se pareciam tanto quando uma delas morria? Andie e Becca Bell. Agora Julia e Harriet Hunter. Duas irmãs mais novas carregando um fantasma aonde quer que fossem.

Pip se desvencilhou do carregador do notebook para se levantar quando Harriet se aproximou.

— Oi, Harriet — cumprimentou, estendendo a mão, sem jeito.

A jovem sorriu e apertou a mão de Pip, sua pele fria vinda da rua.

— Estou vendo que você já deixou tudo preparado.

Ela apontou para o notebook, os fios conectando-o aos dois microfones, e para o fone de ouvido em volta do pescoço de Pip.

— É, aqui no canto dos fundos deve ser mais quieto — comentou a garota, voltando a se sentar. — Muito obrigada por aceitar me encontrar sem muita antecedência. Ah, pedi um café americano para você.

Ela apontou para a caneca fumegante do outro lado da mesa.

— Obrigada — disse Harriet, tirando o sobretudo e sentando-se na cadeira. — Estou no horário de almoço, então temos cerca de uma hora.

Ela sorriu, mas a felicidade não chegou aos seus olhos, os cantos da boca se contraindo de ansiedade.

— Ah! — lembrou Harriet de repente, procurando algo em sua bolsa. — Assinei aquele formulário de autorização que você enviou.

Ela o entregou a Pip.

— Tá ótimo, obrigada — agradeceu a garota, guardando-o na mochila. — Posso só conferir o som?

Ela deslizou um dos microfones mais para perto de Harriet e então segurou uma das abas do fone de ouvido na orelha.

— Você pode dizer alguma coisa? Só falar normalmente.

— Certo... Hm, olá, meu nome é Harriet Hunter, e eu tenho vinte e quatro anos. Foi...?

— Perfeito — respondeu Pip, observando as linhas azuis aparecerem no software de áudio.

— Então, você disse que queria falar sobre a Julia e o Assassino da Silver Tape. É para uma nova temporada do seu podcast? — questionou Harriet, os dedos enrolando as pontas do cabelo.

— Só estou fazendo uma pesquisa mais aprofundada sobre o caso por enquanto. Mas, sim, provavelmente.

Pip também queria coletar evidências concretas, se porventura Harriet lhe desse o nome do AST.

— Ah, entendi. — Ela fungou. — É só que, você sabe, com as outras duas temporadas do podcast, os casos estavam em andamento ou arquivados, mas ... no caso da Julia, sabemos o responsável e ele está na cadeia, pagando pelos crimes. Então, acho que não entendi sobre o que seria o seu podcast? — A voz dela falhou, transformando a frase em uma pergunta.

— Acho que a história ainda não foi contada por completo — respondeu Pip, evitando revelar o motivo.

— Ah, certo, porque não houve um julgamento?

— Isso, exato — mentiu Pip. As mentiras deslizavam facilmente por sua língua. — E o que eu queria mesmo falar com você era sobre um depoimento seu para um repórter do *Newsday* em 5 de fevereiro de 2012. Você lembra? Sei que já faz um bom tempo.

— Eu lembro, sim. — Harriet deu um gole no café. — Eles me encurralaram na frente de casa quando eu estava chegando da escola. Era o meu primeiro dia de volta à escola, fazia apenas uma semana que Julia tinha sido assassinada, mais ou menos. Eu era novinha e ingênua. Achei que eu *tivesse* que falar com os repórteres. Provavelmente falei um monte de bobagens para eles. Eu estava chorando, me lembro disso. Meu pai ficou furioso depois.

— Eu queria perguntar sobre duas coisas específicas que você disse naquela entrevista. — Pip pegou uma cópia impressa da matéria e entregou a Harriet, com linhas de marca-texto rosa ressaltando os trechos na parte inferior. — Você mencionou alguns acontecimentos estranhos nas semanas anteriores ao assassinato da Julia. Os pombos mortos na casa e os desenhos de giz. Você poderia me falar mais sobre isso?

Harriet assentiu de leve enquanto examinava a página, lendo as próprias palavras. Seus olhos pareceram mais pesados, mais opacos, quando ela ergueu a cabeça.

— É, sei lá, provavelmente não era nada. A polícia não pareceu interessada nisso. Mas Julia achou estranho o bastante para comentar comigo. Nosso gato era velho naquela época, basicamente ficava preso em casa, fazia cocô na sala em vez de ir lá para fora. Ele com certeza não estava no auge da sua vida de caçador, digamos assim. — Ela deu de ombros. — Então, matar dois pombos e levá-los para dentro pela portinha dele parecia estranho. Mas acho que deve ter sido um dos gatos do vizinho ou algo do tipo, deixando um presente.

— Você os viu? — perguntou Pip. — Algum dos pássaros?

Harriet balançou a cabeça.

— Minha mãe achou um, Julia o outro. Ela só ficou sabendo do primeiro quando foi reclamar de ter que limpar o sangue do chão da cozinha. Aparentemente, o que ela achou não tinha cabeça. Eu lembro que meu pai ficou bravo porque ela tinha colocado o pombo morto no lixo reciclável — acrescentou Harriet com um sorriso triste.

O estômago de Pip se embrulhou, pensando no próprio pombo sem cabeça.

— E quanto aos desenhos de giz?

— Então, eu também nunca vi nenhum. — Harriet tomou outro gole do café, o microfone captando aquele ruído. — Julia disse que eles estavam na rua, perto da nossa garagem. Acho que acabaram sumindo antes de eu voltar para casa. Nós morávamos perto de outra família na época, então podem ter sido as crianças.

— Julia mencionou ver as marcas de novo? Aproximando-se da casa, talvez?

Harriet a encarou por um instante.

— Não, acho que não. Mas ela parecia incomodada com os desenhos, como se tivesse ficado pensando neles. Mas não acho que ela estava com medo.

A cadeira de Pip rangeu quando ela se mexeu.

Julia devia ter ficado assustada. Talvez tivesse escondido isso da irmã mais nova. Ela devia ter visto, não devia? Aqueles três bonecos de palito sem cabeça, rastejando para perto da casa dela, em direção à vítima número quatro. Será que ela achou que estava imaginando coisas, assim como Pip? Será que ela também se perguntou se estava desenhando os bonecos quando não conseguia dormir e tomava remédios?

Pip tinha ficado em silêncio por tempo demais.

— E aqueles trotes que você mencionou — retomou ela —, como eram?

— Ah, eram ligações de números privados, a pessoa não dizia nada. Provavelmente era só o banco ou alguém tentando vender alguma coisa. Mas, sabe, aqueles repórteres estavam me pressionando para contar qualquer coisa fora do comum nas últimas semanas, eles me colocaram contra a parede. Então contei as primeiras coisas que me vieram à mente. Não sei se estavam relacionadas ao Bil... ao Assassino da Silver Tape.

— Por acaso você se lembra de quantas ligações ela recebeu naquela semana?

Pip se inclinou na direção da garota. Precisava de pelo menos mais uma, mais uma para pegar ele.

— Acho que foram três. No mínimo. O bastante para Julia comentar — respondeu Harriet, e aquelas palavras fizeram os pelos dos braços de Pip se arrepiarem. — Por quê?

Ela provavelmente notou a reação da entrevistadora.

— Ah, só estou tentando descobrir se o Assassino da Silver Tape teve contato com as vítimas antes dos crimes. Se ele se comportava como um stalker. Quem sabe isso explique as ligações, os pombos e o giz?

— Sei lá. — Os dedos de Harriet se perderam no cabelo de novo.

— Ele não mencionou nada disso naquela confissão, certo? Se ele confessou todo o resto, por que não admitiria isso também?

Pip mordeu o lábio, cogitando diferentes abordagens, pensando na melhor forma de levar aquilo adiante. Ela não podia contar para Harriet que achava possível que o Assassino da Silver Tape e Billy Karras fossem pessoas diferentes. Seria irresponsável. Até cruel. Pip não faria isso sem evidências concretas.

Então mudou de tática.

— Então, Julia estava solteira na época em que foi morta?

Harriet concordou com um aceno da cabeça.

— Ela não tinha namorado. Só um ex, que estava em Portugal na noite em que mataram minha irmã.

— Você sabe se ela estava saindo com alguém? De maneira menos oficial? — insistiu Pip.

Um murmúrio evasivo da garganta de Harriet, um salto correspondente na linha de áudio azul na tela.

— Acho que não, na verdade. Andie sempre me perguntava isso também, o tempo todo. Julia e eu não falávamos muito sobre garotos em casa, porque nosso pai sempre ouvia e se juntava à conversa para tentar nos envergonhar. Ela estava saindo *muito* para jantar com os amigos naquela época, talvez estivesse indo fazer outra coisa. Mas com certeza não era Billy Karras, a polícia teria encontrado algum indício disso no celular dela. Ou no dele.

A mente de Pip girou, tropeçando em uma palavra. Ela não ouviu mais nada do que Harriet disse depois daquele nome.

— Desculpe, você acabou de dizer A-Andie? — perguntou, com uma risada nervosa. — Você não quer dizer Andie B...?

— É, Andie Bell. — Harriet abriu um sorriso triste. — Pois é, que mundo pequeno, hein? E quais as chances de duas pessoas diferentes na minha vida serem assassinadas? Bom, mais ou menos, sei que com Andie foi um acidente.

Pip sentiu de novo aquele arrepio nas costas, frio e inevitável. Como se tudo estivesse acontecendo do jeito que deveria acontecer, desde o início. Um ciclo se completando. E ela era só uma espectadora dentro do próprio corpo, assistindo ao show se desenrolar.

Harriet a observava com uma expressão preocupada.

— Você está bem? — perguntou ela.

— Es-estou, tudo bem. — Pip tossiu. — Só queria entender como você conhecia Andie Bell. Isso me deixou meio confusa, desculpe.

— Ah, relaxa. — Harriet deu um sorriso simpático. — Isso me surpreendeu também, foi meio do nada. Logo depois que a Julia morreu, algumas semanas depois, recebi um e-mail da Andie. Não a conhecia antes disso. Nós tínhamos a mesma idade, estudávamos em escolas diferentes, mas tínhamos alguns amigos em comum. Acho que ela pegou meu e-mail do meu perfil no Facebook, todo mundo usava Facebook na época. Enfim, era uma mensagem muito fofa, dizendo como ela sentia muito pelo que aconteceu com Julia e que, se eu precisasse conversar com alguém, ela estava à disposição.

— Andie mandou isso? — perguntou Pip.

Harriet fez que sim.

— Aí eu respondi e nós começamos a conversar. Eu não tinha uma *melhor amiga* naquela época, alguém com quem eu pudesse falar sobre os meus sentimentos, sobre Julia, e Andie era mesmo incrível. Nós viramos amigas. Marcávamos de conversar por telefone uma vez por semana, e nos encontrávamos também, *aqui*, na verdade — explicou, olhando ao redor da cafeteria, concentrando-se numa mesa perto da janela.

Devia ser lá que elas costumavam se sentar. Harriet Hunter e Andie Bell.

Pip ainda não conseguia entender aquela estranha convergência. Por que Andie teria procurado Harriet do nada? Isso não parecia do feitio da Andie Bell que Pip conhecera cinco anos depois de sua morte.

— E sobre o que vocês falavam?

— Tudo. Qualquer coisa. Ela era meu porto seguro, e eu tentava ser o dela também, embora Andie nunca falasse muito de si. Nós conversamos sobre Julia, sobre o Assassino da Silver Tape, sobre como meus pais eram etc. Ela morreu na mesma noite em que Billy Karras matou Tara Yates, você sabia disso?

Pip assentiu de leve.

— Uma coincidência estranha e horrível — comentou Harriet, mordendo o lábio. — Conversamos tanto sobre isso, e ela não viveu o bastante para descobrir a identidade dele. Estava desesperada para saber também, para o meu bem. E eu me sinto muito mal porque não fazia ideia de *tudo* que estava acontecendo na vida dela.

Os olhos de Pip estavam vidrados, sua mente tentando acompanhar aquele caminho inesperado, partindo do AST e de volta para Andie Bell. Outra conexão: a empresa do pai de Andie e agora a amizade com Harriet Hunter. A polícia estava ciente dessa ligação na época, da estranha conexão entre os dois casos em andamento? Se Andie usou a conta de e-mail que sua família conhecia, então o detetive Hawkins devia saber, a menos que...

— Você tem o e-mail que Andie usou para entrar em contato? — perguntou Pip, a cadeira rangendo quando ela se inclinou para a frente.

— Ah, tenho — disse Harriet, enfiando a mão no bolso da jaqueta, pendurada na cadeira. — Era um e-mail estranho, cheio de letras e números aleatórios. A princípio achei que fosse um bot ou algo assim. — Ela mexeu no celular. — Eu favoritei os e-mails depois que ela morreu, para nunca perder. Aqui, são esses e-mails, antes de começarmos a nos falar por telefone.

Ela deslizou o celular sobre a mesa. O aplicativo do Gmail estava aberto, com uma lista de e-mails na tela. Enviados de *A2B3LK94@gmail.com*, com o assunto *Oi*.

Pip passou os olhos pelas prévias de cada mensagem, lendo-as na voz de Andie, trazendo-a de volta à vida. *Oi, Harriet, você não me conhece, mas meu nome é Andie Bell. Eu estudo no Colégio Kilton, mas acho que nós duas conhecemos o Chris Parks... Oi, Harriet, obrigada por me responder e por não achar que eu sou uma esquisita sem noção por mandar mensagem, eu sinto muito mesmo pela sua irmã. Também tenho uma irmã...* Até chegar à última: *Ei, H, quer conversar comigo por telefone em vez de ficarmos mandando e-mails? Ou a gente pode até se ver alguma hora...*

Algo foi acionado nos recônditos da mente de Pip, guiando os olhos dela de volta para aquela letra: *H*. Ela se perguntou que importância aquilo poderia ter. Era só a inicial de Harriet.

— Fico feliz por você ter descoberto a verdade sobre o que aconteceu com ela. — Harriet interrompeu seus pensamentos. — E por seu podcast ter sido gentil com ela. Andie era uma garota complicada, acho. Mas ela me salvou.

Ainda mais complicada agora, pensou Pip, anotando o endereço de e-mail. Harriet estava certa; ele era estranho, quase como se criado para atender a algum propósito obscuro. Talvez Andie o tivesse criado só para conversar com Harriet Hunter. Mas por quê?

— Você vai falar com ele? — perguntou Harriet, trazendo a atenção de Pip de volta para a cafeteria, para a mesa, para os microfones na frente dela. — Vai falar com Billy Karras?

Pip fez uma pausa e correu o dedo pelo plástico do fone de ouvido.

— Espero conseguir conversar com o Assassino da Silver Tape, sim.

Ela tentou ser evasiva para não ter que mentir para Harriet, mas havia alguma coisa mais profunda por trás daquelas palavras. Algo sinistro e assustador. Uma promessa sombria. Para si mesma ou para ele?

— Escuta — retomou Pip, clicando no botão de pausa no programa de gravação. — Estamos ficando sem tempo. Você acha que podemos marcar mais uma entrevista em breve, para você me contar mais sobre Julia, sobre como ela era? Hoje você já me deu bastante informação para eu continuar minha pesquisa, eu agradeço.

— Sério? — perguntou Harriet, franzindo o nariz, confusa.

Era sério, mas ela não sabia. Harriet dera uma pista para Pip, vinda de um dos lugares mais improváveis possíveis.

— Sério, foi muito útil — disse Pip, desconectando os microfones enquanto aquela letra, H, ainda se repetia em sua mente na voz de Andie, uma voz que ela nunca tinha ouvido, na verdade.

Ela e Harriet trocaram mais um aperto de mãos ao se despedirem, e Pip torceu para que a outra não percebesse seu tremor, o calafrio que se instalara sob sua pele. E, quando Pip empurrou a porta da cafeteria, segurando-a para Harriet passar, o vento frio a atingiu, assim como uma percepção tangível e pesada. Mesmo depois de tanto tempo, Andie Bell ainda tinha um mistério a ser desvendado.

Nome do arquivo:

📄 **Foto da agenda de Andie de 12–18 de março de 2012.jpg**

2012

JAN FEV (MAR) ABR MAI JUN JUL AGO SET OUT NOV DEZ

SEGUNDA 12
~~━━━━━━━━━━━━━━━━━━━~~
Ler cap. 9 do encore tricolore
Teatro — ler A tragédia do vingador
→ EE às 6h

TERÇA 13
Ler A tragédia do vingador

QUARTA 14
Ler a droga da tragédia
— comprar presentes para EH + CB

QUINTA 15
• Pesquisar na Wikipédia a trama de A tragédia do vingador
• Exercícios de francês
→ IV às 8h

SEXTA 16
!!! Simulado da prova de Geografia !!!

SÁBADO/DOMINGO 17/18
Sáb: CH às 6h
∧ antes da apoc

VINTE

Pip a encontrou, a inquietação numa parte obscura de sua mente, arranhando de um lado para o outro, duas letras produzindo um som sibilante. CH.

Ela olhou para o arquivo aberto na sua frente. *Foto da agenda de Andie de 12–18 de março de 2012.jpg.* Uma foto que ela copiara e colara no *Diário de produção – 25ª entrada* de seu projeto do ano anterior. Uma das fotos que ela tirara da agenda escolar de Andie quando ela e Ravi invadiram a casa dos Bell para procurar por um celular descartável que nunca encontraram.

A foto inteira, a versão original antes que Pip cortasse o enquadramento, mostrava mais da mesa bagunçada de Andie. Um estojo de maquiagem com uma escova de cabelo lilás em cima, os cabelos loiros ainda enroscados nas cerdas. Ao lado, havia uma agenda escolar do Colégio Kilton do ano letivo de 2011/12, aberta naquela semana do meio de março, pouco mais de um mês antes de Andie morrer.

E lá estava: *CH* anotado no sábado, e também nas outras fotos que eles tinham tirado — nas semanas antes e depois daquela. Na época, Pip achara que tinha decifrado o código por trás das letras. Concluíra que *CH* queria dizer *Casa do Howie*, assim como *EE* se referia ao estacionamento da estação de trem, onde Andie encontrava Howie Bowers para pegar uma nova leva de drogas ou lhe entregar dinheiro. Mas Pip estava errada. *CH* não tinha nada a ver com Howie Bowers. *CH* significava *Conversar com Harriet*. Se era ao telefone ou presencialmente, era difícil dizer. Mas o H sempre fora Harriet, e ali estava a prova. Andie entrando em contato com a irmã da quarta vítima do Assassino da Silver Tape.

A inquietação na mente de Pip tornou-se uma dor de cabeça, dando pontadas em suas têmporas enquanto ela tentava entender o significado daquilo. Seus pensamentos se digladiavam enquanto ela tentava lhes dar algum sentido. O que Andie Bell tinha a ver com tudo aquilo, com o AST?

Havia apenas um lugar onde ela poderia encontrar respostas. No outro e-mail de Andie, cuja existência Pip suspeitava ter sido um segredo. Andie teve muitos segredos em sua curta vida.

Pip finalmente desviou a atenção da página da agenda, indo para o navegador. Ela saiu de sua conta no Gmail e clicou em *entrar* outra vez.

Digitou o e-mail de Andie, *A2B3LK94@gmail.com*, e então parou, o mouse pairando sobre o campo da senha. Não tinha como ela adivinhar. Em vez disso, levou o mouse até a mensagem que dizia *Esqueceu a senha?*.

Uma nova tela apareceu, dizendo *Insira a senha mais recente de que você se lembra*. O cursor piscou no campo em branco, zombando dela. Pip deslizou o dedo pelo touchpad, ignorando o campo da senha e indo ao botão *Tente outra maneira de fazer login*.

Uma nova opção piscou na tela, oferecendo o envio de um código para o endereço de e-mail de recuperação *AndieBell94@gmail.com*. O estômago de Pip se embrulhou: então Andie tinha outro endereço de e-mail. Provavelmente era seu e-mail principal, o que as pessoas conheciam. Mas Pip também não tinha acesso àquele, então não podia usar o código de verificação. Talvez o endereço de e-mail secreto de Andie permanecesse em segredo para sempre.

Mas sua esperança ainda não tinha acabado. Havia mais uma opção, outro *Tente outra maneira de fazer login* no fim da página. Ela clicou, os olhos se fechando por meio segundo, implorando à máquina para *por favor, por favor, por favor funcionar*.

Quando ela abriu os olhos, a página havia mudado outra vez.
Responder à minha pergunta de segurança:
Qual o nome do seu primeiro hamster?

Abaixo havia outro campo a ser preenchido, dizendo para Pip: *Insira sua resposta.*

Era isso. Não havia outras opções, nenhum botão de *tente novamente* na tela. Ela tinha chegado ao fim. Um beco sem saída.

E como ela descobriria o nome do primeiro hamster dos Bell? Um hamster que, ao que tudo indicava, existiu antes das redes sociais. Ela não podia de jeito nenhum bater na porta deles de novo e perguntar para Jason, que tinha lhe dito para deixá-los em paz para sempre.

Espere aí.

O coração de Pip bateu mais forte. Ela pegou o celular para ver que dia era. Quarta-feira. No dia seguinte, às quatro da tarde, Becca Bell ligaria para ela da cadeia, como fazia todas as quintas.

Isso. Becca era a solução. Ela saberia o nome do hamster ao qual Andie estava se referindo. E Pip poderia perguntar se ela sabia sobre o segundo e-mail de Andie e talvez o motivo de Andie ter criado ele.

Mas faltavam vinte e cinco horas para as quatro da tarde do dia seguinte. Vinte e cinco horas que pareciam uma vida inteira, e talvez fossem. A dela. Pip não sabia quanto tempo lhe restava, só o Assassino da Silver Tape sabia disso, ou a pessoa que estava fingindo ser ele. Era uma corrida contra um cronômetro que ela não podia consultar. Mas não havia nada que Pip pudesse fazer. Só lhe restava esperar.

Becca saberia.

E, enquanto isso, Pip poderia seguir as outras pistas. Enviar uma segunda mensagem para os ex-funcionários da Cena Verdejante sobre o alarme de segurança. Marcar uma entrevista com o aposentado detetive inspetor-chefe Nolan. Ele havia respondido ao e-mail dela de manhã dizendo que adoraria discutir o caso do Assassino da

Silver Tape para o podcast dela. Ainda havia coisas às quais Pip poderia recorrer, jogadas que ela poderia fazer nas próximas vinte e cinco horas.

Suas mãos estavam tremendo. Ah, não. Em seguida viria o sangue, pingando das linhas da vida que cruzavam suas palmas. *Agora não, por favor, agora não.* Ela precisava se acalmar, desacelerar, dar um tempo da própria cabeça. Talvez devesse sair para correr? Ou... Pip olhou para a segunda gaveta da escrivaninha. Ou talvez as duas opções?

A metade do comprimido deixou um gosto amargo na língua quando ela engoliu em seco, tentando fazê-la descer. *Respire, apenas respire.* Mas ela não conseguia respirar, porque haviam sobrado só dois comprimidos e meio no saquinho transparente, e ela precisava de mais — precisava deles ou não dormiria de jeito nenhum, e, se ela não dormisse, não conseguiria pensar, e, se não conseguisse pensar, não iria ganhar.

Ela não queria. A última vez devia ter sido a derradeira, ela tinha prometido. Mas precisava deles para salvar a si mesma. E, depois, não precisaria mais. Foi esse o trato que fez consigo mesma ao pegar o primeiro celular descartável da fileira e ligá-lo, o logo da Nokia iluminando a tela.

Ela entrou nas mensagens, indo para o único número salvo em todos os celulares. Mandou só três palavras para Luke Eaton: *preciso de mais.*

Pip riu de si mesma, uma risada vazia e falsa, ao perceber que aquele objeto em suas mãos era mais um elo que a levava de volta a Andie Bell. Estava seguindo os passos dela, seis anos antes. E talvez celulares secretos escondidos não fossem a única coisa que ela e Andie Bell compartilhariam.

Luke respondeu em segundos.

Última vez de novo, é? Aviso quando eu tiver.

Uma faísca de raiva se espalhou por seu pescoço. Pip mordeu o lábio inferior até doer, segurando o botão de desligar e guardando o celular e Luke no compartimento secreto no fundo da gaveta. Luke estava errado. Era diferente, essa seria mesmo a última vez.

O alprazolam ainda não fizera efeito; seu coração continuava acelerado, qualquer que fosse a barganha que Pip tentasse fazer com ele. Ela podia sair para correr. Ela *deveria* sair para correr. Talvez a ajudasse a pensar e a descobrir qual era a conexão de Andie com Harriet Hunter e com o Assassino da Silver Tape.

Pip foi até a cama e até a janela logo depois, observando o céu do entardecer. Estava de um cinza lento e revolto, e havia marcas de outro ataque da chuva na garagem. Não importava, ela gostava de correr na chuva. E coisas piores podiam ser encontradas na entrada da sua garagem, como cinco bonecos de palito sem cabeça indo atrás dela. Isso não havia se repetido, Pip conferia sempre que saía de casa.

Mas havia outra coisa lá fora, um lampejo de movimento atraindo o olhar de Pip. Uma pessoa correndo na calçada da casa dela, passando pela garagem. Demorou só três segundos para a pessoa sumir, mas foram os três segundos necessários para Pip saber com exatidão quem era. Garrafa de água azul na mão. Cabelo loiro penteado para trás, afastado do rosto anguloso. Um rápido vislumbre por cima do ombro na direção da casa. Ele sabia. Sabia que Pip morava ali.

A visão da garota foi tomada de vermelho mais uma vez, uma erupção de violência por trás de seus olhos enquanto sua mente lhe mostrava as inúmeras formas como ela poderia matar Max Hastings. Nenhuma delas era cruel o suficiente; ele merecia muito pior. Pip ponderou sobre todas elas, seus pensamentos o seguindo pela rua, até que um barulho a trouxe de volta para o quarto.

Seu celular, vibrando em cima da escrivaninha.

Ela o encarou.

Merda.

Seria o *Número privado*? O Assassino da Silver Tape? Havia chegado o momento em que Pip descobriria quem estava fazendo aquilo com ela? O aplicativo CallTrapper estava pronto e a postos, esperando para transformar a respiração sem corpo em uma pessoa real, com um nome. Ela não precisaria descobrir a conexão de Andie Bell com o caso, a resposta final estaria na frente de Pip.

Rápido. Ela já tinha hesitado demais e correu pelo quarto para pegar o celular.

Não, não era o *Número privado*. Havia uma sequência de números que ela desconhecia na parte de cima da chamada recebida.

— Alô? — disse ela, apertando o celular com força contra a orelha.

— Alô — respondeu uma voz grossa, estalando do outro lado da linha. — Oi, Pip. Sou eu, detetive Richard Hawkins.

O coração de Pip, que estava acelerado demais, se acalmou um pouco. Não era o Assassino da Silver Tape.

— A-ah — disse ela, recuperando-se. — Detetive Hawkins.

— Você achou que era outra pessoa — comentou ele com uma fungada.

— Achei.

— Bom, desculpe incomodar. — Uma tosse. Outra fungada. — É só que, bem, eu tenho notícias, e achei que seria melhor ligar logo para você. Sei que você quer saber.

Notícias? Sobre o stalker em que ele não acreditava? Teria a polícia estabelecido uma conexão entre o stalker e o Assassino da Silver Tape, afinal? Ela sentiu uma nova leveza, começando em seu tronco e subindo, os calcanhares descalços flutuando. Ele acreditava nela, ele acreditava nela, ele acreditava...

— É sobre Charlie Green — continuou Hawkins, preenchendo o silêncio.

Ah. Ela despencou de novo.

— O-o quê...? — Pip começou a perguntar.

— Nós o pegamos. Ele acabou de ser preso. Tinha conseguido chegar à França. A Interpol está com ele agora. Mas nós o pegamos. Ele vai ser extraditado para cá e oficialmente acusado amanhã.

Pip ainda estava despencando. Como ainda podia estar despencando? Havia um limite para o quão fundo ela poderia chegar, até que caiu além do chão, no nada.

— E-eu... — gaguejou.

Despencando. Encolhendo. Prestando atenção nos pés para que não desaparecessem sob o carpete.

— Não precisa mais se preocupar. Nós pegamos ele — repetiu Hawkins, a voz se abrandando. — Você está bem?

Não, ela não estava. Pip não entendia o que Hawkins esperava que ela fizesse. Que o agradecesse? Não, não era isso que ela queria. Charlie não deveria ir para a cadeia. Como ele poderia ajudá-la da cadeia, dizer para ela o que era certo e errado e o que fazer para consertar tudo? Por que ela iria querer que Charlie fosse preso? Será que ela *deveria* querer isso? Uma pessoa normal estaria sentindo alívio em vez daquele buraco negro no peito e dos próprios ossos cedendo ao redor dele?

— Pip? Não precisa ter medo de mais nada. Ele não pode ir atrás de você.

Ela queria gritar com Hawkins, dizer para ele que Charlie Green nunca fora um perigo para ela, mas o detetive não acreditaria. Ele nunca acreditava nela. Mas talvez não importasse, talvez ainda houvesse um jeito de Pip se consertar, de sair daquela espiral antes que descesse até o fim. Porque era para lá que as coisas estavam se encaminhando. Ela sentia isso, e ainda assim não conseguia se conter. Mas talvez Charlie conseguisse.

— P-posso... — começou a dizer, hesitando. — Posso falar com ele?

— Como é? — retrucou Hawkins.

— Com Charlie — respondeu ela, mais alto. — Posso, por favor, falar com Charlie? Queria mesmo falar com ele. E-eu preciso falar com ele.

Um barulho veio da linha, um som de descrença saído da garganta de Hawkins.

— Bom, hm... Sinto muito, mas não vai ser possível, Pip. Você é a única testemunha ocular de um assassinato que ele supostamente cometeu. E, se houver um julgamento, é óbvio que você será chamada como testemunha principal da acusação. Então, receio que não seja possível você falar com ele, não mesmo.

Pip despencou ainda mais, os ossos se fundindo com a estrutura da casa. A resposta de Hawkins se transformou em algo sólido, afiado e alojado em seu peito. Ela devia ter esperado aquilo.

— Certo, está bem — cedeu ela, baixinho.

Não estava nada bem. Estava tudo, menos bem.

— Como anda... como anda aquela questão? — perguntou Hawkins, uma pitada de incerteza na voz. — Do stalker que você veio me contar. Houve outros incidentes?

— Ah, não — disse Pip sem rodeios. — Mais nada. Já está resolvido. Está tudo bem, obrigada.

— Certo... Bom, eu só queria avisar sobre Charlie Green antes que você visse na imprensa amanhã. — Hawkins pigarreou. — E espero que você esteja melhor.

— Estou bem — retrucou Pip, quase sem energia para fingir. — Obrigada por ligar, detetive Hawkins.

Ela baixou o celular, o polegar encostando no botão vermelho.

Charlie fora pego. A única salvação possível que havia restado a Pip, além do jogo perigoso com o Assassino da Silver Tape, acabara. Pelo menos ela podia oficialmente riscar o nome de Charlie da lista de pessoas que talvez a odiassem o bastante para querer fazê-la desaparecer. Ela sempre soube que não era ele, e de fato não poderia ter sido: ele estivera na França o tempo todo.

Pip se concentrou na tela do computador de novo, na página que pedia para ela inserir o nome do primeiro hamster de Andie Bell, e era quase engraçado como a situação era ridícula. Tanto engraçada quanto ridícula, como corpos em decomposição e o fato de que todos nos tornaremos um. Desaparecer não era misterioso, não era emocionante. Tratava-se apenas de corpos gelados com membros rígidos e manchas arroxeadas onde o sangue se acumulava. O que Billy Karras devia ter visto quando encontrou Tara Yates. Como Stanley Forbes devia ter ficado no necrotério. Mas como ainda poderia ter sangue dentro dele, se estava tudo nas mãos dela? Sal Singh também, morto no bosque perto da casa dela. Mas não Andie Bell. Ela foi encontrada tarde demais, quando já tinha sumido quase por completo, se desintegrado. Isso era a coisa mais próxima de desaparecer, imaginou Pip.

E, ainda assim, Andie não tinha desaparecido. Ali estava ela mais uma vez, seis anos e meio depois de morrer. Era a única pista que restava a Pip. Não, não uma pista, era uma tábua de salvação: alguma força estranha e irreconhecível as conectava através do tempo, embora elas nunca tivessem se conhecido. Pip não pôde salvar Andie, mas talvez Andie pudesse salvá-la.

Talvez.

Porém, Pip precisava esperar. E Andie Bell continuaria um mistério ao menos pelas próximas vinte e quatro horas e meia.

VINTE E UM

— Esta é uma ligação pré-paga de... Becca Bell... *uma detenta da Penitenciária de Downview. Esteja ciente de que esta chamada será gravada e está sujeita a monitoramento a qualquer momento. Para aceitar a chamada, aperte 1. Para bloquear todas as futu...*

Pip apertou o 1 tão rápido que o celular quase voou de suas mãos.

— Alô? — Ela levou o aparelho à orelha, a perna balançando sem controle, sacudindo a escrivaninha e o porta-canetas ali em cima. — Becca?

— Oi. — A princípio, a voz de Becca estava fraca. — Oi, Pip, estou aqui. Desculpe, tinha um pouco de fila hoje. Como você está?

— Ah, bem — disse Pip, o peito se contraindo desconfortavelmente a cada respiração. — Bem, tipo, de boa.

— Tem certeza? — questionou Becca, uma pitada de preocupação na voz. — Você parece um pouco nervosa.

— Ah, café demais, você sabe como eu sou — respondeu Pip com uma risada falsa. — Como você está? E o francês?

— Está indo bem... *Très bon* — acrescentou, com uma fungada divertida. — Ah, e começou a ter aula de ioga esta semana.

— Ah, que máximo.

— Aham, eu fui com a minha amiga. Você se lembra da Nell? Eu tinha falado dela... Então, foi legal, apesar de me ter feito perceber que não sou lá muito flexível. Acho que preciso melhorar isso.

A voz de Becca soava animada, como de hábito. Pip poderia descrevê-la como quase feliz. Achava isso estranho, a ideia de que Becca talvez fosse mais feliz lá dentro do que quando estava livre. Porque ela tinha escolhido ir para lá, de certa forma. Havia se declarado culpada embora seu advogado estivesse confiante de que, se fossem a julgamento, não seria presa. Pip sempre achou estranho o fato de alguém escolher aquela vida, como Becca. Talvez aquilo não fosse uma cela, não para ela.

— Então — continuou Becca —, como está todo mundo? E a Nat?

— Ela está bem. Eu a vi há pouco mais de uma semana. Ela e Jamie Reynolds. Eles parecem estar muito bem, na verdade. Felizes.

— Que ótimo — disse Becca, e Pip conseguia ouvir o sorriso que acompanhava suas palavras. — Fico feliz por ela. E você, decidiu alguma coisa a respeito do processo de difamação?

Na verdade, ela quase tinha se esquecido daquilo. O Assassino da Silver Tape estava dando voltas e mais voltas em seus pensamentos, como uma fita. O cartão de Christopher Epps continuava guardado no bolso da jaqueta, ignorado.

— Bom, não falei com o meu advogado desde aquele dia, nem com Max. Ando meio distraída. Mas já dei minha resposta. Não vou me retratar nem pedir desculpas para ele. Se Max quiser ir a julgamento, problema dele. Mas não vai se safar duas vezes, não vou deixar.

— Vou ser testemunha — garantiu Becca —, se for o caso. Sei que já disse isso. As pessoas precisam saber o que ele é, mesmo que não seja um julgamento criminal, nem justiça *de verdade*.

Justiça. Aquela palavra sempre passava a perna em Pip, trazendo o sangue de volta às suas mãos. Era sua sentença, sua cela. Um olhar para baixo e sim, ali estava Stanley, sangrando em suas mãos. Ela podia conversar com Becca sobre ele, se quisesse, outra pessoa que o conhecia para além da Criança Brunswick. Becca e Stanley tinham até saído duas vezes antes de decidirem ser só amigos. Becca a ouviria, mesmo que não pudesse entendê-la. Mas Pip não tinha tempo para aquilo.

— Becca, hm, eu... — Ela começou a dizer, vacilando. — Na verdade, eu precisava fazer uma pergunta para você. Meio urgente. Quer dizer, não vai parecer urgente. Mas é. É importante, mas não posso explicar direito o motivo por telefone.

— Entendi — respondeu Becca, um pouco da animação sumindo da voz. — Está tudo bem?

— Está, sim — disse Pip. — É só que, bom, eu preciso saber o nome que Andie deu para o primeiro hamster dela.

Becca bufou, surpresa.

— O quê?

— É... é uma pergunta de segurança. Você se lembra do nome do primeiro hamster dela?

— Uma pergunta de segurança para quê?

— Acho que Andie tinha um e-mail secreto. Um que a polícia nunca encontrou.

— AndieBell94 — disse Becca, as palavras saindo em um fluxo rápido. — Esse era o e-mail dela. A polícia com certeza perguntou naquela época.

— Mas tem outro que ela usava. E só vou conseguir entrar nele se responder à pergunta de segurança.

— Outro e-mail? — Becca hesitou. — Por que você está investigando Andie de novo? O qu... Por quê? O que está acontecendo?

— Não posso contar para você — respondeu Pip, segurando o joelho para impedir que a perna balançasse. — Essa ligação está sendo gravada. Mas talvez seja... importante para mim. — Ela fez uma pausa, ouvindo a respiração de Becca levemente ofegante. — Vida ou morte — acrescentou.

— Roadie.

— Hein?

— Roadie. Esse era o nome do primeiro hamster da Andie. — Becca fungou. — Não sei de onde minha irmã tirou esse nome. Ela ganhou de presente quando fez seis anos, acho. Talvez sete. Ganhei o meu um ano depois e o batizei de Toadie. Depois ganhamos o gato, Monty, que comeu o Toadie. Mas o hamster dela era o Roadie.

Os dedos de Pip tamborilaram, a postos.

— R-O-A-D-Y? — perguntou ela.

— Não. I-E no final. Está... Está tudo bem? Mesmo?

— Vai ficar. Eu espero. A-Andie nunca falou de uma menina chamada Harriet Hunter para você? Uma amiga?

Silêncio na linha, o zumbido de vozes próximas ao fundo.

— Não — respondeu Becca, por fim. — Acho que não. Nunca conheci nenhuma Harriet. Não que Andie levasse os amigos para casa. Por quê? Quem é?

— Becca, escuta — disse Pip, os dedos inquietos no celular. — Preciso ir, me desculpa. Tem uma coisa... e talvez eu não tenha muito tempo. Mas vou explicar tudo para você quando tiver terminado, eu prometo.

— Ah... Tudo bem. — A voz de Becca soava menos feliz. — Você ainda vem me visitar no próximo sábado? Já deixei seu nome na lista.

— Vou — disse Pip, sua atenção já desviando de Becca, de volta à tela do computador e à pergunta de segurança que a esperava. — É, vou, sim — garantiu, distraída.

— Boa sorte com... E depois me avisa que você está bem. Quando puder.

— Pode deixar. — Pip também ouviu o tremor na própria voz. — Obrigada, Becca. Tchau, tchau.

Ela deixou o celular cair, apertando o botão com força demais, o celular escorregando de sua mão manchada de sangue. Pip o deixou no chão, os dedos se encaminhando para o teclado. Para o *R* e o *O* e assim por diante. *Roadie*. O primeiro hamster de Andie Bell.

Manchas invisíveis de sangue se espalhavam pelo touchpad conforme Pip guiava o cursor para o botão de *Próximo*.

Uma página carregou, dizendo para ela criar uma nova senha e confirmá-la no campo em branco abaixo. A sensação em seu peito mudou, borbulhando ao entrar em contato com a pele. Que senha ela deveria usar? *Qualquer coisa. Qualquer coisa, só vai logo.*

A primeira coisa que lhe veio à mente foi *AssassinodaSilverTape6*. Pelo menos ela não esqueceria.

Pip digitou a senha uma segunda vez e clicou para confirmar.

Uma caixa de entrada se abriu, com tão poucos e-mails que nem chegavam a preencher a tela.

Pip expirou. Ali estava a conta de e-mail secreta de Andie Bell. Intacta tanto tempo depois. Intocada, a não ser por Pip. Ela estava com aquela sensação outra vez, como se estivesse em outra época, sem amarras.

No mesmo instante, ficou evidente por que Andie criou aquela conta. Os únicos e-mails que ela havia mandado e recebido eram de Harriet Hunter. Tinha sido por isso que ela criara um novo e-mail, mas a razão ainda não estava óbvia, qual era a conexão com Harriet e com o Assassino da Silver Tape.

Pip analisou os e-mails, lendo as mesmas mensagens que Harriet havia mostrado para ela, mas pelo ponto de vista de Andie dessa vez. Nada de novo. Nenhuma explicação. Nenhuma tábua de salvação. Somente oito mensagens haviam sido trocadas entre as duas, todas com o mesmo assunto: *Oi.*

Tinha que haver algo mais. Qualquer coisa. Andie tinha que ajudá-la, precisava ajudá-la. Por isso tudo estava voltando para ela, o círculo se fechando.

Pip saiu da caixa de entrada principal e foi para a aba social. Não havia nada, somente uma página em branco. Ela tentou a terceira aba, com promoções, e a página se encheu de linhas e mais linhas de mensagens. Todas do mesmo remetente: *Dicas de Defesa Pessoal.* Andie devia ter se inscrito na lista de e-mail deles em algum momento e continuou recebendo as mensagens, uma vez por semana, durante um bom tempo após sua morte. Por que Andie estava lendo uma newsletter de defesa pessoal? Pip estremeceu. Andie achava que estava em perigo? Será que ela sabia que não passaria dos dezessete anos? Tinha aquele mesmo sentimento inevitável que se alocara no estômago de Pip?

Ela verificou a barra lateral. Não havia nada na lixeira, nenhum e-mail deletado. Droga. Qual é, Andie. Tinha que ter algo. Precisava ter. Havia uma conexão ali, e Pip era a pessoa que deveria encontrá-la. Sabia disso, daquela coisa incognoscível. Tudo se alinhando como deveria.

Sua mão ficou imóvel de repente quando seus olhos encontraram um número na barra lateral. Um pequeno *1* ao lado da pasta *Rascunhos*. Tão pequeno e discreto, como se estivesse tentando se esconder dos olhos curiosos de Pip.

Um rascunho não enviado. Algo que Andie escrevera. O que seria, uma mensagem inacabada para H? Talvez não fosse nada, só um e-mail em branco. Pip clicou para abrir a pasta de rascunhos, e ali estava, esperando lá em cima. Um e-mail não enviado, e já dava para ver que não estava em branco. A data do lado direito indicava que o e-mail fora salvo em 21/02/12. O assunto dizia: *de anônimo*.

O peito de Pip se contraiu, e havia um estranho ruído em sua respiração. Ela enxugou o sangue da mão e abriu o rascunho.

Nova Mensagem

Para:

Assunto: de anônimo

A quem interessar possa,

Eu sei quem é o Assassino da Silver Tape.

Nunca disse isso em voz alta para ninguém, nem para mim mesma. Isso só existe como um pensamento crescendo em minha cabeça, ocupando cada vez mais espaço até que seja tudo em que eu consigo pensar. Só escrever isso parece um grande passo, faz com que eu me sinta um pouco menos sozinha nessa. Mas eu estou sozinha nessa. Completamente só.

Sei quem é o Assassino da Silver Tape.

Ou o Estrangulador de Slough. Qualquer que seja o nome, sei quem ele é.

E queria poder mandar este e-mail de verdade. Enviar uma denúncia anônima para a polícia com o nome dele... nem sei se delegacias têm e-mail. Eu nunca poderia ligar. Nunca poderia dizer em voz alta. Sinto tanto medo. Durante cada segundo que passo acordada, e quando durmo também. Está ficando mais difícil fingir quando ele está dentro de casa, conversando conosco como se tudo estivesse normal, na mesa de jantar. Mas sei que não posso mandar isso. Como poderia? Quem acreditaria em mim? Nenhum policial. E, se ele descobrisse que fui eu quem contou, ele me mataria, assim como as matou. E é claro que ele descobriria. É praticamente um deles.

Isso é só um exercício. Talvez faça com que eu me sinta melhor, saber que eu poderia enviar este e-mail, mesmo que não possa. Conversar comigo mesma, fora da minha cabeça.

Eu sei quem é o Assassino da Silver Tape.

Eu o vi. Eu o vi com Julia Hunter. Sei que era ela, cem por cento de certeza. Eles estavam de mãos dadas. Eu o vi beijando a bochecha dela também. Ele não sabe que eu os vi. E eu nem fiquei tão surpresa ao pegar os dois juntos. Mas aí, seis dias depois, ela morreu. Ele a matou. Sei que foi ele. Soube assim que vi o rosto dela no jornal. Tudo faz sentido agora, todos os outros detalhes. Eu devia ter desvendado isso antes.

Não sei por que entrei em contato com a H. Achei que talvez ela também soubesse, ou suspeitasse de quem matou a irmã, e eu teria alguém com quem falar sobre isso. Talvez juntas encontrássemos um jeito. Mas ela não sabia. Ela não sabia de nada. E, não sei por quê, mas sinto que tenho uma responsabilidade com ela, de garantir que ela esteja bem. Porque eu sei quem matou a irmã dela e não sei como contar para ela. Se alguém encostasse um dedo na Becca, eu ficaria arrasada.

Não posso contar para o Sal. Ele já deve achar que sou maluca o suficiente. Tem tanta coisa que preciso esconder dele, porque ele é uma das únicas coisas boas que me restaram e precisa ser protegido. Ele nunca pode vir aqui em casa, só por garantia.

Tenho uma sensação avassaladora de pavor o tempo todo, de que, se eu não fugir, essa cidade vai me matar. Ele vai me matar. Ele já está começando a me olhar de um jeito diferente, ou pode ser que isso tenha começado anos atrás. Espero que ele não olhe para Becca desse jeito. Mas tenho um plano, já faz um tempo que estou elaborando, só tenho que ficar quietinha. Estou guardando todo o dinheiro do Howie há quase um ano. Está escondido, ninguém vai encontrar. Mas me ferrei na escola, o que foi muito imbecil da minha parte. Seria a forma mais fácil de escapar, uma universidade distante. Ninguém suspeitaria de nada. Mas a única para qual passei foi uma daqui, e teria que ficar em Little Kilton. Não posso continuar em casa.

Sal entrou em Oxford. Quem dera eu pudesse ir com ele. Não é tão longe, mas é longe o bastante. Talvez eu possa dar um jeito de ir também. Se não for tarde demais. Eu faria qualquer coisa para sair daqui. Qualquer coisa. Sei que o sr. Ward o ajudou a passar para lá, então talvez ele possa me ajudar também. Qualquer coisa. Custe o que custar.

E, quando eu estiver longe e em segurança, vou voltar para buscar a Becca. Ela precisa terminar a escola antes, tem que fazer isso, ela é inteligente. Mas, se eu estiver estabelecida em algum lugar distante daqui, ela pode ir morar comigo, e quando estivermos longe e a salvo, talvez eu possa contar para a polícia quem ele é. Talvez seja o momento em que eu envie este e-mail anônimo, quando ele não puder mais nos alcançar, quando não souber nosso paradeiro.

Pelo menos esse é o plano. Não tenho ninguém com quem conversar, exceto eu mesma, mas é o melhor que posso fazer. Vou ter que apagar isso agora, porque vai que...

Isso parece coisa demais para eu dar conta, mas acho que consigo. Nos salvar. Manter Becca a salvo. Sobreviver.

Só tenho que t

VINTE E DOIS

Ravi rolou para cima e para baixo de novo, balançando a cabeça, e Pip viu o reflexo cada vez mais nítido daquelas palavras nos olhos escuros dele conforme se enchiam de lágrimas. O peso do fantasma de Andie o atormentava também, não só a ela. Uma garota morta compartilhada, uma garota morta dividida pela metade. Eles eram as duas únicas pessoas no mundo que sabiam. Aquelas não eram as palavras finais de Andie Bell, mas definitivamente pareciam ser.

— Não acredito — disse ele por fim, apoiando as mãos em concha no rosto. — Não dá para acreditar. Andie, ela... Isso muda tudo. Tudo.

Pip suspirou. Havia uma tristeza indescritível em seu estômago, e ela ainda estava despencando no chão, arrastando o fantasma de Andie consigo. Mas Pip segurou a mão de Ravi, firme, a fim de ancorá-los todos juntos.

— Quer dizer, isso muda tudo, mas não muda nada — concordou ela. — Andie não sobreviveu. Não foi o Assassino da Silver Tape quem a matou, e sim tudo o que ela tentou fazer para fugir dele. Howie Bowers. Max Hastings. Elliot Ward. Becca. Foi por isso que tudo aconteceu. Tudo. O círculo completo — acrescentou ela, baixinho.

O começo era o fim, e o fim era o começo, e o Assassino da Silver Tape era os dois.

Ravi enxugou os olhos na manga.

— Eu só... — Sua voz falhou, sufocando as palavras seguintes. — Não sei como me sinto sobre isso. É... é triste demais. E nós, todos nós, estávamos errados a respeito dela. Eu não conseguia mesmo entender o que o Sal via nela antes, mas... Ai, meu Deus, ela deve ter ficado tão aterrorizada. Tão sozinha. — Ele olhou para Pip. — E é isso, não é? Dia 21 de fevereiro: logo depois disso ela foi falar com o sr. Ward pela primeira vez, e...

— Custe o que custar — disse Pip, repetindo as palavras de Andie, e, mais uma vez, sentindo aquela estranha proximidade com a garota.

Cinco anos de diferença e o fato de que elas nunca se conheceram. Ainda assim, ali estava ela, carregando Andie no peito. Duas garotas mortas caminhando, mais parecidas entre si do que Pip jamais poderia imaginar.

— Ela estava desesperada. Eu nunca entendi direito o porquê, mas em hipótese alguma teria imaginado que era por isso. Coitada da Andie — comentou.

Uma coisa tão inadequada para se dizer, mas o que havia para se acrescentar?

— Ela foi corajosa — disse Ravi em voz baixa. — Lembra um pouco você. — Ele abriu um sorrisinho. — É óbvio que os irmãos Singh têm um tipo.

A mente de Pip a havia abandonado, voltando por conta própria para o ano anterior. Para Elliot Ward diante dela, a polícia a caminho.

— Elliot me contou uma coisa no ano passado, e eu nunca tinha entendido de verdade até agora. — Ela fez uma pausa, repassando a cena na cabeça. — Ele me disse que, quando Andie foi para a casa dele, antes de ele empurrá-la e ela bater a cabeça, ela tinha dito que precisava sair de casa, de Little Kilton, porque o lugar estava destruindo ela. Os sinais estavam lá... E-eu não tinha visto.

— E destruiu — confirmou Ravi, os olhos de volta à tela, ao último rastro de Andie Bell, seu último mistério revelado. — Isso a matou.

— Antes que *ele* a matasse — completou Pip.

— Quem é ele? — perguntou Ravi, passando uma caneta pela tela do notebook, sem encostar. — Não tem um nome, mas tem muita informação, Pip. Deve ter uma evidência irrefutável aqui. Então, era alguém que a família inteira dos Bell conhecia, incluindo Andie e Becca. O que bate com a conexão com a empresa do Jason, a Cena Verdejante, né?

— Alguém que ia à casa deles, chegava até a jantar com a família — disse Pip, sublinhando a linha com o dedo.

Ela estalou a língua quando outro velho pensamento se agitou, voltando à tona.

— O que foi?

— No ano passado, fui conversar com a Becca no escritório do *Kilton Mail*. Isso foi quando Max e Daniel da Silva eram meus principais suspeitos no caso da Andie. Falamos sobre Dan, porque descobri que ele tinha sido um dos policiais que fizeram a busca inicial na casa da família quando Andie desapareceu. E Becca me disse que Daniel era próximo do pai dela. Jason deu um emprego para ele na Cena Verdejante, depois o promoveu para trabalhar no escritório, e também foi ele quem sugeriu que Dan entrasse para a polícia. — Pip estava solta de novo, flutuando pelo tempo, de lá para cá, do começo ao fim. — Ela falou que Daniel sempre passava lá depois do trabalho, às vezes ficava para jantar.

— Ah, saquei — comentou Ravi, a voz grave.

— Daniel da Silva. — Pip repetiu o nome, experimentando-o na língua, tentando, de alguma forma, encaixar todas as sílabas dentro de AST.

— E tem essa parte. — Ravi rolou o rascunho do e-mail de volta para o início. — Quando ela menciona ir à polícia, mas diz que está com medo de que não acreditem nela e de que *ele* descubra. Tem essa parte que me deixou confuso. — Ravi apontou. — *E é claro que ele descobriria. É praticamente um deles.* Um o quê?

Pip repassou mentalmente as frases, girando-as para ver de um ângulo diferente.

— Um policial, parece. Não tenho certeza do que ela quis dizer com *praticamente*.

— Talvez ela se referisse a um policial recém-treinado, como Daniel da Silva na época — sugeriu Ravi.

— Daniel da Silva — repetiu Pip, experimentando, observando sua respiração se dissipar pela sala, carregando o nome dele.

Mas e Nat?, perguntou-se Pip. Nat e Dan não eram os irmãos mais próximos do mundo, mas o policial ainda era o irmão mais velho da sua amiga. Será que Pip realmente poderia pensar isso dele? Já o havia considerado antes, no assassinato de Andie e no desaparecimento de Jamie. Qual era a diferença dessa vez? Ela e Nat estavam próximas, ligadas, unidas: essa era a diferença. E Dan tinha uma esposa. E um bebê.

— Achei que hoje você fosse falar com aquele detetive aposentado também — lembrou Ravi, dando um puxão no suéter dela para chamar a atenção da namorada.

— Ele cancelou de última hora — explicou Pip, fungando. — Remarcou para amanhã à tarde.

— Certo, isso é bom. — Ravi assentiu, distraído, os olhos se voltando para o e-mail nunca enviado de Andie.

— Só preciso que meu celular toque — acrescentou Pip, olhando para o aparelho, repousando inocente na escrivaninha. — O Assassino da Silver Tape só tem que me ligar mais uma vez. Aí o CallTrapper vai identificar o número e então é provável que eu consiga descobrir quem ele é, se é Daniel ou...

Ela parou, estreitando os olhos para o celular, implorando para que tocasse, desejando tanto que quase ouvia os ecos do toque.

— E depois você vai poder falar com o detetive Hawkins — completou Ravi. — Ou tornar a informação pública.

— E aí acaba — concordou Pip.

Mais do que isso. Tudo ficaria normal. Consertado. Sem sangue em suas mãos nem comprimidos para manter o terror a distância. Ela seria salva. Melhoraria. Time Ravi e Pip podendo conversar sobre coisas normais como jogos de cama e horários de cinema e discussões meio tímidas sobre o futuro. O futuro deles.

Pip pedira uma saída, um último caso, e alguém tinha respondido. Agora estava ainda mais perfeito, ainda mais adequado. Porque o Assassino da Silver Tape era a origem. O final e o começo. O monstro no escuro, o criador, a fonte. Tudo que tinha acontecido voltava para ele.

Tudo mesmo.

Andie Bell sabia quem era o Assassino da Silver Tape e estava aterrorizada, então ela vendia drogas junto com Howie Bowers a fim de guardar dinheiro para fugir de Little Kilton. Ela vendia flunitrazepam para Max Hastings, que usou a droga para estuprar a irmã mais nova dela, Becca. Andie seduziu Elliot Ward em seu plano desesperado para fugir para Oxford com Sal. Elliot achou que tinha matado Andie acidentalmente, então assassinou Sal, o irmão de Ravi, no bosque para encobrir seus atos. Mas Elliot não matou Andie de verdade, tinha sido Becca Bell, que estava tão brava e em choque com o papel da irmã na sua tragédia pessoal que ficou sem reação e deixou Andie morrer por um ferimento na cabeça, engasgada com o próprio vômito. Cinco anos se passaram, então Pip entrou na história e descobriu essas verdades. Elliot foi para a cadeia, Becca foi para a cadeia, embora não merecesse, e Max não foi para a cadeia, embora merecesse. E, o mais importante, Howie Bowers foi para a cadeia. Howie contou para o companheiro de cela que sabia quem era a verdadeira Criança Brunswick. O companheiro de cela contou para um primo, que contou para um amigo, que contou para um amigo, que colocou o boato na internet. Charlie Green leu o boato e se mudou para Little Kilton. Layla Mead, usando o rosto de Stella Chapman. Jamie Reynolds desapareceu. Stanley Forbes acabou com seis buracos pelo corpo, sangrando nas mãos de Pip.

Três histórias diferentes, mas um nó as interligava. E, no meio daquele nó torcido, sorrindo para ela no escuro, estava o Assassino da Silver Tape.

Nome do arquivo:

 Entrevista com o detetive inspetor-chefe Nolan sobre o Assassino da Silver Tape.wav

PIP: Muito obrigada, sr. Nolan, por concordar em dar esta entrevista. E desculpe por roubar sua tarde de sexta-feira.

DET. NOLAN: Ah, por favor, pode me chamar de David. E pode ficar tranquila. Desculpe por ter cancelado nossa ligação ontem. Jogo de golfe de última hora, sabe como é.

PIP: Sei, sim, sem problemas. Não é como se tivesse um prazo ou algo do tipo. Então, antes de mais nada, há quanto tempo você está aposentado?

DET. NOLAN: Já faz três anos, me aposentei em 2015. É, eu sei: jogar golfe, reviver meus dias de glória... Sou um clichê do policial aposentado. Até tentei fazer cerâmica, coisa da minha esposa.

PIP: Parece muito agradável. Então, como mencionei nos e-mails, quero falar sobre o caso do Assassino da Silver Tape.

DET. NOLAN: É, é. Foi o maior caso da minha carreira. Um ótimo jeito de fechar com chave de ouro. Quer dizer, foi horrível, é claro, o que ele fez com aquelas mulheres.

PIP: Deve ter sido memorável. Assassinos em série não são tão comuns.

DET. NOLAN: Com certeza não. E não se tinha lembrança de um caso como esse na região em décadas. O AST foi grande coisa para a gente. E o fato de termos feito com que ele confessasse também. Foi o meu momento de maior orgulho, acho. Bom, além do nascimento das minhas filhas. [Risos.]

PIP: Billy Karras ficou naquela sala de interrogatório por mais de cinco horas durante a noite antes de começar a confessar. Ele deve ter ficado cansado, exausto. Você alguma vez ficou em dúvida quanto à confissão dele? Quer dizer, ele se retratou logo de manhã, depois de dormir um pouco.

DET. NOLAN: Não tive nenhuma dúvida. Zero. Eu estava na sala com ele quando confessou. Ninguém diria que fez aquelas coisas horríveis ao menos que seja verdade. Eu estava exausto também, e não confessei que era um assassino em série, não é? E, você não entende, mas, depois de tantos anos sendo detetive, dava para perceber que ele estava falando a verdade. Estava nos olhos dele. Sempre consigo notar a diferença. Dá para saber quando se está na presença do mal, acredite. Billy se retratou de manhã porque teve tempo para pensar em todas as consequências. Ele é um covarde. Mas com certeza cometeu os crimes.

PIP: Conversei com a mãe de Billy Karras, Maria...

DET. NOLAN: Ah, caramba.

PIP: Por que você diz isso?

DET. NOLAN: É que eu tive vários desentendimentos com ela. Ela é uma mulher forte. Não podemos culpá-la, é evidente. Nenhuma mãe acha que o filho é capaz de fazer as coisas horríveis que Billy fez.

PIP: Bom, ela pesquisou muito a respeito de confissões falsas. Você não acha possível que a confissão do Billy tenha sido falsa? Que ele só tenha falado aquelas coisas por causa da pressão do interrogatório?

DET. NOLAN: Bom, é verdade, acho que ele só cedeu por causa da pressão que apliquei no interrogatório, mas isso não quer dizer que a confissão não seja verdadeira. Se fosse a única evidência, então talvez eu pudesse cogitar a ideia, mas havia outras provas ligando Billy aos assassinatos, tanto forenses quanto circunstanciais. E ele se declarou culpado, lembre-se disso. Este não é o assunto do seu podcast dessa vez, é? Tentar provar que Billy é inocente?

PIP: Não, de jeito nenhum. Só estou tentando contar a história verdadeira do Assassino da Silver Tape, com todos os detalhes.

DET. NOLAN: Certo, ótimo, porque eu não teria concordado com essa entrevista se fosse o caso. Não quero que você tente fazer com que eu pareça um idiota.

PIP: Ah, nem em sonho eu faria isso, David. Então, muitas evidências que ligam Billy ao caso parecem estar relacionadas ao trabalho dele. Billy era empregado por uma empresa de manutenção de terrenos chamada Cena Verdejante Ltd. Eu queria saber se você estava ciente da conexão da Cena Verdejante com os assassinatos antes de Billy se tornar o suspeito número um.

DET. NOLAN: É. Nós *definitivamente* estávamos investigando a Cena Verdejante antes disso. Foi após Bethany Ingham, a terceira vítima, ser morta, porque ela trabalhava lá. Depois, quando Julia Hunter foi assassinada, nós fizemos a conexão de que a Cena Verdejante tinha feito serviços em alguns dos lugares de despejo. Pedimos para revistar as instalações, e lembro que o proprietário foi muito prestativo e atencioso, e foi quando descobrimos que usavam exatamente a mesma marca de corda azul e silver tape que o AST. Então isso foi meio que um tiro certeiro, na verdade, e começamos a investigar os funcionários de lá. Mas uma investigação sem uma causa provável tem lá suas limitações. Então Billy Karras apareceu, foi ele quem *encontrou* Tara Yates, e nós logo soubemos que era o homem que estávamos procurando.

PIP: Vocês tiveram algum suspeito antes do Billy? Antes de Tara ser morta? Alguém conectado à Cena Verdejante?

DET. NOLAN: Assim, tivemos alguns possíveis suspeitos, mas nada concreto ou substancial.

PIP: Imagino que você não vá me dizer nenhum nome, né?

DET. NOLAN: Não me lembro deles, para ser sincero.

PIP: Entendo. Então, conversei com Harriet Hunter, a irmã mais nova da Julia, e ela me contou sobre alguns acontecimentos estranhos na casa da família, semanas antes de Julia morrer. Alguns pombos mortos que apareceram dentro de casa, linhas de giz desenhadas perto do imóvel e trotes no celular. Em algum momento isso foi o foco da investigação? As famílias das outras vítimas reportaram incidentes parecidos?

DET. NOLAN: Ah, é, me lembrei dos pombos mortos agora. Isso, a irmã mais nova, ela nos contou sobre eles na época. E perguntamos para amigos e familiares das vítimas anteriores, mas nunca tinham percebido algo do tipo. Perguntamos para Billy se ele tinha tido algum contato com as vítimas antes de sequestrá-las. Ele nos disse que as observava, então sabia quando estavam sozinhas etc., mas que nunca entrou em contato com elas com pombos mortos nem com telefonemas nem qualquer outro método. Portanto, não tinha relação com o caso, infelizmente. Embora isso crie uma história mais interessante, preciso admitir.

PIP: Entendi, obrigada. Bom, agora sobre os troféus. Você sabe com precisão qual item o Assassino da Silver Tape pegou de cada vítima. Uma coisa pessoal que estava com elas quando foram sequestradas: brincos, uma escova de cabelo, entre outros. Mas os troféus nunca foram encontrados com Billy, foram? Isso não incomodou você?

DET. NOLAN: Não. Ele nos contou que jogou fora. Provavelmente estão todos num aterro sanitário em algum lugar do país. Nunca teríamos encontrado.

PIP: Mas o objetivo de um troféu não é ser algo que o assassino mantém consigo? Para se lembrar do crime violento e adiar a compulsão de matar de novo? Por que ele jogaria fora?

DET. NOLAN: Ele não falou, mas é óbvio, não é? Billy sabia que estávamos nos aproximando dele depois da morte de Tara e se livrou das provas antes que conseguíssemos um mandado para revistar a casa dele. Não acho que ele *quis* jogar os troféus fora.

PIP: Entendi, tudo bem. Mas, voltando para Tara: por que Billy chamaria atenção para si mesmo assim, fingindo que achou o corpo dela? Talvez ele não estivesse no radar de vocês antes disso. Por que chamaria atenção para si mesmo desse jeito? Foi a principal coisa que fez com que ele fosse pego.

DET. NOLAN: Isso remonta a algo que é observado com frequência em casos de assassinos em série como esse. Os assassinos mostram muito interesse nos próprios casos: acompanham a cobertura jornalística, discutem com os amigos e familiares. Não sou psiquiatra, mas tem a ver com narcisismo, acho. Pensam que são tão inteligentes e estão debaixo do nariz de todo mundo. E alguns desses assassinos até tentam se inserir na investigação policial de alguma forma: dando dicas ou ajudando nas buscas e afins. Foi isso o que Billy fez, fingiu ser o herói e *encontrou* a Tara para poder se infiltrar na investigação, talvez descobrir o que sabíamos até então.

PIP: Certo.

DET. NOLAN: Eu sei, não faz muito sentido para você nem para mim, para pessoas normais. Mas é uma das coisas a que já estávamos atentos ao longo da investigação. É até meio engraçado, na verdade [risos], mas isso já estava no nosso radar porque havia um policial do Vale do Tâmisa fazendo muitas perguntas sobre o caso. Ele não estava envolvido na investigação, era um policial recém-treinado, pelo que me lembro, e estava numa outra delegacia, não na de Wycombe, mas mostrava um pouco de interesse demais no que havia acontecido e no que estávamos fazendo, se é que você me entende. Tenho certeza de que ele era um novato e só estava muito curioso, mas nos deixou alertas. Isso foi antes de Billy aparecer. Por isso estávamos meio que preparados e a postos para algum tipo de intromissão do criminoso.

PIP: Ah, jura? E de onde era esse policial?

DET. NOLAN: Acho que da delegacia de Amersham. O caso do Assassino da Silver Tape ficou com a gente em Wycombe, porque estávamos no meio dos locais de despejo onde as mulheres foram encontradas. Mas Julia Hunter era de Amersham, então obviamente trabalhamos um pouco com o pessoal de lá. Um dos meus antigos colegas, acho que você o conhece, o detetive Hawkins. Um bom homem. Mas, é, essa é uma pequena anedota curiosa para o seu programa. Um policial novato e ansioso, e nós pensamos o pior. [Risos.]

PIP: Esse policial... O nome dele era Daniel da Silva?

DET. NOLAN: [Tosse.] Bom, é claro que não posso dizer o nome do policial. E você não poderia transmitir no seu programa, de qualquer forma, proteção de dados e tudo o mais. Quantas perguntas você ainda tem? Infelizmente vou ter que ir em bre...

PIP: Mas era o Daniel da Silva, não era?

VINTE E TRÊS

Sem cabeça. O pombo morto em suas mãos não tinha cabeça. Mas era esponjoso demais, não oferecia qualquer resistência ao aperto dela, os dedos de Pip afundando com facilidade. Isso porque na verdade era o edredom enrolado em sua mão fechada, não um pássaro morto, e agora Pip estava acordada. Na cama.

Ela tinha adormecido. Tinha mesmo adormecido. Já era tarde da noite e ela tinha dormido.

Por que estava acordada, então? Ela acordava assim o tempo todo, o sono sempre muito leve. Mas daquela vez parecia diferente. Alguma coisa a fizera despertar.

Um barulho.

Estava lá agora.

O que era aquilo?

Pip se sentou, o edredom caindo no colo.

Um assovio, mas gentil.

Ela esfregou os olhos.

Um *tuc-tuc-tuc*, como um trem avançando devagar, empurrando-a de volta para o sono.

Não, não era um trem.

Pip piscou de novo, o quarto tomando forma com um brilho fantasmagórico. Ela saiu da cama, o ar cortante nos pés descalços.

O silvo vinha de lá, da escrivaninha dela.

Pip parou, forçando a vista.

Era sua impressora.

Algo estava saindo da impressora sem fio na escrivaninha, luzinhas de LED piscando no painel.

Tuc-tuc-tuc.

Um papel emergiu do fundo, tinta preta fresca sobre ele.

Mas...

Aquilo era impossível. Ela não tinha enviado nada para imprimir.

Sua cabeça enevoada pelo sono não conseguia acompanhar. Ela ainda estava sonhando?

Não, o pombo era o sonho. Aquilo era real.

A impressora terminou, cuspindo o papel com um último baque.

Pip hesitou.

Algo a empurrou para a frente. Um fantasma atrás dela. Talvez Andie Bell.

Ela caminhou até a impressora e estendeu a mão, como se fosse cumprimentar alguém. Ou como se alguém fosse cumprimentá-la.

A folha estava de cabeça para baixo, não dava para ler.

Seus dedos se fecharam ao redor do papel, que esvoaçou quando ela o pegou, como asas de um pombo sem cabeça.

Ela o virou, as palavras se endireitando.

E parte dela sabia antes mesmo de ler. Parte dela sabia.

Quem vai investigar quando você desaparecer?

P.S.: Aprendi esse truque com você, 1ª temporada, episódio 5.
Pronta para o meu próximo truque?

O papel estava coberto com o sangue ausente de Stanley, pingando das mãos ausentes de Pip. Não, as mãos estavam lá. Mas seu coração tinha ido embora, disparando coluna abaixo e azedando no ácido de seu estômago.

Nãonãonãonãonãonãonãonãonãonãonãonão.

Como?

Pip se virou, o olhar selvagem, a respiração mais selvagem ainda, considerando cada sombra. Cada uma delas era o Assassino da Silver Tape antes de não ser. Ela estava sozinha. Ele não estava lá. Mas como...?

Seu olhar frenético se voltou para a impressora. Impressora sem fio. Qualquer um nas proximidades podia enviar um documento para o aparelho.

O que significava que ele tinha que estar por perto.

O Assassino da Silver Tape.

Ele estava ali.

Fora ou dentro de casa?

Pip verificou o papel em sua mão. *Pronta para o meu próximo truque?* O que ele queria dizer com aquilo? Qual era o truque? Fazer Pip desaparecer?

Ela deveria olhar pela janela. Talvez o assassino estivesse lá, na entrada da garagem. O AST, em pé em um círculo de pássaros mortos e desenhos de giz.

Pip se virou e...

Um grito metálico preencheu o quarto.

Alto.

Incrivelmente alto.

Pip levou as mãos aos ouvidos, deixando a folha cair.

Não, não era um grito. Guitarras, guinchos estridentes aumentando e diminuindo rápido demais enquanto uma batida martelava em conjunto, fazendo o quarto estremecer, fincando a pulsação no chão e nos calcanhares de Pip.

Aí veio o grito. Vozes. Grossas e demoníacas, rugindo atrás dela numa onda inumana.

Pip gritou, mas não conseguiu se ouvir. Tinha certeza de que a voz estava ali, mas perdida. Enterrada.

A garota se virou para onde os gritos eram mais altos, ouvindo através das mãos. Vinha da escrivaninha dela. Do outro lado.

Luzinhas de LED piscando.

A caixinha de som.

A caixinha de som Bluetooth estava no volume máximo, berrando death metal na calada da noite.

Pip gritou, lutando contra o som ao andar, tropeçando nos próprios pés e caindo de joelhos.

Precisou destampar um ouvido, o barulho penetrando seu cérebro como um objeto sólido. Ela estendeu a mão para o fio debaixo da escrivaninha. Agarrou o plug. Puxou.

Silêncio.

Mas não de verdade.

Um leve zumbido pós-barulho, tão alto em seus ouvidos quanto o som ligado.

E um grito vindo da porta aberta:

— Pip!

Ela gritou de novo, caindo de costas na escrivaninha.

Uma silhueta na soleira da porta. Grande demais. Com muitos membros.

— Pip? — repetiu o Assassino da Silver Tape, na voz de seu pai, e um brilho amarelo irrompeu no quarto quando ele acendeu a luz.

Eram sua mãe e seu pai, parados na porta, de pijama.

— Mas que *merda* foi essa? — perguntou o pai.

Os olhos dele estavam arregalados. Não apenas bravos. Assustados. Será que Pip já o vira assustado antes?

— Victor — chamou a mãe em uma voz calma. — O que houve? — Um tom mais ríspido dirigido a Pip.

Mais um barulho se juntou ao fantasma metálico nos ouvidos de Pip, um pequeno choro vindo do corredor, partindo-se em soluços.

— Josh, querido.

A mãe de Pip o abraçou quando ele apareceu na porta, tremendo.

— Está tudo bem. Sei que foi um susto e tanto. — A mãe beijou o topo da cabeça dele. — Você está bem, docinho. Foi só um barulho alto.

— E-eu ach-achei q-que era um homem m-mau — disse ele, perdendo o controle das lágrimas.

— Mas que m... O que diabo foi isso? — perguntou o pai de Pip. — Deve ter acordado *todos* os vizinhos.

— Eu não...

A mente dela não estava focada em formar palavras. Pulou de *vizinhos* para *lá fora* e *por perto*. O Assassino da Silver Tape tinha conectado em sua caixinha de som pelo Bluetooth. Ele devia estar do lado de fora, na garagem.

Pip ficou de pé, lançou-se sobre a cama e abriu as cortinas.

A lua estava baixa no céu. Sua luz lançava uma estranha aura prateada nas árvores, nos carros, no homem fugindo de sua garagem.

Pip congelou. Meio segundo a mais, e ele havia ido embora.

O Assassino da Silver Tape.

Roupas escuras e um pano escuro no rosto.

Ele estava usando uma máscara.

Estava parado do lado de fora de sua janela.

Por perto.

Pip deveria persegui-lo. Poderia correr mais rápido que ele. Precisou aprender a fugir de todos os tipos de monstros.

— Pip!

Ela se virou. Nunca conseguiria passar pelos pais. Eles estavam bloqueando o caminho, e já era tarde demais.

— Pode se explicar — mandou a mãe.

— E-eu... — gaguejou Pip. *Ah, era só o homem que vai me matar, pode ficar tranquila.* — Eu também não sei. Eu acordei com o barulho também. Com a caixinha de som. Não sei o que aconteceu. Meu celular deve ter conectado, e talvez, talvez tenha sido um anúncio do YouTube ou algo do tipo. Sei lá. Eu não fiz isso. — Pip não sabia como tinha conseguido dizer tantas palavras sem perder o fôlego. — Desculpe. Tirei a caixinha de som da tomada. Deve estar com defeito. Não vai acontecer de novo.

Eles fizeram mais perguntas. Mais e mais, e Pip não soube o que lhes dizer. Mas seria culpa dela se os vizinhos reclamassem, foi o que os pais disseram, e se Josh ficasse de mau humor no dia seguinte.

Certo, foi tudo culpa dela.

Pip foi para a cama, e seu pai apagou a luz com um "te amo" levemente tenso, e seus ouvidos chamuscados os ouviram tentando persuadir Josh a voltar para cama. O menino se recusava. Só ia dormir se fosse na cama dos pais.

Mas Pip... Ela não dormiria de jeito nenhum.

O Assassino da Silver Tape esteve ali. Bem ali. Depois, ele tinha ido embora, no escuro. E ela... ela era seu número seis.

VINTE E QUATRO

O grito ainda estava lá dentro, inumano e raivoso, preso nos ossos de Pip. O *tuc-tuc-tuc* de uma impressora fantasma nos ouvidos dela. Ambos lutando contra a arma em seu coração. Nem mesmo uma corrida conseguira afastá-los ou distraí-la. Uma corrida tão intensa que ela pensou que talvez acabasse partida ao meio, toda a violência e a escuridão que havia dentro de si pingando na calçada. Pip conferiu se Max Hastings, com o cabelo penteado para trás e o olhar arrogante, estava às suas costas, mas não havia sinal dele.

A corrida não tinha sido uma boa ideia. Ela sentia que não conseguia se mexer, deitada ali no tapete de seu quarto. Enclausurada no ar frio. Embalsamada. Não tinha dormido nada. Havia tomado o último alprazolam quase imediatamente depois que os pais saíram de seu quarto na noite anterior. Fechara os olhos e o tempo passou, mas não sentiu como se tivesse dormido. Foi como se tivesse se afogado.

Agora ela não tinha nada. Nadinha mesmo. Estava sem suas muletas.

Isso a fez se mexer, finalmente, levantando-se, o suor frio na cintura da legging. Cambaleou até a escrivaninha, os fios soltos debaixo da mesa. Ela havia desconectado tudo em seu quarto. A impressora. A caixinha de som. O notebook. A luminária. O carregador do celular. Estava tudo sem vida, os cabos pelo chão.

Pip abriu a segunda gaveta e pegou um celular descartável da frente da fileira. O mesmo que usara para falar com Luke na quarta.

Já era sábado, e ela ainda não tinha recebido notícias. E não restava mais nada.

Ligou o aparelho e começou a digitar, frustrada com a lentidão do processo, apertando o 7 quatro vezes para chegar ao S.

Sem nada. Preciso de mais urgente.

Por que Luke ainda não tinha respondido? Em geral, ele já teria mandado mensagem. Isso não poderia dar errado também, não além de todo o resto. Ela precisava dormir bem à noite, já conseguia sentir seu cérebro funcionando muito devagar, demorando para conectar um pensamento a outro. Ela recolocou o celular descartável na gaveta e foi assustada por uma vibração de seu celular de verdade.

Era Ravi outra vez. *Já voltou da corrida?*

O namorado havia insistido em passar lá quando eles se falaram mais cedo. Pip, ainda baqueada pelos comprimidos, contara sobre a impressora e a caixinha de som. Mas ela se opôs à ideia. Precisava correr para desanuviar a mente. E depois falar com Nat da Silva a respeito do irmão dela. A sós. Ravi acabou cedendo, contanto que ela mandasse notícias o dia inteiro. E estava decidido: Pip dormiria na casa dele aquela noite. Jantaria lá também. Sem desculpas, declarara ele em sua voz séria. Pip reconhecia que a ideia era sensata, mas e se, de alguma forma, o Assassino da Silver Tape soubesse?

Bem, uma coisa de cada vez. Mas a noite parecia estar a anos-luz de distância, assim como Ravi. Ela mandou uma mensagem rápida: *Estou bem. Te amo.* Mas estava compenetrada em sua próxima tarefa: falar com Nat.

Era a primeira coisa que tinha que fazer e a última coisa que queria. Conversar com Nat e dizer aquilo em voz alta faria com que as circunstâncias se tornassem reais. *Ei, Nat, você acha que é possível o seu irmão ser um assassino em série? É, eu sei, tenho um histórico de acusar você e os membros da sua família de assassinato.*

Elas eram próximas agora, Pip e Nat. Uma família que se escolheu. *Que se escolheu,* isto é, em meio à violência e à tragédia, mas *que se escolheu* ainda assim. Pip conseguia contar nos dedos quem procuraria por ela caso desaparecesse, e Nat era uma dessas pessoas. Perder Nat seria de longe pior do que perder aquele dedo. E se a conversa extrapolasse o vínculo criado entre elas, a ponto de fazê-lo se romper?

Mas que escolha Pip tinha? Todos os sinais apontavam para Daniel da Silva: ele se encaixava no perfil, trabalhara na Cena Verdejante e podia muito bem ter disparado aquele alarme de segurança quando Jason Bell estava no jantar. Além disso, o interesse dele no caso fora motivo de alerta para um colega policial, era *praticamente um deles*, alguém próximo aos Bell de quem Andie sentiria medo, alguém que tinha motivos para odiar Pip.

Tudo se encaixava. Era a resposta mais óbvia.

Tiros no peito dela. Batidas rápidas que soavam como *AST AST AST*.

Pip olhou para o celular mais uma vez. Droga. Como já tinha dado três da tarde? Só saíra de debaixo das cobertas (seu último lugar seguro) ao meio-dia, os comprimidos pesando demais em seu corpo para ela se levantar antes disso. E a corrida fora longa, longa demais. Agora ela estava enrolando, tentando se convencer a ir quando tudo que precisava fazer era de fato sair de casa.

Não dava tempo de tomar banho. Ela tirou a blusa suada e trocou por um moletom cinza com capuz. Guardou a garrafa de água e as chaves na mochila e tirou os microfones USB; a conversa com Nat não era para ser ouvida por ninguém. Jamais. Então ela lembrou que passaria a noite na casa de Ravi: pegou um par de roupas íntimas e algumas roupas para o dia seguinte, além da escova de dentes no banheiro. Se bem que talvez ela acabasse dando um pulo em casa antes, para conferir no celular descartável se Luke tinha algum comprimido para ela. A ideia era tentadora e vergonhosa. Pip fechou a mochila e a colocou no ombro, pegando os fones de ouvido e o celular antes de sair do quarto.

— Vou ver a Nat — avisou Pip para a mãe, ao pé da escada. Esfregou as mãos com o sangue de Stanley na legging escura. — Depois vou jantar na casa dos Singh, e talvez eu fique por lá, tudo bem?

— Ah, está bem — disse a mãe, suspirando quando Josh começou a reclamar de outra coisa na sala de estar. — Mas você tem que voltar de manhã. Falamos para o Josh que vamos para a Legoland amanhã. A empolgação dele durou dois segundos.

— Certo, tudo bem. Acho que vai ser divertido. Tchau. — Pip hesitou em frente à porta. — Te amo, mãe.

— Ah. — A mãe parecia surpresa, virando-se para ela com um sorriso que alcançou seus olhos. — Também te amo, docinho. Nos vemos de manhã. E fala que mandei um oi para Nisha e para Mohan.

— Pode deixar.

Pip saiu de casa. Observou a parede de tijolinhos debaixo de sua janela, o exato local onde *ele* devia ter ficado. Chovera de novo de manhã, então ela não sabia precisar o que eram as pequenas marcas brancas na parede. Talvez elas sempre tivessem estado lá, talvez não.

Ela hesitou ao chegar ao carro, então continuou andando. Não deveria dirigir, não era seguro. Os comprimidos ainda estavam em seu organismo, deixando-a pesada, e o mundo quase parecia um sonho se desenrolado ao seu redor. Em outra época, em outro lugar.

Pip levou os fones de ouvido às orelhas ao se afastar de casa e começou a descer a Martinsend Way. Ela nem quis ouvir nada, só apertou o botão de cancelamento de ruído e tentou flutuar naquele lugar livre e sem amarras de novo. Desaparecida. Onde os tiros e os *tuc-tuc* e a música gritada não podiam encontrá-la.

Desceu a High Street, passando pelo Celeiro dos Livros e pela biblioteca. Passou pela cafeteria e por Cara lá dentro, entregando dois copos para viagem para um cliente, e Pip conseguiu ler as palavras nos lábios de sua melhor amiga: *Cuidado, estão quentes*. Mas Pip não podia parar. Avançou pela Church Street à esquerda. Ao dobrar a esquina, aquela rua levava à casa dos Bell. Mas Andie não estava mais naquela casa, ela estava com Pip. A garota virou à direita. Desceu a estrada Chalk e seguiu pela Cross Lane.

As árvores balançavam acima. Parecia que sempre faziam isso, como se soubessem de algo que ela não sabia.

Pip caminhou até a metade da rua, os olhos fixos na porta pintada de azul que surgiu em seu campo de visão. A casa de Nat.

Ela não queria fazer aquilo.

Precisava fazer aquilo.

O jogo mortal entre Pip e o Assassino da Silver Tape a trouxera até ali, e ela estava uma jogada atrasada.

Pip parou na calçada em frente à casa, deixando a mochila cair na dobra do cotovelo para poder guardar os fones de ouvido. Fechou-a outra vez. Respirou fundo e seguiu em direção à entrada.

Seu celular tocou.

No bolso do moletom. Vibrando contra seu quadril.

A mão de Pip disparou para o bolso e atrapalhou-se ao puxar o aparelho. Ela encarou a tela.

Número privado.

O coração dela foi parar na garganta.

Era ele, ela sabia.

O Assassino da Silver Tape.

E ela o tinha na palma da mão. Xeque-mate.

Pip passou correndo pela casa de Nat, o celular ainda tocando em suas mãos. Longe da casa dos Silva, ela ergueu o aparelho e pressionou o botão duas vezes, para redirecionar a chamada recebida para o CallTrapper.

A tela do celular escureceu.

Um passo.

Dois.

Três.

A tela se acendeu de novo com uma chamada recebida. Só que, dessa vez, não dizia *Número privado*. Um número de celular apareceu na parte de cima da tela, um número que Pip não reconhecia, mas isso não importava. Era uma conexão direta com o AST. Com Daniel da Silva. Uma prova concreta. Fim de jogo.

Ela não precisava aceitar a ligação, podia só deixar tocando. Mas seu polegar já estava indo em direção ao botão verde, pressionando-o e levando o celular à orelha.

— Olá, Assassino da Silver Tape — disse Pip, subindo a Cross Lane, até onde as casas sumiam de vista e as árvores tomavam a estrada.

Elas não estavam mais balançando, estavam acenando para ela.

— Ou você prefere Estrangulador de Slough?

Um barulho na linha, entrecortado, porém baixo. Não era o vento. Era ele, respirando. Ele não sabia que era o fim do jogo, que ela já tinha ganhado. Que aquela terceira e última ligação fora a falha fatal dele.

— Acho que prefiro AST. É mais apropriado, até porque você não é de Slough. Você é daqui. De Little Kilton — continuou Pip, a copa das árvores escondendo o sol da tarde, uma estrada de sombras bruxuleantes. — Gostei do seu truque ontem à noite. Muito impressionante. E eu sei que você tem uma pergunta para mim: você quer saber quem vai investigar quando eu desaparecer. Mas, em vez disso, eu tenho uma pergunta para você.

Ela fez uma pausa.

Outra respiração do outro lado da linha. Ele estava esperando.

— Quem vai visitar você quando estiver na cadeia? Porque é para lá que você vai.

Um som gutural na linha, a respiração presa na garganta dele.

Três bipes altos no ouvido de Pip.

Ele havia encerrado a ligação.

Pip encarou o celular, os cantos da boca se esticando em um quase sorriso. Ela o pegara. O alívio foi instantâneo, o peso terrível deixando seus ombros, e ela foi ancorada de volta ao mundo, ao mundo real. Uma vida normal. Time Ravi e Pip. Mal podia esperar para contar para ele. Aquela realidade estava ao alcance dela agora.

Só tinha que estender a mão e agarrá-la. Um som que ficava entre uma tosse e uma risada abriu caminho por entre seus lábios.

Ela entrou no menu de *chamadas recentes*, e seus olhos passaram pelo número de celular outra vez. É provável que fosse um celular descartável, considerando que ele nunca tinha sido pego, mas talvez não fosse. Talvez fosse mesmo o celular do assassino, e talvez ele atendesse sem pensar, respondendo com o próprio nome. Ou talvez a caixa postal o entregasse. Pip poderia ir até Hawkins com o número, imediatamente, mas queria saber primeiro. Ela queria encontrá-lo, para finalmente saber o nome dele e saber de tudo. Daniel da Silva. O Assassino da Silver Tape. O Estrangulador. Ela merecia isso. Ela tinha ganhado.

E talvez o AST devesse conhecer aquele sentimento. O medo, a incerteza. A tela se acendendo com *Número privado*. Aquela hesitação entre atender ou não. Ele não saberia que era Pip. Ela estaria mascarada, assim como ele.

Caminhando pela estrada sob as árvores cada vez mais densas, a casa de Nat esquecida muito para trás, Pip copiou o número dele. Antes de colar, digitou *141*, para mascarar seu telefone. O polegar dela tremia, pairando acima do botão verde.

Era isso. Chegara a hora.

Ela apertou o botão.

Levou o celular à orelha mais uma vez.

Ouviu o primeiro toque.

Mas, espere, não. Havia algo errado.

Pip parou de andar e baixou o aparelho.

Não era só pelo celular que ela conseguia ouvir o toque.

Estava na outra orelha. Nas duas. Estava aqui.

A badalada estridente da chamada, tocando bem atrás dela.

Mais alto.

E mais alto.

Não dava tempo de gritar.

Pip tentou se virar para ver, mas dois braços surgiram do desconhecido às suas costas e pegaram-na. O celular ainda tocava quando ela deixou o próprio aparelho cair.

A mão de alguém colidiu com seu rosto, com sua boca, tampando o grito antes que ele pudesse ganhar vida. Um braço ao redor de seu pescoço, o cotovelo dobrado, apertando, apertando.

Pip lutou. Inspirou, mas sem ar. Ela tentou arrancar o braço dele de seu pescoço, afastar a mão de sua boca, mas estava ficando mais fraca, a cabeça se esvaziando.

Sem ar. Com um corte no pescoço. Sombras tornando-se mais profundas ao redor dela. Pip lutou. *Respire, apenas respire.* Ela não conseguia. Explosões atrás de seus olhos. Pip tentou de novo e sentiu que estava se separando do próprio corpo. Descamando.

Escuridão. E Pip, desaparecendo nela.

VINTE E CINCO

```
        E
        S
  R O E S C U R O E
        U
        R
        O
        E
        S        S
        C        C
        U        U
        R        R
        O        O
```

VINTE E SEIS

Pip atravessou a escuridão, um olho abrindo de cada vez. Um som foi ao seu encontro, algo batendo em seu ouvido.

Ar. Ela tinha ar. Sangue fluindo para o seu cérebro de novo.

Seus olhos estavam abertos, mas ela não conseguia entender as formas ao seu redor. Ainda não. Havia uma desconexão entre o que ela via e o que compreendia. E tudo que compreendia no momento era dor, rachando sua cabeça, contorcendo-se dentro de seu crânio.

Mas ela conseguia respirar.

Conseguia ouvir a própria respiração. E então não conseguia mais: o mundo rosnou e rugiu debaixo dela. Mas ela conhecia aquele barulho. Entendia o que era. Um motor dando partida. Ela estava em um carro. Mas estava deitada, de costas.

Mais duas piscadas e, de repente, as formas ao seu redor fizeram sentido, sua mente voltando à ativa. Um espaço apertado, o carpete áspero sob a bochecha, uma tampa inclinada fechada acima dela, bloqueando a luz.

Ela estava no porta-malas de um carro. Sim, era isso, disse para seu cérebro recém-nascido. E o som que ela ouviu foi o porta-malas se fechando.

Devia ter apagado só por alguns segundos. No máximo meio minuto. Ele havia estacionado logo atrás dela, a postos. Arrastou Pip até o porta-malas aberto, que bocejava, preparado para engolir a garota.

Ah, sim, a mente de Pip, finalmente a toda, se lembrou da coisa mais importante.

O Assassino da Silver Tape a sequestrara.

Ela estava morta.

Não no presente; ela estava viva e podia respirar, graças a Deus ela podia respirar. Mas estava morta de todas as formas que importavam. Praticamente.

Garota morta caminhando. Só que ela não estava caminhando, não conseguia se levantar.

O pânico a invadiu, quente e espumando, e ela tentou botá-lo para fora, tentou gritar. Mas, calma aí, ela não conseguiu. O som só escapou pelas beiradas abafadas, nem foi o suficiente para chamar de grito.

Havia algo cobrindo sua boca.

Ela estendeu a mão para ver o que era... mas, espera aí, Pip também não conseguia fazer isso. As duas mãos estavam entrelaçadas atrás do corpo. Presas. Juntas.

Ela torceu uma das mãos o máximo que pôde, dobrou o dedo indicador para sentir o que estava amarrando seus punhos.

Silver tape.

Ela já devia ter imaginado. Havia uma tira cobrindo sua boca. Pip não conseguia separar as pernas, os tornozelos deviam estar enrolados também, embora não desse para enxergá-los, mesmo levantando a cabeça.

Havia algo novo se desenrolando na boca de seu estômago. Um sentimento primitivo, antigo. Um terror que nenhuma palavra conseguia transmitir. Estava por todos os cantos: atrás de seus olhos, sob sua pele. Era forte demais. Como todos os milhões de pedaços dela desaparecendo e reaparecendo, oscilando entre a existência e a inexistência.

Ela ia morrer.

Elaiamorrerelaiamorrerelaestavamortaelaestavamortaelaiamorrer.

Talvez morresse daquele sentimento. Seu coração batia tão rápido que não soava mais como uma arma, mas não poderia continuar naquele ritmo. Ele iria ceder. Certamente iria ceder.

Pip tentou gritar de novo, empurrando a palavra *socorro* pela silver tape, mas a fita revidou. Um grito desesperado no escuro.

Porém, ainda havia uma faísca dela em meio ao terror, e Pip era a única ali que poderia se ajudar. *Respire, apenas respire*, tentou dizer a si mesma. Como poderia respirar quando estava prestes a morrer? Mas ela respirou fundo, o ar entrando e saindo do nariz, e sentiu que estava reagindo, reunindo forças, empurrando aquele sentimento forte demais para o lugar escuro no recôndito de sua mente.

Ela precisava de um plano. Pip sempre tinha um plano, mesmo à beira da morte.

Eis a situação: era sábado, cerca de quatro horas da tarde, e Pip estava no porta-malas do carro dele. Do Assassino da Silver Tape. Daniel da Silva. Ele a estava levando para o local onde planejava matá-la. As mãos dela estavam amarradas, os pés também. Eram fatos. E ela tinha mais. Pip sempre tinha mais fatos.

O próximo era particularmente pesado, particularmente difícil de ouvir, mesmo vindo da própria mente. Era algo que ela havia aprendido num dos muitos podcasts de *true crime*, algo que ela nunca pensou que precisaria saber. A voz em sua cabeça repetiu de maneira direta, sem pausas, sem pânico: *se algum dia sequestrarem você, você precisa fazer tudo que puder para evitar que levem você para um segundo local. Quando se chega a esse segundo local, as chances de sobrevivência caem para menos de um por cento.*

Pip estava sendo levada para um segundo local. Ela havia perdido sua chance, aquela pequena chance de sobrevivência nos primeiros segundos.

Menos de um por cento.

Porém, por algum motivo, aquele número não aterrorizava Pip. Ela se sentia mais calma, de algum modo. Um silêncio estranho, como se colocar um número no fato fizesse com que ela o aceitasse com mais facilidade.

Não que ela fosse morrer, mas era muito, muito provável que morresse. Uma quase certeza. Não sobrava espaço suficiente para a esperança.

Certo. Ela respirou. Então, o que poderia fazer?

Ela ainda não estava no segundo local.

Estava com o celular? Não. Ela o deixara cair quando ele a agarrou, ouviu o barulho do aparelho batendo no asfalto. Pip levantou a cabeça e examinou o porta-malas, o corpo vibrando enquanto passavam por uma estrada irregular. Não havia nada ali, exceto ela. O assassino devia ter pegado a mochila dela. Ok, o que viria em seguida?

Ela precisava visualizar o caminho que estavam percorrendo, prestar atenção e tentar se lembrar das curvas que o carro fazia. Pip fora capturada no fim da Cross Lane, onde as árvores nasciam mais próximas umas das outras. Tinha ouvido o motor ligar e não tinha sentido o carro virar, então ele provavelmente continuou naquela rua. Mas o terror do momento cegara todo o resto, portanto ela não prestara atenção no caminho. Chutaria que eles já estavam no carro havia cinco minutos. Talvez nem estivessem mais em Little Kilton. Mas Pip não via como nada disso poderia ajudá-la.

Tudo bem, o que poderia ajudá-la? Qual é, pense. Precisava manter a mente ocupada para que não procurasse aquele lugar escuro lá nos recônditos, onde o terror morava. Mas uma pergunta diferente lhe ocorreu. *Aquela* pergunta.

Quem vai investigar quando você desaparecer?

Ela nunca saberia a resposta, porque estaria morta. Mas, não, aquilo não estava certo, disse a si mesma, arrastando-se para o lado para aliviar a pressão nos braços. Ela sabia a resposta, era uma certeza em seu âmago, impossível de esquecer. Ravi procuraria por ela. Sua mãe. Seu pai. Seu irmãozinho. Cara, mais irmã do que amiga.

Naomi Ward. Connor Reynolds. Jamie Reynolds, assim como ela procurou por ele. Nat da Silva. Até mesmo Becca Bell.

Pip tinha sorte. Tanta sorte. Por que nunca parou para pensar no quanto era sortuda? Todas aquelas pessoas se preocupavam com ela, merecesse ela ou não.

Pip foi invadida por um novo sentimento. Não era pânico. Era menos agitado que isso, mais pesado, mais triste e lento, mas doía tanto quanto. Ela nunca mais os veria. Nenhum deles. Nem o sorriso torto de Ravi nem sua risada ridícula, nem qualquer uma das formas como ele dizia que a amava. Nunca o ouviria chamá-la de "sargento" de novo. Nunca mais veria sua família, nem amigos. Todos aqueles últimos momentos com eles, e Pip não sabia que seriam suas despedidas.

Seus olhos se encheram de lágrimas e transbordaram, escorrendo das bochechas até o carpete áspero. Por que ela não podia despencar no chão, desaparecer, mas desaparecer em algum lugar onde o Assassino da Silver Tape não poderia alcançá-la?

Pelo menos ela tinha dito para a mãe que a amava antes de sair porta afora. Pelo menos sua mãe poderia se apegar àquele breve instante. Mas e seu pai? Quando foi a última vez que ela disse isso para ele, ou para Josh? Será que Josh sequer se lembraria dela depois que crescesse? E Ravi... Quando foi a última vez que ela disse para Ravi que o amava? Não o bastante, nunca o bastante. E se ele não soubesse de verdade? Isso acabaria com ele. Pip chorou ainda mais, lágrimas se acumulando ao redor da fita sobre sua boca. Por favor, não deixe que ele se culpe. Ele foi a melhor coisa de sua vida, e Pip sempre seria a pior coisa que já havia acontecido com ele. Uma dor no peito que ele nunca esqueceria.

Mas Ravi investigaria. E não a encontraria, mas encontraria o assassino, Pip tinha certeza disso. Ravi faria isso por ela. Justiça. Essa palavra evasiva, mas todos precisariam de justiça para que pudessem, uma hora ou outra, seguir em frente sem ela, depositar flores em seu túmulo uma vez por ano. Espera, que dia era? Ela nem sabia a data em que iria morrer.

Pip chorou mais e mais forte, até que aquelas partes mais racionais de si mesma tomassem o controle, trazendo-a de volta do desespero. Sim, Ravi encontraria seu assassino, descobriria quem ele era. Mas havia uma diferença entre saber e conseguir provar. Um mundo de diferenças entre aquelas duas coisas. Pip tinha aprendido isso da maneira mais difícil.

Contudo, havia algo que ela poderia fazer. Um plano, para manter sua mente ocupada. Pip poderia ajudá-lo a encontrar o assassino, a botá-lo na cadeia. Ela só precisava deixar um pouco de si para trás, naquele porta-malas. Cabelo. Pele. Qualquer coisa com seu DNA. Encher o carro com os últimos vestígios de si, sua última marca no mundo, uma flecha apontando para *ele*.

É, ela poderia fazer isso. Era algo que ela podia fazer. Pip esticou as costas e esfregou a cabeça no carpete. Mais forte. Mais forte, até doer e ela sentir os fios de cabelo se soltando do couro cabeludo. Ela se arrastou mais para baixo e repetiu o processo.

Próximo passo: pele. Não havia muita parte exposta para ela usar. Mas havia o rosto e as mãos. Ela virou o pescoço, empurrou a bochecha contra o carpete e moveu a cabeça para a frente e para trás. Doeu, e ela chorou, mas continuou fazendo isso, o osso da bochecha em carne viva e arranhado. Se sangrasse, melhor ainda. Deixar um vestígio de sangue para ver *ele* tentar se safar dessa. Então suas mãos, movendo-se desajeitadamente contra a silver tape. Ela raspou os nós dos dedos no carpete e na parte de trás do encosto do banco.

O que mais poderia fazer? Ela se lembrou de todos os casos que estudara. Seis sílabas surgiram em sua mente, duas palavras tão óbvias que ela não sabia como não tinha pensado nisso ainda. Impressões digitais. A polícia já tinha suas impressões digitais arquivadas, para eliminá-la depois que Stanley morreu. Sim, era isso. O redemoinho de teias de aranha de seus dedos seria a rede que ela deixaria, para apertar mais e mais o Assassino da Silver Tape até que ele fosse pego. Mas ela precisava de uma superfície dura, aquilo não funcionaria no carpete.

Pip olhou ao redor. Lá estava a janela de trás, mas ela não conseguia alcançá-la por causa da tampa escura sobre o porta-malas. Espera. As laterais do carro perto da cabeça e dos pés eram envoltas em plástico. Isso serviria. Pip aproximou as pernas do tronco e pressionou os tênis contra o carpete, deslizando o corpo para cima e girando, repetindo o movimento até que estivesse apertada contra a lateral, o plástico ao alcance das mãos amarradas.

Ela fez uma mão de cada vez. Apoiando e pressionando cada dedo no plástico, várias vezes. Para cima e para baixo, onde quer que alcançasse. Os polegares eram os mais difíceis por causa da fita, mas ela conseguiu usar a ponta deles. Era uma impressão parcial, pelo menos.

Certo, e agora? O próprio carro pareceu responder, pulando ao passar em cima de alguma coisa. Mais uma curva acentuada. Há quanto tempo estariam dirigindo? E como o rosto de Ravi ficaria quando contassem para ele que Pip estava morta? Não, pare com isso. Ela não queria aquela imagem em sua cabeça. Durante suas últimas horas, queria se lembrar dele sorrindo.

Ele lhe disse que ela era a pessoa mais corajosa que já conhecera. Pip não se sentia corajosa naquele momento. Nem um pouco. Mas pelo menos a versão dela que vivia na cabeça de Ravi, à qual ele perguntava *o que Pip faria agora?*, era. Pip tentou fazer o mesmo com o Ravi que vivia em sua cabeça. Ela se virou para o namorado e perguntou: *O que você diria para eu fazer se estivesse aqui comigo?*

Ravi respondeu.

Ele diria para Pip não desistir, mesmo que as estatísticas e a lógica dissessem o contrário. *Que se dane esse "menos de um por cento". Você é Pippa Fitz-Amobi, caramba. Minha sargentinho. Pippus Maximus, e não há nada que você não possa fazer.*

É tarde demais, respondeu ela.

Ele falou para Pip que não era tarde demais. Ela ainda não estava no segundo local. Ainda havia tempo, ainda poderia lutar.

Levanta, Pip. Levanta. Você consegue.

Levantar. Ela conseguia fazer isso.

Ela conseguia. Ravi estava certo. Pip ainda não estava no segundo local, ainda estava no carro. E poderia usar o carro a seu favor. Suas chances de sobreviver a um acidente de carro eram muito maiores que suas chances de sobreviver a um segundo local. O carro parecia concordar com ela, as rodas ficando mais barulhentas na estrada de cascalho, incitando-a a agir.

Fazer com que ele batesse o carro. Sobreviver. Esse era o plano.

Seus olhos dispararam para o fundo do porta-malas. Não havia uma fechadura que ela pudesse usar para abri-lo e sair. O único jeito era ir pelo banco de trás e, de lá, se jogar em cima dele, fazendo com que perdesse o controle do volante.

Está bem: duas opções. Chutar o banco de trás com força o bastante para quebrá-lo, fazendo-o se dobrar. Ou ela poderia ir por cima, escalar os encostos de cabeça. Para fazer isso, teria que remover a tampa acima dela.

Pip ficou com a segunda opção. A tampa era rígida, algo que ela sentiu com os joelhos, mas devia estar presa nos dois lados por um gancho ou algum tipo de mecanismo. Ela só precisava reajustar sua posição, deslizar para baixo e então chutar para cima naquele canto até que se soltasse.

O carro desacelerou até parar.

Uma parada longa demais para ser só uma curva.

Ah, não.

Os olhos de Pip se arregalaram. Ela prendeu a respiração para conseguir ouvir. Houve um barulho, uma porta de carro se abrindo.

O que ele estava fazendo? Deixando-a em algum lugar? Ela esperou a batida da porta, mas o som não veio por vários segundos. E, quando isso aconteceu, o carro andou de novo, devagar. Não rápido o bastante para provocar um acidente.

Mas demorou apenas sete segundos antes de parar outra vez. E, dessa vez, Pip ouviu alguém puxando o freio de mão.

Eles chegaram.

No segundo local.

Era tarde demais.

Desculpe, disse Pip para o Ravi de sua cabeça. E *eu te amo*, só para o caso de que houvesse uma forma de ele repassar a mensagem para o Ravi da vida real.

Porta do carro aberta. Porta do carro fechada.

Passos no cascalho.

O terror estava de volta, vazando do recôndito de sua mente no qual ela acreditava tê-lo trancado.

Pip se encolheu, puxando os joelhos até o peito.

Ela esperou.

O porta-malas se abriu.

Ele estava parado ali. Mas tudo que Pip conseguia ver eram as roupas pretas.

Uma mão foi estendida, para puxar a tampa sobre a cabeça de Pip, e ela se retraiu, rolando contra o banco de trás.

Pip o encarou.

Uma silhueta contra o sol do fim da tarde.

Um monstro à luz do dia.

Pip piscou, os olhos se reajustando à claridade.

Não era um monstro, era só um homem. Havia algo de familiar na postura dele.

O Assassino da Silver Tape mostrou o rosto para ela. O brilho em seu sorriso.

Não era o rosto com o qual ela esperava se deparar.

Era Jason Bell.

VINTE E SETE

Jason Bell era o Assassino da Silver Tape.

O pensamento soou muito alto na cabeça de Pip, mais alto que o terror que sentia. Mas ela não teve tempo para pensar nisso de novo.

Jason se abaixou e agarrou o cotovelo dela. Pip recuou, sentindo o cheiro metálico do suor que manchava a frente da camisa dele. Ela tentou balançar as pernas para chutá-lo, mas o homem devia ter lido a intenção no olhar de Pip. Ele se inclinou e prendeu as pernas de Pip com força. Com a outra mão, ele a puxou até que a garota ficasse sentada.

Pip gritou, o som abafado pela fita. Alguém precisava escutar. Alguém precisava conseguir escutar.

— Ninguém vai ouvir você — declarou Jason, como se estivesse dentro da cabeça dela também, ao lado de Ravi, que agora lhe dizia para correr.

Correr. Tentar fugir.

Pip esticou as pernas e se lançou para a frente. Ela aterrissou de pé no cascalho e tentou dar um passo, mas seus tornozelos estavam muito apertados. Ela tombou para a frente.

Jason a pegou e a endireitou, o cascalho se arrastando ao redor deles. Ele enganchou o braço no dela, apertando com força.

— Isso, boa garota — disse ele, gentil, distraidamente, como se não a estivesse vendo de verdade. — Ande, ou vou ter que carregar você.

Não falou alto, não falou de maneira dura, não precisava. Sabia que estava no controle. Era disso que aquilo se tratava.

Ele começou a andar, e ela também, passos minúsculos por conta da silver tape. Era um movimento lento, e Pip aproveitou o tempo para estudar o ambiente.

Havia árvores. À direita e atrás dela. Ao redor havia uma cerca alta de metal pintada de verde-escuro. Um portão logo atrás deles que Jason devia ter aberto quando saiu do carro. Ainda estava escancarado, provocando-a.

Jason a conduzia para um prédio de aparência industrial, com chapas de ferro nas laterais, mas havia um prédio de tijolos à esquerda. Espera aí. Pip conhecia aquele lugar. Tinha certeza disso. Ela observou tudo de novo: a cerca alta de metal verde, as árvores, os prédios. E, se não estivesse evidente o bastante, havia cinco vans estacionadas bem ali, com o logotipo estampado nas laterais. Pip já tinha visto aquele lugar antes. Não, não tinha. Não de verdade. Só como um fantasma, espreitando para cima e para baixo na estrada pela tela do computador.

Eles estavam na Cena Verdejante Ltda.

O complexo perto de uma pequena estrada rural no meio do nada em Knotty Green. Jason tinha razão, ninguém ouviria seus gritos.

Isso não a impediu de tentar quando chegaram a uma porta de metal na lateral do prédio.

Jason sorriu, mostrando os dentes para ela outra vez.

— Nada disso — disse ele, mexendo no bolso da frente.

Ele pegou algo afiado e brilhante. Era um molho de chaves, de diferentes formatos e tamanhos. Jason procurou entre elas e escolheu uma longa e fina com dentes irregulares.

Murmurou para si mesmo, levando a chave para a volumosa fechadura prateada no meio da porta. Seu outro braço afrouxou um pouco ao redor da garota.

Pip aproveitou a oportunidade.

Ela bateu o braço no dele, separando-os.

Liberdade. Ela estava livre.

Mas não conseguiu ir muito longe.

Não conseguiu dar nem um passo antes que a força da mão dele a puxasse de volta, segurando os braços amarrados atrás dela como uma coleira.

— É inútil — argumentou Jason, voltando a atenção para a fechadura. Não parecia bravo, seu semblante se aproximava mais da diversão. — Você sabe tão bem quanto eu que isso é inútil.

Pip sabia. *Menos de um por cento.*

A porta se destrancou com um barulho de metal, e Jason empurrou para abri-la. Ela rangeu nas dobradiças.

— Vamos lá.

Ele arrastou Pip pela soleira. Estava escuro ali dentro, cheio de sombras altas e finas, apenas uma pequena janela no alto à direita, barrando a maior parte da luz do sol. Jason pareceu ler sua mente outra vez, acionando um interruptor na parede. As luzes industriais se acenderam com um zumbido preguiçoso. A sala era comprida, fina e gelada. Parecia uma espécie de depósito: prateleiras de metal altas em ambas as paredes, cheias de galões de plástico enormes empilhados com pequenas torneiras perto do fundo. Pip analisou a sala. Eram diferentes tipos de herbicidas e fertilizantes. Havia duas calhas no piso de concreto sob as prateleiras, percorrendo toda a extensão do cômodo.

Jason puxou Pip pelos braços, o solado dos tênis dela arrastando pelo chão.

Então a largou.

Pip caiu com força no concreto, diante das prateleiras da direita. Lutou para se sentar, observando-o enquanto ele ficava em pé, pairando acima dela. O ar entrava e saía do nariz de Pip alto demais e rápido demais, o barulho se transformando em *AST, AST, AST* em sua cabeça.

E ali estava ele. Era estranho, de verdade, que se parecesse apenas com um homem. Era muito maior nos pesadelos dela.

Jason sorriu, balançando a cabeça como se houvesse algo engraçado naquela situação.

Ele levantou um dedo para ela, andando em direção a uma placa que dizia: *Atenção! Substâncias tóxicas.*

— Aquele alarme de segurança em que você estava interessada? — Ele fez uma pausa. — Foi Tara Yates quem disparou. Pois é — acrescentou ele, estudando os olhos de Pip. — Você interpretou errado, né? Foi Tara quem disparou. Ela estava amarrada aqui, nesta mesma sala.

Ele olhou ao redor do depósito, enchendo-o de memórias sombrias que Pip não podia ver.

— Foi aqui que todas elas ficaram. Onde elas morreram. Mas Tara, de algum jeito, conseguiu se soltar da fita que amarrei nos punhos dela quando a deixei sozinha. Saiu andando por aí e disparou o alarme. Sabe, eu tinha me esquecido de desativar do jeito certo.

Seu rosto se enrugou de novo, como se estivesse mencionando apenas um errinho bobo, um que podia ser ridicularizado, ignorado. Os pelos da nuca de Pip se arrepiaram.

— Deu tudo certo no final. Alcancei-a a tempo. Tive que apressar o resto para voltar para o jantar, mas ficou tudo bem.

Bem. A palavra que Pip também tinha usado. Uma palavra vazia, com inúmeras coisas sombrias enterradas sob ela.

Pip tentou falar. Ela nem sabia o que queria dizer, só queria tentar antes que fosse tarde demais. Sua voz não conseguia ultrapassar a fita, mas o som desforme já foi o suficiente, fez Pip se lembrar de que ela ainda estava lá. Ravi ainda estava lá também, ele a lembrou gentilmente. Ele permaneceria com ela até o fim.

— O que foi? — perguntou Jason, ainda andando de um lado para o outro. — Ah, não. Não, você não precisa se preocupar. Aprendi com o meu erro da última vez. O alarme de segurança está desativado, tenho certeza absoluta disso. Assim como as câmeras, tanto as de dentro quanto as de fora. Todas estão desligadas, então não tem com o que se preocupar.

Pip fez um som gutural.

— Vão ficar desligadas por quanto tempo for preciso. A noite inteira. O fim de semana inteiro. E ninguém vai vir aqui até segunda de manhã, então você não precisa se preocupar com isso. Somos só você e eu. Ah, mas deixa eu dar uma olhada nisso aqui.

Jason se aproximou. Pip recuou até as prateleiras. Ele se ajoelhou e analisou a fita enrolada nos punhos e tornozelos.

Não pareceu contente com o próprio trabalho.

— Não, assim não vai dar. Estão soltas demais. Eu estava com um pouco de pressa para colocar você no carro. Vou ter que refazer — disse ele, dando um tapinha leve no ombro dela. — Não queremos que você dê uma de Tara, né?

Pip fungou, sentindo ânsia de vômito com o cheiro do suor dele. Perto demais.

Jason se aprumou, grunhindo ao esticar os joelhos. Ele passou por ela, procurando algo nas prateleiras. Pip virou a cabeça para segui-lo com os olhos, mas ele já estava voltando, com algo nas mãos.

Um rolo cinzento de silver tape.

— Lá vamos nós — disse ele, ajoelhando-se de novo e soltando a ponta do rolo.

Ela não conseguia ver o que o homem estava fazendo às suas costas, mas os dedos de Jason encostaram nos dela, e um arrepio nauseante e frio percorreu seu corpo. Pip pensou que talvez fosse vomitar, e, se vomitasse, engasgaria, da mesma forma como Andie Bell tinha morrido.

Sua mente voltou a Andie, o fantasma da garota sentado ao seu lado, segurando sua mão. Coitada. Andie sabia quem o pai era. Tinha que voltar todos os dias para a casa onde um monstro morava. Morreu tentando fugir dele, tentando proteger a irmã. E foi aí que duas memórias distintas saltaram no cérebro de Pip. Então se fundiram, se tornando uma só. Uma escova de cabelo. Mas não qualquer escova de cabelo. A escova de cabelo roxa na mesa de Andie, aquela no canto das fotos que Pip e Ravi haviam tirado do quarto dela, pertencia a Melissa Denny, a segunda vítima de Jason. O troféu que ele pegou dela, para vivenciar sua morte de novo. Ele o deu para sua filha adolescente. É provável que tenha sentido um entusiasmo perverso ao vê-la usando. Doentio.

O pensamento terminou ali, quando uma rápida explosão de dor irrompeu de seus punhos. Jason havia tirado a fita, puxando pelos e pele junto. Liberdade, de novo. Estava desamarrada. Ela deveria lutar. Mirar no pescoço dele. Cravar as unhas em seus olhos. Pip grunhiu e tentou, mas ele a apertava com muita força.

— O que eu falei para você? — sussurrou Jason, segurando os braços dela, que se contorciam.

Ele os ergueu e os puxou para trás, pressionando a parte interna dos punhos de Pip contra um dos metais verticais da estante.

A silver tape estava pegajosa e fria quando ele a enrolou em um dos punhos de Pip, ao redor do poste de metal e ao redor do outro punho.

Ela se concentrou, tentando afastar as mãos o máximo possível para que a fita não ficasse tão apertada, tão comprimida. Mas Jason estava segurando com força, passando outra camada de silver tape. E outra. E mais outra.

— Agora sim — disse ele, tentando sacudir os punhos dela, mas não se mexeram. — Bom e apertado. Você não vai a lugar algum, né?

A fita na boca de Pip engoliu outro grito.

— É, estou chegando lá, não se preocupe — retomou Jason, indo até os pés dela. — Sempre preocupadas. Sempre irritantes, todas vocês. Tão barulhentas.

Ele se ajoelhou para prender as pernas dela, e então enrolou um novo pedaço de silver tape ao redor dos tornozelos, em cima da camada já existente. Mais apertado, dando duas voltas.

— Isso vai funcionar. — Ele a encarou. Seus olhos se estreitaram. — Em geral, esse é o momento em que se oferece uma chance para a pessoa falar. Para se desculpar, antes...

Ele se afastou, olhando para o rolo de silver tape, passando o dedo com ternura nas bordas do material. Então aproximou a mão do rosto dela.

— Não faça eu me arrepender — disse ele, puxando com força a fita adesiva das bochechas de Pip.

Ela sugou o ar, e aquela sensação foi diferente. Mais espaço, menos terror.

Ela podia gritar, se quisesse. Berrar por ajuda. Mas para quê? Ninguém ouviria, e nenhuma ajuda estava a caminho. Eram só os dois.

Parte dela queria olhar para ele e perguntar *por quê?*, mas Pip sabia que não havia motivo. Ele não era Elliot Ward, ou Becca, ou Charlie Green, pessoas cujos motivos os deslocavam para fora da escuridão rumo àquela área cinzenta e confusa. A área humana de boas intenções, escolhas ruins, erros ou acidentes. Ela tinha lido o perfil desse criminoso, e aquelas informações lhe disseram tudo que precisava saber. O Assassino da Silver Tape não tinha área cinzenta e não tinha motivo. Foi justamente por isso que parecera tão apropriado para Pip antes. O caso perfeito: salvar a si mesma para se salvar. Ela não salvaria ninguém, muito menos a si mesma. Ela tinha perdido, iria morrer, e não havia motivo, não para Jason Bell. Só havia um "por que não?". Pip e as cinco mulheres que vieram antes dela, todas eram, de alguma forma, intoleráveis para ele. Era isso. Não havia assassinato aos olhos dele, mas um extermínio. Pip não conseguiria respostas mesmo se perguntasse.

Outra parte dela, o lado mais espinhoso onde a raiva hibernava, queria gritar para ele ir se foder e continuar gritando até que ele fosse forçado a matá-la ali mesmo.

Nada que ela dissesse iria detê-lo ou machucá-lo. Nada. A não ser...

— Ela sabia quem você era — declarou Pip, a voz machucada e áspera. — Andie. Ela sabia que você era o Assassino da Silver Tape. Ela viu você com Julia e juntou os pontos.

Pip observou novas rugas se formarem ao redor dos olhos de Jason, uma contração em sua boca.

— É, ela sabia que você era um assassino. Meses antes de morrer. Na verdade, foi por isso que ela morreu. Estava tentando fugir de você. — Pip tomou fôlego mais uma vez, determinada. — Mesmo antes de descobrir, ela achava que havia algo de errado com você. Por isso ela nunca levava ninguém para casa. Ficou guardando dinheiro por um ano, para fugir, para morar longe de você. Ia esperar Becca terminar a escola e depois voltaria para pegar a irmã, para levá-la embora. E, quando estivessem num lugar onde não pudesse encontrá-las, Andie entregaria você para a polícia. Esse era o plano dela. Ela odiava você nesse nível. Igual à Becca. Acho que ela não sabe quem você realmente é, mas odeia você também. Eu finalmente entendi: foi por isso que ela quis ir para a cadeia. Para ficar longe de você.

Pip disparou as palavras, a voz contendo seis balas que abriram buracos nele. Estreitou os olhos para fuzilá-lo com o olhar. Mas ele não desabou. Jason ficou parado, com uma expressão estranha no rosto, olhos correndo de um lado para o outro enquanto assimilava o que Pip tinha acabado de dizer.

Ele suspirou.

— Bom — começou, com uma pitada de tristeza na voz —, Andie não devia ter feito isso. Inventou de se meter nos meus negócios, não eram para o bico dela. Então agora nós dois sabemos por que ela morreu. Porque não ouvia. — Ele bateu na lateral da cabeça, perto da orelha, com muita força. — Passei a vida inteira tentando ensiná-la, mas ela nunca ouvia. Assim como Phillipa e Melissa e Bethany e Julia e Tara. Barulhentas demais, todas vocês. Falando fora de hora. As coisas não deviam ser assim. Vocês tinham que me ouvir. Só isso. Ouvir e fazer o que eu disse. Como isso é tão difícil?

Ele mexeu na ponta da fita adesiva, agitado.

— Andie. — Ele disse o nome da filha em voz alta, mais para si mesmo. — Sabe, eu até larguei tudo por ela. Precisei largar, depois que ela desapareceu. A polícia estava perto demais, era um risco muito grande. Era o fim da linha para mim. Eu tinha encontrado alguém que me ouvia. Teria sido mesmo o fim. — Ele riu, um riso sombrio, baixinho, apontando para Pip com o rolo de silver tape. — Mas aí você apareceu, não foi? E você era tão barulhenta. Barulhenta demais. Se metendo na vida de todo mundo. Na minha. Perdi minha segunda esposa, a única mulher que me ouvia, porque em vez disso ela ouviu você. Você era um teste, só para mim, e eu não podia falhar. A minha última. Barulhenta demais para não ser. Você existe para ser vista, não ouvida, seu pai nunca ensinou isso a você? — Ele cerrou os dentes. — E aqui está você, tentando interferir até nas suas últimas palavras, ao falar sobre Andie. Não me machuca, sabe. Você não pode me machucar. Isso só prova que eu estava certo. Sobre ela. Sobre Becca também. Sobre todas vocês. Tem algo muito errado com todas vocês. Algo perigoso.

Pip não conseguia falar. Ela não sabia como, vendo aquele homem andando de um lado para o outro na frente dela, delirando. Cuspe voando de sua boca, veias se saltando do pescoço avermelhado.

— Ah. — Ele parou de repente, os olhos se arregalando de prazer, um sorriso malicioso no rosto. — Mas eu tenho uma coisa que vai machucar você. Rá!

Jason bateu palmas ruidosamente, e Pip se encolheu com o barulho, batendo a cabeça na prateleira de metal.

— É, uma última lição antes de você partir. E agora você vai entender como tudo isso foi perfeito, como foi apropriado. Como deveria ter terminado assim. E eu sempre vou me lembrar da sua cara ao entender disso.

Pip olhou para ele, confusa. Que lição? Do que ele estava falando?

— Foi no ano passado. — Jason começou a explicar, os olhos se fixando nos dela. — Perto do fim de outubro, acho. Becca não estava me ouvindo de novo. Não estava me respondendo, nem minhas mensagens. Então, passei lá em casa uma tarde, na *minha* casa, embora eu estivesse morando com a minha outra esposa na época, a que ouvia. Levei um almoço para Becca e para Dawn. E elas disseram *obrigada*? Dawn sim, Dawn sempre foi fraca. Mas Becca estava estranha. Distante. Discuti com ela mais uma vez, enquanto comíamos, sobre *escutar*, mas dava para ver que ela estava escondendo algo. — Ele fez uma pausa, umedecendo os lábios secos. — Então, quando eu fui embora, não fui embora de verdade... Fiquei no carro, na rua, observando a casa. E, sabe, pouco mais de dez minutos depois, Becca saiu de lá com um cachorro na coleira. O segredinho dela. Eu não disse que elas tinham permissão para ter um cachorro. Nunca me perguntaram. Eu não morava lá, mas elas ainda tinham que me ouvir. Você pode imaginar como eu fiquei furioso. Então, saí do carro e segui Becca pelo bosque enquanto ela passeava com o novo cachorro.

O coração de Pip deu um salto, caindo no abismo que eram as suas costelas, aterrissando com força no fundo do estômago. Não, não, não. Isso, não. Por favor, que ele não fale o que ela achava que ele ia falar.

Jason abriu um sorriso, observando a sequência de expressões no rosto dela, aproveitando cada segundo.

— Era um golden retriever.

— Não — disse Pip baixinho, sentindo uma dor no peito.

— Então, fiquei vendo Becca passear com o cachorro. E ela o soltou da coleira, deu um tapinha nele e falou "Vai para casa", o que evidentemente achei estranho. Me provou mais uma vez que Becca não merecia um cachorro, se não conseguia lidar com a responsabilidade. Então ela começou a jogar gravetos para ele, e o cachorro os trazia de volta. Ela jogou um o mais longe que conseguiu, entre as árvores, e enquanto o cachorro estava correndo para pegá-lo, Becca fugiu. Voltou para casa. O cachorro não conseguia encontrá-la. Ele estava confuso. Então, é claro, eu soube que Becca não estava pronta para ter um cachorro, porque nunca me pediu, nunca ouviu. Aí eu me aproximei do cachorro. Um bichinho muito simpático.

— Não — repetiu Pip, mais alto dessa vez, tentando puxar os braços presos.

— Becca não estava pronta e não tinha me ouvido. Ela tinha que aprender a lição. — Jason sorriu, alimentando-se do desespero no rosto de Pip. — Então, levei esse cachorro simpático até o rio.

— Não! — gritou Pip.

— Sim! — Ele riu, no mesmo volume da voz dela. — Eu afoguei o seu cachorro. É claro que não sabia que era o *seu* cachorro naquela época. Fiz isso para punir minha filha. E aí seu podcast foi ao ar, o que me causou muitos problemas, mas você falou sobre o seu cachorro. Barney, não era? Você achou que tinha sido um acidente e não culpou Becca pelo que aconteceu. Bom — ele bateu palmas de novo —, não foi um acidente. Eu matei o seu cachorro, Pip. Veja, o destino tem lá suas linhas tortas, não é? Unindo nossas trajetórias desde aquela época. E agora você está aqui.

Pip piscou. Toda a cor sumiu de Jason e da sala, sendo substituída por vermelho. Vermelho ódio. Vermelho violência. Vermelho atrás--de-seus-olhos. Vermelho sangue-nas-suas-mãos. Vermelho eu-vou--morrer.

Ela gritou. Um grito sem limites, esfolado e visceral.

— Vai se foder! — gritou ela, lágrimas de raiva desesperadas caindo em sua boca aberta. — Vai se foder! Vai se foder!

— Chegamos a esse ponto? — retrucou Jason, uma mudança em seu rosto, ao redor dos olhos.

— Vai se foder! — O peito de Pip estremeceu com toda a força do seu ódio.

— Está bem, então.

Jason caminhou na direção dela, um som de rasgo quando puxou um longo pedaço de silver tape do rolo.

Pip deu impulso e o chutou com os pés amarrados.

Jason se esquivou com facilidade. Ajoelhou-se devagar ao lado dela, sério.

— Nunca ouve — comentou, estendendo a mão para o rosto dela.

Pip tentou se afastar, puxando com tanta força que pensou que talvez suas mãos se separassem do corpo, ficassem amarradas às prateleiras enquanto ela se libertava. Jason empurrou a testa dela, segurando-a firme contra o poste de metal.

Pip resistiu. Tentou chutar. Tentou mexer a cabeça de um lado para o outro.

Jason pressionou a fita em sua orelha direita. Enrolou-a no alto da cabeça, desceu e passou pela outra orelha, prendendo sob o queixo.

Mais rasgos. Mais fita.

— Vai se foder!

Jason mudou o ângulo, enrolando a fita horizontalmente em seu queixo e na parte de trás da cabeça, grudando no cabelo.

— Fica quieta — disse ele, frustrado. — Você está deixando tudo bagunçado.

Ele enrolou a fita no queixo dela, outra fileira, pegando o lábio inferior.

— Nunca ouve — reclamou ele, os olhos semicerrados e concentrados. — Então agora você não pode ouvir. Nem falar. Nem mesmo olhar para mim. Você não merece.

A fita adesiva apertou os lábios de Pip, roubando seus gritos de novo. Colada mais acima, debaixo do nariz.

Jason enrolou-a na parte de trás da cabeça de Pip, deixando as narinas livres. Respirações em pânico para dentro e para fora. Fita dando voltas e mais voltas pelo nariz, até a parte de baixo dos olhos.

Jason se mexeu mais uma vez, puxando o rolo de fita para cobrir o topo de sua cabeça. Dando voltas e mais voltas. Espalhando-a pela testa. Para baixo e para os lados.

Fita em suas sobrancelhas.

Em volta de sua cabeça de novo.

Só faltava uma coisa.

Uma tira final em seu rosto.

Pip o observou fazer isso. Assistiu enquanto ele tirava a visão dela, enquanto tirava o restante de seu rosto. Só fechou os olhos no último segundo antes de Jason passar a fita sobre eles.

Jason soltou sua cabeça, e Pip conseguiu mexê-la, mas não conseguia ver.

Um barulho de rasgo. A pressão dos dedos dele em suas têmporas quando ele colou a última ponta da fita.

Estava pronta. Sua máscara mortuária.

Sem rosto.

No escuro.

Em silêncio.

Desaparecida.

VINTE E OITO

Sem rosto. No escuro. Em silêncio. Silêncio demais. Pip não conseguia mais ouvir o silvo da respiração de Jason, nem sentir o cheiro do suor metálico dele ao ofegar ruidosamente em busca de ar. O homem devia ter se afastado.

Pip desacelerou um pouco a respiração, tentando identificar algum barulho através da fita que cobria seus ouvidos, e, com as pernas, estudar o concreto ao seu redor. Ela ouviu passos arrastados, ao longe, rumo à porta por onde Jason a tinha guiado.

Ela ouviu.

O metal retinindo quando uma porta se abriu. O barulho alto de dobradiças velhas. Mais passos, esmagando o cascalho do lado de fora. Mais um guincho das dobradiças e a porta se fechando. Silêncio, por algumas inspirações e expirações, e então um som muito mais baixo: uma chave raspando na fechadura. Mais um estalo.

Ele tinha acabado de sair? Tinha saído, não tinha?

Pip se esforçou, pôs-se a ouvir os sons fracos de sapatos no cascalho. Um barulho familiar: uma porta de carro batendo. O ronco de um motor despertando e de rodas se afastando.

Ele estava indo embora. Tinha partido.

Deixara Pip ali, trancada. Jason estava indo embora. O Assassino da Silver Tape tinha saído.

Ela fungou. Espera. Talvez ele não tivesse saído. Talvez fosse um teste, e ele estivesse sentado naquela mesma sala, observando-a.

Prendendo a respiração para que ela não conseguisse ouvir. Esperando para ver se ela faria algo de errado. Escondido lá no ponto cego entre suas pálpebras, presas com fita adesiva.

Pip fez um barulho gutural, testando. Sua voz vibrou pela silver tape, fazendo cócegas nos lábios. Ela gemeu de novo, mais alto, tentando entender a escuridão impenetrável ao seu redor. Mas não conseguia. Estava indefesa, presa a uma estante de metal alta, o rosto desaparecido, embrulhado em fita adesiva. Talvez ele ainda estivesse na sala, não dava para descartar essa possibilidade. Mas ela tinha ouvido o carro, não tinha? A única pessoa que poderia estar sentada ao volante era Jason. E então mais uma memória se soltou de seu cérebro partido. As palavras digitadas de uma transcrição. O detetive inspetor-chefe Nolan perguntando para Billy Karras por que ele tinha deixado as vítimas sozinhas por um tempo, fato comprovado pelo desgaste nos pedaços de silver tape que as continham. O Assassino da Silver Tape *realmente* ia embora. Isso fazia parte da rotina dele, de seu *modus operandi*. Jason tinha saído. Mas ele voltaria, e então Pip morreria.

É, ela se encontrava sozinha, Pip estava certa disso, mas não podia se agarrar àquele alívio momentâneo. Era hora de abordar o próximo problema. O terror não estava trancado, como ela, nos recônditos de sua mente. Estava por toda parte. Em seus olhos tampados e em suas orelhas cobertas. Em cada batida do coração esgotado. Na pele em carne viva dos punhos e na desconfortável curva dos ombros. Na boca do estômago e no fundo da alma. Medo puro e visceral, como ela nunca tinha sentido antes. Inevitável. A transição entre estar vivo e não estar.

Sua respiração ficou mais curta, muito mais curta, jorros de pânico para dentro e para fora. Ah, merda. Seu nariz estava tampado, dava para sentir, cada respiração chacoalhando mais que a anterior. Ela não devia ter chorado, ela não devia ter chorado. O ar estava lutando para abrir caminho através dos dois buracos apertados. Não demoraria para ficarem bloqueados por completo, e então ela sufocaria. Seria assim que tudo terminaria. Garota morta caminhando. Garota morta não respirando. Pelo menos dessa forma o Assassino da Silver Tape nunca a mataria, pelo menos não do jeito *dele*, com uma corda azul ao redor do pescoço. Talvez fosse melhor assim, algo fora do controle dele e mais perto do dela. Mas, ah, meu Deus, Pip não queria morrer. Ela forçou o ar para dentro e para fora, sentindo-se tonta embora não tivesse mais uma cabeça, apenas duas narinas se contraindo.

Um novo refrão surgiu em sua mente. *Eu vou morrer. Eu vou morrer. Eu vou morrer.*

Oi, sargento. Ravi estava de volta dentro de sua cabeça, sussurrando em seu ouvido tampado.

Eu vou morrer, disse Pip.

Acho que não, respondeu ele, e Pip sabia que o namorado estava com um sorriso gentil, a covinha cravada numa das bochechas. *Só respire. Mais devagar, por favor.*

Mas olha. Ela lhe mostrou as fitas que prendiam os tornozelos, as mãos amarradas em um poste de metal gelado, a máscara ao redor do rosto.

Ravi já sabia de tudo isso, ele também estava lá quando a fita foi colocada.

Vou ficar com você. Até o fim, prometeu ele, e Pip queria chorar de novo, mas não podia, seus olhos estavam fechados à força. *Você não vai ficar sozinha, Pip.*

Isso ajuda, respondeu ela.

Por isso eu estou aqui. Sempre. Time Ravi e Pip. Ele sorriu atrás dos olhos dela. *E nós formamos um bom time, né?*

Você, sim, disse ela.

E você também. Ele segurou a mão de Pip, amarrada às costas. *É claro, eu sempre fui o bonitão*. Ravi riu da própria piada, ou da piada dela, refletiu Pip. *Mas você sempre foi a corajosa. Meticulosa, de um jeito irritante. Determinada a ponto de ser imprudente. Você sempre tinha um plano, qualquer que fosse a situação.*

Não tenho um plano para isso, disse Pip. *Eu perdi.*

Tudo bem, sargento. Ravi apertou a mão dela, os dedos começando a formigar devido ao ângulo estranho. *Você só precisa de um novo plano. É nisso que você é boa. Você não vai morrer aqui. Ele já foi, e agora você tem tempo. Use esse tempo. Elabore um plano. Você não quer me ver de novo? Ver todo mundo com quem você se importa?*

Quero, respondeu ela.

Então é melhor começar.

Melhor começar.

Pip respirou fundo, sentindo as narinas mais descongestionadas. Ravi tinha razão: ela ganhou um tempo e precisava usá-lo. Porque, assim que Jason Bell voltasse por aquela porta de dobradiças estridentes, não haveria mais oportunidade nenhuma. Ela estaria morta. Mas a Pip do presente, deixada presa àquelas prateleiras de metal, provavelmente estava morta. Não tinha muitas chances, mas tinha mais do que a Pip do futuro próximo.

Certo, disse ela para Ravi, mas na verdade era para si mesma. *Um plano.*

Ela não podia ver, mas ainda podia verificar os arredores. Não havia nada por perto antes de o Assassino da Silver Tape cobrir sua visão, mas talvez ele tivesse deixado algo por ali depois de fazer a máscara. Algo que ela poderia usar. Pip moveu as pernas amarradas em um arco, para um lado e para o outro, esticando os braços para chegar mais longe. Não, não havia nada ali, apenas concreto e a calha rebaixada correndo por baixo das prateleiras.

Tudo bem, ela não esperava encontrar algo no chão, não volte a despencar no desespero. Ravi não a deixaria fazer isso, de qualquer forma. Ok, ela não podia se mover, estava presa às prateleiras. Havia qualquer coisa que pudesse ajudá-la? Galões de herbicida e fertilizante eram inúteis, mesmo que conseguisse alcançá-los. Tudo bem, então o que ela conseguiria alcançar? Pip flexionou os dedos, tentando fazer com que parassem de formigar. Seus braços estavam dobrados às costas, puxados mais alto do que deveriam. Seus punhos estavam presos ao poste de metal da frente da estante, logo acima da prateleira mais baixa. Ela sabia de tudo isso, tinha reparado antes que seu rosto fosse coberto. Pip moveu os punhos na fita adesiva e usou dois dedos para explorar o local. Sim, ela sentiu o metal frio do poste, e se esticasse o dedo médio para baixo, conseguia sentir a interseção da prateleira.

Isso era tudo que conseguia alcançar. Toda a ajuda que ela tinha no mundo.

Talvez seja o suficiente, disse Ravi.

E talvez fosse. Porque, naquela interseção entre a prateleira e o poste, tinha que haver um parafuso para mantê-los unidos. E um parafuso poderia significar liberdade. Pip podia usar aquele parafuso, apertá-lo entre o polegar e o indicador e fazer furos na fita dos punhos. Continuar perfurando e rasgando até que pudesse se soltar.

Certo, esse era o plano. Pegar o parafuso da prateleira.

Pip teve aquela sensação de novo, como se tivesse uma presença desconhecida ao redor dela. Não apenas a de Ravi na sua cabeça, e sim algo maligno e frio. Mas o tempo não esperava por ninguém, e definitivamente não esperaria por ela. Então, como ela pegaria o parafuso?

Pip só conseguia tocar o topo da prateleira com um dos dedos. Ou seja, precisava dar um jeito de descer as mãos pelo poste, para que pudesse alcançar a parte de baixo da prateleira. A silver tape estava enrolada nos punhos, colando-os naquela altura. Mas, se ela se mexesse, talvez conseguisse fazer a fita se soltar do metal. Era só de um lado. Só alguns centímetros de contato. Se conseguisse soltar a fita dali, então poderia deslizar as mãos para cima e para baixo no poste. Ela tinha lutado e conseguido deixar um pequeno espaço dentro da fita, quando Jason estava apertando. Ela poderia fazer isso. Pip sabia que sim.

Impulsionou as pernas para empurrar seu peso contra a fita. Enfiou as mãos ainda mais nas prateleiras, as pontas dos dedos roçando a borda de plástico de um dos galões. Ela empurrou e se remexeu, e dava para sentir a fita cedendo. Até que sentiu um lado da silver tape se soltar do metal.

Isso, pode continuar, sargento, insistiu Ravi.

Ela empurrou com mais força, se esforçou ainda mais, a fita cortando sua pele. E devagarinho, a fita se soltou do poste.

Isso, sussurraram juntos, ela e Ravi.

Eles não deveriam comemorar, porque ela não estava livre. Pip continuava presa ao poste, os punhos amarrados ao redor dele, e muito provavelmente estava morta. Mas ela ganhou movimento para cima e para baixo entre duas prateleiras, as fitas que a prendiam deslizando no poste.

Pip não perdeu tempo, baixando os punhos o máximo que dava, até a prateleira inferior. Ela tateou o canto da prateleira com os dedos e, lá dentro, sentiu algo pequeno e duro de metal. Devia ser a porca, presa na ponta do parafuso. Pip pressionou o dedo com força, sentindo a ponta do parafuso emergindo da porca. Não era tão afiada quanto ela gostaria, mas serviria para cortar a silver tape.

Próximo passo: tirar a porca. Não seria fácil, Pip percebeu ao mexer as mãos de novo. Não havia como levar os polegares para aquele lado do poste, estavam presos em direção ao corpo. Ela teria que usar dois outros dedos. Da mão direita, óbvio. Era a mais forte. Ela posicionou o dedo médio e o indicador ao redor da porca, segurou com força e tentou torcer o metal. Droga, tinha sido parafusado bem apertado. E qual era o lado certo para afrouxá-lo? Teria que girar a porca à esquerda, ou seja, à direita *dela*?

Não entre em pânico, apenas tente, instruiu Ravi. *Tente até soltar.*

Pip tentou. E tentou. Não estava funcionando, não soltaria. Ela estava morta de novo.

Ela se mexeu e tentou girar para o outro lado, lutando com o ângulo. Isso nunca adiantaria. Ela precisava dos polegares; como alguém poderia fazer isso sem os polegares? Pip posicionou os dedos ao redor do metal e torceu. Doeu até os ossos, e se ela quebrasse os dedos... bem, ela tinha mais deles. A porca se mexeu. Pouco, mas mexeu.

Pip fez uma pausa para esticar os dedos doloridos e contar seu feito a Ravi.

Bom, isso é bom, disse ele. *Mas você tem que continuar, você não sabe quanto tempo ele vai demorar para voltar.*

Já devia ter se passado meia hora desde que Jason fora embora. Pip não tinha como saber, e o terror fazia o tempo passar de forma estranha. Vidas inteiras em segundos, e o contrário. A porca quase não afrouxou, aquilo ia demorar um tempinho, e ela não podia perder o foco.

Pip pôs os dedos para trabalhar de novo, apertou a porca de metal saliente e a puxou. Era teimosa, movendo-se apenas quando ela dava tudo de si, e, mesmo assim, mal saindo do lugar. Toda vez que cedia, Pip tinha que reposicionar os dedos ao redor dela.

Reposicionar. Segurar. Virar.

Reposicionar. Segurar. Virar.

Era apenas um movimento minúsculo, com uma das mãos, e ainda assim Pip sentia o suor escorrendo pela parte interna dos braços, no tecido de seu moletom. Deslizando pela fita nas têmporas e no lábio superior. Quanto tempo fazia? Minutos. Mais que cinco? Mais que dez? A porca estava se soltando, cedendo um pouco mais a cada volta.

Reposicionar. Segurar. Virar.

Devia ter completado uma volta inteira. A porca ficou mais solta no parafuso, em seus dedos. Pip conseguiu girá-la em quartos de círculo.

Meio círculo.

Uma volta inteira.

Outra.

A porca se soltou do parafuso, descansando nas pontas dos dedos de Pip.

Isso, sussurrou Ravi na cabeça dela quando Pip deixou a porca cair no chão, um pequeno tilintar de metal no imenso e escuro desconhecido.

Era hora de remover o parafuso e cortar a fita dos punhos. Ela estava apenas provavelmente morta agora, não com certeza. Talvez ela sobrevivesse. Só talvez. A esperança descoloriu algumas das beiradas escuras do terror.

Cuidado, disse Ravi enquanto Pip tateava a ponta do parafuso. Ela o empurrou, fazendo-o passar pelo buraco do móvel. Teve que empurrar com força, o peso da prateleira e de todos aqueles galões influenciando a posição do parafuso. Empurrou de novo, e a ponta desapareceu dentro do buraco.

Tudo bem, respire. Ela mudou a posição das mãos mais uma vez, alcançando a parte da frente do poste de metal. Pronto, estava melhor: ela conseguia usar o polegar. Pip procurou o parafuso saliente, encontrou-o com o dedo e o segurou com força, entre o indicador e o polegar.

Não solte.

Ela puxou o parafuso, produzindo um barulho de metal no metal.

A prateleira se inclinou para a frente, perdendo o apoio.

Alguma coisa dura e pesada deslizou para baixo, batendo no ombro dela.

Pip se encolheu.

Sua mão afrouxou, só por um segundo.

O parafuso caiu.

Um pequeno ruído de metal no concreto, quicando uma, duas vezes, rolando para longe.

No desconhecido escuro.

VINTE E NOVE

Nãonãonãonãonãonãonãonão.

O ar passava tremendo para dentro e para fora de seu nariz, assobiando nas beiradas da fita.

Pip varreu o chão com as pernas, para um lado e para o outro, sentindo o desconhecido. Não havia nada ao redor dela além de concreto. O parafuso se foi, estava fora do alcance. E ela estava morta outra vez.

Me desculpa, disse para o Ravi da sua cabeça. *Eu tentei. Tentei mesmo. Queria ver você de novo.*

Está tudo bem, sargento, respondeu ele. *Eu não vou a lugar nenhum. Nem você. Planos mudam o tempo todo. Pense.*

Pensar no quê? Aquela tinha sido sua última oportunidade, o resquício de esperança, e agora o terror estava se alimentando disso também.

Ravi se sentou, suas costas encostadas nas de Pip, mas na verdade era o galão pesado de herbicida atrás dela, empurrando para baixo o canto solto da prateleira. O metal gemeu e entortou.

Pip tentou pegar a mão de Ravi e sentiu o canto inclinado da prateleira em vez disso. Havia um espaço mínimo entre a prateleira torta e o poste ao qual deveria estar presa. Minúsculo. Mas era o bastante para deslizar sua unha por ali. E, se era grande o bastante para isso, então era grande o bastante para a largura da silver tape amarrada ao redor dos punhos.

Pip prendeu a respiração ao tentar. Abaixando as mãos, forçou o lado vazio da fita pelo espaço. O material se prendeu na prateleira, então Pip se remexeu e balançou as mãos, até que a silver tape se soltou. Pip deslizou as amarrações por baixo da prateleira, agora presa apenas à parte mais baixa da estante. O pequeno pedaço de metal na vertical e o chão sob ele eram tudo o que a mantinha ali. Se conseguisse, de alguma forma, levantar o poste, poderia deslizar as amarras por baixo e sair...

Ela arrastou os pés, verificando a área ao redor, tomando cuidado para continuar bloqueando o galão para que ele não caísse. Suas pernas mergulharam no canal rebaixado que atravessava o piso de concreto. Era uma ideia. Se ela conseguisse arrastar a prateleira para aquela calha, haveria espaço sob a perna do poste para ela se soltar. Mas como iria arrastá-la? Pip estava presa pelos punhos, os braços travados atrás de si. Se não tinha conseguido lutar contra Jason com os braços, não havia como ela levantar aquela estante pesada. Pip não era assim tão forte, e, para sobreviver, tinha que aceitar suas limitações. Não era assim que sairia dali.

Então, como?, perguntou Ravi.

Uma ideia: a silver tape havia se agarrado à prateleira irregular quando ela baixou as mãos. Se passasse a fita por aquele buraco várias vezes, se continuasse prendendo, talvez começasse a fazer pequenos rasgos nas amarras. Mas isso levaria tempo, tempo que ela já havia gastado soltando a porca e tirando o parafuso. O AST poderia voltar a qualquer momento. Pip devia estar sozinha havia mais de uma hora, talvez bem mais que isso. Sozinha, embora Ravi estivesse bem ali. Seus pensamentos na voz dele. Sua tábua de salvação. Seu alicerce.

O tempo era uma limitação. A força de seus braços, outra. O que restava?

Suas pernas. Suas pernas estavam livres. E, ao contrário dos braços, eram fortes. Pip correu de monstros por meses. Se era fraca demais para arrastar ou levantar as prateleiras, talvez fosse forte o suficiente para empurrá-las.

Pip explorou o desconhecido com as pernas mais uma vez, esticando-se até o poste traseiro da estante. Através do tecido do tênis, ela sentiu que a parte de trás das prateleiras não estava encostada na parede. Estava alguns centímetros para a frente, deixando um buraco com, pelo menos, a largura de seu pé. Não tinha muito espaço, mas era o bastante. Se conseguisse empurrar as prateleiras para trás, elas tombariam contra a parede. E as pernas dianteiras ficariam para cima, como um inseto de costas. Esse era o plano. Um bom plano. E talvez ela de fato sobrevivesse para ver todo mundo de novo.

Pip balançou as pernas para a frente e cravou os calcanhares, usando a borda da calha para empurrar. Ela apoiou os ombros na prateleira, ainda impedindo o galão mais próximo de deslizar.

Ela fez força para baixo com os calcanhares e se levantou do chão.

Vamos lá, disse para si mesma, e não precisava mais ouvir a voz de Ravi. A própria voz bastava. *Vamos lá.*

Pip gritou com o esforço, o som abafado enchendo sua máscara mortuária.

Ela jogou a cabeça para trás, contra o poste, e a usou para empurrar também.

Movimento. Ela sentiu um movimento, ou a esperança estava apenas a enganando.

Pip arrastou um pé mais para perto, então o outro, e os levou para a calha, os ombros batendo nas prateleiras. Os músculos da parte de trás de suas pernas estremeceram, e parecia que seu tronco estava sendo rasgado. Mas ela sabia que era isso ou a morte, então empurrou e empurrou.

As prateleiras cederam e tombaram para trás.

O barulho do metal encontrando tijolo. Um estrondo quando o galão de herbicida enfim caiu, se esparramando pelo concreto.

Outros deslizaram, batendo na parede dos fundos. Um cheiro forte de substâncias químicas e algo encharcando sua legging.

Mas nada disso importava.

Pip baixou as amarras pelo poste de metal. E ali, no final, estava sua liberdade. Havia apenas cerca de um centímetro de distância do chão de concreto, mas era mais que o suficiente. Ela deslizou a fita sobre o fim do poste e estava livre.

Mas não totalmente.

Pip se afastou das prateleiras, do líquido que se acumulava ao redor dela. Deitou-se de lado, dobrou os joelhos, aproximando-os do peito, e deslizou as mãos amarradas por baixo dos pés, os braços agora na sua frente.

A fita saiu com facilidade, uma mão deslizando para fora do espaço deixado pelo poste, depois liberando a outra.

Seu rosto. Seu rosto era o próximo.

Às cegas, ela tateou pela máscara de silver tape, procurando a ponta que o AST tinha deixado. Ali estava, perto da têmpora. Ela puxou, e a fita se desfez com um rasgo alto. Puxou a pele, arrancou cílios e sobrancelhas, mas Pip puxou mesmo assim, forte e rápido, e abriu os olhos. Piscou naquele depósito frio, observando a destruição que provocara nas prateleiras às suas costas. Ela continuou puxando e rasgando, e a dor era agonizante, sua pele estava em carne viva, mas era uma dor boa, porque ela iria sobreviver. Segurou o cabelo para tentar impedir a fita de arrancá-lo da raiz, mas pequenos tufos acabaram saindo.

Desenrolando e desenrolando.

A parte de cima da cabeça e abaixo do nariz. A boca ficou livre e Pip respirou por ela, uma respiração pesada. O queixo. Uma orelha. E então a outra.

Pip deixou sua máscara desfeita cair no chão. A fita adesiva longa e sinuosa, cheia de cabelos e pequenas manchas de sangue que lhe foram tirados.

O Assassino da Silver Tape tinha roubado seu rosto, mas ela o havia recuperado.

Pip se inclinou para desenrolar a fita que ainda prendia os tornozelos, então se levantou, as pernas quase cedendo sob seu peso.

Agora o depósito. Ela só tinha que sair do depósito e estaria praticamente viva. Ela andou até a porta, pisando em algo no caminho. Pip olhou para baixo: era o parafuso que deixara cair. Ele rolou quase até a porta através do desconhecido. Pip empurrou a maçaneta para baixo, sabendo que seria inútil. Ela tinha ouvido Jason passar a chave. Mas havia uma porta do outro lado do depósito. Não levaria para fora do prédio, mas levaria a algum lugar.

Pip correu até ela, perdendo o controle quando os tênis rasparam no concreto, derrapando até se chocar contra uma bancada de trabalho ao lado da porta. A bancada saiu do lugar, um som de metal colidindo com uma grande caixa de ferramentas que estava sobre o tampo. Pip se endireitou e testou a maçaneta da porta. Também estava trancada. Merda. Ok.

Ela voltou para o outro lado, para o galão de herbicida, o líquido escuro escorrendo na calha como um rio amaldiçoado. Uma linha brilhante refletiu no líquido, mas não era das luzes do teto. Era da janela bem alta à sua frente, deixando entrar a última luz da tarde. Ou a primeira da noite. Pip não sabia que horas eram. E as prateleiras tombadas alcançavam a janela, quase como uma escada.

A janela era pequena e não parecia que poderia ser aberta. Mas Pip conseguiria passar por ela, tinha certeza disso. E se não desse, daria um jeito. Subiria por ela e cairia do lado de fora. Só precisava de algo para quebrar o vidro.

Ela olhou ao redor. Jason havia deixado o rolo de silver tape no chão, perto da porta. Ao lado, havia um pedaço enrolado de corda azul. *A* corda azul, percebeu Pip, com um arrepio. A corda que o Assassino da Silver Tape usaria para matá-la. Não mais. A menos que ele voltasse naquele instante.

O que mais havia na sala? Só ela e muito herbicida e fertilizante. Ah, espere. Sua mente saltou de volta para o outro lado do depósito. Havia uma caixa de ferramentas por lá.

Ela correu para a bancada de novo, uma dor nas costelas e outra no peito. Havia um post-it colado no topo da caixa de ferramentas. Em garranchos meio inclinados, dizia: *J, a equipe Vermelha continua pegando as ferramentas da equipe Azul. Então estou deixando isso aqui para o Rob. — L*

Pip destravou a caixa e abriu a tampa. Dentro, havia um amontoado de chaves de fenda e parafusos, uma trena, um alicate, uma furadeira pequena, algum tipo de chave-inglesa. Pip enfiou a mão lá no fundo e, por baixo de tudo, achou um martelo. Um bem grande.

— Desculpa, time Azul — murmurou, pegando o martelo.

Pip parou diante das prateleiras tombadas, de *suas* prateleiras, e olhou para trás mais uma vez, para a sala onde ela soube que iria morrer. Onde as outras morreram, todas as cinco. E então ela subiu, equilibrando os pés na prateleira mais baixa, usando-a como degrau, erguendo-se para o nível seguinte. Ainda havia força em suas pernas, moviam-se com a adrenalina.

Com os pés plantados na prateleira do topo, ela se agachou, ficando em frente à janela. Um martelo na mão e uma janela intacta à sua frente. Pip já estivera nessa situação antes. Seu braço sabia o que fazer. Ela o arqueou para trás para ganhar impulso, então balançou o braço em direção à janela, que se partiu, uma teia de aranha estilhaçando o vidro reforçado. Pip repetiu o movimento, e o martelo atravessou o vidro, partindo-se ao redor. Os fragmentos ainda se agarravam à moldura, mas ela os acertou um a um para não se cortar. Qual seria a distância até o chão? Pip soltou o martelo do lado de fora e o observou cair no cascalho. Não era alto. Ela ficaria bem se dobrasse as pernas.

Agora era apenas ela e um buraco na parede, e alguma coisa a esperava do outro lado. Não alguma coisa. Tudo. Vida, uma vida normal. O Time Ravi e Pip e os seus pais e Josh e Cara e todo mundo. Talvez estivessem procurando por ela, embora não estivesse desaparecida havia muito tempo. Algumas partes suas talvez tivessem sumido, partes que talvez nunca fosse recuperar, mas ela continuava viva. E estava indo para casa.

Pip agarrou a moldura da janela e se impulsionou para a frente, deslizando as pernas antes do restante do corpo. Segurou firme ao passar os ombros e a cabeça e os manobrou para fora também. Ela olhou para o cascalho, para o martelo, e se soltou.

Pousou. Sentiu o impacto sob os pés, a força retumbando nas pernas. Uma dor no joelho esquerdo. Mas estava livre, estava viva. A respiração saiu tão forte que parecia uma risada. Ela tinha conseguido. Tinha sobrevivido.

Pip pôs-se a ouvir. O único barulho era o vento nas árvores, parte dele encontrando os novos buracos nela também, soprando através de sua caixa torácica. Pip se abaixou e pegou o martelo, segurando-o ao lado do corpo, só por garantia. Mas, quando virou a esquina do prédio, viu que o complexo estava vazio. O carro de Jason não estava ali, e o portão estava trancado de novo. A cerca de metal na frente era alta demais, Pip nunca conseguiria escalá-la. Mas a parte de trás do quintal era margeada por um bosque, e era improvável que não houvesse como acessá-lo.

Novo plano: ela só tinha que seguir as árvores. Seguir as árvores, encontrar uma estrada, encontrar uma casa, encontrar alguém, ligar para a polícia. Apenas isso. Faltavam as partes fáceis, somente um pé na frente do outro.

Um pé na frente do outro, o barulho do cascalho. Ela passou pelas vans estacionadas, por grandes contêineres e maquinários, trailers com cortadores de grama e uma pequena empilhadeira. Um pé na frente do outro. Cascalho virou terra que virou o estalar das folhas. A última luz do dia se foi, mas a lua saiu cedo, vigiando Pip. Ela estava sobrevivendo: um pé na frente do outro, só precisava disso. Seus tênis e as folhas sendo esmagadas sob eles. Ela largou o martelo e continuou a andar por entre as árvores.

Um novo barulho a deteve.

O zumbido distante de um motor. A batida da porta de um carro. O ranger de um portão.

Pip correu para trás de uma árvore e observou o complexo.

Dois faróis amarelos avançaram, piscando para ela através dos galhos. Rodas no cascalho.

Era o Assassino da Silver Tape. Jason Bell. Ele tinha voltado. Estava pronto para matá-la.

Mas o homem não a encontraria lá, só as partes que ela havia deixado para trás. Pip estava livre, tinha escapado. Tudo que precisava fazer era encontrar uma casa, encontrar uma pessoa, ligar para a polícia. As partes fáceis. Ela podia fazer isso. Virou-se, ignorando os faróis às suas costas. Seguiu em frente, pegando ritmo. Ela só precisava ligar para a polícia e contar tudo: que o Assassino da Silver Tape tinha acabado de tentar matá-la e que sabia quem ele era. Poderia até mesmo ligar direto para o detetive Hawkins, ele entenderia.

Pip vacilou, um pé no ar.

Espere.

Ele entenderia?

Ele nunca entendia. Nada disso. E não era nem uma questão de entender, era uma questão de acreditar. Ele tinha dito isso bem na cara dela, de um jeito gentil, mas a mensagem era a mesma: que ela estava imaginando coisas. Que ela não tinha um stalker, só estava delirando, vendo perigo em todos os cantos por causa do trauma sofrido, mesmo que Hawkins fosse responsável em parte por aquele trauma, porque não tinha acreditado em Pip quando ela o procurou para falar de Jamie.

Era um padrão que se repetia. Não, não um padrão, era um ciclo. Era disso que se tratava, tudo sendo encerrado, fechando o ciclo. O fim era o começo. Hawkins não tinha acreditado nela duas vezes antes, então por que Pip achava que acreditaria agora?

E a voz na sua cabeça não era mais a de Ravi, era a de Hawkins. Dizendo de um jeito gentil, mas a mensagem era a mesma.

O Assassino da Silver Tape já está na cadeia. Está preso há anos. Ele confessou, diria Hawkins.

Billy Karras não é o Assassino da Silver Tape, contestaria Pip. *É o Jason Bell.*

Hawkins balançou a cabeça na mente dela.

Jason Bell é um homem respeitável. Um bom marido, um pai de família. Ele já passou por tanta coisa, por causa da Andie. Eu o conheço há anos, jogamos tênis de vez em quando. Ele é meu amigo. Você acha que eu não saberia? Ele não é o Assassino da Silver Tape e não é um perigo para você, Pip. Você está conversando com alguém? Está recebendo ajuda?

Estou pedindo ajuda para você, respondeu Pip.

Pedindo ajuda para ele de novo e de novo. Quando ela finalmente aprenderia a romper o ciclo?

E se seus piores medos estivessem certos? E se a polícia não acreditasse nela, não prendesse Jason, e aí? O Assassino da Silver Tape continuaria à solta. Jason poderia pegá-la de novo, ou outra pessoa. Pegar alguém de quem ela gostava para puni-la, porque ela era barulhenta demais e precisava ser calada de alguma forma. Ele se safaria. Eles sempre se safavam. Ele. Max Hastings. Estavam acima da lei porque a lei estava errada. Uma legião de garotas mortas e mortas por dentro deixada para trás.

— Não vão acreditar em mim — disse Pip para si mesma, com a própria voz. — Nunca vão acreditar em nós. — Em voz alta, para que ela realmente ouvisse e entendesse dessa vez.

Estava sozinha. Não era Charlie Green quem tinha as respostas, era ela. Não precisava dos conselhos dele para saber o que fazer dessa vez.

Romper o ciclo. Ela tinha o direito de rompê-lo. E só havia uma forma de fazer isso.

Pip se virou, as folhas amontoadas grudadas nas solas brancas dos tênis.

E voltou.

Retornou pelas árvores escuras. O brilho do luar refletia na superfície do martelo caído, mostrando o caminho. Ela se inclinou para pegá-lo, testou a força que usava para segurá-lo.

Folhas secas na grama, na terra, no cascalho, facilitando seus passos. Seus pés avançavam sem fazer barulho. Talvez ela fosse barulhenta demais para ele, mas Jason não a ouviria se aproximando.

À frente, ele havia saído do carro e caminhava até a porta de metal por onde havia arrastado Pip, seus passos disfarçando os dela. Cada vez mais perto. Ele parou, e ela também, esperando. Esperando.

Jason levou a mão ao bolso, do qual tirou o molho de chaves. Um tilintar de metal, e Pip deu alguns passos lentos, escondendo-se sob aquele ruído.

Jason encontrou a chave certa, longa e irregular. Ele a empurrou na fechadura, metal raspando no metal, e Pip se aproximou.

Romper o ciclo. O fim era o começo, e aquele momento era os dois, a origem. Terminar onde tudo começou.

Ele girou a chave, e a fechadura destrancou com um clique sombrio, o som ecoando no peito de Pip.

Jason abriu a porta do depósito iluminado pela luz amarela. Deu um passo adiante, avançando pela soleira, olhou lá para dentro, então deu um passo para trás, absorvendo a cena: prateleiras derrubadas, janela arrombada, um rio de herbicida derramado, pedaços de silver tape desenrolados.

Pip estava logo atrás dele.

— Mas que...? — disse Jason.

O braço dela sabia o que fazer.

Pip tomou impulso e fez força com o martelo.

A ferramenta colidiu com a base do crânio de Jason.

Um estalo doentio de metal no osso.

Ele cambaleou. Até se atreveu a soltar o fôlego.

Pip repetiu o movimento.

Uma rachadura.

Jason tombou para a frente no concreto, amparando-se com uma das mãos.

— Por favor... — implorou ele.

Pip tomou impulso, forçando o cotovelo para trás, um jato de sangue atingindo seu rosto.

Ela se inclinou e tomou impulso de novo.

De novo.

De novo.

De novo.

De novo.

De novo.

De novo.

Até que nada se moveu. Nem uma contração nos dedos dele, nem um reflexo em suas pernas. Só um novo rio, vermelho, vazando devagar da cabeça desfeita dele.

TRINTA

Ele estava morto.

Jason Bell, o Assassino da Siver Tape: eram um só, e ele estava morto. Pip não precisava conferir se o peito dele subia ou descia nem sentir o pulso para saber disso. Era evidente só de olhar para o que sobrara de sua cabeça.

Ela o havia matado. Rompido o ciclo. Ele nunca a machucaria, nunca mais machucaria ninguém.

Não era real, e ela não era real, agachada e encostada na parede, perto das prateleiras tombadas, abraçando as pernas ao peito, seu reflexo distorcido no martelo abandonado enquanto balançava o corpo para a frente e para trás. Era real, ele estava bem diante dela, e ela estava ali também. Ele estava morto, e ela o havia matado.

Havia quanto tempo Pip estava sentada naquela sala, se balançando? O que estava fazendo, esperando para ver se ele respirava fundo ou se levantava? Pip não queria isso. Tinha sido ela ou ele. Não legítima defesa, mas uma escolha, uma escolha que ela tinha feito. Ele estava morto, e isso era bom. Era o certo. Deveria ser assim.

Então, o que aconteceria dali em diante?

Não havia um plano. Nada além de romper o ciclo, além de sobreviver, e matá-lo foi como ela conseguiu sobreviver. Então, agora que aquilo estava feito, como ela continuaria sobrevivendo? Pip repetiu a pergunta para o Ravi que vivia em sua cabeça. Pediu ajuda para ele, porque ele era a única pessoa para quem ela sabia como pedir. Mas ele tinha ficado quieto. Não havia mais ninguém ali, só um zumbido em seus ouvidos. Por que ele a havia abandonado? Pip ainda precisava dele.

Mas ele não era o verdadeiro Ravi, apenas seus pensamentos embalados na voz dele, sua tábua de salvação à beira do precipício. Ela não estava mais à beira do precipício. Estava viva, e o veria mais uma vez. E precisava vê-lo, imediatamente. Aquilo era demais para lidar sozinha.

Pip se levantou, tentando não olhar para as manchas de sangue nas mangas de sua roupa. E em suas mãos também. Eram reais demais dessa vez. Merecidas. Ela as limpou na legging escura.

Tinha visto, do outro lado do depósito, algo com um formato retangular no bolso traseiro da calça de Jason. O iPhone dele, meio para fora. Pip se aproximou com cuidado, evitando o rio vermelho que refletia as luzes do teto. Ela não queria chegar mais perto, com medo de que a proximidade pudesse de alguma forma trazê-lo de volta à vida. Mas ela precisava. Precisava do celular dele para falar com Ravi, assim ele poderia ir até lá e lhe dizer que tudo ficaria bem, que tudo voltaria ao normal, porque eles eram um time.

Ela estendeu a mão para pegar o celular. Espere, Pip, calma um segundo. Pense no que você está fazendo. Ela parou. Se usasse o celular de Jason para entrar em contato com Ravi, isso deixaria um rastro, criaria um vínculo irreparável entre Ravi e a cena do crime. O Assassino da Silver Tape era um assassino, mas também tinha sido assassinado, e por mais que ele merecesse aquilo, a lei não dava a mínima. Alguém teria que pagar pela cabeça estraçalhada dele. Não. Pip não podia conectar Ravi à cena do crime, a Jason, de jeito nenhum. Isso era impensável.

Mas ela não podia lidar com tudo sozinha, sem ele. Isso era impensável também. Uma solidão sombria e profunda demais.

Suas pernas ficaram fracas ao passar por cima do corpo de Jason e tropeçar lá para fora, no cascalho. Ar fresco. Ela respirou o ar fresco do crepúsculo, mas estava maculado pelo cheiro metálico do sangue.

Ela deu seis, sete passos em direção ao carro de Jason, mas aquele cheiro a seguiu, agarrando-se a ela. Pip observou seu reflexo escuro na janela do carro. O cabelo estava emaranhado e quebradiço. O rosto, em carne viva e machucado por causa da fita. Os olhos, distantes e, ao mesmo tempo, bem ali. E aquelas sardas... elas eram novas. Resíduos do sangue de Jason.

Pip sentiu sua visão apagar e voltar, os joelhos cedendo. Ela olhou para si mesma e depois para dentro de si, para a escuridão que a dominava. E então para outro ponto: havia algo chamando sua atenção, o brilho do luar atingindo a superfície, mostrando-lhe o caminho mais uma vez. Era sua mochila. A mochila cor de bronze no banco de trás do carro de Jason.

Ele a pegara quando a sequestrou.

Não era muito, mas era dela, e lhe parecia uma velha amiga.

Pip procurou a maçaneta e a puxou. Abriu a porta. Jason devia ter deixado o carro destrancado, as chaves ainda à espera na ignição. Ele pretendia acabar com aquilo rápido, mas Pip tinha acabado primeiro.

Ela puxou a mochila, e queria abraçá-la, essa parte de seu antigo eu, antes de quase morrer. Queria pegar emprestado um pouco da vida do objeto. Mas não podia fazer isso, mancharia a mochila de sangue. Pip a deixou no chão e abriu o zíper. Ainda estava tudo ali. Tudo que ela tinha levado ao sair de casa naquela tarde: roupas para ficar na casa de Ravi, escova de dentes, garrafa de água, carteira. Ela tirou a garrafa e tomou um demorado gole de água, a boca seca depois de todos aqueles gritos abafados. Porém, se ela bebesse mais, passaria mal. Guardou a garrafa e encarou o conteúdo da mochila.

Seu celular não estava ali. Pip já sabia disso, mas a esperança tinha anuviado parte da memória dela. O aparelho estava destruído, caído lá pela Cross Lane. De jeito nenhum Jason o teria trazido consigo, pelo mesmo motivo: seria um vínculo irreparável com a vítima. Ele se safou dos crimes por um bom tempo, sabia de coisas assim, da mesma forma que ela.

Pip quase caiu de joelhos, mas um novo pensamento a alcançou a tempo, e a lua ajudou outra vez, fazendo algo reluzir no banco do passageiro. É verdade, o Assassino da Silver Tape sabia dessas coisas, e por isso nunca o pegaram. E era por isso que ele usava um celular descartável para ligar para as vítimas. De outra forma, sua conexão com o caso teria sido descoberta logo após o primeiro assassinato. Pip sabia disso porque conseguia vê-lo, bem ali. Jogado no banco do passageiro. Um Nokia pequeno e quadrado, como o dela, a tela refletindo o luar para chamar sua atenção, mostrando-lhe a saída. Pip abriu a porta do carro e encarou o aparelho. Jason Bell tinha um celular descartável. Pago em dinheiro, então não teria como ser vinculado a ela nem a Ravi, a menos que alguém o encontrasse. Mas ninguém o encontraria, ela destruiria o aparelho logo depois.

Pip se abaixou, pousando os dedos na borda de plástico fria. Apertou o botão do meio, e a tela com luz de fundo verde acendeu. Ainda estava com bateria. Pip olhou para cima e agradeceu à lua, quase chorando de alívio.

Os números na tela lhe informavam que eram 18h47. Era isso, era tudo. Ela tinha ficado no porta-malas do carro por dias, naquele depósito por meses, enrolada naquela fita por anos, e ainda assim tudo tinha acontecido em menos de três horas. Eram 18h47: um início de noite normal de setembro, com um crepúsculo rosado e um vento frio, e um cadáver atrás dela.

Pip navegou pelo menu para verificar a lista de chamadas recentes: às 15h51, o celular recebeu uma ligação de *Número privado*, dela. E, antes disso, tinha ligado para o número de Pip. Ela teria que destruir o celular de qualquer forma, por causa daquela conexão entre ela e o homem morto no chão. Mas aquela era sua saída para falar com Ravi, para ter ajuda.

Pip digitou o número do namorado, mas seu polegar hesitou sobre o botão de ligar. Ela o apagou, substituindo-o pelo telefone fixo da casa dele. Era melhor, uma ligação menos direta com ele, caso encontrassem o celular descartável. Não encontrariam o celular descartável.

Pip pressionou o botão verde e então levou o pequeno aparelho ao ouvido.

Tocou. Só pelo celular desta vez. Três toques, e depois um clique. Um farfalhar.

— Alô, residência dos Singh — atendeu uma voz alta e alegre.

Era a mãe de Ravi.

— Oi, Nisha, é a Pip — disse ela, uma aspereza na voz.

— Ah, olha quem apareceu. Ravi estava te procurando. Se preocupando demais, como sempre, meu garotinho sensível. — Ela deu uma risada. — Ele me disse que você vem para o jantar hoje, não é? Mohan está insistindo para nós jogarmos *Articulate*. Parece que já colocou você no time dele.

— Hm. — Pip pigarreou. — Na verdade, acho que não vou poder ir essa noite. Surgiu um imprevisto. Desculpa.

— Ah, poxa, que pena. Você está bem, Pip? Sua voz está meio estranha.

— Ah, estou, estou sim. Peguei uma gripezinha, só isso. — Ela fungou. — Hã, ele está aí? O Ravi?

— Está, sim. Dois segundos.

Pip a ouviu chamar o nome dele.

E, no fundo, ouviu o som distante da voz do namorado. Pip caiu no cascalho, os olhos vidrados. Não fazia muito tempo que tinha pensado que nunca mais ouviria a voz dele.

— É a Pip! — Ela ouviu Nisha gritar, e a voz de Ravi ficou mais próxima, mais próxima e frenética.

Um farfalhar quando o telefone foi de uma mão para a outra.

— Pip? — disse ele na linha, como se não acreditasse.

Pip hesitou por um momento, deixando a voz dele preenchê-la, recebendo-a de volta em seu lar. Nunca mais deixaria de dar valor a isso, nunca mais.

— Pip? — repetiu ele, mais alto.

— É... É, sou eu. Estou aqui.

Era difícil empurrar as palavras para fora, um nó apertando sua garganta.

— Ai, meu Deus! — exclamou Ravi, e ela podia ouvi-lo trovejando escada acima para seu quarto. — Sério, onde você estava? Fiquei ligando por horas. Seu celular está caindo direto na caixa postal. Era para você ficar me mandando notícias. — Ele parecia bravo. — Liguei para Nat, e ela disse que você nem passou lá. Acabei de voltar da sua casa, passei para ver se você estava lá, e o seu carro estava, mas você, não, então seus pais devem estar preocupados, porque acharam que você estava comigo. Eu já ia ligar para a polícia, Pip. Sério, onde você estava?

Ele estava bravo, mas Pip não podia deixar de sorrir, segurando o celular mais forte na orelha, trazendo Ravi mais para perto de si. Ela tinha desaparecido, e ele tinha... ele tinha ido investigar.

— Pip?!

Ela conseguia imaginar a expressão dele: um olhar sério e uma sobrancelha arqueada, esperando que ela se explicasse.

— E-eu te amo — disse Pip, porque ela nunca dissera o bastante, e isso importava. Não sabia quando tinha sido a última vez que disse isso, e, se dissesse de novo, também não seria a última vez. — Eu te amo. Me desculpe.

Ravi hesitou, a respiração mudando.

— Pip — repetiu ele, o tom rigoroso sumindo de sua voz. — Você está bem? O que foi? Sei que tem algo errado. O que é?

— Eu não sabia quando tinha sido a última vez que falei isso para você. — Ela enxugou as lágrimas. — É importante.

— Pip — disse ele, mantendo-a firme. — Onde você está? Me diz onde você está agora.

— Você pode vir? Preciso de você. Preciso de ajuda.

— Posso — garantiu ele, decidido. — Vou agora mesmo. Só me diz onde você está. O que aconteceu? Tem algo a ver com o Assassino da Silver Tape? Você sabe quem ele é?

Pip encarou os pés de Jason, saindo pela porta do depósito. Ela respirou fundo e se concentrou, voltando a atenção para Ravi.

— É... Estou na Cena Verdejante. A empresa do Jason Bell, em Knotty Green. Você sabe onde é?

— Por que você está aí? — A voz dele estava mais alta, confusa.

— Só... Ravi, não sei quanto tempo tem de bateria nesse celular. Você sabe onde é?

— Que celular você está usando?

— Ravi!

— Sim, sei — respondeu ele, gritando também, embora não soubesse por quê. — Sei onde fica, posso pesquisar.

— Não, não, não — declarou Pip, apressada. Ela precisava que ele entendesse sem que ela de fato falasse aquilo. Não pelo celular. — Não, Ravi, você não pode usar o celular para chegar aqui. Precisa deixar o celular em casa, está bem? Não traz o celular com você. Não traz.

— Pip, o qu...?

— Você tem que deixar o celular em casa. Procura no Google Maps agora, mas não digita Cena Verdejante na barra de pesquisa, isso é fundamental. Só faça uma busca no mapa.

— Pip, o que está...?

Ela o interrompeu, outro pensamento lhe ocorrendo.

— Não, espera. Ravi, você não pode passar por nenhuma rua principal. Nem rodovias. Nenhuma sequer. Precisa pegar as ruas secundárias, só as pequenas. As grandes têm câmeras de trânsito. Você não pode ser visto em nenhuma câmera. Só use as vias secundárias. Ravi, você entendeu? — Sua voz era urgente. O choque passara, deixado naquela sala com o cadáver.

Pip ouviu o clique do touchpad ao fundo.

— Entendi. Estou pesquisando agora. Aham, é aqui. Descendo a Watchet Lane, virando na Hazlemere — murmurou ele. — Seguindo por aquelas ruas residenciais, pegando a direita na outra estrada. Aham — repetiu. — É, consigo achar. Vou anotar isso. Só pelas vias secundárias, deixar o celular em casa. Entendido.

— Ótimo — disse ela, expirando, e apenas aquele esforço a fez se sentir fraca, despencando ainda mais no cascalho.

— Você está bem? — perguntou ele, assumindo o comando de novo, porque eram um time. — Está em perigo?

— Não — respondeu ela, baixinho. — Não mais. Não de verdade.

Ele sabia? Conseguia ouvir na voz dela, visceral e áspera, marcada para sempre pelas últimas três horas?

— Ok, espera aí. Já estou indo, Pip. Chego em vinte minutos.

— Não, calma, não acelera, você não pode ser...

Mas ele já tinha ido embora, três bipes altos no ouvido dela. Ele tinha ido, mas estava a caminho.

— Eu te amo — disse ela para o celular abandonado, porque nunca mais queria que fosse a última vez.

Mais barulho de cascalho sendo pressionado. Passo após passo após passo. Andando para cima e para baixo, contando os passos, contando os segundos, contando os minutos. E, embora ela tivesse dito a si mesma para não olhar, sua atenção sempre voltava para o corpo, convencida de que ele tinha mudado de posição toda vez. Não tinha, estava morto.

Andando para cima e para baixo, os primeiros esboços de um plano tomaram forma em sua mente, agora que o choque havia passado. Mas faltava algo. Faltava Ravi. Ela precisava dele, do time, das trocas entre eles que sempre lhe mostravam o caminho certo, o meio-termo entre um e outro.

Faróis atravessaram o céu cada vez mais profundo, um carro estacionando na entrada pouco antes do portão escancarado da Cena

Verdejante. Pip ergueu a mão para proteger os olhos do clarão, e então acenou para Ravi frear. O carro parou diante do portão, e os faróis se apagaram.

A porta do carro se abriu, e uma silhueta em forma de Ravi saiu lá de dentro. Ele nem parou para fechar a porta, foi correndo até Pip, espalhando o cascalho.

Pip o estudou como se fosse a primeira vez de novo. Sentiu algo se comprimindo em seu estômago, enquanto outra coisa se afrouxava no peito, se libertando, se abrindo. Ravi lhe prometera que ela o veria de novo, e ali estava ele, aproximando-se cada vez mais.

Pip ergueu a mão de novo para mantê-lo a distância.

— Deixou o celular em casa? — perguntou, a voz falhando.

— Deixei — respondeu Ravi, os olhos se arregalando de medo. Ainda mais ao analisá-la. — Você está machucada — disse ele, avançando. — O que aconteceu?

Pip se afastou.

— Não encosta em mim. É... Estou bem. O sangue não é meu. Pelo menos não a maioria. É... — Ela esqueceu o que estava tentando dizer.

Ravi fez uma cara séria, erguendo as mãos também.

— Pip, olha para mim — pediu ele, tranquilo, embora ela pudesse perceber que Ravi estava tudo, menos calmo.

Pip virou para trás por um momento, para os pés de Jason saindo da porta.

Ravi seguiu seu olhar.

— Quem é... Ele está bem?

— Ele está morto — disse Pip, voltando-se para o namorado. — É o Jason Bell. Era o Jason Bell, ele era o Assassino da Silver Tape.

Ravi arqueou as sobrancelhas, repassando as palavras, tentando encontrar o sentido por trás delas.

— Ele é... o quê? Como ele...? — Ravi balançou a cabeça. — Como você sabe?

Pip não sabia qual resposta ele precisava ouvir primeiro.

— Como eu sei que ele era o Assassino da Silver Tape? Ele me sequestrou na Cross Lane, me amarrou e botou no porta-malas do carro. Me trouxe para cá. Enrolou meu rosto com silver tape, me amarrou a uma prateleira. Igualzinho às outras. Elas morreram aqui. Ele ia me matar. — Não parecia real, agora que Pip estava dizendo em voz alta. Como se tivesse acontecido com uma pessoa diferente, à parte. — Ele ia me matar, Ravi. — Sua voz engasgou na garganta esgotada. — Achei que eu ia morrer e... e não sabia se eu conseguiria ver você de novo, ver qualquer pessoa. E pensei em você descobrindo que eu estava morta e...

— Ei, ei, ei — disse ele rapidamente, dando um passo cuidadoso em direção a ela. — Você está bem, Pip. Eu estou aqui, ok? Estou aqui agora. — Ravi vislumbrou o corpo de Jason, mantendo a atenção nele por tempo demais. — Merda — sussurrou. — Merda, merda, merda. Não dá para acreditar. Você não devia ter ficado sozinha. Eu não devia ter deixado você sozinha. Merda — repetiu, batendo a palma da mão na testa. — Cacete. Você está bem? Ele machucou você?

— Não, eu estou... eu estou bem — repetiu ela, aquela palavra pequena e abafada de novo, escondendo tantas coisas sombrias. — Só estou com machucados da fita. Estou bem.

— Então como...? — Ravi começou a perguntar, os olhos abandonando-a de novo, deslizando para o homem morto a pouco mais de três metros de distância.

— Ele me deixou sozinha, amarrada. — Pip fungou. — Não sei para onde ele foi, nem por quanto tempo. Mas consegui empurrar as prateleiras, me soltar e tirar a fita. Tem uma janela, eu saí por lá. E...

— Certo, certo — interrompeu ele. — Certo, está tudo bem, Pip. Vai ficar tudo bem. Merda — xingou outra vez, mais para si mesmo que para ela. — O que quer que você tenha feito, foi em legítima defesa, está bem? Legítima defesa. Ele ia matar você, então você precisou matar ele. Foi o que aconteceu. Legítima defesa, então está tudo bem, Pip. Só precisamos ligar para a polícia, certo? Contar o que aconteceu, o que ele fez com você e que você agiu em legítima defesa.

Pip balançou a cabeça.

— Não? — Ravi baixou as sobrancelhas. — Como assim *não*, Pip? Precisamos ligar para a polícia. Tem um homem morto no chão logo ali.

— Não foi legítima defesa — declarou ela, baixinho. — Eu tinha escapado. Eu estava livre. Podia ter fugido. Mas eu o vi voltando e o segui. Matei ele, Ravi. Vim de fininho por trás e o acertei com um martelo. Não foi legítima defesa. Foi uma escolha minha.

Ravi balançou a cabeça, ainda sem conseguir entender tudo.

— Não, não, não. Ele ia matar você, por isso você matou ele. Isso é legítima defesa, Pip. Está tudo bem.

— Eu matei ele.

— Porque ele ia matar você — repetiu Ravi, elevando o tom de voz.

— Como você sabe?

Pip tinha que fazê-lo entender que *legítima defesa* não era uma opção ali, como ela já havia percebido, ao andar de um lado para o outro.

— Como eu sei? — perguntou Ravi, incrédulo. — Porque ele sequestrou você. Porque ele é o Assassino da Silver Tape.

— O AST está preso há mais de seis anos — argumentou Pip, não em sua própria voz. — Ele confessou. Não houve assassinatos desde então.

— O quê? M-mas...

— Ele se declarou culpado no tribunal. Havia provas. Forenses e circunstanciais. O Assassino da Silver Tape já está na cadeia. Então por que eu matei esse homem?

Ravi estreitou os olhos, confuso.

— Porque ele é o verdadeiro Assassino da Silver Tape!

— O Assassino da Silver Tape já está na cadeia — repetiu Pip, observando os olhos dele, esperando que ele entendesse. — Jason

Bell era um homem respeitável. O diretor administrativo de uma empresa de médio porte, e ninguém tem nada de negativo a dizer sobre ele. É conhecido, pode até ser considerado amigo do detetive Richard Hawkins. Jason passou por uma tragédia, uma tragédia que, pode-se dizer, eu tornei muito pior. Então por que eu tinha uma obsessão por Jason Bell? Por que invadi a propriedade particular dele numa tarde de sábado? Por que me esgueirei atrás dele e o acertei com um martelo? Não foi só um golpe. Não sei quantas vezes o atingi. Vai dar uma olhada, Ravi. Vai ver. Eu não só o matei. Eu o massacrei, é esse o termo, né? E isso é incompatível com legítima defesa. Então, por que eu matei esse homem legal e respeitável?

— Por que ele era o Assassino da Silver Tape? — respondeu, menos confiante.

— O Assassino da Silver Tape já está na cadeia. Ele confessou — repetiu Pip, e viu a mudança no olhar do namorado conforme entendia o que ela queria dizer.

— Isso é o que você acha que a polícia vai pensar.

— A verdade não importa — acrescentou Pip. — O que importa é a narrativa que eles vão considerar aceitável. Digna de ser acreditada. E não vão acreditar na minha narrativa. Que prova eu tenho além da minha própria palavra? Jason se livrou dessa por anos. Pode não haver *nenhuma* evidência de que ele era o Assassino da Silver Tape. Não confio neles, Ravi. Confiei na polícia antes, e me decepcionaram todas as vezes. Se ligarmos para lá, é mais provável que eu passe o resto da vida presa por assassinato. Hawkins já acha que sou desequilibrada. E talvez eu esteja mesmo. Matei ele, Ravi. Eu sabia o que estava fazendo. E acho que nem me arrependo disso.

— Porque ele ia matar você. Porque ele é um monstro — declarou Ravi, procurando a mão dela antes de se lembrar do sangue e, por fim, deixar o braço cair ao lado do corpo. — O mundo está melhor sem ele. Mais seguro.

— Isso é verdade — concordou Pip, olhando para trás de novo, verificando se Jason não tinha se mexido, se ele não estava ouvindo. — Só que ninguém mais vai entender isso.

— Bom, e o que a gente vai fazer? — perguntou Ravi, inquieto, com um tremor no lábio. — Você não pode ser acusada de assassinato. Não é justo, não foi o que aconteceu. Você... Não sei se podemos dizer que foi a coisa certa, mas não foi errado. Não é igual ao que ele fez com aquelas mulheres. Ele merecia isso. E não quero perder você. Não posso perder você. É a sua vida inteira, Pip. A nossa vida inteira.

— Eu sei — concordou ela, um novo terror se instaurando em sua mente.

Mas havia outra coisa lá dentro também, mantendo o terror afastado. Um plano. Eles só precisavam de um plano.

— Não podemos ir à polícia e explicar is...? — Ravi parou, mordendo o lábio, vislumbrando aqueles pés sem corpo. Ele ficou em silêncio por um instante, e então por outro, os olhos piscando, a mente a toda. — Não podemos ir à polícia. Eles erraram com Sal, né? E com Jamie Reynolds. E confiar sua vida a um júri de doze pessoas? Igual ao júri que decidiu que Max Hastings era inocente? Não, de jeito nenhum. Não, você é importante demais.

Pip desejou poder segurar a mão dele, sentir seu calor na própria pele com os dedos se entrelaçando do jeito de sempre. Time Ravi e Pip. Seu lar. Eles se encararam, uma conversa silenciosa entre seus olhares inconstantes. Ravi, por fim, piscou.

— Então, o que a gente...? Como a gente se defende? — questionou ele, e a pergunta era quase ridícula o suficiente para merecer um sorriso. *Como defender um assassino*, exatamente como o nome da série. — Só na teoria... A gente... não sei, enterra o corpo em algum lugar onde nunca será encontrado?

Pip balançou a cabeça.

— Não. Sempre encontram, de um jeito ou de outro. Como Andie. — Ela respirou fundo. — Estudei muitos casos de assassinato, você também, e ouvi centenas de podcasts de *true crime*. Só tem um jeito de sair impune.

— Que é...?

— Não deixar nenhuma evidência e não estar aqui na hora em que ele morreu. Ter um álibi imbatível em algum lugar muito longe durante o intervalo de tempo da hora da morte.

— Mas você *estava* aqui. — Ravi a encarou. — Que horas...? Que horas você...?

Pip tinha visto a hora no celular descartável de Jason.

— Acho que foi por volta das 18h30. Então, está completando uma hora agora.

— De quem é esse celular? — Ravi acenou com a cabeça para o aparelho. — Você não me ligou do celular *dele*, né?

— Não, não, é um celular descartável. Não é meu, é dele, do Jason, mas...

Sua voz se esvaiu quando viu a pergunta se formando nos olhos de Ravi.

E Pip soube que finalmente teria que contar para ele. Eles tinham segredos ainda maiores agora, e não havia mais espaço para aquilo.

— Eu tenho um celular descartável e nunca contei para você. Está em casa.

Ravi fez um pequeno movimento com a boca, quase um sorriso.

— Sempre falei que você acabaria com o seu próprio celular descartável — brincou ele. — Po-por que você tem um?

— Tenho seis, na verdade. — Pip suspirou, e de alguma forma parecia mais difícil admitir aquilo do que o fato de ter matado um homem. — É, hm... Eu não tenho lidado bem com o que aconteceu com Stanley. Eu falei que estava bem, mas não estava. Desculpa. Eu, hm, passei a comprar alprazolam do Luke Eaton, depois que o médico parou de me dar receitas. Eu só queria conseguir dormir. Desculpe.

Ela desviou o olhar, concentrando-se nos seus tênis. Havia manchinhas de sangue neles também.

Ravi parecia magoado, surpreso.

— Desculpa também — disse ele baixinho. — Eu sabia que você não estava bem, mas não sabia o que fazer a respeito. Pensei que você só precisasse de tempo, de uma mudança de ares. — Ele suspirou. — Você devia ter me contado, Pip. Eu não me importo com o que quer que seja, pode ser qualquer coisa. — Ele desviou o olhar para o corpo de Jason por um instante. — Mais nada de segredos entre nós, está bem? Somos um time. Somos um time, você e eu, e vamos resolver isso. Juntos. Prometo que vamos superar isso.

Pip queria deixá-lo envolvê-la em seus braços e desaparecer. Mas não podia. Seu corpo, suas roupas, eram uma cena de crime, e ela não podia contaminá-lo. Era como se Ravi soubesse e, de alguma forma, tivesse lido nos olhos dela. O garoto se aproximou e, com um dos dedos, acariciou com cuidado o queixo dela, em um lugar sem sangue. O efeito era o mesmo.

— Então, se ele morreu às 18h30 — começou Ravi, fixando os olhos nos dela —, como vamos achar um álibi imbatível para você às 18h30, sendo que você estava aqui?

— Não podemos, não desse jeito — disse ela, olhando para dentro de si, para aquela ideia que crescia em sua cabeça. Devia ser impossível, mas talvez... talvez não fosse. — Mas eu estava pensando... Enquanto esperava por você, fiquei pensando nisso. A hora da morte é uma estimativa, e o médico legista leva em consideração três fatores principais: o *rigor mortis*, que é como os músculos enrijecem após a morte, o *livor mortis*, que é quando o sangue se acumula dentro do corpo, e a temperatura corporal. Então, eu estava pensando: se conseguíssemos manipular esses três fatores, se pudermos atrasá--los, podemos fazer o legista pensar que Jason morreu horas depois. E *nesse* intervalo de tempo, você e eu podemos ter álibis imbatíveis, separadamente, com pessoas e câmeras e uma trilha de provas incontestáveis.

Ravi considerou a ideia por um instante, mordendo o lábio inferior.

— Como a gente manipularia esses fatores? — questionou, olhando para o cadáver de Jason antes de voltar para Pip.

— Temperatura. Temperatura é o principal. Temperaturas mais baixas retardam o início do *rigor mortis* e das manchas de hipóstase, que é o sangue se depositando. Além disso, com o *livor mortis*, se você virar o corpo antes que o sangue se deposite, ele vai demorar a se acumular. E, se virar o corpo algumas vezes, dá para ganhar algumas horas, além de ir resfriando o corpo.

Ravi concordou com um aceno da cabeça e olhou em volta, analisando os arredores.

— Mas como podemos resfriar o corpo dele? Acho que seria pedir demais que Jason Bell fosse dono de uma empresa de geladeiras e freezers.

— O problema é a temperatura do corpo. Se o deixarmos gelado para retardar o *rigor* e o *livor mortis*, a temperatura corporal dele também vai cair. O corpo vai ficar gelado demais, e o plano não vai funcionar. Então a gente tem que esfriar e depois aquecer de novo.

— Certo — disse Ravi, com uma fungada incrédula. — Então a gente tem que colocar o corpo num freezer e depois num micro-ondas. Nem dá para acreditar que a gente está falando disso. É loucura. É loucura, Pip.

— Não um freezer — ponderou Pip, seguindo o exemplo de Ravi, analisando o complexo da Cena Verdejante. — Seria frio demais. A temperatura tem que ser mais próxima à de uma geladeira. E aí, é claro, depois de aquecê-lo de novo, temos que garantir que o corpo seja encontrado dentro de poucas horas pela polícia e pelo legista. Caso contrário, nada disso vai funcionar. Precisamos que ele esteja quente e rígido quando o encontrarem, e que a pele ainda esteja branqueável, ou seja, o sangue acumulado tem que se mexer quando alguém pressioná-la. Se for de manhãzinha, vão achar que ele morreu de seis a oito horas antes disso.

— Vai funcionar?

Pip deu de ombros, uma quase risada na garganta. Ravi tinha razão, era loucura. Mas ela estava viva, ela estava viva, e ela chegara muito perto de não estar. Era a melhor opção.

— Não sei, nunca matei alguém e saí impune antes. — Ela fungou. — Mas deve funcionar. A parte da ciência faz sentido. Pesquisei muito sobre isso quando estava investigando o caso da vítima não identificada. Se conseguirmos fazer tudo isso, esfriar o corpo, virá-lo algumas vezes, depois esquentar de novo, deve funcionar. Vai parecer que ele morreu lá pelas, sei lá, nove ou dez da noite. E nós dois precisamos estar em algum outro lugar nessa hora. Ter um álibi imbatível.

— Certo. — Ravi assentiu. — Certo, bem, é loucura, mas acho que podemos dar conta disso. Acho que talvez a gente realmente consiga fazer isso. Ainda bem que você é uma especialista em assassinato.

Pip fez uma careta.

— Não, quer dizer, tipo, de estudar, não de matar pessoas. Espero que essa tenha sido a primeira e a última vez. — Ravi tentou abrir um sorriso e falhou, sem jeito. — Mas tem uma coisa... Supondo que a gente de fato tente fazer isso... Queremos que o corpo seja encontrado para que a nossa manipulação da hora da morte funcione, mas a polícia vai saber que *alguém* matou ele. E vai procurar por um assassino até achar. É o que a polícia faz, Pip. Eles vão ter que achar um assassino.

Pip inclinou a cabeça, analisando os olhos de Ravi, seu reflexo capturado neles. Era por isso que precisava dele. Ravi a ajudava a ir além ou a freava quando ela não sabia que precisava parar. O namorado tinha razão. Aquele plano nunca funcionaria. Os dois poderiam mudar a hora da morte e estar longe dali nesse intervalo de tempo, mas a polícia ainda precisaria de um assassino. Procurariam até encontrar alguém, e se ela e Ravi cometessem um único errinho...

— Você tem razão. — Ela assentiu, a mão indo na direção da dele, antes que Pip se lembrasse. — Não vai funcionar. Eles precisam de um assassino. Alguém precisa ter matado Jason Bell. Outra pessoa.

— Certo, então... — Ravi começou a dizer, levando-os de volta à estaca zero, mas a mente de Pip se afastou dele para revelar tudo que escondia em seus recônditos.

As coisas que ela havia escondido: o terror, a vergonha, o sangue em suas mãos, os pensamentos violentos em vermelho, vermelho, vermelho, e um rosto angular e pálido.

— Já sei — disse Pip, interrompendo Ravi. — Já sei quem é o assassino. Sei quem vai ter matado Jason Bell.

— O quê? — Ravi a encarou. — Quem?

Era inevitável. O círculo completo. O fim era o começo, e o começo era o fim. De volta à origem, para consertar tudo.

— Max Hastings — anunciou ela.

TRINTA E UM

Doze minutos.

Doze minutos foram suficientes. Pip sabia porque tinha visto a hora no celular descartável enquanto ela e Ravi acertavam os detalhes. Ela pensou que levaria muito mais tempo, *deveria* levar muito mais tempo para criar um plano que incriminasse alguém por um assassinato. Horas agonizantes e uma torrente de detalhes minúsculos, porém fundamentais. Seria de se imaginar, era o que Pip teria imaginado. Mas se passaram doze minutos e eles tinham acabado. Trocaram ideias, encontrando furos nelas e preenchendo as lacunas quando as identificavam. Quem e onde e quando. Pip não queria envolver mais ninguém, porém Ravi a fez ver que não seria possível sem ajuda. Tudo quase foi por água abaixo até Ravi pensar na questão da torre de celular, de um caso em que ele estava trabalhando na faculdade, e Pip sabia direitinho que ligação fazer. Doze minutos, e lá estava o plano, como algo sólido entre eles. Preciso, imbatível, definido e estabelecendo vínculos. Nunca poderiam voltar atrás depois disso, voltar a ser quem eram antes. Seria difícil e o prazo era apertado, não podiam se descuidar, nem se atrasar. Não podiam cometer um erro sequer.

Mas o plano funcionava, em teoria. Como defender um assassino.

Jason Bell estava morto, mas ainda não estava morto. Ele estaria dali a algumas horas. E Max Hastings o teria matado. Finalmente seria trancafiado onde pertencia.

— Eles merecem — disse Pip, dando um passo para trás. — Os dois merecem, né?

Era tarde demais para Jason, mas Max... Ela o odiava, um sentimento que ia até seu âmago, mas será que isso a estava cegando, incitando-a?

— Merecem — tranquilizou Ravi, embora Pip soubesse que ele odiava Max tanto quanto ela. — Eles machucaram pessoas. Jason matou cinco mulheres e teria matado você. Foi ele quem começou tudo que levou à morte da Andie e do Sal. Assim como Max. Max vai continuar machucando pessoas se não fizermos nada. Sabemos disso. Eles merecem, os dois.

Gentilmente, ele bateu o dedo naquele espaço seguro sob o queixo dela, fazendo Pip levantar o rosto para encará-lo.

— É uma escolha entre você e Max, e eu escolho você. Não vou te perder.

E Pip não falou nada, mas não conseguia parar de pensar em Elliot Ward, que fizera uma escolha igual a essa, tornando Sal um assassino para salvar a si mesmo e as filhas. E lá estava Pip também, naquela área cinzenta, bagunçada e confusa, arrastando Ravi com ela. O fim e o começo.

— Tudo bem.

Ela assentiu, convencendo-se de novo a executar o plano.

Eles estavam juntos nessa, e o tempo não estava a seu favor.

— Ainda tem algumas coisas que a gente precisa resolver, mas o mais importante é...

— Esfriar e aquecer o cadáver. — Ravi terminou a frase por ela, lançando outro olhar para aqueles pés abandonados.

Ele ainda não tinha visto o corpo de perto. Pip esperava que o namorado não mudasse de ideia quando se deparasse com o que ela fizera, que não a olhasse de um jeito diferente. Ravi apontou para o prédio de tijolos atrás deles, separado da construção feita de placas de ferro onduladas com o depósito de produtos químicos ao lado.

— Aquele parece um prédio administrativo, onde ficam os funcionários — observou. — Deve ter uma cozinha lá, não? Com geladeira e freezer?

— É, deve ter, sim. Mas não do tamanho de um ser humano.

Ravi bufou, sua expressão enrugada e tensa.

— De novo, por que Jason Bell não podia ser dono de uma fábrica de processamento de carne com geladeiras gigantes?

— Vamos dar uma olhada — disse Pip, voltando-se para a porta de metal aberta, os pés de Jason atravessando a soleira. — Temos as chaves.

Ela apontou com a cabeça para o chaveiro, ainda na fechadura onde Jason o tinha deixado.

— Ele é o dono, então deve ter a chave de todas as portas daqui. E ele me disse que todos os alarmes de segurança estavam desativados, assim como as câmeras. Falou que tinha o fim de semana inteiro, se quisesse. Então, acho que vamos ficar bem.

— É, boa ideia — concordou Ravi, mas não deu um passo à frente, porque dar um passo em direção àquela porta também significava dar um passo em direção ao cadáver.

Pip foi primeiro, prendendo a respiração ao se aproximar, sua atenção parando por um instante na cabeça aberta de Jason. Ela piscou, desviando o olhar, e puxou o molho de chaves pesado da fechadura.

— Precisamos nos lembrar de todas as coisas em que tocamos, em que eu toquei, para poder limpar depois — disse ela, as chaves nas mãos. — Vamos, por aqui.

Pip passou por cima de Jason, evitando a auréola de sangue ao redor de sua cabeça. Ravi seguiu logo atrás, e Pip viu os olhos dele se demorando, piscando com força como se desejasse que tudo sumisse.

Ele deu uma tossida curta e acelerou o passo.

Não disseram nada. O que poderiam ter dito?

Demorou algumas tentativas para Pip encontrar a chave certa da porta no fim do depósito, perto da bancada. Ela abriu a porta para um quarto escuro e cavernoso.

Ravi cobriu os dedos com a manga da camisa e acendeu o interruptor.

A sala foi iluminada por lampejos enquanto as lâmpadas do teto começavam a brilhar, acompanhadas por um zumbido contínuo. A construção devia ter sido um celeiro antes, percebeu Pip, estudando o pé-direito incrivelmente alto. E diante deles havia fileiras e mais fileiras de máquinas. Cortadores de grama, aparadores, sopradores de folhas, máquinas que ela nem sequer entendia, e mesas com ferramentas menores, como aparadores de cerca viva. À direita, havia máquinas grandes que Pip deduziu que fossem tratores corta-relva, cobertos com lona preta. Havia prateleiras com mais ferramentas de metal, reluzindo, e galões de metal vermelho e sacos de terra.

Pip se virou para Ravi, os olhos dele percorrendo a sala, febris e rápidos.

— O que é isso?

Ele apontou para uma máquina laranja alta, com a parte de cima em forma de funil.

— Acho que é um triturador. Ou uma máquina de serragem, sei lá o nome. Você coloca os galhos e eles saem triturados.

Ravi franziu a testa, como se estivesse considerando algo.

— Não — disse Pip com firmeza, já sabendo do que se tratava.

— Eu não disse nada. Mas é óbvio que não tem geladeiras gigantes aqui, né?

— Mas... — O olhar de Pip pousou nas fileiras e mais fileiras de maquinários. — Cortadores de grama são movidos a gasolina, né?

Os olhos de Ravi encontraram os dela, arregalando-se ao compreender.

— Ah, para o fogo — disse ele.

— Ainda melhor. Gasolina não só queima. Ela explode.

— É, isso é bom. Mas esse é o último passo, e temos uma longa noite pela frente antes disso. Tudo será inútil se não dermos um jeito de esfriá-lo.

— E aquecê-lo — completou Pip, sentindo-se contaminar pela expressão de Ravi.

Desespero. O plano talvez acabasse antes mesmo de começar. A vida dela estava em jogo, e eles estavam cada vez mais longe de ganhar. Vamos lá, pense. O que poderiam usar? Tinha que haver algo.

— Vamos ver no prédio administrativo — disse Ravi, assumindo o comando, levando Pip para longe das fileiras organizadas de cortadores de grama, de volta ao depósito de produtos químicos, abrindo caminho entre o herbicida derramado e o sangue derramado.

Passando pelo cadáver, cada vez mais morto conforme o tempo avançava, pisando ao redor dele com passos leves como uma pluma, como se aquilo fosse apenas uma brincadeira de criança.

Pip estudou o depósito, os pedaços de silver tape com tufos de cabelo e manchas de sangue.

— Meu DNA está nessa sala inteira. Vou levar a silver tape comigo, descartar com as minhas roupas. Mas vamos ter que limpar essas prateleiras também. Antes de queimarmos.

— Certo — disse Ravi, pegando o molho de chaves dela. — E isso aqui também. — Ele o sacudiu. — Deve ter produtos de limpeza no escritório, acho.

Pip se viu refletida de novo na janela do carro de Jason enquanto passavam por ali. Seus olhos escuros demais, as pupilas gigantes, corroendo a fina borda verde-avelã. Ela não deveria encarar a imagem por muito tempo, para seu reflexo não permanecer nas janelas de Jason, deixando uma marca sua lá para sempre. Foi aí que ela se lembrou.

— Merda — xingou Pip, e os passos de Ravi cessaram.

— O que foi? — perguntou, juntando-se ao reflexo dela na janela, os olhos grandes demais e escuros também.

— O meu DNA. Está por todo o porta-malas do carro.

— Tudo bem, podemos resolver isso — disse o reflexo de Ravi, e Pip viu a versão espelhada do namorado procurar sua mão, antes que ele se lembrasse e se afastasse.

— Não, o que estou dizendo é que está no porta-malas *inteiro* — explicou, o pânico crescendo outra vez. — Cabelo, pele. Minhas impressões digitais, que a polícia já tem arquivadas. Deixei o máximo de vestígios que consegui. Achei que fosse morrer e estava tentando ajudar. Deixar um rastro de evidências para você conseguir pegar ele.

Havia uma nova expressão nos olhos de Ravi, desolada e quieta, e um tremor nos lábios, como se ele estivesse tentando não chorar.

— Você deve ter ficado tão assustada — comentou ele, baixinho.

— Eu fiquei.

E, por mais assustador que fossem o plano e o que aconteceria se ele falhasse, nada se aproximava do terror que Pip tinha sentido naquele porta-malas ou naquele depósito, presa em sua máscara mortuária. Os vestígios da máscara ainda estavam em seu rosto, por toda a sua pele, nas crateras de seus olhos.

— Vamos resolver isso, está bem? — garantiu ele, falando por cima do tremor em sua voz. — Vamos lidar com o carro mais tarde, quando voltarmos. Primeiro, precisamos encontrar alguma coisa para...

— Esfriá-lo. — Pip pronunciou a palavra, olhando para além de seu reflexo, para dentro do carro de Jason. — Esfriá-lo e esquentá-lo — disse ela, encarando o painel de controle ao lado do volante.

A ideia começou pequena, com um simples *e se*, crescendo e devorando a atenção de Pip até se tornar tudo em que ela conseguia pensar.

— Ai, meu Deus — sussurrou ela, e repetiu, mais alto: — Ai, meu Deus!

— O que foi? — perguntou Ravi, instintivamente olhando para trás.

— O carro! — Pip se virou para ele. — O *carro* é a nossa geladeira. Esse carro é novo, um SUV chique, será que o ar-condicionado fica muito frio?

A ideia também atraiu a atenção de Ravi. Algo que se assemelhava à animação surgiu nos olhos dele.

— Fica muito frio. Na configuração mais fria, com o ar no máximo em todas as saídas, num espaço fechado. É, fica frio pra caramba — acrescentou ele, com um quase sorriso.

— Uma geladeira padrão fica em torno de quatro graus Celsius. Você acha que a gente consegue deixar nessa temperatura?

— Como você sabe a temperatura padrão de uma geladeira?

— Ravi, eu sei esse tipo de coisa. Como, depois de tanto tempo, você não sabe que eu sei esse tipo de coisa?

— Bom — Ravi estudou o céu —, está meio friozinho hoje. Não deve estar mais de quinze graus do lado de fora. Então precisamos que o carro esfrie dez graus, mais ou menos... É, é, eu diria que é possível.

Uma mudança se deu no peito de Pip. Uma sensação de alívio afrouxou o aperto que sentia e lhe deu um pouco mais de espaço para respirar. Eles poderiam fazer isso. Poderiam fazer isso de verdade. Brincar de Deus. Trazer um homem de volta à vida por algumas horas, para que outra pessoa pudesse matá-lo.

— E — acrescentou ela —, quando voltarmos aqui mais tarde...

— Vamos ligar o aquecimento na temperatura mais alta, no calor mais forte. — Ravi completou a frase, falando rápido.

— E aumentar a temperatura do corpo dele de novo — terminou Pip.

Ravi concordou com um aceno da cabeça, os olhos correndo da esquerda para a direita enquanto repassava o plano mentalmente.

— É. Vai funcionar, Pip. Você vai ficar bem.

Talvez, talvez ela ficasse. Mas eles ainda nem tinham começado, e o tempo estava passando.

— Lembra a última vez em que fizemos isso? — perguntou Ravi, colocando o par de luvas de trabalho pesado que encontraram no prédio administrativo, num armário cheio de uniformes sobressalentes com o logo da empresa.

— Em que mudamos um cadáver de lugar? — questionou Pip, batendo as luvas, pequenos pedaços de lama se transformando em pó diante de seus olhos.

— Não, na verdade a gente nunca fez isso. — Ravi bufou. — Eu estava falando da última vez em que usamos luvas de jardinagem para cometer um crime. Invadir a casa dos Bell, a casa *dele*. — Ele acenou na direção do depósito de produtos químicos. — Quem diria qu... — Ele se calou.

— Não — disse Pip, lançando-lhe um olhar severo.

— O quê?

— Você ia fazer uma piada do tipo *quem diria que a gente ia chegar tão longe*, Ravi. Eu sempre sei quando você vai falar esse tipo de coisa.

— Ah, esqueci. Você *sabe* esse tipo de coisa.

Ela sabia. E sabia que humor era o tique nervoso de Ravi, seu jeito de lidar com situações difíceis.

— Tudo bem, vamos nessa — disse ela.

Pip se agachou e puxou uma ponta da lona que cobria o cortador de grama. O plástico preto enrugou quando ela o jogou para cima, sobre a máquina, Ravi puxando do outro lado. A lona se soltou, e Ravi a dobrou de qualquer jeito em seus braços.

Pip guiou o triturador para fora da grande sala, até o depósito de produtos químicos. O fedor do herbicida continuava forte, e uma dor de cabeça começou a se manifestar.

Ravi estendeu a lona no concreto, ao lado do corpo de Jason, desviando do sangue.

Pip percebeu a tensão dele na forma como comprimia os lábios, naquele olhar distante que certamente estampava o próprio rosto também.

— Não olhe para ele, Ravi. Você não tem que olhar para ele.

Ravi deu um passo na direção dela, como se quisesse ajudá-la com a etapa seguinte.

— Não — disse Pip, afastando-o. — Não encoste nele. Não toque em nada a menos que seja absolutamente necessário. Não quero rastros seus aqui.

Isso seria muito pior que o impensável. Se ela fosse presa por assassinato, Ravi não podia ir com ela. Não, isso não podia contaminá-lo, então ele não podia contaminar nada na cena do crime. Se eles falhassem, seria tudo culpa dela, esse era o combinado. Ravi não sabia de nada. Não viu nada. Não fez nada.

Pip se ajoelhou do outro lado de Jason e, devagar, estendeu a mão, segurando o ombro e o braço dele. O corpo ainda não estava duro, mas o *rigor mortis* começaria em breve.

A garota se inclinou e empurrou, rolando Jason e sua cabeça aberta para a frente. Seu rosto estava intocado. Pálido e flácido, mas ele quase parecia estar dormindo. Pip voltou a segurá-lo e rolou o corpo mais uma vez, de cabeça para baixo na beirada da lona, e de novo de barriga para cima no meio dela.

— Certo — disse ela, puxando um lado da lona e enrolando-a no cadáver.

Ravi fez o mesmo do outro lado.

Jason sumiu, embrulhado. Os restos do Assassino da Silver Tape, apenas uma poça vermelha e escura e uma lona enrolada.

— Ele precisa ficar deitado de costas no carro, por conta do *livor mortis* — explicou Pip, posicionando-se onde os ombros de Jason estiveram segundos antes. — E aí, quando voltarmos, nós o viramos de bruços. O sangue vai mudar de posição, vai parecer que essas horas nunca se passaram.

— Está bem, beleza. — Ravi assentiu, curvando-se e agarrando os tornozelos de Jason através da lona. — Um, dois, três, levanta.

Era pesado demais. Pip segurou-o, sem jeito, sob os ombros, através do plástico. Mas juntos ela e Ravi conseguiram carregá-lo, caminhando devagar pela porta de metal, Ravi de costas, olhando para baixo para ver se não estava pisando no sangue.

O suave zumbido do motor os recebeu do lado de fora. Eles já tinham deixado o carro de Jason ligado, o ar-condicionado na configuração mais fria, todas as saídas de ar totalmente abertas. As portas fechadas para manter o frio lá dentro. Ravi tinha encontrado algumas bolsas de gelo no freezer do prédio administrativo, talvez para casos de acidente de trabalho. Mas no momento as bolsas de gelo estavam espalhadas pelo carro, perto das saídas de ar, tornando o ambiente ainda mais frio.

— Vou abrir a porta — disse Ravi, inclinando-se para apoiar os pés de Jason suavemente no cascalho.

Pip esticou a perna, apoiada nas costas de Jason, para aguentar um pouco mais o peso.

Ravi abriu a porta do banco traseiro.

— Já está bem frio aqui — comentou ele, voltando para os pés de Jason e segurando-os com um grunhido.

Com cuidado, a passos curtos, eles manobraram a lona enrolada pela porta do carro, largaram Jason no banco de trás e o moveram para dentro.

Já estava *mesmo* frio ali, era como o interior de uma geladeira, e Pip conseguia ver a própria respiração se condensar enquanto tentava empurrar mais o corpo. A cabeça desfeita não cabia lá dentro.

— Espera aí — disse Pip, correndo por trás do carro para abrir a outra porta.

Ela usou a abertura do outro lado da lona para segurar os tornozelos de Jason e dobrar os joelhos dele, usando o espaço extra para arrastar todo o corpo para dentro. Segurou-o naquela posição ao fechar a porta devagar. Os pés do homem bateram na porta, como se estivesse tentando se libertar com chutes.

Ravi fechou a porta do outro lado e deu um passo para trás, batendo palmas ao soltar uma expiração tensa.

— E o motor vai continuar a rodar por horas, enquanto estivermos fora? — certificou-se Pip.

— Aham, o tanque está quase cheio. Vai continuar rodando pelo tempo que precisarmos.

— Bom, isso é bom — disse ela, mais uma palavra sem sentido. — Então, aqui vamos nós. Voltar para casa. Executar o plano.

— Executar o plano. Parece assustador, ir embora assim, deixar evidências invisíveis de você por toda parte.

— Eu sei. Mas é seguro, ninguém vai vir aqui. O próprio Jason me contou isso. Ele planejava me matar aqui, e tinha a noite inteira, o fim de semana inteiro. Sem câmeras nem alarmes. Então, temos o mesmo tempo. Tudo vai estar igual quando voltarmos. E aí nós nos livramos das evidências e plantamos outras.

Pip olhou pela janela do carro, para a lona preta enrolada e para o homem morto lá dentro, que ainda não estava morto. Não se tudo desse certo.

Ravi tirou as luvas.

— Você está levando sua mochila?

— Estou — confirmou Pip, tirando as luvas também, guardando as suas e as de Ravi na mochila aberta.

Suas amarras de silver tape estavam lá, tiradas do depósito: as dos tornozelos, as dos punhos, as da máscara desenrolada com cabelos arrancados.

— E você está com tudo aí, tudo que veio com você?

— Tudo aqui — respondeu ela, fechando o zíper. — Tudo que botei hoje à tarde. E agora as luvas e a silver tape usada. O celular descartável do Jason. Não deixei nada.

— E o martelo?

— Pode ficar aqui. — Ela se aprumou, levando a mochila ao ombro. — Podemos limpar minhas digitais depois. Max vai precisar de uma arma do crime também.

— Está bem — concordou Ravi, assumindo a liderança, indo em direção a seu carro abandonado no portão aberto da Cena Verdejante. — Vamos para casa.

TRINTA E DOIS

Uma última conferida.

Ravi se inclinou sobre o freio de mão, analisando-a, a respiração doce mas forte no rosto dela.

— Ainda tem um pouco no seu rosto. Está seco. E nas suas mãos. — Ele olhou para baixo. — E tem algumas manchas no seu moletom. Vai ter que subir rápido, antes que vejam você.

Pip concordou com um aceno da cabeça.

— Está bem, consigo fazer isso.

Ela tinha apoiado sua camiseta extra no banco, assim não deixaria uma gota de sangue sequer no carro de Ravi. E tinha usado a calcinha reserva e molhado-a com um pouco da água da garrafa para tentar limpar o sangue do rosto e das mãos, enquanto Ravi dirigia por vias secundárias. Teria que ser o suficiente.

Pip abriu a porta do carro com o cotovelo e saiu, pegando de volta a camiseta em que estivera sentada e guardando-a na mochila. Chaves de casa na outra mão.

— Tem certeza? — perguntou ele mais uma vez.

— Tenho.

Eles tinham repetido o plano várias vezes no carro.

— Consigo fazer essa parte sozinha. Bem... você entendeu.

— Eu posso ajudar — sugeriu Ravi, uma pitada de desespero na voz.

Pip o encarou, absorvendo cada centímetro do rosto dele, sem deixar nada para trás.

— Você já ajudou, Ravi, mais do que pensa. Você me ajudou a ficar viva lá dentro. Foi me buscar. Essa parte eu consigo fazer sozinha. O que vai me ajudar é você estar a salvo. É isso que eu quero. Se algo der errado, não quero que esteja envolvido.

— Eu sei, mas...

Pip o interrompeu.

— Então você vai garantir seu álibi agora, para a noite toda. Caso o nosso esforço para mudar o intervalo de tempo não funcione e a gente não consiga atrasar a hora da morte o suficiente. O que você vai fazer?

Ela queria ouvi-lo dizer de novo. Irrefutável, imbatível.

— Vou para casa pegar meu celular, aí dirigir pela Amersham para pegar o meu primo, Rahul — disse Ravi, olhando para a frente. — Seguir pelas rodovias para aparecer nas câmeras de trânsito. Vou sacar um dinheiro no caixa eletrônico, assim a câmera de lá também vai me filmar. Depois vamos ao Pizza Express, ou a algum outro restaurante grande desses de fast-food, e fazer um pedido, pagar com o cartão. Falar alto, chamar atenção, para que as pessoas se lembrem de que estivemos lá. Tirar fotos e gravar vídeos no celular, mostrando que estamos lá. Fazer uma ligação também, talvez para a minha mãe, para avisar que horas vou chegar em casa. Vou mandar mensagem para você e perguntar como está sendo sua noite, porque ainda não sei que você perdeu o celular e nós não nos vimos o dia inteiro. — Ele parou para respirar. — Depois, vou com Rahul ao bar que todos os amigos do meu primo frequentam, vai ter muitas testemunhas lá. Ficaremos até 23h30. Em seguida, vou deixar Rahul em casa, aí volto, encho o tanque no caminho para outra câmera me filmar. Vou para casa, finjo ir para a cama.

— Ótimo, é isso aí — comentou Pip, olhando para o relógio no painel do carro. Tinha acabado de passar das 20h10. — Nos vemos à meia-noite?

— Nos vemos à meia-noite. Você me liga? Do celular descartável, se alguma coisa der errado.

— Não vai dar errado — respondeu Pip, tentando convencê-lo com um olhar firme.

— Toma cuidado — pediu ele, apertando o volante com mais força, um substituto para a mão dela. — Eu te amo.

— Eu te amo — disse Pip, outra última vez.

Mas não seria a última, ela o veria em algumas horas.

Pip fechou a porta do carro e acenou para Ravi quando ele ligou a seta e partiu pela rua. Ela respirou fundo para se preparar, então deu meia-volta e passou pela entrada da garagem até chegar à porta de casa.

Viu a família pela janela da frente, as luzes da TV dançando em seus rostos. Ela os observou por um momento, ali no escuro. Josh estava de pijama, sentado no tapete, desajeitado e pequeno, brincando com seu Lego. O pai estava rindo de alguma coisa na TV, e Pip conseguia sentir as vibrações mesmo do lado de fora. A mãe fez uma careta, batendo a mão no peito dele, e Pip a ouviu dizer:

— Ah, Victor, isso não tem graça.

— Sempre tem graça quando as pessoas caem. — Foi a resposta estrondosa dele.

Pip sentiu os olhos ardendo, um nó na garganta. Ela pensou que nunca mais os veria. Nunca sorriria com eles, nem choraria, nem daria risada, não envelheceria conforme seus pais envelhecessem ainda mais, as tradições deles se tornando as dela, como a maneira como o pai fazia purê de batata ou como a mãe decorava a árvore no Natal. Nunca veria Josh se tornar um homem, nem saberia como seria sua voz, nem o que o faria feliz. Todos esses momentos, uma vida inteira deles, grandes e pequenos. Pip os tinha perdido, e agora não mais. Não se conseguisse que o plano desse certo.

Pip pigarreou, desalojando o nó da garganta, e abriu a porta de casa do jeito mais silencioso possível.

Ela se esgueirou para dentro, fechando a porta com um clique quase inaudível, esperando que o som de uma plateia aplaudindo na TV disfarçasse o seu. Agarrou as chaves com muita força na mão fechada para que não fizessem barulho.

Devagar, com cuidado, prendendo a respiração, ela passou pela porta da sala, olhando para a parte de trás das cabeças no sofá. Seu pai se mexeu, e o coração de Pip despencou, paralisando-a. Não, estava tudo bem, ele só estava apoiando o braço ao redor dos ombros da mãe.

Subiu as escadas, quieta, muito quieta. O terceiro degrau rangeu sob seu peso.

— Pip? É você? — chamou a mãe, mudando de posição no sofá para se virar.

— Sou — respondeu Pip, subindo as escadas correndo antes que a mãe conseguisse dar uma boa olhada nela. — Sou eu! Desculpe, só estou apertada.

— Você sabe que tem um banheiro aqui embaixo, né? — gritou o pai enquanto ela saía da escada e ia para o corredor do andar de cima. — Ao menos que com *apertada* você queira dizer qu...

— Achei que você fosse passar a noite na casa do Ravi. — Foi a mãe quem falou.

— Espera aí! — gritou Pip em resposta, correndo direto para o banheiro e trancando a porta.

Ela teria que limpar a maçaneta também.

Foi por pouco. Mas eles estavam agindo como seria de se esperar. Não tinham visto nada, nem as manchas de sangue, nem o cabelo com tufos faltando, nem a pele em carne viva do rosto. E aquelas eram as primeiras coisas que Pip tinha que resolver.

Ela tirou o moletom, fechando a boca e os olhos, para que o sangue seco não os tocasse. Deixou o casaco cair com cuidado, virado do avesso, no chão. Tirou os tênis e a meia, depois a legging escura. Não viu sangue na peça, mas sabia que estava lá, escondido entre as fibras. E então o top esportivo, com uma pequena mancha cor de ferrugem no meio, onde um pouco do sangue havia atravessado o moletom. Pip deixou as roupas em uma pilha e ligou o chuveiro.

Morno. Quente. Queimando. Tão quente que doía entrar debaixo da água. Mas tinha que ser quente, para lhe dar a impressão de que estava limpando a camada mais superficial da pele. De que outra forma ela limparia as marcas do Assassino da Silver Tape? Pip se esfregou com sabonete líquido, observando enquanto a água tingida de sangue escorria pelas pernas, por entre os dedos dos pés, e descia pelo ralo. Ela esfregou e esfregou, acabando com o sabonete líquido que estivera pela metade, limpando sob as unhas também. Lavou o cabelo três vezes, os fios parecendo mais finos, mais quebradiços, o xampu fazendo o arranhão na bochecha arder.

Quando finalmente se sentiu limpa o bastante, Pip saiu do chuveiro se cobriu com a toalha, deixando a água correr por mais um tempo, levando ralo abaixo qualquer resíduo de sangue. Pip limparia mais tarde também.

Enrolada na toalha, ela pegou a lixeira com tampa do banheiro, ao lado do vaso sanitário, e retirou o baldinho interno de plástico dali. Havia dois rolos de papel vazios, e Pip os removeu, empilhando-os no parapeito da janela. No armário sob a pia, ela encontrou água sanitária, desenroscou a tampa e despejou um pouco no baldinho de plástico. Mais. Tudo. Ficou de pé e encheu o balde até a metade com água morna da torneira, diluindo a água sanitária, o cheiro forte e nocivo.

Ela teria que fazer duas viagens até seu quarto, mas a família estava toda lá embaixo, não haveria problemas. Pip levantou o balde, pesado, segurando-o com um braço contra o peito enquanto destrancava a porta do banheiro. Cambaleou para fora, atravessou o corredor e entrou no quarto, depositando o balde no meio do chão, a água espirrando de um jeito perigoso pela borda superior.

Mais sons estranhos de uma audiência de TV aplaudindo-a enquanto Pip voltava para o banheiro, agarrando a pilha de roupas ensanguentadas e a mochila.

— Pip? — A voz de sua mãe veio da escada.

Merda.

— Acabei de tomar banho! Desço daqui a pouco! — gritou Pip, correndo para o quarto e fechando a porta.

Ela largou a pilha de roupas ao lado do balde, e então, de joelhos, virou-se para a pilha descartada e, com cuidado, uma por uma, mergulhou as peças na mistura de água sanitária. Os tênis também, flutuando pela metade.

Da mochila, ela tirou os pedaços de silver tape que prenderam seu rosto, suas mãos e seus tornozelos, empurrando-os para dentro da água sanitária diluída. Pegou o celular descartável de Jason, deslizando a parte de trás para remover o chip. Partiu o pequeno plástico ao meio e lançou o celular desmontado na água. Em seguida, a calcinha que ela usara para limpar o sangue do rosto e a camiseta extra na qual tinha se sentado. Por fim, as luvas com o logo da Cena Verdejante, que ela e Ravi usaram (talvez o elemento mais incriminador), empurrando-as até o fundo do balde. A água sanitária tiraria as manchas de sangue visíveis, e quem sabe a tintura dos tecidos também, mas era só precaução: tudo no balde já teria desaparecido dali a vinte e quatro horas. Mais uma tarefa para ser cumprida mais tarde.

Pip arrastou o balde pelo tapete e o escondeu dentro do guarda-roupa, empurrando os tênis de volta ao líquido. O cheiro de água sanitária estava forte, mas ninguém entraria no seu quarto.

Pip se enxugou e se vestiu, com um moletom preto e legging preta, e então se virou para o espelho para dar um jeito no rosto. Seu cabelo pendia em mechas finas e molhadas, o couro cabeludo dolorido demais para passar uma escova. Ela conseguia ver uma pequena careca no cocuruto, onde a fita arrancara o cabelo. Tinha que cobri-la. Ela passou os dedos pelos fios e os prendeu num rabo de cavalo alto, apertado e desconfortável. Colocou mais dois elásticos de cabelo no punho, para mais tarde, para quando ela e Ravi voltassem à Cena Verdejante. Seu rosto ainda parecia esfolado e com manchas avermelhadas, e depois ficou com uma aparência um pouco pálida conforme ela passava base para cobri-lo. Corretivo nas piores partes. Ela continuava pálida, e a textura da pele estava áspera, descascando em alguns lugares, mas daria para o gasto.

Pip esvaziou a mochila para organizá-la, riscando itens da lista mental que ela e Ravi tinham montado, gravada em seu cérebro como um mantra. Dois gorros, cinco pares de meias. Três dos celulares descartáveis da gaveta da escrivaninha, todos ligados. A pequena pilha de dinheiro que ela guardava naquele compartimento secreto também, levando tudo, só por garantia. No bolso do seu terninho, na sua jaqueta mais elegante, pendurada no guarda-roupa acima do balde de água sanitária, ela encontrou o cartão em alto-relevo em que não havia tocado desde aquela reunião de mediação, e guardou-o com cuidado no bolso da frente da mochila. Entrando silenciosamente no banheiro dos pais, pegou um punhado de luvas de látex que a mãe usava para pintar o cabelo, pelo menos três pares para cada um. Ela reorganizou a bolsa de mão, verificando se seu cartão de débito estava lá dentro, porque precisaria dele para o álibi. E as chaves do carro.

Era isso o que precisava do andar de cima. Pip repassou tudo de novo, conferindo se tinha pegado os itens necessários para o plano. Havia mais alguns do andar de baixo, onde ela teria que, de alguma forma, evitar o olhar atento da família e do irmão mais novo que se metia na vida de todo mundo.

— Oi — disse ela, sem fôlego, trotando escada abaixo. — Só vim tomar um banho porque estou saindo e fui correr mais cedo.

A mentira saiu rápido demais, ela precisava desacelerar, precisava se lembrar de respirar.

A mãe se virou no sofá para encará-la.

— Achei que você fosse jantar no Ravi e ficar por lá.

— Festa do pijama — acrescentou a voz de Josh, embora Pip não conseguisse enxergá-lo por causa do sofá.

— Mudança de planos — comentou ela, com um dar de ombros. — Ravi teve que ver o primo dele, então vou sair com a Cara.

— Ninguém me perguntou nada a respeito de uma festa do pijama — acrescentou o pai.

A mãe de Pip estreitou os olhos, analisando o rosto dela. Será que conseguia perceber, será que conseguia enxergar o que estava escondido sob a maquiagem? Ou será que havia algo diferente nos olhos de Pip, aquele olhar distante e assombrado? Ela havia saído de casa ainda como a filhinha de sua mãe e voltara como alguém que sabia o que era morrer violentamente, cruzar aquela linha e, de alguma forma, voltar dela. E não só isso, agora ela era uma assassina. Será que ela tinha mudado aos olhos da mãe? Aos seus próprios olhos? Se remodelado?

— Vocês não brigaram, brigaram? — perguntou a mãe.

— O quê? — retrucou Pip, confusa. — Eu e Ravi? Não, estamos bem.

Ela tentou revirar os olhos, como se estivesse descartando a ideia. Ah, como ela desejava algo tão normal, tão calmo quanto uma briga com o namorado.

— Só vou pegar um lanche na cozinha e já estou indo — completou.

— Está bem, docinho — disse a mãe, como se não acreditasse nela.

Mas não tinha problema. Se sua mãe queria acreditar que ela e Ravi tinham brigado, estava tudo bem. Ótimo, até. Bem melhor que qualquer coisa mais próxima da verdade: que Pip tinha matado um assassino em série e estava, naquele instante, indo incriminar um estuprador por um crime que ela cometera.

Na cozinha, Pip abriu a gaveta larga no topo da ilha onde a mãe guardava o papel-alumínio, o papel-manteiga e os saquinhos plásticos para sanduíches. Pip pegou quatro dos sacos herméticos para sanduíches e duas bolsas térmicas maiores, apertando-as na mochila. Da gaveta de tralhas do outro lado do cômodo, Pip pegou um acendedor de fogão e o guardou também.

E, então, o último item da lista, que não era de fato um item específico, e sim um problema a ser resolvido. Pip pensou que, àquela altura, já teria bolado uma solução, mas sua mente estava em branco. A família Hastings havia instalado duas câmeras de segurança, uma de cada lado da porta da frente, após Pip ter vandalizado a casa meses antes, após o veredito do julgamento de Max. Ela precisava de algo para se livrar daquelas câmeras, mas o quê?

Pip abriu a porta da garagem, o ar frio desagradável em sua pele, ainda aquecida por toda a adrenalina. Ela examinou o espaço, a visão percorrendo as bicicletas dos pais, o kit de ferramentas do pai, a cômoda com espelho que sua mãe insistia que eles encontrariam um espaço para botar. O que Pip poderia usar para desativar as câmeras? Sua atenção foi tomada pelo kit de ferramentas, atraindo-a para o outro lado da garagem. Ela abriu a tampa e estudou o conteúdo. Havia um pequeno martelo em cima. Ela poderia se esgueirar e quebrar as câmeras, mas isso faria barulho, talvez alertasse Max lá dentro. Ou aqueles alicates para cortar fio, se os cabos das câmeras estivessem expostos. Mas ela queria algo menos permanente, algo que se encaixasse melhor na narrativa.

Seus olhos se fixaram em outra coisa, na prateleira acima da caixa de ferramentas, encarando-a daquele jeito que objetos inanimados às vezes faziam. A respiração de Pip ficou presa na garganta, e ela suspirou, porque era perfeito.

Um rolo quase completo de silver tape cinza.

Era disso mesmo que ela precisava.

— Maldita silver tape — murmurou Pip para si mesma, pegando o rolo e enfiando-o na mochila.

Ela saiu da garagem e ficou paralisada na porta. Seu pai estava na cozinha, com a porta da geladeira aberta, comendo de um pote e observando-a.

— O que você está fazendo aí? — perguntou ele, rugas cruzando sua testa.

— Ah, hã... procurando meu All Star azul — respondeu Pip, sem ter tempo para pensar. — O que você está fazendo aí?

— Eles estão no rack perto da porta — comentou ele, indicando o corredor com a cabeça. — Só estou pegando uma taça de vinho para a sua mãe.

— Ah, e o vinho está guardado embaixo desse prato de frango? — implicou Pip, passando por ele e levando a mochila ao ombro.

— Está, sim. Vou ter que ser um mártir e comer tudo para conseguir encontrar o vinho da sua mãe. Que horas você volta?

— Umas onze — disse Pip, dando tchau para a mãe e para Josh, sua mãe lhe dizendo para não ficar fora até muito tarde porque eles iriam para a Legoland de manhã, e Josh deu um gritinho de animação.

Pip disse que não voltaria tarde, a normalidade da cena atingindo-a como um soco no estômago, fazendo-a se contorcer e tornando difícil até mesmo olhar para sua família. Será que algum dia ela voltaria a pertencer a uma cena do tipo depois do que fez? Tudo que ela queria era normalidade, era para isso que estava se esforçando tanto, mas será que tinha ficado fora de seu alcance para sempre? Se ela fosse acusada pelo assassinato de Jason, sim, sem dúvidas.

Pip fechou a porta da frente e soltou o fôlego. Ela não tinha tempo para essas perguntas, precisava se concentrar. Havia um corpo a dezesseis quilômetros de distância, e ela estava em uma corrida contra ele.

Já eram 20h27, já estava atrasada.

Pip destrancou o carro e entrou, apoiando a mochila no banco do passageiro. Ela girou a chave na ignição e se afastou da casa, a perna tremendo no pedal, a primeira etapa finalizada.

Hora de ir para a próxima.

TRINTA E TRÊS

A porta vermelho-escura se abriu na frente de Pip, a sombra de um rosto na fresta estreita.

— Eu já disse — murmurou a sombra, ao ver quem estava lá fora. — Ainda não tenho.

Luke Eaton abriu a porta por completo, mostrando o corredor escuro às suas costas. A luz dos postes da rua iluminava as tatuagens que subiam por seu pescoço como uma rede, mantendo sua pele unida.

— Não importa quantas vezes você mande mensagem, de quantos celulares diferentes, eu não tenho — declarou ele, com uma pitada de impaciência na voz. — E você não devia aparecer do nada como se...

— Me dá aquele mais forte — interrompeu Pip.

— O quê?

Luke a encarou, a mão correndo pela cabeça quase raspada.

— Aquele mais forte — repetiu Pip. — O flunitrazepam. Preciso dele. Agora.

Seu rosto estava inexpressivo, como se usasse um escudo ou uma máscara, a garota que voltara do mundo dos mortos se escondendo atrás dela. Mas suas mãos talvez a denunciassem, inquietas no bolso do moletom. Se ele não tivesse a droga, se já tivesse vendido todo o estoque para o próprio Max Hastings, então estava tudo acabado. Nenhuma parte do plano podia falhar ou então tudo falhava, uma pilha de cartas precariamente equilibrada nas costas de Pip. E sua vida inteira estava nas mãos com tatuagens cinzentas de Luke.

— Hm? — disse ele, estudando-a, mas não conseguiria ultrapassar a máscara. — Tem certeza?

Os ombros de Pip relaxaram, as cartas ainda equilibradas. Então ele devia ter no estoque.

— Tenho — respondeu ela, com mais força do que pretendida, a palavra sibilando ao atravessar os dentes. — Tenho, eu preciso. Preciso... Tenho que dormir hoje à noite. Tenho que conseguir dormir.

Ela fungou, enxugando o nariz na manga.

— É. — Luke olhou para ela. — Sua cara não está das melhores. Só que é mais caro que o negócio que você geralmente compra.

— Tanto faz, não me importa o preço. Eu preciso. — Pip sacou a pequena pilha de notas do bolso do moletom. Ela tinha oitenta libras, e enfiou todo o dinheiro na mão estendida de Luke. — Tudo que der para comprar com isso. O máximo possível.

Luke fitou o dinheiro em sua mão, um músculo se contraindo na bochecha enquanto ele digeria algum pensamento desconhecido. Pip o observou, incitando-o, plantando cordas de marionete invisíveis na cabeça dele, puxando-as como se sua vida dependesse disso.

— Certo, já volto — comentou ele, quase fechando a porta, os passos descalços levando-o pelo corredor.

O alívio foi intenso, mas durou pouco. Pip ainda tinha uma longa noite pela frente, e havia mil chances de alguma coisa dar errado. Ela podia estar viva, mas continuava lutando por sua vida, tanto quanto ela havia lutado quando estava enrolada naquela fita.

— Aqui — disse Luke, de volta, abrindo somente uma fresta da porta outra vez, os olhos brilhando.

Ele estendeu um saco de papel pela brecha, e Pip o pegou.

Abriu e checou o interior: dois saquinhos transparentes com quatro daqueles comprimidos verde-musgo dentro de cada.

— Obrigada — disse Pip, amassando o saco e enfiando-o no bolso.
— Certo, beleza — respondeu Luke, afastando-se.
Mas, antes que a porta se fechasse, ele voltou, o rosto colado no vão.
— Desculpe pelo outro dia. Não vi você na faixa de pedestre.

Pip ofereceu um aceno positivo para ele, botando um sorriso no rosto, sem mostrar os dentes, para não revelar nada.
— Tudo bem, tenho certeza de que não foi por querer.
— Não mesmo. — Luke balançou a cabeça, passando a língua pelos dentes. — Hm, olha. Não toma muito disso, está bem? É bem mais forte do que aquele outro que você geralmente compra. Um vai ser o suficiente para você apagar.
— Entendi, obrigada — disse Pip, percebendo a expressão no rosto do homem, quase como se estivesse preocupado com ela.

De todas as pessoas no mundo, em todas as circunstâncias possíveis, essas eram as mais improváveis. Ela devia estar mesmo com uma aparência horrível.

Pip ouviu a porta se fechar com suavidade enquanto voltava para o carro, passando pela BMW branca e encerada de Luke, seu reflexo a seguindo pelas janelas escuras.

Dentro do carro, ela tirou o saco de papel do bolso. Pegou os pacotinhos transparentes e analisou-os sob a claridade dos postes. Oito comprimidos, *1 mg* inscrito de um lado de cada um deles. Luke disse que um seria o bastante para fazer com que Pip apagasse, mas não era ela quem ficaria inconsciente. E ela tinha que garantir que aquilo funcionaria de maneira rápida, mas sem administrar uma dose forte o bastante para causar uma overdose. Isso faria dela assassina duas vezes no mesmo dia.

Pip abriu os pacotinhos e pegou dois comprimidos de um deles. Deixou um dos comprimidos cair no outro pacotinho, agora com cinco. Depois, partiu o último comprimido ao meio, depositando uma das metades em cada pacote. Dois miligramas e meio. Ela não sabia o que estava fazendo, mas tinha a impressão de que daria certo.

Pip devolveu o pacotinho com mais comprimidos ao saco de papel e o enfiou na mochila. Ela se livraria deles mais tarde, junto a todo o resto. Não confiava em si mesma para mantê-los consigo.

Ela se certificou de que o outro pacotinho, com dois comprimidos e meio, estava bem fechado e colocou-o no espaço para os pés, na frente dos pedais. Ela ergueu o pé e pisou nos comprimidos, ouvindo-os se partirem. Pressionou o calcanhar com força em cada protuberância que encontrava, espremendo e triturando até que fossem esmagados.

Ela pegou o saquinho e estudou o conteúdo, segurando-o bem diante dos olhos. Os comprimidos tinham sumido, substituídos por um pó verde e fino. Pip sacudiu para ter certeza de que não havia restado grandes pedaços.

— Ótimo — elogiou ela baixinho, enfiando o saquinho com o pó no bolso e dando um tapinha nele para ter certeza de que ainda estava lá.

A garota ligou o carro, os faróis afugentando a escuridão lá fora, mas não a escuridão que residia em sua mente.

Eram 20h33, agora 20h34, e ainda havia mais três casas em Little Kilton para ela visitar naquela noite.

TRINTA E QUATRO

A casa dos Reynolds na Cedar Way parecia um rosto. Pip achava isso desde pequena. Continuava parecida, enquanto ela caminhava em direção à porta da frente cheia de dentes, as janelas a encarando. A guardiã inabalável da família que morava lá dentro. A casa não deveria deixá-la entrar, deveria mandá-la embora. Mas as pessoas em seu interior não fariam isso, Pip sabia no fundo do coração.

Ela bateu com força, observando pelo vitral da porta uma silhueta se aproximar.

— Que mer... Ah, oi, Pip — disse Jamie, um largo sorriso se estendendo em seu rosto ao abrir a porta. — Não sabia que você vinha. Nós três estávamos prestes a pedir uma pizza, se quiser.

A voz de Pip entalou na garganta. Ela não sabia como começar, mas não precisava, porque Nat apareceu no corredor atrás de Jamie, as luzes do teto refletindo no cabelo platinado, fazendo-o brilhar.

— Pip — chamou ela, aproximando-se e parando ao lado de Jamie. — Você está bem? Ravi me ligou agora a pouco dizendo que não conseguia falar com você. Disse que você ia passar na minha casa para a gente conversar sobre alguma coisa, mas você nunca apareceu.

Os olhos dela se estreitaram, avançaram rapidamente pelo rosto de Pip. Talvez Nat enxergasse por trás da máscara, porque também tinha precisado aprender a usar uma.

— Está tudo bem? — perguntou outra vez, a confusão dando lugar à preocupação.

— Hm... — começou Pip, a voz presa em sua garganta ainda rouca e ferida. — Eu...

— Ah, oi, Pip — veio uma nova voz que ela conhecia bem. Connor tinha saído da cozinha, sua atenção desviando da aglomeração na porta para o celular. — A gente ia pedir uma pizza agorinha, se...

— Connor, fica quieto — cortou Jamie, e Pip viu nos olhos dele a mesma expressão dos de Nat.

Eles sabiam. Perceberam. Conseguiram decifrar o rosto dela.

— O que aconteceu? Você está bem? — perguntou Jamie.

Connor se esgueirou atrás do irmão, preocupado.

— Hmm. — Pip respirou fundo para tentar se equilibrar. — Não. Não, não estou.

— O que...? — Nat começou a indagar.

— Aconteceu uma coisa. Uma coisa ruim — interrompeu Pip, olhando para baixo e percebendo que os dedos tremiam.

Estavam limpos, mas o sangue vazava pelas pontas deles, e Pip não sabia se era de Stanley ou de Jason Bell ou dela mesma. Escondeu as mãos no bolso, junto com o saquinho com o pó e um celular descartável.

— E... preciso pedir ajuda para vocês. Para os três. E vocês podem dizer não, podem se recusar, e eu prometo que vou entender.

— Claro, qualquer coisa — declarou Connor, seu olhar captando o medo dela, ficando mais sombrio.

— Não, Connor, espera — pediu Pip, sua atenção dividindo-se entre os três.

Três das pessoas que ela achava que iriam investigar se ela desaparecesse. Três pessoas que tinham enfrentado maus bocados, lado a lado, com ela. Pip percebeu, então, que as pessoas que investigariam quando ela desaparecesse eram as mesmas a quem ela podia recorrer para se livrar de uma acusação de assassinato.

— Você não pode aceitar ainda, porque você não... você não... — Ela fez uma pausa. — Preciso pedir ajuda, mas vocês nunca vão poder me perguntar o motivo ou o que aconteceu. E eu nunca vou poder contar para vocês.

Os três a encararam.

— Nunca — reiterou Pip. — Se vocês não souberem de nada, nunca precisarão mentir. Nunca podem saber o porquê. Mas, é... é algo que acho que todos nós queremos. Fazer uma pessoa pagar, ter o que merecia desde o início. Mas vocês nunca podem saber, nunca podem...

Nat deu um passo à frente, cruzou a soleira e apoiou uma das mãos no ombro de Pip. Deu um aperto carinhoso, fazendo a amiga se calar.

— Pip — chamou Nat com delicadeza, os olhos fixos nos dela. — Você precisa que a gente ligue para a polícia?

— Não. — Pip fungou. — Não para a polícia. Nunca.

— O que você quer dizer com *fazer uma pessoa pagar*? — perguntou Connor. — Está falando do Max, do Max Hastings?

Nat enrijeceu, passando a mão pelo osso do ombro de Pip.

Pip ergueu a cabeça e assentiu de leve.

— Fazer ele ser preso, para sempre — sussurrou, colocando uma das mãos na de Nat, roubando seu calor. — Se funcionar. Mas vocês nunca podem saber, não posso contar para vocês, e vocês nunca podem contar para ninguém...

— Eu topo — concordou Jamie, o rosto cada vez mais sério, o maxilar travado numa expressão determinada. — Eu topo, o que quer que seja. Você me salvou, Pip. Você me salvou, então eu vou salvar você. Não preciso saber o motivo. Se precisar da minha ajuda, eu vou ajudar. Qualquer coisa para fazer ele ser preso.

A fisionomia de Jamie abrandou quando sua atenção foi de Pip para a nuca de Nat.

— É. — Connor assentiu, o cabelo loiro-escuro caindo no rosto sardento. Um rosto que ela tinha visto amadurecer, mudar com o passar dos anos, da mesma forma que ele tinha visto o dela. — Eu também.

Você me ajudou quando precisei. — Ele esticou os braços angulosos em um dar de ombros desajeitado. — É óbvio que vou ajudar.

Pip sentiu os olhos ficarem marejados enquanto olhava para os irmãos Reynolds. Dois rostos que ela conhecia desde que se entendia por gente, dois personagens na história dela, de quem se tornara. Parte dela desejava que tivessem recusado, pelo próprio bem deles. Mas ela faria questão de que ficassem a salvo. O plano funcionaria, e, caso contrário, ela seria a única a sair prejudicada. Fez uma promessa silenciosa para todos eles. Isso nunca aconteceu, Pip nunca tinha batido na porta deles e pedido ajuda. Nenhum deles estava ali agora.

O olhar de Pip foi até Nat, vendo o próprio rosto refletido nas orbes azuis brilhantes. Era ela quem de fato importava. Não tinham acreditado nela assim como não tinham acreditado em Pip, a violência inconcebível de não ter a própria voz ouvida. Elas compartilhavam aquela amargura, e Pip tinha absorvido o grito de Nat no dia do veredito, como se fosse seu, unindo-as. Elas se entreolharam através das máscaras.

— Isso vai deixar você em apuros? — perguntou Nat.

— Já estou em apuros — respondeu Pip baixinho.

Nat inspirou devagar. Soltou o ombro de Pip e, em seguida, segurou sua mão, apertando-a com força, os dedos entrelaçados nos dela.

— O que você precisa que a gente faça?

TRINTA E CINCO

Rua Tudor. Uma das ruas de Little Kilton de que Pip não conseguia se desvencilhar, que fazia parte de quem ela tinha se tornado, uma linha no seu mapa interno, como uma artéria. De volta àquele lugar mais uma vez, como se fosse inevitável, o trajeto inscrito nela também.

Pip olhou para a casa dos Hastings aparecendo à direita. O lugar no qual tudo tinha se iniciado, de onde saíram ramificações para tantos começos anos atrás. Cinco adolescentes em uma noite: Sal Singh, Naomi Ward e Max Hastings dentre eles. Um álibi que Sal sempre tivera, arrancado dele por seus amigos, por causa de Elliot Ward. E era ali que Pip colocaria um ponto-final em tudo.

Ela observou por cima do ombro as três pessoas no carro de Jamie, estacionado mais adiante na rua. O carro dela estava logo atrás. Pip viu Nat assentindo na escuridão do banco do carona, e o movimento a encorajou a continuar.

Segurou as alças da mochila e atravessou a rua. Parou na cerca externa em volta da propriedade, espiando por entre os galhos de uma árvore. O carro de Max era o único na garagem, mas Pip já sabia disso. Os pais dele estavam em sua segunda residência na Itália, por causa do *estresse emocional* que Pip os tinha feito passar. E, pelos seus cálculos, Max devia ter voltado de sua corrida noturna por volta das oito horas, se tivesse ido correr. Acabou que todos aqueles meses esbarrando nele serviram para alguma coisa.

Max estava sozinho lá dentro e não fazia ideia do que estava prestes a lhe acontecer. Mas Pip havia contado para ele. Avisara muitos meses atrás. *Estuprador. Vou acabar com você.*

Pip se concentrou na porta da frente, identificando as câmeras de segurança instaladas nas paredes de cada lado. Eram pequenas e apontavam diagonalmente para baixo, oferecendo uma visão da entrada e do jardim até a porta da frente. Talvez não fossem câmeras de verdade, talvez fossem só para intimidar, mas Pip precisava presumir que eram reais. E não tinha problema, porque havia um ponto cego perceptível: na parede da casa, de quem vinha da outra direção. Um ponto cego no qual ela desapareceria.

Pip deu uma batidinha no bolso, conferindo se a silver tape estava lá, assim como o celular descartável, o saquinho com o pó e um par de luvas de látex. Depois, apoiou as mãos na cerca externa, que batia em sua cintura, e impulsionou as pernas por cima. Ela pousou silenciosamente na grama do outro lado, apenas mais uma sombra entre os galhos. Mantendo-se no perímetro direito do jardim, encostada numa cerca viva, ela contornou a casa em direção à esquina, até uma das janelas que havia quebrado meses atrás.

O cômodo do outro lado estava escuro, parecia um escritório, mas ela conseguia enxergar, através de uma porta aberta, o corredor com as luzes acesas.

Tomando cuidado para permanecer encostada na parede da casa, Pip se esgueirou por trás da câmera que não a filmava. Ela olhou para cima e reparou que estava posicionada quase embaixo do dispositivo. Enfiando a mão no bolso, Pip retirou a silver tape e encontrou a ponta rasgada. Puxou um pedaço de fita do rolo e a arrancou. Esticou-se ao máximo, na ponta dos pés, o braço serpenteando por baixo da câmera, a fita a postos em seus dedos. Passou a fita na frente da câmera e colou-a no vidro, cobrindo a lente por completo. Acrescentou mais um pedaço para ter certeza de que não daria para ver nada.

Uma câmera fora de ação, só faltava a outra. Mas ela não podia caminhar até lá, bem no campo de vista. Pip saiu do mesmo jeito que tinha chegado até ali, encostada na casa até a cerca viva, saltando uma parte da cerca externa que era escondida por uma árvore. Andou pela calçada com a cabeça baixa, o capuz levantado, e foi até o outro lado da casa. Uma abertura na cerca entre dois arbustos. Pip pulou para dentro e avançou pela beirada. Seguiu até a parte da frente. Rasgou mais um pedaço de fita, se esticou e cobriu a câmera.

Soltou o ar. Certo, as câmeras estavam desativadas e não havia evidência alguma de quem as desativara. Porque tinha sido Max, não ela. Tinha sido Max quem cobrira as câmeras.

Pip voltou para o canto externo da casa e continuou andando pela lateral, dando passos cuidadosos até uma janela iluminada perto dos fundos. Ela se abaixou e deu uma olhada lá dentro.

O cômodo estava claro graças a *spots* de luz no teto. Mas havia outra fonte de luz, de um azul tremeluzente, colidindo com o amarelo. Os olhos de Pip a encontraram: a TV enorme pendurada na parede dos fundos. E, em frente à TV, com o cabelo loiro bagunçado visível sobre o braço do sofá, estava Max Hastings. Um controle de videogame em suas mãos levantadas enquanto ele apertava um botão repetidas vezes, uma arma disparando na tela. Os pés em cima da mesa de centro feita de carvalho, ao lado da detestável garrafa de água azul que ele carregava para tudo que era canto.

Max se mexeu, e Pip se jogou na grama, mantendo a cabeça abaixo da janela. Respirou fundo duas vezes, apoiando-se nos tijolinhos, esmagando sua mochila entre eles. Aquela era a parte com a qual Ravi estava mais preocupado, pois uma série de pequenos fatores poderiam escapar do controle e fazer o plano sair dos trilhos, e ele queria estar ao seu lado para ajudar.

Mas Max estava ali, assim como sua garrafa de água azul. E, se Pip conseguisse entrar, tudo daria certo. Ele nunca saberia.

Pip não teria muito tempo para descobrir como entrar na casa. Minutos, talvez menos. Ela tinha pedido para Nat ganhar o máximo de tempo possível, porém, mesmo dois minutos já era uma previsão otimista. A princípio, Jamie tinha se voluntariado para ser a distração, argumentando que seria capaz de manter Max na porta por tempo o suficiente. Eles tinham estudado juntos, Jamie conseguiria pensar em algo para dizer, mas Nat tinha feito que não com a cabeça.

— Fazer Max ser preso para sempre, foi isso o que você falou? — perguntara Nat.

— Prisão perpétua — respondera Pip.

— Bom, então essa é a minha última chance de dizer adeus. Eu vou ser a distração — declarara, os dentes cerrados e determinados.

Agora, aquele mesmo olhar estava no rosto de Pip ao enfiar a mão no bolso, os dedos se fechando ao redor das luvas de látex escorregadias. Ela as pegou e as colocou, ajeitando as pontas dos dedos. O celular descartável era o próximo, com um novo número salvo. O número do outro celular descartável que ela tinha acabado de dar para Jamie e Connor.

Pronta, digitou, devagar, as luvas atrapalhando seus dedos.

Passaram-se apenas alguns segundos até ela ouvir o barulho da porta de um carro batendo ao longe.

Nat estava a caminho.

A qualquer momento, aquela campainha tocaria. E tudo, o plano inteiro, a vida de Pip, dependia dos próximos noventa segundos.

O som estridente de uma campainha, um bramido quando chegou aos ouvidos de Pip.

Vai.

TRINTA E SEIS

Vidro embaçado pela respiração e um coração pronto para partir em disparada, escapar de seu peito.

Os olhos de Pip na parte inferior da janela, observando Max pausar o videogame.

Ele se levantou e largou o controle no sofá. Alongou os braços, depois enxugou as mãos no short.

Virou-se.

Dirigiu-se ao corredor.

Agora.

Pip estava entorpecida, mas era veloz.

Os pés a levaram pelos fundos da casa.

Ela ouviu a campainha, pressionada mais duas vezes.

Um grito abafado vindo lá de dentro, a voz de Max:

— Já vai, já vai!

Mais janelas nos fundos. Fechadas. Era óbvio que haviam sido fechadas, era uma noite fria de setembro. Se precisasse, Pip quebraria uma, abriria o trinco e pularia. Rezando para que ele não ouvisse, para que não entrasse naquele cômodo cedo demais. Porém, uma janela quebrada também não se encaixava na narrativa.

Quanto tempo tinha se passado? Será que Max já havia aberto a porta, chocado ao se deparar com Nat da Silva parada no escuro?

Pare. Pare de pensar e se mexa.

Pip correu pelos fundos da casa, mantendo-se abaixada.

Havia um quintal à frente, com um guarda-sol dobrado e uma mesa coberta. Além disso, um conjunto de portas francesas largas, quadradinhos de vidro numa moldura pintada de branco. Não havia luz vindo de trás delas, mas, quando Pip se aproximou, o luar iluminou seu caminho de novo, mostrando-lhe uma grande sala de jantar. A porta que deveria ligá-la à sala de estar estava fechada, com linhas amarelas da claridade nas bordas.

Sua respiração estava acelerada devido à adrenalina, e cada inspiração doía.

Pip correu para as portas francesas do quintal. Através do vidro, conseguia ver a maçaneta interna e um molho de chaves encaixado na fechadura. Era isso. Ela só tinha que quebrar aquela pequena vidraça para alcançar o lado de dentro e destrancar a porta. Não seria o ideal, mas serviria.

Rápido.

Ela apoiou a mão na maçaneta, posicionando o cotovelo do outro braço. Porém, antes que pudesse tomar impulso para atingir o vidro, a maçaneta cedeu. E então, para sua surpresa, a porta se abriu quando Pip puxou.

Já estava destrancada.

Não deveria estar destrancada, o plano não contava com isso. Mas talvez Max não temesse o perigo espreitando lá fora, uma vez que ele era o perigo. Perigo à vista, não do tipo na-calada-da-noite. Ou talvez ele só tivesse se esquecido. Pip não pausou, não parou para fazer mais perguntas, apenas deslizou pela abertura e fechou a porta do quintal silenciosamente.

Estava dentro da casa.

Quanto tempo tinha levado? Precisava de mais. Por quanto tempo Nat conseguiria distraí-lo?

Dava para ouvir as vozes deles agora, atravessando a casa. Pip não conseguia compreender as palavras, até que abriu a porta da sala de jantar e se esgueirou para a sala de estar.

A sala tinha um conceito aberto e se estendia até o corredor. Pip deu uma olhada, e Max estava bem ali, parado na porta da frente, de costas para ela. Atrás dele, Pip conseguia distinguir o cabelo platinado de Nat.

— Não entendi por que você está aqui. — Pip ouviu Max dizer, a voz mais baixa que o normal, insegura.

— Só queria falar com você — respondeu Nat.

Pip prendeu a respiração e deu um passo à frente. Devagar, silencioso. Sua atenção se afastou de Max, foi até a garrafa de água azul, esperando por ela na mesa de centro.

— Acho que eu não deveria falar com você sem a presença de um advogado — comentou Max.

— E isso por si só já não diz tudo? — alfinetou Nat, com uma fungada.

Ainda havia água na garrafa, quase um terço. Pip esperava que tivesse mais, porém serviria. Não devia ter gosto. Seus pés avançaram da madeira polida para o enorme tapete estampado no centro da sala. Não havia sombras nas quais ela pudesse desaparecer, nada em que pudesse se esconder. A sala estava iluminada e, se Max olhasse para trás, veria Pip.

— Então, o que você queria me dizer? — Max tossiu de leve, e Pip parou, olhando para trás.

— Eu queria conversar sobre o processo por difamação que você está abrindo contra Pip.

Pip avançou de fininho, testando cada passo antes de pisar com mais força, para o caso de alguma das tábuas do piso ranger.

Ela chegou à beirada do grande sofá de canto e se agachou, rastejando em direção à garrafa. O controle e o celular de Max estavam jogados no assento do sofá.

— O que tem? — perguntou Max.

Pip estendeu a mão enluvada, os dedos envolvendo o plástico duro da garrafa. O bico já estava erguido, esperando, gotas do cuspe de Max na parte de cima.

— Por que você está fazendo isso? — questionou Nat.

Pip desenroscou a tampa, girando e girando.

— Eu preciso. Ela saiu espalhando mentiras sobre mim para uma quantidade enorme de pessoas. Manchou minha reputação.

A tampa se soltou, presa a um longo canudo de plástico.

— Reputação. — Nat deu uma risada sombria.

Pip pousou a tampa da garrafa na mesa, algumas gotas de água caindo do canudo no tapete abaixo.

— É, minha reputação.

Ela enfiou a mão no bolso e pegou o saquinho plástico lacrado com o pó verde dentro. Segurando a garrafa na dobra do cotovelo, Pip abriu o pacotinho.

— Só que não eram mentiras, você sabe disso. Ela tem uma gravação sua admitindo, Max. O que você fez com Becca Bell. E comigo. E com todas as outras. A gente sabe.

Pip despejou o saquinho na boca da garrafa. O pó verde fez um chiado suave ao deslizar para baixo, caindo na água.

— A gravação foi forjada. Eu nunca diria aquilo.

Poeira verde grudada nas paredes internas da garrafa, afundando na água.

— Você repetiu isso tantas vezes que começou a acreditar que é verdade? — retrucou Nat.

Pip chacoalhou a água dentro da garrafa, dissolvendo os resíduos. Suavemente. Um leve som de água balançando.

— Olha, eu realmente não tenho tempo para isso.

Pip ficou paralisada.

Ela não conseguia ver além do sofá. Tinha acabado? Max tinha fechado a porta? Encontraria ela ali, agachada em seu tapete, com a garrafa de água nas mãos?

Um barulho. Algum tipo de movimento contra o chão. E então outro mais forte, como madeira batendo em alguma coisa.

— Mas eu não terminei — disse Nat, ainda mais alto.

Muito mais alto.

Seria um sinal para Pip? Saía daí, ela não conseguiria enrolá-lo por muito tempo.

Pip deu uma última sacudida na garrafa. O pó estava se dissolvendo, turvo na água, porém Max não conseguiria perceber, não através do plástico azul-escuro. Ela pegou a tampa e fechou de novo.

— O que você está fazendo? — questionou Max, a voz aumentando também.

Pip se encolheu. Mas, não, não estava falando com ela. Continuava na porta, discutindo com Nat.

— O que você quer? — perguntou ele.

Nat tossiu, um som áspero, nada natural. Isso era um sinal, Pip tinha certeza.

Ela devolveu a garrafa à mesa de centro, no exato local onde a tinha encontrado, e se virou. Rastejou de volta por onde viera.

— Queria dizer que...

— O quê? — retrucou Max, impaciente.

Pip passou pela beirada do sofá e se endireitou. Olhou na direção deles, o pé de Nat na soleira da porta, impedindo que fosse fechada.

— ... que, se você levar isso a julgamento, esse caso de difamação contra a Pip, eu estarei lá, todos os dias.

Pip avançou abaixada, um pé na frente do outro, a mochila balançando nos ombros. Alto demais. Ela se virou para o outro lado, seus olhos encontrando os de Nat.

— Vou testemunhar contra você. Assim como as outras garotas, aposto.

Pip desviou o olhar, concentrando-se na porta fechada da sala de jantar à sua frente. Max não entraria lá, ela tinha certeza. Podia esperá-lo ali, ou lá fora.

— Você não vai escapar uma segunda vez, eu prometo. Nós vamos acabar com você.

Mais sons de embate. Tecido contra tecido. Em seguida, um baque.

Alguém rugiu.

Max.

Pip não conseguiria chegar na sala de jantar. Estava longe demais. Em vez disso, disparou para a direita, para uma porta com venezianas debaixo de uma escada. Abriu o compartimento e se enfiou lá dentro, caindo de costas no pequeno espaço, entre um aspirador e um esfregão. Inclinou-se e fechou a porta.

Ela bateu. Um barulhão.

Não, o barulho não era da porta dela.

Era da porta da frente.

A batida ecoou pelo corredor polido.

Não, aquilo não era um eco, eram passos.

De Max.

Batendo nas tábuas do piso de madeira, um vulto passando pelas frestas na madeira diante dela.

Ele parou, bem ali em frente, e Pip prendeu a respiração.

TRINTA E SETE

Pip ainda não estava respirando.

Ela se aproximou da porta da despensa, ajustando-se aos espaços entre as venezianas.

Do lado de fora, Max cambaleou por um instante. Então, se afastou, levando uma das mãos ao rosto. Ao olho.

Pip expirou, com cuidado, a respiração rebatendo em seu rosto. Nat devia ter dado um soco nele. Tinha sido aquele o baque que Pip ouvira. Não era parte do plano, mas tinha funcionado. Pip ganhara tempo o bastante para se esconder na despensa.

Max não a tinha visto ali, não sabia que tinha mais gente dentro de casa. As drogas estavam no lugar certo, dissolvidas na garrafa de água azul. Ela tinha conseguido. A parte que Ravi mais temia não dar certo. Pip tinha conseguido se manter sob controle.

E, agora, era só esperar.

Max afastou-se dela, passando pela sala de estar, em direção a um arco que levava à cozinha. Pip ouviu um barulho, Max xingando baixinho, e outra porta batendo. Ele voltou um minuto depois, apertando algo contra o olho.

Pip se mexeu para ter uma visão melhor enquanto Max caminhava até o sofá. Algo verde e plástico, talvez um pacote de ervilhas congeladas. Ótimo. Pip torcia para que Nat não tivesse se contido. Porém Max agora tinha um olho roxo para explicar, precisaria ser encaixado na narrativa. Mas talvez isso não fosse ruim, talvez acabasse os ajudando. Uma briga, entre Max e Jason Bell. Jason deu um soco nele e Max foi embora, depois voltou com um martelo, esgueirando-se atrás de Jason. Isso, o hematoma que brotava no rosto de Max poderia funcionar, encaixando-se com perfeição na história que Pip estava criando para o homem ainda não morto a dezesseis quilômetros de distância.

Max se deixou cair no sofá. Pip não conseguia mais enxergar seu rosto, apenas uma visão entrecortada da parte de trás da cabeça. Um grunhido demorado, provavelmente de quando ele mudou a posição do saco de ervilhas. A cabeça se moveu quando ele se inclinou para a frente.

Pip não conseguia ver. Não conseguia enxergar dali se ele estava bebendo a água.

Mas dava para ouvir. Aquele som detestável da sucção do bico, enchendo a casa silenciosa.

Pip ficou de pé, em silêncio, a mochila se prendendo na parte de cima do aspirador. Ela a desenganchou e se aprumou, observando pelas tábuas de maneira de novo. Daquela altura, conseguia vê-lo. Uma das mãos sobre as ervilhas congeladas no olho, a outra agarrada à garrafa. Pelo menos quatro goles grandes antes de devolvê-la à mesa. Aquilo não era o bastante. Ele tinha que tomar tudo, a maior parte.

Ela tirou o celular descartável do bolso da frente do moletom. Eram 20h57. Merda, já eram quase nove horas. Pip achava que conseguiriam atrasar em pelo menos três horas o intervalo da hora da morte de Jason. O que significava que ela só tinha meia hora até que o período se iniciasse. Ela deveria começar a criar seu álibi dali a quarenta e cinco minutos.

No entanto, não havia nada que pudesse fazer no momento. Só esperar. Observar Max de seu esconderijo. Tentar brincar de Deus, usando aquele recôndito sombrio de sua mente para tentar incentivá-lo a se aproximar da mesa de centro e beber mais.

Max não ouviu. Ele se inclinou para a frente, mas apenas para apoiar o celular na mesinha. Em seguida, pegou o controle e voltou ao jogo. Tiros. Muitos, mas Pip só ouviu seis, atingindo-a no peito, o sangue de Stanley espalhando-se devagar por suas mãos no armário escuro. O de Stanley, não o de Jason. De alguma forma, ela sabia a diferença.

Max tomou mais um gole às nove em ponto.

Mais dois às 21h03.

Foi ao banheiro do andar de baixo às 21h05. Era bem ao lado da despensa em que Pip estava, e ela conseguia ouvir tudo. Ele não deu descarga, e ela não respirou.

Mais um gole às 21h06, quando voltou para o sofá, um barulho de sucção alto vindo do bico. Ele apoiou a garrafa na mesa e então a pegou de novo, ficando de pé. O que estava fazendo? Para onde estava levando a garrafa? Pip não conseguia ver, esticando a cabeça para espiar pelas venezianas.

Ele atravessou o arco até a cozinha. Pip ouviu o barulho de uma torneira aberta. Max apareceu de novo, a garrafa azul nas mãos. O punho girando ao fechar a tampa de novo. Devia ter bebido tudo, ou pelo menos quase tudo, para precisar enchê-la de novo.

As drogas tinham sumido. Estavam no corpo dele.

Max cambaleou, tropeçando no próprio pé descalço. Ficou parado por um momento, piscando ao observar os pés, como se estivesse confuso, uma marca vermelha ganhando forma debaixo de um dos olhos.

Os comprimidos já deviam ter começado a fazer efeito. Uma dose estava em seu organismo havia pelo menos dez minutos. Quanto tempo levaria até ele desmaiar?

Max deu um passo hesitante, balançando de leve, e depois outro mais apressado até o sofá. Abaixou-se, tomando outro gole de água. Estava tonto, dava para perceber. Pip teve a mesma sensação, quase um ano atrás, sentada em frente a Becca na cozinha dos

Bell, embora ela tivesse tomado mais de dois miligramas e meio. A exaustão, como se seu corpo estivesse começando a se separar de sua mente. Em pouco tempo as pernas dele não seriam capazes de mantê-lo em pé.

Pip se perguntou o que devia estar passando pela cabeça dele ao retomar o jogo e voltar a atirar, seu personagem escondendo-se atrás de uma parede em ruínas. Talvez estivesse pensando que a vertigem era resultado do golpe no rosto, do punho de Nat. Talvez estivesse cansado e, ao sentir o sono chegando, cada vez mais próximo, tivesse dito para si mesmo que só precisava dormir. Ele nunca saberia, nunca suspeitaria que, assim que adormecesse, estaria fora de casa, matando um homem.

A cabeça de Max baixou até o braço do sofá, descansando nas ervilhas congeladas. Pip não conseguia enxergar o rosto dele, nem seus olhos. Mas ainda deviam estar abertos, porque ele seguia atirando.

Porém, o personagem na tela também estava se mexendo devagar, o mundo violento girando ao redor dele em círculos vertiginosos enquanto Max começava a perder o controle dos polegares.

Pip observou, sua atenção passando rapidamente de um para o outro.

Esperando. Esperando.

Ela checou a hora, os minutos escapando.

E, quando voltou a olhar para cima, nenhum deles se mexia. Nem Max, estirado no sofá, a cabeça descansando no braço, nem seu personagem na tela, parado no meio de um campo de batalha, a barra de vida sendo reduzida golpe após golpe.

Você morreu, anunciou o jogo, mudando para uma tela de carregamento.

E Max não reagiu, não se mexeu.

Ele devia ter desmaiado, certo? Devia estar inconsciente. Eram 21h17, vinte minutos depois de ele ter começado a beber a água batizada.

Pip não sabia. Era impossível ter certeza, presa na despensa debaixo da escada. Se saísse do esconderijo e ele não estivesse dormindo, o plano iria por água abaixo, e seria o fim da linha para ela.

Com o maior cuidado, Pip empurrou a porta do armário, abrindo-a apenas alguns centímetros. Olhou ao redor, procurando alguma coisa, algo pequeno, para usar em um teste. Seus olhos pousaram na tomada do aspirador de pó, o longo fio enrolado ao redor da máquina. Serviria. Pip desenrolou um pouco do cabo, para poder se distanciar, e se preparou para enrolá-lo de volta e fechar a porta do armário caso Max reagisse.

Ela atirou a tomada para fora do armário, em direção à sala de estar. Ela fez um barulho, quicou três vezes nas tábuas do piso antes de o fio estar todo para fora.

Nada.

Max não mexeu um dedo, deitado mortalmente imóvel no sofá.

Ele tinha apagado.

Pip puxou a tomada de volta, o plástico arranhando alto contra o piso, e Max continuou imóvel. Ela amarrou o fio de volta no aspirador e então saiu da despensa, fechando a porta.

Sabia que ele estava apagado, mas caminhou com cuidado mesmo assim, arrastando um pé na frente do outro em direção ao grande tapete, ao sofá, a ele. Conforme se aproximava, conseguia ver melhor o rosto de Max, a bochecha esmagada contra o braço duro do sofá, a respiração profunda e assobiando. Pelo menos ele estava respirando, ainda bem.

Pip se virou para a mesa de centro, os cabelos se arrepiando na nuca. Sentiu como se ele a observasse de alguma forma, embora as pálpebras estivessem pesadas e fechadas, um hematoma começando a se formar ao redor de uma delas. Max parecia indefeso, deitado atrás dela, o rosto quase infantil, inocente. As pessoas sempre pareciam inocentes quando dormiam, puras, distantes do mundo e seus erros. Mas Max não era inocente, nem chegava perto disso. Quantas garotas ele tinha visto daquele jeito, deitadas indefesas diante dele? Será que alguma vez tinha se sentido culpado, como Pip quase se sentia agora? Não, não tinha, ele era o tipo de pessoa que só queria tirar proveito de qualquer situação. Sabe-se lá se era de nascença ou de criação, mas isso não importava; ele era assim.

E Pip sabia, ao afastar a atenção dele, que não se tratava apenas de sua própria sobrevivência. Já se conhecia bem o suficiente, tinha convivido tempo o bastante com aquele recôndito sombrio em sua mente.

Também era vingança.

Aquela cidade não era grande o bastante para os dois. O mundo também não. Um deles tinha que ir, e Pip lutaria com unhas e dentes.

Ela estendeu a mão, os dedos enluvados pegando o celular de Max. A tela se iluminou quando ela segurou o aparelho, mostrando que já eram 21h19 e que era melhor ela se apressar.

O símbolo na parte de cima avisava que a bateria estava com pelo menos metade da carga restante. Ótimo, seria o suficiente.

Pip se afastou de Max, indo para trás do sofá. Ela apertou o botão lateral para deixar o celular no silencioso, e então se ajoelhou, tirando a mochila das costas. Retirou do interior um dos sacos de sanduíche transparentes e guardou o pacotinho vazio de seu bolso e o rolo de silver tape.

Abriu o saco hermético e jogou o celular de Max lá dentro, selando-o logo em seguida. Ela se aprumou, os joelhos estalando, e se virou para a porta da frente. Deixou sua mochila no chão. Ainda não tinha terminado, voltaria em um minuto. Mas primeiro precisava entregar o celular de Max para Jamie e Connor.

Passou por um aparador no corredor e viu uma tigela de madeira em cima, com moedas e vários chaveiros. Pip vasculhou até encontrar um com as chaves de um Audi e o pegou. Deviam ser as chaves do carro de Max e, junto, as da casa. Pip também precisaria delas.

Com as chaves numa das mãos e o celular no saquinho na outra, Pip abriu a porta da frente dos Hastings e saiu para a noite fria, fechando a porta de leve. Caminhou pela entrada, dando uma breve conferida nas câmeras com silver tape. Pip as via, mas elas não viam Pip.

Ela desceu a rua Tudor até a silhueta escura do carro de Jamie.

A porta do lado do passageiro se abriu, e Nat colocou a cabeça para fora.

— Tudo certo? — perguntou a amiga, e o alívio em seus olhos era evidente.

— Tu-tudo, sim — disse Pip, surpresa. — O que você ainda está fazendo aqui, Nat? Você devia ter saído logo em seguida para a casa do seu irmão, para garantir o seu álibi.

— Eu não ia deixar você sozinha com *ele* — declarou Nat com firmeza. — Não até que eu soubesse que você estava segura.

Pip concordou com a cabeça. Ela entendia. Embora não fosse ficar sozinha, Jamie e Connor estavam bem ali, Pip entendia.

— Funcionou? — perguntou Connor do banco de trás.

— Aham, ele está apagado.

— Desculpe por ter dado um soco nele — disse Nat. — Ele estava tentando me empurrar para fora e fechar a porta, e eu ainda conseguia ver você atrás dele, aí eu só...

— Não, relaxa — interrompeu Pip. — Talvez seja melhor, até.

— E foi bom. — Nat sorriu. — Queria ter feito isso há um tempão.

— Mas você precisa ir para a casa do seu irmão agora — disse Pip, a voz mais séria. — É improvável que alguém acredite no Max quando ele disser que você apareceu para *conversar*, mas quero que você tenha o máximo de garantias possível.

— Não vai ter problema — assegurou Nat. — Dan já vai estar na quinta cerveja dele. Vou falar que são 20h45, ele não vai notar a diferença. Kim e o bebê estão na casa da mãe dela.

— Está bem — concordou Pip.

Ela então se virou para Jamie, atrás do volante, e se inclinou sobre Nat para entregar a ele o celular de Max, no saquinho. Jamie o pegou e deu um leve aceno de cabeça, apoiando o aparelho em seu colo.

— Já botei no silencioso — avisou ela. — Parece que a bateria está quase cheia.

Jamie assentiu de novo.

— Inseri a localização na navegação por satélite — explicou ele, indicando o sistema embutido no carro. — Depois, duas curvas à direita para a Cena Verdejante Ltda. Só indo por ruas secundárias.

— E os celulares de vocês estão desligados? — insistiu Pip.

— Estão.

— Connor? — Ela se virou para ele.

— Aham — respondeu, os olhos brilhando no banco de trás. — Desliguei em casa. Não vamos ligar de novo até que seja seguro.

— Ótimo. — Pip soltou o ar. — Então, quando chegarem lá, vão ver que o portão está aberto. Não entrem, entenderam? Vocês não podem entrar, de jeito nenhum. Prometam.

— Não vamos — disse Connor.

Uma troca de olhar entre os irmãos.

— Prometo — acrescentou Jamie.

— Nem mesmo olhem pelo portão, só parem do lado de fora, na beira da estrada — instruiu Pip. — Deixem o celular do Max no saquinho. O que quer que vocês façam, não toquem nele. Tem umas pedras, umas pedras grandes na grama, na beirada da estradinha que leva até o portão. Deixem o celular, no plástico, atrás da primeira pedra grande. Só deixem o saco lá e vão embora.

— Pip, a gente entendeu — disse Jamie.

— Desculpe, eu só... Isso não pode dar errado. Nenhuma parte do plano pode dar errado.

— Não vai dar errado — garantiu Jamie, com gentileza, acalmando os nervos à flor da pele da garota. — Pode contar com a gente.

— Vocês já decidiram aonde vão depois? — perguntou ela.

— Já — respondeu Connor, inclinando-se para a frente, o brilho da luz amarela perto do retrovisor iluminando-o. — Tem um festival com os filmes da Marvel até tarde da noite num dos cinemas de

Wycombe. A gente vai lá. Vamos ligar os celulares quando chegarmos ao estacionamento. Fazer algumas ligações e mandar mensagens de texto quando estivermos lá. Tem câmera em tudo que é canto. Vai dar certo.

— Está bem. — Pip assentiu. — Ótimo, é uma boa ideia, Connor.

Ele abriu um sorriso fraco para ela, e dava para ver que estava assustado. Assustado porque sabia que alguma coisa horrível tinha acontecido e nunca saberia do que estava fazendo parte. Embora pudessem imaginar, e era provável que confirmassem suas suspeitas quando a notícia se espalhasse. Mas, contanto que nunca fosse dito em voz alta, contanto que não soubessem de verdade, sem sombra de dúvida... Connor não precisava ficar com medo. Se qualquer coisa desse errado, Pip assumiria toda a culpa. O resto do grupo estaria a salvo. Eles estariam no cinema tarde da noite, não sabiam de nada. Ela tentou contar tudo isso para o amigo com um olhar.

— E vocês vão me ligar, do celular descartável, assim que saírem da Cena Verdejante? Dirijam por pelo menos cinco minutos e depois me liguem do pré-pago para avisar que o celular do Max está no local certo.

— Isso, sim, vamos ligar — respondeu Connor, acenando com o celular descartável que ela lhes dera.

— Certo, acho que estamos prontos. — Pip deu um passo para trás, afastando-se do carro.

— Vamos deixar Nat na casa do irmão dela e depois vamos direto para lá — explicou Jamie, dando partida no carro, o ronco do motor atravessando a noite silenciosa.

— Boa sorte — disse Nat, fixando os olhos nos de Pip por um segundo antes de fechar a porta do carro.

Faróis acesos, e Pip protegeu a vista do clarão enquanto davam ré. Observou eles irem embora, mas só por um momento. Ela não tinha tempo para pensar nem para se perguntar se estava arrastando todo mundo com quem se importava para o fundo do poço. Tempo era algo que ela não tinha.

Ela correu de volta pela calçada e pela entrada da casa dos Hastings. Tentou duas chaves antes de encontrar a que destrancava aquela porta, empurrando-a em silêncio. Max estava apagado, mas ela não queria abusar da sorte.

Deixou as chaves do carro no chão do corredor, perto da mochila, assim não as esqueceria ao sair. Sua atenção estava se dispersando com a bondade de Jamie, a preocupação de Nat e o medo de Connor, mas ela precisava retomar o foco. O plano estava funcionando, e havia uma nova lista em sua mente. A lista que ela e Ravi haviam elaborado com tudo que precisaria levar da casa de Max.

Três coisas.

Pip subiu a escada, dobrou a esquina para seguir pelo corredor do segundo andar e foi até o quarto de Max. Ela sabia qual era. Já estivera ali antes, quando descobriu que Andie Bell vendia drogas. Não estava nem um pouco diferente: a mesma colcha marrom, as mesmas pilhas de roupas jogadas.

Ela também sabia que, atrás do pôster de *Cães de aluguel* pregado no quadro de avisos, havia uma foto de Andie Bell só de calcinha. Andie havia deixado a foto na sala de aula de Elliot Ward. Max a encontrara e guardara esse tempo todo.

Pip ficou enjoada ao ver que a imagem continuava ali, e uma parte dela queria rasgar a foto escondida, levar Andie e seu fantasma para casa em segurança. Andie já tinha sofrido o bastante nas mãos de homens violentos. Mas Pip não podia fazer isso. Max não podia saber que alguém estivera ali.

Pip voltou a atenção para o cesto de roupas brancas, transbordando, a tampa precariamente equilibrada no topo. Ela a empurrou para o lado e vasculhou a roupa suja de Max, grata pelas luvas que cobriam suas mãos. Mais ou menos na metade do caminho, encontrou algo que serviria. Um moletom cinza escuro com capuz e zíper, usado e amarrotado. Pip jogou-o na cama de Max, depois devolveu o restante das roupas para a cesta cheia demais, deixando-a da mesma forma como a tinha encontrado.

Em seguida, foi em direção ao guarda-roupa embutido. Precisava de um par de sapatos. De preferência, com um padrão de solado único. Pip abriu as portas e observou o interior do guarda-roupa, a atenção voltada para a parte de baixo e o caos de sapatos que estavam ali. Agachou-se e estendeu a mão para os fundos do armário. Se um par estava ali, significava que Max não o usava com tanta frequência. Pip descartou tênis escuros de corrida, as solas tinham ficado desgastadas e lisas com o passar do tempo. Ela encontrou outro, um tênis branco, e o virou, os olhos seguindo as linhas em zigue-zague das solas. Aquilo daria boas pistas, e não era o par que ele usava todos os dias para correr. Ela continuou vasculhando a pilha de sapatos aleatórios, procurando o outro pé daquele tênis, puxando-o de um emaranhado de cadarços.

Pip se aprumou, prestes a fechar as portas do guarda-roupa quando algo chamou sua atenção. Um boné de beisebol verde-escuro com uma marca branca, equilibrado em cima dos cabides. É, aquilo poderia ser útil também... *Obrigada, Max*, pensou ela, adicionando-o à sua lista mental enquanto o pegava.

Com o moletom cinza, os tênis brancos e o boné nos braços, ela desceu as escadas, seus passos no ritmo das respirações pesadas de Max. Pip depositou a pilha de roupas ao lado da mochila.

Uma última coisa, e então ela daria o fora. A coisa que ela mais temia fazer.

Abriu a mochila e tirou mais um saquinho de sanduíche com fecho hermético.

Pip prendeu o fôlego, embora não fosse necessário. Se Max conseguisse ouvir algo, seria o som do coração dela, batendo acelerado no peito. Por quanto tempo o órgão poderia continuar nesse ritmo, antes de desistir e parar de bater? Ela caminhou em silêncio às costas de

Max, até o outro lado do sofá, onde a cabeça dele repousava, ouvindo o barulho da respiração quando o ar fazia o lábio superior vibrar.

Pip se aproximou e se agachou, xingando o próprio tornozelo quando o osso estalou, ecoando na sala silenciosa. Ela abriu o saco de sanduíche e o segurou sob a cabeça de Max. Com a outra mão enluvada, aproximou seu polegar do indicador, e então, gentilmente, devagar, avançou em direção ao couro cabeludo de Max. Teria que ser delicada ao arrancar os cabelos, mas era o que precisava fazer. Ela não podia cortá-los, precisava da raiz e das células da pele presas ao fio, contendo o DNA dele. Com cuidado, aproximou os dedos de uma pequena mecha loira-escura.

Então puxou.

Max fungou. Uma respiração pesada e um engasgo no peito. Mas ele não se mexeu.

Pip conseguia sentir o próprio batimento cardíaco descontrolado na garganta e por trás dos dentes enquanto analisava os fios presos entre os dedos. Longos, ondulados, alguns bulbos de pele visíveis na raiz. Não havia muitos, mas teriam que servir. Ela não queria arriscar uma nova tentativa.

A garota levou os dedos ao saquinho e os esfregou ali, o cabelo loiro escorrendo para dentro do invólucro transparente, quase invisível. Alguns fios ainda estavam agarrados à luva de látex. Ela os limpou no sofá, selou o saco e se afastou.

De volta ao corredor, guardou o moletom de Max num saco plástico maior, os tênis e o boné em outro, antes de enfiá-los no maior bolso da mochila, que estava lotada, o zíper resistindo a ser fechado, mas tudo bem, Pip tinha tudo de que precisava. Enfiou o saco com o cabelo de Max no bolso da frente da mochila e depois a levou aos ombros.

A garota apagou a luz da sala antes de sair, sem saber direito por que fizera isso. As luzes amarelas, por mais fortes que fossem, não seriam o bastante para despertar Max. Mas Pip não queria arriscar, ele ainda tinha que estar dormindo quando ela voltasse, dali a algumas horas. Pip confiava nos comprimidos, assim como Max havia confiado incontáveis vezes durante sua vida, mas ela não conseguia confiar em nada tanto assim. Nem em si mesma.

Pip pegou as chaves do chão e saiu, fechando a porta da frente. Apertou um botão no chaveiro, e as luzes traseiras do carro preto de Max piscaram, avisando que o automóvel estava destrancado. Ela abriu a porta do motorista, largou as chaves no banco e depois fechou a porta de novo, deixando o carro para trás enquanto descia a rua.

Ela tirou as luvas de látex. Estavam tão grudadas devido ao suor de suas mãos (suor ou o sangue de Stanley, estava escuro demais para conferir) que ela teve que usar os dentes para arrancá-las. O ar da noite pareceu frio e muito sólido contra a pele de seus dedos conforme ela enfiava as luvas usadas no bolso.

Seu carro estava à espera logo adiante, à espera dela e do próximo passo do plano.

Seu álibi.

TRINTA E OITO

— Ora, olá, *quelle surprise*. O que você está fazendo aqui, *muchacha*?

O sorriso sumiu do rosto de Cara um segundo depois, quando abriu a porta por completo e a luz do corredor iluminou os olhos de Pip. Ela percebeu. Pip sabia que ela perceberia. Não era só uma amiga, era quase uma irmã. Havia algo de errado nos olhos de Pip, aquele dia longo e terrível estava marcado neles de alguma forma, e é óbvio que Cara percebeu. Não tudo. Não mais que os outros. A ignorância mantinha todos seguros.

— O que foi? — perguntou Cara, preocupada. — O que houve?

O lábio inferior de Pip tremeu, mas ela se conteve.

— E-eu, hm... — começou a dizer, com a voz trêmula.

Estava dividida entre precisar de Cara e precisar mantê-la em segurança, segura da própria Pip. Dividida entre sua antiga vida normal, parada na frente dela, piscando, e o que quer que tivesse sobrado.

— Preciso de ajuda. Você não tem que aceitar, pode me mandar ir embora, mas...

— É claro — interrompeu Cara, segurando os ombros da amiga e guiando-a pela porta. — Entra aí.

Elas pararam no corredor, a expressão de Cara mais séria do que Pip jamais tinha visto.

— O que aconteceu? Ravi está bem?

Pip assentiu, fungando.

— Aham, está, o Ravi está bem. Não tem nada a ver com ele.

— Sua família?

— Não, é... Estão todos bem — explicou Pip. — Eu só... eu preciso pedir para você me ajudar com uma coisa, mas você nunca vai poder saber o porquê. Nunca vai poder me perguntar, e eu nunca vou poder contar.

O barulho de fundo de uma TV foi interrompido, passos arrastados se aproximando. Ah, droga, Steph não estava em casa, estava? Nãonãonão. Ninguém mais podia saber, só aquelas pessoas, as que investigariam caso Pip desaparecesse.

Não era Steph. Naomi apareceu no corredor, uma das mãos levantada num pequeno aceno.

Pip não achava que ela estaria ali, não havia contado com Naomi. Mas não tinha problema. Naomi era uma delas, fazia parte do ciclo. Se Cara era como uma irmã, então Naomi também era. E agora Pip não poderia deixar de envolvê-la, o plano mudou para incluir mais uma pessoa.

Cara não tinha visto a irmã.

— Sério, do que você está falando, Pip? — perguntou ela com urgência.

— Acabei de dizer que não posso contar. Nunca vou poder contar.

Elas foram interrompidas, não por Naomi, mas por um toque agudo de 8 bits vindo do bolso da frente de Pip.

Os olhos dela se arregalaram, e os de Cara também.

— Desculpe, tenho que atender — disse Pip, pegando o celular descartável.

Ela se virou e levou o pequeno aparelho à orelha.

— Ei — cumprimentou.

— Ei, sou eu — disse a voz de Connor do outro lado da linha.

— Tudo certo? — perguntou Pip, e deu para ouvir Naomi logo atrás, perguntando a Cara o que estava acontecendo.

— Tudo. Tudo certo — informou Connor, um pouco sem fôlego. — Jamie está dirigindo para Wycombe agora. O celular está no lugar combinado, atrás da primeira pedra. Não passamos pelo portão nem olhamos lá dentro. Tudo certo.

— Obrigada — disse Pip, o peito relaxando um pouco. — Obrigada, Co... — Ela quase falou o nome do amigo, contendo-se antes que fosse tarde demais, lançando um olhar para Cara e Naomi.

As duas não deveriam saber quem mais estava envolvido. Isso faria com que ficassem em segurança. Todos eles.

— Esta é a última vez que falamos sobre isso. Nunca aconteceu, entendeu? Nunca comentem ao telefone, nem em mensagens, nem um para o outro. Nunca.

— Eu sei, ma...

Pip o cortou:

— Vou desligar agora. E quero que você destrua esse celular aí. Quebre ao meio, e o chip também. Depois jogue numa lixeira pública.

— Ok, ok, tudo bem, vamos fazer isso — confirmou Connor, e depois comunicou ao irmão: — Jamie, ela está falando para a gente quebrar o celular e jogar numa lixeira pública.

Ela ouviu a voz distante de Jamie em meio ao barulho das rodas em movimento:

— Prometo que vamos fazer isso.

— Tenho que ir agora — disse Pip. — Tchau.

Tchau. Uma palavra tão normal para uma conversa tão anormal.

Pip desligou e baixou o celular, virando-se devagar para Cara e Naomi, que estavam paradas atrás dela, com expressões idênticas de confusão e medo.

— O que foi isso? — perguntou Cara. — O que está acontecendo? Com quem você estava falando? Que celular é esse?

Pip suspirou. Houve uma época em que ela contava tudo para Cara, todos os mínimos detalhes do seu dia, e agora não podia contar nada. Nada, exceto a parte dela. Havia uma barreira entre as duas que nunca existiu antes: sólida, indescritível.

— Não posso contar — repetiu Pip.

— Pip, está tudo bem? — interveio Naomi. — Você está deixando a gente assustada.

— Desculpe, eu... — A voz de Pip falhou.

Ela não podia fazer isso. Queria explicar, mas o plano não deixava. Precisava fazer outra ligação. Imediatamente.

— Vou explicar em um minuto, o máximo que eu puder, mas primeiro preciso dar um telefonema. Posso usar a sua linha fixa?

Cara a encarou, perplexa, e as sobrancelhas de Naomi estavam tão franzidas que eclipsavam seus olhos.

— Estou confusa — murmurou Cara.

— Vou levar só dois minutinhos, depois explico tudo. Posso usar o telefone?

Elas fizeram que sim com a cabeça, um aceno devagar e repleto de dúvidas.

Pip correu até a cozinha, ouvindo os passos das irmãs enquanto a seguiam até lá. Deixou a mochila cair numa das cadeiras e abriu o zíper do bolso da frente, tirando o cartão de visita de Christopher Epps. Pegou o telefone fixo da família Ward e digitou o número do celular dele, memorizando três dígitos de cada vez.

Cara e Naomi observaram Pip levar o telefone à orelha, o som da chamada sendo completada.

Um farfalhar na linha, alguém pigarreando.

— Alô? — disse Epps, num tom de incerteza, a incerteza de um número desconhecido à noite.

— Oi, Christopher Epps — disse Pip, livrando-se da rouquidão em sua voz. — Sou eu, Pip Fitz-Amobi.

— Ah. — Ele parecia surpreso. — Ah — repetiu, recuperando o controle, pigarreando outra vez. — Certo.

— Desculpe. Sei que é sábado à noite e já está tarde. Mas quando o senhor me deu seu número, disse que eu podia ligar a qualquer hora.

— É, eu disse isso, né? Então, como posso ajudá-la, srta. Fitz-Amobi?

— Bom. — Pip tossiu de leve. — Segui o conselho que o senhor me deu depois da reunião de mediação. Fui para casa e pensei a respeito do assunto por algumas semanas, com mais calma e com a cabeça fria.

— Entendi. E a senhorita chegou a alguma conclusão?

— Cheguei — disse Pip, odiando o que estava prestes a dizer, imaginando o olhar vitorioso no rosto arrogante de Epps.

Mas ele não tinha ideia do verdadeiro motivo da ligação.

— Então, fiquei pensando bastante nisso, e acho que o senhor está certo: é do interesse de todos nós evitar um processo judicial. Então, vou aceitar o acordo que o senhor propôs. A indenização de cinco mil libras.

— É muito bom ouvir isso, srta. Fitz-Amobi. Mas a proposta não se refere apenas às cinco mil libras, lembra? — disse Epps, articulando as palavras como se estivesse falando com uma criancinha. — A parte mais importante do acordo era o pedido de desculpas público e uma declaração retratando as alegações difamatórias e explicando que a gravação de voz que a senhorita postou foi forjada. Meu cliente não vai aceitar nenhum acordo sem isso.

— Sim — retrucou Pip, cerrando os dentes. — Eu me lembro, obrigada. Vou fazer tudo isso. O dinheiro, o pedido de desculpas público, retratar a declaração e a gravação de voz. Vou fazer tudo. Só quero que isso acabe logo.

Ela ouviu uma fungada satisfeita do outro lado da linha.

— Bem, tenho que admitir, acredito que a senhorita esteja tomando a decisão certa. Vai ser melhor para todos os envolvidos. Obrigado por ser tão madura.

Pip apertou o telefone com mais força, um tom vermelho flamejando em seus olhos até ela piscar, fazendo-o desaparecer.

— É, com certeza, e obrigada ao senhor por me dar um pouco de juízo — disse ela, enojada com a própria voz. — Então, acho que agora o senhor pode contar para Max que aceitei o acordo.

— Sim, vou fazer isso — garantiu Epps. — Ele vai ficar muito feliz em saber. E, na segunda-feira, vou ligar para o seu advogado, para darmos andamento ao acordo. Certo?

— Certo — disse Pip.

Uma palavra sem sentido, tão vazia quanto *bem*.

— Bom, tenha uma boa noite, srta. Fitz-Amobi.

— O senhor também.

A ligação foi encerrada. Ela imaginou Epps, para além dos bipes da chamada finalizada, a quilômetros de distância, procurando outro número em seu celular. Porque ele não era só o advogado da família, era também amigo da família. E ia fazer exatamente o que Pip queria que ele fizesse.

— Você ficou doida? — Cara a encarou com os olhos arregalados. Seu rosto havia crescido ao redor deles, mas permaneciam iguais aos da menina nervosa de seis anos que Pip conhecera. — Sério, por que você aceitou o acordo? Que merda é essa?

— Eu sei, eu sei — disse Pip, erguendo as mãos em sinal de rendição. — Sei que não faz nenhum sentido. Aconteceu uma coisa, e eu estou em apuros, mas tem uma saída. Tudo que posso dizer é o que preciso que vocês façam. Para a sua própria segurança.

— O que aconteceu? — perguntou Cara mais uma vez, o desespero moldando sua voz.

— Ela não pode contar — respondeu Naomi, virando-se para a irmã, os olhos sendo tomados pela compreensão. — Ela não pode contar porque, se formos interrogadas, não quer que precisemos mentir.

Cara se voltou para Pip.

— F-foi algo ruim?

Pip assentiu.

— Mas vai ficar tudo bem, posso resolver tudo. Só preciso da ajuda de vocês com essa parte. Vocês me ajudam?

Cara fez um barulho de engasgo.

— É claro que sim — disse ela baixinho — Você sabe que eu mataria por você. Mas...

— Não é nada ruim — interrompeu Pip, olhando para o celular descartável. — Olha, acabou de dar 21h43, viu? — comentou, mostrando o horário para as outras duas. — Não olha para mim, olha para a hora, Cara. Viu? Você nunca vai ter que mentir, jamais. Tudo que aconteceu é que eu vim para cá há alguns minutos e fiz aquela ligação para o advogado do Max do seu telefone fixo, porque perdi o meu celular.

— Você perdeu o celular? — indagou Cara.

— Essa não é a parte ruim — respondeu Pip.

— Até parece que ia ser só isso — comentou Cara com uma risada nervosa.

— O que você precisa que a gente faça? — perguntou Naomi, a determinação perceptível nos lábios contraídos. — Se tem algo a ver com Max Hastings, você sabe que eu topo.

Pip não respondeu, não queria que elas soubessem mais do que o necessário, mas ficou feliz por Naomi estar ali com elas. Parecia a coisa certa, de alguma forma. O círculo completo.

— Vocês só precisam vir comigo. No carro. E ficar comigo por algumas horas, para eu estar com vocês, não em outro lugar.

Elas entenderam, em parte. Pip percebeu pela mudança em seus rostos.

— Um álibi. — Cara mencionou a palavra que deveria ficar subentendida.

Pip inclinou a cabeça para cima e para baixo, o mais ínfimo dos movimentos, que mal chegava a ser um aceno de concordância.

— Vocês nunca vão ter que mentir — repetiu. — Sobre nada, nenhum detalhe, nunca. Tudo que precisam dizer, que precisam saber, é exatamente o que vamos fazer. Não vai ser nada de errado, nada ilegal. Vocês estão saindo com a amiga de vocês, é só isso, e isso é tudo que vocês sabem. São 21h44, e vocês têm que vir comigo.

Cara assentiu, e seu rosto estava diferente, mais triste. Ainda parecia sentir medo, mas não por si mesma. Pela amiga desmoronando na frente dela. A amiga que ela conhecia a maior parte da vida. Amigas que morreriam uma pela outra, matariam uma pela outra, e Pip seria a primeira a admitir isso.

— Aonde nós vamos? — perguntou Naomi.

Pip soltou o ar e abriu um sorriso tenso. Fechou o zíper da mochila e a levou aos ombros.

— Vamos ao McDonald's.

TRINTA E NOVE

As amigas não conversaram muito no caminho. Não sabiam o que dizer, o que era permitido dizer, nem mesmo se podiam se mexer. Cara se sentou no banco do carona com as mãos enfiadas entre as pernas, os ombros muito tensos. Parecia tentar ocupar o mínimo de espaço possível.

No banco traseiro, Naomi estava sentada muito ereta, nem sequer tocava no encosto. Pip checou pelo retrovisor e viu luzes dos faróis e dos postes da rua passando pelo rosto da amiga, trazendo-o de volta à vida.

Pip se concentrou na estrada em vez de prestar atenção no silêncio. Dirigiu pelas rodovias principais, tentando passar pelo maior número possível de câmeras de trânsito. Dessa vez, ela queria que a vissem, aquele era o objetivo principal. Álibi irrefutável, imbatível. Se fosse necessário, a polícia poderia seguir o trajeto de Pip e seu carro através das câmeras, acompanhando seus passos. Prova de que ela estava bem ali, não em outro lugar, matando um homem.

— E a Steph, como está? — perguntou Pip quando o silêncio no carro ficou alto demais.

Ela tinha desligado o rádio havia um tempinho porque parecia sinistro, agressivamente normal durante o passeio mais anormal que as três já haviam feito.

— Hm. — Cara tossiu de leve, com o rosto virado para a janela. — Ah, ela está bem.

Só isso, depois silêncio de novo. Bom, o que Pip esperava, envolvendo-as naquela história? Estava pedindo demais.

Pip avistou a placa do McDonald's à frente, os faróis iluminando o M dourado até ele brilhar. Era numa parada de estrada, muito usada por motoristas, nos arredores de Beaconsfield. Por isso ela e Ravi haviam escolhido aquele local. Havia câmeras por toda parte.

Pip saiu da rotatória e entrou no enorme estacionamento lotado de pessoas e carros, embora já tivesse passado das dez.

Ela seguiu adiante, esperando por uma vaga perto da entrada, bem ao lado do enorme prédio cinzento de vidro. Puxou o freio de mão e desligou o carro.

O silêncio ficou ainda mais alto agora que o motor não o encobria. A exceção era um grupo de homens, evidentemente bêbados, reclamando aos berros e cambaleando pelo local.

— Começaram cedo — comentou Cara, acenando com a cabeça em direção ao grupo, numa tentativa de furar o silêncio.

Pip recebeu o esforço da amiga de braços abertos.

— Parece o meu tipo de evento — disse ela. — Já estar de volta em casa, na cama, lá pelas onze.

— O meu também — concordou Cara, virando-se com um sorrisinho. — Se terminar com batata frita.

Então Pip riu, uma risada gutural e falsa que se transformou numa tosse. Estava tão grata por Cara e Naomi estarem ali, embora odiasse a si mesma por ter que pedir ajuda a elas.

— Desculpem, por isso — disse, encarando os grupos de pessoas do lado de fora.

Pessoas em longas viagens para outros lugares, ou longas viagens de volta para casa, ou não-tão-longas viagens pelos arredores. Pessoas em passeios familiares com crianças pequenas e sonolentas, talvez a caminho de casa, só parando para pegar comida rapidinho. Pessoas normais vivendo suas vidas normais. E então as três naquele carro.

— Não precisa se desculpar — falou Naomi, descansando a mão no ombro de Pip. — Você faria o mesmo por nós.

E Naomi tinha razão, Pip faria e fizera. Guardara segredo do atropelamento em que Naomi havia se envolvido. Achara outra forma de restaurar a reputação de Sal, para que Cara não perdesse o pai e a irmã ao mesmo tempo. Mas isso não a fazia se sentir melhor sobre o favor que pedira a elas. Era o tipo de favor que se esperava nunca precisar cobrar.

Mas Pip já não tinha percebido? Tudo estava voltando ao início, o círculo completo, arrastando-as de volta mais uma vez.

— Isso mesmo — garantiu Cara, pressionando o dedo de leve no ferimento mal disfarçado na bochecha de Pip, como se, apenas ao tocá-lo, ela soubesse o que havia acontecido, a coisa que ela nunca saberia com certeza. — Queremos que você fique bem. Só nos diga o que fazer. Vá em frente e nos diga o que fazer.

— Esse é o problema. Não precisamos fazer nada, na verdade. Só agir normalmente. Parecer felizes. — Pip fungou. — Como se nada ruim tivesse acontecido.

— Nosso pai matou o irmão mais velho do seu namorado e prendeu uma garota num sótão por cinco anos — apressou-se a dizer Cara, lançando um olhar para Naomi. — Você está com duas especialistas em agir normalmente.

— Ao seu dispor — acrescentou Naomi.

— Obrigada — disse Pip, sabendo como aquela palavra era inadequada. — Vamos nessa.

Pip abriu a porta e saiu do carro, pegando a mochila que Cara lhe entregou. Colocou-a nos ombros e estudou os arredores. Havia um poste alto atrás dela, lançando um brilho amarelo industrial no estacionamento. Na metade do poste, Pip viu duas câmeras escuras, uma apontada na direção dela. Fez questão de olhar para cima, observar as estrelas por um segundo, para que a câmera pudesse pegar seu rosto. Milhões de luzinhas na escuridão imensa do céu.

— Certo — encorajou Naomi, fechando a porta traseira e apertando o cardigã contra o corpo.

Pip trancou o carro, e as três caminharam juntas, passando pelas portas automáticas.

O local tinha o zumbido e a energia característica de todas as paradas de estrada: o contraste entre os muito sonolentos e os ligadões, os *quase-lá* e os *mal-começou*. Pip não fazia parte de nenhum dos grupos. O fim ainda não estava à vista, a noite seria muito longa, porém metade do plano já tinha sido completado. Pip riscou certos itens nos recônditos da sua mente. Enterrando-os. Ela só precisava seguir adiante. Um pé na frente do outro. Duas horas até que fosse encontrar Ravi.

— Por aqui — instruiu ela, conduzindo Cara e Naomi até os fundos do prédio cavernoso rumo ao McDonald's.

Os homens bêbados já estavam lá, numa mesa no meio do restaurante. Ainda aos gritos, mas agora parando para se entupir de batata frita.

Pip escolheu uma mesa perto dos brutamontes, mas não perto demais, largando a mochila numa cadeira. Ela a abriu para pegar a carteira, mas logo em seguida a fechou, antes que Naomi e Cara vissem algo que não deveriam.

— Sentem — disse Pip, sorrindo para as câmeras que não conseguia ver, mas sabia que existiam em algum lugar.

Cara e Naomi deslizaram no banco, o revestimento de plástico reluzente guinchando.

— Vou pegar a comida. O que vocês querem?

As irmãs se entreolharam.

— Bom, a gente já jantou, em casa — respondeu Cara, hesitante.

Pip fez um gesto afirmativo com a cabeça.

— Então, hambúrguer vegetariano para você, Naomi. E nuggets para Cara, é óbvio, nem preciso perguntar. Coca?

Elas assentiram.

— Certo, perfeito. Volto daqui a um segundo.

Pip passou pela mesa dos homens bêbados, a carteira balançando em sua mão, e chegou ao balcão. Havia uma fila, três pessoas na sua frente. Ela notou as câmeras de segurança grudadas no teto, atrás das caixas registradoras. Afastou-se alguns centímetros, para que tivessem uma boa visão dela, esperando na fila. Tentou agir normalmente, com naturalidade, como se não soubesse que estava sendo observada. E não pôde deixar de se perguntar se aquele seria o normal para ela dali em diante: uma atuação. Uma mentira.

Pip gaguejou quando chegou sua vez de ser atendida, sorrindo para o funcionário para disfarçar a hesitação. Assim como Cara e Naomi, ela não queria comer. Mas não importava o que ela queria. Aquilo era uma atuação, uma performance para as câmeras, uma narrativa crível baseada nos rastros que estava deixando.

— Oi. — Ela sorriu, recuperando-se. — Você pode me ver o combo do hambúrguer vegetariano, por favor, e... hm, dois combos de nuggets, por favor. Todos com Coca.

— Aham, claro — respondeu o atendente, tocando na tela. — Quer algum molho?

— Hm... só ketchup, por favor.

— Só isso? — perguntou ele, coçando a cabeça por baixo do boné.

Pip assentiu, tentando não fitar a câmera atrás da cabeça do funcionário enquanto ele gritava o pedido para um colega, porque ao fazer isso ela estaria olhando diretamente para o detetive que talvez assistisse àquela filmagem nas semanas seguintes, desafiando-os a não acreditarem nela dessa vez. Tinha chances de ser Hawkins, né? Jason era de Little Kilton, então o assassinato dele provavelmente seria investigado pela Polícia do Vale do Tâmisa da delegacia de Amersham. Um novo jogo com novos participantes: ela contra o detetive Hawkins, e Max Hastings era sua oferenda.

— Moça? — O atendente a encarava, estreitando os olhos. — Deu catorze libras e oito centavos.

— Desculpe. — Pip abriu o zíper da carteira.

— Vai ser cartão?

— Vai — respondeu ela, com ênfase demais, saindo do personagem por um instante.

Óbvio que ela pagaria com cartão, tinha que deixar um rastro inquestionável confirmando que esteve ali. Ela pegou o cartão de débito e o levou ao leitor por aproximação. A maquininha apitou, e o caixa entregou-lhe um recibo. Ela deveria guardá-lo, pensou, dobrando-o com cuidado e colocando dentro da carteira.

— Daqui a pouco fica pronto — informou o atendente, gesticulando para que Pip fosse para o lado e ele pudesse anotar o pedido do homem atrás dela.

Pip ficou à esquerda, apoiada no menu iluminado, ainda dentro do alcance das câmeras. Ela modulou sua expressão para Hawkins, calma e despreocupada, mas, na verdade, estava preocupada com a análise que o detetive faria da posição de seus pés, da curvatura de seus ombros e do seu olhar. Tentou não se mexer muito enquanto esperava, para o caso de Hawkins pensar que parecia nervosa. Ela não estava nervosa, só estava esperando para comer umas besteiras com as amigas. Deu uma olhadinha para Cara e Naomi, dando um breve aceno. Viu, Hawkins? Só jantando com as amigas, nada de mais.

Alguém entregou o pedido para Pip, e ela agradeceu, sorrindo para as câmeras, para Hawkins. A garota agarrou os três sacos de papel numa das mãos e equilibrou a bandeja de papelão com as bebidas na outra, caminhando com cuidado de volta para a mesa.

— Prontinho. — Pip passou a bandeja de bebidas para Cara e apoiou as sacolas na mesa. — Esse é seu, Naomi — disse ela, entregando-lhe o saco da frente.

— Obrigada. — Naomi hesitou ao abri-lo. — Então... — Ela parou, analisando os olhos de Pip em busca de respostas. — A gente só come e conversa?

— Isso mesmo. — Pip deu uma risadinha, como se Naomi tivesse dito algo engraçado. — A gente só come e conversa.

Ela desenrolou seu saco de papel e enfiou a mão lá dentro, tirando a caixa com seis nuggets e batatas fritas, algumas abandonadas e murchas no fundo.

— Ah, peguei ketchup — lembrou ela, entregando um para Naomi e outro para Cara.

Cara pegou a embalagem de Pip, olhando para seu braço estendido, a manga subindo em direção ao cotovelo.

— O que aconteceu com seus punhos? — perguntou ela baixinho, hesitante, os olhos na carne viva e machucada pela silver tape. — E com o seu rosto?

Pip pigarreou, puxando a manga de volta, cobrindo até a mão.

— Não vamos falar disso — declarou ela, evitando os olhos de Cara. — Podemos falar de tudo, menos disso.

— Mas se alguém machucou você, nós podemos... — começou Cara, mas foi Naomi quem a interrompeu dessa vez.

— Cara, você pode pegar canudos para a gente? — pediu, com o tom assertivo de irmã mais velha.

Cara olhou de uma para outra. Pip assentiu.

— Ok — aceitou ela, levantando-se do banco e indo até um balcão a poucas mesas de distância, onde havia canudos e guardanapos.

Ela voltou com alguns de cada.

— Obrigada — disse Pip, enfiando o canudo na tampa da Coca-Cola e tomando um gole.

O líquido queimou sua garganta ao passar pelas feridas deixadas pelos gritos.

Ela pegou um nugget. Não queria comer, não conseguia comer, mas levou-o à boca e mastigou mesmo assim. Sentiu a textura emborrachada, sua língua sendo coberta por saliva. Ela o forçou goela abaixo, percebendo que Cara não tinha começado a comer e encarava a amiga, séria.

— É só que... — começou Cara, a voz virando um sussurro — ... se alguém machucou você, eu mataria es...

Pip engasgou, engolindo a comida regurgitada outra vez.

— Então, Cara — insistiu ela ao se recuperar. — Você e Steph já decidiram para onde vão viajar? Sei que você disse que queria muito ir para a Tailândia, né?

Cara deu uma olhada em Naomi antes de responder.

— Hm, é — respondeu ela, enfim abrindo sua caixa de nuggets, mergulhando um no ketchup. — É. Nós queremos ir para a Tailândia, fazer um mergulho lá, acho. Steph quer muito ir para a Austrália também, talvez a gente aproveite para ir na mesma viagem.

— Parece incrível — comentou Pip, passando para as batatas fritas, forçando-as a descer. — Não pode esquecer o protetor solar, está bem?

Cara fungou.

— É a sua cara falar isso.

— Bom — Pip sorriu —, eu continuo a mesma.

Ela esperava que isso fosse verdade.

— Você não vai saltar de paraquedas nem fazer bungee jump, né? — questionou Naomi, dando mais uma mordida no hambúrguer vegetariano, mastigando sem vontade. — O papai vai surtar se souber que você planeja se jogar de uma ponte ou de um avião.

— Ah, sei lá. — Cara balançou a cabeça, fitando as próprias mãos. — Desculpe, isso é muito estranho mesmo, eu não...

— Você está indo muito bem — elogiou Pip, tomando um gole de Coca-Cola para desentalar mais uma mordida. — Muito bem.

— Mas eu quero ajudar.

— Você *está* ajudando.

Pip fixou os olhos nos de Cara, tentando lhe contar por telepatia. A amiga e a irmã estavam salvando a vida dela. Estavam sentadas num McDonald's forçando batatas fritas goela abaixo, tendo uma conversa fingida e desajeitada, mas na verdade estavam salvando a vida dela.

Houve um estrondo. Pip se virou e viu que um dos homens bêbados tinha tropeçado numa cadeira, derrubando-a. Mas o som havia se transformado quando chegou aos ouvidos de Pip. E ela ficou surpresa, de certa forma, por não ter sido inundada pelo estalo do crânio de Jason Bell se partindo. Ainda era um tiro, abrindo um buraco irreparável no peito de Stanley Forbes. Manchando o suor de suas mãos de um vermelho intenso e violento.

— Pip? — chamou Cara. — Está tudo bem?

— Está. — Ela fungou, enxugando as mãos num guardanapo. — Tudo bem. Tudo bem. Quer saber? — Ela se inclinou para a frente, apontando para o celular de Cara, com a tela virada para a mesa. — A gente devia tirar umas fotos. Fazer uns vídeos também.

— Do quê?

— Da gente — respondeu Pip. — Juntas, parecendo normais. Os metadados vão registrar a hora e a localização. Vamos lá.

Pip se levantou da cadeira e sentou-se ao lado de Cara. Ela pegou o celular da amiga e ligou a câmera.

— Sorriam — disse ela, segurando o aparelho para tirar uma selfie das três.

Naomi segurou seu copo do McDonald's fingindo brindar.

— Ficou ótimo, Naomi — comentou Pip, analisando a foto.

Ela conseguia ver que os sorrisos não eram reais, nenhum deles. Mas Hawkins não conseguiria.

Pip teve outra ideia, os pelos dos braços se arrepiando ao perceber de onde viera a inspiração. Ela podia estar colocando um pé na frente do outro, levando o plano adiante, mas seus passos não formavam uma linha reta. Estavam indo para trás, para o início de tudo.

— Naomi — chamou ela, erguendo o celular de novo. — Na próxima, você pode ficar olhando para o seu celular, inclinado desse jeito, para a tela de bloqueio aparecer na foto. Assim aparece a hora.

As duas encararam Pip por um segundo, os olhos se arregalando. E talvez elas também conseguissem sentir aquele círculo as puxando de volta. Elas também sabiam de onde a ideia tinha vindo. Foi exatamente dessa maneira que Pip descobriu que os amigos de Sal Singh tinham mentido sobre o álibi dele. A foto tirada por Sal, na qual uma Naomi de dezoito anos aparecia ao fundo olhando para a tela de bloqueio do próprio celular, o horário na tela revelando tudo. Provando que Sal continuava lá muito tempo depois do horário que os amigos haviam informado à polícia. Provando que ele nunca teria tido tempo o bastante para matar Andie Bell.

— Ce-certo — concordou Naomi, trêmula. — Boa ideia.

Pip observou as três na câmera frontal do celular de Cara, esperando Naomi ficar na posição certa. Ela tirou a foto. Ajustou o sorriso e os olhos para tirar mais uma, Cara se mexendo ao lado dela.

— Boa — elogiou Pip, analisando a imagem, a atenção atraída pelos pequenos números brancos na tela de bloqueio de Naomi, informando que a foto tinha sido tirada exatamente às 22h51.

Os números que a ajudaram a desvendar um caso e agora a ajudavam a criar um. Evidência concreta. Tente não acreditar nisso, Hawkins.

Elas tiraram mais fotos. Gravaram vídeos também. Naomi filmou Cara enquanto ela tentava ver quantas batatas fritas conseguia colocar na boca de uma vez, cuspindo-as na lixeira enquanto a mesa dos homens bêbados a aplaudia. Cara deu zoom no rosto de Pip enquanto ela bebia sua Coca-Cola, ampliando e ampliando até que a narina da amiga ocupasse a tela inteira, perguntando, em tom inocente: "Você está me filmando?". Uma frase que elas tinham ensaiado.

Era uma performance. Falsa, orquestrada. Um show para o detetive Hawkins dali a alguns dias. Semanas, talvez.

Pip forçou mais nugget goela abaixo, sua barriga protestando, espumando e queimando. E então ela sentiu uma substância metálica vinda do fundo da garganta.

— Licença — pediu ela, levantando-se de repente, as outras a encarando. — Vou fazer xixi.

Pip atravessou a multidão correndo, os tênis guinchando no piso recém-limpo ao se dirigir aos banheiros.

Ela empurrou a porta, quase esbarrando em alguém que secava as mãos.

— Desculpe — disse Pip, mas estava vindo, estava chegando.

Subindo pela garganta.

Ela disparou para um cubículo, batendo a porta, mas sem parar para trancá-la.

Caiu de joelhos e se inclinou sobre o vaso sanitário bem a tempo. Vomitou. As partes mais profundas dela estremeceram enquanto vomitava de novo. Seu corpo convulsionava, tentando se livrar de toda aquela escuridão. Mas será que não sabia que era na mente da garota que ela se escondia? Pip vomitou os pedaços de comida não digeridos de novo, até que fosse só líquido sem cor. Até que estivesse vazia, o vômito seco, sem mais nada. A escuridão, no entanto, permanecia ali.

Pip se recostou ao lado do vaso sanitário, enxugando a boca com o dorso da mão. Puxou a descarga e ficou sentada por um momento, respirando com dificuldade, o pescoço descansando nos azulejos frios da parede do banheiro. O suor escorria pelas têmporas e pela parte de dentro dos braços. Alguém tentou entrar em seu cubículo, mas Pip fechou a porta com um dos pés.

Ela não podia se ausentar por muito tempo. Tinha que manter a compostura. Se fracassasse, então o plano fracassaria também, e ela não sobreviveria a isso. Só mais algumas horas, mais alguns itens para riscar em sua lista mental, e aí ela estaria livre. A salvo. *Levanta*, disse para si mesma, e o Ravi de dentro da sua cabeça repetiu, então ela precisava ouvir.

Pip ficou de pé, trêmula, e abriu o cubículo. Duas mulheres da idade de sua mãe a observaram enquanto ela caminhava até a pia para lavar as mãos. Lavou o rosto também, mas não com força o suficiente para tirar a base que cobria as marcas de fita. Bochechou com água gelada e então cuspiu. Tomou um gole hesitante.

Os olhares das mulheres ficaram mais severos, um quê de repulsa nos lábios.

— Jägerbombs demais — explicou Pip, dando de ombros. — Tem batom no seu dente — disse a uma delas antes de sair do banheiro.

— Tudo bem? — perguntou Naomi quando Pip voltou a se sentar.

— Aham. — A garota assentiu, mas seus olhos ainda estavam lacrimejando. — Já chega para mim.

Ela afastou a comida e pegou o celular de Cara para ver as horas. Eram 23h21. Elas deveriam ir embora nos próximos dez minutos.

— Que tal um McFlurry antes de a gente sair? — perguntou, pensando na cobrança final em seu cartão, outra migalha na trilha que estava deixando para Hawkins.

— Eu não consigo mesmo comer mais nada. — Cara balançou a cabeça. — Vou passar mal.

— Dois McFlurries saindo. — Pip se levantou, pegando a carteira. Ela acrescentou, baixinho: — Para viagem. Ou para a lixeira, quando eu deixar vocês em casa.

Ela esperou na fila de novo, dando alguns passos à frente para acompanhar. Pediu os sorvetes, disse para o atendente que não importava o sabor. Encostou o cartão para pagar, e aquele bip a tranquilizou. A maquininha estava declarando ao mundo que ela esteve ali, até sair às 23h30. Máquinas não mentiam, somente pessoas eram capazes de fazer isso.

— Aqui estão — disse Pip, entregando os McFlurries gelados demais para as amigas, feliz por estar longe do cheiro do sorvete. — Vamos embora.

Elas também não conversaram muito no caminho de volta, dirigindo pelas mesmas vias principais, no sentido contrário. Pip não estava mais ali com elas, tinha voltado no tempo, retornado à Cena Verdejante Ltda. e ao rio de sangue no concreto. Repassando tudo que ela e Ravi ainda tinham que fazer. Memorizando os passos, assim não esqueceria nada. Nada poderia ser esquecido.

— Tchau — disse ela, quase rindo de como a palavra soava ridícula e curta enquanto Cara e Naomi saíam do carro, os sorvetes intocados ainda em mãos. — Obrigada. Eu... eu nunca vou conseguir agradecer o bastante por... Mas nunca mais podemos falar sobre isso. Nem tocar no assunto. E lembrem-se, vocês não precisam mentir. Eu vim aqui, fiz uma ligação, aí a gente foi para o McDonald's e deixei vocês em casa às... — Pip conferiu as horas no painel — ... 23h51. Isso é tudo que vocês sabem. É tudo que precisam dizer se alguém perguntar.

Elas assentiram. Tinham entendido.

— Você vai ficar bem? — perguntou Cara, a mão hesitando na porta do passageiro.

— Acho que sim. Espero que sim.

A verdade era que ainda havia muitas coisas que poderiam dar errado, e daí tudo aquilo teria sido em vão, e Pip nunca mais ficaria bem. Mas não podia dizer isso a elas.

Cara hesitou, esperando uma resposta mais definitiva, mas Pip não conseguiu lhe dar uma. Ela deve ter percebido e voltou para dentro do carro para apertar a mão de Pip antes de fechar a porta e se afastar.

As irmãs observaram a amiga dar ré na garagem com um último aceno.

Pronto. Pip assentiu para si mesma e desceu a colina. Álibi: feito.

Ela seguiu a lua e o plano, e, naquele momento, eles eram uma coisa só, levando Pip de volta até sua casa e até Ravi.

QUARENTA

Seus pais já estavam na cama quando Pip chegou em casa, mas acordados à sua espera.

Bom, metade deles estava.

— Eu avisei para você não chegar muito tarde — sibilou a mãe, forçando a vista sob a luz fraca do abajur da mesinha de cabeceira. — Vamos acordar às oito para ir à Legoland.

— Acabou de dar meia-noite. — Pip deu de ombros, parada na porta do quarto deles. — Pelo visto, tarde da noite é bem mais tarde na faculdade. Estou treinando.

O pai grunhiu, meio adormecido, um livro aberto aninhado em seu peito.

— Ah, e, só para você saber, eu perdi meu celular mais cedo — sussurrou Pip.

— O quê? Quando? — perguntou a mãe, tentando sem sucesso manter a voz baixa.

Outro grunhido de conformidade de seu pai, sem fazer ideia de com o que ele estava concordando.

— Correndo, acho. Deve ter caído do meu bolso e não percebi. Compro outro na semana que vem, não se preocupa.

A mãe suspirou.

— Você precisa tomar mais cuidado com as suas coisas.

Bom, Pip ia perder ou quebrar muito mais do que seu celular mais tarde.

— É, eu sei. Ser adulta. Estou treinando para isso também. Enfim, vou dormir agora. Boa noite.

— Boa noite, docinho — disse a mãe, acompanhada de um grunhido do pai.

Pip fechou a porta do quarto com delicadeza e, enquanto atravessava o corredor, conseguiu ouvir a mãe dizer a Victor para pelo amor de Deus largar o livro, se já estava dormindo.

Pip entrou em seu quarto e fechou a porta com um barulho alto. Não alto o bastante para acordar um Josh mal-humorado, mas o suficiente para que sua mãe pudesse ouvi-la se preparando para dormir.

O cômodo cheirava a água sanitária, e Pip conferiu o conteúdo do balde dentro do guarda-roupa, curvando-se para analisá-lo. Pedaços flutuantes de roupas e silver tape. Ela empurrou os tênis para baixo, para mergulharem no líquido. As marcas azuis do lado começaram a ficar brancas, desaparecendo no material. Assim como as manchas de sangue na ponta dos pés.

Ótimo. Tudo estava indo de acordo com o planejado. Bem, não tudo. Ela estava atrasada para encontrar Ravi. Esperava que ele não estivesse, em pânico, embora o conhecesse bem o bastante para saber que estava, sim. Pip só tinha que esperar mais alguns minutos. Até sua mãe dormir.

Ela checou de novo a mochila, reembalando tudo na ordem em que pensou que precisaria. Colocou mais um elástico de cabelo ao redor do rabo de cavalo, amarrando-o em um coque frouxo, e então pôs um de seus gorros por sobre a cabeça para segurar todo o cabelo, prendendo os fios que tentassem fugir. Depois, passou as alças da mochila pelos ombros e esperou na porta do quarto. Abrindo-a um centímetro de cada vez para que não fizesse barulho, Pip colocou a cabeça para fora e espiou o corredor. Observou a fraca luz amarela no vão sob a porta dos pais, projetada pelo abajur da mesa de cabeceira da mãe. Ela já conseguia ouvir o ronco suave do pai, usando o ritmo da respiração dele para medir o tempo que lhe escapava.

A luz se apagou, deixando a escuridão reinar, e Pip esperou mais alguns minutos. Então, fechou a porta do próprio quarto e seguiu pelo corredor, os passos cuidadosos e silenciosos. Desceu as escadas, se lembrando de pular o degrau que rangia, o terceiro de baixo para cima.

De volta ao frio, a garota saiu pela porta da frente, esgueirando-se devagar, para que o único barulho fosse o clique da fechadura travando a porta. De qualquer forma, sua mãe tinha o sono pesado, algo necessário ao conviver com o homem que roncava e grunhia ao lado dela.

Pip desceu a garagem, passando pelo carro estacionado, e seguiu pela Martinsend Way, virando à direita. Embora fosse tarde e estivesse escuro e deserto, ela não sentia medo. Ou, se sentia, era um tipo de medo enfadonho, comum, quase normal quando confrontado com o terror que ela tinha sentido apenas algumas horas atrás, seus vestígios ainda nela.

Pip avistou o carro primeiro, um Audi preto esperando na esquina, o cruzamento em que a rua de Pip encontrava a de Max.

Ravi devia tê-la visto, os faróis do carro de Max piscando, lançando dois funis brancos na escuridão da noite. Pós-meia-noite. Bem-depois-da-meia-noite. Ravi estaria em pânico com a hora, com certeza, mas ela havia chegado.

Pip usou a manga para abrir a porta do carona e largou-se no banco.

— Já passaram dezoito minutos. — Ravi se virou para ela, os olhos arregalados de pavor, bem como ela pensou que estariam. — Fiquei esperando. Achei que alguma coisa ruim tinha acontecido com você.

— Desculpe — disse ela, usando a manga para fechar a porta. — Nada ruim. Só me atrasei um pouco.

— "Um pouco" é tipo seis minutos — insistiu ele, os olhos intensos. — Foi o quanto eu me atrasei, demorei mais tempo para andar pela floresta até a casa do Max do que eu pensava. Dezoito minutos é *muito*.

— Foi tudo bem com você? — perguntou Pip, inclinando-se para encostar a testa na do namorado, como ele sempre fazia com ela.

Para tirar metade de sua dor de cabeça ou metade de seu nervosismo, dizia Ravi. Pip pegou metade dos medos dele, porque eram medos comuns, e ela conseguia lidar com isso.

Funcionou. O rosto de Ravi relaxou um pouco conforme ela se afastava.

— Foi. Aham, deu tudo certo comigo. Passei no caixa eletrônico e no posto de gasolina. Paguei tudo no cartão. É, foi tudo bem. Rahul comentou que eu parecia distraído, mas ele só achou que eu tinha brigado com você ou algo do tipo. Tudo certo. Minha mãe e meu pai acham que eu estou dormindo. E você? Como foi?

Ela assentiu.

— Não sei como, mas deu tudo certo. Peguei tudo que precisava do Max. Você pegou o carro de boa?

— Óbvio — disse ele, seu olhar percorrendo o interior do veículo.

— E é óbvio que ele tem um carro legal pra caramba também. Ainda parecia tudo quieto na casa dele. Estava escuro. Ele demorou para desmaiar?

— Uns quinze, vinte minutos. Nat teve que dar um soco nele para ganhar tempo, mas acho que vai acabar funcionando melhor na nossa narrativa.

Ravi pensou a respeito por um instante.

— É, e talvez o Max pense que foi por isso que ele acordou com uma dor de cabeça terrível de manhã. E o celular dele?

— Connor e Jamie deixaram no lugar indicado pouco antes das 21h40. Liguei para o Epps logo depois.

— E seu álibi? — indagou.

— Cuidei disso. Das 21h41 até pouco depois da meia-noite, com muitas câmeras. Minha mãe me ouviu ir para a cama.

Ravi assentiu, olhando pelo para-brisa, para as partículas flutuando sob a luz penetrante dos faróis.

— Vamos torcer para que a gente tenha conseguido adiar a morte em pelo menos três horas, então.

— Falando nisso — disse Pip, pegando a mochila —, precisamos voltar rápido e virá-lo de novo. Ele já está na mesma posição há um tempo.

Ela tirou um punhado de luvas de látex e entregou um par para Ravi, assim como seu segundo gorro.

— Obrigado — disse ele, vestindo o gorro, e Pip o ajudou a prender os fios de cabelo soltos.

Em seguida, ele tirou as luvas roxas que já estava usando e enfiou as mãos nas transparentes.

— Só consegui achar essas em casa, são da minha mãe. — Ele passou as luvas roxas para Pip, que as guardou na mochila. — Acho que já sei o que vou dar de aniversário para ela.

Ele deu partida no carro, o motor zumbindo baixinho, vibrando sob as pernas de Pip.

— Ruas secundárias? — perguntou ele.

— Ruas secundárias. Vamos lá.

QUARENTA E UM

Os portões da Cena Verdejante Ltda. os encaravam, abertos, mas nada acolhedores, refletindo a luz forte dos faróis.

Ravi parou do lado de fora, desligou o carro, e o silêncio permitiu que eles ouvissem o barulho de outro motor ocioso no meio da noite: o carro de Jason Bell, dentro dos portões, mantendo o corpo frio.

Pip saiu e fechou a porta, o baque como um trovão na noite. Mas, se ninguém poderia ouvir seus gritos, ninguém ouviria aquilo também.

— Espera aí — disse ela para Ravi enquanto ele saía do carro rumo ao portão aberto. — O celular — lembrou Pip, andando pelas pedras que ladeavam a entrada, conectando a estrada ao portão.

Pip parou na grande pedra mais próxima da entrada e contornou-a, agachando-se. Um suspiro de alívio. Ali, esperando por ela, estava o celular de Max no saquinho hermético.

Pip agradeceu mentalmente Jamie e Connor de novo enquanto se abaixava para pegar o aparelho. Usando luvas, por cima do saco plástico, ela apertou o botão lateral, e a tela de bloqueio se acendeu, a luz branca tão forte que Pip viu uma aura prateada fantasmagórica ao redor do aparelho, indo na direção da garota como uma névoa. E talvez fosse isso mesmo: havia muitos fantasmas ali, Jason e as cinco mulheres que ele havia matado, e o fantasma da própria Pip, de outra época, andando para cima e para baixo por aquela rua através da tela de seu notebook. A garota forçou a vista e enxergou além da luz ofuscante.

— Isso — sussurrou, virando-se para oferecer um joinha enluvado para Ravi.

— E aí, o que temos? — perguntou ele, aproximando-se com pressa.

— Uma ligação perdida de *Christopher Epps* às 21h46. Uma ligação perdida de *Mamãe* às 21h57 e uma segunda às 22h09. E, por fim, uma de *Pai* às 22h48.

— Perfeito.

Ravi abriu um sorriso, os dentes reluzindo na noite.

— Perfeito — concordou Pip, deslizando o celular ensacado com segurança para dentro da mochila.

Aquelas três pessoas pensaram que estavam ligando para Max para lhe dar uma boa notícia: que Pip tinha aceitado o acordo e retrataria sua declaração. Mas, na verdade, elas caíram na armadilha que Pip e Ravi tinham planejado. Aquelas ligações fizeram uso da torre de celular local, o que significava que elas posicionariam Max e seu celular bem ali, na cena do crime, onde a polícia encontraria um homem morto. Na cena do crime, bem no meio do intervalo manipulado da hora da morte.

Porque Max Hastings matou Jason Bell, não Pip. E os pais e o advogado dele tinham acabado de ajudá-la a provar isso.

Pip se levantou. Ravi segurou sua mão, entrelaçando seus dedos, as luvas de plástico se unindo. Ele apertou a mão dela.

— Quase lá, sargento — disse ele, pressionando os lábios na sobrancelha dela, dolorida do rasgo feito pela fita. — Último esforço.

Pip inspecionou o gorro dele, certificando-se de que nenhum de seus longos fios escuros estivessem aparecendo.

Ravi soltou a mão dela e bateu palmas uma vez.

— Certo, vamos nessa — incentivou ele.

Os dois atravessaram os portões, seus passos se alternando em esmagar o cascalho, em direção aos olhos vermelhos e profundos brilhando na escuridão, as lanternas traseiras do carro de Jason e o suspiro silencioso do motor funcionando.

Pip encarou de novo seu reflexo na janela do banco traseiro, aquela longa noite estampada em seu rosto, e abriu a porta.

Estava frio lá dentro, muito frio. Seus dedos foram alfinetados pelo ar gelado através das luvas quando as mãos encontraram o interior do veículo. Pip se inclinou, e dava para ver a própria respiração se condensando à sua frente.

Ravi abriu a porta traseira do lado oposto.

— Nossa, que frio — comentou ele, curvando-se e preparando os braços para segurar os tornozelos de Jason pela lona preta.

Ele olhou para Pip, observando a namorada posicionar as mãos sob os ombros do defunto.

— Pronta? — perguntou ele. — Três, dois, um, já.

Os dois o ergueram, e então Pip levantou um joelho para apoiar o peso do corpo, o pé no banco.

— Ok — disse ela, os braços mais fracos, quase cedendo, mas a promessa de sobrevivência a sustentou.

Pip usou o joelho para guiá-los e, com delicadeza, eles torceram a lona enrolada, viraram o corpo e, depois, devolveram-no ao banco. De bruços de novo, na mesma posição em que havia morrido.

— Como ele está? — perguntou Ravi enquanto Pip desembrulhava um lado da lona, tentando ignorar a bagunça na parte de trás da cabeça de Jason.

Ela se sentia desassociada da pessoa que fizera aquilo, isolada de alguma forma, porque tinha vivido centenas de vidas durante horas desde então. Pip cutucou o pescoço de Jason, sentindo os músculos sob a pele, e os ombros por cima da camisa manchada de sangue.

— O *rigor mortis* começou. Começa na mandíbula e no pescoço, mas não avançou muito além disso.

Ravi a encarou, uma dúvida nos olhos.

— Isso é bom — explicou Pip, respondendo à pergunta não elaborada. — Quer dizer que conseguimos atrasar o começo... por um bom tempo. Nem chegou nos antebraços ainda. O *rigor mortis* em geral se completa num período de seis a doze horas. Já faz mais de seis que ele morreu, e ainda está só na parte superior do corpo. Isso é bom — repetiu, na tentativa de convencer a si mesma e também Ravi.

— Bom — comentou ele, a palavra escapando de sua boca como uma nuvem no ar frio. — E a outra coisa?

— *Livor mortis.*

Ela cerrou os dentes e desembrulhou um pouco mais da lona. Inclinou-se para a frente e, com cuidado, afastou a parte de trás da camisa de Jason, uns dois centímetros e meio, analisando a pele mais de perto.

Parecia machucada, com uma mancha de tom vermelho arroxeado do sangue que tinha se acumulado lá dentro.

— É, começou — informou Pip, e apoiou um pé no chão do carro para examinar mais de perto.

Ela pressionou o polegar enluvado nas costas de Jason. Quando tirou o dedo, a marca de seu polegar permaneceu, um pequeno semicírculo branco, uma ilha cercada por pele descolorida.

— É, não está fixo. Ainda está branqueável.

— O que quer dizer que...?

— O que quer dizer que, agora que o viramos, o sangue vai começar a se depositar do outro lado. Vai parecer que ele não está na mesma posição há quase cinco horas. Ganhamos um tempo.

— Obrigado, gravidade — disse Ravi, assentindo, pensativo. — O verdadeiro trunfo.

— Certo, então. — Pip baixou a cabeça e saiu do carro. — Agora esses dois processos vão acelerar, porque é hora de...

— Botar ele no micro-ondas.

— Você pode parar de falar *micro-ondas*?

— É só para dar um alívio cômico — retrucou Ravi, sério, erguendo as mãos enluvadas. — É assim que eu contribuo para o nosso time.

— Você se subestima — disse Pip, e então apontou para as bolsas de gelo espalhadas pelo interior do carro. — Pode pegá-las, por favor?

Ravi o fez.

— Ainda estão congeladas. Conseguimos deixar muito frio mesmo aqui dentro.

— É, fizemos um bom trabalho.

Pip foi até a frente do carro e abriu a porta do motorista.

— Só vou levar isso de volta. — Ravi indicou as bolsas de gelo.

— Está bem, dá uma lavada para caso tenham ficado com cheiro de... você sabe! — gritou Pip. — Ah, e, Ravi, vê se consegue encontrar algum material de limpeza lá. Spray bactericida, alguns panos. Uma vassoura, talvez, para a gente poder varrer caso tenha caído algum fio de cabelo.

— Certo, vou dar uma olhada — disse ele, e correu em direção ao prédio administrativo, chutando o cascalho pelo caminho.

Pip se sentou no banco do motorista e olhou por cima do ombro para Jason Bell, sua atenção presa a ele. Sozinhos de novo. Somente os dois naquele espaço pequeno e confinado. E, muito embora o homem estivesse morto, Pip não confiava que ele não a atacaria se ficasse de costas. *Não seja boba. Ele está morto há seis horas, apesar de parecer que só morreu há duas.* Morto e indefeso, não que merecesse qualquer tipo de ajuda.

— Não tente fazer eu me sentir mal por você — declarou Pip baixinho, virando-se para analisar os botões e mostradores do painel do carro. — Sanguinário de merda.

Ela segurou o botão do ar-condicionado, que estava na configuração mais fria, e o girou totalmente para o outro lado, a seta apontando para um triângulo vermelho-vivo. A força do vento já estava no número mais alto, o cinco, o ar assobiava pelas saídas. Pip estendeu a mão enluvada na frente de uma delas e a manteve ali enquanto o ar passava de frio para morno e para quente, como um secador de cabelo. Não era uma ciência exata, ela não sabia quanto isso seria capaz de aumentar a temperatura corporal de Jason. Mas o ar parecia quente o bastante para ela, e eles dispunham de algum tempo para aquecer o corpo enquanto lidavam com o resto da cena do crime. Mas não muito tempo, porque o calor começaria a acelerar o *rigor* e o *livor mortis*. Seria um desafio tentar equilibrar os três fatores.

— Aproveite o aquecimento — disse Pip, e em seguida saiu do carro e fechou a porta.

Ela fez o mesmo com as demais portas, trancando Jason dentro do automóvel aquecido, sua tumba temporária.

Um ruído atrás dela. Passos.

Pip se virou, um grito preso na garganta. Mas era só Ravi, voltando do escritório.

Ela o repreendeu com os olhos.

— Desculpe. Olha o que eu encontrei.

Em uma das mãos, Ravi estava segurando uma sacola grande de compras, cheia de frascos de spray bactericida, água sanitária e panos de limpeza. Em cima da pilha, havia uma extensão enrolada, preta e industrial. E, no outro braço, preso no cotovelo e apoiado no pescoço, havia um aspirador de pó com um rosto sorridente estampado. Era vermelho, e seus olhos vislumbravam timidamente o céu noturno.

— Encontrei um aspirador Henry — disse Ravi, sacudindo um pouco a máquina, fazendo-a dizer oi.

— É, dá para ver.

— E trouxe essa extensão gigante, assim a gente pode passar em todos os lugares onde você esteve, caso algum fio de cabelo tenha ficado para trás. No porta-malas também. — Ele indicou o carro de Jason.

— Aham — concordou Pip, irritada com o sorrisinho eterno do aspirador, muito contente por ajudá-los a limpar a cena do crime. — Mas acho que ele roubou seu emprego.

— Qual, o alívio cômico? Não tem problema, ele é bom nisso, e, de qualquer forma, eu me encaixo melhor numa posição de liderança. Co-CEO do Time Ravi e Pip.

— Ravi?

— Está bem, beleza, desculpa, tagarelice nervosa. Ainda não estou acostumado a ficar tão perto de um cadáver. Vamos indo.

Eles começaram no depósito de produtos químicos, desviando com o maior cuidado da poça de sangue. Não precisavam limpá-la, deixariam o sangue ali, intocado. Afinal, Max precisava ter matado Jason Bell em algum lugar. E Pip e Ravi precisavam do sangue para sinalizar às primeiras pessoas que chegassem na cena que algo ruim, muito ruim, tinha acontecido ali, então elas encontrariam o corpo de Jason quando ainda estivesse morno e rígido. Isso era importante.

Ravi conectou a extensão a uma tomada no depósito maior, onde as máquinas eram guardadas, e começou a aspirar. Ele passou pelos lugares onde Pip apontou. Todos os cantos por onde foi arrastada, todos os cantos pelos quais andou e correu em pânico. Todos os cantos em que ele esteve também. Com cuidado para manter uma margem ao redor do local onde Jason morreu e do rio de sangue.

Pip ficou responsável pelas prateleiras, um spray em uma das mãos, um pano na outra. Subiu e desceu nas prateleiras caídas para trás, nos postes de metal, espirrando o produto e limpando todos os lugares onde tocara ou por onde passara. Cada lado, cada ângulo. Encontrou o parafuso e a porca que ela havia removido da prateleira e limpou-os também. Suas impressões digitais já estavam nos arquivos da polícia, ela não podia deixar nem uma impressão parcial sequer.

A garota subiu nas prateleiras desmoronadas de novo, como se fosse uma escada, e limpou de maneira meticulosa qualquer superfície onde pudesse ter tocado: a borda das prateleiras de metal, os galões de plástico de herbicida e fertilizante. Até a parede e o entorno da janela quebrada. Chegou até a polir os pedaços irregulares de vidro deixados na moldura, caso tivesse encostado neles.

Desceu com cuidado, evitando Ravi enquanto ele aspirava de um lado para o outro, e foi até a caixa de ferramentas na bancada de trabalho na outra extremidade. Pip tirou tudo de dentro; ela podia ter tocado qualquer coisa quando enfiou a mão ali. Uma por uma, limpou cada ferramenta, até as brocas e os acessórios individuais. Acabou com um dos frascos de spray e teve que buscar um segundo para continuar. Tinha encostado no post-it sobre as ferramentas da equipe Azul, ela se lembrava disso. Tirou o bilhete, amassou-o e enfiou-o no bolso da frente da mochila para levá-lo para casa.

O sangue estava quase seco no martelo quando ela o pegou do lugar onde repousava, tufos do cabelo de Jason presos no sangue. Pip deixou aquela ponta como estava, limpando o cabo para cima e para baixo, várias vezes, a fim de remover qualquer vestígio que houvesse dela. Posicionou-o perto do rio de sangue, um adereço na cena.

Maçanetas, fechaduras, o grande molho de chaves da Cena Verdejante que pertencera a Jason, os interruptores, o armário do prédio administrativo em que Ravi tocou. Tudo foi limpado várias vezes. As prateleiras mais uma vez, para garantir.

Quando Pip finalmente desviou a atenção, riscando mais um item em sua mente, consultou a hora no celular descartável. Tinha acabado de passar das 2h30, eles estavam limpando havia quase duas horas, e o moletom de Pip estava encharcado de suor.

— Acho que terminei — comentou Ravi ao ressurgir do depósito maior, um galão vazio nas mãos.

— É. — Pip assentiu, um pouco sem fôlego. — Só falta o carro. Em especial o porta-malas. E as chaves do carro dele também. Mas já faz quase duas horas — comentou ela, olhando pela porta do depósito em direção à noite escura. — Acho que está na hora.

— De pegar o corpo? — verificou Ravi.

Pip percebeu que o namorado estivera prestes a fazer uma piada do tipo acabou-de-sair-do-forno, mas que havia pensado duas vezes antes de falar aquilo.

— Isso. Vamos virá-lo de novo, mas não quero que o *rigor mortis* esteja muito avançado, ele ainda precisa estar rígido quando o encontrarem. Acho que deve estar mais de quarenta graus lá dentro agora. Com sorte, nós conseguimos deixar a temperatura dele na casa dos trinta graus. Ele vai começar a esfriar de novo assim que ficar do lado de fora, diminuindo 0,8 grau a cada hora até atingir a temperatura ambiente.

— Explica para mim como isso se encaixa nos nossos planos de nos livramos de uma condenação por assassinato? — pediu Ravi, mexendo na tampa do galão.

— Bom, se ele for encontrado e o legista inicialmente examiná-lo na cena do crime por volta das seis da manhã, ou seja, daqui a três horas e meia, e ele utilizar a regra do zero-vírgula-oito-grau, isso deve indicar que Jason morreu umas nove, dez horas da noite. A taxa de *rigor* e *livor mortis* devem apoiar essa estimativa também.

— Certo — disse Ravi. — Vamos tirá-lo de lá, então.

Ele a seguiu até o carro de Jason, espiando pela janela.

— Calma. — Pip ficou de joelhos ao lado de sua mochila aberta. — Preciso das coisas que peguei do Max.

Ela puxou o saco maior com o moletom cinza de Max e o outro com os tênis brancos e o boné dele. Ravi pegou o saco com os tênis.

— O que você está fazendo? — questionou Pip, mais agressiva do que pretendia, fazendo-o se afastar e tirar a mão.

— Calçando os tênis do Max? — disse ele, em dúvida. — Achei que a gente quisesse deixar marcas na lama, onde vamos jogar o corpo. O padrão da sola do tênis.

— Exato — confirmou Pip, tirando mais uma coisa da mochila. Os cinco pares de meias enrolados. — Elas vão ajudar nessa tarefa. *Eu* vou calçar os tênis. Vou arrastar o corpo para lá.

Ela desfez o laço de seu All Star e começou a calçar as meias, um par de cada vez, acolchoando os pés.

— Eu posso ajudar — ofereceu Ravi, observando-a.

— Não pode, não. — Pip deslizou o primeiro pé muito acolchoado no tênis de Max, apertando os cadarços. — Só pode ter um par. Só os do Max. E você não vai se livrar do corpo, não vou deixar. Eu tenho que fazer isso. Eu o matei, eu meti a gente nessa.

Ela amarrou o segundo pé e se levantou, testando sua pisada sobre o cascalho. Seus pés saíam um pouco do lugar, indo para cima e para baixo enquanto ela caminhava, mas daria certo.

— Não, *você* não meteu a gente nessa, foi *ele* — argumentou Ravi, apontando com o polegar para o corpo de Jason. — Tem certeza de que consegue fazer isso?

— Se o Max consegue arrastar o corpo de Jason pelas árvores, eu também consigo.

Pip abriu o saco com o moletom e o vestiu. Ravi a ajudou, tomando cuidado para manter o gorro que cobria a cabeça dela no devido lugar, garantindo que nenhum fio de cabelo fosse deixado na gola.

— Você está pronta — disse Ravi, dando um passo para trás e observando ela. — Posso pelo menos ajudar a tirar o corpo do carro?

Sim, ele poderia pelo menos ajudar com isso. Pip assentiu, caminhando até a porta traseira, onde a cabeça de Jason estava. Ravi foi até a outra.

Eles abriram as portas ao mesmo tempo.

— Uau — comentou Ravi, recuando. — Está quente aqui.

— Não! — exclamou Pip com firmeza, do outro lado do banco.

— Que foi? — Ele a encarou, por cima da lona. — Eu não ia fazer uma piada. Até eu sei quando estou ultrapassando o limite.

— Aham.

— O que eu quis dizer é que está muito quente aqui — insistiu ele. — Acho que mais de quarenta graus. Quente do tipo *abrir o forno e sentir o calor acertar sua cara*.

— Está bem. — Pip fungou. — Você empurra desse lado, eu o tiro do carro.

Pip conseguiu puxá-lo para fora do veículo, usando o impulso que Ravi dera do outro lado. Os pés de Jason envoltos em lona pousaram no cascalho com um estrondo.

— Pegou ele? — perguntou Ravi, indo até ela.

— Peguei.

Pip o deitou com delicadeza no chão. Voltou para a mochila, abriu o bolso da frente e tirou o saquinho com um pequeno tufo de cabelo de Max lá de dentro.

— Preciso disso — explicou para Ravi, enfiando o saco no bolso do moletom de Max.

— Vai deixar o cadáver na lona?

Ravi observou enquanto ela tentava carregar o corpo, lutando para agarrar Jason pelos ombros de novo, os braços dele rígidos e inflexíveis.

— Vou, ele pode ficar na lona — disse Pip, grunhindo com o esforço enquanto tentava arrastar os pés de Jason pelas pedras, feliz pela lona estar ali, assim o rosto cadavérico de Jason não a encararia durante o processo. — Max poderia ter coberto ele também.

Pip deu um passo para trás e o puxou.

Tentou não pensar no que estava fazendo. Construiu um muro em sua mente, uma cerca para manter aquilo do lado de fora. Era só um dos itens que ela tinha que riscar, disse a si mesma. Concentrou-se nisso. Apenas na tarefa, para marcar o plano como finalizado, como todos os planos que ela tinha feito ao longo da vida, até mesmo os pequenos, mesmo os mundanos. Aquele não era diferente deles.

Só que era, lembrou a voz sombria dentro dela, a que se escondia lá nos recônditos de sua mente, ao lado da vergonha, derrubando o muro pedaço por pedaço. Porque era tarde da noite, naquele intervalo em que tarde demais se tornava cedo demais, e Pip Fitz-Amobi estava arrastando um cadáver.

QUARENTA E DOIS

O cadáver de Jason era pesado, e o progresso de Pip era lento, sua mente tentando se distanciar daquela coisa em suas mãos, de suas próprias mãos.

Ficou um pouco mais fácil quando ela passou do cascalho para a grama, olhando para trás a cada dois passos, para não tropeçar.

Ravi permaneceu onde estava.

— Vou começar a limpar o porta-malas do carro, então — avisou. — Aspirar cada centímetro.

— Limpa as partes laterais de plástico também! — gritou Pip, a respiração pesada. — Eu toquei nelas.

Ele fez um sinal de positivo para ela e deu meia-volta.

Pip apoiou o corpo de Jason na própria perna por um instante, para aliviar um pouco o peso dele, dar um descanso para os seus braços. Os músculos dos ombros já estavam reclamando. Mas ela tinha que continuar. Era seu dever, seu fardo.

Ela o arrastou por entre as árvores, os tênis de Max esmagando as primeiras folhas caídas. Pip deitou o corpo por dois minutos, alongando os próprios braços doloridos, girando o pescoço de um lado para o outro até estalar. Encarou a lua para perguntar o que diabos estava fazendo. Depois, levantou o cadáver de novo.

Arrastou-o por entre algumas árvores e contornou outras. As folhas se amontoavam ao redor dos pés de Jason conforme eram arrastadas com ele, acompanhando-o até seu último lugar de descanso.

Pip não foi muito longe. Não precisava. Estavam a uns quinze metros floresta adentro, onde a distância entre as árvores começava a ficar menor, impedindo que continuassem a avançar. Um zumbido distante de Ravi e do aspirador de pó. Pip olhou para trás, avistando o tronco de uma árvore maior, velha e retorcida. Daria para o gasto.

A garota arrastou Jason ao redor da árvore, e então o deitou. A lona de plástico farfalhou e as folhas secas sussurraram ameaças sombrias para Pip conforme Jason se assentava no chão, de bruços na lona.

Ela se inclinou e o empurrou para o lado, fazendo o corpo enrijecido rolar. Agora estava virado para cima, e o sangue dentro dele se acumularia nas costas mais uma vez.

A lona se moveu de leve quando ela o virou, um canto escorregando para mostrar o rosto cadavérico uma última vez. Para gravar a imagem na parte interna das pálpebras de Pip para sempre, um novo horror esperando por ela no escuro, sempre que ela piscasse. Jason Bell. O Estrangulador de Slough. O Assassino da Silver Tape. O monstro que tinha feito com que Andie Bell precisasse fugir e criado esse círculo irregular, esse carrossel horrível ao qual todos estavam presos.

Mas pelo menos Pip ainda estava viva para ser assombrada por aquele rosto. Se fosse o contrário, como quase acontecera, Jason não teria se importado o suficiente para ser assombrado pelo rosto da garota. Ele tentara tirar o rosto de Pip. Iria se divertir ao vê-la daquela forma, o rosto embrulhado em fita adesiva, a pele coberta de hematomas, o corpo duro como se fosse feito de concreto, não de carne. Uma boneca embrulhada e um troféu para sempre se lembrar da sensação que teve ao vê-la morta. Euforia. Animação. Poder.

Então, sim, Pip se lembraria do rosto cadavérico dele, e ficaria grata por isso. Porque significava que não precisaria mais ter medo dele. Ela havia vencido, e ele estava morto, e a visão disso era seu troféu, querendo ela ou não.

Pip desdobrou aquele lado da lona, revelando metade do corpo, do rosto às pernas, e tirou o saquinho de sanduíche do bolso do casaco de Max.

Abriu o pacote hermético e mergulhou a mão enluvada lá dentro, pescando alguns fios loiro-escuros. Agachada, ela os largou, esparramando-os sobre a camisa de Jason, dois fios enfiados em seu colarinho. A mão morta estava rígida e não abria, mas Pip deslizou alguns fios no espaço entre o polegar e o indicador, que caíram na palma da mão de Jason. Restavam apenas alguns no saco, refletindo o luar fraco. Pip tirou só mais um fio e inseriu-o sob a unha do polegar direito de Jason.

Ela ficou de pé e selou o pacote de novo para guardá-lo. Analisou Jason, criando a cena naquele recôndito sombrio de sua mente, trazendo o plano à vida dentro de si. Eles lutaram, brigaram. Derrubaram uma fileira de prateleiras na despensa. Jason deu um soco no rosto de Max, deixando-o com um olho roxo, talvez arrancando um pouco do cabelo dele no processo. Olha, estava ali, preso debaixo de uma unha e na dobra de seus dedos, agarrado em sua roupa. Max tinha saído furioso e voltado ainda pior, aproximando-se de Jason no depósito, com um martelo na mão. Destruiu a cabeça de Jason. Um assassinato movido à raiva. No calor do momento. Ele se acalmou e percebeu o que tinha feito. Cobriu-o com a lona e arrastou-o pelas árvores. Devia ter prendido o cabelo enquanto tentava limpar a cena do crime, Max. Conseguiu limpar as impressões digitais da arma do crime e do lugar em que matou Jason, mas se esqueceu do cabelo, não foi? Era de um tom claro e fino demais para enxergar. E ele estava em pânico demais depois de matar um homem.

Com o pé, Pip jogou a lona de volta sobre Jason. Os tênis de Max. Ele teria feito algum esforço para cobrir o corpo, para escondê-lo. Mas não muito bem, porque Pip queria que a polícia encontrasse Jason logo, na primeira busca pela propriedade.

Ela andou ao redor de Jason, pressionando a marca em zigue-zague dos tênis de Max na lama, as folhas amontoadas ao redor das pegadas.

Você não deveria ter usado um par de tênis com um padrão de sola tão único, não é, Max? E, com certeza, não deveria ter deixado o celular ligado enquanto estava aqui, matando um homem e limpando os vestígios.

Pip deu meia-volta e foi embora. O cadáver de Jason não a chamou de volta quando ela o abandonou, deixando outro conjunto de pegadas de Max pelas árvores e pela grama, até o cascalho.

Ela atravessou a porta do depósito de produtos químicos, chutando a lama dos tênis de Max no concreto.

— Ei, acabei de aspirar aí — brincou Ravi, parado na porta do outro lado, com um sorriso escondido no rosto.

Ele estava tentando acalmá-la, Pip sabia disso, tentando fazê-la se sentir normal de novo depois do que tinha acabado de fazer. Mas ela estava concentrada demais para interromper sua linha de raciocínio, listando mentalmente os itens a serem riscados. Não faltavam tantos.

— Foi Max que trouxe a lama aqui depois de despejar o corpo — disse ela baixinho, dando passos para a frente, a voz em uma espécie de transe.

Cada vez mais perto do rio de sangue que secava. Ergueu um pé e pisou no sangue com a pontinha do tênis.

— O que você está fazendo?

— Max sem querer pisou no sangue depois de voltar — respondeu ela.

A garota se agachou e encostou a ponta da manga de Max no rio também, uma manchinha vermelha no tecido cinza.

— E ficou com um pouco na roupa. Ele vai tentar limpar essa mancha em casa, mas não vai fazer isso direito.

Ela puxou o saquinho hermético de novo e tirou os fios restantes, derrubando-os na poça de sangue viscosa.

Pip seguiu em direção a Ravi, o tênis esquerdo de Max deixando uma marca de zigue-zague vermelha no concreto, que desapareceu após três passos.

— Está bom, está bom — disse Ravi com gentileza. — Posso falar com a Pip agora? Não com Max Hastings.

Pip balançou a cabeça para tirá-lo da mente, substituindo o olhar distante, em transe, por um mais suave ao encarar Ravi.

— Pronto, acabei — disse ela.

— Beleza. Terminei o porta-malas. Passei o aspirador, tipo, umas quatro vezes. No teto também, e naquela tampa removível, sei lá o nome daquilo. Limpei todas as laterais de plástico com o bactericida. Desliguei o carro e limpei as chaves também. E botei os materiais de limpeza e o aspirador de volta onde achei. Os panos que a gente usou estão na sua mochila. Deve ter tirado todos os seus rastros. Os nossos.

Pip assentiu.

— O fogo vai fazer o resto.

— Falando nisso... — Ravi enfim lhe mostrou o que estava em suas mãos: a lata. Ele a sacudiu para mostrar que estava meio cheia. — Consegui tirar gasolina dos cortadores de grama. Encontrei esse tubinho aqui nas prateleiras. É só colocar no tanque e soprar nele que a gasolina começa a sair.

— Vamos ter que descartar esse tubo, então — disse Pip, acrescentando mais um item à lista mental.

— É, pensei que você pudesse fazer com ele a mesma coisa que vai fazer com as suas roupas. De quanto você acha que a gente vai precisar? — perguntou ele, sacudindo a lata de novo.

Pip refletiu.

— Talvez mais três.

— Foi o que eu pensei também. Vem, tem um monte naqueles tratores de cortar grama.

Ravi a levou de volta ao enorme depósito, as máquinas piscando sob as luzes industriais. Ele os guiou até um cortador de grama, e Pip o ajudou a posicionar o pequeno tubo dentro do tanque e a vedar ao redor da abertura com a mão enluvada antes de soprar.

Um cheiro forte de gasolina surgiu quando o líquido marrom-amarelado fluiu pelo tubo, tilintando na lata que Pip segurava. Quando estava cheia, eles pegaram outra e foram para o cortador de grama seguinte.

Pip começou a ficar tonta, por causa dos gases, da falta de sono, da viagem de ida e volta ao mundo dos mortos... ela não sabia bem por qual dos motivos. Eram os gases que inflamavam, ela sabia disso, não o líquido, e se eles estivessem dentro dela, talvez ela queimasse também.

— Quase lá — disse Ravi para ela ou para a lata, Pip não tinha certeza.

Ele se levantou e bateu palmas quando a terceira lata estava cheia.

— Precisamos de algo para acender o fogo também, algo que ajude as chamas a arderem.

Pip olhou ao redor do depósito cavernoso, examinando as prateleiras.

— Aqui — disse ela, dirigindo-se a uma caixa de papelão cheia de vasinhos de plantas de plástico.

Rasgou vários pedaços de papelão, enfiando-os no bolso de Max.

— Perfeito — disse Ravi, pegando duas latas para que ela só precisasse carregar uma.

Pip tinha a impressão de que era mais pesada do que deveria ser. O peso do cadáver, de alguma forma, ainda nos músculos dela.

— Devíamos tacar fogo aqui também — comentou Pip, encharcando uma fileira de cortadores de grama ainda cheios de gasolina, deixando um rastro atrás dela conforme voltavam para o depósito de produtos químicos. — Queremos que faça *buuum* e exploda as janelas para encobrir a que eu quebrei.

— Muitas coisas vão fazer *buuum* aqui — comentou Ravi, apagando as luzes com o cotovelo ao segui-la.

Ele inclinou uma das latas, despejando um rastro largo de gasolina ao lado do rastro de Pip enquanto caminhavam juntos. Ela encharcou a bancada de trabalho, e Ravi continuou até a estante derrubada, levantando a lata bem no alto para conseguir jogar gasolina em cima dela, respingando nos galões de plástico e pingando nas prateleiras de metal.

Cobriram as superfícies do depósito, as paredes, o chão, um novo rio fluindo pelo concreto, ao lado do herbicida na calha. A lata de Pip estava quase vazia, as últimas gotas caindo no chão enquanto ela evitava a poça de sangue. Eles não queriam que aquele trecho fosse queimado. O fogo era para chamar a atenção da polícia, e o sangue era para mandá-los procurar Jason. Era assim que aquela noite finalmente acabaria, em sangue e fogo, e uma varredura na mata para encontrar o que Pip havia deixado para eles.

Ravi terminou sua lata também e a jogou para dentro do depósito.

Pip saiu e deixou a brisa da noite passar por seu rosto, respirando-a até que se sentisse firme de novo. Ela não sentiu a diferença, não até Ravi estar ao lado dela, segurando sua mão enluvada na dele, aquele pequeno gesto a ancorando. A última lata encontrava-se na outra mão do namorado.

Havia uma pergunta em seus olhos, e Pip concordou com um aceno da cabeça.

Ravi se virou para o SUV de Jason. Começou no porta-malas, encharcando o chão de carpete e as laterais de plástico. Por cima da tampa retrátil e no material almofadado do teto. Cobriu os bancos traseiros e o espaço dos pés, na frente também. Ele deixou a lata, ainda com um pouco de gasolina, no banco de trás, onde Jason havia ficado, o movimento do líquido fazendo barulho ao se chocar contra a lata.

Buuum, Ravi fez mímica com as mãos.

Pip tinha colocado o boné de beisebol de Max por cima do gorro que usava, para que nunca a tocasse, nunca deixasse vestígios. E retirou uma última coisa da mochila antes de ajustar as alças nos ombros. Guardou ali o tubo de borracha em que Ravi havia colocado a boca, e tirou da mochila o acendedor de fogão que a mãe usava para acender a vela especial perfumada todas as noites.

Pip deixou o acendedor de fogão a postos e pegou as tiras de papelão.

Ela pressionou o botão, e uma pequena chama azulada emergiu na ponta do acendedor. Pip segurou num canto do papelão, esperando a faísca pegar. Deixou o fogo crescer, sussurrando para ele, dando-lhe boas-vindas ao mundo.

— Se afasta — instruiu Pip a Ravi, então se inclinou para a frente e lançou o papelão no porta-malas do carro de Jason.

Um redemoinho de chamas amarelas irrompeu com um rugido alto, crescendo e se espalhando, iluminando o rosto dela.

Quente, tão incrivelmente quente, secando os olhos dela, cortando sua garganta.

— Nada limpa como o fogo — observou Pip.

Ela entregou o acendedor e uma segunda tira de papelão para Ravi antes de ele voltar ao depósito.

O clique do acendedor, a chama crescente consumindo o papelão devagar. Até que Ravi o lançou no novo rio deles, e aquela pequena chama explodiu num incêndio alto e furioso. Os gritos dos fantasmas conforme o fogo derretia o plástico e começava a torcer o metal.

— Nunca contei para ninguém, mas, no fundo, eu sempre quis tacar fogo em alguma coisa — admitiu Ravi, virando-se para ela, segurando a mão de Pip outra vez, os dedos se fundindo enquanto o cascalho estalava sob seus pés e as chamas tremeluziam às suas costas.

— Bom — disse Pip, a voz áspera e ressequida —, incêndio criminoso é mais um delito que podemos riscar da lista hoje à noite.

— Acho que devemos ter um Full House agora — respondeu ele.

— Bingo.

Eles seguiram em direção ao carro de Max, passando pelos portões da Cena Verdejante Ltda., aqueles postes de metal pontiagudos parecendo uma mandíbula aberta, cuspindo os dois enquanto o próprio corpo se desfazia e queimava.

Pip piscou enquanto atravessava os portões, imaginando-os dali a poucas horas, uma fita azul e branca de cena do crime enrolada neles, barrando o caminho. O zumbido de vozes murmuradas e rádios da polícia naquele cenário de destruição. Um saco para coleta de cadáveres e as rodas de uma maca, rangendo.

Seguir o fogo, seguir o sangue, seguir a narrativa dela. Era tudo que precisavam fazer. Estava fora do controle de Pip agora.

Os dedos deles se separaram quando Pip se sentou no banco do motorista e fechou a porta. Ravi abriu a traseira, entrou e se deitou sobre o tapete do carro, para se esconder. Ele não podia ser visto. Eles iam pegar as rodovias principais de volta para Little Kilton, passando pelo máximo de câmeras que conseguissem. Porque não era Pip dirigindo, era Max, indo para casa depois de abrir a cabeça de um homem e atear fogo na cena do crime. Ali estava ele, com o moletom e o boné, caso alguma das câmeras conseguisse captar além das janelas. Pressionando os tênis contra os pedais, deixando rastros de sangue.

Max ligou o motor e deu ré, afastando-se assim que as explosões começaram. Aquelas fileiras de cortadores de grama explodindo, sons de tiros na noite, como os de uma arma. Seis buracos no peito de Stanley.

Um clarão amarelo incendiou o céu, ficando cada vez menor no retrovisor. Alguém ouviria isso, Pip disse a si mesma enquanto Max dirigia, outra explosão rachando a terra ao redor deles, muito mais alta que mil gritos, uma coluna esvoaçante de fumaça sufocando a lua baixa.

QUARENTA E TRÊS

Max Hastings chegou em casa às 3h27 depois de matar Jason Bell.

Pip parou na entrada da residência dos Hastings e estacionou o carro no mesmo lugar onde estava no começo da noite. Quando desligou o motor, os faróis se apagaram e a escuridão tomou conta.

Ravi se levantou da parte de trás e alongou o pescoço.

— Que grande sorte a luz da gasolina ter acendido — zombou ele —, só para dar uma última injeção de adrenalina a essa noite. Estávamos realmente precisando desse toque final.

— Pois é. — Pip soltou o ar. — Foi uma reviravolta e tanto.

Eles não poderiam parar para abastecer o carro, é óbvio. Tinham que permanecer como Max Hastings, e postos de gasolina eram lotados de câmeras de segurança. Mas haviam conseguido chegar em casa, embora os olhos de Pip mal tenham desviado da luz de aviso de combustível. Agora isso não tinha mais importância.

— É melhor eu entrar sozinha — disse Pip, pegando a mochila e tirando as chaves da ignição. — Vou rápido e faço o mínimo de barulho possível. Não sei se ele ainda vai estar dormindo pesado. Você pode ir para casa andando.

— Vou esperar — falou Ravi, saindo do carro e fechando a porta com cuidado. — Para ter certeza de que você vai ficar bem.

Pip saiu também, estudando o rosto do namorado na escuridão, uma linha vermelha surgindo nos olhos de Ravi quando ela apertou o chaveiro para trancar o carro de Max.

— Ele está inconsciente.

— Ele ainda é um estuprador — argumentou Ravi. — Vou esperar. Vai lá, termina isso.

— Está bem.

Pip avançou em silêncio até a porta da frente, vislumbrando por um momento as câmeras laterais cobertas. Deslizou a chave na fechadura e entrou na casa escura e adormecida.

Dava para ouvir as respirações de Max no sofá, profundas e ruidosas, cada inspiração e expiração abafando os passos dela. Pip limpou as chaves do carro no moletom; nem ela nem Ravi haviam tocado no objeto sem luvas, mas era mais seguro daquela forma.

O andar de cima primeiro, seus movimentos leves e cautelosos, deixando uma trilha da lama da cena do crime no tapete. Ela acendeu a luz do quarto de Max e largou a mochila no chão, tirando o boné de Max da cabeça e o moletom que estava usando, com cuidado para não puxar o gorro sem querer. Verificou se nenhum fio escuro de seu cabelo tinha ficado no tecido cinza. Nada.

Aanalisou as mangas para encontrar a que tinha uma mancha de sangue. Em silêncio, foi até o banheiro. Acendeu a luz. Abriu a torneira. Mergulhou a manga ensanguentada na água e esfregou com os dedos enluvados até o sangue se tornar apenas uma marca marrom. Ela o levou de volta para o quarto consigo, até o cesto de roupa suja onde o tinha encontrado. Afastou a pilha alta de roupas e jogou o moletom cinza lá dentro, empurrando-o para o fundo.

Desamarrou os tênis de Max, os próprios pés parecendo enormes e ridículos em cinco pares extra de meias. As solas em zigue-zague dos tênis ainda estavam cobertas de lama, pedaços caindo quando Pip os guardou bem no fundo do guarda-roupa, montando uma nova pilha de sapatos ao redor a fim de escondê-los. De Max, não das pessoas que de fato importavam, a equipe forense.

Ela pegou o boné, devolveu-o ao lugar onde o encontrara, equilibrado nos cabides, e então fechou o armário. Voltou para sua mochila, calçou os próprios sapatos e pegou o saquinho hermético com o celular de Max. Desceu as escadas com ele em mãos.

Pip se arrastou pelo corredor, chegando mais perto dele quando tudo que queria era recuar, se esconder, caso dois olhos brilhantes se abrissem no meio daquele rosto anguloso. O rosto de um assassino, era nisso que todos tinham que acreditar.

Mais um passo, e então, por cima do encosto do sofá, avistou Max, na mesmíssima posição em que o havia deixado fazia mais de seis horas. A bochecha esmagada contra o braço do sofá e um pacote de ervilhas descongeladas, um fio de saliva conectando-o a ele. Um hematoma escurecendo ao redor do olho. A respiração tão pesada que estremecia o corpo inteiro.

Ainda estava desmaiado. Pip conferiu, cutucando o sofá, pronta para se abaixar caso ele se mexesse. Nada aconteceu.

Ela deu um passo à frente e deslizou o celular de Max para fora do saquinho, de volta à mesa de centro. Pegou a garrafa de água azul e levou-a para a cozinha escura para lavá-la várias vezes e enchê-la de água novamente, assim não haveria nenhum resíduo da droga no fundo.

Pip a devolveu à mesa de centro, com o bico aberto, os olhos fixos no rosto de Max enquanto ele respirava de um jeito particularmente pesado e trêmulo, quase como um suspiro.

— É — sussurrou Pip, olhando para ele.

Max Hastings. Seu alicerce. O espelho invertido pelo qual ela se definia, tudo o que ele era, e ela, não.

— É uma droga quando alguém coloca alguma coisa na sua bebida e depois destrói a sua vida, né?

Ela se afastou e voltou para a noite, escondendo os olhos das estrelas brilhantes demais.

— Tudo bem? — perguntou Ravi.

Um som escapou dela, uma arfada que era quase um riso. Ela sabia o que o namorado queria dizer, mas a pergunta lhe atingiu de maneira mais profunda, reverberando em seu estômago. Não, não estava tudo bem. Não seria possível voltar a ficar bem depois daquela noite.

— Estou cansada — respondeu ela, o lábio inferior tremendo.

Tentou afastar o sentimento, retomar o controle. Não podia ceder a ele ainda. Não tinha acabado, mas estava tão perto do fim.

— Certo — retomou Pip. — Só tenho que tirar as fitas das câmeras.

Ravi esperou na rua enquanto ela cuidava disso. Da mesma forma como havia colocado a silver tape mais cedo, se esgueirou na frente da casa, puxando a fita, dessa vez dando a volta pela parte de trás da casa para tirar a outra. Mas não era ela fazendo isso, é claro, era Max Hastings. E essa foi a última vez em que ela teve que ser ele. Pip não gostava de estar na cabeça dele, ou de ter ele na cabeça dela. Max não era bem-vindo ali.

Pip escalou a cerca da frente e encontrou Ravi na rua iluminada pela lua. Nenhum dos dois a havia abandonado até agora, a lua ainda iluminando seu caminho.

Eles finalmente tiraram as luvas de látex, a pele de suas mãos enrugada e úmida quando Pip deslizou os dedos entre os dele, onde pertenciam, esperando que ali ainda fosse o seu lugar. Ravi andou com ela até em casa, e eles não conversaram, apenas permaneceram com as mãos unidas, como se já tivessem dado tudo de si e não restassem mais palavras. Apenas três delas, as únicas três que importavam quando Ravi se despediu na entrada da casa de Pip.

Seus braços a envolveram, muito apertados, como se fossem a única coisa a impedindo de desaparecer. Porque isso já tinha acontecido duas vezes naquele dia. Ela tinha desaparecido, tinha dito seu último adeus para Ravi. Pip enterrou o rosto entre a cabeça e o ombro dele, um ponto que, contrariando toda a lógica, estava quente e a aquecia.

— Eu te amo — disse ela.

— Eu te amo — disse ele de volta.

Pip guardou essas palavras junto a si, forçando o Ravi de sua cabeça a repeti-las enquanto destrancava a porta de casa e se esgueirava para dentro em silêncio.

Subiu as escadas, pulando o degrau que rangia e voltando para o quarto que fedia a água sanitária.

A primeira coisa que ela fez foi chorar.

Caiu na cama e enfiou a cara no travesseiro, cobrindo o rosto da mesma forma que o Assassino da Silver Tape tinha feito. Soluços dolorosos e silenciosos lhe davam ânsia de vômito, rasgavam sua garganta e escancaravam seu peito, como se a linha que o mantivesse fechado estivesse se desfiando.

Ela chorou e se permitiu chorar, alguns minutos de luto pela garota que nunca mais poderia ser.

Em seguida, ela se levantou e se recompôs, porque ainda não havia terminado. Tomada por uma exaustão que nunca sentira antes, tropeçou no tapete como uma garota morta caminhando.

Com cuidado, Pip carregou o balde com a água sanitária para fora do quarto. Andava conforme as respirações do pai ecoavam pelo corredor, usando o barulho para disfarçar seus passos. Chegou ao banheiro e despejou o líquido devagar no ralo do chuveiro. As roupas e fitas no balde estavam encharcadas, marcas brancas de água sanitária começando a desbotá-las.

Pip levou o balde e tudo que restava nele de volta para o quarto e encostou a porta, já que entraria e sairia de lá várias vezes nas próximas horas.

Da mochila, tirou um dos maiores sacos plásticos, agora vazio, esticou-o para proteger o tapete e jogou as coisas molhadas e descoloridas do balde ali. Em cima, acrescentou tudo de que precisava se desfazer que estava guardado na mochila. Coisas que teria que destruir, das quais teria que se livrar, para que ninguém nunca as relacionasse com Pip. Ela sabia direitinho como proceder.

Da gaveta de cima da escrivaninha, tirou uma tesoura grande e posicionou os dedos no cabo de plástico vermelho. Ficou de pé na pilha e inspecionou tudo, criando mentalmente subdivisões de itens a serem riscados. Tarefas pequenas e passíveis de serem concluídas, uma de cada vez.

- ☐ Top esportivo
- ☐ Legging
- ☐ Casaco de moletom
- ☐ Tênis
- ☐ Tubo de borracha

- ☐ Luvas da Cena Verdejante 2x
- ☐ Luvas de látex 3x
- ☐ Luvas da Nisha Singh
- ☐ Panos de limpeza
- ☐ Comprimidos de flunitrazepam

- ☐ Roupa íntima extra
- ☐ Camiseta extra
- ☐ Silver tape
- ☐ Celular descartável
- ☐ Celular descartável do Jason

Ela começou com o primeiro item, pegando a porcaria molhada e descolorida que era o top esportivo que ela usara mais cedo, a mancha de sangue oxidada invisível a olho nu, mas sempre haveria vestígios dela.

— Era meu top preferido, seu babaca — murmurou Pip para si mesma enquanto levava a tesoura na direção da peça, cortando o material elástico em pequenas tiras e depois em quadrados ainda menores.

Fez o mesmo com a legging, o moletom e todas as roupas que tinham entrado em contato com Jason Bell ou com o sangue dele. Com os panos de limpeza também. Cortando e retalhando, e enquanto se encarregava disso, imaginava o local a dezesseis quilômetros de distância, os bombeiros chegando a um incêndio fora de controle numa empresa de manutenção e limpeza de terrenos de médio porte, convocados por um telefonema de um vizinho preocupado, alguém que não morava próximo o bastante para ouvir os gritos de Pip, mas próximo o bastante para ouvir as explosões durante a noite, na dúvida se eram fogos de artifício.

Uma pilha molhada se acumulava na frente dela, quadrados de tecidos diferentes.

As luvas eram as próximas. As de látex ficaram em pedaços de cinco centímetros. O tecido das luvas de trabalho da Cena Verdejante era mais grosso, mais difícil de cortar, mas Pip persistiu, certificando-se de destruir o logo. As luvas da mãe de Ravi também. Embora não tivessem ligação com a cena do crime, Ravi as tinha usado quando foi pegar o carro de Max, e alguma fibra podia ter ficado lá dentro. Tinham que ser destruídas também. Não havia margem para erros ou enganos; mesmo um em nível microscópico poderia causar a ruína do plano e a ruína de Pip.

Ela cortou a silver tape em pedaços de cinco centímetros, descobrindo de onde vinha a falha em sua sobrancelha esquerda, os fiozinhos presos na fita que tinha envolvido seu rosto. E, por fim, Pip cortou o tubo de borracha em pedacinhos, empurrando os tênis e os dois celulares descartáveis para o lado. Teria que se livrar deles de outra forma.

Mas todo o resto, aquela pilha na frente dela, ia para o mesmo lugar: o vaso sanitário.

Bendita existência da rede de esgoto. Contanto que ela não entupisse os canos da casa (e tinha cortado em pedacinhos para garantir que isso não acontecesse), tudo ali, todas as evidências incriminatórias, acabariam no centro de tratamento de esgoto, sem ter como ser rastreadas até ela e sua casa. Não que os pedacinhos fossem ser encontrados, de qualquer forma. As pessoas davam descarga em todo tipo de coisa. Tudo seria filtrado pelo esgoto e acabaria em algum aterro sanitário, ou até mesmo incinerado. O mais próximo de desaparecer que era possível. Sem rastros. Irrefutável, imbatível. Tudo aquilo nunca aconteceu.

A primeira coisa que Pip pegou foi o saquinho transparente com os comprimidos restantes de flunitrazepam. Não gostou da forma como eles a encaravam e não confiava em si mesma perto deles.

Pegou um pequeno punhado dos tecidos cortados e, em silêncio, foi até o banheiro, fechou a porta e jogou tudo dentro do vaso sanitário.

Deu descarga e observou o conteúdo desaparecer, os comprimidos sendo as últimas coisas sugadas pelo redemoinho. Sua família não ia acordar, eles tinham o sono pesado. E a descarga não fazia muito barulho, ainda mais com a porta do banheiro fechada.

O vaso sanitário encheu de água normalmente. Ótimo. Ela não podia extrapolar, tinha que continuar com pequenas quantidades de cada vez e fazer um longo intervalo entre uma descarga e outra para que não houvesse acúmulo nos canos.

Pip logo bolou um plano. Ela tinha o vaso sanitário do andar de cima, no banheiro da família, e outro no andar de baixo, perto da porta. Dois vasos sanitários, pequenas quantidades daquela enorme pilha de provas. Aquilo levaria um tempo. Mas ela tinha que terminar antes que sua família acordasse. Por outro lado, Pip não podia deixar sua exaustão fazê-la se descuidar e tentar apressar o processo, jogando muito de cada vez e entupindo os canos.

Pip voltou para pegar um segundo punhado, dividindo-o entre as mãos enquanto descia as escadas (pulando o terceiro degrau), e atirou-o no vaso sanitário, dando descarga.

Viagens alternadas, para o banheiro de cima e o de baixo, dando um bom tempo entre uma e outra para as caixas dos vasos se reabastecerem. Duvidava de si mesma toda vez que dava descarga, aquele breve segundo de pânico em que parecia que o vaso sanitário não estava enchendo de água e, ah, merda, devia estar entupido, se ferrou, já era, mas a água sempre se renovava.

Pip se perguntou se os bombeiros tinham chamado a polícia assim que viram o carro queimado e sentiram o cheiro de combustível. Era um caso óbvio de incêndio criminoso. Ou será que esperariam até o incêndio estar controlado e daí veriam o piso de concreto ensanguentado do prédio em ruínas?

Mais um punhado. Mais uma descarga. Pip usou a repetição das idas e vindas para descansar a mente, deixando as mãos fazerem todo o trabalho, todo o raciocínio. Subindo e descendo, pegando da pilha e se livrando daquilo.

Às seis da manhã, sua mente voltou à vida por trás dos olhos ressecados, se perguntando se a polícia já havia chegado à cena em cinzas, concordando enquanto os bombeiros apontavam para os sinais óbvios de crime. Era evidente que alguém tinha sido gravemente ferido ali, talvez até morto. Olhe aquele martelo, achamos que pode ter sido a arma usada. Será que já teriam começado a busca pelos arredores? Não demoraria muito para encontrarem a lona e o homem morto dentro dela.

Será que depois disso um detetive seria chamado ao local? Seria Hawkins incomodado em seu descanso de domingo, usando a jaqueta verde-escura enquanto ligava para os peritos e falava para irem até a cena do crime o mais rápido possível?

Desceu as escadas. Deu descarga. Subiu as escadas. Um punhado.

"Preserve o local do crime", rosnaria Hawkins, o frio da manhãzinha incomodando seu rosto e seus olhos. "Cadê o legista? Ninguém se aproxima do corpo até que eu tenha fotos e um molde dessas pegadas."

Descarga.

O tempo havia se situado no meio do caminho entre as seis e as sete horas. O legista devia estar no local naquele momento, usando um traje forense de plástico. O que faria primeiro? Verificaria a temperatura corporal? Sentiria os músculos para averiguar o *rigor mortis*? Pressionaria o polegar na pele nas costas de Jason para ver se a descoloração da pele ainda estava branqueável? *Morno, rígido, branqueável*, repetiu Pip em sua cabeça como um mantra. *Morno. Rígido. Branqueável.*

Estariam lá naquele exato segundo, fazendo testes, calculando o possível horário em que o homem morrera? Elaborando observações iniciais, tirando fotos? Com Hawkins observando tudo a distância? Estaria acontecendo agora? Dezesseis quilômetros de distância e a pessoa de quem tudo dependia, a que decidira se Pip sobreviveria ou não.

Desceu as escadas. Deu descarga.

Já tinham descoberto quem era o homem morto? O detetive Hawkins o conhecia, talvez até fossem amigos, então provavelmente reconheceria seu rosto. Quando ele contaria para Dawn Bell? Quando ligaria para Becca?

Os dedos de Pip enfim roçaram o saco plástico transparente no tapete. Restavam apenas quatro pedaços. Um que parecia ter feito parte da legging, dois pedaços da luva de látex e um quadradinho do moletom.

Pip se aprumou e deu um suspiro, uma espécie de ritual, antes de dar descarga, observando o último redemoinho de água levar os tecidos embora, fazendo-os desaparecer.

Tudo se foi.

Tudo aquilo nunca aconteceu.

Pip tirou a roupa e tomou banho de novo. Não havia nada em sua pele, mas ela ainda se sentia suja, marcada de alguma forma. Botou o moletom preto e a legging em cima da cesta de roupa suja, não devia haver nada incriminador neles, mas ela os lavaria na temperatura máxima, por via das dúvidas.

Vestiu um pijama e se enrolou no edredom, tremendo embaixo dele.

Não podia fechar os olhos. Era o que mais queria, mas não podia, porque a qualquer instante...

Pip ouviu o som do despertador vindo do quarto dos pais, aquele canto de pássaros que deveria ser suave, mas não era, porque sua mãe deixava o volume alto demais. Pip achou que parecia o fim do mundo, um bando de pombos sem cabeça se atirando contra a janela.

Eram 7h45. Cedo demais para um domingo. Mas os pais de Pip tinham prometido levar Joshua à Legoland.

Pip não iria para a Legoland.

Ela não podia, porque tinha passado a noite inteira vomitando, sentada no vaso sanitário. Mudando de um para o outro enquanto seu estômago se contraía e estremecia. Dando descarga uma centena de vezes e voltando para o mesmo lugar, debruçada no vaso sanitário. Era por isso que o balde do lixo estava em seu quarto, por isso que cheirava a água sanitária. Ela tinha tentado tirar o cheiro de vômito dele.

Pip ouviu os murmúrios no corredor, a mãe acordando Josh, que soltou um gritinho de animação ao se lembrar do motivo para se levantar cedo. Vozes indo e vindo, o som do pai saindo da cama, aquele suspiro alto que ele dava ao se espreguiçar.

Uma batida suave com os nós dos dedos na porta de Pip.

— Entra — disse ela, a voz áspera.

Nem precisava tentar soar doente. Pip parecia destruída. Ela estava destruída? Pensou que já estivesse antes daquele dia longo ter começado.

A mãe enfiou a cabeça no quarto, e seu nariz se franziu no mesmo instante.

— Aqui está fedendo a água sanitária — comentou ela, confusa, os olhos circundando o balde posicionado ao lado da cama de Pip. — Ah, não, querida, você passou mal? Josh disse que ouviu a descarga do vaso a noite toda.

— Estou vomitando desde umas duas da manhã. — Pip fungou. — E estou com diarreia. Desculpa, não queria acordar ninguém. Trouxe o balde para cá, mas estava com cheiro de vômito, então limpei com água sanitária.

— Ah, não, docinho.

A mãe foi até a cama e levou a mão à testa de Pip.

A garota quase desabou ali mesmo, naquele instante, com o toque dela. Com a devastadora normalidade da cena. Com uma mãe que não sabia como estivera perto de perder a filha. E talvez ainda perdesse, se o plano desse errado, se os números que o legista estivesse dizendo para Hawkins naquele momento não fossem os que Pip esperava. Se ela tivesse se esquecido de algo que a autópsia encontraria.

— Você está mesmo quente. Será que é uma virose? — perguntou a mãe, a voz tão gentil quanto o toque, e Pip estava tão feliz por ter sobrevivido para ouvi-la de novo.

— Talvez. Ou foi alguma coisa que eu comi.

— O que você comeu?

— McDonald's — respondeu, com um sorriso cansado.

A mãe arregalou os olhos em um *aí está a resposta*. Ela se virou para a porta.

— Eu falei para o Josh que a gente ia para a Legoland hoje — comentou, hesitando.

— Vocês ainda deveriam ir — disse Pip.

Por favor, vão.

— Mas você não está bem. É melhor eu ficar e cuidar de você.

Pip balançou a cabeça.

— De verdade, já faz um tempinho que não vomito. Acho que passou. Só quero dormir um pouco. Sério mesmo. É melhor vocês irem.

A mãe suspirou, pensando no assunto.

— E imagina como Josh vai ficar se vocês não forem — insistiu.

A mãe sorriu, encostou no queixo da filha, e Pip torceu para que ela não tivesse sentido o tremor que percorreu seu corpo.

— Nisso você tem razão. Mas tem certeza de que vai ficar bem? Eu posso chamar o Ravi para vir dar uma olhada em você.

— Mãe, sério, estou bem. Só vou dormir. Dormir de dia. Vai ser um treino para a faculdade.

— Então está bem. Bom, vou pelo menos trazer um copo de água.

O pai foi vê-la também, é óbvio, depois de saber que ela não estava bem e, portanto, não iria.

— Ah, não, minha piclezinha — lamentou ele, sentando-se ao lado dela e fazendo a cama toda afundar.

Pip quase rolou no colo dele, porque não lhe restavam mais forças.

— Você está com uma cara péssima. Nocauteada?

— Nocauteada.

— Beba muita água. Só comidas leves, por mais que me doa dizer isso. Uma torradinha, um arrozinho.

— É, eu sei, pai.

— Está bem. Sua mãe me disse que você perdeu o celular, e parece que você me contou isso ontem à noite, mas eu não lembro. Vou ligar para o telefone fixo daqui a algumas horas, ver se você ainda está viva.

Ele estava prestes a sair pela porta.

— Espere! — Pip se sentou, lutando contra o edredom.

Ele hesitou na soleira.

— Te amo, pai — falou ela baixinho, porque não conseguia se lembrar de quando tinha sido a última vez que dissera isso para ele, e ainda estava viva.

O rosto dele foi tomado por um sorrisinho.

— O que você quer de mim? — Ele riu. — Minha carteira está lá no quarto.

— Não quero nada. Só senti vontade de dizer isso.

— Ah, bom, só vou dizer também, então. Te amo, picles.

Pip esperou até que eles fossem embora. Quando ouviu o barulho do carro dando partida na garagem, abriu as cortinas para vê-los se afastando.

Então, reunindo todas as suas forças, ela se levantou e cambaleou pelo quarto, os pés se arrastando. Pegou os tênis úmidos que havia escondido na mochila e os dois celulares descartáveis.

Restavam três itens para riscar, e ela conseguiria completar a lista. Rastejava na reta final, mas o Ravi da sua cabeça dizia que ela conseguiria. Pip tirou a tampa de trás do celular descartável. Puxou a bateria e o chip. Partiu o pequeno chip de plástico ao meio pressionando cada lado com um dos polegares, como tinha feito com o de Jason. Levou tudo consigo para o térreo.

Foi para a garagem, em direção ao kit de ferramentas do pai. Devolveu o rolo de silver tape, murmurando baixinho:

— Maldita silver tape.

Depois, pegou a furadeira e apertou o gatilho por um instante para ver a ferramenta girar, torcendo as partículas flutuando no ar. Levou o instrumento até a tela do pequeno celular Nokia que costumava ficar em sua gaveta, quebrando-a, e o plástico preto se espalhou ao redor do novo buraco. E outra vez no celular que tinha pertencido ao Assassino da Silver Tape.

Um saco de lixo preto com o nó bem apertado para os tênis. Um segundo saco para os chips e as baterias dos celulares. Um terceiro para os pequenos aparelhos descartáveis estraçalhados.

Pip pegou seu sobretudo, pendurado no cabide perto da porta da frente, e calçou os sapatos da mãe, mesmo que não lhe servissem.

Ainda era cedo, quase ninguém tinha saído de casa. Pip cambaleou pela rua com os sacos de lixo numa das mãos, apertando o sobretudo em volta do corpo com a outra. Ela viu a sra. Yardley mais à frente, passeando com o cachorro. Pip se virou e seguiu na direção oposta à vizinha.

A lua tinha sumido, então Pip teve que guiar a si mesma, mas havia algo de errado em seus olhos. O mundo se movia de maneira estranha ao seu redor, devagar, como se não tivesse carregado corretamente.

Estava tão cansada. Seu corpo parecia prestes a desistir. Ela não conseguia mesmo levantar os pés, apenas arrastá-los, tropeçando nas protuberâncias da calçada.

Na West Way, Pip escolheu uma casa aleatória: a número treze. Pensando bem, talvez não fosse tão aleatória. Foi até as latas de lixo no final da entrada. Pip abriu a preta, para qualquer tipo de lixo, e verificou se já havia sacos pretos lá dentro. Então levantou o de cima, sentindo uma lufada de algo podre, e posicionou o saco com os tênis embaixo, enterrando-o sob o outro lixo.

Na Romer Close, a rua onde Howie Bowers morara, Pip caminhou até a casa dele, embora não fosse mais a casa dele, e abriu a lixeira, enfiando o saco preto com os chips e as baterias.

O último saco, com o Nokia 8210 e outro modelo de Nokia esburacados, Pip depositou na lixeira do lado de fora daquela casa bonita na Wyvil Road, com a árvore vermelha no jardim da frente, de que Pip gostava.

Ela sorriu ao riscar o último item em sua cabeça. A lista da noite inteira concluída e agora se despedaçando em sua mente.

O lixo era coletado às terças-feiras. Pip sabia disso porque toda segunda à noite sua mãe gritava pela casa: "Ah, Victor, você se esqueceu de levar o lixo para fora!"

Dali a dois dias, os celulares descartáveis e os tênis estariam a caminho de um aterro sanitário e desapareceriam como todo o resto.

Ela estava livre de tudo, e estava esgotada.

Pip voltou para casa, cambaleando pela porta da frente conforme as pernas ameaçavam ceder. Ela estava tremendo e com calafrios, e talvez corpos ficassem assim depois de uma noite como aquela, destruídos pela adrenalina que os mantivera funcionando quando mais precisavam.

Mas não havia mais nada para fazer. Mais nenhum lugar para ir.

Pip caiu na cama, fraca demais até para levar a cabeça aos travesseiros. Ali estava bom e confortável e seguro e tranquilo.

O plano tinha acabado, por ora. Pausado.

Não havia mais nada que Pip pudesse fazer. Na verdade, ela não deveria fazer nada, tinha que levar sua vida como se tivesse apenas saído para comer besteira com as amigas e ido para a cama, nada mais. Ligar para Ravi da linha fixa mais tarde, avisar-lhe que tinha perdido o celular, então haveria um registro daquela conversa, porque é claro que ela não tinha visto Ravi. Iria comprar outro celular na segunda.

Só precisava viver. E esperar.

Não pesquisaria o nome dele no Google. Não passaria em frente à casa dele só para dar uma olhada. Não atualizaria os sites de notícias de maneira frenética. Isso era o que uma assassina faria, e Pip não podia ser uma.

A notícia viria em seu próprio tempo. Jason Bell foi encontrado morto. Homicídio.

Até lá, ela só precisaria viver, tentar se lembrar de como fazer isso.

Seus olhos se fecharam, a respiração ficando mais funda enquanto uma nova escuridão se aproximava do peito vazio, fazendo Pip desaparecer.

Ela finalmente dormiu.

QUARENTA E QUATRO

Pip esperou.

A pele em carne viva começou a cicatrizar em seu rosto e ao redor dos punhos, e ela esperou.

Não veio na segunda-feira, com Pip sentada no sofá enquanto o jornal das dez passava e a mãe gritava para lembrar o pai de levar o lixo para fora.

Também não veio na terça. Pip ficou com a BBC News ligada o dia inteiro enquanto configurava o novo celular. Nada. Nenhum corpo encontrado. Deixou ligada até quando Ravi passou lá à noite, os dois se comunicando através de olhares apreensivos e breves toques nas mãos, porque não podiam usar palavras. Só quando estivessem atrás da porta fechada do quarto dela.

Será que ele não tinha sido encontrado? Era impossível: o fogo, o sangue. Com certeza os funcionários da Cena Verdejante deviam saber, deviam ter sido informados de que algo estava errado, do motivo pelo qual não podiam trabalhar: o incêndio, a cena do crime. Pip poderia apenas pesquisar na...

Não. Ela não podia pesquisar nada. Isso deixaria um rastro, uma trilha que levava a ela.

Pip só tinha que esperar, lutar contra o impulso de saber. Isso faria com que ela fosse pega.

Dormir era difícil, o que ela esperava? Não tinha nada para tomar, e talvez aquele fosse o momento em que mais precisasse, porque, sempre que fechava os olhos, ficava com medo de eles nunca mais se abrirem, de que tivessem sido cobertos por fita, assim como sua boca quando ela tentava respirar. Batimentos cardíacos tornavam-se tiros. Só a exaustão a acalmava.

— Olá, dorminhoca — disse a mãe de Pip na quarta-feira de manhã quando ela desceu as escadas cambaleando, pulando o terceiro degrau por hábito. — Algumas das visitas que eu tinha agendadas para hoje de manhã foram canceladas, então fiz café da manhã para a gente.

Panquecas.

Pip se sentou na ilha da cozinha e tomou um grande gole de café, quente demais em sua garganta ainda em frangalhos.

— Você sabe que vou sentir saudade quando você for para a faculdade, né? — perguntou a mãe, sentando-se à sua frente.

— Você ainda vai me ver o tempo todo — retrucou Pip, com a boca cheia, sem fome, mas querendo deixar a mãe feliz.

— Eu sei, mas não é a mesma coisa. Você já está crescida, o tempo passa rápido assim. — Ela estalou os dedos, olhando para o celular que vibrava em cima do balcão. — Que estranho — comentou, pegando o aparelho. — Siobhan, do trabalho, acabou de me mandar uma mensagem falando para eu ligar a TV no noticiário.

Pip sentiu o peito se enclausurando, a pressão aumentando ao redor do coração, sua cabeça preenchida pelo barulho de costelas se quebrando. Seu pescoço estava frio demais, e a cabeça, muito quente. Era isso, não era? Que outro motivo Siobhan teria para mandar aquela mensagem? Pip manteve o rosto inexpressivo, espetando o garfo nas panquecas para ocupar as mãos.

— Por quê? — perguntou ela casualmente, observando o rosto da mãe, virado para baixo.

— Ela só disse para ligar a TV, não sei por quê. Talvez tenha acontecido alguma coisa na escola.

A mãe se levantou e correu para a sala.

Pip esperou um instante, depois dois, tentando controlar o pânico que crescia no peito. Era isso, o momento em que tudo se tornou real, e irreal. Ela tinha que fazer uma performance, e fazê-la direito, atuar para salvar a própria vida. Largou o garfo e seguiu a mãe.

O controle remoto já estava nas mãos dela, a TV sendo ligada direto na BCC News, onde Pip tinha deixado na noite anterior.

Uma apresentadora dividia a tela com o texto que rolava na parte de baixo.

Últimas notícias.

Uma ruga na testa da apresentadora, que falava para a câmera:

— *... em Buckinghamshire, cenário de mais tragédias que qualquer cidade deveria ter. Seis anos atrás, dois adolescentes, Andie Bell e Sal Singh, morreram no que, desde então, se tornou um dos casos de* true crime *mais comentados do país. E, no início deste ano, um homem confirmado como sendo a Criança Brunswick, que morava em Little Kilton sob o nome Stanley Forbes, foi baleado e morreu. O suspeito, Charlie Green, só foi preso e acusado na semana passada. E novamente a cidadezinha vira notícia, com a confirmação hoje da polícia local de que o morador Jason Bell, pai de Andie Bell, foi encontrado morto.*

Um arquejo de sua mãe, a boca aberta em horror. Pip imitou a expressão em seu rosto.

— *A polícia está tratando a morte como suspeita e, há pouco, fez uma declaração em frente à Delegacia de Amersham.*

A reportagem cortou do estúdio para um local externo bem iluminado, com um céu cinza e um prédio acinzentado que Pip conhecia muito bem. O lugar muito, muito ruim.

Um palanque havia sido montado no estacionamento, e o microfone, no topo, balançava de leve com o vento.

Havia um homem diante dele, camisa clara, paletó impecável. Era evidente que a jaqueta verde não era considerada uma roupa à altura de coletivas de imprensa.

O detetive Hawkins pigarreou.

— É com pesar que confirmamos que Jason Bell, de quarenta e oito anos, morador de Little Kilton, foi encontrado morto bem cedo na manhã de domingo. O corpo estava em seu local de trabalho, na empresa da vítima, sediada em Knotty Green. Estamos investigando a morte de Jason como um homicídio, e não posso fornecer mais detalhes do caso, tendo em vista que a investigação ainda se encontra nos estágios iniciais. Pedimos que quaisquer testemunhas que estiveram na área de Knotty Green na noite de sábado, em especial nas proximidades da Witheridge Lane, que possam ter visto qualquer coisa suspeita, entrem em contato.

Não há testemunhas, pensou Pip, o olhar de Hawkins comunicando isso através da tela. Ninguém por perto para ouvir os gritos dela. E o outro detalhe: ele falou na noite de sábado, não foi? Mas que horas? Aquilo podia significar a partir das sete ou talvez até mais cedo. O termo "noite" era muito indefinido, muito vago, ainda não dava para saber se eles tinham sido bem-sucedidos.

— Alguma pergunta? — Hawkins fez uma pausa e encarou alguém atrás da câmera. — Sim. — Apontou para uma pessoa.

— Como ele foi morto? — indagou uma voz fora da tela.

Hawkins arqueou as sobrancelhas.

— Você sabe que não posso informar isso, trata-se de uma investigação em andamento.

Martelo na cabeça, respondeu Pip em pensamento. *Nove golpes, no mínimo. Um massacre. Uma morte muito, muito violenta.*

— Isso é uma tragédia — comentou a mãe, as mãos no rosto.

Pip assentiu.

Uma voz diferente atrás da câmera:

— Há alguma conexão com a morte da filha dele, Andie Bell?

Hawkins analisou o autor da pergunta por um instante.

— Andie Bell teve uma morte trágica há mais de seis anos, e o caso dela foi resolvido no ano passado. Eu estava encarregado da investigação quando ela desapareceu. Tenho uma conexão com a família Bell e prometo que vou descobrir o que aconteceu com Jason... e quem o matou. Obrigado.

Hawkins se afastou do palanque com um breve aceno, a imagem na tela voltando ao estúdio.

— Que horror, que horror! — exclamou a mãe de Pip, balançando a cabeça. — Não dá para acreditar. Aquela pobre família. Jason Bell, morto. Assassinado.

Ela se virou para Pip, fechando a cara.

— Não — declarou com firmeza, levantando um dedo.

Pip não entendia onde errara em sua atuação. Jason Bell merecia estar morto, mas sua mãe não perceberia pela sua expressão, não é?

— O que foi?

— Conheço direitinho esse brilho nos seus olhos, Pip. Você *não vai* ficar obcecada com isso. Você *não vai* começar a investigar o caso.

Pip voltou a atenção para a TV e deu de ombros, indiferente.

Sim, era exatamente o que iria fazer.

Seria essa a reação dela, se fosse a primeira vez que estivesse ouvindo falar sobre o caso. Era isso que ela fazia: investigava. Atraída por pessoas mortas, pessoas desaparecidas, procurava o porquê e o como. Era o esperado dela, o seu normal. E Pip tinha que agir normalmente, da forma como as pessoas esperavam.

A última parte do plano estava entrando em ação, repetida diversas vezes em sussurros tensos com Ravi na noite passada. Interferir, mas não muito. Induzir, não tomar a liderança.

A polícia tinha um assassino. Só precisava saber onde procurá-lo.

Pip poderia dar um empurrãozinho na direção certa para que encontrassem a pessoa por trás de todas as pistas que ela deixara. Ela tinha a maneira perfeita, esperada e normal de fazer isso. Seu podcast.

Manual de assassinato para boas garotas, 3ª temporada: Quem matou Jason Bell?

E sabia exatamente quem ia entrevistar primeiro.

QUARENTA E CINCO

O rosto de Pip no escuro, iluminado pelo brilho fantasmagórico de seu notebook, sombras parecendo hematomas ao redor dos olhos. A voz de Jackie da cafeteria em seus ouvidos, e a sua própria, numa entrevista gravada no dia anterior, Cara murmurando ao fundo. Tudo correu à perfeição: Pip direcionou Jackie na medida certa para fazê-la dizer o que precisava que dissesse, as frases dançando umas ao redor das outras, e silêncios cheios de significado. A forma como a voz de Jackie sibilava entre os dentes quando ela mencionava o nome de Max, os pelos se arrepiando na nuca de Pip.

Ela ouviu a gravação de novo, na calada da noite, com um par velho de fones de ouvido brancos conectados ao notebook. Josh devia ter roubado seus fones de novo para jogar FIFA, mas não tinha problema, ele podia pegar o que quisesse. Havia apenas uma semana, ela pensou que nunca mais o veria, pensou que tinha se tornado o fantasma no qual ele tentaria não pensar. Ele podia pegar o que quisesse, e Pip o amaria em dobro.

Ela analisou as linhas azuis formando picos no software de áudio, a imagem errática de sua própria voz, firme quando precisava ser, quieta quando deveria, para cima e para baixo, montanhas e vales. Ela isolou uma faixa e a copiou num novo arquivo.

Pip imaginou Hawkins ouvindo aquelas palavras dali a alguns dias, imaginou-o prestando atenção, levantando-se da cadeira enquanto a Pip do dia do assassinato manipulava os bastidores. A mesma Pip que ele encontraria sorrindo nas imagens de segurança do McDonald's se algum dia precisasse investigá-la. Pip não podia incluir o nome de Max, Hawkins teria que chegar a ele por conta própria, mas a garota estava mostrando ao policial exatamente onde olhar.

Siga a trilha, Hawkins. O caminho mais fácil estava definido, ele só precisava segui-lo, como tinha feito com Sal Singh. Pip havia tornado tudo muito fácil. Hawkins só precisava seguir a trilha e entrar no mundo que a garota criara só para ele.

Nome do arquivo:

 Teaser de MABG 3ª temporada: Quem matou Jason Bell?.wav

[Toca música-tema]

[Inserir trecho]

APRESENTADORA DO NOTICIÁRIO: *Little Kilton [...] cenário de mais tragédias que qualquer cidade deveria ter [...] confirmação hoje da polícia local de que o morador Jason Bell, pai de Andie Bell, foi encontrado morto [...] polícia está tratando a morte como suspeita [...]*

[Fim do trecho]

[Inserir áudio de sirene de polícia]

PIP: Oi, meu nome é Pip Fitz-Amobi, e eu moro numa cidadezinha chamada Little Kilton. Mais de seis anos atrás, dois adolescentes foram mortos aqui. Há alguns meses, um homem foi morto a tiros aqui. Existe um ditado sobre o número três, não é? As coisas sempre acontecem em três, até mesmo assassinatos. Esta semana ficamos sabendo que mais alguém morreu nessa cidadezinha.

[Inserir trecho]

DETETIVE HAWKINS: *Jason Bell [...] morador de Little Kilton, foi encontrado morto bem cedo na manhã de domingo [...]*

[Fim do trecho]

PIP: Jason Bell, pai de Andie e Becca Bell, foi encontrado morto em seu local de trabalho numa região próxima à cidade na semana passada.

[Inserir trecho]

DETETIVE HAWKINS: *Estamos investigando a morte de Jason como um homicídio [...]*

[Fim do trecho]

PIP: Não foi um acidente, tampouco uma morte natural. Alguém o matou, porém não sabemos muito mais sobre o caso. Ao que tudo indica, o assassinato ocorreu na noite do dia 15 de setembro, a julgar pelas informações que a polícia divulgou quando pediu para testemunhas que estivessem na área entrarem em contato. Jason foi encontrado em seu local de trabalho, uma empresa de manutenção e limpeza de terrenos chamada Cena Verdejante e Cena Limpa Ltda. E é isso. Ainda não sabemos muito, mas sabemos uma coisa: há um assassino à solta, e alguém precisa pegá-lo. Junte-se a nós para uma nova temporada em que tentaremos juntar as peças desse caso que ainda está sendo investigado. Se alguém o matou, então alguém o queria morto, e deve haver um rastro disso. As pessoas fofocam em cidadezinhas. E houve muito disso na última semana. A cidade está prestes a explodir de segredos sussurrados e olhares furtivos. A maioria não merece atenção, mas há algumas coisas que não podem ser ignoradas.

[Inserir trecho]

PIP: Oi, Jackie, só para fazer uma apresentação, você é a dona de uma cafeteria em Little Kilton, na High Street.

JACKIE: Isso, sou.

[...]

PIP: Você pode me dizer o que aconteceu?

JACKIE: Bom, Jason Bell esteve aqui há algumas semanas, para comprar um café. Ele vinha de vez em quando. E tinha uma pessoa na fila na frente dele, era o *[---BIIIIP---]*. [...] Jason o empurrou para trás, derrubou o café do *[BIP]* e disse para ficar fora do caminho dele.

PIP: Você diria que foi um confronto físico?

JACKIE: Diria, foi um pouco violento, meio raivoso, até. [...] Ficou bem evidente que eles não se davam bem.

PIP: E você disse que isso aconteceu só duas semanas antes de Jason ser morto?

JACKIE: Isso.

PIP: Você está sugerindo que pode ter sido *[BIP]* quem o matou?

JACKIE: Não, eu... Não, é claro que não. Só acho que havia certa aversão entre eles.

PIP: Hostilidade?

JACKIE: É [...] por causa do que o *[BIP]* fez com a filha do Jason, Becca. Mesmo que ele não tenha sido condenado. Tenho certeza de que era motivo mais que suficiente para Jason odiá-lo.

[Fim do trecho]

PIP: Não sei quanto a vocês, mas eu já incluí um nome na minha lista de suspeitos. Teremos isso e muito mais no episódio número um. Continue nos acompanhando na terceira temporada de *Manual de assassinato para boas garotas: Quem matou Jason Bell?*

[Inserir trecho]

DETETIVE HAWKINS: *Prometo que vou descobrir o que aconteceu com Jason... e quem o matou.*

[Fim do trecho]

PIP: E eu também.

[Toca música-tema]

QUARENTA E SEIS

Começou com um telefonema.

— Oi, Pip, aqui é o detetive Hawkins. Queria saber se você tem um tempo para vir à delegacia hoje para nós conversarmos.

— Claro — respondeu Pip. — Conversar sobre o quê?

— É sobre o teaser do podcast que você postou uns dias atrás, sobre o caso Jason Bell. Tenho algumas perguntas para você, nada demais. Seria o que chamamos de um interrogatório voluntário.

Ela fingiu pensar a respeito.

— Está bem. Posso ir daqui a uma hora?

A hora havia se passado, e ali estava ela, parada do lado de fora do lugar muito, muito ruim. O prédio acinzentado da Delegacia de Amersham, uma arma disparando em seu coração, e suas mãos escorregadias de suor e do sangue de Stanley. Pip trancou o carro e esfregou as mãos vermelhas na calça jeans.

No caminho, ela tinha ligado para Ravi para avisar aonde estava indo. Ele não respondeu nada além da palavra *merda* várias vezes, mas Pip disse ao namorado que estava tudo bem, que não precisava entrar em pânico. Isso era de se esperar, afinal, ela estava envolvida no caso de maneira indireta, fosse por conta da entrevista com Jackie ou pela ligação para o advogado de Max naquela noite. A conversa seria só sobre isso, e Pip sabia muito bem como interpretar seu papel. Estava às margens desse assassinato, era uma peça periférica. Hawkins só queria informações dela.

E ela queria algumas dele em troca. Poderia ser a oportunidade perfeita, a resposta para a pergunta que ela não conseguia calar, aquele sentimento adormecido à espreita de todos os seus pensamentos. O momento em que Pip descobriria se eles tinham conseguido se safar ou não, se o truque da hora da morte tinha funcionado. Se tivesse, ela estaria livre. Sobreviveria. Nunca esteve lá e não tinha matado Jason Bell. Caso contrário... bem, não valia a pena pensar nisso ainda. Ela trancou o pensamento no recôndito sombrio de sua mente e atravessou as portas automáticas da delegacia.

— Olá, Pip. — Eliza, a agente de detenção, abriu um sorriso tenso atrás da mesa de atendimento. — Sem sossego por aqui — comentou ela, as mãos folheando uma pilha de papéis.

— O detetive Hawkins me chamou, pediu para eu vir conversar com ele — informou Pip, enfiando as mãos nos bolsos traseiros para Eliza não ver que estavam tremendo.

Acalme-se. Você precisa se acalmar.

Ela podia desmoronar por dentro contanto que não deixasse isso transparecer.

— Ah, sim. — Eliza deu um passo para trás. — Vou avisar que você está aqui, então.

Pip esperou.

Observou uma policial que conhecia, Soraya, avançar apressada pela recepção, parando apenas por um instante para trocar breves *olás* e *tudo bens*. Pip não estava coberta de sangue dessa vez, pelo menos não do tipo que dava para ver.

Enquanto Soraya atravessava a porta trancada dos fundos, outra pessoa vinha no sentido contrário. O detetive Hawkins, com o cabelo ralo penteado para trás, o rosto mais pálido que o normal, mais grisalho, como se ele tivesse passado tempo demais naquele prédio e a cor da delegacia estivesse se infiltrando no homem, tornando-o parte dela.

Hawkins não devia ter dormido muito desde que o corpo de Jason foi encontrado.

— Oi, Pip.

O detetive acenou, e ela o seguiu.

Pelo mesmo corredor, do lugar muito, muito ruim para o lugar muito, muito pior. Pisando em seus próprios passos do passado. Mas aquela Pip, aquela ali, estava no controle, não era a garota assustada que acabara de se deparar com a morte pela primeira vez. E ela podia estar seguindo Hawkins até a Sala de Interrogatório 3, mas na verdade era ele quem a estava seguindo.

— Pip, pode se sentar.

Hawkins gesticulou para uma cadeira, pegando uma para si. Havia uma caixa aberta no chão ao lado dele, com uma pilha de pastas dentro, e um gravador sobre a mesa de metal.

Pip se sentou na beirada da cadeira e fez um aceno afirmativo com a cabeça, esperando que ele começasse.

Mas ele não começou, apenas a encarou, prestando atenção nos olhos dela, que percorriam a sala.

— Então — disse Pip, pigarreando. — O que você queria me perguntar?

Hawkins se inclinou para a frente, pegando o gravador, os ossos do pescoço estalando.

— Você entende que, por mais que isso seja voluntário e só queiramos sua ajuda com a investigação, eu ainda preciso gravar nossa conversa e avisar que tudo que você disser pode ser usado contra você e que omitir alguma informação poderá prejudicar uma possível futura defesa?

Os olhos dele estudaram o rosto de Pip.

Sim, ela entendia isso.

Se de fato considerassem que tinha algo a ver com o caso, ela teria sido presa. Esse era o procedimento padrão, mas havia uma expressão estranha nos olhos do detetive, como se quisesse deixá-la com medo. Mas ela não sentia medo, porque estava no comando. Pip assentiu.

Hawkins apertou o botão.

— Aqui é o detetive Hawkins interrogando Pippa Fitz-Amobi, são 11h31 da manhã de terça-feira, 25 de setembro. Este é um interrogatório voluntário relacionado à investigação da morte de Jason Bell, e você pode ir embora a qualquer momento, entendido?

— Entendido — respondeu Pip, dirigindo a voz ao gravador.

— Você não precisa dizer nada. Mas pode prejudicar sua defesa se não falar quando for questionada a respeito de algo a que futuramente venha a recorrer no tribunal. Tudo que você disser poderá ser usado como evidência. — Hawkins se recostou, a cadeira rangendo. — Então, eu, assim como centenas de milhares de pessoas, ouvi o teaser da nova temporada do seu podcast.

Pip deu de ombros.

— Achei que você pudesse precisar de ajuda no caso. Considerando que precisou que eu resolvesse dois casos anteriores. Foi por isso que você me chamou para conversar hoje? Precisa da minha ajuda? Quer dar uma entrevista exclusiva para o podcast?

— Não, Pip. — O ar passou assobiando por entre os dentes dele. — Não preciso da sua ajuda. Esta é uma investigação em andamento, de homicídio. Você sabe que não pode interferir e postar informações importantes na internet. Não é assim que a justiça funciona. As regras que a imprensa deve seguir também se aplicam a você. Alguém pode até considerar isso como desacato.

— Eu não postei nenhuma "informação importante", foi só um teaser. Não sei de nenhum detalhe do caso além do que você disse na coletiva de imprensa.

— Você fez uma entrevista com, hm... — Hawkins consultou suas anotações — ... Jackie Miller, especulando a respeito de quem poderia ter matado Jason Bell — concluiu, arregalando os olhos como se tivesse marcado um ponto contra ela.

— Não a entrevista inteira, só as partes mais interessantes. E eu excluí o nome da pessoa sobre quem estávamos falando. Sei que isso pode prejudicar qualquer possível julgamento no futuro. Sei o que estou fazendo.

— Eu diria que pelo contexto ficou bem óbvio de quem vocês estavam falando — argumentou Hawkins, pegando a caixa com arquivos ao seu lado.

Ele se endireitou na cadeira, uma pequena pilha de papéis em uma das mãos.

— Depois de ouvir seu teaser, eu mesmo tratei de falar com Jackie, como parte de nossas investigações.

Ele balançou os papéis para ela, e Pip reconheceu o modelo de transcrição de interrogatório. Hawkins apoiou a transcrição na mesa de metal e a folheou.

— *Você ouve essas coisas pela cidade, ainda mais quando tem uma cafeteria na rua principal... Jason deve ter odiado Max pelo que ele fez com Becca, e a forma como isso estava conectado à morte da Andie... pareceu mesmo que Max não gostava do Jason também... Muita raiva entre eles. Foi bem violento. Nunca tinha acontecido algo assim entre dois fregueses. E, como a Pip falou, não é preocupante que aquilo tenha acontecido só duas semanas antes de Jason ser assassinado?*

Hawkins terminou a leitura, fechou a transcrição e encarou Pip.

— Eu diria que é um primeiro passo bastante padrão numa investigação — defendeu Pip, sem deixar de encará-lo. Não seria a primeira a desviar o olhar. — Descobrir se algo incomum aconteceu recentemente na vida da vítima, identificar qualquer um que tenha tido alguma desavença com ela, possíveis suspeitos. Se houve um incidente violento que levou ao assassinato, entrevistar uma testemunha. Desculpe se fui mais rápida que você.

— Max Hastings — disse Hawkins, a língua sibilando ao tropeçar no nome.

— Ele não é muito popular na cidade. Tem muitos inimigos. E parece que Jason Bell era um deles.

— Muitos inimigos — repetiu Hawkins, endurecendo o olhar. — Você se consideraria um deles?

— Olha... — Pip ergueu as sobrancelhas. — Ele é um estuprador em série que não foi condenado e machucou algumas das pessoas com quem eu mais me importo no mundo. Sim, eu odeio ele. Mas não sei se tenho a honra de ser sua *maior* inimiga.

— Ele está processando você, não está? — Hawkins pegou uma caneta, batendo-a nos dentes. — Por difamação, por uma declaração e um áudio que você postou nas redes sociais no dia em que saiu o veredito do julgamento dele por agressão sexual.

— É verdade, ele ia me processar. Como eu disse, é um cara ótimo. Mas, na verdade, vamos resolver isso fora dos tribunais.

— Interessante — ponderou Hawkins.

— Ah, é?

— Bom. — Ele clicou a caneta para baixo e para cima, e tudo que Pip ouviu foi *AST AST AST*. — Pelo que conheço sobre você, Pip, com base nas nossas poucas interações, eu diria que estou surpreso por você ter decidido fazer um acordo e pagar o que ele estava pedindo. Você me parece o tipo de pessoa que lutaria até o fim.

— Em geral, eu sou. Mas, olha, acho que perdi minha fé nos tribunais e no sistema de justiça, criminal ou civil. E estou cansada. Quero deixar tudo para trás, começar do zero na faculdade.

— Então, quando você tomou essa decisão, a de aceitar um acordo?

— Há pouco tempo — disse Pip. — Fim de semana retrasado.

Hawkins assentiu, pegando mais uma folha de uma pasta no topo de caixa.

— Falei com um tal de Christopher Epps, o advogado que representa Max Hastings nesse caso de difamação, e ele me disse que você ligou para ele às 21h41 no sábado, dia 15 de setembro. Ele disse que foi quando você o informou que queria aceitar um acordo que ele tinha proposto semanas antes. Foi isso?

Pip assentiu.

— Hora estranha para fazer essa ligação, não acha? Tão tarde num sábado à noite?

— Na verdade, não — respondeu Pip. — Ele disse que eu poderia ligar a qualquer hora. Fiquei pensando nisso o dia todo e, quando finalmente decidi, não vi motivo para adiar mais. E se ele estivesse planejando entrar com o processo na segunda-feira de manhã?

Hawkins assentia conforme ela falava, fazendo anotações na página de cabeça para baixo que Pip não conseguia ler.

— Por que você está me questionando sobre a conversa que eu tive com o advogado de Max Hastings? — indagou ela, estreitando os olhos, fingindo estar surpresa. — Isso quer dizer que você começou *mesmo* a investigar Max como um possível suspeito?

Hawkins não respondeu, mas Pip não precisava que ele o fizesse. Ela sabia. Hawkins não saberia a respeito da ligação de Pip para Epps se não soubesse primeiro sobre a ligação de Epps para Max alguns minutos depois. E ele só saberia disso se tivesse olhado o histórico de chamadas de Max. Ele nem devia ter precisado de um mandado. Max devia ter entregado o celular voluntariamente, seguindo o conselho de Epps, achando que não tinha nada a esconder.

Hawkins já podia colocar Max na cena do crime na hora em que Epps ligara para ele e também durante as ligações recebidas mais tarde da mãe e do pai. Com certeza isso seria o bastante para ser considerado uma causa provável para obter um mandado de busca na casa de Max e em seu carro, não é? Para pegar amostras de seu DNA e comparar com as encontradas no local? A menos que a hora em que Max esteve lá não correspondesse à hora da morte de Jason. A última informação a ser descoberta.

Pip tentou não deixar o pensamento afetar sua expressão facial, encarando Hawkins só com uma pitada de curiosidade.

— Você conhecia Jason Bell? — questionou Hawkins, cruzando os braços.

— Não tanto quanto você. Eu sabia muitas coisas sobre ele, mas não o conhecia, se é que faz sentido. Nunca tivemos uma longa conversa, mas, é claro, quando eu estava investigando o que aconteceu com Andie, pesquisei muito sobre a vida dele. Nossos caminhos se cruzaram, mas nunca nos *conhecemos* de verdade.

— E ainda assim você parece determinada a descobrir quem o matou, para o seu podcast?

— É o que eu faço — disse Pip. — Não preciso conhecer Jason muito bem para achar que ele merece justiça. Os casos em Little Kilton não parecem ser resolvidos até que eu me envolva.

Hawkins riu, um rosnado do outro lado da mesa, passando a mão pela barba por fazer.

— Sabe, Jason reclamou comigo depois de você lançar a primeira temporada do seu podcast. Disse que estava sendo assediado, pela imprensa, na internet. Você acha que é justo dizer que ele não gostava de você? Por causa disso.

— Não faço ideia e não sei se entendi a importância disso no momento. Mesmo se ele não gostasse de mim, ele ainda merece justiça, e eu vou ajudar como puder.

— Então, você teve algum contato recente com Jason Bell?

— Recente?

Pip olhou para o teto, como se estivesse tentando se lembrar de alguma data.

É óbvio que não podia ir muito longe com a encenação, visto que fazia dez dias desde que arrastara o corpo dele pelas árvores. E, antes disso, ela tinha batido na porta de Jason para perguntar sobre a Cena Verdejante e o Assassino da Silver Tape. Mas Hawkins nunca poderia ficar sabendo dessa conversa. Pip já estava conectada com o caso de maneira indireta, duas vezes. Um contato recente com Jason era muito arriscado, poderia até dar à polícia uma causa provável para obter um mandado e coletar uma amostra de seu DNA, ainda mais com a forma como Hawkins a observava, analisando-a.

— Não. Não falei com ele nem o vi pela cidade há talvez alguns meses. Acho que a última vez que nossos caminhos se cruzaram foi no memorial de seis anos das mortes de Andie e Sal, lembra? Você estava lá. A noite em que Jamie Reynolds desapareceu.

— Então essa foi a última vez que você se lembra de encontrar Jason? — perguntou Hawkins. — No final de abril?

— Isso.

Mais uma anotação no papel pautado à frente, a caneta arranhando, o som viajando até o topo da nuca de Pip. O que ele estava escrevendo? E, naquele momento, Pip não conseguiu se livrar da sensação estranha de que não era Hawkins sentado à sua frente, interrogando-a. Era ela mesma, de um ano atrás. A garota de dezessete anos que achava que a verdade era a única coisa que importava, qualquer que fosse o contexto, que não se preocupava com aquela área cinza sufocante. A verdade era o objetivo e a jornada, assim como era para o detetive Hawkins. Era aquela pessoa que se encontrava sentada à sua frente: seu antigo eu contra quem quer que ela tivesse se tornado. E a nova pessoa tinha que ganhar.

— O número de telefone que você usou para ligar para Christopher Epps — retomou Hawkins, correndo o dedo por uma folha de papel impressa — não é seu número de celular. Nem o número do telefone fixo da sua casa.

— Não. Liguei para ele do telefone fixo da casa da minha amiga.

— E por quê?

— Eu estava lá e tinha perdido meu celular mais cedo naquele dia.

Hawkins se inclinou para a frente, os lábios numa linha apertada enquanto assimilava o que ela tinha acabado de dizer.

— Você perdeu seu celular naquele dia? No sábado, dia 15?

Pip fez que sim.

— Isso — disse em voz alta, para o gravador, como solicitado pelo olhar de Hawkins. — Saí para correr à tarde, e acho que deve ter caído do meu bolso. Não consegui achá-lo. Tenho um novo aparelho agora.

Mais uma anotação na página, mais um arrepio na coluna de Pip. Sobre o que ele estava escrevendo? Ela devia estar no controle, ela devia saber.

— Pip. — Hawkins fez uma pausa, os olhos percorrendo o rosto dela. — Você pode me dizer onde estava entre 21h30 e meia-noite do sábado, dia 15 de setembro?

Pronto. A última informação a ser descoberta.

Algo relaxou no peito de Pip, um pouco mais de espaço para respirar ao redor da arma disparando em seu coração. Uma descarga elétrica em seus ombros, um afrouxamento em sua mandíbula cerrada. Sangue em suas mãos que era apenas suor.

Eles tinham conseguido.

Tinha acabado.

Ela manteve o rosto inexpressivo, mas havia algo efervescente nos cantos da sua boca, um sorriso invisível e um suspiro silencioso.

Hawkins estava perguntando onde ela estava das 21h30 à meia-noite porque essa era a hora estimada da morte. Eles tinham conseguido. Tinham adiado a estimativa em mais de três horas, e ela estava segura. Tinha sobrevivido. E Ravi, e todos a quem ela havia pedido ajuda, eles ficariam bem também. Porque não tinha como Pip ter matado Jason Bell, ela estava em outro lugar aquele tempo todo.

A garota não podia ficar muito ávida para contar a Hawkins, nem parecer muito ensaiada.

— Essa foi a hora em que Jason Bell foi morto? — perguntou ela, para confirmar.

— É, foi.

— Hmm, bem, eu fui para a casa da minha amiga...

— Que amiga?

— Cara Ward e Naomi Ward — informou Pip, observando-o tomar notas. — Elas moram na Hogg Hill. Era onde eu estava quando liguei para Christopher Epps às... que horas você disse?

— Às 21h41 — disse Hawkins, a resposta na ponta da língua.

— Isso, às 21h40 e pouco, e cheguei na casa delas alguns minutos antes, então acho que às 21h30 eu estava indo para lá, dirigindo pela cidade.

— Certo, e quanto tempo você ficou na casa das irmãs Ward?

— Não muito.

— Não?

Ele a observou.

— Não, só ficamos lá por um tempinho antes de decidirmos que estávamos com fome. Então, peguei o carro, e saímos para comer alguma coisa.

Hawkins rabiscou mais anotações.

— Comer? Aonde vocês foram?

— No McDonald's — disse Pip com um sorrisinho constrangido, baixando a cabeça. — Aquele da parada de estrada em Beaconsfield.

— Em Beaconsfield? — Ele mordeu a caneta. — Esse era o lugar mais perto para vocês irem comer?

— Bom, era o McDonald's mais perto, e era isso que a gente queria.

— E que horas vocês chegaram nesse McDonald's?

— Hm... — Pip pensou a respeito. — Eu não estava olhando as horas, ainda mais porque estava sem celular, mas, se a gente saiu da casa delas não muito depois de eu ligar para Epps, então a gente deve ter chegado lá pouco depois das dez, mais ou menos.

— E você que dirigiu? Vocês foram no seu carro?

— Aham.

— Qual é o seu carro?

Pip fungou.

— É um Fusca. Cinza.

— E qual o número da placa?

Ela citou para ele, observando-o anotar e sublinhar.

— Então você chegou ao McDonald's umas dez — disse ele. — Não é um pouco tarde para jantar?

Pip deu de ombros.

— Ainda sou adolescente, fazer o quê?

— Você bebeu nesse período?

— Não — disse ela com firmeza —, porque isso teria sido ilegal.

— Teria mesmo — concordou ele, os olhos voltando para a página de anotações. — E quanto tempo vocês ficaram nesse McDonald's?

— Ah, um bom tempo. Pegamos a comida e ficamos lá por, tipo, uma hora e meia, acho, mais ou menos isso. Depois eu pedi uns sorvetes para tomar no caminho de volta para casa. Posso checar no aplicativo do banco para ver que horas eram, fui eu que paguei pela comida.

Hawkins balançou a cabeça de leve. Ele não precisava ver no celular dela, tinha os próprios métodos para confirmar o álibi de Pip. E então ele a veria na gravação, perfeitamente nítida, na fila, evitando contato visual com a câmera. Dois pagamentos separados feitos com cartão de crédito. Irrefutável, Hawkins.

— Está bem, então você acha que saiu do McDonald's umas 23h30?

— É, eu chutaria que foi por aí. Assim, calculando de cabeça.

— E aonde você foi depois disso?

— Bom, para casa — respondeu, baixando as sobrancelhas, porque a resposta era óbvia demais. — Voltamos para Little Kilton, deixei as irmãs Ward na casa delas e voltei para a minha.

— Que horas você chegou em casa?

— De novo, eu não estava olhando as horas, ainda mais porque estava sem celular. Mas, quando cheguei, minha mãe ainda estava me esperando acordada, e devia ser de madrugada, porque ela fez algum comentário sobre ter passado de meia-noite. É que a gente ia acordar cedo no outro dia.

— E depois? — Ele ergueu o olhar.

— E depois eu fui para a cama. Dormir.

Segura, durante todo o intervalo da hora da morte. Pip conseguia ver as novas linhas enrugadas da testa de Hawkins. É óbvio, ela podia estar mentindo. Talvez fosse o que ele estivesse pensando. Precisaria checar. Mas ela não estava mentindo, não sobre essa parte, e todas as evidências estariam lá, esperando por ele.

Hawkins soltou o ar, estudando o papel à sua frente. Algo o perturbava, Pip conseguia ver em seus olhos.

— Interrogatório pausado às 11h43. — Ele clicou no botão de pausa do gravador. — Só vou pegar um café — disse ele, levantando-se da cadeira, recolhendo as pastas. — Quer um?

Não, não queria. Ela estava enjoada devido à adrenalina, o estômago finalmente desembrulhando agora que enfim sabia que tinha sobrevivido, que tinha ganhado, que Max tinha matado Jason e não tinha como ser ela. Mas não desembrulhou por completo devido ao olhar indecifrável no rosto do detetive. Hawkins estava esperando por uma resposta.

— Quero, por favor — disse ela, embora não quisesse. — Com leite, sem açúcar.

Uma pessoa inocente aceitaria o café, alguém que não tinha nada a esconder, nada com que se preocupar.

— Dois minutos.

Hawkins sorriu para ela, arrastando os pés para fora da sala. A porta se fechou atrás dele, e Pip ouviu o som abafado dos sapatos do detetive seguindo pelo corredor. Talvez ele fosse pegar o café, mas é provável que estivesse entregando aquelas novas informações para outro policial, orientando-o a começar a investigar o álibi dela.

Ela soltou o ar e se recostou na cadeira. Não tinha que atuar mais, ninguém a assistia. Parte dela queria colocar as mãos no rosto e chorar. Berrar. Gritar. Rir. Porque ela estava livre, e tudo tinha acabado. Podia trancar aquele terror a sete chaves e nunca mais libertá-lo. E talvez um dia, dali a alguns anos, ela até se esquecesse disso, ou talvez a vida ficasse mais fácil e a fizesse esquecer da sensação de quase morrer. Só uma vida boa faria isso, pensou ela. Uma vida normal. E talvez, talvez isso fosse possível. Talvez ela tivesse acabado de conquistar uma vida normal de novo.

O celular de Pip vibrou em seu bolso, contra sua perna. Ela o pegou e olhou para a tela.

Uma mensagem de Ravi.

Como está o seu dia?

Eles tinham que ser cuidadosos ao mandar mensagens um para o outro, já que deixavam um registro permanente. A maioria era codificada agora, aparentemente despretensiosa, ou somente marcando um horário para se falar. *Como está o seu dia?* na verdade significava *O que está acontecendo? Funcionou?*. Não para qualquer outra pessoa, mas na linguagem secreta que eles formaram juntos, como o milhão de jeitos diferentes que tinham de dizer *Eu te amo*.

Pip passou para o teclado de emojis. Desceu até encontrar o símbolo de joinha e enviou. O dia dela estava indo bem, obrigada, era um possível significado. Mas o que de fato queria dizer era: *Conseguimos. Estamos seguros*. Ravi entenderia. Ele estaria piscando para a tela do celular naquele exato momento, e então soltando um longo suspiro, o alívio percorrendo seu corpo, mudando a forma como ele se sentava na cadeira, o formato de seus ossos, a sensação de sua pele. Eles estavam a salvo, estavam livres, nunca estiveram lá.

Pip guardou o celular assim que a porta da sala de interrogatório foi aberta. Hawkins entrou de costas para empurrá-la, as mãos ocupadas com duas canecas.

— Aqui. — O policial entregou uma com o escudo do Chelsea para ela.

— Obrigada — disse Pip, juntando as mãos ao redor da caneca e forçando um gole.

Amargo demais, quente demais, mas ela sorriu em agradecimento mesmo assim.

Hawkins não tomou um gole. Ele apoiou a xícara na mesa e a empurrou para longe. Estendeu a mão e apertou um botão no gravador.

— O interrogatório recomeçou às... — o detetive arregaçou a manga para consultar o relógio — ... 11h48.

Ele observou Pip por um momento, e ela o observou. O que mais ele tinha para perguntar? Ela explicara a ligação para Epps e dera a ele seu álibi, o que mais ele poderia querer saber? Pip não conseguia pensar em nada. Tinha esquecido alguma coisa? Não, tinha feito tudo conforme o planejado, não tinha como ela ter esquecido algum detalhe. Nada de pânico, só tome um gole, escute e reaja. Mas, antes disso, ela precisava enxugar as mãos, porque o sangue de Stanley estava de volta.

— Então — retomou Hawkins de repente, uma das mãos batucando na mesa —, esse podcast, essa investigação... Você planeja continuar com isso?

— Eu vejo como meu dever. E, como você disse, quando eu coloco algo na cabeça, gosto de ir até o fim. Sou teimosa.

— Você sabe que não pode publicar nada que dificulte nossa investigação, certo?

— É, eu sei disso. E não vou, não sei de nada. Tudo que tenho por enquanto são teorias vagas e antecedentes. Aprendi recentemente uma lição sobre difamação on-line, então não vou postar nada sem falar "supostamente" ou "de acordo com a fonte tal". E, se eu encontrar algo concreto, venho direto falar com você.

— Ah — disse Hawkins. — Bom, agradeço por isso. Então, como você grava as entrevistas?

Por que ele precisava saber disso? Ou era só conversa fiada enquanto esperava alguma coisa? Um colega investigar o álibi dela? Com certeza aquilo levaria horas.

— Uso um software de áudio. Ou, se for por ligação, tenho um aplicativo que grava.

— E você usa microfones, digamos, quando grava alguém pessoalmente?

— Isso. Microfones com entrada USB no meu notebook.

— Ah, isso é bem inteligente — observou ele.

Pip assentiu.

— Um pouco mais compacto que esse aqui — comentou ela, indicando o gravador com a cabeça.

— Certo. — Hawkins riu. — Deve ser mesmo. E você tem que usar os fones quando entrevista alguém? Ficar ouvindo enquanto grava?

— Bom, sim, coloco meus fones de ouvido no começo para verificar os níveis de som, ver se a pessoa está muito perto do microfone ou se tem ruídos ao fundo. Mas em geral não preciso usá-los durante a entrevista.

— Ah, entendi. E precisam ser fones profissionais, para esse tipo de coisa? Meu sobrinho quer começar um podcast, sabe, e o aniversário dele está chegando.

— Ah, sim. — Pip sorriu. — Hm, não, os meus não são profissionais. São só grandes, com cancelamento de ruído, e cobrem a orelha.

— E dá para usar no dia a dia também? Para ouvir música ou até outros podcasts?

— Aham, eu faço isso — disse ela, tentando entender o olhar de Hawkins.

Por que ele estava falando sobre aquele assunto?

— Os meus têm conexão Bluetooth com o celular — complementou Pip —, é bom para ouvir música enquanto eu corro ou caminho.

— Ah, então é bom para usar no dia a dia?

— É. — Pip assentiu devagar.

— Você diria que usa o seu todos os dias? Não quero comprar algo que ele não vá usar, ainda mais se for caro.

— É, eu uso o tempo todo.

— Ah, que ótimo. — Hawkins sorriu. — Você sabe qual a marca do seu? Dei uma pesquisada na Amazon e tem uns ridículos de caro.

— Os meus são da Sony.

Hawkins assentiu, um lampejo em seus olhos.

— Pretos? — indagou.

— Is-isso — concordou Pip, a voz presa na garganta. Sua mente dava voltas, tentando entender o que estava acontecendo.

Por que ela tinha a sensação de que seu estômago estava despencando? O que ele tinha percebido, e ela não?

— *Manual de assassinato para boas garotas* — disse Hawkins, passando a mão na manga, inquieto. — Esse é o nome do seu podcast, não é?

— É.

— É um bom nome.

— Extravagante — respondeu Pip.

— Sabe, tem só mais uma coisa que eu queria perguntar. — Hawkins se recostou na cadeira, levando a mão até o bolso externo de sua jaqueta. — Você disse que não teve nenhum contato com Jason Bell desde o memorial em abril, certo?

Pip hesitou.

— Certo.

Uma contração na bochecha de Hawkins quando ele olhou para baixo, seus dedos tocando algo volumoso no bolso da calça. Pip havia notado, por fim.

— Então me explique, por favor, por que seus fones de ouvido, que você usa todos os dias, foram encontrados dentro da casa de um homem assassinado com quem você não teve contato em meses.

Ele tirou do bolso um saco transparente com uma faixa vermelha na parte superior, escrito *Evidência*. E, dentro do saco, estavam os fones de Pip. Era incontestável, o adesivo *MABG* que Ravi tinha mandado fazer para ela colado num dos lados.

Eram dela.

Encontrados na casa de Jason Bell.

E Hawkins tinha acabado de fazer Pip admitir isso na gravação.

QUARENTA E SETE

O choque não durou muito tempo antes de o pânico se instalar. Acumulando-se em seu estômago, subindo por sua coluna, rápido como pernas de inseto ou dedos de um homem morto.

Pip encarou os fones de ouvido no saco de evidências e não entendeu. Não, não podia ser. Ela tinha os visto na semana anterior, não tinha? Quando estava editando o áudio da entrevista de Jackie. Não, não, ela não tinha conseguido encontrá-los, achou que Josh os tivesse pegado emprestados de novo.

Não, a última vez que ela os tinha visto tinha sido... *naquele* dia. Ela tirara os fones e os guardara na mochila antes de bater na porta de Nat. Mas então Jason a sequestrara.

— São os seus? — perguntou Hawkins, seu olhar atingindo o rosto de Pip e provocando uma coceira que ela não conseguia ignorar, observando-a para captar o menor indício que fosse.

Ela não podia lhe dar nenhum.

— São parecidos — disse Pip, falando devagar, com segurança, tentando disfarçar o pânico e as batidas rápidas do coração. — Posso ver mais de perto?

Hawkins deslizou o saco de evidências pela mesa, e Pip encarou o aparelho, fingindo analisá-lo, ganhando tempo para pensar.

Jason estava com a mochila dela no carro. Pip tinha conferido o conteúdo antes de ela e Ravi saírem do local do crime, e ela pensou que estava com tudo que tinha levado naquela tarde. E estava, a não ser pelos fones de ouvido. Ela não havia pensado neles porque tinham entrado na mochila depois. Mas onde, quando...?

Não. Aquele doente do caralho.

Jason devia os ter tirado da mochila. Quando a deixou enrolada na fita, ele voltou para casa. Fuçou na mochila dela. Encontrou e pegou os fones. Porque eram seu troféu. O símbolo da sexta vítima. O objeto através do qual reviveria a emoção de matá-la. Os fones eram o troféu dele. Por isso ele os pegara.

Aquele doente do caralho.

Hawkins pigarreou.

Pip levantou a cabeça para encará-lo. Como ela deveria lidar com aquilo? Qual jogada poderia fazer? Havia alguma restante? O detetive a pegara mentindo, com uma ligação direta com a vítima.

Porra.

Porra.

Porra.

— É — respondeu baixinho. — É claro que são os meus. Têm o adesivo.

Hawkins assentiu, e Pip enfim entendeu o que era aquela expressão no olhar dele, e o odiou por isso. Ele a havia encurralado. Ele a tinha capturado. Teceu uma teia que Pip não conseguiu ver até estar enrolada nela, sendo sufocada por ela. Não estava livre, não estava a salvo, não estava livre.

— E por que uma equipe forense encontrou seus fones de ouvido na casa de Jason Bell?

— E-eu... — gaguejou Pip. — Para ser sincera, não faço ideia. Eu não sei. Onde eles estavam?

— No quarto dele. Na primeira gaveta da mesa de cabeceira, para ser mais específico.

— Não dá para entender — disse Pip, e mesmo não sendo verdade, porque ela sabia muito bem o porquê de seus fones estarem lá, como tinham chegado lá.

Mas não conseguiu encontrar outras palavras, porque sua mente estava ocupada testemunhando o plano se partindo em um milhão de pedaços, desmoronando diante de seus olhos.

— Você disse que usa os fones de ouvido todos os dias? *O tempo todo* — declarou ele, repetindo as palavras ditas por ela. — No entanto, você não teve contato com Jason Bell desde abril. Como seus fones chegaram lá?

— Eu não sei — respondeu Pip, se remexendo na cadeira. Não, não se remexa, isso faz com que pareça culpada. Fique quieta, encare-o de volta. — Eu uso o tempo todo, mas não os vi recentemente...

— Defina *recentemente*.

— Sei lá, talvez uma semana ou mais... Não consigo mesmo me lembrar.

— Não? — perguntou Hawkins baixinho.

— Não. — Pip o encarou, mas seus olhos estavam mais hesitantes que os dele.

Sangue em suas mãos, arma em seu coração, bile no fundo de sua garganta e uma gaiola se apertando cada vez mais ao redor de seu corpo, pressionando a pele de seus braços. Pinicando, como a silver tape.

— Estou tão perdida quanto você.

— Você não tem nenhuma explicação para isso? — questionou Hawkins.

— Não, nenhuma. Não percebi que tinham sumido.

— Então eles não devem ter sumido há muito tempo, certo? Talvez há uns nove ou dez dias? Existe a possibilidade de você ter perdido eles no mesmo dia em que perdeu o celular?

Foi aí que Pip soube. O detetive não acreditava nela. Não seguiria o caminho que ela tinha criado para ele. Ela não era mais alguém na periferia do caso, havia uma ligação direta entre ela e Jason. Hawkins havia encontrado a verdadeira Pip, não a que ela tinha planejado que ele encontrasse. Hawkins havia ganhado.

— Não sei mesmo — insistiu Pip, e o terror estava de volta, aquele precipício em sua cabeça, a respiração acelerada, a garganta apertada. — Posso perguntar para a minha família, ver se eles se lembram da última vez em que me viram com os fones. Mas não consigo imaginar como isso aconteceu.

— Certo.

Ela precisava sair dali antes que o pânico tomasse conta de seu rosto e ela não conseguisse mais escondê-lo. Ela tinha que ir... e podia, o interrogatório era voluntário. Não podiam prendê-la. Ainda não. Os fones de ouvidos eram apenas evidências circunstanciais, eles precisariam de mais provas.

— Na verdade, eu tenho que ir agora. Vou sair com a minha mãe para comprar algumas coisas para a faculdade daqui a pouco. Vou me mudar no fim de semana, e ainda não estou com tudo pronto. Deixei para o último minuto, como ela diria. Vou perguntar para a minha família se eles se lembram de quando eu usei os fones pela última vez, e depois eu aviso você.

Ela se levantou.

— Interrogatório finalizado às 11h57. — Hawkins clicou no botão de parar no gravador e também se levantou, pegando o saco de evidências. — Vou com você até lá fora.

— Não — disse Pip, já na porta. — Não precisa se preocupar. Já estive aqui muitas vezes, sei o caminho.

Ela saiu de volta para aquele corredor, para o lugar muito, muito ruim, sangue em suas mãos, sangue em suas mãos, sangue em seu rosto e em todo canto, manchando-a de vermelho enquanto cambaleava para fora da delegacia.

Pip virou o notebook. Os dedos em pânico quase o derrubaram. Uma chave de fenda do kit de ferramentas de seu pai. Ela podia tirar o disco rígido, sabia direitinho como fazer isso, então colocá-lo no micro-ondas até explodir. Se obtivessem um mandado e pegassem seu computador, não seria possível descobrir que ela estivera pesquisando sobre a Cena Verdejante antes de Jason morrer, nem encontrar a segunda conta de e-mail de Andie, nem qualquer conexão de Jason com o Assassino da Silver Tape. O horário da morte era das 21h30 à meia-noite, e ela tinha um álibi, ela tinha um álibi, os fones eram apenas provas circunstanciais e ela tinha um álibi.

Tirou um parafuso antes de a realidade se chocar contra ela, sólida e incontestável, bem no meio de seu peito. Ela estava em negação, mas a voz nos recônditos de sua mente sabia e guiava a verdade para fora, devagarinho.

Tinha acabado.

Pip largou tudo, levou as mãos ao rosto e chorou. Mas o álibi... o plano tinha funcionado, uma última parte dela protestou. Não, não. Ela não conseguia mais pensar daquele jeito, não conseguia lutar, não conseguia ver a luz no fim do túnel. Ela conseguiria, se se tratasse apenas dela, mas Pip não era a única pessoa em risco. Ravi e Cara e Naomi e Jamie e Connor e Nat a ajudaram porque ela havia pedido, porque eles a amavam e ela os amava.

E essa era a questão. Ela os amava, uma verdade simples e poderosa. Pip amava todos eles e não podia levá-los consigo até o fundo do poço.

Essa foi a promessa.

E se era o começo do fim, havia somente uma forma de Pip proteger a todos eles. Ela tinha que se certificar de que fossem removidos da história antes que a verdade fosse descoberta. Ela tinha que criar uma nova narrativa, uma nova versão, um novo plano.

Doeu só de pensar no que aquilo significaria para ela e na vida que ela nunca viveria.

Pip tinha que confessar.

QUARENTA E OITO

— Não, você não vai, porra — disse Ravi para ela, sua voz falhando na linha, a respiração rápida e em pânico.

Pip pressionou o celular com muita força contra o ouvido. Era um de seus celulares descartáveis, ela não confiava no celular de verdade para ter essa conversa. Todos os rastros, todos os vínculos com Ravi.

— Eu preciso — argumentou ela, imaginando o olhar dele, encarando o espaço vazio enquanto as palavras desabavam ao redor deles.

— Eu perguntei inúmeras vezes — falou ele, um lampejo de raiva crepitando em sua voz. — Você disse que conferiu tudo o que estava na mochila. Eu perguntei, Pip! Pedi para você conferir!

— Eu sei, me desculpe, achei que estivesse tudo certo. — Ela piscou, lágrimas se acumulando no canto da sua boca, o estômago em nós ao ouvi-lo falar daquele jeito. — Eu me esqueci dos fones. É minha culpa. É tudo minha culpa, por isso eu preciso confessar, para ser só eu...

— Mas você tem um álibi — lembrou Ravi, e Pip percebeu que ele estava tentando não chorar. — O patologista acha que Jason morreu entre as nove e meia-noite, e você tem um álibi para esse intervalo de tempo. Não acabou, Pip. Os fones são provas circunstanciais, a gente consegue bolar alguma coisa.

— É uma ligação direta entre mim e Jason.

— Podemos criar um novo plano — repetiu Ravi mais alto, falando por cima dela. — É isso o que você sempre faz, o que nós fazemos.

— O Hawkins me pegou mentindo, Ravi. Isso e os fones dão a ele uma causa provável. Quer dizer que ele provavelmente consegue obter um mandado para coletar meu DNA, se quiser. E se nós tivermos deixado passar algum fio de cabelo ou qualquer outra coisa na cena do crime, já era. O plano só funcionaria se nunca houvesse qualquer conexão comigo, apenas de maneira indireta por conta da minha ligação para o Epps naquela noite e do podcast. Acabou.

— Não acabou! — gritou Ravi, e ele estava com medo, Pip conseguia sentir pelo celular, e o sentimento a contagiou, enterrando-se sob sua pele como um ser vivo. — Você está desistindo.

— Eu sei — admitiu ela, fechando os olhos. — Estou desistindo. Porque não posso deixar você acabar no fundo do poço comigo. Nem os irmãos Reynolds, nem as irmãs Ward, nem a Nat. Esse era o acordo. Se o plano desse errado, eu seria a única culpada. Deu errado, Ravi, me desculpe.

— Não deu errado.

Ela ouviu um barulho do outro lado da linha, o som do punho dele socando um travesseiro.

— Funcionou. Funcionou, caramba, e você tem um álibi. Como você vai confessar se estava em outro lugar naquela hora?

— Conto para eles o que eu fiz com o ar-condicionado, o mesmo truque, só que não funcionou tão bem. Seu álibi protege você a partir das 20h15, então talvez eu diga para eles que matei ele às oito, isso deixa você totalmente de fora. Coloquei ele no carro e fui fingir meu álibi com a Cara e a Naomi. Elas não sabiam de nada. Eram inocentes. — Pip enxugou as lágrimas. — Vão parar de investigar se eu fizer isso. Uma confissão é a prova mais prejudicial, sabemos disso por causa do que aconteceu com o Billy Karras. Não vão precisar continuar investigando. Vou contar para Hawkins quem Jason era, o que ele ia fazer comigo. Eu não acho que vão acreditar em mim, a menos que haja alguma evidência comprovando que Jason era o Assassino da Silver Tape, mas talvez haja, em algum lugar. Tem a questão dos troféus. Não posso dizer que foi legítima defesa, ainda mais com tudo o que fiz para encobrir, mas talvez um bom advogado consiga mudar a acusação para homicídio culposo, e eu poss...

— Não! — interrompeu Ravi, com desespero e fúria. — Você vai ficar na cadeia por décadas, talvez sua vida inteira. Não vou deixar isso acontecer. Max matou Jason, não você. Ainda existem muito mais evidências que apontam para ele do que para você. Podemos dar um jeito nisso, Pip. Ainda pode ficar tudo bem.

Doía demais ouvi-lo falar daquele jeito. Como ela seria capaz de se despedir de Ravi quando ele estivesse na frente dela? Suas costelas apertaram mais ainda o coração, comprimindo-o, quando ela pensou em não poder mais ver Ravi todos os dias, apenas em visitas quinzenais sentados a uma mesa de metal fria, com guardas vigiando para se certificar de que eles não se encostariam. Aquilo não era uma vida, não a que ela queria para si mesma nem para ele.

Pip não sabia o que dizer, não conseguia consertar as coisas.

— Eu não quero — disse Ravi baixinho. — Não quero que você vá.

— Se eu tiver que escolher entre nós dois, eu escolho você — sussurrou ela.

— Mas eu escolho você também.

— Passo aí para dar adeus antes de ir. — Ela fungou. — Vou ter um último jantar normal com a minha família. Me despedir, embora eles não saibam ainda. Só um último momento de normalidade. Então passo aí para me despedir de você. E depois eu vou.

Silêncio.

— Está bem — cedeu Ravi, por fim, a voz mais grossa, e havia algo em seu tom que Pip não reconheceu.

— Eu te amo — disse ela.

A ligação foi encerrada, os últimos toques soando nos ouvidos de Pip.

QUARENTA E NOVE

— Joshua, coma suas ervilhas.

Pip sorriu ao ver o pai falando em tom de advertência, os olhos arregalados de maneira cômica.

— É que eu não gostei delas hoje — reclamou Josh, que brincava com as ervilhas no prato e balançava os pés debaixo da mesa, atingindo os joelhos da irmã.

Em geral, Pip diria para ele parar, mas, daquela vez, não se incomodou. Era a última vez, em uma hora cheia de últimas vezes, e ela não desperdiçaria momento algum. Analisou-os e gravou-os em seu cérebro para fazer as lembranças durarem décadas. Precisaria delas.

— Só porque fui *eu* que fiz, e eu não uso um quilo de manteiga — disse a mãe, lançando um olhar penetrante para o pai.

— Sabe — Pip se dirigiu a Josh, ignorando o próprio prato —, dizem que ervilhas melhoram o desempenho de jogadores de futebol.

— Não melhoram, não — rebateu Josh em sua voz de *Tenho dez anos, não sou idiota*.

— Não sei, não, Josh — ponderou o pai. — Lembre-se de que sua irmã sabe de tudo. E, com isso, eu quero dizer *tudo mesmo*.

— Hmm. — Josh olhou para o alto, pensativo. Virou-se para Pip, analisando-a com a mesma intensidade por vários motivos diferentes. — Ela sabe de muita coisa, isso é verdade, pai.

Bem, antes ela achava que sabia, desde fatos inúteis até como sair impune após cometer um assassinato. Mas estava errada, e um equívoco mínimo tinha feito tudo desmoronar. Pip se perguntou como a família falaria dela dali a alguns anos. Será que seu pai se gabaria dela, diria a todos que não havia nada que sua picles não soubesse? Ou ela iria se tornar um tabu, um assunto que não deveria ser mencionado além dessas quatro paredes? Um segredo vergonhoso, trancado dentro de casa como um fantasma. Será que Josh inventaria desculpas quando a família fosse visitá-la, para não precisar dizer a seus amigos o que ela era? Talvez ele até fingisse que nunca teve uma irmã. Pip não o culparia se fosse algo que ele precisasse fazer.

— Mas ainda não gosto dessas ervilhas — prosseguiu Josh.

A mãe de Pip deu um sorriso exasperado, compartilhando um olhar com a filha, do outro lado da mesa, que dizia com todas as letras: *Garotos, né?*

Pip piscou de volta para ela: *Nem me diga.*

— Pip vai sentir falta da minha comida, não vai? — perguntou a mãe. — Quando for para a faculdade.

— Aham. — Pip assentiu, lutando contra o nó na garganta. — Vou sentir saudade de muita coisa.

— Mas vai sentir mais saudade do seu pai fabuloso, né? — questionou o pai, dando uma piscadela para ela do outro lado da mesa.

Pip sorriu. Dava para sentir os olhos pinicando, as lágrimas vindo.

— Muito fabuloso — concordou, e então pegou o garfo e baixou a cabeça a fim de esconder os olhos marejados.

Um jantar normal em família, só que não. Mas nenhum deles sabia que aquilo era, na verdade, um adeus. Pip tivera tanta sorte. Por que não tinha parado para pensar nisso antes? Ela devia ter agradecido todos os dias. E agora teria que abrir mão de tudo. De todos eles. Ela não queria. Ela queria lutar contra aquilo, estava enfurecida. Não era justo. Mas era a coisa certa a se fazer. Pip não acreditava mais em bem ou mal nem em certo ou errado, essas palavras não tinham mais sentido, eram vazias, mas ela sabia o que tinha que fazer. Max Hastings continuaria livre, porém todas as pessoas com quem ela se importava também. Seria uma concessão, uma troca.

A mãe de Pip estava ocupada listando tudo que elas precisavam resolver antes de domingo, todas as coisas que ainda precisavam comprar.

— Você ainda não comprou um novo jogo de cama.

— Posso levar um velho, não tem problema — disse Pip.

Ela não gostava daquele assunto, planos para um futuro que nunca aconteceria.

— Só estou surpresa por você ainda não ter começado a fazer as malas. Você costuma se organizar tanto.

— Andei ocupada.

Agora era Pip quem brincava com as ervilhas no prato.

— Com esse novo podcast? — perguntou o pai. — Horrível, né, o que aconteceu com o Jason.

— É, horrível — concordou Pip baixinho.

— O que aconteceu com ele? — quis saber Josh, que estava ligadíssimo na conversa.

— *Nada* — respondeu a mãe de modo incisivo.

E foi isso, acabou. A mãe pegou os pratos vazios e quase vazios e levou-os até a pia. O lava-louças soltou um suspiro ao ser aberto.

Pip se levantou e não teve certeza do que fazer. Ela queria abraçar todos juntos e chorar, mas não podia, porque senão precisaria contar a eles a coisa horrível que havia feito. Mas como poderia ir embora sem isso? Talvez só um, talvez só Josh.

Ela o agarrou quando ele desceu da cadeira e o envolveu em um abraço rápido, disfarçado de lutinha, carregando-o e jogando-o no sofá.

— Sai de cima de mim! — Ele riu, chutando a irmã.

Pip pegou a jaqueta e precisou se forçar a se afastar deles, caso contrário ela nunca iria. Dirigiu-se à porta da frente. Seria aquela a última vez em que ela passaria pela porta? Seria ela uma mulher de quarenta, cinquenta anos na próxima vez que voltasse ali? As marcas de expressão daquela noite em seu rosto, gravadas nela para sempre. Ou será que nunca voltaria para casa?

— Tchau — disse ela, a voz presa na garganta, um buraco negro no peito que talvez nunca desaparecesse.

— Aonde você vai? — A mãe esgueirou a cabeça para fora da cozinha. — Fazer alguma coisa para o podcast?

— Isso. — Pip deu de ombros e enfiou os pés nos sapatos, sem encarar a mãe, porque doía demais.

A garota se arrastou até a porta. Não olhe para trás, não olhe para trás. Ela a abriu.

— Eu amo vocês! — gritou, mais alto do que pretendia, para encobrir a voz que falhava.

Então fechou a porta atrás de si, a batida isolando-a, separando-a deles. E foi bem a tempo, porque já estava chorando, soluços tão fortes que era difícil respirar enquanto destrancava o carro e se sentava no banco do motorista.

Pip chorou copiosamente nas mãos, contando até três. Só se permitiu três segundos. E então precisava ir. Para a casa de Ravi. Ela estava partida, mas o próximo adeus a dilaceraria.

Ligou o carro e dirigiu, pensando em todas as pessoas de quem não conseguiria se despedir: Cara, Nat, os irmãos Reynolds, Naomi. Mas eles entenderiam, eles entenderiam por que ela não podia.

Pip desceu a High Street, virou na Gravelly Way e seguiu em direção ao Ravi e ao adeus que ela nunca quis dar. Estacionou em frente à casa dos Singh, lembrando-se da garota ingênua que tinha batido naquela porta há tanto tempo, que havia se apresentado para Ravi dizendo que não achava que o irmão dele era um assassino. Tão diferente da pessoa parada ali naquele momento, e ainda assim elas sempre teriam algo em comum: Ravi. Ele era a melhor coisa que havia ocorrido a Pip, à garota que ela era e à que ela havia sido.

Mas algo estava errado, Pip notou. Não havia nenhum carro na garagem. Nem o de Ravi, nem o dos pais dele. Ela bateu na porta mesmo assim. Encostou a orelha no vidro para escutar. Nada. Bateu o punho na madeira várias vezes até doer, sangue invisível pingando dos nós de seus dedos.

Abriu a caixa de correio embutida na porta e gritou o nome dele. A voz o procurou por tudo que era canto. Ravi não estava lá. Pip havia avisado que viria, por que ele não estava lá?

Aquele tinha sido o fim, pelo celular? Sem um último adeus, frente a frente, olho no olho? Sem enfiar o rosto naquele lugar onde o pescoço e o ombro dele se encontravam, que ela considerava o seu lar? Sem se agarrar a ele e se recusar a soltar, a desaparecer?

Pip precisava daquilo. Ela precisava daquele momento para seguir em frente. Mas talvez Ravi não precisasse. Ele estava bravo com ela. E a última coisa que Pip ouviria dele antes de todas as suas conversas serem através de um telefone da cadeia seria aquele "Está bem" estranho e o clique de quando ele tinha encerrado a ligação. Se Ravi estava pronto, então ela também precisava estar.

Aquilo não podia esperar. Ela precisava contar para Hawkins antes que a polícia fosse longe demais na investigação e encontrasse qualquer relação com as pessoas que ajudaram Pip. A confissão era como ela os salvaria, como ela salvaria Ravi, embora ele a odiasse por isso.

— Adeus — disse Pip para a casa vazia, deixando-a para trás, o peito estremecendo no caminho de volta para o carro. E, tanto o carro quanto ela se afastaram dali.

A garota virou na rodovia e deixou Little Kilton para trás no espelho retrovisor. Parte dela queria voltar e ficar para sempre com seu grupinho, com as pessoas que ela conseguia contar nos dedos, e a outra parte queria queimar tudo atrás dela. Ver tudo acabar em chamas.

Sentia-se entorpecida e agradeceu àquele buraco negro em seu peito por levar a dor embora, deixando a dormência se espalhar conforme dirigia para Amersham, em direção à delegacia e ao lugar muito, muito ruim. Estava focada no trajeto, não pensava no que viria depois, havia apenas o carro e os dois faróis amarelos que atravessavam a noite.

    Pip seguiu a via rápida pelo túnel e virou na esquina, as árvores escuras se aproximando dela. Faróis vieram em sua direção, do outro lado da rua, e o carro passou com um ruído baixo. Havia um segundo conjunto de faróis mais à frente, mas algo estava errado. Eles piscavam rapidamente para ela, fazendo com que o mundo desaparecesse entre os flashes. O carro se aproximava cada vez mais. A buzina soou em um padrão de três: *forte-fraco-forte*.

    Ravi.

    Era o carro do Ravi, Pip percebeu ao passar por ele, vendo as últimas três letras da placa pelo retrovisor.

    Ele diminuiu a velocidade atrás dela, manobrando o carro de um jeito perigoso para virar.

    O que ele estava fazendo? O que estava fazendo *ali*?

    Pip deu seta e saiu da rodovia, seguindo para uma rua próxima, até um portão que a impedia de entrar num velho posto de gasolina meio demolido. Seus faróis ficaram vermelhos, iluminando grafites no prédio branco em ruínas enquanto ela abria a porta e saía.

    O carro de Ravi estacionara atrás do dela. Pip tapou a vista com o braço para não ser cegada pelo brilho dos faróis e enxugou os olhos vermelhos.

    Ele mal tinha parado o carro quando saiu.

    Estavam só os dois, não havia mais ninguém por perto, apenas o ruído baixo dos carros que passavam pela rodovia, rápidos demais para prestar atenção neles. Só os dois e a grama e as árvores e o prédio caindo aos pedaços atrás deles. Frente a frente, olho no olho.

    — O que você está fazendo? — gritou Pip em meio ao vento escuro.

    — O que você está fazendo? — gritou Ravi de volta.

    — Indo para a delegacia — respondeu ela, confusa quando Ravi começou a balançar a cabeça, dando um passo em sua direção.

— Não está, não — disse ele, a voz grave, enfrentando o vento.

Os pelos se arrepiaram nos braços de Pip.

— Estou, sim — insistiu ela, e estava implorando, era isso que era aquele som.

Por favor, aquela já era a coisa mais difícil de todas. Mas pelo menos agora ela o vira antes de ir.

— Não está, não — rebateu Ravi, mais alto, ainda balançando a cabeça. — Acabei de vir de lá.

Pip ficou paralisada, tentando decifrar o rosto dele.

— Como assim você acabou de vir de lá?

— Acabei de passar na delegacia, fui falar com Hawkins! — gritou ele por sobre o som de outro carro que passava.

— O quê?! — Pip o encarou, e o buraco negro em seu peito cuspiu tudo de volta: o pânico, o terror, o pavor, a dor, o arrepio em suas costas. — Do que você está falando?

— Vai ficar tudo bem! — exclamou Ravi para ela. — Você não precisa confessar. Você não matou o Jason. — Ele engoliu em seco. — Já resolvi o problema.

— Você o quê?

A arma disparou no peito dela seis vezes.

— Eu resolvi o problema. Falei para Hawkins que fui eu, o lance dos fones.

— Não, não, não, não. — Pip deu alguns passos para trás. — Não, Ravi! O que você fez?

— Está tudo bem, vai ficar tudo bem.

Ravi foi para a frente, tentando alcançá-la.

Pip se afastou das mãos dele.

— Por que você fez isso? — perguntou ela, a garganta apertando as palavras e partindo-as ao meio. — O que exatamente você falou para ele?

— Falei que pego seus fones emprestado direto, às vezes sem pedir. Que eu devo ter levado eles quando passei na casa da família

Bell para me encontrar com Jason numa tarde algumas semanas atrás. No dia 12, eu disse. Sem querer, acabei deixando os fones lá.

— Cacete, e por que você teria ido ver o Jason? — gritou Pip, sua mente se afastando de Ravi, empurrando seus pés para trás, quase contra o portão.

Não, não, não, o que ele havia feito?

— Porque eu queria conversar com ele sobre uma ideia que eu tive, de criar algum tipo de bolsa de estudos em nome da Andie e do Sal, um projeto de caridade. Fui mostrar umas ideias para o Jason, levei algumas coisas que eu tinha imprimido, e aí os fones devem ter caído da minha mochila. Nós estávamos na sala, sentados no sofá.

— Não, não, não — sussurrou Pip.

— Jason gostou da ideia, mas disse que não tinha tempo para se envolver, e ficou nisso, mas eu devo ter deixado os fones lá. Acho que Jason os encontrou e não percebeu que eram meus. Foi o que eu falei para Hawkins.

Pip cobriu os ouvidos com as mãos, como se assim pudesse fazer tudo aquilo desaparecer.

— Não — repetiu ela tão baixo que a palavra era apenas uma vibração na parte de trás de seus dentes.

Ravi finalmente a alcançou. Ele afastou as mãos dela de seu rosto, segurando-as em suas próprias. Com firmeza, como se estivesse a ancorando a si.

— Está tudo bem, eu resolvi o problema. O plano ainda está valendo. Você não matou o Jason. Foi o Max. Não tem mais nenhuma ligação direta entre vocês. Você não teve contato com Jason desde abril, e Hawkins não pegou você mentindo. Fui eu que deixei os fones lá. Você não sabia de nada. Quando me contou sobre o interrogatório hoje, percebi que tinha sido eu quem tinha entrado em contato com Jason e deixado os fones lá. Então eu fui para a delegacia explicar as coisas. Foi o que aconteceu. Hawkins acreditou em mim, ele vai acreditar em mim. Ele me perguntou onde eu estava na noite do dia 15, e respondi que estava em Amersham com o meu primo, listei todos os lugares aonde eu fui. Cheguei em casa pouco antes da meia-noite. Um álibi irrefutável, imbatível, como nós planejamos. E sem conexão alguma com você. Vai ficar tudo bem.

— Não queria que você tivesse feito isso, Ravi! — exclamou ela.
— Não queria que você falasse com ele nem que precisasse usar seu álibi, nunca.

— Mas você está a salvo — disse ele, os olhos brilhando no escuro. — Agora você não tem que ir embora.

— Mas *você* não está seguro! Você acabou de se envolver diretamente no caso. Antes, conseguimos deixar você afastado de tudo isso, mas agora... e se Dawn Bell estava em casa no dia 12? E se ela disser que você está mentindo?

— Não posso perder você. Eu não ia deixar você confessar. Fiquei sentado na cama depois da sua ligação e fiz o que eu sempre faço quando estou nervoso ou com medo ou na dúvida quanto a alguma coisa. Eu me perguntei: o que a Pip faria nesse caso? Então, foi o que eu fiz. Bolei um plano. Foi algo irresponsável? Provavelmente. Corajosa a ponto de ser imprudente, essa é você. Mas considerei as possíveis ramificações e não pensei demais. Agi, como você faz. É o que você teria feito, Pip. — Ele respirou fundo, os ombros subindo e descendo. — É o que você teria feito, e você sabe que teria feito isso por mim. Somos um time, lembra? Você e eu. E ninguém vai tirar você de mim, nem você mesma.

— Porra! — gritou Pip para o vento, porque o namorado estava certo e errado, e ela estava feliz e arrasada.

— Vai ficar tudo bem. — Ravi a envolveu dentro da própria jaqueta, aconchegante mesmo quando não deveria ser. — Foi minha escolha, e eu escolhi você. Você não vai para lugar algum — reforçou ele, a respiração passando pelo cabelo dela.

Pip permaneceu ali, observando a rodovia escura por cima do ombro de Ravi. Piscando devagar, o buraco negro no peito tentando alcançá-la. Ela não tinha que ir embora. Não tinha que se tornar aquela mulher de cinquenta anos que olharia para a antiga casa de sua família após décadas e a acharia menor do que se lembrava, de alguma forma, porque havia se esquecido da casa, ou a casa havia se esquecido de Pip. Não teria que ver todo mundo com quem se importava levar uma vida sem ela, conversando com eles do outro lado de uma mesa de metal a cada poucas semanas, visitas cada vez mais espaçadas à medida que suas vidas avançavam e os resquícios de Pip ficavam cada vez mais fracos até ela enfim desaparecer.

Uma vida, uma vida de verdade, uma vida normal ainda era possível. Ravi a havia salvado, havia mesmo, e, ao fazer isso, ele se amaldiçoou.

Já não havia escolha, não tinha como recuar.

Ela precisava avançar sem medir esforços até o fim.

Sem dúvida.

Sem piedade.

Sangue nas mãos e uma arma no coração e o plano.

Quatro cantos opostos. Ela e Ravi em um. O Assassino da Silver Tape em outro. Max Hastings de frente para eles, e o detetive Hawkins diante do AST.

Uma última luta entre os cinco, e eles precisavam vencer. Porque Ravi estava envolvido também.

Pip apertou-o com mais força, trouxe-o mais para perto, sua orelha no peito dele para ouvir seu coração, porque ela ainda estava ali e ainda podia fazer isso.

Ela fechou os olhos e fez uma promessa silenciosa para Ravi, porque ele a havia escolhido, e ela o havia escolhido: os dois se safariam disso.

CINQUENTA

A cidade fervia com burburinhos, crepitava com eles. Era o tipo de cochicho silencioso feito para ser ouvido, e ficavam ainda mais altos nos ouvidos de Pip.

Não é horrível?
— Gail Yardley, passeando com o cachorro.

Tem alguma coisa muito errada com essa cidade. Não vejo a hora de sair daqui.
— Adam Clark, perto da estação.

Alguém já foi preso? Um primo seu conhece alguém da polícia, não é?
— Sra. Morgan, em frente à biblioteca.

Dawn Bell veio na loja semana passada e não parecia lá muito triste... Será que ela tem algo a ver com isso?
— Leslie da Co-Op.

Pip teve duas conversas sussurradas, mas não ao ar livre onde todos pudessem ouvir. A portas fechadas, e em voz baixa mesmo assim.

A primeira foi com Nat, na quarta-feira, as duas sentadas na cama de Pip.

— Um policial me ligou. O detetive Hawkins. Sobre as investigações relacionadas à morte do Jason Bell. Ele me perguntou se eu tinha batido na porta do Max Hastings na noite do dia 15 e se eu tinha dado um soco na cara dele.

— E aí? — perguntou Pip.

— Respondi que eu não fazia ideia do que ele estava falando nem por que ele insinuaria que eu, de bom grado, iria à casa de alguém que me estuprou e me colocaria numa situação em que eu estivesse sozinha com ele.

— Bom, isso é bom.

— Falei que eu estava na casa do meu irmão desde as oito e pouco da noite. Dan já estava bêbado e praticamente dormindo no sofá quando cheguei, então ele vai confirmar isso também.

— Bom.

Isso era bom. Significava que Hawkins já devia ter interrogado Max pelo menos uma vez, provavelmente uma segunda depois de pegar os dados de seu celular, pedindo novamente para ele explicar onde estava na noite em que Jason morreu. Max responderia que ficou sozinho em casa a noite toda, que adormeceu cedo e que Nat da Silva tinha batido na porta dele. Mas Hawkins já tinha os dados do celular dele, e sabia que Max não estava em casa, podia ver as ligações que tinham passado por uma torre de celular que o colocava no local do crime, então havia pegado Max mentindo, várias vezes.

Havia outra coisa não dita pairando entre Pip e Nat. Era o cadáver de Jason Bell. Nat nunca poderia perguntar e Pip nunca poderia responder, mas a amiga devia saber pela expressão em seus olhos. E ainda assim Nat não desviou o olhar de jeito nenhum. Ela sustentou o olhar de Pip e Pip sustentou o dela, e embora nunca pudesse ser dito, houve um entendimento. Max matou Jason, não ela. Outro vínculo secreto que as unia.

A segunda conversa de Pip foi com Cara no dia seguinte, sentada à mesa da cozinha da casa das irmãs Ward depois de receber uma mensagem: *você pode vir para cá?*

— O detetive perguntou para mim e para a Naomi onde nós estávamos na noite do dia 15, se estávamos com você. Então respondi que sim, e contei que horas nós tínhamos saído e chegado, e aonde fomos. Falei que foi só uma noite normal, e estávamos com fome, só isso. Mostrei para ele as fotos e os vídeos no meu celular também. Ele me pediu para mandar tudo para ele.

— Obrigada — disse Pip, a palavra inadequada e frágil.

Aquele mesmo olhar estava no rosto de Cara também. Ela devia ter descoberto quando as notícias sobre Jason foram divulgadas, o que mais podia ser? Ela e Naomi deviam ter olhado uma para outra e deduzido, tenham elas dito em voz alta ou não. Mas havia algo inabalável nos olhos de Cara, uma confiança entre elas, e mesmo que isso a tivesse testado, não a havia partido. Cara Ward, mais irmã que amiga, sua constante, seu apoio, e aquela expressão familiar em seu rosto ajudou a soltar o nó na garganta de Pip. Ela não sabia se teria aguentado se Cara tivesse olhado para ela de forma diferente.

E essa foi outra coisa boa. Hawkins estava verificando o álibi de Pip. Ele tinha confirmado com as testemunhas e devia estar levando aquilo adiante, com solicitações das imagens das câmeras de trânsito em busca do trajeto que o carro de Pip fizera naquela noite. Talvez ele já tivesse visto as gravações do McDonald's, as cobranças no cartão dela e as horas em que foram feitas. Viu só, Hawkins, ela estivera mesmo onde disse que estivera, a quilômetros de distância na hora em que Jason foi morto.

Uma terceira conversa, que foi mais uma discussão com seus pais.

— Como assim você não vai no domingo? — A mãe estava de queixo caído.

— Assim: eu não vou. Posso perder a primeira semana da faculdade, as aulas só começam na outra semana. Não posso ir ainda, preciso acompanhar o desenrolar disso. Estou fazendo algo relevante aqui.

O pai dela, que raramente gritava, tinha gritado. Por horas. Ao que parecia, aquela era a pior coisa que Pip já havia feito com ele.

— Acho que precisam de mim para encontrar o assassino, e vocês estão me dizendo que passar uma semana bêbada é mais importante?

Ela recebeu um olhar furioso em resposta.

— Se eu perder qualquer trabalho, coloco em dia. Sempre coloco. Por favor, confiem em mim. Preciso que vocês confiem em mim.

Da mesma forma que Ravi tinha confiado nela, e Pip não podia sair da cidade sem saber se tinham conseguido. Sem piedade, ela iria para cima deles com tudo, essa era a última luta. Pip tinha fornecido tudo para a polícia: colocou Max na cena do crime durante o período estimado da hora da morte usando a torre de celular, deixou fios de cabelo dele no local, suas pegadas, imagens da câmera de trânsito do carro dele se afastando depois de provocar um incêndio, sangue na manga do moletom na casa dele e na lama endurecida debaixo dos tênis. Talvez não tivessem encontrado tudo ainda, mas ela estava prestes a lhes dar mais uma coisa: o episódio número um. Pip pretendia amarrar a narrativa toda, fornecer o motivo. O histórico dessa cidade, o que aconteceu com Andie e com Becca. Hostilidade entre os dois homens, um desentendimento confirmado por testemunhas, um indício de orgulho ferido, uma briga que talvez tenha ido longe demais. Câmeras de segurança na casa desse indivíduo com certeza o defenderiam se ele não tivesse nada a esconder. A entrevista com Jackie já tinha levado a algum lugar, mas Pip precisava ir além.

O pior que poderiam fazer era dizer para ela tirar o episódio do ar e parar de interferir, mas o estrago já teria sido feito, a semente já teria sido plantada. Ela não podia nomear o suspeito e não precisava, Hawkins saberia de quem ela estava falando, e isso era só para ele. Ele era o único ouvinte que importava. Pip ia construir o caso contra Max para Hawkins nunca tentar construir um contra ela.

41.29MB de 41.29MB carregados

▰▰▰▰▰▰▰▰▰▰▰▰▰▰▰▰▰▰▰▰▰▰▰▰▰▰▰▰

Manual de assassinato para boas garotas: Quem matou Jason Bell?
3ª Temporada, Episódio 1 carregado com sucesso no SoundCloud.

CINQUENTA E UM

Mais um jogo, mais uma corrida entre seu coração e as batidas dos seus tênis, num ritmo descompassado. Pip deixou que o som lhe preenchesse, só um pé na frente do outro, tirando o foco da sua mente. Talvez, se corresse rápido o bastante, até dormisse aquela noite. Era o dia em que ela devia ir para a cama numa cidade diferente, mas Little Kilton ainda não a deixara ir.

A garota não devia estar olhando para os pés, devia prestar atenção aonde estava indo. Não tinha pensado nisso, nem precisara, era apenas um dos seus trajetos habituais, seu circuito. Uma rua fluindo para a outra, e ela seguindo sem pensar.

Foi só quando ouviu a comoção de vozes e veículos que ela ergueu o olhar e percebeu para onde estivera correndo. Para a Tudor Lane, mais ou menos na metade, a caminho da casa da família Hastings.

A casa estava em seu devido lugar, mas havia algo novo ali que chamou sua atenção. Estacionadas do lado de fora da propriedade, projetando-se para a rua, estavam três viaturas e duas vans oficiais, com um xadrez em tons vivos de amarelo e azul nas laterais.

Pip seguiu em frente, seus olhos a atraindo cada vez mais para perto, até que ela pudesse ver um grupo de pessoas que entravam e saíam pela porta da frente, vestidas em trajes de plástico branco que cobriam da sola dos pés até o topo das cabeças. Máscaras no rosto e luvas de látex azuis nas mãos. Uma carregando um grande saco de papel pardo até a van estacionada, alguém vindo com outro logo atrás.

Uma equipe forense.

Uma equipe forense fazendo uma busca na casa do Max.

Pip desacelerou até parar, seu coração batendo mais rápido que os pés, atirando-se contra suas costelas ao observar o caos ordenado das pessoas embrulhadas em plástico. Ela não era a única espectadora. Vizinhos estavam parados nas beiradas de suas garagens, os olhos arregalados, murmurando atrás das mãos um para o outro. Uma van branca encontrava-se estacionada do outro lado da rua e, ao redor, havia mais pessoas. Um homem tirava fotos do local, outro estava com uma câmera grande apoiada no ombro e a apontava para a residência dos Hastings.

Era isso. Era isso. Ela não podia sorrir, não podia chorar, não podia deixar qualquer reação transparecer no rosto além de uma leve curiosidade, mas era isso. O começo do fim. Seu coração repeliu aquele buraco negro no peito enquanto ela observava.

Um policial uniformizado com um colete fluorescente amarelo estava parado ao lado de uma das viaturas, conversando com duas pessoas: um homem e uma mulher. O homem lançava palavras acaloradas ao policial, a voz alta sendo carregada pelo vento. Eram os pais de Max, de volta da Itália com seus bronzeados fortes e caros. Pip o procurou, mas Max não estava lá. Tampouco o detetive Hawkins.

— Isso é ridículo! — bradou o pai de Max, pegando o celular, seus movimentos brutos e raivosos.

— Sr. Hastings, já lhe mostraram o mandado de busca assinado. Não deve levar muito mais tempo. Se o senhor puder se acalmar...

O sr. Hastings girou nos calcanhares e levou o celular à orelha.

— Epps! — gritou.

O policial também virou, a atenção ainda no sr. Hastings. Pip ficou de costas antes que ele pudesse vê-la no fim da rua, o cabelo esvoaçando atrás dela, os tênis raspando na calçada.

Talvez o policial a reconhecesse, e ela não deveria ser vista ali. Tinha que se manter às margens daquilo.

Elevou os calcanhares e voltou a correr para o lugar de onde veio. Mais um jogo, mais uma corrida, e agora ela estava vencendo.

Não demoraria muito, não era possível. Haviam emitido um mandado de busca para a casa. Vasculhariam o local e encontrariam o moletom manchado de sangue e os tênis com ziguezague nas solas no quarto de Max. Talvez Pip até os tivesse visto sendo carregados dentro daqueles dois sacos de papel pardo. Se tinham um mandado para a casa, era possível que também tivessem um para pegar amostras do DNA de Max e verificar se era o mesmo dos fios de cabelo loiro encontrados na mão do cadáver de Jason e no rio do sangue dele. Talvez Max estivesse fazendo isso agora.

Ela virou a esquina, sua concentração não mais nos próprios pés, mas no céu cinzento e agitado. Os resultados do teste de DNA podiam levar vários dias para chegarem do laboratório, contendo a análise do sangue nas roupas de Max e dos fios de cabelo encontrados no corpo de Jason. Porém, assim que os resultados saíssem, Hawkins não teria escolha. As evidências eram esmagadoras. Peças se deslocando num tabuleiro, jogadores se encarando, cada um no próprio canto.

Pip acelerou o passo, num ritmo mais rápido e mais pesado, e conseguiu sentir o fim logo atrás de si, prestes a alcançá-la.

Nova Mensagem

De: mariakarras61@hotmail.com
Para: podcastMABG@gmail.com
11h39

Assunto: algumas novidades!

Oi, Pippa!

Espero que esteja bem! Pelo episódio que você acabou de lançar, vi que encontrou o caso para a sua terceira temporada, ou melhor, ele encontrou você. Que tragédia, e coitado do sr. Bell! Espero de verdade que você encontre quem fez isso com ele.

Entendo perfeitamente por que este caso teve prioridade sobre a investigação do caso do Billy e do Assassino da Silver Tape, mas recebi algumas novidades hoje de manhã e achei que você gostaria de saber. Pelo visto, o caso do Billy está sendo reavaliado! Algumas evidências novas vieram à tona. Não sei todos os detalhes ainda, mas parece que é algo importante: uma amostra de DNA ou impressão digital. Por isso todos estão interessados de repente. Eu me pergunto se finalmente identificaram a digital encontrada em Melissa Denny, a segunda vítima.

Tenho certeza de que essas coisas levam tempo, mas um advogado do Innocence Project entrou em contato com o Billy para entrar com uma ação na Comissão de Revisão Criminal a fim de anular a condenação dele. Então, parece que a polícia acredita que encontrou o verdadeiro Assassino da Silver Tape, ou pelo menos encontraram evidência o suficiente para que a condenação de Billy não seja mais considerada "justa" — essa é a terminologia, dei uma pesquisada.

Enfim, tudo muito emocionante por aqui, e com certeza vou continuar atualizando você. Talvez eu até passe o Natal com meu filho aqui em casa!

Obrigada por acreditar em mim e no Billy.

Abraços,
Maria Karras

CINQUENTA E DOIS

Pip deslizou o dedo na tela do computador, parando na última linha do e-mail.

Obrigada por acreditar em mim e no Billy.

Ela acreditara neles porque Pip deveria ter sido a sexta vítima do Assassino da Silver Tape e, de certa forma, sempre seria. A partir do instante em que Jason a sequestrou, não havia dúvidas de que um homem inocente estava na cadeia. Mas *o plano* havia se esquecido de Billy. A sobrevivência e a vingança tinham virado o foco, assim como proteger Ravi e os outros que fizeram parte do plano. Mas Billy precisava ser salvo de Jason Bell tanto quanto ela, e Pip o havia abandonado, colocando-o em segundo plano. Ela podia ter feito algo, não podia? O plano só funcionava se ela não soubesse que Jason Bell era o Assassino da Silver Tape e não tivesse nada a ver com ele, mas ela podia ter pensado em algo.

O que levou a mais uma constatação, provocando uma sensação desanimadora e pesada: Pip achava que não haveria nenhuma evidência significativa de que Jason Bell era o Assassino da Silver Tape. O que tinha duas implicações. Primeira: ela abandonaria Billy Karras para sempre, se salvaria e o enterraria nos recônditos da sua mente. E a segunda: nada disso precisava ter acontecido. Talvez Pip pudesse ter continuado a andar por aquelas árvores, o carro de Jason parado na Cena Verdejante atrás dela, até ter encontrado uma estrada, encontrado uma casa, encontrado alguém e um telefone. Talvez Hawkins não acreditasse nela mesmo assim, mas pode ser que ele investigasse. Talvez tivesse encontrado a mesma evidência que eles e que serviria para respaldar a palavra de Pip, e Hawkins acabaria agindo antes que Jason tivesse a oportunidade de atacar de novo. Ele iria para trás das grades e Billy estaria livre, com a força do testemunho de Pip.

Mas não foi isso o que aconteceu. Era a bifurcação no caminho por onde ela não seguira.

Pip fizera uma escolha diferente, parada na escuridão daquelas árvores. Não foi um acidente, nem instinto, nem legítima defesa. Ela viu ambos os caminhos e fez uma escolha. Ela voltou.

E talvez aquela outra Pip naquela outra vida diria que ela tinha feito a escolha certa. Ela havia confiado naqueles que nunca confiaram nela e funcionou. Tinha salvado a si mesma para se salvar, talvez ela já estivesse consertada, Time Ravi e Pip seguindo em frente, levando uma vida normal.

Mas a Pip desta vida também poderia dizer que fez a escolha certa. A morte era a única forma de se certificar de que o Assassino da Silver Tape nunca mais mataria ninguém. E, nesse caminho, Max Hastings também seria preso. Dois pássaros, uma cajadada só. Dois monstros e o círculo de garotas mortas ou mortas por dentro que eles criaram. Um morto, um preso para o resto da vida, se o plano funcionasse. Desaparecidos, sem ninguém mais para procurá-los. Talvez assim fosse melhor, quem sabe?

De qualquer forma, havia algo que Pip poderia fazer para consertar aquele erro, para não esquecer Billy Karras. A mãe dele talvez estivesse certa. Quando analisaram o corpo do Jason e acrescentaram suas impressões digitais no banco de dados, elas poderiam ter sido associadas àquele ponto de interrogação que restara no caso do Assassino da Silver Tape. Talvez a um resultado de DNA presente nas cenas de crime do AST que a polícia havia descartado no passado. E havia os troféus. Pip encontrara três, mais dois ao olhar para a velha foto impressa da família Bell que havia fixado em seu quadro do assassinato um ano atrás. Um colar de ouro com um pingente de moeda que pertencera a Phillipa Brockfield ao redor do pescoço de Dawn Bell. Dois pontos reluzentes nas orelhas de Becca: brincos de ouro rosé com pedras verde-claras. Os mesmos brincos que ela ainda usava. Pertenceriam a Julia Hunter.

Pip desejou poder mandar uma mensagem para Becca de alguma forma, explicar tudo o que havia acontecido, contar sobre aqueles brincos, porque o Assassino da Silver Tape ainda tinha controle sobre ela enquanto estivessem em suas orelhas. Revivendo o momento em que matou essas mulheres sempre que olhava para a esposa e as filhas.

A polícia fizera uma busca na casa do Jason. Se encontraram e coletaram os fones de ouvido de Pip, talvez tivessem encontrado os troféus das outras vítimas. A escova de cabelo roxa da Andie, o colar que Dawn Bell usava, o relógio Casio de Bethany Ingham, os chaveiros de Tara Yates.

E, se ainda não tivessem encontrado os troféus, Pip poderia guiar Hawkins até eles. Na verdade, só teria que mostrar a foto.

Além disso, Pip tinha acesso à conta de e-mail secreta de Andie e àquele rascunho não enviado. Aquele e-mail (as palavras que acabaram não sendo as últimas de Andie, mas pareciam ser) seria o golpe final contra Jason Bell. Levaria a polícia à conexão de Andie com H, também. Pip precisaria mudar a senha da conta para algo mais discreto do que sua temporária *AssassinodaSilverTaper 6*. Ela fez isso, mudando para *TimeAndieeBecca*. Achou que Andie gostaria mais disso.

A polícia podia ter uma impressão digital, mas Pip poderia dar a eles todo o restante, reforçar o caso contra Jason Bell para além de qualquer dúvida. Dessa forma, quando a condenação de Billy fosse anulada, não o levariam a um novo julgamento com a evidência exculpatória. Descartariam as acusações na mesma hora. Deixariam Billy finalmente ir para casa. Pip devia isso a ele.

E, se todos soubessem quem Jason Bell de fato era, Pip não teria mais que ouvir as pessoas dizerem como foi horrível o fato de alguém tê-lo matado.

Pip praticou no espelho, a voz seca, sem ter sido usada o dia inteiro.

— Oi, detetive Hawkins, desculpe, sei que você deve estar muito ocupado. É só que... bem, como você sabe, estive investigando o passado do Jason Bell como parte da minha pesquisa para tentar encontrar quem pode tê-lo matado. Vendo a empresa dele, seus relacionamentos pessoais etc. E, sei lá... — Ela fez uma pausa, um olhar de desculpas no rosto, os dentes cerrados. — Encontrei algumas conexões preocupantes com outro caso. Não queria incomodar você com isso, mas acho mesmo que você deveria dar uma olhada.

A silver tape e a corda que pegaram da Cena Verdejante Ltd e a conexão da empresa com os locais de despejo dos corpos. A gravação da antiga entrevista de Pip com Jess Walker sobre um alarme de segurança que disparou nas instalações na mesma noite em que Tara Yates e Andie Bell morreram. O nome de usuário do e-mail secreto de Andie e a senha recém-definida. Uma foto da agenda escolar na mesa de Andie, com a escova de cabelo roxa ao lado. E, na foto de família, o colar e os brincos.

— Becca ainda os usa. Sei porque tenho visitado ela. Talvez seja coisa da minha cabeça, mas não são idênticos aos que o Assassino da Silver Tape pegou da Julia Hunter como troféu?

A voz em sua cabeça que se parecia com a de Ravi disse para ela não fazer isso. Era provável que o próprio Ravi concordasse que ela deveria tentar não chamar mais atenção para si mesma. Mas Pip tinha que fazer isso por Billy, pela mãe dele e para que a outra Pip naquela outra vida (a que fez a outra escolha) não estivesse certa.

Pip reuniu tudo de que precisava para libertar um homem e saiu.

O mesmo trajeto de novo, para a delegacia em Amersham, mas dessa vez Pip seguiu até o fim. E não havia mais nenhum buraco negro em seu peito, apenas determinação, apenas raiva e medo e determinação. Sua última chance de acertar tudo. Salvar Billy, enfrentar Hawkins, destruir Jason Bell e Max Hastings, salvar Ravi, se salvar, levar uma vida normal. O fim era o começo, e os dois estavam se aproximando.

Ela parou numa vaga vazia no estacionamento, estudou seus olhos no retrovisor e abriu a porta.

Pip levou a mochila ao ombro com tudo dentro e bateu a porta do carro, o som reverberando na tarde tranquila de quinta-feira.

Mas não estava mais tranquila quando Pip caminhou até o prédio de tijolinhos, o lugar muito, muito ruim. Pneus cantaram no concreto atrás dela, muitos deles, o som se arrastando até parar.

Pip ficou imóvel perto das portas automáticas e olhou para trás.

Três veículos tinham acabado de parar perto da entrada. Um carro-patrulha amarelo e azul na frente, seguido por um SUV sem identificação e mais uma viatura atrás.

Dois policiais uniformizados que Pip não conhecia saíram do primeiro veículo, um deles falando no rádio preso ao ombro. As portas do carro-patrulha de trás foram abertas, e delas saíram os policiais Daniel da Silva e Soraya Bouzidi. A boca de Daniel ficou tensa numa linha severa quando seus olhos encontraram os de Pip.

A porta do lado do motorista do carro preto sem identificação se abriu, e o detetive Hawkins emergiu, a jaqueta verde almofadada fechada até o pescoço. Ele não notou Pip parada logo ali, a seis metros dele, quando foi até a porta traseira do carro, abriu-a e se inclinou.

Pip viu as pernas primeiro, depois os pés balançando até o concreto, em seguida as mãos algemadas na frente do corpo enquanto Hawkins o puxava para fora do carro.

Max Hastings.

Max Hastings preso.

— Eu estou falando, vocês cometeram um grande erro — disse ele para Hawkins. Sua voz tremia, e naquele momento Pip não soube se era de ódio ou medo. Esperava que fosse o último. — Eu não tive nada a ver com isso, não sei...

Max parou de falar quando seus olhos pálidos seguiram em direção à delegacia e encontraram Pip parada ali, agarrando-se a ela. A respiração dele ficou mais pesada, os olhos se arregalaram, sombrios.

Hawkins não percebeu, gesticulava para Soraya e um dos outros policiais se aproximarem.

Não viram o que estava prestes a acontecer. Pip também não. Num movimento rápido e trêmulo, Max arrancou seu braço de Hawkins, empurrando-o para o chão. Ele se afastou dos oficiais, voando pelo estacionamento, tão rápido que ela não teve tempo de piscar.

Max colidiu com Pip, pressionando as mãos algemadas no pescoço dela, empurrando-a para trás contra o prédio de tijolinhos. A cabeça dela bateu na parede com um estalo.

Gritos e um tumulto atrás deles, mas Pip só conseguia ver o lampejo dos olhos de Max a centímetros dos dela. As mãos dele se apertaram ao redor do seu pescoço, as pontas dos dedos pareciam queimar a pele dela.

Ele mostrou os dentes, e ela revidou mostrando os seus próprios.

— Você fez isso! — vociferou ele em sua cara, cuspe voando. — Você deu algum jeito de fazer isso!

Ele a empurrou com mais força, raspando a cabeça de Pip nos tijolos.

Ela não lutou contra ele. Suas mãos estavam livres, mas ela não o afastou. Só piscou os olhos e sussurrou baixinho, assim apenas Max ouviria:

— Você tem sorte por eu não ter matado você também.

Max rugiu para ela, o grito de um animal encurralado, o rosto com manchas vermelhas, veias feias saindo dos olhos.

— Sua filha da puta... — gritou ele, batendo a cabeça dela bem no instante em que Hawkins e Daniel o alcançaram, arrastando-o para longe de Pip.

Um embate, Max no chão, chutando-os enquanto os outros policiais se aproximavam correndo.

— Ela fez isso! — berrou Max. — Não fui eu. Eu não fiz nada. Sou inocente!

Pip tocou a parte de trás de sua cabeça: não havia sangue. Não havia sangue em suas mãos.

— Não fui eu!

Eles o colocaram em pé de novo.

Max virou o rosto na direção dela e, por um momento fugaz, estava com as feições que deveria ter: olhos estreitos e violentos, boca escancarada, medonha e larga, rosto inchado e deformado. Ali estava ele: o perigo, despido de todo o fingimento, de todo o disfarce.

— Ela fez isso de algum jeito! Foi ela! Ela é doida pra cacete!

— Levem-no para dentro! — bradou o detetive Hawkins por cima das falas de Max, orientando Soraya e os outros dois policiais que meio arrastavam, meio carregavam um Max relutante pelas portas automáticas da recepção. Antes de segui-los, Hawkins se voltou para Pip, apontando para a garota. — Você está bem? — perguntou sem fôlego.

— Estou. — Pip assentiu.

— Certo. — Ele assentiu também, então correu para dentro do prédio, seguindo o som dos gritos selvagens de Max.

Alguém deu uma fungada atrás de Pip, e ela se virou, sua atenção indo para a pessoa. Era Daniel da Silva, endireitando seu uniforme, que ficou amarrotado e torto onde Max o havia puxado.

— Desculpe — disse ele, com a respiração pesada. — Está tudo bem? Parecia que ele estava pegando pesado com você.

— Ah, não, tudo certo. Só um galo na cabeça, vou ficar bem. Meu pai diz que tenho um cérebro grande demais, de qualquer forma, então posso me dar ao luxo de perder um pouco dele.

— Certo. — Dan fungou de novo, com um sorrisinho triste.

— Max Hastings — disse Pip baixinho, uma pergunta escondida atrás do nome.

— É.

— Ele está sendo acusado? — perguntou ela, os dois observando a porta da frente. Os ruídos abafados da voz de Max escaparam dali. — Por assassinato?

Daniel fez um gesto afirmativo com a cabeça.

Algo pressionava Pip, uma sombra pesada em seus ombros, apertando seu peito. Mas, enquanto observava a cabeça de Daniel ir para cima e para baixo, a sensação finalmente a soltou. Estavam acusando Max pelo assassinato do Jason. Seu coração bateu rápido contra as costelas, mas não era por terror, era por outra coisa, algo próximo à esperança.

Acabou, ela havia ganhado. Quatro contra quatro e ali estava ela, ainda de pé.

— Aquele merdinha — sussurrou Dan, trazendo Pip de volta para o momento presente no lugar muito, muito ruim. — Não conte para ninguém que eu disse isso, mas... o Jason Bell era como um pai para mim, e *ele*... — Daniel parou, encarando as portas de vidro que tinham engolido Max por completo. — Ele...

Daniel enxugou os olhos, tossiu em seu punho.

— Sinto muito — disse Pip, e não era mentira.

Ela não sentia muito por Jason estar morto, nem um pouquinho, também não sentia muito por ter matado ele, mas sentia muito por Daniel. Pip pensara que ele era violento três vezes diferentes, estivera convencida sem sombra de dúvida de que ele era o Assassino da Silver Tape. Mas ele não era, era só mais uma alma flutuando naquela área cinzenta, nos lugares errados nas horas erradas. E outra percepção lhe ocorreu, pesada e desanimadora, como todas pareciam ser nos últimos tempos: Jason Bell tinha usado Daniel. Ele era o motivo pelo qual Dan virara policial para começo de conversa. Jason o convencera a fazer isso, o apoiou durante o treinamento. Becca havia contado tudo isso para Pip no ano passado, e agora ela entendia tudo aquilo. Não era porque Jason via Daniel como o filho que nunca teve. Não, era porque ele queria uma forma de conseguir informações sobre o caso do Assassino da Silver Tape. Um ponto de entrada para a polícia e para a investigação. E todas as perguntas sobre o AST que fizeram os outros policiais prestarem mais atenção no Daniel tinham vindo, na verdade, de Jason. Do interesse dele no caso, através do Daniel. Era isso, era isso o que Andie quis dizer quando falou que seu pai era "praticamente um deles". Ele o usou. Jason Bell não tinha sido como um pai para Daniel, assim como não fora um pai para Andie nem Becca.

Pip podia contar isso para Daniel. Ela podia avisá-lo sobre as informações que surgiriam sobre Jason em breve, as ligações dele com o Assassino da Silver Tape. Mas olhou para o sorrisinho triste no rosto dele, a pele vermelha ao redor dos olhos, e não podia fazer isso, não queria ser a responsável por tirar isso dele. Ela já havia tirado o suficiente.

— É — disse Daniel, distraído, observando a entrada quando alguém passou pelas portas, que sibilaram nos batentes.

Era o detetive Hawkins.

— Daniel — chamou ele —, você poderia...?

Ele gesticulou para a delegacia com o polegar.

— Sim, senhor — disse Daniel, com um rápido aceno de cabeça, aprumando-se e desaparecendo dentro das portas automáticas.

Hawkins foi até Pip.

— Você está bem? — perguntou de novo. — Preciso chamar a assistência médica? Sua cabeça...?

Ele estreitou os olhos para ela.

— Não, tudo bem. Estou bem.

— Desculpe. — Ele tossiu sem jeito. — Foi culpa minha. Ele não estava resistindo antes disso. Eu não esperava que ele... Eu devia ter prestado atenção. Culpa minha.

— Tudo bem. — Pip deu um sorriso tenso para ele, sem mostrar os dentes. — Não tem problema.

O silêncio entre eles parecia denso e fervilhante.

— O que você está fazendo aqui? — perguntou Hawkins por fim.

— Ah, vim falar com você sobre um assunto.

— Certo...

Ele a encarou.

— Sei que você anda ocupado, é óbvio. — Ela se virou por um instante para as portas da delegacia. — Mas acho que deveríamos conversar lá dentro. Preciso mostrar algumas coisas para você, coisas que encontrei na minha pesquisa. São importantes, eu acho.

Os olhos de Hawkins pousaram nos dela. Pip o encarou de volta, não seria ela a desviar.

— Sim, claro, tudo bem — respondeu ele, olhando rapidamente para trás. — Você me dá dez minutos?

— Pode ser. Vou esperar aqui.

Hawkins inclinou a cabeça, afastando-se dela.

— Então, foi ele? — Pip dirigiu a pergunta para a nuca de Hawkins. — Max matou Jason Bell?

Ele parou e deu meia-volta, os sapatos pretos polidos sibilando no concreto. Um pequeno movimento de cabeça, não exatamente um aceno de concordância.

— As evidências são esmagadoras — disse ele.

Seus olhos se voltaram para os dela, circulando, como se analisassem sua reação. Pip não fez nada, seu rosto permaneceu indiferente. O que ele esperava que ela fizesse: sorrisse? Lembrasse-o de que estivera certa desde o início, à frente dele mais uma vez?

— Que bom, então — disse ela. — As evidências, quer dizer. Sem dúvidas...

— Vai ter uma coletiva de imprensa hoje mais tarde.

— Está bem.

Hawkins fungou.

— Preciso...

Ele deu um passo para trás em direção às portas automáticas, ativando os sensores.

— Claro, vou esperar aqui.

Hawkins deu outro passo, e então parou, balançando a cabeça com uma risadinha.

— Acho que se algum dia você se envolvesse em algo assim — comentou ele, um sorriso ainda no rosto —, saberia direitinho como se safar.

Ele a observou, e algo despencou no estômago de Pip, mas continuou indo mais e mais para baixo, arrastando-a para as profundezas. Os pelos de sua nuca se arrepiaram.

Um lampejo de sorriso no rosto dela, para combinar com o dele.

— Bom — retrucou ela, com um dar de ombros —, ouvi muitos podcasts de *true crime*.

— Certo. — Hawkins deu uma risada rápida, estudando os próprios sapatos outra vez. — Certo. — Um aceno de cabeça. — Procuro você quando eu terminar.

Ele voltou para a delegacia, e Pip o observou ir, e isso era o silvo das portas se fechando ou o barulho vindo de dentro de sua própria cabeça?

CINQUENTA E TRÊS

A voz dele foi tudo o que Pip ouviu pela segunda noite consecutiva, enquanto encarava as sombras escuras no teto, conferindo-lhes formas em sua mente conforme Hawkins falava. Ela mantinha os olhos bem abertos para que não pudessem ser fechados com silver tape. A arma disparando em seu coração.

Acho que se algum dia você se envolvesse em algo assim, saberia direitinho como se safar.

Em sua cabeça, Pip fez as palavras subirem e descerem como ele havia feito, colocando a mesma entonação nas mesmas sílabas.

Hawkins não tocou no assunto de novo quando ele e Pip se sentaram na Sala de Interrogatório 1 e ela lhe mostrou sua pesquisa sobre o Jason, entregou as fotos e as informações de login da conta de e-mail da Andie. Ele contou para ela, de maneira indireta, que já haviam encontrado aquela conexão com o Assassino da Silver Tape e estavam investigando, mas que as informações que ela trouxera eram úteis, obrigado. Ele apertou a mão de Pip antes de observá-la ir embora. Mas será que a mão dele tinha se demorado um pouco sobre a dela? Como se estivesse tentando sentir alguma coisa?

Pip pensou na frase outra vez, dita na voz dele, analisando-a de todos os ângulos, refletindo sobre cada pausa e respiração.

Era só uma piada, na superfície. Mas ele não havia dito como se fosse uma piada. Havia gaguejado, incerto, ofegante pelo riso para tirar o veneno da fala.

Ele sabia.

Não, não era possível. Pegaram o assassino. Hawkins não tinha evidências, e ela tinha um álibi.

Certo, bem, se o detetive não sabia, então havia uma pequena parte dele (pequenininha, até mesmo minúscula, uma parte que ele podia trancar nos recônditos da própria mente), que tinha lá suas dúvidas. Era ridículo, nem fazia sentido. Pip tinha um álibi irrefutável de estar em outro lugar, e as provas que tinham contra Max eram categóricas. Mas seriam categóricas demais? Um pouco fácil demais e malfeito demais?, perguntou a vozinha interior de Hawkins. Uma suspeita persistente na qual ele não sabia se podia confiar. Por isso ficou estudando os olhos dela, procurando vestígios dessa dúvida.

Max fora preso e acusado, e a polícia voltou a investigar o caso do Assassino da Silver Tape. Billy Karras seria solto. Pip tinha sobrevivido. Ela estava livre e a salvo, assim como todos com quem se importava. Ravi tinha rido e chorado e a apertado forte demais quando ela contou para ele. Mas... mas se aquilo era vencer, por que não era essa a sensação que ela tinha? Por que Pip ainda estava despencando?

Procuro você quando eu terminar, disse Hawkins para ela em sua mente. Ela sabia o que aquilo tinha significado na hora, que ele a procuraria para conversar quando terminasse de registrar Max. Mas não era esse o significado no eco na mente de Pip. Era uma promessa. Uma ameaça. *Procuro você quando eu terminar.*

Ele sabia ou não, suspeitava ou não, ele pensou e pensou demais e balançou a cabeça e voltou ao assunto. Não importava como: de alguma forma, a ideia estava na cabeça dele, fosse minúscula ou não, mesmo se parecesse ridícula e irracional. Estava lá. Hawkins a havia deixado entrar por um segundo, e Pip a viu plantada ali.

Ela e Hawkins, os últimos combatentes de pé, encarando-se de cantos opostos. Ele não havia percebido a verdade antes, com Sal Singh e Andie Bell, nem com o desaparecimento do Jamie Reynolds.

Mas Pip havia crescido e mudado, e talvez Hawkins também tivesse. E aquele pensamento, aquela dúvida pequenininha escondida no recôndito da mente dele, era a ruína dela.

Pip chorou e chorou até se esvaziar, porque ela sabia. Não poderia descansar, não poderia ter uma vida normal, aquilo que ela mais queria, acima de tudo. O único motivo para ter feito tudo isso. Era esse o preço que ela teria que pagar. Passou horas conversando consigo mesma, confabulando cenários, perguntando *ses* e *quandos*, e só encontrava uma maneira de passar por isso, uma forma de manter todos a salvo dela. Mais um plano.

Ela sabia o que precisava ser feito. Mas colocar aquilo em prática a mataria por dentro.

CINQUENTA E QUATRO

O sol iluminou os olhos dele ao se voltar para ela, os raios de luz atravessando a copa das árvores. Ou talvez fosse o contrário, considerou Pip, talvez os olhos de Ravi iluminassem o sol. Um sorriso torto brotou no rosto dele.

— Sargento? — disse Ravi baixinho, pisando nas folhas caídas do bosque Lodge, o crepitar distinto e brando, um som de aconchego, começos e fins.

— Desculpe. — Pip o alcançou, andando no ritmo dos pés dele. — O que você falou?

— Eu perguntei... — ele a cutucou nas costelas — ... que horas seus pais vão levar você amanhã? — Ele esperou. — Para Cambridge? — lembrou ele. — Alô? Tem alguém aí?

— Ah, hã, acho que cedo — disse Pip, balançando a cabeça para voltar ao momento presente. — A gente deve sair lá para as dez.

Ela não sabia como prosseguir, como formular aquilo, sequer como começar. Não havia palavras para a dor que reverberava nela, atravessava seu peito enquanto suas costelas cediam. Ossos quebrados e sangue em suas mãos, e uma dor que era pior que tudo isso.

— Legal. Passo lá um pouco antes para ajudar seu pai a colocar as coisas no carro.

Os lábios de Pip ameaçaram falar, mas sua garganta apertou, impedindo-a. Ravi não viu, abrindo caminho pela floresta, fora da trilha. *Explorando*, diria ele, Time Ravi e Pip no meio da natureza.

— Quando eu posso visitar você? — perguntou Ravi sem olhar para trás, abaixando-se sob um galho e segurando-o para ela. — A princípio eu ia no próximo fim de semana, então que tal o outro, depois dele? Podíamos sair para jantar ou algo do tipo.

Não dava, não dava para ela fazer isso. Pip não conseguia dar mais um passo atrás dele.

Seus olhos transbordaram, lágrimas caindo rápidas e pesadas, um nó no peito que nunca iria embora.

— Ravi — chamou a garota baixinho.

Ele percebeu na voz dela. Deu meia-volta, os olhos arregalados, as sobrancelhas abaixadas.

— Ei, ei. — Ele voltou, deslizando as mãos pelos braços dela. — O que foi? O que aconteceu?

Ravi a puxou para si num abraço, uma das mãos na parte de trás da cabeça dela, segurando-a contra seu peito.

— Não. — Pip se afastou, dando um passo para trás. Seu corpo parecia estar se afastando de si mesma em direção a ele, preferindo o garoto. — Ravi, é que... Você não pode ajudar a colocar as coisas no carro amanhã de manhã. Não pode me visitar em Cambridge. Não pode, a gente não pode... — A voz dela falhou, partida ao meio pelo estremecimento em seu peito.

— Pip, o que você...

— Esta é a última vez — anunciou ela. — É a última vez que podemos nos ver.

O vento brincava por entre as árvores, soprando o cabelo no rosto dela, fios grudando nas lágrimas.

A luz desapareceu dos olhos de Ravi, escurecidos pelo medo.

— Do que você está falando? Não, não é — rebateu ele, a voz aumentando, lutando contra o assobio das árvores.

— É o único jeito. O único jeito de manter você a salvo de mim.

— Não preciso ficar a salvo de você. Já acabou. Conseguimos. Max foi acusado. Estamos livres.

— Não estamos. — Pip chorou. — Hawkins sabe, ou ao menos suspeita. Aquilo que ele me falou do lado de fora da delegacia. A desconfiança está plantada na cabeça dele.

— E daí? — indagou Ravi, ficando bravo. — Não interessa. Acusaram Max, a polícia tem todas as evidências. Não tem nada contra você. Hawkins pode pensar o que ele quiser, não importa.

— Importa, sim.

— Por quê? — gritou Ravi, a voz desesperada e áspera. — Por que importa?

— Porque sim! — A voz de Pip também aumentou, embargada de lágrimas. — Porque não acabou. Nós não pensamos nisso até o fim. Tem que haver um julgamento primeiro, Ravi. Um júri de doze pessoas deve considerar Max culpado sem qualquer dúvida razoável. E aí, sim, terá acabado, de verdade, e nós estaremos livres. Hawkins não vai ter motivo para continuar investigando. É quase impossível anular uma condenação, basta olhar as estatísticas, o que aconteceu com Billy Karras. Só então estaremos livres.

— É, e é isso o que vai acontecer.

— Não temos certeza disso. — Ela fungou, enxugando o rosto com a manga. — Ele já se livrou uma vez. E se o júri achar que Max não é culpado, o que acontece? O caso volta para a polícia para ser investigado uma segunda vez. Eles precisam de um assassino. E quem você acha que vai ser a primeira pessoa que o detetive Hawkins vai investigar se Max for considerado inocente? Serei eu, Ravi, ele vai vir atrás de mim e de todos que me ajudaram. Porque essa é a verdade e esse é o trabalho dele.

— Não! — gritou Ravi.

— Sim. — A respiração de Pip tremeu. — Se o julgamento der errado, já era para mim. E não vou acabar com a sua vida, nem com a dos nossos amigos.

— Essa escolha não é sua! — exclamou ele, a voz falhando, os olhos se enchendo de lágrimas.

— É, sim. Você foi até o Hawkins falar sobre os fones, então está vinculado ao caso. Mas eu sei como tirar você dessa.

— Não, Pip, não vou ouvir você.

Ele baixou os olhos.

— Se o veredito do Max for inocente, se a polícia algum dia vier conversar com você sobre isso, diga a eles que eu obriguei você a falar aquilo.

— Não.

— Que eu pressionei você. Ameacei você. Fiz você assumir a culpa pelos fones de ouvido para me salvar. Você suspeitava do que eu tinha feito com o Jason. Estava com medo de morrer.

— Não, Pip. Para de falar!

— Você foi coagido, Ravi — implorou ela. — Essa é a palavra que você tem que usar. Coagido. Você estava com medo de morrer se não fizesse o que eu mandasse.

— Não! Ninguém vai acreditar nisso!

— Faça com que acreditem! — gritou ela de volta. — Você tem que fazer eles acreditarem.

— Não. — Lágrimas transbordaram dos olhos de Ravi, alcançando seus lábios. — Não quero. Não quero isso.

— Diga a eles que não tivemos nenhum contato desde que eu fui para Cambridge. Vai ser a verdade. Você se afastou de mim. Não nos falamos, não nos vimos, não houve nenhuma comunicação. Mas você ainda estava com medo do que poderia acontecer se contasse a verdade para a polícia. Com medo do que eu faria com você.

— Cala a boca, Pip. Para com isso.

Ravi chorou, cobrindo o rosto com as mãos.

— Não podemos nos ver. Não podemos ter nenhum contato, do contrário, a justificativa da coação não vai funcionar. A polícia vai verificar o histórico dos nossos celulares. Precisa parecer que você está com medo de mim. Então não podemos mais ficar juntos — concluiu ela, e a coisa presa em seu peito se partiu, provocando mil cortes.

— Não. — Ravi soluçou nas mãos. — Não, não pode ser. Tem que haver outro jeito de nós... — As mãos dele caíram para os lados, um brilho de esperança surgindo no olhar. — Podemos nos casar.

— O quê?

— Podemos nos casar — repetiu, dando uma fungada trêmula e um passo na direção dela. — Privilégio conjugal. Não teriam como nos obrigar a depor um contra o outro se fôssemos coacusados. Podemos nos casar.

— Não.

— Podemos, sim — disse ele, a esperança crescendo em seus olhos.

— Não.

— Por que não? — questionou Ravi, o desespero de volta na voz, a esperança sumindo num piscar de olhos.

— Porque você não matou um homem, Ravi. Eu matei! — Pip pegou a mão dele, entrelaçando os dedos com os dele, lugar onde pertenciam, e segurando firme. — Isso não vai fazer com que você esteja a salvo, casar só vai criar um vínculo entre nós dois e entre você e o que quer que aconteça comigo. Se chegar a esse ponto, talvez nem precisem do nosso depoimento para nos colocar na cadeia. Seria inaceitável. Você acha que o Sal ia querer isso para você? Acha que ele ia querer que todos pensassem que você participou do assassinato de alguém, da mesma forma que acharam que ele era um assassino?

— Para — disse Ravi, apertando a mão dela com força. — Para de tentar fazer com que eu...

— Não é só você — retomou ela, apertando de volta. — É todo mundo. Cara, Nat, Connor... Preciso me afastar de todo mundo com quem eu me importo, de todos que me ajudaram. Para protegê-los. Até da minha família. Não posso deixar a polícia pensar que me ajudaram ou foram cúmplices de qualquer forma, isso não pode acontecer. Preciso me isolar de todo mundo, ficar sozinha até o julgamento. E até depois, se o júri...

— Não — interrompeu ele, mas o tom de briga já havia sumido de sua voz, as lágrimas rolando cada vez mais rápido.

— Eu sou uma bomba-relógio, Ravi. As pessoas que eu amo não podem estar perto de mim quando o tempo acabar. Você, em especial.

— *Se* o tempo acabar — disse ele.

— *Se* — concordou ela, estendendo a mão para secar uma das lágrimas dele. — Até o julgamento. E, se for a nosso favor, se o júri considerar Max culpado, aí poderei recuperar tudo. Minha vida. Minha família. Você. Podemos nos reencontrar, prometo. Se você ainda quiser.

Ravi pressionou a mão dela contra o próprio rosto.

— Isso pode demorar vários meses. Até anos. É um caso de assassinato, pode levar anos para ter um julgamento.

— Então esse é o tempo que eu preciso esperar. — Pip chorou. — E se, depois da espera, o júri decidir que Max é inocente, você vai dizer para Hawkins que foi coagido. Nunca esteve no local do crime, não sabia com certeza se eu tinha matado o Jason, mas eu fiz você contar a ele sobre os fones de ouvido. Eu obriguei você. Diga, Ravi.

— Fui coagido — falou ele baixinho, sua expressão se partindo. — Não quero isso. — Ele soluçou, a mão tremendo na dela. — Não quero perder você. Não me importo, não ligo para o que pode acontecer, não quero deixar de ver você, ficar sem falar com você. Não quero esperar o julgamento. Eu te amo. Eu não aguento… Eu não aguento. Você é a minha Pip, e eu sou o seu Ravi. Somos um time. Não quero isso.

Pip se aconchegou nele, enfiando o rosto no lugar onde pertencia, na base do pescoço de Ravi. Seu lar, mas em breve não poderia ser mais. A cabeça dele tombou no ombro dela, e Pip a manteve lá, a mão correndo pelo cabelo dele, que deslizava entre seus dedos.

— Também não quero isso — disse ela, e doeu tanto que Pip sentiu que não conseguia respirar.

Nada curaria isso. Nem o tempo. Nem a distância. Nada.

— Eu te amo tanto — sussurrou ela. — É por isso que tem que ser assim, por isso que preciso ir e não voltar. Você teria feito o mesmo por mim, você sabe que teria feito.

As mesmas palavras ditas por Ravi quando ele a salvara, assim como a salvara naquele depósito, sem saber. Havia chegado a vez de Pip salvá-lo de volta, e essa era a escolha dela. Ela sabia, sem sombra de dúvida, que era a coisa certa a se fazer. Talvez suas outras escolhas não tivessem sido acertadas, talvez todas as decisões até aquele momento tivessem sido erradas ou ruins, os caminhos não percorridos e as outras vidas possíveis. Essa escolha foi a pior de todas, a que mais doeu, mas era a certa, era boa.

Ravi chorou forte no ombro dela, e Pip acariciou o cabelo dele, lágrimas silenciosas rolando por suas bochechas.

— Tenho que ir — disse ela, por fim.

— Não! Não! — Ravi a agarrou com mais força, não a soltou, enterrando o rosto no casaco dela. — Não, não vai — implorou ele. — Por favor, não me deixa. Não vai.

Mas um deles tinha que ser o primeiro a ir embora. O primeiro a dar o último olhar. O primeiro a dizer aquelas palavras pela última vez.

Tinha que ser ela.

Pip se afastou de Ravi, soltando-o. Ela ficou na ponta dos pés e pressionou a testa contra a dele, do jeito que ele sempre fazia com ela. Desejou poder tirar metade da mágoa dele. Pegar metade de tudo ruim e deixar espaço para algo bom.

— Eu te amo — disse ela, dando um passo para trás.

— Eu te amo.

Ela olhou nos olhos dele, e ele fez o mesmo.

Então Pip se virou e foi embora.

Ravi ficou destruído atrás dela, chorando alto por entre as árvores, o vento carregando seus soluços até ela, tentando puxá-la de volta. Ela seguiu em frente. Dez passos. Onze. Seu pé hesitou no passo seguinte. Ela não podia fazer aquilo. Não podia ser a última vez. Pip olhou para trás, por cima do ombro, por entre as árvores. Ravi estava de joelho nas folhas, o rosto escondido, chorando nas mãos. Doeu mais do que qualquer outra coisa vê-lo daquele jeito, e o peito dela se abriu, tentando levá-la de volta para abraçá-lo, tirar toda a dor dele e deixá-lo fazer o mesmo com a dela.

Ela queria voltar. Queria correr até ele, atirar-se nele, fazer parte do Time Ravi e Pip e nada mais. Dizer para ele que o amava de todas aquelas formas secretas que eles tinham criado, ouvi-lo falar todos aqueles apelidos que inventava para ela em sua voz suave. Mas não podia, não era justo. Ele não podia ser a pessoa dela, e ela não podia ser a dele por enquanto. Pip tinha que ser a pessoa mais forte, a que se afastava quando nenhum dos dois queria a separação. A que escolhia.

Pip olhou para ele uma última vez, depois desviou a atenção, encarando à frente. Seu caminho estava embaçado, os olhos se enchendo d'água, lágrimas escorrendo pelo rosto. Talvez ela o visse de novo, talvez não, mas não podia olhar para trás outra vez, senão não teria a força necessária para partir.

Ela se afastou, ouvindo um uivo no vento que podia ser Ravi ou as árvores. Ela estava longe demais para identificar. Ela se foi sem olhar para trás.

CINQUENTA E CINCO

Dia setenta e dois.

Pip os contava, marcando em sua mente.

Um dia de meados de dezembro em Cambridge, e o sol já desaparecia do céu, manchando-o com um rosa cor de sangue lavado.

Pip apertou o casaco contra si e continuou a andar pelas ruas antigas, estreitas e sinuosas. Dali a três dias, estaria no mesmo local, e faria setenta e cinco dias desde então, a caminho de se tornarem cem.

Não havia uma data de julgamento definida ainda. Na verdade, ela não ouvia nenhuma notícia do caso há algum tempo. Só uma pequena informação ontem: Maria Karras enviara um e-mail para ela com uma foto de Billy sorridente ao decorar uma árvore de Natal, usando um suéter vermelho berrante estampado com renas. Pip sorriu de volta para ele através da tela. No dia trinta e um, tinham soltado Billy Karras e retirado todas as acusações.

Dia trinta e três foi quando surgiram as notícias a respeito de Jason Bell ser o Assassino da Silver Tape.

— Ei, esse não é o cara da sua cidade? — perguntara alguém da sala recreativa do seu andar, a notícia na TV ao fundo.

A maioria das pessoas não falava com Pip, e ela não interagia com muita gente. Na verdade, a garota se mantinha afastada de todo mundo.

— É, sim — dissera Pip, aumentando o volume.

Jason Bell não havia sido apenas o Assassino da Silver Tape, ele também havia sido o Stalker do Sudeste, um estuprador que operava na área sudeste de Londres entre os anos de 1990-1994. Foi conectado ao caso por evidências de DNA. Pip entendeu: 1994 foi o ano do nascimento de Andie Bell. Jason parou quando sua primeira filha nasceu, e eles se mudaram para Little Kilton. O Assassino da Silver Tape fez sua primeira vítima quando Andie tinha quinze anos e começava a se parecer com a mulher que poderia se tornar. Talvez tenha sido esse o motivo de o pai ter voltado à ativa. Então ele parou quando ela morreu... Bem, quase parou, mas ninguém jamais saberia da existência de uma sexta vítima. A vida inteira de Andie tinha sido marcada pelo monstro que vivia em sua casa, pela violência dele. Andie não sobreviveu a ele, mas Pip sim, e a garota poderia acompanhá-la aonde quer que Pip fosse.

Pip dobrou a esquina, ruídos de carros passando por ela, enquanto reajustava a mochila cheia de livros nos ombros. O celular tocou no bolso do casaco. Ela o pegou e olhou para a tela.

Seu pai estava ligando.

Um nó no estômago e um buraco no coração. Pip apertou o botão lateral para ignorar a chamada e deixou o aparelho tocar no bolso. Mandaria uma mensagem para ele amanhã, desculpando-se por ter perdido a ligação, explicando que andava ocupada, talvez dissesse que estava na biblioteca. Ela aumentara os intervalos entre cada ligação até que fossem semanas, depois meses. Mensagens não lidas e não respondidas. O período letivo já havia terminado, e ela pagara para permanecer no quarto durante o recesso, dizendo aos pais que queria terminar seus trabalhos. Teria que arranjar outra desculpa no Natal, algum motivo para não poder voltar a Little Kilton. Pip sabia que isso partiria o coração deles, também estava partindo o dela, mas era a única forma. Separação. *Ela* era o perigo, e precisava mantê-los a distância, para não se contagiarem.

Dia setenta e dois. Pip estava só há dois meses e meio em seu exílio, em seu purgatório, andando pelas ruas velhas de paralelepípedos repetidas vezes, dando voltas e mais voltas. Caminhava todos os dias e fazia promessas. Promessas de como seria diferente, de como seria melhor, de como faria por merecer sua vida e todo mundo que estivesse de volta nela.

Nunca mais reclamaria de levar Josh para um dos jogos de futebol e responderia a todas as perguntas curiosas dele, fossem relevantes ou não. Seria sua irmã mais velha, sua professora, alguém que ele poderia admirar até o dia em que ele a superasse e, em vez disso, ela passasse a admirá-lo.

Seria mais gentil com a mãe, que sempre quis o melhor para ela. Pip deveria ter escutado mais, ter sido mais compreensiva. A garota não lhe dera o devido valor: sua força, o revirar de seus olhos e o motivo por trás de suas panquecas, e ela nunca mais repetiria esse erro. Eram um time... desde o começo, desde sua primeira respiração... e, se Pip pudesse ter sua vida de volta, seriam um time outra vez, até a última respiração de sua mãe. De mãos dadas, pele envelhecida sobre pele mais envelhecida ainda.

Seu pai. O que ela não daria para ouvir sua risada fácil mais uma vez, para ouvir ele chamá-la de sua picles? Ela o agradeceria todos os dias por ter escolhido ela e sua mãe, por tudo o que ele lhe havia ensinado. Diria ao pai tudo o que tinha de parecido com ele e como era grata por isso, como ele havia moldado a pessoa que ela se tornara. Pip só precisava virar aquela pessoa outra vez. E, se conseguisse, talvez um dia o braço do pai estaria no dela enquanto ele a conduzia até o altar, parando no meio do caminho para dizer o quanto se orgulhava dela.

Seus amigos. Pip sempre perguntaria como eles estavam antes que eles pudessem perguntar a ela. Não deixaria que nada os afastasse, não pediria que eles fossem compreensivos com ela, porque ela seria com eles. Risadas com Cara até a barriga doer em telefonemas que duravam três horas, os trocadilhos ruins e os braços desajeitados de Connor, o sorriso gentil e o coração grande de Jamie, a força de Nat que Pip sempre admirou tanto, Naomi, que se tornou uma irmã mais velha para Pip quando ela mais precisava de uma.

Pip também fez uma promessa para Becca Bell: diria tudo para ela quando as duas estivessem livres. Pip teve que cortá-la de sua vida também, visitas e ligações perdidas. Mas a cadeia não era a cela de Becca: o pai havia sido sua prisão. Ele não existia mais, mas Becca merecia saber tudo sobre seu pai e como ele morreu, sobre Max e o papel que Pip havia desempenhado. Mas, acima de tudo, merecia saber sobre Andie. A irmã mais velha que descobriu o monstro que vivia na casa delas e fez tudo o que pôde para manter Becca a salvo dele. Ela merecia ler o e-mail de Andie e saber o quanto era amada, que todas aquelas coisas cruéis que Andie dissera para ela em seus momentos finais eram, na verdade, sua irmã tentando protegê-la. Andie vivia apavorada com a possibilidade de um dia o pai matar as duas, e talvez estivesse com medo de que aquilo o fizesse explodir. Pip contaria tudo a ela. Becca merecia saber que, em outra vida, ela e Andie teriam escapado do pai, juntas.

Promessas e promessas.

Pip faria por merecer todos eles, se tivesse a oportunidade.

Na verdade, não era o julgamento de Max que ela aguardava. Era o dela. Seu último julgamento. O júri não só decidiria o destino de Max como o de Pip, se ela podia ter sua vida e todas as pessoas que outrora estiveram nela de volta.

Ele, em especial.

Pip ainda conversava com Ravi todos os dias. Não com o verdadeiro, mas com o que vivia na sua cabeça. Falava com ele quando estava com medo ou insegura, perguntava o que ele faria se estivesse ali. Ravi se sentava ao lado dela quando estava sozinha, e ela estava sempre sozinha, encarando as fotos antigas no celular. Ele dava boa--noite para Pip e a fazia companhia no escuro enquanto ela reaprendia a dormir. Pip não tinha mais certeza se estava acertando o timbre da voz dele, a maneira exata como ele pronunciava as palavras, se eram ritmadas ou inclinadas. Como ele dizia "sargento" mesmo? A voz subia ou descia? Ela tinha que se lembrar, tinha que se agarrar a isso, preservar ele.

Pip pensava em Ravi todos os dias, em quase todos os momentos de todos os dias, setenta e dois dias cheios de momentos. Pensava no que ele estava pensando, no que ele estava fazendo, se ele gostaria do sanduíche que ela acabara de comer (a resposta era sempre sim), se ele estava bem, se sentia tanta saudade dela quanto ela sentia dele. Se aquela ausência havia se transformado em ressentimento.

Ela torcia para que ele aprendesse a ser feliz de novo. Se isso significava esperar por ela e pelo julgamento ou esperar para encontrar outra pessoa, Pip entenderia. Pensar nele mostrando aquele sorriso torto para outra pessoa, criando apelidos e novas formas invisíveis de dizer eu te amo partia seu coração, mas era escolha dele. Tudo o que Pip queria era que ele estivesse feliz, que houvesse coisas boas na vida dele de novo. Ela havia trocado sua liberdade pela dele, e faria essa escolha infinitas vezes.

E, se ele esperasse por ela e o julgamento terminasse a favor deles, Pip iria se esforçar todos os dias para ser merecedora de Ravi Singh.

Sua manteiga derretida, disse ele no ouvido dela, e Pip soltou uma risada pelo nariz.

Havia outro barulho escondido sob a respiração dela, um lamento fraco, alto e vacilante, que se aproximava cada vez mais.

Uma sirene.

Mais de uma.

Sons aumentando e diminuindo, fora de compasso.

Pip virou a cabeça. Havia três viaturas no fim da estrada, ultrapassando o tráfego, acelerando na direção dela.

Mais alto.

Mais alto.

Luzes azuis em espiral invadiam o crepúsculo, lampejavam e iluminavam a rua.

Pip se virou e fechou os olhos, apertando-os com força.

Era isso. Havia sido desmascarada. Hawkins tinha descoberto. Já era. Vieram buscá-la.

Ela ficou parada e prendeu a respiração.

Mais alto.

Aproximando-se.

Três.

Dois.

Um.

Um grito em seus ouvidos. Uma rajada de vento em seu cabelo quando as viaturas passaram, uma atrás da outra, as sirenes diminuindo ao seguirem pela estrada, para longe dela. Pip ficou para trás na calçada.

Ela abriu os olhos com cuidado, devagar.

Tinham sumido. As sirenes se tornaram um lamento de novo, então um zumbido, então nada.

Não eram para ela.

Não hoje.

Talvez um dia, mas não no dia setenta e dois.

Pip fez um gesto afirmativo com a cabeça, retomando o passo.

Você só tem que continuar, disse ela para Ravi e para todo mundo que vivia em sua cabeça. *Tem que continuar.*

O dia do julgamento dela chegaria, mas, por enquanto, Pip caminhava e fazia promessas. Só isso. Um pé na frente do outro, mesmo se tivesse que arrastá-los, mesmo quando aquele buraco no peito parecia grande demais para ela se manter em pé. Ela caminhava e fazia promessas e ele estava com ela, as mãos dos dois se encaixando, as pontas de seus dedos nos nós dos dedos de Ravi. Do jeito que talvez ficassem de novo. Um pé na frente do outro, só isso. Pip não sabia o que a esperava no final, não conseguia ver tão longe, e a luz estava diminuindo conforme a noite chegava, mas talvez, quem sabe, fosse algo bom.

1 ANO, 8 MESES E 16 DIAS DEPOIS
DIA 697

3 minutos após a leitura do veredito no julgamento Tribunal da Coroa *versus* Max Hastings:

Ei sargento, lembra de mim?

AGRADECIMENTOS

Como sempre, os primeiros agradecimentos devem ir para o meu agente, Sam Copeland. Obrigada por ser o melhor ouvinte/conselheiro/vilão/mocinho. Tudo isso começou com um *pitching* de "garota faz um projeto escolar sobre um antigo caso de assassinato" lá em junho de 2016, e olhe onde chegamos! Uma trilogia completíssima é o termo técnico. Mas não haveria um livro sequer se você não tivesse me dado uma oportunidade lá atrás e me incentivado a escrever essa ideia, então obrigada! (Mas não vamos dar a você TODO o crédito, embora tenha certeza de que você adoraria tê-lo!)

Em seguida, quero agradecer aos livreiros, que fazem um trabalho fantástico colocando livros nas mãos de leitores e que continuaram a fazê-lo apesar dos enormes desafios do último ano. Sou tão, tão grata a vocês pelo entusiasmo duradouro, pela dedicação aos livros e à leitura, e pelo grande papel que desempenharam no sucesso da série *MABG*. Aos blogueiros também, que dedicam tanto tempo postando resenhas e divulgando os livros de que gostam. Não há palavras para agradecê-los o suficiente por todo o amor que demonstraram pela série *MABG*, e estou muito ansiosa para ver suas reações ao *Boa garota nunca mais*.

A todas as pessoas da Electric Monkey que trabalharam de maneira incansável para ajudar a transformar meus documentos do Word em livros físicos de verdade. Ninguém chega lá sozinho. Agradeço à Sarah Levison pela habilidade de navegar neste livro de tamanho monstruoso comigo e por entender exatamente o que eu queria que ele fosse. Agradeço à Lindsey Heaven por todo o trabalho duro supervisionando a série desde o princípio. Agradeço também à Lucy Courtenay, Melissa Hyder e Susila Baybars por me ajudarem a dar forma a este manuscrito. Obrigada, Laura Bird e Janene Spencer, é sempre um momento mágico ver os layouts pela primeira vez, porque a história começa a parecer um livro de verdade. Agradeço ao Tom Sanderson pelo incrível design de capa da edição inglesa, é tão sombrio e apropriado para esse *finale*. Eu não poderia ter pedido por uma capa melhor. Espero que ninguém olhe para fitas de silver tape da mesma forma depois disso. Agradeço, como sempre, à estrela Jas Bansal, por tudo o que você faz e por ser uma gênia de marketing/*social media*. Uma das minhas partes favoritas da publicação de cada livro foi observar o burburinho que você tão sabiamente cria antes do lançamento. Agradeço também à Kate Jennings, Olivia Carson e Amy Dobson por todo o seu trabalho duro para garantir que as pessoas conhecessem o livro. Agradeço à equipe de vendas e de direitos por tudo o que vocês fazem para botar esses livros no mundo, com um agradecimento particular à Ingrid Gilmore, Lori Tait, Leah Woods e Brogan Furey. E um obrigada especial para Priscilla Coleman mais uma vez pela arte fantástica e por dar vida ao Assassino da Silver Tape com tanta maestria no retrato falado da polícia.

Depois do ano que tivemos, seria uma grande omissão da minha parte não expressar minha imensa gratidão e admiração a todos os trabalhadores do Serviço Nacional de Saúde. Seu heroísmo e bravura diários durante a pandemia do Covid-19 por vezes fizeram minha contribuição para a sociedade (digitar histórias inventadas sobre pessoas inventadas) parecer muito pequena, mas quero agradecer por serem tão inspiradores e compassivos, e por cuidarem de todos nós durante esse ano horrível. Vocês são verdadeiros heróis, e ter um serviço nacional de saúde é um privilégio imenso que devemos proteger a todo custo.

Agradeço aos meus amigos escritores, como sempre, por me ajudarem a navegar nas águas turbulentas da publicação, em especial nesses lançamentos durante o *lockdown*. E pelas sessões de jogos no Zoom para que eu conseguisse escapar virtualmente (e de maneira temporária) do meu apartamento e dos meus prazos. Agradeço às Flower Huns por me manterem sã (de modo remoto) durante a pandemia. Lembro com carinho daqueles quizzes semanais. Mal posso esperar para jogar mais este ano, na vida real... mas chega de quizzes, combinado?

Agradeço à minha mãe e ao meu pai, como sempre, pelo apoio inabalável e por acreditarem em mim quando mais ninguém acreditava. Acho que vocês provavelmente sempre souberam que eu seria escritora desde muito jovem, mas obrigada por fomentar meu amor por histórias ao me permitir ter uma infância cheia de livros, videogames, TV e filmes. Nem um segundo foi desperdiçado. Aliás, obrigada, pai, pelos seus comentários de leitor beta e por entender o livro perfeitamente. E obrigada, mãe, por contar ao meu pai que você ficou "enjoada" lendo o livro, foi aí que eu soube que estava surtindo o efeito que eu queria!

Agradeço às minhas irmãs, Amy e Olivia, pelo apoio constante e por me mostrarem o quanto irmãs são importantes. Pip teve que encontrar suas próprias irmãs (Cara, Naomi, Nat e Becca), mas eu tive a sorte de ter duas desde o começo. Tenho certeza de que a influência de vocês estará em todas as brincadeiras e implicâncias entre irmãs e irmãos que eu escrever, então obrigada por isso!

Ao meu sobrinho, George, que diz que eu sou a autora preferida dele apesar de ser uns dez anos jovem demais para ler meus livros, nota máxima para você! À minha nova sobrinha, Kaci, por me abastecer com a fofura necessária para seguir adiante durante um ano de prazos assustadores, e também por ser uma bebê durona da pandemia. E agradeço em especial à minha sobrinha Danielle, que já quase tem idade para ler esses livros. Há vários anos, quando Danielle tinha uns nove, ela estava estudando escrita criativa na escola e me contou que todas as melhores histórias terminavam com *três pontinhos*... Bem, Danielle, terminei minha primeira trilogia com *três pontinhos*. Espero que esteja orgulhosa (e espero que esteja certa!).

Obrigada, Peter, Gaye e Katie Collis, como sempre, por serem meus primeiros leitores e a melhor segunda família que alguém poderia desejar.

Ao Ben, que é o *meu* alicerce, meu eterno parceiro no crime. Sem você, nada disso teria sido possível e Pip nunca teria visto a luz do dia, muito menos chegado ao final do terceiro livro. Obrigada.

Após escrever uma série que foi tão influenciada por *true crime*, seria estranho para mim não comentar a respeito do sistema criminal de justiça e as áreas em que ele falha conosco. Sinto desespero e impotência quando olho para as estatísticas de estupro e agressão sexual neste país e a taxa abismal de denúncia e condenação. Há algo de errado aqui. Espero que estes livros falem por mim em relação ao assunto, e acho que está evidente que parte dessas histórias vêm de um lugar de raiva, tanto no âmbito pessoal, pelos momentos em que fui assediada e desacreditada, quanto pela frustração diante de um sistema de justiça que às vezes não parece justo.

Finalmente, para terminar num tom mais leve, quero agradecer a todos vocês que me acompanharam por todas as páginas até o fim do terceiro livro. Obrigada por acreditarem em mim, e espero que vocês tenham encontrado o final que queriam. Eu com certeza encontrei.

1ª edição	JANEIRO DE 2023
reimpressão	OUTUBRO DE 2023
impressão	CROMOSETE
papel de miolo	PÓLEN NATURAL 70 G/M²
papel de capa	CARTÃO SUPREMO ALTA ALVURA 250 G/M²
tipografia	UTOPIA STD